達文西密碼

丹・布朗◎著

尤傳莉◎譯

再一次，本書獻給布萊絲（Blythe）
更甚以往

謝辭

首先最感激的，就是我的朋友和編輯Jason Kaufman爲這個案子付出的心血，以及對這本書的了解。也要感謝了不起的Heide Lange——《達文西密碼》最執著的擁護者、優秀的經紀人，也是我信賴的友人。

對雙日出版公司傑出團隊的慷慨、信任，以及出色的建議，我的感激之情難以盡述。尤其要謝謝Bill Thomas和Steve Rubin對這本書始終抱持信心。同時也要感謝初期執行這個計畫，由Michael Palgon, Suzanne Herz, Janelle Moburg, Jackie Everly，和Adrienne Sparks領導的工作團隊，以及「雙日」業務部能幹的工作人員，還有Michael Windsor所設計不同凡響的封面。

在本書的研究過程中，曾獲許多人的大力襄助，在此感謝羅浮宮博物館、法國文化部、古騰堡計畫（Project Gutenberg）、法國國家圖書館、靈知學會圖書館、羅浮宮的繪畫研究與文獻服務部、《天主教世界新聞》、英國格林威治皇家天文台、倫敦文獻學會、西敏寺檔案室、John Pike與美國科學家協會、以及五名主業會會員（三名現任、兩名前任）不吝分享他們在主業會內部正負面皆具的經歷。

我也要謝謝Water Street Bookstore替我找到許多研究所需書籍，以及家父理查・布朗（Richard Brown）——數學老師與作家——在神聖比例與斐波那契數列方面的協助，還有Stan Planton, Sylvie Baudeloque, Peter McGuigan, Francis McInerney, Margie Wachtel, Andre Vernet, Anchorball Web Media的Ken Kelleher, Cara Sottak, Karyn Popham, Esther Sung, Miriam Abramowitz, William Tunstall-Pedoe, 以及Griffin Wooden Brown。

最後，以一本如此偏重描繪神聖女性的小說，我不能不提深深影響我一生的兩位傑出女人。首先是家母康妮・布朗（Connie Brown）——作家、養育我的人、音樂家，也是我的好榜樣。其次是我的妻子布萊絲——藝術史學者、畫家、本書的初審編輯，而且是我畢生所見最才華橫溢的女人。

事實：

錫安會（The Priory of Sion）——一個創立於一〇九九年的歐洲祕密會社——乃一真實組織。一九七五年，巴黎的國家圖書館發現了一批被稱為「祕密檔案」的羊皮紙文獻，指出了許多錫安會的成員，其中包括牛頓、波提且利、雨果，以及達文西。

一般所知的「主業會」（Opus Dei），是屬於羅馬教廷的一個自治社團，這個虔誠的天主教團體近年因被報導洗腦、強制，以及一般稱之為「肉體苦行」的危險實踐行動，而成為爭議的話題。主業會剛完成一幢耗資四千七百萬美元的全國總部，位於紐約市萊辛頓大道二四三號。

所有本書中關於藝術作品、建築、文獻以及祕密儀式的描述，均確有其事。

序幕

巴黎，羅浮宮博物館
晚間十點四十六分

著名的羅浮宮館長賈克・索尼耶赫腳步踉蹌，走進「大陳列館」這個拱頂長廊的拱門入口。他撲向眼前最接近的一張畫，那是卡拉瓦喬的作品。這位七十六歲的老人攫住了貼著金箔的畫框，往自己身上拉，那幅畫終於被扯下牆，而索尼耶赫也往後倒下，在畫布下蜷作一團。

如他所料，附近一座鑄鐵門轟然落下，封住了通往這個陳列館的入口。鑲木地板隨之震動，警鈴在遠處響起。

老館長躺了一會兒，邊喘氣邊盤算著。*我還活著。*他從畫布下爬出來，四下環視這個有如洞穴般又大又深的空間，想找個地方躲藏。

一個近得令人膽寒的聲音說：「不准動。」

正以雙手和雙膝爬行中的館長一愣，緩緩轉頭。

僅僅相距十五呎，就在封住的鐵柵門外，那名攻擊者龐大的剪影正透過柵門上的鑄鐵條盯著他。那人又高又大，有著死白的皮膚和稀疏的白髮，粉紅色的虹膜圈著暗紅色的瞳孔。那個白化症患者從外套裡掏出一把槍，隔著柵門的鑄鐵欄杆瞄準，正對著館長。「你不該跑的。」難以辨認是哪裡的口音。「現在告訴我，那個東西在哪裡。」

「我已經跟你說過了。」館長一無防備地跪在陳列館的地板上，結結巴巴地說。「我根本不懂你在講什麼！」

「你撒謊。」那個人瞪著他，除了鬼魅般雙眼中的閃光外，一動也不動。「你和你的弟兄們持有一件不屬於你們的東西。」

館長悚然一驚。他怎麼可能知道這件事？

「正統的守護人今夜即將復位。告訴我東西藏在哪裡，我就饒你一命。」那人把槍瞄準館長的腦袋。「你寧死都要守著這個祕密嗎？」

索尼耶赫喘不過氣來。

那個人頭一歪，往下瞄準他的槍管。

索尼耶赫抬起雙手阻擋。「慢著，」他緩緩道：「我會把你該知道的事情告訴你。」接著館長小心翼翼地吐露出字句，那是他演練過許多回的謊言……每回都祈禱自己永遠無須用上。

館長講完之後，攻擊他的人得意地微笑。「沒錯，這跟其他人告訴我的一模一樣。」

索尼耶赫瑟縮了一下。其他人？

「我也找到他們了。」那個大塊頭男子嘲笑道。「三個人全找到了。他們證實了你剛剛說的話。」

不行！館長和其他三位大長老的眞實身分，幾乎就像他們所保護的那個古老祕密一般神聖不可言。此刻索尼耶赫明白，他那些大長老都遵從了嚴格的程序，在死前說了同樣的謊言，那是協定的一部分。

攻擊者再度瞄準他的槍。「等你死了，我就是世上唯一知道眞相的人了。」

眞相。頃刻間，館長明白了整個情況的嚴重程度。如果我死了，真相就永遠沒人知道了。他出於本能，掙扎著尋找掩護。

槍聲轟然響起，子彈射中館長的腹部，他感到一陣灼熱。身子往前撲倒……因為痛而掙扎著。索尼耶赫緩緩翻了個身，盯著鑄鐵欄杆外的攻擊者。

那名男子此刻瞄準了索尼耶赫的頭部。

索尼耶赫閉上眼睛，滿腦子瘋狂地翻攪著恐懼與悔恨。

空槍膛的喀答聲迴盪在走道間。

館長猛然睜開了眼睛。

那名男子低頭看了看他的武器，像是被逗笑了。他伸手拿第二個彈匣，但似乎又斟酌了一下，朝著中彈的索尼耶赫冷笑。「我在這裡的工作完成了。」

館長低頭看著他白色亞麻襯衫上的子彈孔。胸骨下方幾吋燒出了一個淌著血的小圓洞。我的胃。那顆子彈沒射中他的心臟，簡直是殘酷。身爲一個曾參與阿爾及利亞戰爭的老兵，館長曾親眼目睹過這種拖拉的駭人死法。在他的胃酸逐漸腐蝕胸腔而致死之前，他還可以苟延殘喘十五分鐘。

「痛苦是好事，先生。」那名男子說。

然後他走了。

此時孤身一人的賈克．索尼耶赫再度把目光投向那道鑄鐵柵門。他被困在裡頭了，而且至少二十分鐘內，那道門是不可能打開的。等到有人能找到他時，他已經死了。然而，這一刻攫住他的，卻是一股遠比他自己的死亡還要來得嚴重的恐懼。

我得把那個祕密傳下去。

一邊想像三位弟兄被謀殺的畫面，一邊掙扎著要站起來。他想著過往一代代的人……還有他們同樣曾受託的任務。

一項未曾中斷的知識傳承。

儘管有重重的預防……儘管有種種防止故障的安全措施……但現在，忽然間，賈克．索尼耶赫成爲鎖鏈上最後的一環，有史以來最大祕密之一的僅存守護者。

他顫抖著站了起來。

我一定要想個辦法……。

他困在「大陳列館」裡，而且世上只有一個人是他能傳遞這把火炬的。索尼耶赫往上凝視著他所陷身的這個華麗監獄。一批舉世最著名的繪畫有如老朋友般，向下朝著他微笑。

儘管身子因疼痛而瑟縮，他仍拚了命要使出全身的本領和氣力。他心底明白，他得把握自己生命中殘存的每一秒，完成眼前的最後任務。

1

羅柏・蘭登緩緩醒來。

黑暗中電話鈴聲響個不停——那是一種不熟悉的悶響。他摸索著床頭燈，打開。瞇著眼睛四下看看，看到了一個文藝復興風格的豪華臥室，有路易十六風格的家具，牆面上是手繪的濕壁畫，還有一個巨大的桃花心木四柱床。

這什麼鬼地方？

掛在他床柱上的緹花浴袍上織著文字形成的圖案：巴黎麗池飯店。

緩緩地，迷霧開始散去。

蘭登拿起話筒。「喂？」

「蘭登先生嗎？」一個男子的聲音說。「希望我沒吵醒您吧？」

蘭登茫然地看著床頭鐘，現在是午夜十二點三十二分。他只睡了一個小時，卻覺得自己睡死了似的。

「我是櫃台的服務員。很抱歉打擾了，但是有訪客找您，他堅持說有急事。」

蘭登還是覺得腦袋昏昏的。訪客？他的眼睛這會兒盯著床頭桌上一張皺巴巴的小傳單。

巴黎美國大學

竭誠歡迎

哈佛大學宗教符號學教授

羅柏・蘭登今晚蒞臨

蘭登呻吟起來。今晚的學術演講——以幻燈片展示那些隱藏在夏特爾主教堂石頭間的異教符號體系——或許激怒了某些觀點保守的聽眾。最可能的是，哪個宗教學者一路跟蹤他回飯店，想找他吵架。

「很抱歉，可是我很累了，而且——」

「可是，先生，」那位櫃台服務員不放過他，壓低了聲音成爲焦急的耳語：「您的訪客是一位重要人物。」

蘭登一點也不懷疑。他那些以宗教繪畫和教派符號學爲主題的書，已經令他心不甘情不願地成了藝術界的知名人物，而且去年蘭登在梵蒂岡教廷介入的一樁事件被廣爲報導後，更讓他的曝光率暴漲百倍。此後，自視甚高的歷史學家和藝術愛好者就紛紛找上門來，川流不息，彷彿永無止境。

「你如果好心的話，」蘭登盡可能禮貌地說：「能不能麻煩記下這位先生的名字和電話，然後告訴他說我星期二離開巴黎前會打電話給他？謝謝。」他在櫃台服務員說不之前就掛上電話。

這會兒蘭登坐起身，皺眉瞪著床邊的《住客關係手冊》，封面上號稱：「在燈之城市如嬰兒酣睡。巴黎麗池飯店擁您入眠。」他轉頭疲倦地瞪著房間那頭的穿衣鏡，回瞪著他的那個人好陌生——頭髮蓬亂，滿臉倦色。

你該度個假了，羅柏。

過去的一年令他元氣大傷，但他並不樂於在鏡中看到證據。他往昔銳利的眼睛，今夜顯得霧濁而憔悴。一片暗色的鬍碴掩蓋了他強壯的雙顎和有道凹窩的下巴。太陽穴附近的一抹灰髮與日俱增，侵蝕了他一頭粗而濃密的黑髮。雖然他的女同事堅稱，灰髮只會加強他的書卷氣吸引力，但蘭登心裡卻明白得很。

但願《波士頓雜誌》這會兒能看到他的狼狽相。

上個月，《波士頓雜誌》把蘭登列名爲全市十大魅力人物——這個怪異的頭銜害他成爲哈佛大學同事們不斷挖苦的對象，尷尬得不得了。而今夜，離家三千哩之外，這個封號又再度冒出來，在他的演講會上糾纏不去。

「各位先生，各位女士……」那位女主持人對著巴黎美國大學海豚館的滿屋子人如此宣佈：「我們今天晚上的來賓不必多介紹了。他是許多本書的作者：《祕密教派符號學》、《光照派的藝術》、《失落的表意文字語言》，而且，他寫過一本談《宗教聖像學》的書，的的確確就是那本沒錯。你們很多人在課堂上用的課本都是他的著作。」

人群中的學生們起勁地點著頭。

「今天晚上我原本打算介紹他令人印象深刻的履歷。但總之……」她打趣地瞥了坐在台上的蘭登一眼。「有個觀眾剛剛給了我一份……應該說是更加有魅力的介紹。」

她舉起了一本《波士頓雜誌》。

蘭登瑟縮了一下。她從哪裡弄來那鬼玩意兒的？

女主持人開始朗讀那篇空洞文章中所摘錄出來的一些片段，蘭登覺得自己在座位裡沉得愈來愈低。三十秒之後，觀眾開始咧嘴露出笑容，而女主持人卻顯然並不打算就此打住。「蘭登先生拒絕公開說明他去年在梵蒂岡選舉教宗的祕密會議中所扮演的不尋常角色，也必然使他的魅力程度有所加分。」主持人煽動著觀眾。「你們還想聽更多嗎？」

觀眾鼓掌回應。

誰去阻止她一下吧，當她再度朗讀那篇報導時，蘭登祈求著。

「雖然蘭登教授可能不像這份名單中某些比較年輕的名人，被視為令女性著迷的健美俊男，但這位四十來歲的大學教授卻有著不尋常的學者魅力。他迷人的外表，再加上說話時那種低沉的、男中音的嗓音，被他的女學生形容為『耳朵的巧克力』。」

演講廳裡爆出一陣哄笑。

蘭登擠出一個笨拙的笑容。他知道接下來是什麼——有關「穿著哈里斯毛料（Harris tweed）的哈里遜．福特（Harrison Ford）」之類的荒唐句子——偏偏今天晚上他覺得夠安全，於是決定穿上了他的哈里斯毛料西裝和Burberry的套頭毛衣。

「謝謝你，莫妮克。」蘭登說，他提早站起來，不動聲色地把她擠出講台。「《波士頓雜誌》顯然有編故事的天賦。」他轉向觀眾，尷尬地嘆了口氣。「如果被我發現是誰提供這篇報導，我就要請領事館把你驅逐出境。」

觀眾笑了。

「好吧，各位都知道，我今天晚上來這裡，是要談符號的力量……」

蘭登飯店房間裡的電話鈴聲再度響起，打破沉寂。

他不敢置信地呻吟著，拿起聽筒。「喂？」

果然不出所料，是那位樓下的櫃台服務員。「蘭登先生，對不起還是我。我打電話是要通知您，您的客人現在已經往您房間去了。我想我應該先知會您。」

這會兒蘭登全醒了。「你讓人來我房間？」

「對不起，先生，但一個這樣的人……我無權擅自阻止他。」

「他到底是誰？」

但那位服務員已經掛掉電話了。

幾乎就在同時，蘭登的房門響起沉重的拳頭擂擊聲。

蘭登滿腹疑惑地溜下床，感覺到腳趾深深陷入薩佛納希地毯中。他披上飯店的浴袍，走向房門。「是哪位？」

「蘭登先生嗎？我必須跟你談一談。」那名男子的英語有口音，是一種尖銳而帶有權威的吼聲。「我是傑侯姆．科列分隊長。刑事警察局總部的。」

蘭登愣住了。刑事局？法國的刑事警察局總部，大致上就等於是美國的聯邦調查局。

蘭登沒將門鏈取下，只把門打開幾吋。回盯著他的那張臉瘦削而疲倦。那個人瘦得出奇，穿著一套看起來像警官穿的藍制服。

「我可以進去嗎？」那名探員問道。

蘭登猶豫著，被這位陌生人灰黃的眼睛打量著，他覺得不太放心。「這到底怎麼回事？」

「我的隊長有件事，想私下請教你的專業見解。」

「現在嗎？」蘭登忖度著。「已經過了半夜了。」

「你今天晚上本來排定要跟羅浮宮的館長見面的，是嗎？」

蘭登心頭忽然湧上一陣不安。他和那位備受尊敬的賈克．索尼耶赫原先預定在今天晚上的演講之後要碰面喝杯酒的，但索尼耶赫卻始終沒出現。「是的。你怎麼知道？」

「我們在他的日誌本裡發現了你的名字。」

「出了什麼事嗎？」

那名探員陰慘慘地嘆了口氣，把一張拍立得照片從狹窄的門縫中塞進來。

蘭登一看到那張照片，全身都僵住了。

「這張照片是不到一個小時前拍的。就在羅浮宮裡面。」

蘭登瞪著那個怪異的景象，一開始是厭惡和震撼，然後轉為一股油然而生的憤怒。「這會是誰幹的！」

「我們還期望你可以幫我們解答這個問題，一方面是因為你在符號學方面的知識，而且也是基於你原先計畫要跟他碰面。」

蘭登盯著那張照片，原先的駭然又加上了一絲恐懼。照片裡的景象令人毛骨悚然，而且十分奇怪，有種令人不安的似曾相識之感。一年多以前，蘭登曾收到一張屍體的照片，以及同樣要他幫忙的請求。結果二十四小時之後，他差點在梵蒂岡城內送命。這張照片完全不同，然而整個情節卻有種令人不安的熟悉之感。

那名探員看看錶。「我的隊長在等你，先生。」

蘭登沒注意聽他說什麼。他的眼睛還是牢牢盯著那張照片。「這裡的這個符號，還有他的屍體這麼奇怪的……」

「姿勢？」那個探員問。

蘭登點點頭，感覺到一股寒意，抬起頭來。「我無法想像有人會對別人如此殘酷。」

那名探員一臉陰沉。「你不明白，蘭登先生。你在這張照片裡看到的……」他暫停了一下，「是索尼耶赫先生自己弄成這樣的。」

2

一哩之外，那個名叫西拉的大塊頭白子一跛一跛地，走入那棟位於布魯葉街的豪華褐石建築前門。大腿上箍的那條苦修帶嵌入他的肉裡，然而他的心卻因服事天主而幸福滿溢。

痛苦是好事。

進入建築時，他的紅色雙眼掃視門廳。一片空蕩。他安靜地爬上樓梯，不想吵醒任何其他宿舍中的獨身會員。他的臥室門沒關；這裡禁止鎖門。他進了房間，在身後關上門。

房間裡陳設簡樸——硬木地板，一個松木櫃，角落的一個帆布墊子充當他的床。這個星期他是來此借住的訪客，不過多年來，他在紐約市有幸擁有一個類似的居所。

天主給了我庇護所和生命的意義。

今夜，終於，西拉覺得他開始報答了這份恩情。他急急走到櫃子前，找出他藏在最下層抽屜的行動電話，撥了個號碼。

「喂？」一個男子的聲音接了。

「老師，我回來了。」

「說吧。」那聲音命令道，似乎很高興接到他的電話。

「四個人全都死了。三個大長老……還有盟主本人。」

對方沉默了片刻，像是爲了要唸禱。「那麼，想必你得到那份情報了。」

「四個人的說法都一致。」

「你相信他們嗎？」

「完全一致，不可能是巧合。」

對方激動地喘了口氣。「好極了。我還怕他們那個兄弟會的守密名聲果眞應驗。」

「逼到眼前的死亡威脅是個強烈的刺激。」

「那麼，弟子啊，把該知道的告訴我吧。」

西拉知道，他從下手的各個被害人那裡所蒐集來的資訊會帶來震驚。「老師，他們四個人都確定了那塊石頭的存在……那塊傳說中的拱心石。」

他聽到電話裡傳來猛吸一口氣的聲音，可以感覺到老師的興奮。「那塊拱心石。就跟我們懷疑的一模一樣。」

根據傳說，這個兄弟會製作了一個石頭地圖——法文稱爲clef de voûte，英文是keystone，亦即拱心石——這塊雕刻過的石板，上面有該兄弟會最大祕密的最後棲身之地……這個訊息的力量之大，以至於該修會存在的目的，就是爲了要保護這個祕密。

「等我們拿到那塊拱心石，」老師說：「就只差最後一步了。」

「比你想的還要接近。那塊拱心石就在巴黎這裡。」

「巴黎？眞不敢相信。簡單到叫人起疑。」

西拉報告了那天晚上稍早的一些事……死在他手下的這四個人，各自在斷氣前的慌亂絕望中，想藉著吐露祕密，贖回他們不信天主的生命。每個人都告訴了西拉同樣的事情——那塊拱心石巧妙地藏在巴黎一棟古老教堂內——聖許畢斯教堂——的某個地點。

「就在天主的寓所。」老師喊道。「他們眞會嘲弄我們！」

「幾個世紀以來，他們一直如此。」

老師陷入了沉默，像是要讓心中這一刻的勝利感平息下來。最後，他說：「你爲事奉天主立了大功。我們等待這一刻已經等了好幾個世紀了。你一定要爲我取回那塊石頭。馬上，今天晚上就去。你明白這事情有多麼重要。」

西拉明白這事無比重要，然而老師的這個命令似乎是辦不到的。「但那個教堂，那是個堡壘。尤其是在夜晚。我要怎麼進去？」

懷著一個重要人物的自信口吻，老師解釋了該做的事情。

西拉掛上電話時，興奮期待的感覺讓皮膚刺痛了起來。

一個小時，他告訴自己，感激老師給他時間，讓他在進入一個天主的寓所之前，完成必須的懺悔儀式。我必須為我的靈魂洗去今日的罪。今日所犯下的罪行，在目的上是神聖的。對抗神之敵人的戰爭行爲已經進行了數個世紀。罪行肯定會得赦。

即使如此，西拉知道，要犧牲才能得到赦免。

他拉下窗簾，脫光衣服跪在房間中央。他低頭檢查那條箍在他大腿上的苦修帶。所有《道路》一書的眞正追隨者，都會戴著這個配備——一條皮帶，上面釘著鋒利的金屬倒鉤，深深嵌入肉裡，好一再提醒自己基督所受的苦難。而這個配備所引起的痛，也有助於抵消肉體的欲望。

雖然西拉今天佩戴這個釘帶已經超過必須的兩小時，但他知道今天不是尋常日子。他抓著扣環，再往前扣緊一格，當倒鉤在他的肉裡刺得更深時，他瑟縮了一下。然後慢慢地吐氣，他品嚐著肉體之痛所帶來的潔淨儀式。

痛苦是好事，西拉低語，重複唸著若瑟瑪利亞·施禮華神父——眾師之師——的神聖禱文。雖然施禮華已於一九七五年過世，但他的智慧不死，當舉世千萬個忠誠的僕人跪在地板上執行所謂「肉體苦行」的神聖實踐儀式時，他的話仍依稀在耳邊迴盪。

此刻西拉把注意力轉向他身旁的地板，一條打了許多結的沉重繩索整齊盤繞在那裡。這是條苦鞭。繩結上有凝乾的血塊。西拉急於要從自身的痛苦中獲得淨化效果，他迅速唸了禱文。然後抓住繩子的一端，閉上眼睛，用力將繩子朝肩後揮去，感覺到繩結擊在他背部。他再度將繩子揮過肩後，打在身上。一次又一次，他鞭打著。

Castigo corpus meum.（我嚴格地對付自己的身體。）（譯註：原著此處爲拉丁文，出自《聖經．新約》的〈哥林多前書〉。）

最後，他感覺到血開始流淌下來。

3

那輛雪鐵龍ZX往南駛經巴黎歌劇院和凡登廣場，四月的清新空氣從開著的車窗直撲進來。羅柏・蘭登坐在乘客座上，感覺這個城市一片片掠過身邊，一面試圖整理思緒。之前在旅館匆匆沖澡、刮鬍子之後，讓他看起來還算是相當體面，卻無法平撫他內心的不安。館長屍體的駭人畫面，依然牢牢嵌在他心底。

賈克・索尼耶赫死了。

館長之死讓蘭登不由得感到非常失落。儘管索尼耶赫素有隱士之名，但他獻身於藝術的成就眾所皆知，使得他廣受尊敬。他那些討論普桑和特尼耶茲畫作中所隱藏祕密符碼的著作，是蘭登教書時最喜採用的課本。蘭登本來一直期待著今夜的會面，而後來館長沒有出現，他覺得很失望。

館長屍體的畫面再次閃過他的心底。賈克・索尼耶赫自己弄成這樣的？蘭登轉頭望向車窗外，趕走心中的那個影像。

此刻，窗外的巴黎正逐漸曲終人散——街頭賣糖衣杏仁的小販推著手推車；餐廳侍者提著垃圾袋放在人行道邊；一對午夜戀人緊緊相擁，在一縷茉莉花香中留住最後的溫存。雪鐵龍警車駛入這一團混亂之中，兩種音調交替的刺耳警鈴有如利刃，劃開擁擠的車陣。

「知道你今夜還在巴黎，隊長很高興。」那位探員說，這是離開飯店後他頭一次開口。「幸運的巧合。」

蘭登的萬千感想之中，就是獨缺幸運，而且巧合是個他不完全信任的概念。他窮盡畢生，探索那些隱藏在不同象徵與觀念之間的內在關聯性，對蘭登來說，這個世界是一個種種歷史和事件互相糾纏的超大網絡。其中關聯可能是肉眼看不見的。他常在哈佛大學的課堂上如此教誨學生，但始終存在，只不過埋在表相之下。

「我相信，」蘭登說：「是巴黎美國大學告訴你我住在哪裡吧？」

開著車的警探搖搖頭。「國際刑警組織。」

國際刑警組織，蘭登心想，當然了。他都忘記所有歐洲旅館要求登記住宿時必須出示護照，看似是無害的要求，只不過是個老套的規矩——其實這是法律規定。任何一夜，在全歐洲任何地方，國際刑警組織官員都可以正確無誤地指出誰睡在哪裡。想找出蘭登住在麗池飯店，前後或許只需要五秒鐘。

雪鐵龍加速往南穿過巴黎市區，艾菲爾鐵塔被照亮的輪廓映入眼簾，在蘭登右手邊的遠方插入天際。看著艾菲爾鐵塔，蘭登想起了薇多利雅，憶起一年前他們曾玩笑地承諾，說每隔六個月就要在全世界各個不同的浪漫地點重逢一次。而蘭登猜想，艾菲爾鐵塔也將成為他們名單上的地點之一。令人哀傷的是，他最後一次吻薇多利雅，是在嘈雜的羅馬機場，那是一年多前了。

「你上過她嗎？」那個探員問著，望向遠方。

蘭登抬頭，確定自己聽錯了。「你說什麼？」

「她好美，不是嗎？」那個探員指指擋風玻璃外頭的艾菲爾鐵塔。「你爬上去過嗎？」

蘭登翻了個白眼。「沒有，我沒上去過那個塔。」

「她是法國的象徵。我覺得她真是完美。」

蘭登心不在焉地點點頭。符號學家們常評論說，法國——這個素以其男性氣概、沉溺女色、以及拿破崙和「矮子」貝班這類矮小無安全感的領袖而著稱的國家——再也找不出比一千呎陽物更適合的國家象徵了。

來到希沃里街的交叉口，碰上紅燈，但雪鐵龍沒減速。那名探員開著車直衝過十字路口，駛進卡斯提留聶街的林蔭繁茂地帶，由北方入口進入杜勒麗花園——巴黎版的中央公園。大部分遊客誤以爲「杜勒麗花園」的含意關乎千萬朵鬱金香盛放，但「杜勒麗」（譯註：Tuileries，法文意爲瓦窯廠）眞正的意思，其實與浪漫相去甚遠。這個公園一度是個污穢的大礦坑，巴黎建商由此開採黏土，製造了這個城市著名的紅屋瓦。

進入荒涼的公園後，探員伸手到儀表板下關掉警笛。蘭登呼出口氣，享受著乍然的寂靜。外頭，車前燈慘白的光線掠過碎石車道，車輪發出的起伏嗡嗡聲發出催人入眠的節奏。蘭登一直將杜勒麗花園視爲聖地。當年，莫內就是在這個公園進行他的形式與色彩實驗，且眞正啓發了印象派運動。然而，今夜，這個地方卻帶著一種奇異的不祥氣氛。

雪鐵龍汽車往左拐，來到公園裡的中央林蔭大道。繞過一個圓形池塘後，探員駕車穿過一條荒蕪無人的街道，來到一個寬闊的四方形庭院。蘭登現在看得到杜勒麗花園盡頭的標誌，是一個巨型的石拱門。

騎兵凱旋門。

且不管騎兵凱旋門曾是舉行狂歡儀式的地點，藝術愛好者尊敬這個地方，是爲了另一個完全不同的原因。從這個位於杜勒麗花園盡頭的廣場，可以看到四個舉世最佳美術館……東西南北，四個方位各有一個。

車窗的右手邊，往南越過塞納河與伏爾泰堤道，蘭登可以看到那個老火車站引人注目的明亮正面——如今是著名的奧塞美術館。往左看，可以看到超現代建築風格的龐畢度中心頂端，也就是國立現代藝術博物館。後方往西，蘭登知道那個古埃及法老王拉美西斯的古老方尖碑聳立於群樹之間，標示了國立網球場美術館的位置所在。

但正前方，也就是東邊，通過那道拱門，現在蘭登可以看到昔日那棟緊密連接的文藝復興風格宮殿，如今成爲舉世最知名的美術館。

羅浮宮博物館。

當蘭登雙眼徒勞地企圖將這棟龐大的建築物一覽無遺之際，心頭浮上一陣熟悉的驚異之感。穿過一個大得驚人的廣場，宏偉的羅浮宮正面如同堡壘般，聳立於巴黎的天空下。羅浮宮的形狀像個巨大的馬蹄鐵，是全歐洲最長的建築，綿延的長度還要勝過三個放倒相接的艾菲爾鐵塔。即使建築物兩翼樓之間廣達一百萬平方呎的開放廣場，也比不上正面建築寬度的莊嚴。蘭登曾繞行羅浮宮一圈，那趟路走了足足三哩。

據估計，若要適當欣賞完這棟建築物內的六萬五千件藝術作品，得花上五星期時間，但儘管如此，大部分遊客都選擇一種蘭登所謂「小羅浮」的簡略方式體驗羅浮宮——在館內全速衝刺，趕著看三件最有名的作品：〈蒙娜麗莎的微笑〉、〈米洛島的維納斯〉、〈有翼的勝利女神〉。專欄作家包可華便曾吹噓，他在五分鐘又五十六秒間看完了這三件作品。

探員掏出一個手持對講機，連珠炮似地說著法語。「蘭登先生快到了，再兩分鐘。」

對講機中傳來了確認的回話，蘭登聽不懂。

開車的探員不管廣場中禁止汽車進入的標誌，踩下油門，開著那輛雪鐵龍衝上人行道。現在看得到羅浮宮的主要入口了，在遠方昂然升起，環繞著七個三角形池塘，池塘中有燈光照亮的噴泉。

金字塔入口。

這個巴黎羅浮宮的新入口，幾乎已經像博物館本身一樣有名了。由華裔美籍建築師貝聿銘所設計的這個新現代主義玻璃金字塔曾引起強烈爭議，招來保守人士嘲笑，認爲破壞了文藝復興風格中庭的威嚴。歌德曾描述羅浮宮的建築是一闋動人的樂章，而批評貝聿銘的人則說他的金字塔有如指甲劃過黑板的尖利聲。然而，愈來愈多的人表示欣賞，他們推崇貝聿銘這座七十呎高的透明金字塔是古代結構與現代技法的耀眼融合——一個介於舊與新的象徵連結——帶領著羅浮宮步入下一個千禧年。

「你喜歡我們的金字塔嗎？」那探員問。

蘭登皺起眉來。法國人好像很喜歡問美國人這個問題。而當然，這個問題含意深長。如果承認你喜歡這個金字塔，就表示你是個沒品味的美國佬；而若表示不喜歡，就是對法國人的侮辱。

「密特朗很有勇氣。」蘭登回答，另闢話題。這位當年展開建造金字塔計畫的已故法國總統據說有「法老王情結」。在密特朗主導下，巴黎塡滿了埃及的方尖碑、藝術品、工藝品，他極端迷戀埃及文化，使得法國人至今仍稱他爲「獅身人面像」。

「隊長的大名是什麼？」蘭登問，轉移話題。

「伯居・法舍。」開車的那位探員說，駛往金字塔的主要入口。「我們喊他le Taureau。」

蘭登瞥了他一眼，很好奇是不是每個人都有個祕密的動物綽號。「你喊你們隊長『公牛』？」

那個人揚起眉毛。「你的法文比你說的要好嘛，蘭登先生。」

我的法文爛斃了，蘭登心想，可是我對星座符號可熟得很。Taurus（金牛座）永遠就是表示公牛，占星術是舉世通行的符號。

那名探員停下車，指指兩個噴泉之間金字塔一面的大門。「那裡就是入口。祝你好運，先生。」

「你不進去嗎？」

「我接到的命令是把你留在這裡。我還有其他事情要辦。」

蘭登嘆了口氣，爬下車。你得自己搞這個燙手山芋了。

探員踩了油門，一溜煙就不見蹤影。

蘭登獨自站在那裡，看著車尾燈漸去漸遠，忽然明白他可以輕易改變主意，離開中庭，招輛計程車，回家睡覺。但心裡有個什麼告訴他，這是個爛主意。

蘭登走向噴泉間的水霧，心中有種不安的感覺，覺得自己好像踏入了另一個世界的想像門檻。這一夜有如夢境般的氣氛再度籠罩著他。二十分鐘以前，他還睡在飯店的房間裡，現在他站在一個由「獅身人面像」所建造的透明金字塔面前，等待著一位名叫「公牛」的隊長。

我困在達利的畫裡了。他心想。

蘭登邁步走向主要入口，那裡有個巨大的旋轉門。裡頭的門廳有朦朧的光，空無一人。

我該敲門嗎？

蘭登很好奇，哈佛大學可曾有任何知名的埃及學者會敲金字塔的門，且期望有人回應。他舉起手打算敲那扇玻璃門，但下方的黑暗中浮現出一個人影，大跨步爬著彎曲的階梯。那個人又結實又黑，簡直像史前的尼安德塔人，身穿雙排扣的暗色西裝，寬闊的肩膀處綳得緊緊的，兩隻粗短有力的腿往前踏，帶著不容置疑的權威。他正在講電話，但來到門前時講完了。他示意蘭登進門。

「我是伯居．法舍，」蘭登推了旋轉門進入時他說：「刑事警察局總部的隊長。」他的語調正如其人——沙啞又低沉……就像即將形成的風暴。

蘭登伸出手。「我是羅柏．蘭登。」

法舍巨大的手掌包住蘭登的，力氣之大簡直要把他的手給捏碎。

「我看過照片了。」蘭登說：「你的探員說賈克．索尼耶赫是自己弄的——」

「蘭登先生，」法舍烏黑的眼睛定定的看著他：「你在照片中看到的，只是索尼耶赫作品的開始。」

4

伯居‧法舍隊長走起路來就像一頭發怒的公牛，寬闊的肩膀後傾，下巴硬往內收。他的暗色頭髮用髮油往後梳得服服貼貼，使得他突出的雙眉上方正中央的V字形髮尖更形明顯，一馬當先有如一艘戰船的船首。他往前走時，暗色的眼睛彷彿將眼前的土地盡焚為焦土，散發出一種鮮明的熾熱，宣告了他凡事一絲不苟的嚴厲作風。

蘭登隨著隊長走下著名的大理石階梯，進入玻璃金字塔下方的中庭。中途經過兩組帶著自動機槍站崗的武裝刑警。意思再明白不過了：沒有法舍隊長的同意，今夜誰都別想擅自進出。

來到地下樓，蘭登強抑著心頭湧起的驚惶感。法舍的態度毫無歡迎之意，而這個時間的羅浮宮本身有種近乎陰森的氣氛。樓梯就跟黑暗電影院裡的走道一樣，每個階梯嵌了一個腳踏接觸式的小燈提供照明。蘭登聽得到自己的腳步聲迴盪在上方的玻璃之間。他抬頭可以看到透明屋頂外噴泉水霧所形成的微細光點逐漸朦朧。

「你喜歡嗎？」法舍問，寬闊的下巴朝上方點了點。

蘭登嘆了口氣，厭倦得不想玩遊戲了。「喜歡，你們的金字塔很壯觀。」

法舍咕噥道。「巴黎臉上的一道疤。」

一好球。蘭登感覺到他這位主人很難以取悅。他很好奇，不知道法舍是否曉得這個金字塔在密特朗總統的明確要求下，是由剛剛好六百六十六片玻璃建成——這個怪異的要求一向是陰謀論者討論的熱門話題，他們宣稱六六六是個撒旦的數字。

蘭登決定不跟他提這件事了。

他們逐漸接近地下樓層的門廳，廣大的空間逐漸從陰影中浮現。這個新的羅浮宮大廳位於地下五十七呎，佔地七萬平方呎之廣，有如一個無盡頭的洞穴。這個地下廳搭配了羅浮宮正面的蜂蜜色岩石，以溫暖的赭色大理石建成，平日總因爲陽光和眾多遊客而充滿生氣。然而，今夜的大廳荒涼而黑暗，使得整個空間有種冰冷如地窖的氣氛。

「羅浮宮平常的警衛呢？」蘭登問。

「被隔離了。」法舍回答，口吻好似蘭登是在質疑法舍手下的清白。「顯然，今天晚上有人未經許可闖入。所有羅浮宮的夜間守衛現在都集中在緒利翼樓接受訊問。我的探員已經接管夜間的警衛工作了。」

蘭登點點頭，快步跟著法舍往前走。

「你跟賈克．索尼耶赫有多熟？」隊長問。

「其實，一點也不熟。我們沒見過面。」

法舍一臉驚訝。「你們今天晚上才要第一次見面？」

「對。我們預定在我演講後美國大學的招待會上碰面，可是他沒出現。」

法舍在一本小簿子上草草記了些筆記。行進間，蘭登瞥見了羅浮宮另一座比較不那麼有名的金字塔——倒置金字塔——這是個巨大的倒金字塔形天窗，從緊接地下夾層樓面的天花板懸垂而下，有如鐘乳石般。法舍領著蘭登往上爬了一小段階梯，來到一個拱形隧道的入口，隧道上方的牌子寫著：「德農」。德農翼樓是羅浮宮三個主要翼樓中最有名的。

「今晚碰面是誰要求的？」法舍忽然問：「你還是他？」

這個問題好像很奇怪。「是索尼耶赫先生要求的。」蘭登回答，兩人此時已走入隧道。「幾個星期前，他的秘書透過電子郵件跟我聯繫。她說館長聽說我這個月會在巴黎發表學術演講，希望屆時能和我討論一些事情。」

「討論什麼？」

「我不知道，我想是藝術吧。我們有共同的興趣。」

法舍一臉懷疑的表情。「你完全不知道這次碰面要談什麼嗎？」

蘭登的確不知道。當時他曾感到好奇，但覺得不問清楚也無所謂。令人景仰的賈克・索尼耶赫是出了名的注重隱私，很少見人，蘭登只是很高興有機會見到他。

「蘭登先生，你能不能至少猜猜看，這位被謀殺的被害人在他遇害的夜晚，可能會想跟你討論什麼？這可能會對案情有幫助。」

這個問題所針對的重點讓蘭登不太舒服。「我眞的無法想像。我沒問。他來找我，我只覺得很榮幸。我很景仰索尼耶赫先生的著作，常拿來當上課的教材。」

法舍在他的筆記本上記下了。

這會兒他們兩人已經走到通往德農翼樓的隧道中段，蘭登看得見遠端那兩道向上延伸的電動手扶梯，都沒啓動。

「所以你們的興趣相同？」法舍問。

「對。事實上，我去年花了大半時間爲一本書所寫的草稿，就是處理索尼耶赫的主要專長領域。我正打算從他身上拾取牙慧。」

法舍抬起頭來：「什麼？」

蘭登猶豫了，這句成語顯然無法翻譯。「我正想在這個主題上學習他的想法。」

「我懂了。你指的主題是什麼？」

蘭登猶豫了，不太確定該怎麼說。「基本上，我的書稿是關於女神崇拜的聖像學——女性的神聖概念以及相關的藝術和符號。」

法舍粗壯的手掠掠頭髮。「索尼耶赫對這方面的知識很懂嗎？」

「沒有人比他更懂。」

「我明白了。」

蘭登覺得法舍一點也不明白。賈克・索尼耶赫被視爲全世界女神聖像研究者的第一把交椅，他不但熱愛與生殖力、女神崇拜、巫術崇拜，以及神聖女性相關的古物，而且在二十年的館長任期中，索尼耶赫也爲羅浮宮累積了舉世最大的一批女神藝術收藏——來自德爾菲最古老希臘神殿中的女祭司交叉雙斧、希臘神話中雙蛇盤繞的黃金手杖、成百件古埃及象徵生殖力的提吉特柄狀十字架圖騰有如站立的天使、古埃及用來驅逐惡靈的叉鈴，而描繪諸神之后伊西絲哺餵其子何露斯的雕像，更是數量驚人。

「說不定賈克・索尼耶赫知道你那份書稿？」法舍提出一個可能性。「然後他提議見面，好協助你寫那本書。」

蘭登搖搖頭。「事實上，還沒有人知道我那份書稿。那還只是草稿，我沒給任何人看過，除了我的編輯之外。」

法舍沉默了。

蘭登沒說他尚未將書稿給任何人看過的原因。那份三百頁的草稿——暫定書名爲《遺失的神聖女性符號》——提出的一些詮釋，與既有的宗教聖像學傳統大相逕庭，勢必引發爭議。

蘭登正步向靜止的電扶梯，忽然停了下來，這會兒他發現法舍沒在他旁邊。他轉身，看到法舍正站在後面幾公尺遠等升降電梯。

「我們搭電梯。」法舍說，往上的電梯門打開。「相信你也發現了，這個博物館徒步的距離挺遠的。」

儘管蘭登知道電梯很快就會爬越漫長的兩層樓，到達德農翼樓，但他還是站著沒動。

「有什麼不對勁嗎？」法舍正扶著門，看起來很不耐。

蘭登吐出口氣，回頭朝著電扶梯上方的開放空間投以渴慕的一眼。好得很，他對自己說謊，拖著沉重的步伐回頭朝電梯走。蘭登小時候曾掉進一個廢棄的井狀通道中，幾乎死掉，他在那個狹窄的空間裡踩水踩了好幾個小時才獲救。從那時開始，他對密閉空間就有揮之不去的恐懼症——電梯、地下道、回力球場。電梯是個絕對安全的機器，蘭登不停地告訴自己，卻從來沒能相信。那是個掛在密閉井狀通道裡面的小小的金屬箱子！他憋著氣，踏進電梯，門關上時，他感覺到腎上腺素造成的那種熟悉戰慄。

二樓，十秒鐘。

「你和索尼耶赫先生，」電梯開始移動，法舍說：「你們完全沒講過話嗎？從沒寫過信？從來沒給對方寄過東西？」

另一個奇怪的問題。蘭登搖搖頭，「沒有，從來沒有。」

法舍抬起頭，好像在腦裡給這件事記了筆記。他一言不發，呆瞪著眼前鉻面的電梯門。

電梯往上升，蘭登設法找其他東西來取代環繞的四面牆，好轉移自己的注意力。透過光亮的電梯門所反射的影像中，他看到了隊長的領帶夾——一個銀製的十字架，上頭嵌著十三顆黑瑪瑙。蘭登有點驚奇。那個符號是一般所知的crux gemmata（鑲珠寶的十字架）——十字架上嵌著十三顆寶石——是基督教的表意符號，代表基督和他的十二個門徒。不知怎地，蘭登沒想到一個法國警察隊長會如此公然宣告自己的宗教信仰。但畢竟，這裡是法國；與其說基督信仰是個宗教，還不如說是一種與生俱來的特質。

「那是crux gemmata。」法舍突然說。

蘭登嚇了一跳，抬頭發現法舍的眼睛在反射的鏡影裡盯著他。

電梯顛了一下停住，然後門開了。

蘭登趕緊踏入走廊，渴望著羅浮宮長廊裡挑高天花板之下的開放空間。然而，他所踏入的世界，卻完全和預期的不同。

蘭登很驚訝，沒走兩步就停了下來。

法舍四下看了一眼。「蘭登先生，想來你從沒看過閉館時的羅浮宮？」

是沒有，蘭登心想，忙著弄清楚自己所在的位置。

平常光線充足的羅浮宮長廊，今夜卻是驚人地一片黑暗。平常由上方照下那種不會刺眼的白光，在夜裡被一種微弱的紅色小光所取代，似乎是從壁腳板朝上照——間隔著貼在瓷磚地板上方的小紅燈。

蘭登往下注視著黑暗的地板，才明白他早該預料到眼前的景象。實際上所有主要美術館夜間都採取紅色冷光照明設備——設在必要地點，位置很低，而且是非侵襲性的光源，讓畫廊職員可以在走道上辨別方向，但讓畫作在相對的黑暗中，避免過度暴露於光線中所引致的褪色效果。今夜，這個博物館具有一種幾乎是壓迫的性質。長長的影子幾乎無所不在，平常高聳的拱形天花板，此刻看起來像個低矮的黑色空間。

「往這裡走。」法舍說，忽然往右轉，穿過了一連串互相連接的走廊。

蘭登跟上去，眼睛慢慢地適應了黑暗。四周的大幅油畫在他眼前有如沖洗照片一般，逐漸在一個巨大的暗房中顯影……他們的眼睛隨著他們穿越各個不同的展覽室。他可以聞到那種博物館裡慣有的強烈氣味——一種去離子且隱隱有股碳的乾燥味——那是為了中和參觀者所呼出的具侵蝕性的二氧化碳，而以工業用碳過濾除濕機二十四小時運轉所製造的產物。

高掛在牆上那些顯眼的攝影機向遊客傳達了一個清楚的訊息：我們看得到你。別碰任何東西。

「有哪架真開著嗎？」蘭登問，指著那些攝影機。

法舍搖搖頭。「當然沒有。」

蘭登並不驚訝。在這麼大的博物館使用錄影監視的成本非常昂貴，而且沒有效率。整個羅浮宮有幾畝大的各個展場要監視，光為了監視錄影結果，就得動用幾百名技術人員。現在大部分的大型博物館都採取

「封鎖式保全」。別想把小偷擋在外頭，而是要關在裡頭。閉館時間就開啟封鎖設施，如果有任何入侵者移動藝術作品，該分區的出口就會封鎖那個展場，而小偷在警衛趕到之前會被關在柵門裡。

前方的大理石走廊人聲迴盪，傳了過來。聲音似乎來自右前方一個凹入的房間，明亮的燈光從那兒瀉入走廊。

「館長辦公室。」隊長說。

隨著法舍走近那個凹室時，蘭登朝一條短走廊的盡頭望去，索尼耶赫的豪華研究室就在那頭——裡面有溫暖的木頭，大師的畫作，還有一個巨大的古董書桌，上頭放著一個兩呎高全副盔甲的騎士模型。四五個警方探員正在房裡穿梭，講電話、做筆記。其中一個人坐在索尼耶赫的書桌前，正在筆記型電腦上打字。顯然，館長的私人辦公室今夜成了刑事警察局的臨時指揮部。

「各位。」法舍喊，那些人轉過頭來。「Ne nous dérangez pas sous aucun prétexte, Entendu?」辦公室裡的每個人都點頭表示明白。

蘭登已經在飯店房間的門上掛過很多次的「NE PAS DERANGER」牌子，足以大致了解隊長剛剛發出的命令：法舍和蘭登在任何情況下都不得被打擾。

法舍領著蘭登離開那一小群探員，走下那條黑暗的走廊。往前三十呎隱約出現了一個入口，通往羅浮宮最著名的區域「大陳列館」，這條彷彿無止境的走廊裡，收藏了羅浮宮最具價值的義大利大師作品。蘭登之前已經知道索尼耶赫的屍體就是躺在這裡；拍立得照片中可以看到「大陳列館」著名的鑲木地板，絕對不會錯。

他們逐漸走近，蘭登看到入口處擋著一個巨大的鐵柵門，看起來好像是中世紀城堡用來阻擋劫掠軍隊的。

「封鎖式保全。」接近柵門時，法舍說。

即使在黑暗中，那柵門看起來也好像能擋住一輛坦克。來到柵門外，隔著鐵柵，蘭登往「大陳列館」裡昏暗的巨大空間瞧。

「你先請，蘭登先生。」法舍說。

蘭登轉頭。我先請？去哪兒？

法舍示意柵欄底下的地板。

蘭登往下看。黑暗中，他剛剛沒注意到。柵欄已經抬高了大約兩呎，下頭有個剛好可通過的空隙。

「這個區域的羅浮宮保全設施還沒解除。」法舍說。「我們科技偵查處的探員才剛完成調查。」他指指下方的開口。

蘭登瞪著腳邊那個狹窄僅容爬過去的空間，然後抬頭看著那龐大的鑄鐵柵門。他是開玩笑的，對吧？那個大柵欄看起來像個斷頭台，正等著壓碎入侵者。

法舍用法語咕噥著，看看他的錶。然後他彎下膝蓋，笨重的身子滑過柵欄下。到了那一頭，他站起身回頭看著柵欄這頭的蘭登。

蘭登嘆了口氣。雙掌平放在光滑的鑲木地板上，趴著身子往前。滑過柵欄下時，他後頸的哈里斯毛料刮到柵欄下方，而且他的後腦撞在鑄鐵條上。

真優雅呀，羅柏，他心想。雙手摸索著終於把自己挪了進去。等站起來時，蘭登開始懷疑，這將會是個非常漫長的夜。

5

穆瑞丘大廈坐落於紐約市萊辛頓大道二四三號，是全新的「主業會全國總部」與會議中心。市價四千七百萬美元出頭的這幢高樓，共計十三萬三千平方呎，外觀以紅磚和印第安那灰岩築成，由知名的「梅伊暨平斯卡建築事務所」所設計，整棟建築中包括了一百多個寢室、六個餐室，以及各個圖書館、起居間、會客室，和辦公室。二、八、十六樓有以木工和大理石裝飾的禮拜堂。十七樓全爲宿舍。男性由位於萊辛頓大道上的大門出入，女性入口則在側邊街道，而且男女性在大樓中永遠都是「聽覺和視覺上分隔」的。

今晚稍早，曼紐爾・艾林葛若薩主教在他位於閣樓公寓的住所中已經收好一個旅行袋，並穿上了傳統的黑色教士袍。正常狀況下，他會在腰上繫一條紫色的聖索，但今晚他將出門旅行，置身於一般群眾之中，他不希望自己教會高層人士的身分引起注意。只有眼尖的人會注意到他那只十四K金的主教金戒指，上面有紫水晶和大顆鑽石，還有手工鑲嵌的主教禮冠與權杖紋樣。他把旅行袋甩過肩，唸完默禱詞後離開公寓，來到樓下的大廳，司機正等著載他到機場。

這會兒，坐在飛往羅馬的客機上，艾林葛若薩望著窗外一片黑暗的大西洋。太陽已經西沉，但艾林葛若薩知道，他的那顆星正在升起。*今晚這場戰爭將會勝利。*他驚訝地想著，才幾個月前他面對著威脅摧毀他帝國的手，當時還曾感到無能爲力。

身爲主業會的總會長，艾林葛若薩主教人生中的過去十年，都奉獻於四處傳播「天主的事業」（God's Work）——此乃主業會（Opus Dei）拉丁文的字義——的訊息。這個天主教社團由西班牙神父若瑟瑪利亞・施禮華創立於一九二八年，提倡回歸保守的天主教徒價值觀，並鼓勵其成員在生活中犧牲，以致力於天主的事業。

主業會傳統主義者的哲學，早在佛朗哥政權之前的西班牙便已扎根，隨著一九三四年出版了施禮華所著的靈修書《道路》——如何在自己一生中從事天主的事業之九百九十九則默想——施禮華的訊息迅速傳遍全世界。如今，隨著《道路》一書以四十二種語言印行超過四百萬本，主業會已成爲一種全球性的力量，幾乎全世界每個主要大都市都有其宿舍、教育中心，甚至大學。主業會已經是全世界成長最快速且資金最雄厚的天主教組織。不幸的是，艾林葛若薩也知道，在一個嘲諷宗教、教派林立、電視傳教的時代，主業會節節高升的財富與權力，亦招致了種種的懷疑。

「很多人說主業會是個洗腦教派。」記者們常常如此提出挑戰。「其他人則說你們是個極端保守的基督教祕密社團。你們是哪個？」

「主業會兩者皆非。」這位主教會耐心地回答。「我們是一個天主教團體。以在日常生活中奉行天主教教義爲要旨的天主教團體。」

「天主的事業也必須包括發誓守貞、什一稅，以及透過自我鞭笞和苦修帶贖罪嗎？」

「你所描述的只是主業會中的一小部分人而已。」艾林葛若薩說。「參與的程度有很多層次。成千上萬的主業會會員已婚、有家庭，在自己的社區中推動天主的事業。其他人則是選擇在我們的教會宿舍中過著苦行的生活。這些都是個人的選擇，但主業會每個人的共同目標，就是藉著推動天主的事業，讓世界更美好。這當然是一個令人欽佩的目標。」

然而，訴諸理性很少奏效。媒體總是受醜聞所吸引，而主業會就像大部分的大型組織一樣，其會員中也有少數迷失的靈魂，爲整個團體投下了一道陰影。

兩個月以前，中西部一所大學裡的主業會團體被掀出讓新會員服食迷幻藥，讓他們以爲仙人掌鹼（譯註：mescaline，亦音譯爲梅斯卡林，是一種迷幻藥，提煉自原生於墨西哥的仙人掌peyote。）所造成的幸福狀態，是一種宗教體驗。另一個大學生則是佩戴有著倒鉤的苦修帶超過了一般建議的每天兩小時，讓自己差點因細菌感染而送命。不久前在波士頓，一個希望破滅的年輕投資銀行家在企圖自殺前簽字，把畢生存款轉讓給主業會。

誤入歧途的羊，艾林葛若薩想著，心中對他們寄予無限同情。

當然，最令人尷尬的莫過於被廣泛報導的聯邦調查局間諜羅伯·漢森的審判，他除了是主業會的重要成員之外，後來被發現他也是性變態，他在審判中被揭發，證明他曾在自家臥房安裝隱藏式攝影機，好讓朋友觀賞他和妻子性交。「遠遠不是一個虔誠天主教徒該有的娛樂。」法官曾如此指出。

可悲的是，這一切事件因而催生一個新的觀察團體，名爲「主業會觀察網」（Opus Dei Awareness Network〔ODAN〕）。這個團體知名的網站——www.odan.org——傳遞了許多主業會前會員的駭人故事，他們警告人們加入此團體的危險。媒體現在提到主業會都說是「天主的黑手黨」和「基督邪教」。

我們對自己所不了解的事物總是心懷恐懼，艾林葛若薩心想，好奇著這些評論者可曾知道主業會豐富了多少人的生命。這個團體樂於擁有梵蒂岡天主教廷的全力背書和祝福。主業會是一個隸屬於教宗本人的自治社團。

然而，近來主業會發現自己所遭到的威脅，是一個威力遠遠比媒體強得太多的力量……是個艾林葛若薩不可能逃避的意外仇敵。五個月前，權力的萬花筒被搖動了，震得艾林葛若薩至今仍無法恢復平衡。

「他們不知道自己已經挑起了一場戰爭。」艾林葛若薩對著自己耳語，望向機窗外，下頭是黑暗的海洋。但他的眼睛立刻重新對焦，徘徊在玻璃上所映出自己那張笨拙的臉上——暗色長臉，中間的扁鼻子歪了，他年輕時在西班牙傳教被一拳打爛過。這個身體上的瑕疵現在已經無足輕重了。構成艾林葛若薩的世界是靈魂，而非血肉。

當噴射機飛越葡萄牙海岸時，艾林葛若薩教士袍裡設定靜音的行動電話開始震動起來。雖然航空公司禁止在飛行時使用行動電話，但艾林葛若薩知道這通電話他非接不可。只有一個人知道這個電話號碼，就是把這支手機寄給他的那個人。

激動的艾林葛若薩主教低聲接了電話。「喂？」

「西拉已經知道那塊拱心石在哪裡了。」打電話的人說。「在巴黎，聖許畢斯教堂裡頭。」

艾林葛若薩主教微笑了。「那我們接近目標了。」

「我們可以馬上去取，但我們需要你的影響力。」

「當然，告訴我該做什麼。」

艾林葛若薩關上手機，心臟怦怦跳。他再度望向窗外空無的夜，對照起他所投身的這個事件，他覺得自己何其渺小。

五百哩外，那個名叫西拉的白子站在一小盆水前，把背上的血輕輕擦淨，看著紅色的圖案在水中旋轉。求你用牛膝草潔淨我，我就乾淨；他引用〈詩篇〉裡的句子禱告。求你洗滌我，我就比雪更白。

西拉感覺到一股重生之後便未曾有過的期盼被喚醒了，令他又驚喜又激動。過去十年，他一直遵循著《道路》，清除自己一身的罪孽……重建他的生活……去除他過往的暴力。但總之，今夜一切又湧回來了，他苦苦抗爭要埋葬的恨意又被召喚回來了。他震驚於自己的過往這麼快又重新浮現。而當然，隨之而來的，還有他的技巧。雖已生疏但仍管用。

耶穌的訊息講的是一種愛……非暴力……和平。這是西拉從一開始就被教導的訊息，也是他牢記在心的訊息。然而這也是基督的敵人現在威脅著要摧毀的訊息。想以暴力褻瀆天主的人，將會遭逢更無情而堅定的力量抵制。

兩千年來，信仰基督的士兵爲了捍衛自己的信仰，曾多次以武力對抗那些試圖取而代之的勢力。今夜，西拉銜命赴戰。

擦乾傷口，他披上了長及腳踝的連帽長袍。暗色羊毛製成的素色布料，更凸顯了他的白皮膚和白頭髮。他把腰部的繩子綁緊，掀起帽兜蓋在頭上，紅色雙眼欣賞著鏡中的自己。車輪轉動了。

6

從保全柵門下頭擠過去後，羅柏・蘭登這會兒站在「大陳列館」的入口處內側。他彷彿望進一片又長又深的峽谷。展覽館兩側聳立著三十呎高的空蕩牆面，往上消失在黑暗中。冷光照明設備的微弱小紅光往上照，佈下一片不自然的濃霧，籠罩著那些以纜線從天花板上懸吊下來的達文西、提香，和卡拉瓦喬等驚人的收藏品。有靜物、宗教場景、風景畫，以及貴族與政治人物的肖像。

雖然「大陳列館」陳列著羅浮宮最著名的義大利藝術品，但許多參觀者覺得，這個翼樓最令人驚異之處，其實是它著名的鑲木地板。這片地板上斜排的橡木條展示出令人目眩的幾何設計，製造出一種短暫的視覺幻象——那是一種令參觀者感覺自己漂浮在展場間的多次元網路，每踏出一步，感覺上就好像是在展覽館的地板上漂浮。

蘭登的視線沿著鑲木圖案移動，目光突然停留在一個意外出現的物體上，就在他左側僅僅幾碼之外的地板，警方用專用的塑膠繩圍了起來。他轉向法舍。「那邊地板上是……卡拉瓦喬的畫嗎？」

法舍看都沒看就點點頭。

蘭登猜想，那幅畫價值超過兩百萬美元，但此刻卻躺在地板上，好像被丟棄的海報。「怎麼搞的放在地板上！」

法舍沉著臉，顯然無動於衷。「這是犯罪現場，蘭登先生。我們什麼都沒動。那幅油畫是館長從牆上扯下來的。他就是用這個方法啓動了保全系統。」

蘭登往後看看那道鐵柵門，試圖想像當時發生的情景。

「館長在他的辦公室裡遭到襲擊，衝進『大陳列館』，把那幅畫從牆上扯下來，好啓動保全系統。那道門馬上就落下，封住了所有退路。這是整個陳列館唯一的出入口。」

蘭登覺得困惑。「所以館長把他的攻擊者關在『大陳列館』裡面了？」

法舍搖搖頭。「這道保全門讓索尼耶赫把他的攻擊者擋在外面。兇手被關在走廊那兒，透過鐵柵門向索尼耶赫開槍。」法舍指向他們剛剛鑽過那道門上一根鐵條上繫著的橙黃色塑膠繩。「科技偵查處的人發現了開槍後的火藥殘餘。兇手是透過那些鐵條開槍的。索尼耶赫臨終前是獨自一人。」

蘭登腦中浮現出索尼耶赫屍體的那張照片。*他們說他是自己弄的。*蘭登看著眼前巨大的走廊。「那他的屍體在哪裡？」

法舍把他的十字架領帶夾扶正後往前走。「你或許已經知道，『大陳列館』相當長。」

如果蘭登沒記錯，確實的長度大約是一千五百呎，等於三個放倒的華盛頓紀念碑接起來。走廊的寬度同樣大得驚人，可以輕易容納兩列並行的客運火車。走廊的中央偶爾點綴著雕塑或大瓷缸，既形成了一道有品味的分隔線，也能讓擁擠的人潮保持一邊往內走、另一邊往外走。

此刻法舍沉默著，雙眼死盯前方，沿走廊的右側疾走。蘭登覺得快步走過這麼多傑作卻沒有停下來至少看上一眼，簡直是不敬。

*這種燈光下，反正我什麼也看不見，*他心想。

不幸地，微弱的小紅燈讓蘭登回憶起上回碰到這種非侵害性燈光的經驗，是在梵蒂岡的祕密檔案室。這是今晚第二度，他覺得那種不安之感與在羅馬曾瀕臨死亡的經驗很像。他忽然憶起薇多利雅，已經好幾個月沒夢見過她了。蘭登不敢相信羅馬只是一年前的事情而已，感覺上好像過了幾十年。*上輩子了。*他最後一次接到薇多利雅的來信是去年十二月——是張明信片，上頭說她要去爪哇海，繼續她在量子物理之纏結效應方面的研究……大概是利用人造衛星去追蹤魔鬼魟的移棲。蘭登從未幻想過像薇多利雅·威特拉這樣的女人，可以快快樂樂地跟他一起生活在大學校園裡，但他們在羅馬的邂逅，卻激起了他自己都難以想像會有的憧憬。總之，他一生對單身生活及其簡單自由的嚮往動搖了……取而代之的，是一種意想不到的空虛，在過去一年滋長更甚。

他們繼續快步往前走，但蘭登還是沒看到屍體。「賈克・索尼耶赫走了這麼遠嗎？」

「索尼耶赫肚子有槍傷。他死得很慢。或許拖了十五或二十分鐘。他顯然是個十分堅強的人。」

蘭登驚駭地轉頭。「警衛人員花了十五分鐘才進來？」

「當然不是。羅浮宮的警衛一聽到警鈴就馬上回應，發現『大陳列館』封住了。他們在那道門外，聽得到有人在走廊另一端移動的聲音，但看不出是誰。他們大聲喊，卻沒有回答，只能假設那是個罪犯，於是遵照程序打電話給刑事警察局。我們十五分鐘內就趕到，來了之後，把鐵柵門抬高些，好從下面鑽過去，然後我派了十二個武裝探員進去。他們徹底搜遍整個展場，想抓住那個入侵者。」

「然後呢？」

「他們發現裡面沒人，除了……」他指著長廊遠處。「他。」

蘭登抬起眼光，隨著法舍伸出的食指看去。一開始他以為法舍指著長廊中央一個很大的大理石雕像。然而，他們繼續往前走，蘭登開始看到雕像後方更遠處。往前三十碼的長廊上，一盞燈柱可移動的聚光燈往下照著地板，在暗紅色的展場裡形成一個明亮的白色小島。在燈光的中央，如同顯微鏡下的蟲子一般，館長的屍體赤裸躺在鑲木地板上。

「你已經看過照片，」法舍說：「所以應該不會覺得驚訝了。」

蘭登走向屍體時，感覺到一股徹骨的寒意。眼前是他畢生所見最怪異的景象之一。

賈克・索尼耶赫蒼白的屍體躺在鑲木地板上，跟照片上一模一樣。蘭登往下看著屍體，因強光而瞇起眼睛。他驚訝之餘提醒自己，索尼耶赫曾以生命的最後幾分鐘，把自己的屍體安排成這個奇怪的樣子。

以索尼耶赫的年紀而言，他的身材保持得很好……所有肌肉組織都一覽無遺。他剝去了身上的每件衣服，整齊放在地板上，然後背朝下躺在寬大走廊的中央，對齊陳列館的長軸線。他的手臂和雙腿往外攤開成大鷹展翅之姿，就像做雪天使的小孩一樣（譯註：雪天使〔snow angel〕是仰天四肢大張倒在雪堆上，上肢揮動就成了翅膀，下肢擺動就成了天使袍子的下襬。通常是玩雪橇或其他雪地遊戲時，跌在地上時就順便玩的。）……或者，更貼切的說法是，像是被某種看不見的力量往四個方向拉開。

就在索尼耶赫的胸骨下方，子彈射入之處有個血漬。傷口的血流得出奇地少，只留下一小灘轉黑的血。

索尼耶赫左手的食指也沾了血，顯然曾蘸過傷口，來創造出他臨死前最令人不安的模樣；以自己的血為墨水，赤裸的腹部為畫布，索尼耶赫在身上畫了一個簡單的符號——五條相交的直線，構成了一個五角星。

五芒星符號。

這顆用鮮血畫的星星，以索尼耶赫的肚臍為中心，令他的屍體有一種格外可怕的氣氛。蘭登在照片上看到已經夠膽寒了，但現在親眼看到這個場景，更讓他覺得難受。

他是自己弄的。

「蘭登先生？」法舍的暗色眼珠再度望著他。

「那是五芒星，」蘭登回應，他的聲音在巨大的空間中顯得空洞：「世界上最古老的符號之一。西元前四千多年前就有人使用了。」

「它有什麼涵義？」

這類問題總令蘭登感到躊躇。告訴某個人一個符號的「涵義」，就如同告訴他們某首歌聽了應該有什麼感覺——對每個人來說都不一樣。在美國，三K黨的白帽兜所造成的形象是仇恨和種族主義，但同樣的衣服在西班牙卻有宗教上的意涵。

「符號在不同的環境中具有不同的意義。」蘭登說。「基本上，五芒星是一種異教的符號。」

法舍點點頭。「魔鬼崇拜。」

「不。」蘭登糾正，隨即明白自己應該選擇更清晰的字眼才對。

在今天，「異教徒」（pagan）這個字眼變得幾乎就等於魔鬼崇拜——完全是誤解。這個字的字根其實可以追溯到拉丁文的paganus，意思是鄉村居民。"pagans"字面上是指尚未被基督教所教化的鄉下人，他們仍固守古老鄉間的自然崇拜宗教。事實上，教會對這些住在鄉下城鎮（villes）的人如此害怕，以至於一度用來形容鄉下村民的無害字眼"vilain"，後來的意思卻是惡人。

「五芒星，」蘭登解釋：「是基督教出現之前與自然崇拜有關的符號。古人想像整個世界分成兩半——男性與女性。他們的男神和女神共同運作，以保持權力的平衡。陰和陽。當男性和女性平衡，世界就會和諧。當兩者不平衡，就會出現混亂。」蘭登指著索尼耶赫的肚子。「這個五芒星代表著所有事物的女性那一半——宗教歷史學者把這個概念稱爲『神聖女性』或『神聖女神』。而這一點，索尼耶赫比誰都要明白。」

「你是說，索尼耶赫在肚子上畫了個女神的符號？」

蘭登必須承認，這好像怪怪的。「五芒星這個符號，最精確的詮釋是代表了維納斯——代表女性性愛與美的女神。」

法舍看著那個裸身男子，嘴巴咕噥著。

「人類早期的宗教信仰是基於自然界的神聖秩序。女神維納斯（Venus）和金星（Venus）是完全一樣的。這名女神在夜晚的天空中有一個位置，而且有許多名字——維納斯、東方之星、伊希塔、艾斯塔特——全都是與自然界及大地之母相聯繫、極具影響力的女性概念。」

這會兒法舍的表情更困惑了，好似他反正就是比較喜歡魔鬼崇拜的想法。

蘭登決定不要說出五角星最驚人的特質——與維納斯相關的圖像根源。蘭登小時候熱中於天文觀星，他曾很驚訝地得知，金星每八年在黃道帶上形成的軌跡是個正五角星形。古人已經觀察到這個現象，驚嘆之餘，維納斯及其所代表的五角星因而成爲性愛圓滿、至美、週期性等性質的符號。爲了向金星的神奇力量致敬，希臘人乃以金星的八年循環週期，舉辦他們的奧林匹克運動會。如今，很少人明白現代奧林匹克運動會仍遵循金星的半個週期而每四年舉行一次。而更少人知道五角星差點成爲奧林匹克的正式標誌，但在最後一刻被修改了——五個角變成了五個交叉的圓圈，更能反映這個運動會的包容與和諧精神。

「蘭登先生，」法舍突然說：「很明顯，五芒星一定也和魔鬼相關。這點在你們美國人的恐怖片裡表達得很清楚。」

蘭登眉頭一皺。真是謝了，好萊塢。如今在連續殺人魔電影裡，五芒星已經成了被濫用的符號了，通常某個殺人魔的公寓牆上都會塗上這個標記，外加其他據說是象徵惡魔的符號。每次在這類情節中看到五芒星出現，蘭登總覺得喪氣，五芒星眞正的起源其實是很神聖的。

「我跟你保證，」蘭登說：「儘管你在電影上看到那些，但把五芒星解釋爲惡魔，並不合史實。原本的女性象徵意義才是正確的，但過去一千年來，五芒星的符號意義已經被扭曲了。而且是透過暴力的手段。」

「我搞不太懂你的意思。」

蘭登盯著法舍的十字架領帶夾，猶豫著下一個論點該怎麼措詞。「問題出在教會，先生。符號是很有彈性的，但五芒星的意義已經被早期的羅馬天主教會改變了。梵蒂岡為了根絕異教信仰、使大眾皈依基督，發起了一個誣衊異教神祇的運動，其中一部分，就是把異教的神聖符號改造為魔鬼的符號。」

「說下去。」

「在騷動的年代中，這種事情很常見。」蘭登繼續。「一個新竄起的權力會接收既存的符號，逐漸貶低它們，設法消解這些符號的意義。在異教徒符號和基督徒符號的戰爭中，異教徒輸了；古希臘神話中的海神波賽頓所拿的三叉戟變成了魔鬼的乾草叉，智慧老婆婆的尖頂帽變成了女巫的符號，而維納斯的五芒星便成了魔鬼的標誌。」蘭登停頓了一下。「不幸的是，美國軍隊也濫用了五芒星；現在它成了我們最重要的戰爭標誌。我們把它漆在所有的戰鬥機上，還掛在將軍的肩膀上。」象徵愛與美的女神在此完全無用武之地。

「有意思。」法舍朝那個大鷹展翅的屍體點點頭。「那麼這具屍體的姿勢呢？你怎麼解釋？」

蘭登聳聳肩。「那個姿勢只是強化了五芒星和神聖女性的關聯。」

法舍的臉色一沉。「什麼意思？」

「複製。要加強一個符號的意義，最簡單的方法就是重複一次。賈克・索尼耶赫讓自己擺出五角星的形狀。」如果一個五角星代表好，兩個就代表更好。

法舍再度用手順順光滑的頭髮，目光隨著索尼耶赫的雙臂、雙腿和頭部看著五個頂點。「很有趣的分析。」他停了一下。「那裸體呢？」他咕噥著說出這個字眼，聽起來似乎是受不了看到一名老年男性的屍體。「他為什麼要脫掉衣服？」

真是好問題，蘭登心想。打他第一次看到那張拍立得照片，心中就有同樣的好奇。他頂多只能猜想，裸體的人形更確定了象徵維納斯——人類性欲的女神。雖然現代文化中已經去除了維納斯與男女身體結合之間的大部分關聯，但從語源學去看，眼尖的人仍能從「性交的」（venereal）這個字彙中看到維納斯

（Venus）原始意義的痕跡。但蘭登決定不要提這個。

「法舍先生，我顯然無法告訴你，索尼耶赫先生爲什麼要在身上畫那個符號，或爲什麼要擺成這個姿勢，但我可以告訴你，像賈克．索尼耶赫這樣的人，會認爲五芒星是一個女性神祇的象徵。這個符號與神聖女性的關聯，是藝術史學者和符號學學者之間所廣泛熟知的。」

「很好。那爲什麼用他自己的血當墨水呢？」

「顯然是因爲沒有其他書寫工具。」

法舍沉默了一會兒。「事實上，我相信他用血，是因爲他認爲警方會採取某些鑑識程序。」

「什麼意思？」

「看看他的左手。」

蘭登的雙眼循著館長蒼白的手臂一路看到他的左手掌，可是卻沒看出什麼。他不能確定，便繞著屍體走，蹲下身，然後驚訝地注意到，館長的手握著一枝很大的麥克筆，筆尖是氈毛製成。

「我們發現索尼耶赫時，他手上就握著這枝筆，」法舍說，轉身離開蘭登，走到幾碼外一張攜帶式桌子旁，桌上擺滿了調查工具、電線，以及各式各樣的電子裝備。「我剛剛告訴過你，」他邊說邊在那張桌子上翻找著，「我們什麼都沒動。你對這種筆熟悉嗎？」

蘭登跪得更近些，好看清筆上的標籤。

上面是法文：夜光筆。

他驚訝地往上看了一眼。

所謂的夜光筆或水印筆，是一種特殊的氈毛尖麥克筆，原來是設計給博物館、文物修復師、以及查緝僞造品的警察，好在物件上做隱形記號，這種筆用的是一種含酒精成分的非腐蝕性螢光墨水。在今天，博物館的文物維修人員每天巡邏時會隨身帶著這種麥克筆，在需要修復的畫的外框上打個鉤做記號。

蘭登站起來的同時，法舍走到聚光燈那邊，把燈關掉。展場忽然間陷入一片黑暗。

經過了短暫的目盲之後，蘭登心頭湧上一股不確定感。法舍的剪影浮現，發出亮紫色的光。他手中拿著一個手提燈往前走，那光源令他籠罩在一片紫霧中。

「你可能也知道，」他的眼睛在紫色光線中發出冷光：「警方會利用螢光燈去搜尋犯罪現場的血跡和其他鑑識證據。所以你就可以想像我們的驚訝……」忽然間，他把那盞燈指向屍體。

蘭登看過去，嚇得往後一跳。

當他看到那個怪異的景象在眼前的鑲木地板上發著光時，心臟都快跳出來了。館長臨終潦草手寫的遺言，他屍體邊發著冷冷的紫光。蘭登盯著那些發著微光的字，覺得圍繞這一整夜的迷霧愈來愈濃了。

法舍的雙眼閃閃發光。「這個，先生，正是你來這裡要解答的問題。」

不遠處，在索尼耶赫的辦公室裡，科列分隊長已經回到羅浮宮，正湊在館長龐大書桌上的一組音控設備前。除了那具有如機器娃娃的中世紀騎士好似站在索尼耶赫書桌的角落瞪著他之外，科列覺得一切舒適。他調整一下他的高傳真頭戴式耳機，檢查了硬碟錄音系統上的輸入階層。一切系統都運行無誤。麥克風功能毫無瑕疵，收到的聲音清晰無比。

關鍵時刻到了，他沉思著。

他微笑著閉上眼睛，安心享受正從「大陳列館」裡面傳來所錄下這段對話的其餘部分。

7

聖許畢斯教堂內部這個樸素的居所位於二樓，就在唱詩班樓座的左方。兩房式套房裡鋪著石頭地板、家具極少，是桑德琳・碧耶修女十餘年來的家。如果有人問起，其實附近的女修道院是她正式的住處，但她比較喜歡教堂裡的安靜，而且十分安於樓上一張床、一具電話，和一個電熱爐的生活。

桑德琳修女在這個教堂負責管理庶務，負責監督所有非宗教方面的教堂運作——一般維修、雇用支援人員和導覽員、開放時間之後的保全，還有訂購一些如聖餐用的葡萄酒和薄餅片等必需品。

今夜，她睡在她的小床上，被刺耳的電話聲吵醒。她疲倦地拿起聽筒。

「聖許畢斯教堂，我是桑德琳修女。」她說著法文接起電話。

「喂，修女，」那個男人也說法文。

桑德琳修女坐起身來。現在幾點了？雖然她聽得出直屬上司的聲音，但十五年來卻從沒被他吵醒過。修道院院長是個很虔誠的人，每次彌撒結束後回家就馬上去睡覺的。

「如果吵醒你的話，很抱歉，」院長說，他的聲音模糊，聽起來很緊張。「我要拜託你幫個忙。我剛接到一個很有影響力的美國主教打電話來。也許你聽說過他？曼紐爾・艾林葛若薩？」

「主業會的會長？」我當然聽說過他。天主教會裡誰會沒聽說過？艾林葛若薩的那個保守的自治社團近年來頗有權力。一九八二年，教宗若望保祿二世出乎意料地把他們升爲「教宗的自治社團」，正式承認了他們的所有活動，讓他們飽受恩寵的晉升。可疑的是，主業會升爲自治社團的那年，據說這個富有的團體也調了將近十億美元給「梵蒂岡宗教事業機構」——即一般所知的「梵蒂岡銀行」——挽救了一次尷尬的破產危機。第二個令人側目的舉措，則是教宗將主業會的創辦人放在聖人的「快速通道」，封爲聖人的時間通常要等待一世紀之久，這回縮短到僅僅二十年。桑德琳修女不禁覺得主業會在羅馬的良好地位很可疑，但你不會去跟教廷爭辯的。

「艾林葛若薩主教打電話來拜託我幫一個忙。」神父告訴她，聲音緊張。「他一位獨身會員今夜在巴黎……」

桑德琳修女聽著那個奇怪的要求，深感困惑。「對不起，你說這個來訪的主業會獨身會員不能等到明天早上嗎？」

「恐怕不能。他的飛機很早就起飛。他一直夢想要看看聖許畢斯教堂。」

「可是教堂白天時要有趣得太多了。陽光從小圓窗透進來，日晷上逐漸移動的陰影，這個才是聖許畢斯教堂的獨特之處。」

「修女，我同意，但如果你願意讓他今晚進來，就算是幫我一個忙。他到達的時間是……一點怎麼樣？再過二十分鐘。」

桑德琳修女皺著眉。「當然，這是我的榮幸。」

神父謝過她之後掛了電話。

滿腹困惑的桑德琳修女仍留在溫暖的床上一會兒，想驅走滿腦子的睡意。她六十歲的身軀不像以前清醒得那麼快了，不過今夜的電話確定已經喚醒了她的知覺。主業會一向令她不安。除了這個自治團體固守著不可思議的肉體苦行儀式外，他們對女性的觀點也極爲守舊。她曾很驚訝地知悉，望彌撒時，他們規定女性獨身會員要清理男性的宿舍且沒有報酬；女人睡在硬木地板，男人則有乾草墊；而且還規定女人必須承受額外的肉體苦行……這都是在原罪之外，另外加上的補贖。彷彿夏娃咬了那顆智慧的蘋果之後，就註定了女人永遠要爲此付出代價。悲哀的是，當大部分的天主教會逐漸朝向尊重女權的正確方向時，主業會卻有走回頭路的危險。儘管這樣，但桑德琳修女接到的命令就是如此。

她雙腿離床，慢慢站起身，赤足腳底板下的冰冷石頭地板令她一凜。那股寒意傳到她身上，她忽然感到一陣憂慮。

是女性的直覺嗎？

身爲天主的信徒，桑德琳修女已經學會從自己靈魂的冷靜聲音中尋得平靜。然而，今夜那些聲音卻沉寂無言，一如環繞她的這個空蕩教堂。

8

蘭登緊盯著鑲木地板上潦草的紫色字，無法移開視線。賈克・索尼耶赫留下的訊息，完全不像是臨終遺言。

那個訊息寫著：

13-3-2-21-1-1-8-5

啊，嚴峻的魔鬼！（O, Draconian devil!)

啊，跛足的聖人！（Oh, lame saint!)

雖然蘭登根本不曉得其中絲毫涵意，卻明白了法舍之前爲什麼直覺認定五芒星與魔鬼崇拜有所關聯。

啊，嚴峻的魔鬼！

索尼耶赫留下的文字扯到了魔鬼。同樣怪異的是那一串數字。「看起來有點像是數字密碼。」

「是啊。」法舍說。「我們的解碼人員已經在研究了。我們相信這些數字可能是兇手的關鍵。或許是某個電話號碼或什麼身分證件的字號。這些數字對你來說有任何象徵涵義嗎？」

蘭登又看看那串數字，覺得自己當下不可能想出任何象徵涵義。*天曉得索尼耶赫可能沒有任何用意。*在蘭登看來，那些數字看起來完全是隨機亂寫的。他很習慣那類至少顯示出某些意義的符號序列，但這裡的一切——五芒星、這些文字、還有數字——似乎從最根本上就截然不同。

「你之前說過，」法舍說：「索尼耶赫在這裡的行動，都是努力想傳達某種訊息……女神崇拜或諸如此類的？可以套用在這個訊息上嗎？」

蘭登知道，答案已經在問題裡了。眼前的怪異訊息，顯然完全不適用於蘭登那個有關女神崇拜的說法。

啊，嚴峻的魔鬼？啊，跛足的聖人？

法舍說，「這些文字看來是某種控訴。你同意嗎？」

蘭登試圖想像館長困在「大陳列館」裡，明白自己即將死去的臨終時刻。似乎很合理。「我想，合理推測是，這是對兇手的控訴。」

「當然，我的任務就是查出這個兇手的名字。蘭登先生，請教一下。依你看來，除了數字之外，這個訊息中最奇怪的地方在哪裡？」

最奇怪的？一個快死掉的人把自己關在展場裡，在身上畫了個五芒星，又在地板上寫下神祕的指控。這整件事有哪裡*不奇怪的*？

「『嚴峻的』（Draconian）這個字眼嗎？」他瞎猜著提出心裡想到的第一個。他相當確定，這個與德拉寇（Draco）——西元前七世紀一名殘忍的政治人物——相關的字彙，似乎不太像是一個人臨死前會想到的。「選擇『嚴峻的魔鬼』這樣的辭彙，似乎很奇怪。」

「*嚴峻的*？」法舍的聲調這會兒有點不耐。「索尼耶赫選擇什麼辭彙，似乎不是眼前主要的問題。」

蘭登不確定法舍心中有什麼問題，但他開始猜想，德拉寇和法舍應該會一拍即合。

「索尼耶赫是法國人，」法舍口氣平淡地說：「他住在巴黎。可是他寫訊息時卻選擇了……」

「用英語。」蘭登說，現在他明白隊長的意思了。

法舍點點頭。「正是。你想得出爲什麼嗎？」

蘭登知道索尼耶赫英語講得無懈可擊，卻想不出他爲何選擇英語來書寫他的遺言。他聳聳肩。

法舍回頭指著索尼耶赫腹部的五芒星。「你還是確定，那個跟魔鬼崇拜完全無關嗎？」

蘭登再也不能確定任何事了。「符號象徵和文字似乎不一致。很抱歉我幫不上忙了。」

「或許這個可以澄清疑點。」法舍回頭走近屍體，再度舉起夜光燈，讓光線散播得更廣。「現在你看怎麼樣？」

令蘭登詫異的是，一圈發著光的圓形軌跡環繞著館長的屍體。索尼耶赫顯然是躺著揮動夜光筆，環繞自己畫了好幾圈，讓自己剛好與圓圈的內部相接。

剎那間，意義變得清楚了。

「〈維特魯威人〉。」蘭登喘不過氣來。索尼耶赫按照達文西最知名的素描，創造了一個眞人大小的複製品。（譯註：〈維特魯威人〉〔The Vitruvian Man〕原係刊載在達文西一本談西元前一世紀古羅馬建築師維特魯威〔Marcus Vitruvius Pollio〕之理論的圖文書手稿中，故名。又名〈人體比例圖〉〔The Proportions of the Human Figure〕，一般亦常中譯爲〈黃金比例〉。）

由於〈維特魯威人〉是達文西那個時代解剖學上最正確的圖畫，因而已經成爲現代的一種文化圖像，出現在全世界的海報、滑鼠墊和T恤上。這幅知名的素描是一個正圓形內接一名裸體男子……光裸的雙臂和雙腿外伸，成大鷹展翅之姿。

達文西。蘭登驚詫得不寒而慄。索尼耶赫的意圖清楚得不容否認。在生命的最後時刻，館長脫光了衣服，把自己的身體擺成一幅李奧納多·達文西素描作品〈維特魯威人〉的清晰圖像。

那個圓形是之前遺漏的重要元素。圓形是陰性的保護符號，用來環繞著裸體男子的身軀，使得達文西預期中要傳達的訊息——男女和諧——變得完整。不過現在的問題是，為什麼索尼耶赫要去模仿一幅著名的圖畫。

「蘭登先生，」法舍說：「像你這樣的人，一定曉得達文西有偏向非正道藝術的傾向。」

蘭登很驚訝法舍對於達文西的知識，而這當然大有幫助於解釋某些有關魔鬼崇拜的猜疑。對歷史學家來說，尤其是以基督宗教的傳統，達文西始終是個尷尬的主題，他招搖的同性戀偏好與崇拜自然界神聖秩序的傾向，這兩者都使他永遠置身於反抗上帝的罪惡狀態中。更甚者，達文西怪異的反常言行傳達了一種公認的惡魔氣氛：達文西曾挖掘屍體以研究人類解剖學；他用難以辨認的左右反轉筆跡記下了謎樣的日記；他相信自己擁有煉金術士的本領，可以將鉛變成黃金，甚至可以製出長生不死的靈藥，欺瞞上帝；他的發明中包括令人毛骨悚然、前人無法想像的戰爭武器和刑具。

誤解滋生出不信任，蘭登心想。

即使達文西曾創造出眾多令人屏息的基督教藝術，也只是更令他有假虔誠的聲譽。達文西曾接受數百件頗有利潤的羅馬教廷委託案，但他繪製基督教的主題，並非為了表達自己的信仰，而是一種商業投機——好賺錢來供應他揮霍的生活方式。不幸的是，達文西喜歡惡作劇，常默默朝餵養他的那隻手咬一口，以此取樂。他在許多表現基督教的圖畫中，暗藏著絕非基督信仰的符號——以向自己的信仰致敬，而且巧妙地對教會嗤之以鼻。蘭登甚至曾在倫敦的國家畫廊發表一個名為「李奧納多的祕密生活：基督教藝術中的異教符號學」的學術演說。

「我明白你的意思，」蘭登開口道：「但達文西從未真正製作過任何不正道藝術的作品。雖然與教會向來不合，但他其實是個非常重視靈修的人。」蘭登邊說著，腦袋忽然冒出一個怪念頭。他再度朝下看著地板。啊，嚴峻的魔鬼！啊，跛足的聖人！

「然後呢？」

蘭登小心翼翼地斟酌著用詞。「我只是想，索尼耶赫有許多精神上的觀念和達文西一樣，包括他們都很在意教會把神聖女性從現代信仰中排除掉。或許，藉著模仿一幅達文西著名的畫作，索尼耶赫只是單純地想呼應達文西，表達他們對現代教會將女神妖魔化的不滿。」

法舍的眼神變得更冷酷。「你認爲索尼耶赫指控教會是跛足的聖人和嚴峻的魔鬼？」

蘭登必須承認這似乎很牽強，但五芒星好像在某種層面上確認了這個說法。「我的意思不過是說，索尼耶赫先生一生致力於研究女神的歷史，而天主教會爲了抹煞這些歷史，做得比誰都多。所以若說索尼耶赫在他最後告別人世時選擇表達他的失望，似乎是合理的。」

「失望？」法舍問，一副敵意的口吻。「這個訊息感覺上似乎憤怒多過失望，你不覺得嗎？」

蘭登的耐心用完了。「隊長，你問我直覺上認爲索尼耶赫在這裡試圖要說些什麼，而剛剛那些就是我的回答。」

「你指的是，這是一個對教會的控訴？」法舍咬緊下巴，從齒縫間啐出話。「蘭登先生，我在工作上看過很多死人，我可以告訴你，一個被謀殺的人，我不相信他最後想到的，是要寫一份沒人能懂的含糊精神宣告。我相信他所想到的只有一件事。」法舍的氣音劃破空氣。「復仇。我相信索尼耶赫寫這些字，是要告訴我們誰殺了他。」

蘭登瞪大眼睛。「但這無論如何都沒道理啊。」

「是嗎？」

「沒錯，」他疲倦又挫折地還擊：「你告訴過我，索尼耶赫顯然是被他邀請到辦公室的某個人所攻擊。」

「對。」

「所以我們可以很合理的推測，館長認識攻擊他的這個人。」

法舍點點頭。「繼續。」

「所以如果索尼耶赫認識殺他的兇手，這算什麼控訴？」他指著地板。「數字密碼？跛足的聖人？嚴峻的魔鬼？肚子上的五芒星？這一切都太隱諱了。」

法舍皺起眉頭，好像從沒想到過這一點。「你的說法有點道理。」

「考慮到當時的狀況，」蘭登說：「我會假設，如果索尼耶赫想告訴你誰殺了他，他會寫下那個人的名字。」

蘭登說著這些話時，法舍的雙唇今夜首度掠過一抹微笑。「正是，」法舍用法文說：「正是。」

我正在見證大師之作，科列分隊長默默想著，他邊扭著音控設備上的旋轉鈕，邊聆聽法舍的聲音透過耳機傳來。這位高級探員知道，讓隊長登上法國警方高層位置的，正是他在這種時刻所展現的功力。

法舍會去做其他人不敢做的事。

對於今天的警方執法部門來說，哄騙的精妙藝術已成為一門失傳的技巧。很少人擁有這類技藝所需的沉著，但法舍似乎天生具備。他的自制和耐心簡直就像機器。

法舍今天晚上一心一意，懷抱一股強烈的決心，彷彿這項逮捕行動對他有私人意義。一個小時前，法舍曾對探員簡報，表現出異常的明確與自信。我知道誰謀殺了賈克·索尼耶赫，當時法舍說。你們知道該怎麼做，今天晚上不准出錯。

而到目前為止，的確都沒有出任何錯。

科列還不知道是哪個證據讓法舍更確信這名嫌犯的罪，但他很清楚不要去質疑公牛的直覺。有時候法舍的直覺幾乎是超自然的。上帝跟他咬耳朵，在法舍表現出一次格外令人印象深刻的第六感之後，有個探員如此堅持道。科列必須承認，如果眞有上帝，伯居·法舍必然名列在上帝的頭等信徒名單中。這位隊長積極地定期參加彌撒和告解——遠多於其他警官為了公關而只在必要的假日才出席。幾年前教宗訪問巴黎時，法舍使出渾身解數，爭取到謁見的榮耀。法舍與教宗的那張合照現在掛在他的辦公室裡。探員們私下稱之爲「教宗的公牛」（The Papal Bull）。（譯註：此爲雙關語，意爲「教皇詔書」，字面上亦可解爲「教宗的公牛」。）

科列發現，很諷刺的是，法舍近年來難得公開表現立場的事情之一，就是他對天主教會孌童癖醜聞的坦率抨擊。這些神父該被吊死兩次！法舍曾宣稱。一次是為他們對兒童所犯的罪。另一次是為他們玷污了天主教的名聲。科列有種奇怪的感覺，後者激怒法舍更甚。

科列轉向他的筆記型電腦，留意他今天晚上的另一半任務——全球定位追蹤系統。螢幕上的影像顯示了德農翼樓詳細的平面設計圖，這份建築結構圖是從羅浮宮警衛辦公室下載的。科列看著錯綜複雜的畫廊和走廊，找到了他要找的東西。

就在「大陳列館」深處，閃著一個小紅點。

那個標記。

法舍今夜把他的獵物看得很緊。這也是明智的做法，因爲羅柏・蘭登已經證明他是個難纏的角色。

9

伯居．法舍的行動電話關著，好確保和蘭登先生的談話不會被打擾。不幸地，他的行動電話是很昂貴的那款，附有雙向無線電對講機功能，而他的一名探員就違反他的命令，用這個功能呼叫他。

「隊長？」電話裡傳出有如對講機般的劈啪聲。

法舍氣得咬牙切齒。他想不出有什麼事情能重要到讓科列打斷這次的暗中監視——尤其是在這個緊要關頭。

他冷靜地對蘭登投以抱歉的一眼。「請稍等一下。」他從腰帶上抽出電話，按下無線電通訊鈕。「喂？」

「隊長，有位解碼科的探員來了。」

法舍暫時按捺住怒氣。解碼人員？雖然時機很爛，但或許是個好消息。法舍發現索尼耶赫留在地板上的神祕文字後，就把整個犯罪現場的照片上傳給解碼科，希望有人能告訴他索尼耶赫到底想說什麼。如果有解碼人員來到，很可能就表示索尼耶赫的訊息已經解出來了。

「我現在正在忙，」法舍回答，語氣中無疑已有所通融：「請那位解碼人員在指揮站等一下。我這邊弄完了就過去和那位老兄談。」

「是女的，」對方糾正他：「是納佛探員。」

法舍愈來愈不高興談這段話了。蘇菲．納佛是刑事警察局總部最大的錯誤之一。這位年輕的巴黎小姐曾在英國倫敦大學的皇家哈洛威學院研讀解碼學，兩年前，由於部裡政策上要將更多女性納入警力，蘇菲．納佛就被硬塞給法舍。法舍不同意部裡朝「政治正確」靠攏的作法，他爭辯說這會削弱了整個部門。女性不單缺乏警察工作所需的體能，光是她們的出現，就有令男性警察分心的危險。而一如法舍所擔心的，蘇菲．納佛所引起的分心最嚴重。

三十二歲的她意志頑強，近乎固執。她熱誠支持英國的新式解碼方法學，不斷激怒她上面那些資深的法國解碼人員。而到目前爲止，最困擾法舍的便是不可避免的宇宙眞理：在一個充滿中年男子的辦公室裡，有魅力的年輕女人總會把那些專注於工作的雙眼給吸走。

無線電那頭的人說：「隊長，納佛探員堅持要馬上跟你談。我想阻止她，但她已經往陳列館去了。」

法舍不敢相信地回答。「怎麼可以！我已經講得很清楚——」

一時之間，羅柏．蘭登還以爲伯居．法舍中風了。隊長話講到一半，下巴忽然僵住，雙眼暴凸。他憤怒的眼神似乎正盯著蘭登背後的什麼。蘭登還沒來得及轉身看，就聽到一個悅耳的女性聲音在身後響起。

「打擾了，兩位。」

蘭登轉身看到一位年輕女子走過來。在走廊上朝他們邁著流暢的大步伐……步態給人一種堅定的感覺。她穿得很隨意，一件長及膝蓋的乳白色愛爾蘭毛衣，罩著下身的黑色彈性薄長褲，看起來年約三十，很有魅力。一頭酒紅色的濃密頭髮沒有吹整，披在肩頭，襯著她溫暖的臉。不同於哈佛男生宿舍牆上掛的那些瘦巴巴、千篇一律的金髮美女，眼前的這名女子有種未經修飾的健康美和眞實，散發著顯著的自信。

出乎蘭登意外地，女子直接走向他，禮貌地伸出手。「蘭登先生，我是刑事警察局總部解碼科的納佛探員。」她講話隨著略帶英國和法國腔的口音抑揚頓挫。

蘭登握住她柔軟的手掌，在她堅定的目光下頓時呆住了。她橄欖綠的眼珠銳利而清澈。

法舍激動地吸了口氣，顯然準備要開口教訓人了。

「隊長，」她說，迅速轉身先發制人：「請原諒我打擾，但——」

「現在時機不對！」法舍氣急敗壞地用法語說。

「我試過打電話給你。」蘇菲繼續用英語說，好像是出於對蘭登的禮貌。「可是你的行動電話關機了。」

「我關機是有理由的，」法舍氣呼呼地從牙縫裡說：「我正在跟蘭登先生談話。」

「我已經破解那些數字密碼了。」她平淡地說。

蘭登覺得一陣興奮。*她破解了密碼？*

法舍一臉拿不定主意該怎麼反應的表情。

「在解釋之前，」蘇菲說：「我有一個緊急口信要給蘭登先生。」

法舍的表情變得更關切。「給蘭登先生？」

她點點頭，再度轉向蘭登。「蘭登先生，你得跟美國大使館連絡。他們有一份美國來的消息要給你。」

蘭登很驚訝，對於破解密碼的興奮盡失，心中湧起一股擔憂。*從美國來的消息？*他努力想著會是誰要連絡他。只有少數幾個同事知道他在巴黎。

聽到這個消息，法舍寬闊的下巴抿得更緊了。「美國大使館？」他問，聽起來很懷疑。「他們怎麼知道蘭登先生在*這裡*？」

蘇菲聳聳肩。「顯然他們打過電話去蘭登先生的飯店，櫃台人員告訴他們蘭登先生被一名刑事警察局總部的探員帶走了。」

法舍表情困惑。「然後大使館就去找刑事警察局總部的*解碼科*嗎？」

「不，長官，」蘇菲說，她的聲音很堅定：「我打去總部的總機想跟你連絡時，他們那兒正有個口信要給蘭登先生，於是要求我如果碰到你的話，就幫忙傳話。」

法舍的眉頭皺了起來，顯然被搞糊塗了。他張開嘴想講話，但蘇菲已經又轉向蘭登。

「蘭登先生，」她說，從口袋裡掏出一張小紙條，「這是大使館留言服務台的電話。他們要你儘快打過去。」她把紙條遞過去，又急切地看了他一眼。「我跟法舍隊長解釋密碼時，你必須打這個電話。」

蘭登看看那個紙條，上頭是個巴黎的電話號碼，還有分機號碼。「謝謝。」他說，有點擔心起來。「哪裡有電話？」

蘇菲正要從毛衣的口袋掏出行動電話，但法舍揮手阻止她。這會兒他的表情就像即將爆發的維蘇威火山。他眼睛依然盯著蘇菲，把自己的行動電話遞過去。「這個電話很安全，蘭登先生。你可以用。」

蘭登不明白法舍對這名年輕女子怎會如此憤怒。他不安地接過了隊長的電話。法舍立刻把蘇菲帶開幾步，開始低聲斥責她。蘭登覺得愈來愈不喜歡這名隊長，轉身避開了這場奇怪的衝突，打開了行動電話。他看著蘇菲給他的紙條，撥了號。

對方的電話開始響了。

一聲……兩聲……三聲……。

終於，電話通了。

蘭登原以爲會聽到大使館的接線生，沒想到卻聽到答錄機的聲音。怪的是，錄音帶上的聲音很熟悉。那是蘇菲・納佛的聲音。

「日安，這是蘇菲・納佛的家，」那個女性的聲音用法文說著：「我現在不在，但是……」

蘭登困惑地轉身望著蘇菲。「對不起，納佛小姐。我想你可能給了我——」

「不，那個電話號碼沒錯。」蘇菲很快打斷他，好像早猜到了蘭登的困惑。「大使館有個自動留言系統。你必須撥那個密碼，才能聽到你的留言。」

蘭登瞪大眼睛。「可是——」

「就是我給你那張紙上的三位數號碼。」

蘭登張開嘴想解釋這個奇怪的錯誤，但蘇菲沒說話，只迅速看了他一眼。她的綠色眼眸送出了一個再清楚不過的訊息。

別問問題。照辦就是了。

蘭登不知所措，按了紙條上那個分機的號碼：四五四。

蘇菲外出的留言立刻中斷，蘭登聽到一個電子的聲音用法文宣稱：「你有一個新留言。」顯然，四五四是蘇菲不在家時，打電話回家聽留言的遙控密碼。

我在聽這位小姐的留言？

這時蘭登聽到錄音帶倒帶的聲音。最後，停止倒帶，錄音機又正常運轉。蘭登聽著那段留言播放。傳來的聲音又是蘇菲的。

「蘭登先生，」留言開頭是一陣透著恐懼的低語：「不要對這個留言有任何反應。冷靜聽下去。你現在非常危險，務必仔細照我的指示做。」

10

西拉坐在「老師」替他安排的那輛黑色奧迪車駕駛座上，往外看著龐大的聖許畢斯教堂。下方一組組的泛光燈往上照亮了這個教堂，左右兩座鐘塔有如體格健壯的哨兵，聳立在這棟長長的建築之上。兩側隱隱看得見各有一排線條優美的扶壁向外突出，看似一隻美麗野獸的肋骨。

*那些異教徒竟以上帝的寓所藏匿他們的拱心石。*再一次，那個兄弟會證實了他們變幻無常而欺詐的傳奇名聲。西拉期盼著要找到那塊拱心石，交給「老師」，拿回那個兄弟會很久以前從基督信徒手中偷走之物。

這會讓主業會變得多麼有力量。

西拉把奧迪車停在空蕩的聖許畢斯廣場，吐了口氣，告訴自己去除心中雜念，專注於眼前的工作。他今天稍早進行的肉體苦行，讓他寬闊的背到現在還在痛，但比起他被主業會拯救之前一生所遭受的痛苦，這點皮肉之痛算不了什麼。

那些回憶依然糾纏他不去。

*放棄你的仇恨，*西拉告誡自己。*原諒那些曾侵害你的人。*

仰望著聖許畢斯教堂的兩座石塔，西拉與那股熟悉的回頭浪奮戰……那股力量常常把他的思緒往回拖，再度將他囚禁於年輕時待過的那個監獄中。那些煉獄的回憶一如往常湧來，有如暴風雨般搖撼他所有的感官……腐爛包心菜的難聞氣味，死人、尿和排泄物的惡臭。庇里牛斯山的咆哮狂風中傳來絕望的哭喊，還有被遺忘的人們的低聲啜泣。

安道爾，他想著，感覺全身的肌肉繃緊了。

就在那個西班牙和法國之間荒涼而被遺忘的兩國共治的小公國，在石頭牢房裡顫抖著、一心只想死的西拉，卻不可思議地被拯救了。

當時他並不明白自己獲救了。

巨變發生很久以後，才有所領悟。

當時他的名字不是西拉，但他也不記得父母親給他取的名字。他七歲就離家了。他的酒鬼父親是個粗壯的碼頭工人，對於這個白化症兒子的降生很憤怒，常常揍他母親出氣，把這個男孩令人難堪的狀況歸咎於她。而當男孩試圖保護母親時，也一起遭到毒打。

某個夜晚，一場可怕的打架之後，他的母親從此沒再醒來。男孩站在死去的母親身旁，對於自己竟沒能阻止事情的發生，心頭湧上一股強烈的自責。

這是我的錯！

男孩的身體好像被什麼惡魔給附身了，他走進廚房，抓了一把切肉刀。他被催了眠似地來到臥室，父親正躺在床上，醉得不省人事。男孩一言不發，用刀子往他背上刺。他父親痛得大叫，想翻過身來，但他兒子再刺下去，一刀又一刀，直到整個公寓陷入一片死寂。

男孩逃出家門，卻發現馬賽街頭也同樣不友善。他奇異的外表遭到其他蹺家小孩的排斥，只好獨自住在一個廢棄工廠的地下室，以碼頭偷來的水果和生魚果腹。他唯一能相伴的，就是垃圾堆裡撿來的破爛雜誌，靠自學而閱讀。隨著時間過去，他長得愈來愈壯。十二歲時，另一個遊民——年齡是他兩倍大的女孩——在街上嘲笑他，還想偷他的食物。結果那個女孩被他揍得半死，警方來拉開時，給他下了最後通牒——不離開馬賽的話，就要把他關進少年監獄。

男孩沿海岸南下來到土倫。時光流逝，他在街上碰到的同情目光逐漸轉成了畏懼的表情。男孩長成了一個孔武有力的年輕人。人們走過時，他可以聽到他們彼此咬耳朵。鬼呀，他們會說，他們看到他的白皮膚會驚駭得睜大眼睛。有魔鬼眼睛的鬼！

他也覺得自己像個鬼……透明的鬼……從一個港口漂泊到另一個港口。

人們似乎可以看透他。

十八歲時，在一個港邊城市，他正在一艘貨船上打算偷走一箱醃火腿，被兩個船員逮到了。那兩名想揍他的水手一身啤酒味，跟他父親一樣。恐懼和憎恨的回憶如同惡魔，從他內心深處浮現。他赤手空拳就折斷了第一個水手的脖子，後來警察趕到，才救下第二個差點步上同樣命運的水手。

兩個月後，他戴著手銬來到安道爾的監獄。

你白得像鬼，警衛把脫光衣服、渾身發冷的他拖進牢裡時，其他犯人嘲笑著。看起來像個鬼！也許那個鬼可以穿過這些牆壁！

坐了十二年牢之後，他的身體與靈魂已然枯槁，他明白自己已經變成透明人了。

我是鬼。

我沒有重量。

我是鬼……蒼白得像個鬼……朝太陽所在的東方世界走去。

有天夜裡，這個鬼被其他囚犯的尖叫聲吵醒。他不知道是什麼看不見的力量搖撼著他所躺的地板，也不知道是什麼有力的大手令石頭囚室的灰泥結構抖動，但當他站起來，一個大圓石就落在他剛剛睡過之處。他抬頭想看看那顆石頭是從哪裡掉下來的，看到了震動中牆上的一個洞，再往外，是他已經超過十年沒看過的情景。月亮。

雖然地還在搖動，但這個鬼爬上了一個窄窄的隧道，跌跌撞撞地來到外面廣闊的世界，從光禿禿的山坡滾進一片樹林。他跑了一整夜，不斷往山下走，又餓又筋疲力盡，陷入狂亂狀態。

他幾度幾乎要昏過去，黎明時，來到一片空曠地帶，是火車軌道穿越森林所夷出的平地。他夢遊般循著鐵軌往前走。看到一個空的貨運車廂，就爬進去躲著休息。醒來時，火車正在移動。開了多久？開了多遠？他肚子愈來愈痛。我快死了嗎？他又睡著了。這回是被吵醒，有人正在大吼大叫，還打他，把他從那個車廂丟出去。他身上流著血，在一個小村子的邊緣尋找食物，卻徒勞無功。最後，他身體虛弱得再也沒法踏出一步，倒在路邊，昏了過去。

燈慢慢亮了起來，這個鬼不曉得自己已經死了多久。一天？三天？無所謂。他的床柔軟得像朵雲，四周的空氣聞起來有蠟燭的香甜。耶穌在這裡，往下注視著他。我在這裡，耶穌說。石頭滾到一旁，你又重生了。

他睡了又醒。思緒被濃霧遮蔽。他從不相信天堂，然而耶穌卻照看著他。他的床邊出現了食物，這個鬼吃掉了，簡直可以感覺到自己的骨頭上長出了肉。他又睡了。醒來時，耶穌仍朝下對他微笑，說著話。你獲救了，我的孩子。追隨我的人有福了。

再一次，他又睡著了。

一個痛苦的尖叫聲把這個鬼從睡夢中驚醒。他跳下床，跌撞著衝進一條走廊，朝向尖叫聲而去。他來到一個廚房，看到一個大塊頭男人正在揍一名個子比較小的男人。不明狀況之下，這個鬼抓住了那個大塊頭往後摔到牆上去。那人跑了，只剩下這站在那兒、往下看著一個穿著神父袍的年輕男子的鬼。神父的鼻子被打爛了。鬼把正在流血的神父抱起來，帶到一張床上。

「謝謝你，朋友。」神父用笨拙的法文說。「那些奉獻金引來了小偷。你睡夢中說過法文，也能說西班牙文嗎？」

那個鬼搖搖頭。

「你叫什麼名字？」他繼續用破碎的法文說。

那個鬼已經不記得父母給他取的名字。他唯一聽過的，就是監獄裡警衛辱罵他的那些嘲弄言詞。

神父微笑了。「沒有問題。我名叫曼紐爾・艾林葛若薩。我是馬德里來的傳教士。被派來這裡爲主業會建造一所教堂。」

「這是哪裡？」他的聲音聽起來很空洞。

「奧維耶多。在西班牙北部。」

「我怎麼會在這裡？」

「有人把你放在我門口。你病了。我餵你吃飯。你已經來了好幾天。」

那個鬼審視著這名照管他的年輕人。已經好多年未曾有人對他表達過善意了。「謝謝你，神父。」

神父碰碰他流著血的嘴唇。「我才該謝你，朋友。」

這個鬼清晨醒來時，覺得自己的世界更清楚了。他往上凝視著床邊牆上掛著的十字架。雖然它不再對著他說話，但只要有那個十字架在，他就有種慰藉之感。他坐起身來，驚訝地發現床邊桌上有一份剪報。那是篇法文的文章，一星期前的。他看過那篇報導之後，心中充滿恐懼。裡面報導了山區的一個地震，摧毀了一棟監獄，許多危險的罪犯逃了出來。

他的心臟開始怦怦跳。那個神父知道我是誰！那是一種他許久未曾有過的情感。羞愧，內疚，還有被逮到的恐懼。他跳下床。我要逃到哪兒去？

「〈使徒行傳〉。」門邊傳來一個聲音。

那鬼吃驚地轉頭。

年輕的神父微笑著走進來。他的鼻子笨拙地包紮著，遞出一本舊聖經。「我幫你找到了一本法文版。那個章節做了記號。」

那鬼疑惑地接過那本聖經，查閱神父做了記號的章節。

〈使徒行傳〉第十六章。

那幾節提到一個名叫西拉的囚犯被剝掉衣服又挨打過後，關在監獄裡，正唱著詩歌讚美神。那鬼讀到第二十六節時，他震驚地喘了口氣。

「……忽然有大地震，甚至監牢的地基都搖動了。監門立刻全開，眾囚犯的鎖鍊也都鬆開了。」

他抬頭直瞪著神父。

神父笑得很溫暖。「從現在開始，我的朋友，如果你沒有別的名字，我就喊你西拉吧。」

那個鬼茫然地點點頭。西拉。他被賜予了實體。我的名字是西拉。

「該吃早餐了。」那神父說。「如果你要幫我建造這座教堂的話，就會需要力氣的。」

在地中海上空兩萬呎，這架義大利航空編號一六一八班機在亂流中顛簸，引得乘客緊張地挪動著身子。艾林葛若薩主教沒怎麼注意，他一心想著主業會的未來。急著想知道在巴黎的計畫進行得如何，眞希望自己可以打電話給西拉，但卻不行。「老師」已經預料到這一點了。

「這是爲了你的安全。」「老師」曾用帶著法語腔的英語解釋過。「我對電子通訊夠熟悉，知道他們有可能會竊聽。結果可能會對你造成大災難。」

艾林葛若薩知道他說得沒錯。「老師」似乎是個特別小心的人。他沒向艾林葛若薩透露他的身分，不過他已經證明自己是個非常值得服從的人。畢竟，他已經以某種方法得到了非常機密的資訊。那個兄弟會四個首席會員的名字！這是成功的一著，讓主教相信老師的確能不負所託，拿到那個他聲稱能挖出的大獎。

「主教，」「老師」曾告訴他，「一切我都安排好了。爲了讓我的計畫成功，你必須讓西拉這幾天只能聽命於我。你們兩人不能交談。我會透過安全管道和你連絡。」

「你會尊敬地對待他嗎？」

「一個虔誠的人值得最高的尊重。」

「好極了。那麼我明白了。在這件事情結束前，西拉和我不會連絡的。」

「我這麼做是爲了保護你的身分、西拉的身分，也保護我的投資。」

「你的投資？」

「主教，如果你太過著急而害自己進了大牢，就沒法付我錢了。」

主教笑了。「說得好。我們的願望一致。那麼祝你好運。」

兩千萬歐元，主教心想，凝視著窗外。這個金額大約是同樣數目的美金。對於如此重大的東西來說，這點錢微不足道。

他重新生出信心，老師和西拉不會失敗的。金錢和信仰是強有力的動機。

11

「一個數字玩笑？」伯居・法舍的臉氣得發青，不敢置信地盯著蘇菲・納佛。「你對索尼耶赫那些密碼的專業評估是，那是某種數學的惡作劇？」

法舍完全無法理解這個女人怎麼臉皮這麼厚。不光是她剛剛未經法舍的允許就闖進來，而且她現在還指望他相信，索尼耶赫在生命中的最後時刻，竟突發奇想留下了一個數學的玩笑？

「這些密碼，」蘇菲急急用法文解釋：「簡單到荒謬的地步。賈克・索尼耶赫一定早料到我們一眼就能看穿。」她從毛衣口袋掏出一張紙條遞給法舍。「這是解碼後的結果。」

法舍看著那張紙。

1-1-2-3-5-8-13-21

「就這樣？」他厲聲道。「你根本只是把那些數字由小排到大！」

蘇菲還有膽露出一個滿意的笑容。「一點也沒錯。」

法舍壓低聲調成爲低沉的喉音。「納佛探員，我不知道你要說什麼，趕快講重點就是了。」他焦慮地盯了蘭登一眼，他正站在附近，電話壓在耳朵上，顯然還在聽美國大使館的電話留言。從蘭登慘白的臉色，法舍感覺到消息可能不妙。

「隊長，」蘇菲說，以一種危險的挑釁口吻：「你手上的那串數列，剛好就是史上最著名的數學級數之一。」

法舍根本不知道還有稱得上著名的數學級數，而他當然也不會欣賞蘇菲那種不客氣的口吻。

「這是斐波那契數列。」她宣佈，朝著法舍手上的那張紙點了點頭。「這個級數中，每一項都等於前兩項的和。」

法舍審視那些數字。每一項的確都等於前兩項的和，但法舍還是想不出這一切跟索尼耶赫的死有什麼關聯。

「數學家李歐納多‧斐波那契在十三世紀創出了這個數字序列。索尼耶赫寫在地板上的所有數字都屬於斐波那契那個著名的數列，顯然不可能是巧合。」

法舍瞪著這位年輕女子好一會兒。「很好，如果不是巧合，你能不能告訴我，為什麼賈克‧索尼耶赫選擇這麼做。他想說什麼？這些數字有什麼意義？」

她聳聳肩。「完全沒意義。這就是重點，這只不過是個密碼玩笑。就像找一首有名的詩，把所有的字隨便打亂後，看會不會有人認得出所有的字原來屬於同一首詩。」

法舍威脅地往前逼近一步，他的臉離蘇菲的臉只有幾吋。「我眞希望你有比這個更令人滿意的解釋。」

蘇菲湊過身子來，柔和的五官變得出奇地堅定。「隊長，鑑於你今天晚上在這裡的案子事關重大，我還以爲你會想知道賈克‧索尼耶赫可能是在跟你玩遊戲。顯然我搞錯了。我會通知解碼科的主任，你不需要我們效勞了。」

於是她轉身，朝來時的路走回去。

法舍目瞪口呆地看著她消失在黑暗裡。她瘋了嗎？蘇菲‧納佛重新定義了什麼叫「自毀前程」。

法舍轉向蘭登，他還在電話上，專注地聽著電話留言，表情更憂慮了。美國大使館。伯居‧法舍討厭很多東西……但少有比美國大使館更令他憤怒的了。

法舍和美國大使常常爲了涉及兩國的事務而角力——最常見的爭執，就是對美國觀光客的執法問題。刑事局幾乎每天都會逮捕到持有迷幻藥的美國交換學生、召雛妓的美國商人、順手牽羊或毀損財產的美國觀光客。法律上，美國大使館可以介入並將有罪的公民引渡回國，在美國，這類罪名只會受到輕微的處罰而已。

而美國大使館還就老是這麼做。

法舍稱之爲「把刑事警察局給閹割」。《巴黎競賽周刊》最近曾登出一幅漫畫，把法舍描繪成一隻警犬，想咬一個美國犯人卻咬不著，因爲牠被拴在美國大使館。

今晚休想，法舍告訴自己。今晚這事情太重要了。

蘭登掛斷電話時，臉色很差。

「一切都還好嗎？」法舍問。

蘭登虛弱地搖搖頭。

家鄉傳來壞消息，法舍如此覺得，他把行動電話拿回來時，注意到蘭登正在微微冒汗。

「出了個意外，」蘭登結結巴巴地說，表情怪異地看著法舍。「一個朋友……」他猶豫著。「我得搭明天一早的班機飛回去。」

法舍毫不懷疑，蘭登臉上的震驚是眞的，但他也感覺到另外一種情緒，似乎有種模糊的恐懼突然漲滿這個美國人的雙眼。「你要不要坐下？」他指向畫廊中的一張休憩觀賞凳。

蘭登心不在焉地點點頭，朝一張凳子走了幾步。又停下來，表情愈來愈困惑。「其實，我想去一下洗手間。」

法舍因爲時間耽擱而暗自皺眉。「洗手間，沒問題。我們休息幾分鐘吧。」他往後朝他們走進來的方向指指長廊。「洗手間就在後頭，往館長辦公室那邊。」

蘭登猶豫著，指著「大陳列館」走道盡頭的另一個方向。「我相信那邊的洗手間比較近。」

法舍知道蘭登沒說錯。他們現在進入「大陳列館」三分之二處，盡頭就有男女洗手間。「要我陪你去嗎？」

蘭登朝畫廊深處走，搖搖頭。「不必。我想一個人安靜幾分鐘。」

法舍並不想讓蘭登獨自走到走道的另一頭，但他比較放心的是，「大陳列館」往下走沒有路，唯一的出口是在另一頭——他們剛剛從下頭鑽過來的那道門。雖然法國消防法令規定，這麼大的空間必須設有幾個緊急樓梯井，但索尼耶赫觸動安全系統時，那些樓梯井便已自動關閉。就算安全系統已經重設過，樓梯井也打開了，但也沒有影響——外頭的門只要一打開，就會啓動火警鈴，驚動外面的刑事局探員過來守衛。蘭登不可能在法舍不知情的狀況下離開。

「我得回索尼耶赫先生的辦公室一會兒。」法舍說。「請直接到那邊找我，蘭登先生。我們還有一些事情要討論。」

蘭登無言地揮揮手，消失在黑暗中。

法舍轉身，氣呼呼地朝反方向走去。到了那道柵門，他從底下鑽過去，出了「大陳列館」，走進大廳，怒氣沖天地闖進了設在索尼耶赫辦公室的指揮中心。

「是誰讓蘇菲·納佛進入這棟建築的！」法舍大吼。

科列是第一個開口回答的人。「她告訴外頭的守衛說她破解密碼了。」

法舍四下看看。「她走了嗎？」

「她沒跟你在一起？」

「她離開了。」法舍往外看著黑暗的走廊。顯然蘇菲出去時，沒心情停下來跟其他警官聊幾句。

一時之間，法舍還想用無線電呼叫入口處的警衛，叫他們攔下正要離開羅浮宮的蘇菲，把她拖回這裡來。但又想想，那只是自尊心作祟……想擺擺架子罷了。今天晚上讓人分心的事情已經夠多了。

稍後再來收拾納佛探員，他告訴自己，已經準備要炒她魷魚了。

把蘇菲拋到腦後，法舍瞪著索尼耶赫書桌上站著的那個縮小騎士模型好一會兒。然後轉向科列。「你看到他了嗎？」

科列匆匆點了頭，把筆記電腦轉向法舍。建築平面圖上清楚顯示了一個小紅點，正規律地在一個標示著「公廁」的房間裡閃爍。

「很好。」法舍說，點了根菸，大步邁向走廊。「我得去打個電話。務必確定蘭登除了洗手間之外不會到處亂跑。」

12

蘭登拖著沉重的步伐，走向「大陳列館」的盡頭，覺得腦袋一片空白。蘇菲的電話留言在他心中一遍遍播放。走廊盡頭，一些標示燈上有國際通用表示洗手間的線條人物符號，指引著他穿過那些迷宮也似、掛滿義大利繪畫的分隔牆，來到隱藏在牆後的洗手間入口。

找到了男用洗手間的門，蘭登走進去打開燈。

裡面是空的。

他走向盥洗台，把冷水潑在臉上，想讓自己清醒。刺眼的日光燈照在光溜溜的瓷磚上，反射的光芒令人目眩，而且裡頭有一股阿摩尼亞味。他擦手時，洗手間的門在他身後吱呀一聲打開，他轉身。

蘇菲．納佛進來，她綠色的眼珠裡閃現著恐懼。「感謝老天你來了。我們的時間不多。」

蘭登站在盥洗台邊，不知所措地盯著刑事警察局總部的解碼員蘇菲．納佛。才幾分鐘前，蘭登聽了她的電話留言，心想剛出現的這個解碼員一定是瘋了。然而，他愈聽下去，就愈覺得蘇菲．納佛的話是當眞的。不要對這些留言有反應。冷靜聽下去就是了。你現在非常危險。仔細遵照我的指示。蘭登拿不定主意，但決定遵照蘇菲的建議做。他告訴法舍那通電話留言是關於家鄉一個受傷的朋友。然後要求使用「大陳列館」盡頭的洗手間。

蘇菲這會兒站在他面前了，大老遠折回到洗手間來的她仍然喘著氣。在日光燈下，蘭登驚訝地看清，她銳利的眼神配上柔和的五官，讓人想起雷諾瓦筆下有朦朧效果的畫像……朦朧卻輪廓分明，鮮明卻又罩著一層神祕的面紗。

「我之前是想警告你，蘭登先生……」蘇菲開口，還是接不上氣：「他們在暗中監視你。」她說話時，帶著口音的英文迴盪在瓷磚牆面間，聽起來有種空洞感。

「可是……爲什麼？」蘭登問。蘇菲已經在電話留言裡跟他解釋過了，但他想聽她親口說。

「因爲，」她走近他：「法舍在這樁謀殺案中，鎖定的主嫌犯是你。」

蘭登已經有心理準備會聽到這個答案，但聽起來還是覺得太荒謬了。根據蘇菲的說法，蘭登今天被找來羅浮宮並非因爲他是符號學家，而是被當成嫌犯，而且在不知情的狀況下，刑事局已經用他們最喜歡的偵訊方法——暗中監視——在對付他，在這種巧妙的設計下，警方會冷靜地邀請嫌犯來到犯罪現場問問題，期望他會緊張說錯話，而證明自己有罪。

「檢查一下你外套的左邊口袋，」蘇菲說：「你會發現監視你的證據。」

蘭登心中湧起一股憂慮。檢查我的口袋？聽起來好像什麼老套的魔術表演。

「你檢查就是了。」

一臉困惑的蘭登把手伸進蘇格蘭毛料的外套左邊口袋——他從沒用過這個口袋。探探裡面，什麼都沒有。不然你還希望找到什麼？他開始懷疑，說不定一切只不過是蘇菲瘋了。然後他的手指摸到某個預期之外的東西。又小又硬。蘭登捏住那個小東西拿出來，驚異地瞪著瞧。那是個鈕扣狀的金屬圓盤，大概像手錶電池那麼大。他從沒看過這玩意兒。「這什麼……？」

「全球定位系統追蹤器，」蘇菲說：「持續把它的所在位置傳送給一個全球定位系統的衛星，讓刑事局的人監看。我們用這種裝置來監視人們的位置，誤差不會超過兩呎。你的行蹤完全在他們的電子監控之下。去接你的探員是在你離開飯店房間前，把這個追蹤器偷放進你的口袋。」

蘭登回想飯店房間的情景……他迅速沖澡，穿衣服，離開房間時，那個刑事警察局探員禮貌地把蘭登的蘇格蘭毛料外套遞給他。外面很冷，蘭登先生，那個探員說。巴黎的春天並不完全像你們那首流行歌講得那麼美好。蘭登當時謝了他，穿上外套。

蘇菲的橄欖綠眼珠很敏銳。「稍早我沒告訴你追蹤器的事情，因爲我不希望你在法舍面前檢查口袋。不能讓他知道你已經發現了。」

蘭登不知道該怎麼回答。

「他們用全球定位系統追蹤你，因爲他們以爲你可能會逃走。」她暫停了一下。「事實上，他們希望你會逃；這會讓你的嫌疑更大。」

「我幹嘛要逃！」蘭登問。「我是無辜的！」

「法舍可不這麼想。」

蘭登生氣地走向垃圾桶，想把那個追蹤器丟掉。

「不！」蘇菲抓住他的手臂阻止。「留在你的口袋裡。如果你丟掉，訊號就不會再移動，他們就會曉得你發現了。法舍讓你單獨行動的唯一理由，是因爲不管你去哪裡，他都能監視你。如果他認爲你發現了他幹的好事……」蘇菲沒把話說完，而是把蘭登手上那個金屬小圓盤拿走，放回他的蘇格蘭毛料外套口袋中。「把追蹤器放在你身上，至少暫時放一下。」

蘭登覺得很困惑。「法舍怎麼會認定我殺了賈克・索尼耶赫！」

「他有一些很有說服力的理由去懷疑你。」蘇菲的表情陰沉。「這裡有個證據你還沒看過。法舍一直小心翼翼地瞞著你。」

蘭登只能瞪著眼睛。

「你還記得索尼耶赫寫在地板上的那三行字嗎？」

蘭登點點頭。那些數字和文字他已經牢牢記住了。

此刻蘇菲的聲音壓低成爲耳語。「不幸的是，你看到的並不是全部。還有第四行字，法舍先拍了照，然後在你來之前擦掉了。」

雖然蘭登知道夜光筆的可溶性墨水可以輕易擦掉，但仍無法想像法舍為什麼要抹去證據。

「那個訊息的最後一行字，」蘇菲說：「法舍不想讓你知道。」她停了一下。「至少在他把你收拾乾淨之前。」

蘇菲從毛衣口袋掏出一張電腦列印出來的相片，打開來。「今晚稍早，法舍把幾張犯罪現場的照片上載到解碼科來，希望我們能猜出索尼耶赫的訊息是什麼意思。這張照片上有完整的訊息。」她把那張紙遞給蘭登。

蘭登瞪著那張照片，腦袋一片空白。那張特寫照片顯示了鑲木地板上發著光的字跡，最後一行字讓蘭登覺得肚子像是被踹了一腳。

13-3-2-21-1-1-8-5

啊，嚴峻的魔鬼！（O, Draconian devil!）

啊，跛足的聖人（Oh, lame saint!）

附記，去找羅柏・蘭登（P.S. Find Robert Langdon.）

13

有幾秒鐘，蘭登驚奇地瞪著那張照片，上面有索尼耶赫的附記。P.S.去找羅柏・蘭登。他覺得腳下的地板彷彿傾斜了。索尼耶赫留下一句附記，裡頭有我的名字？他想破頭都想不透爲什麼。

「現在你應該明白，」蘇菲說，她的眼神熱切：「爲什麼法舍今天晚上找你來，而且爲什麼你是主嫌犯了吧？」

此時蘭登唯一明白的，就是當他建議說索尼耶赫要指控兇手的話，應該會寫出名字，法舍的表情爲什麼會那麼得意了。

去找羅柏・蘭登。

「索尼耶赫爲什麼要這樣寫？」蘭登問，他的困惑現在轉爲憤怒。「爲什麼我會想殺害賈克・索尼耶赫？」

「法舍還沒找到動機，但他已經錄下了今天整晚跟你的談話，期望你可能會洩漏。」

蘭登張大了嘴，但還是說不出話來。

「他身上裝了一個迷你麥克風，」蘇菲解釋：「連接到他口袋裡一個無線發報器，可以把訊號傳回指揮部。」

「可是這不可能啊，」蘭登結巴地說：「我有不在場證明。我演講後就直接回飯店了。可以去問飯店櫃台。」

「法舍已經派人去問過了。他得到的報告是，你是在大約十點半去櫃台拿房間鑰匙。不幸的是，謀殺的時間接近十一點。你可以輕易地溜出房間不被看到。」

「這太荒謬了！法舍沒有證據！」

蘇菲瞪大眼睛，好像是在說：沒有證據嗎？「蘭登先生，你的名字就寫在屍體旁邊的地板上，而且索尼耶赫的記事本上也寫著接近謀殺時間時你跟他在一起。」她暫停一下。「法舍有太多證據可以把你拘留訊問了。」

蘭登忽然覺得他需要一個律師。「不是我殺的。」

蘇菲嘆了口氣。「這不是美國的電視秀，蘭登先生。在法國，法律保障的是警方，而不是犯人。不幸的是，在這個案子裡，還要考慮到新聞媒體。賈克・索尼耶赫在巴黎非常有名，而且是個深受愛戴的公眾人物，他的謀殺案將會是明天早上的大新聞。法舍有壓力必須馬上公開說明，而如果他手上已經有名嫌犯遭到拘留，會讓他處境好得多。不論你是否有罪，八成都會被刑事局抓起來，直到他們能搞清事情的眞相爲止。」

蘭登覺得自己好像被關在籠子裡的動物。「你爲什麼要告訴我這些？」

「因爲，蘭登先生，我相信你是無辜的。」蘇菲望向別處一會兒，然後目光又回到蘭登臉上。「同時也因爲，你會惹上麻煩，一部分是因爲我的錯。」

「什麼？索尼耶赫想害我，是你的錯？」

「索尼耶赫並沒有要害你。那是個誤會。地板上的訊息是打算給我看的。」

蘭登一時間想不清這什麼意思。「抱歉，你的意思是？」

「那些訊息不是給警察看的。他是寫給我看的。我認爲他不得不在匆忙間完成這一切，卻沒想到警方看了會有什麼想法。」她頓了一下。「那些數字沒有意義。索尼耶赫寫出來只是要確定會找解碼人員來偵查，好確保我能盡快知道他發生了什麼事。」

蘭登覺得他完全聽不懂了。蘇菲・納佛是不是瘋了還可以慢慢研究，但至少蘭登現在明白她爲什麼要救他。P.S.去找羅柏・蘭登。她顯然相信館長寫下註記給她，要她去找蘭登。「可是你爲什麼覺得他的訊息是寫給你看的？」

「〈維特魯威人〉，」她平靜地說：「那幅素描一向是我最喜歡的達文西作品。今夜他用這幅素描來引起我的注意。」

「慢著。你是說，館長知道你最喜歡的藝術作品？」

她點點頭。「對不起。我講的順序全亂了。賈克・索尼耶赫和我是……」

蘇菲的聲音哽住了，蘭登聽得出其中有一種突如其來的悲傷、一段傷痛的往事，在表面之下醞釀著。蘇菲和賈克・索尼耶赫顯然有某種特殊關係。蘭登審視著眼前這個美麗的年輕女子，很明白法國的年長男子常常會有個年輕情婦。但即使如此，要說蘇菲・納佛是被人「包養」，好像總有哪裡不太對。

「十年前我們鬧翻了。」蘇菲說，她的聲音此刻已是耳語。「之後我們幾乎沒講過話。今天晚上，解碼科接到他被謀殺的消息，我看到他的屍體和地板上那些字的照片，就明白他是試圖傳遞訊息給我。」

「因爲那幅〈維特魯威人〉？」

「對，還有他寫的P.S.」

「附記（Post Script）？」

她搖搖頭。「P.S.是我名字的縮寫。」

「可是你的名字是蘇菲・納佛（Sophie Neveu）。」

她轉開眼光。「P.S. 是我們住在一起時，他喊我的小名。」她臉紅了。「指的是蘇菲公主（Princesse Sophie）。」

蘭登沒答腔。

「很蠢，我知道。」她說。「但那是很多年前了。那時我還是個小女孩。」

「你還是個小女孩的時候就認識他？」

「我們很熟。」她說，淚水盈眶，情緒激動了起來。「賈克・索尼耶赫是我的祖父。」

14

「蘭登在哪裡？」法舍問，吐出最後一口煙，踱回指揮部。

「還在洗手間，長官。」科列分隊長已經猜到他會這麼問。

法舍咕噥道：「我看他可一點也不急。」

隊長從科列肩後看著全球衛星定位系統的那個點，科列幾乎聽得到輪子運轉的聲音。法舍正按捺著要去找蘭登的衝動。理想狀況是，應該要盡量給觀察的目標多一些時間和自由，好讓他們誤以為自己很安全。蘭登必須是心甘情願地回來。不過，他也已經去快十分鐘了。

太久了。

「蘭登有可能發現我們在監視他嗎？」法舍問。

科列搖搖頭。「我們還是看得到男廁裡面有小小的移動，所以他身上顯然還是有那個全球衛星定位系統的追蹤器。或許他覺得不舒服？如果他發現了那個追蹤器，應該就會丟掉，而且會試圖逃走。」

法舍看看錶。「好吧。」

然而法舍還是無法釋然。整個晚上，科列都感覺到他的隊長異常地緊繃。平常在壓力下仍冷靜不受影響的法舍，今晚似乎變得情緒化，好像整件事不知怎地跟他私人有關。

不意外，科列心想。法舍太需要逮捕這個人了。最近內政部和新聞媒體愈來愈公然批評法舍的積極策略、他和某些重要國家大使館的衝突，還有他在新科技上頭的嚴重超支。今夜，動用高科技設備去逮捕一個犯下重大案件的美國人，可以平息那些長久以來的批評，有助於法舍多保住這份工作幾年，直到他拿到豐厚的退休金退休。天曉得他多需要那些退休金，科列心想。法舍對科技的熱中不但傷到他的專業，也傷到他個人。謠傳法舍把所有存款都投資在幾年前的科技熱門股中，輸掉他的襯衫。而法舍是那種只穿頂級襯衫的人。（譯註：此處原文lost his shirt字面意為輸掉襯衫，意指損失了一大筆錢。）

今夜，時間還很充裕。蘇菲·納佛冒失打斷雖然令人扼腕，但只是個小小的絆腳石。她現在走了，法舍還有一手好牌。他還沒告訴蘭登，被害者在地板上寫了他的名字。P.S.去找羅柏·蘭登。那個美國人對這個小證據的反應將會表明一切。

「隊長？」一名刑事局的探員在辦公室那頭喊。「你最好來接這通電話。」他拿著電話聽筒，一臉擔憂。

「誰打來的？」法舍說。

那名探員皺著眉頭。「是解碼科的主任。」

「然後呢？」

「跟蘇菲·納佛有關，長官。大事不妙了。」

15

時候到了。

西拉踏出那輛黑色奧迪車時，覺得情況完全在自己掌握之中，夜晚的微風吹得他鬆鬆繫著的長袍獵獵作響。山雨欲來之勢已有了徵象。他知道眼前的工作需要靈巧甚於蠻力，於是把手槍留在車上。那把十三發的赫克勒科赫USP點四〇口徑手槍是「老師」提供給他的。

致命武器不該出現在天主的寓所裡。

大教堂前方的廣場此時一片荒涼，唯一看得到的人影，就是聖許畢斯廣場遠遠另一端兩個十來歲的妓女，正在對夜間川流的旅客展露本錢。她們已屆成熟的肉體挑起西拉腹股間一陣熟悉的欲念蠢動。他的大腿本能地彎了一下，有倒鉤的苦修帶狠狠刺進了肉裡。

那股慾望瞬間便消失無蹤。至今已有足足十年，西拉戒絕所有色慾的放縱，連自慰也不容許。那是他的「道路」。他知道自己爲了追隨主業會犧牲了很多，卻得到了更多回報。發誓過著獨身生活和放棄所有個人資產，簡直算不上是犧牲。想想他曾經歷過的貧窮和在獄中曾遭受的性虐待，獨身生活是個可喜的轉變。

自從多年前被逮捕並送到安道爾的監獄之後，這回是西拉首次回到法國，他可以感覺到家鄉在試驗他，從他被救贖的靈魂中拖出暴力的回憶。你已經重生了，他提醒自己。他今天爲了服事天主，必須犯下謀殺之罪，西拉知道他必須將這份犧牲默默永藏心底。

要衡量你有多虔誠，就要看你能忍受多少痛苦，「老師」曾告訴過他。西拉對痛並不陌生，而且急於想在「老師」面前證明他自己，「老師」曾向他保證，他的行動是來自一個更高層的權力。

「我在進行主的事業。」西拉用西班牙文低語著，走向教堂的入口。

他停在龐大門口的陰影裡，深吸了一口氣。直到這一刻，他才眞正明白自己該怎麼做，以及裡面等著他的是什麼。

那塊拱心石。它將引導我們走向最後的目標。

他舉起死白的拳頭，在門上敲三下。

過了一會兒，那扇巨大木頭正門的門閂開始移動。

16

蘇菲好奇著法舍要花多久時間，才會猜到她沒離開這棟建築。看到蘭登顯然大受打擊，蘇菲自問，把他引來洗手間困在這裡是否正確。

我還應該做些什麼？

她想像著祖父的屍體，以大鷹展翅之姿赤裸躺在地板上。曾有一度，祖父在她眼中就代表全世界，但今夜，蘇菲很驚訝地發現自己幾乎不爲他感到悲傷。賈克．索尼耶赫現在於她只是個陌生人了。在她二十二歲那個三月夜晚的那一瞬間，他們的關係便已徹底斷絕。*那是十年前了*。蘇菲當時正在英格蘭的研究所念書，提早幾天回家，因而看到了她的祖父正在做一些蘇菲顯然不該看到的事情。那個景象她到今天都還不太能相信。

如果我不是親眼看到……。

她實在太羞愧又太震驚，受不了聽她祖父痛心地試圖解釋，蘇菲立刻搬出來自己住，拿了她的存款跟幾個室友租下了一層公寓。她曾發誓絕對不跟任何人提起她所看到的。祖父曾想盡辦法要連絡她，給她寄卡片和信，但從沒有得到回應，除了一次——爲了禁止他再打電話或試圖在公開場合跟她碰面。她擔心他的解釋會比那個事件本身更可怕。

難以置信地，索尼耶赫從不曾放棄她，而十年來沒拆的信已經塞滿了蘇菲一個梳妝台抽屜。她祖父很守信用，從來不曾違背她的請求又再打電話給她。

直到今天下午。

「蘇菲？」他留在她答錄機裡的聲音聽起來蒼老得驚人。「這麼久以來，我都遵照你的願望……打這個電話給你我也很痛苦，但我必須跟你談。有件可怕的事情發生了。」

蘇菲站在她巴黎那棟公寓的廚房裡，經過這麼多年後，再度聽到他的聲音，讓她覺得一陣寒意襲來。他和藹的聲音喚起許多她鍾愛的童年記憶。

「蘇菲，請聽我說。」他正用英語跟她說話，就像她小時候那樣。在學校練習法語，在家就練習英語。「你不能永遠生我的氣。這些年我寄的那些信你都沒看嗎？你難道還不明白嗎？」他停了一下。「我們必須馬上談。請答應你祖父這個願望。打電話來羅浮宮給我。立刻就打。我相信你和我都正面臨重大的危險。」

蘇菲瞪著答錄機。危險？他在瞎說什麼？

「公主……」她祖父的聲音變得低啞，帶著一種蘇菲無法捉摸的情感。「我知道我瞞著你一些事，也知道我因此失去了你的愛。但那是爲了你的安全著想。現在你必須知道眞相。拜託，我必須告訴你有關你家人的眞相。」

突然間，蘇菲聽得見自己的心跳。我的家人？蘇菲的父母在她四歲時就過世了。他們的車衝出橋面，掉入水流湍急的河中。她祖母和弟弟當時也在車上，蘇菲的所有家人就這樣忽然間全部消失了。她有一整盒新聞剪報可以證實這件事。

他的話讓她內心深處湧起一股深深的渴慕。我的家人！就在那一瞬間，蘇菲看到那些曾讓她小時候從夢中驚醒無數次的影像：我的家人還活著！他們快回家了！但，就像在她夢中一般，那些圖像早已消失不見。

你的家人死了，蘇菲。他們不會回家了。

「蘇菲……」她祖父在答錄機中說。「我等了好多年想跟你說。等著適當的時機，但現在時間用完了。打電話到羅浮宮來給我。你一聽到這段留言就回電給我。我整夜都會在這裡等。我擔心我們兩人都會有危險。有太多事情你必須知道。」

那段留言到此結束。

靜默中，蘇菲站在那裡哆嗦著，感覺上有好幾分鐘。她思索著祖父的留言，唯一說得通的可能只有一個，他的眞正用意逐漸浮現。

那是個誘餌。

很明顯，祖父實在太想見她了，於是用盡一切方法。她因而更討厭這個人。蘇菲懷疑他或許是到了重症末期，決定不計任何手段，好讓蘇菲去見他最後一面。若是如此，那這一招眞是高明。

我的家人。

此刻，站在羅浮宮黑暗的男廁裡，今天下午那通電話留言還依稀在她耳邊迴盪。*蘇菲，我們兩人可能都會有危險。打電話給我。*

她沒有打給他，也不打算打。而現在，她原先的懷疑已經深受挑戰。她的祖父在他自己的博物館裡被謀殺身亡，而且在地板上寫了一份密碼。

一份給她的密碼。這一點她很確定。

雖然並不明白他那份訊息的意思，但蘇菲很確定那種隱私的本質更證明這些遺言是要給她看的。蘇菲對密碼的熱情和天分，源於她從小被賈克・索尼耶赫一手帶大——他自己就很迷密碼、文字遊戲，還有字謎。*我們有多少個星期天花在解報紙上的密碼和縱橫字謎上頭？*

到了十二歲，蘇菲已經可以獨力解出《世界報》上的縱橫字謎，她的祖父則讓她進一步玩英文字謎、數學謎題、置換性密碼，蘇菲都來者不拒。最後她成爲刑事警察局的密碼破解員，把這股熱情投入事業。

今夜，身爲一個解碼員，蘇菲不得不敬佩她祖父，竟然利用一個簡單的密碼，結合了兩個完全陌生的人——蘇菲・納佛和羅柏・蘭登。

問題是為什麼？

很不幸，從蘭登茫然的雙眼，蘇菲感覺到這個美國人也不會比她更明白爲什麼她祖父要把他們湊在一起。

她再度逼問。「你和我祖父本來計畫今天晚上要碰面。是爲了什麼事？」

蘭登看起來是眞心感到困惑。「他的秘書跟我約的，沒告訴我任何確切原因，我也沒問。我猜想他是聽說我會發表一個關於法國主教堂中異教聖像學的學術演講，對這個主題有興趣，覺得演講後跟我碰面喝杯酒也不錯。」

蘇菲不相信。這太牽強了。她祖父對異教聖像學懂得比世上任何一個人都多。況且，他是個特別性喜隱居的人，除非有重要的理由，否則他不會輕易跟隨便哪個美國教授就聊起來。

蘇菲深吸了口氣，進一步詢問。「我祖父今天下午打電話給我，告訴我說，他和我都身處於重大的危險之中。你對這個說法有任何了解嗎？」

蘭登的藍色眼珠此刻蒙上了一層擔憂。「沒有，但對照剛剛發生的事情……」

蘇菲點點頭。對照今天晚上的事件，她如果還不曉得要害怕，就是笨蛋了。她覺得腸枯思竭，走向洗手間遠遠那一頭的小塊厚玻璃板窗子，透過玻璃上嵌著保全膠帶的網孔，她沉默地朝外凝視。他們的位置很高——離地面至少四十呎。

她嘆了口氣，抬眼看著令人目眩的巴黎景致。在她左手邊，塞納河對岸，是燈火通明的艾菲爾鐵塔。正前方，是凱旋門。而往右，在隆起的蒙馬特丘高處，則是聖心堂優雅的阿拉伯式圓頂，光滑的石材發出白色光芒，有如一座耀眼的聖地。

而在這裡，德農翼樓的最西端，南北向的騎兵廣場大街幾乎緊貼著建築，與羅浮宮的外牆間只隔著一條窄窄的人行道。遠遠的下方，一輛巴黎夜間尋常可見的運貨大卡車停下來，正在等綠燈，車後的邊燈閃爍著，好像在嘲笑著上方的蘇菲。

「我不知道該說什麼。」蘭登說，走過來站在她後面。「你祖父顯然有事想告訴我們。很抱歉我幫不上一點忙。」

蘇菲從窗邊轉過身來，感覺到蘭登深沉的聲音中有股由衷的遺憾。即使身陷這一切煩惱之中，他顯然還是想幫她。那是出自好為人師的本能。她心想，她曾看過刑事警察局總部對嫌疑犯的心理狀態評估。他是個學者，顯然受不了有什麼自己不懂的事情。

我們這一點倒是一樣，她心想。

身為一個密碼破解員，蘇菲賴以維生的，就是從看似無意義的資料中找出意義。今夜，她猜想最可能的，就是蘭登擁有她急需的資料，不管他是否知道是什麼資料。蘇菲公主，去找羅柏·蘭登。他祖父的訊息還能更清楚了嗎？蘇菲需要更多時間和蘭登在一起，需要更多時間思考，需要更多時間去理清這整個謎團。不幸的是，時間快用完了。

蘇菲往上看著蘭登，採取了她唯一能想到的一招。「伯居·法舍隨時會把你關起來。我可以帶你離開這個博物館。但我們必須馬上行動。」

蘭登瞪大了眼睛。「你要我逃嗎？」

「這是最聰明的辦法。如果你現在讓法舍把你關起來，你就得在法國監獄耗上幾個星期，而這段期間，刑事局和美國大使館會爭執你的案子該由哪國的法庭審判。但如果你設法離開這裡，去了貴國的大使館，那麼貴國政府就會保護你，讓你我有時間證明你和這樁謀殺案根本無關。」

蘭登的表情看來完全沒被說服。「算了吧！法舍在每個出口都安排了武裝警衛！就算我們可以平安脫身，逃跑只會顯得我心裡有鬼。你得告訴法舍，寫在地板上那些字是要給你的，而且我的名字出現在裡頭，並非指控我是兇手。」

「我會告訴他，」蘇菲說，講得很急：「但要等到你平安進了美國大使館再說。大使館離這裡只有一哩，而且我的車就停在博物館外頭。在這裡跟法舍交涉實在太冒險了。你看不出來嗎？法舍今天晚上的任務就是要證明你有罪。他拖著還沒有逮捕你的唯一原因，就是要進行他的監視，希望你會有什麼舉動，好讓他逮捕你的理由更牢不可破。」

「沒錯。比如逃走！」

蘇菲毛衣口袋裡的行動電話忽然響了。或許是法舍。她手伸進口袋把手機關掉。

「蘭登先生，」她匆匆說道：「我得問你最後一個問題。」而且可能會決定你未來的一切。「寫在地板上的那些字，顯然並不是要證明你有罪，但是法舍告訴我們科裡的人，說他確定你就是他要抓的兇手。你能不能想出其他可能的理由，好解釋他爲什麼相信你是有罪的？」

蘭登沉默了幾秒鐘。「怎麼都想不出來。」

蘇菲嘆了口氣。這表示法舍在說謊。蘇菲無法去想像爲什麼，但眼前這一點實在不重要。現實就是伯居．法舍已經決心今晚要把羅柏．蘭登關進大牢裡，不計一切代價。而蘇菲自己也需要蘭登，這個兩難局面，使得她只有一個合理的解決方法。

我必須把蘭登送到美國大使館。

蘇菲轉身面向窗戶，透過玻璃板上的保全嵌網，看著四十呎以下遠得讓人眼花的人行道。從這麼高的地方跳下去，至少會讓蘭登兩腿骨折。

話雖如此，蘇菲卻已經下定決心。

羅柏．蘭登要逃出羅浮宮，不管他願不願意。

17

「你說沒人接是什麼意思？」法舍一臉懷疑。「你是打她的行動電話，對吧？我知道她明明帶在身上的。」

科列已經試著連絡過蘇菲好幾次了。「搞不好電池沒電了。或她把響鈴關掉了。」

自從跟解碼科主任講過電話後，法舍看起來更苦惱了。掛掉電話後，他走向科列，要他打電話找納佛探員。現在科列沒連絡上，法舍就像一隻關在籠裡的獅子似的踱來踱去。

「解碼科主任打電話來做什麼？」科列大著膽子問。

法舍轉身。「打來告訴我們他們查不出嚴峻的魔鬼和跛足的聖人的含意。」

「就這樣？」

「不只，他還說他們才剛確認那些數字是斐波那契數列，但他們懷疑那串數字沒有意義。」

科列很困惑。「可是他們已經派納佛探員來告訴我們這點了。」

法舍搖搖頭。「他們沒派納佛來。」

「什麼？」

「解碼科主任說，他接到我的命令，就召回全組人員去看我傳給他的那些照片。納佛探員趕到辦公室後，只看了那些索尼耶赫和密碼的照片一眼，就離開辦公室，半個字都沒說。那個主任說，他沒質疑她的異常行爲，因爲猜想她是被那些照片弄得很難過。」

「難過？她以前沒看過屍體的照片嗎？」

法舍沉默了一下。「我不知道這件事，而且解碼科主任似乎也不知道，後來才有個同事告訴他，原來蘇菲・納佛是賈克・索尼耶赫的孫女。」

科列說不出話來。

「解碼科主任說她從沒跟他提過索尼耶赫，或許是不希望因爲有個名人祖父而享受特權。」

*難怪她會因為那些照片而難過。*科列簡直不能想像這個不幸的巧合，去把一個年輕女子叫來破解一份由她死去家人所寫的密碼。不過，她的行爲還是說不通。「但她顯然認出那些數字是斐波那契數列，因爲她已經來過這裡告訴我們了。我不明白她爲什麼馬上就離開辦公室，也沒告訴任何人她已經猜出來了。」

科列只能想出一個情節去解釋這個令人困擾的發展：索尼耶赫在地板上寫了一串數字密碼，是希望法舍在調查時會找解碼人員，因此也就會讓他孫女知道。至於其他的訊息，是索尼耶赫跟他孫女溝通的某種方式嗎？若是如此，那些訊息告訴了她什麼？又怎麼會扯上蘭登？

科列還沒能進一步細想，空蕩蕩的博物館裡響起了警鈴，打破沉寂。聽起來好像是來自「大陳列館」裡面。

「警鈴！」一個探員喊道，看著羅浮宮警衛中心傳來的反應。「大陳列館，男廁！」

法舍衝向科列。「蘭登在哪裡？」

「還在男廁！」科列指著他電腦上建築平面圖裡閃爍的小紅點。「他一定是打破了窗戶！」科列知道蘭登不會走遠。雖然巴黎的消防法令規定，公共建築裡十五公尺以上的窗子必須能打破，以防萬一發生火災，但若沒有鉤子和梯子而想從羅浮宮二樓的窗子離開，那根本是自殺。況且，德農翼樓西端下方沒有樹木或草坪可以當跳下去的緩衝墊。而在那個洗手間窗戶的正下方，就是距離外牆只有幾呎的騎兵廣場雙線道。「老天，」科列驚叫，眼睛盯著螢幕：「蘭登走到窗檯邊了！」

但法舍已經開始動了。他從掛肩槍套裡猛然抽出馬紐因MR-93型左輪手槍，衝出了辦公室。

科列不知所措地看著螢幕，那個閃爍的小點來到窗檯，然後做了一件完全想不到的事情。那個小點移到整棟建築的外面。

發生了什麼事？他想不透。蘭登跳出了窗檯還是——

「老天！」當那個小點大老遠射向牆外，科列整個人跳了起來。訊號似乎抖動了一下，然後閃爍的小點忽然停下來，就在建築外頭距離約十碼之處。

科列笨拙地摸索著電腦控制指令，找出了一張巴黎的街道圖，然後再察看全球衛星定位系統。局部放大後，他可以看到那個訊號的確切位置。

那個小點沒再移動。

它就死死躺在騎兵廣場的中央。

蘭登跳樓了。

18

法舍奮力衝向「大陳列館」深處，此時在遙遠的警鈴聲之下，科列透過對講機大喊。

「他跳了！」科列嚷著。「我看到訊號就在騎兵廣場上頭！在洗手間窗外！現在一動也不動了！老天，我想蘭登剛剛自殺了！」

法舍聽到這些話了，但覺得沒道理。他繼續跑。這條走廊似乎永無盡頭，他衝過索尼耶赫的屍體時，眼睛直盯著德農翼遠端的那些隔間。現在警鈴愈來愈大聲了。

「慢著！」科列的聲音再度透過對講機大喊。「他又動了！我的天老爺，他還活著。蘭登在移動了。」

法舍仍繼續跑，每跑一步就詛咒一次這條走廊幹嘛這麼長。

「蘭登移動得更快了！」科列仍在對講機裡嚷著。「他跑下騎兵廣場。等一等……他愈來愈快。他移動得太快了！」

到了那些隔間處，法舍繞著迂迴往前，看到了洗手間的門，然後跑過去。

現在警鈴聲大得幾乎聽不到對講機的聲音了。「他一定是在車上！我想他在車上！我沒辦法——」

科列的話被警鈴聲蓋過了，而法舍也終於拿著手槍衝進男廁。刺耳的警鈴聲讓他縮了一下，他掃視整個區域。

裡面是空的，洗手間內荒寂無人。法舍的眼睛立刻移向洗手間遠端那扇碎裂的窗，他衝過去探出窗沿往外看。看不到蘭登的影子。法舍無法想像有人冒險做這種特技。就算他能跳那麼遠，也一定會受重傷。

警鈴聲終於停了。又聽得到科列從對講機裡傳來的聲音。

「……往南移動……愈來愈快……在騎兵橋上，正要越過塞納河！」

法舍往左手邊看。騎兵橋上唯一的車子，就是一輛巨大的雙節貨運拖車，正遠離羅浮宮往南而去。沒有頂蓋的車廂上罩著塑膠防水布，有點像是一張巨大的吊床。法舍明白過來，心中一凜。或許就在幾分鐘前，那輛卡車曾因爲紅燈而停在洗手間窗戶的正下方。

他不要命了。法舍告訴自己。蘭登不會曉得卡車的防水布底下載的是什麼。如果是載鋼製品呢？或水泥？跳下四十呎？眞是發瘋了。

「那個點轉向了！」科列喊道。「右轉進了聖父碼頭！」

夠確定了，那輛貨運拖車已經過了橋減速，右轉進入聖父碼頭。就這樣了，法舍心想。他吃驚地望著那輛卡車轉了彎消失。科列已經用無線電呼叫守在外面的探員，讓他們離開羅浮宮周圍，上巡邏車去追趕，他一直廣播著那輛卡車的位置如何改變，活像什麼怪異的現場報導。

結束了，法舍知道。他的手下會在幾分鐘之內包圍那輛卡車。蘭登哪裡都去不了。

法舍收好武器，走出洗手間，用無線電呼叫科列。「把我的車開過來。我要去那兒，親眼看著他被逮捕。」

法舍回頭在長長的「大陳列館」上慢跑時，很想知道蘭登那一跳，會不會連小命都不保。

這倒是無所謂了。

蘭登逃跑，罪名成立。

離洗手間僅僅十五碼之外，蘭登和蘇菲站在「大陳列館」的黑暗處，背抵著那面隔開洗手間與畫廊的大牆。他們才剛剛躲好，法舍就衝過面前，手拿槍進了洗手間。

之前六十秒所發生的事是一片模糊。

當蘇菲開始看著男廁裡那片玻璃板窗子，檢視裡面的保全網帶時，蘭登正站在旁邊，拒絕為一樁他沒犯的罪而逃跑。然後她往下看著街道，好像在衡量著往下落的距離。

「只要稍微瞄準一點，你就可以離開這裡了。」她說。

瞄準？他不安地望向那扇洗手間的窗子。

在街道上，一輛十八輪、兩節車廂的巨大拖車正在窗下的紅燈停了下來。龐大的貨艙上罩著藍色的塑膠防水布，鬆鬆的蓋著卡車上載的貨物。蘭登期望蘇菲不是正在想那件她大概會想到的事情。

「蘇菲，叫我往下跳是不可能的——」

「把追蹤器拿出來。」

蘭登茫然地摸索著口袋，找到那個小小的金屬圓盤。蘇菲拿過去，急步走向盥洗台。她抓了一塊厚厚的肥皂，把追蹤器放在上面，用拇指把圓盤用力壓入肥皂中。圓盤陷入柔軟的表面後，她再擠壓肥皂，封住洞口，將那個追蹤裝置緊緊埋在肥皂塊裡。

蘇菲把肥皂遞給蘭登，自己從盥洗台下方拿起一個沉重的圓筒狀垃圾桶，舉了起來，就像拿著一把破城鎚似的。她把垃圾桶底部用力砸向窗戶中央，玻璃打碎了。

頭上的警報器以震耳欲聾的分貝爆響起來。

「肥皂給我！」蘇菲喊道，在警報聲中幾乎聽不見。

蘭登把那塊肥皂塞進她手裡。

她握住那塊肥皂，看著碎玻璃窗外停著的那輛十八輪卡車。目標非常大——一面龐大而靜止的防水布——離這棟建築的邊緣還不到十公尺。紅燈即將轉為綠燈時，蘇菲深深吸了口氣，以下拋姿勢將那塊肥皂丟入夜空中。

那塊肥皂朝著卡車落下，掉在防水布的邊緣，又往下滑進貨艙中，此時燈號轉綠。

「恭喜你，」蘇菲說，拖著他走向門口：「你剛逃出了羅浮宮。」

他們溜出男廁，才剛躲入陰影處，法舍便衝過他們面前。

此時，隨著警鈴聲停息，蘭登聽得到刑事警察局的巡邏車警笛一路遠離羅浮宮。警方撤出了。法舍也急匆匆走了，留下一片空蕩的「大陳列館」。

「『大陳列館』往後約五十公尺有個緊急逃生梯。」蘇菲說。「現在羅浮宮外面的警衛都撤走了，我們可以離開了。」

蘭登決定整晚都不再開口說半句話了。蘇菲・納佛顯然要比他聰明太多。

19

據說，在全巴黎所有建築物中，聖許畢斯教堂的歷史是最古怪的。這座教堂建於一座祭祀古埃及女神伊西絲的神廟廢址之上，建築樣式與聖母院差不多。小說家薩德侯爵和詩人波特萊爾曾在這裡受洗，大文豪雨果的婚禮也是在這裡舉行的。附屬的修道院有一長串豐富的非正統教派歷史，且曾是許多祕密會社的私下聚會處。

今夜，聖許畢斯教堂裡洞穴般的中殿安靜得像座墓穴，唯一的生氣只有稍早舉行夜間彌撒所留下的隱約薰香餘韻。當桑德琳修女帶領西拉進入這個聖地時，西拉從她的舉止中感覺到一種不安。他並不意外。人們一向對他的外貌感到不自在，西拉早已習慣了。

「你是美國人。」她說。

「生於法國。」西拉回答。「我是在西班牙受到聖召的，現在在美國研習神學。」

桑德琳修女點點頭。她是個小個子女人，眼神安靜。「你從沒看過聖許畢斯教堂？」

「我知道這本身簡直就是個罪孽。」

「它白天時比較美。」

「我相信。雖然如此，我還是很感激你今天晚上給我機會。」

「是修道院長要求的。你顯然有很有權力的朋友。」

你根本不懂，西拉心想。

西拉隨著桑德琳修女走下主走道，很驚訝這座教堂的簡樸。不像聖母院有色彩豐富的濕壁畫、鍍金的祭壇、溫暖的木頭，聖許畢斯教堂空蕩而冰冷，散發出一種幾乎是荒涼的氣息，令人想起西班牙那些素樸的主教堂。教堂內部因缺乏裝飾而顯得更寬闊，西拉往上凝視有肋條支撐的高聳圓頂，想像自己像是站在一艘翻覆巨船的船身之下。

形象很貼切，他心想。那艘兄弟會的船即將永遠傾覆。急著要工作的西拉希望桑德琳修女離開，她是個小個子女人，西拉可以輕易解決掉，但他曾立誓除非絕對必要，否則不使用武力。她是個修女，那個兄弟會選擇她的教堂作為其拱心石的隱藏處，並不是她的錯。她不該因為別人的罪過而遭到懲罰。

「眞不好意思，修女，害你爲了我不能睡覺。」

「沒關係。你馬上就要離開巴黎了，不應該錯過聖許畢斯教堂。你對教堂的哪方面比較有興趣，建築還是歷史？」

「事實上，修女，我的興趣是心靈面的。」

她愉快地笑了。「這自然不必說。我只是不知道該從哪裡開始替你導覽。」

西拉的眼光投向祭壇。「不需要導覽。你已經太好心了，我可以自己四處看看。」

「不麻煩的，」她說：「反正我也醒了。」

西拉停下腳步。他們現在已經走到第一排座位處，離祭壇只有十五碼。他龐大的身軀整個轉過來面對著那個小個子女人，感覺得到她抬頭看著他的紅眼睛時瑟縮了一下。「如果不會顯得太冒失的話，修女，我不習慣這樣走進一個天主的寓所裡就開始參觀。在我參觀之前，你介意我一個人花點時間禱告嗎？」

桑德琳修女猶豫了。「啊，那當然。我就在教堂後方等你。」

西拉柔軟但沉重的手放在她肩膀，往下看著她。「修女，吵醒你已經讓我覺得很罪過了，要再要求你不睡覺陪著我就太過分了。拜託，你該回到床上。我樂意獨自在這個聖地待一會兒，然後自行離開。」

她看起來很不安。「你眞的不會覺得被拋下不管嗎？」

「一點也不會。獨自禱告是一種快樂。」

「那就如你所願吧。」

西拉的手放開她的肩膀。「祝你好睡，修女。願天主的平靜與你同在。」

「也與你同在。」桑德琳修女走向樓梯。「出去時請務必把門關緊了。」

「我會的。」西拉看著她爬上樓梯，消失在視線外。然後他轉身在第一排座位跪下，感覺到苦修帶刺進他的腿。

「親愛的天主，我把今天所做的工作獻給你……」

祭壇上方高處，桑德琳修女蹲在唱詩班樓座的陰暗處，透過欄杆靜靜凝視著單獨跪著的那位長斗篷隱修士。她心中突如其來的畏懼難以平息。有那麼一剎那，她懷疑這名神祕訪客會不會是他們警告過她的那個敵人，也許今夜她得執行多年來她所遵守的那些命令。她決定待在這裡的黑暗中，監視著他的每個動作。

20

蘭登和蘇菲步出陰影處，悄悄進入空無一人的「大陳列館」走道，朝緊急逃生的樓梯而去。

蘭登走著，感覺自己像是試圖在黑暗中湊出一個拼圖。這個謎題的最新線索令人十分不解：刑事局的隊長想把謀殺罪名套在我頭上。

「你會不會覺得，」他耳語道：「說不定是法舍把那些字寫在地板上的？」

蘇菲連回頭都懶得。「不可能。」

蘭登沒那麼肯定。「他好像很想讓我看起來有罪。或許他以為把我的名字寫在地板上，會有助於他這個案子成立？」

「斐波那契數列？還有那個P.S.？還有那些達文西作品和女神符號學？那一定是我祖父寫的。」

蘭登明白她說得沒錯，線索的符號象徵都太契合了——五芒星、〈維特魯威人〉、達文西、女神，甚至還有斐波那契數列。一套連貫的符號，聖像學家會如此稱之。一切都緊密相扣。

「還有他今天下午打給我的電話。」蘇菲補充。「他說他有事必須告訴我。我相信他在羅浮宮所留下的訊息，是他最後一次設法想告訴我某件重要的事，某件他認為你可以幫我了解的事。」

蘭登皺起眉。啊，嚴峻的魔鬼！啊，跛足的聖人！他真希望自己能明白這個訊息，不單為了蘇菲好，也是為了自己。打從他看到那些神祕文字後，事態就一路惡化了。假裝跳出洗手間的窗子，也不會讓蘭登更博得法舍一丁點好感。總之，他不太相信那個法國警察隊長能從追逐並逮捕一塊肥皂中領會任何幽默。

「逃生口快到了。」蘇菲說。

「你想，你祖父臨終訊息中的那些數字，有沒有可能是用來了解其他各行訊息的關鍵？」蘭登曾研究過一些培根的手稿，裡面有一些碑文密碼，其中某些行的代碼是解開其他行的線索。

「我一整夜都在想那些數字。總和、商、乘積。什麼都看不出來。在數學上，那些數字只是隨意排列，完全是亂寫的數字。」

「可是它們全是斐波那契數列的一部分。這不可能是巧合。」

「的確。使用斐波那契數列是我祖父向我打招呼的另一個方式——就像用英語寫，或把自己的身體擺成我最喜歡的藝術作品，或者在他自己身上畫個五芒星。這一切都爲了吸引我的注意力。」

「五芒星對你有特別的意義嗎？」

「對。我一直沒機會跟你說，但從小，五芒星就是祖父和我之間的一個特殊符號。我們以前常玩塔羅牌，我拿到的牌到頭來總是屬於五芒星牌組。我很確定他是洗牌作弊，但五芒星肯定是我們之間的小玩笑。」

蘭登覺得一陣寒意襲來。他們玩塔羅牌？這種中世紀的義大利牌戲，充滿了各式各樣隱藏的異教符號，因而蘭登的新書手稿裡面有一整章就在談塔羅牌。塔羅牌的二十二張牌各有其名，如女教皇、女皇、星星。最早的塔羅牌設計上有各種祕密涵義，用來傳遞基督教會所禁絕的各種意識形態。如今，則由現代算命師傳揚塔羅牌的神祕性質。

塔羅牌中對照女神的牌組是五芒星。蘭登心想，明白到若索尼耶赫曾洗牌作弊逗弄他孫女，那麼五芒星是很恰當的祕密玩笑。

他們來到緊急逃生梯出口，蘇菲小心翼翼地打開門。警鈴沒響。只有通往羅浮宮外的門才有警戒裝置。蘇菲帶著蘭登走下一道窄窄的Z字型階梯，逐漸加快腳步。

「你祖父，」蘭登說，在她後頭匆匆趕上，「他跟你談到五芒星時，有沒有提起女神崇拜，或任何對天主教教會的怨恨？」

蘇菲搖搖頭。「我對五芒星的數學性質更有興趣——神聖比例、PHI、斐波那契數列，諸如此類的。」

（譯註：PHI爲第二十一個希臘字母的英文拼音，通常小寫爲ϕ，在數學上用來代表某個定值；類似以希臘字母π代表圓周率之值。）

蘭登很驚訝。「你祖父教過你PHI這個數值？」

「當然，神聖比例。」她的表情變得靦腆起來。「事實上，他常開玩笑說我是半神聖……你知道，因爲我名字裡的字母。」

蘭登想了一下，然後低聲唸了出來。

s-o-PHI-e。（蘇菲）

邊往下走，蘭登重新研究著PHI。他開始明白，索尼耶赫所遺留的線索，比他一開始所想像的更有一致性。

達文西……斐波那契數列……五芒星。

眞是難以置信，這一切事物都由一個藝術史上極其基本的概念聯繫起來，蘭登往往要花上好幾堂課談這個基本概念。

PHI。

他的思緒頓時被拉回哈佛大學，站在「藝術裡的符號學」課堂上，在黑板寫下他最喜歡的數字。

1.618

蘭登轉過身，面對著滿堂熱切的學生。「誰能告訴我，這個數字是什麼？」

一個坐在後頭、主修數學的長腿學生舉手。「那是PHI值。」他把它唸做"fee"。

「很好，史代納。」蘭登說。「各位同學，跟你們介紹PHI。」

「別跟PI搞混了，」史代納笑著補充。「我們研究數學的人喜歡說：PHI多了一個H，要酷得多了！」

（譯註：PI爲希臘字母π的英文拼音。）

蘭登笑了，可是好像沒有人聽懂這個笑話。

史代納洩氣了。

「這個數字PHI，」蘭登接著說：「一點六一八，在藝術上是一個很重要的數值。誰能告訴我爲什麼？」

史代納想挽回顏面。「因爲這個數字很漂亮？」

大家都笑了。

「事實上，」蘭登說，「史代納又說對了。PHI通常被認爲是宇宙間最美麗的數字。」

笑聲嘎然而止，史代納一臉得意。

蘭登播放著幻燈片投影機，解釋著PHI值源出於斐波那契數列——這個數列之所以有名，不單是因爲相鄰兩項的和等於下一項，也因爲相鄰兩項相除的商數具有一項驚人的特質，會趨近於一點六一八——亦即PHI！

撇開PHI看似神奇的數學起源不談，蘭登解釋道，PHI眞正令人驚訝之處，在於它是自然界的基本構成要素。行星、動物，甚至人類的構造比例，都奇異而精確地忠於PHI比一的比例。

「PHI在自然界無所不在，」蘭登說著關掉了燈：「顯然不止是巧合，因此古人認爲PHI這個數字必然是由造物主所註定的。早期的科學家便預報說，一點六一八是神聖比例。」

「慢著，」一個坐在前排的年輕女子說：「我主修生物，我從沒見過自然界有這個神聖比例。」

「沒有嗎？」蘭登笑了。「你研究過蜂巢中的雌雄關係嗎？」

「當然，雌蜂的數目一定比雄蜂多。」

「沒錯。而如果你把全世界任何蜂巢中的所有雌蜂數目除以雄蜂數目，都會得到同一個數字，你知道嗎？」

「是嗎？」

「是，PHI。」

那女孩目瞪口呆。「少蓋！」

「不蓋你！」蘭登反擊，笑著放了一張螺旋形海螺的幻燈片。「認得出來嗎？」

「這是鸚鵡螺。」那個主修生物的女孩說。「頭足類軟體動物，牠會把空氣打進居住的殼中，以調整浮力。」

「沒錯。你猜得出每圈螺旋直徑跟下一圈的比例嗎？」

那個女孩盯著鸚鵡螺的同心螺旋，一臉懷疑的表情。

蘭登點點頭。「PHI，神聖比例。一點六一八比一。」

那女孩大吃一驚。

蘭登繼續放下一張幻燈片——向日葵盤狀種子頭的特寫鏡頭。「向日葵的種子以逆螺旋方向生長，你們猜得到每一圈跟下一圈直徑的比例嗎？」

「PHI？」每個人都說。

「答對了。」現在蘭登加速放映幻燈片——螺旋形生長的松毬鱗片、植物莖上的樹葉排列、昆蟲身體的分節——都驚人地展現出它們遵循著神聖比例。

「太神奇了！」有人喊道。

「是啊，」另一個人說：「可是這跟藝術有什麼關係呢？」

「啊哈！」蘭登說：「眞高興有人問起。」他放映另一張幻燈片——一張淡黃色的羊皮紙，上頭是達文西著名的男性裸體素描——〈維特魯威人〉——作品名稱源自才華洋溢的古羅馬建築師馬可斯・維特魯威，他曾在著作《建築十書》中頌揚神聖比例。

「沒有人比達文西更了解人體的神聖結構。達文西曾經實際掘出屍體，以測量人體骨骼結構的確實比例。他是第一個證明人體構成要素的比率的確恆常等於PHI的人。」

課堂上的每個人都看著他，充滿懷疑。

「不相信？」蘭登提出挑戰。「下回沖澡的時候，帶一捲皮尺進去。」

幾個美式足球選手偷笑著。

「不只是你們這幾個沒安全感的球員而已，」蘭登慫恿道：「所有人。男生和女生都是。帶著皮尺試試看。先量自己頭頂到地板的長度，然後拿這個數字除以肚臍到地板的長度。猜猜看會得到什麼數字。」

「不會是PHI吧！」一個美式足球員不敢置信地衝口而出。

「是的，正是PHI。」蘭登回答。「一點六一八。想不想聽另外一個例子？先量你的肩膀到指尖的長度，然後拿這個數字除以你的手肘到指尖的長度。又是PHI。再一個怎麼樣？臀部到地板的長度除以膝蓋到地板的長度。又是PHI。每個指關節。每個腳趾。每一節脊椎。PHI。PHI。PHI。朋友們，你們每個人都是神聖比例的活證據。」

即使在黑暗中，蘭登也看得出他們都很震驚。他心中浮現一股熟悉的暖意，這正是他會教書的原因。「朋友們，如同你們可以看到的，混沌的世界中自有一套隱藏的基本秩序。當古人發現PHI，他們便確定自己無意中已發現了神建構世界的要素，所以古人崇拜自然。原因不難了解。神的運作在自然界隨處可見，即使今日也還存在著各種崇敬大地之母的異教。我們很多人以異教徒的方式頌讚大自然而不自知。五朔節就是個絕佳的例子，慶祝春天的到來……大地重現生機，豐饒萬物。早在太初之時，神聖比例中的神祕魔法便已存在。人類只是在大自然的法則下運作，而因爲藝術是人類試圖模仿造物者之手所創造的美，因此你們可以想像，我們這個學期可能會看到許多藝術中神聖比例的例證。」

接下來半小時，蘭登放了許多米開朗基羅、杜勒、達文西及其他許多藝術家作品的幻燈片給學生看，證明每個藝術家在他們作品的佈局中，都刻意且嚴謹地固守神聖比例。蘭登展示了PHI也存在於建築空間中，如希臘帕德嫩神廟、埃及金字塔，甚至是紐約市聯合國大廈。PHI出現在莫札特的奏鳴曲、貝多芬的第五號交響曲的組織化結構中，以及巴托克、德布西、舒伯特作品裡。蘭登告訴學生，十七八世紀義大利知名的小提琴工匠史特拉底瓦里，甚至用PHI這個數字去計算小提琴上面的f洞的確實位置。

「最後，」蘭登說著走向黑板，「我們回到符號。」他畫了五條相交的線，形成了一個五角星。「這個符號是你們這個學期將會看到最有力量的圖像之一。通常稱之爲五角星，或古人稱之爲五芒星。這個符號在許多文化中被認爲兼具神聖性和魔法性。有人能告訴我爲什麼嗎？」

主修數學的那個學生史代納舉起手。「因爲如果你畫一個五角星，五條線所分割出來的線段就會自動符合神聖比例。」

蘭登驕傲地向那個學生點點頭。「說得好。沒錯，五芒星裡所有線段的比值全部等於PHI，使得這個符號成爲神聖比例的最佳代表。因此，五角星一向是代表女神與神聖女性之美麗與完美的符號。」

課堂上的女孩全都滿面笑容。

「還有一點，各位。我們今天只簡略提到達文西，但這學期我們將會看到很多他其他的作品。有大量史料證明達文西是古代崇拜女神的信徒。明天，我會讓你們看他的濕壁畫〈最後的晚餐〉，那會是你們見過向神聖女性致敬最驚人的作品之一。」

「你是說笑的對不？」有人說。「我還以爲〈最後的晚餐〉是有關耶穌的！」

蘭登一眼眨了下。「有些符號藏在你永遠想不到的地方。」

「來呀。」蘇菲耳語。「怎麼了？我們快到了，快點！」

蘭登翻了翻眼睛，覺得自己從遙遠的思緒中回過神來。然後他靈光乍現，發現自己站定在階梯上，無法移動。

啊，嚴峻的魔鬼！啊，跛足的聖人！

蘇菲回頭看著他。

不可能這麼簡單，蘭登心想。

但他知道當然就是這麼簡單。

就在羅浮宮的內部深處……滿心翻騰著PHI和達文西的意象，羅柏．蘭登忽然意外地破解了索尼耶赫的密碼。

「啊，嚴峻的魔鬼！」他說。「啊，跛足的聖人！那是最簡單的一種密碼！」

蘇菲停在他下方的階梯上，困惑地朝上看著他。密碼？她整夜都在推敲那些字句，卻看不出其中隱含任何密碼，更別說是簡單的密碼。

「你自己唸唸看。」蘭登迴盪的聲音帶著興奮。「斐波那契的數字只有擺對順序才有意義。否則只是一堆亂寫的數字而已。」

蘇菲完全不明白他在說些什麼。斐波那契的數字？她很確定那些數字只是爲了要在今天晚上讓解碼科也加入辦案，除此之外沒有別的。難道還有另一個目的？她手插進口袋，拉出那張印表機印出來的紙，再度研究她祖父的訊息。

13-3-2-21-1-1-8-5

啊，嚴峻的魔鬼！（O, Draconian devil!)

啊，跛足的聖人！（Oh, lame saint!)

那些數字有什麼相干？

「那些亂擺的斐波那契數字是線索，」蘭登說，把那張紙拿過來：「用來暗示如何破解其他訊息。他不照順序寫那些數字，是要我們用同樣的概念去解其他文字。啊，嚴峻的魔鬼？啊，跛足的聖人？這些句子毫無意義，只是一些沒照順序亂擺的字母而已。」

蘇菲馬上就明白了蘭登的意思，聽起來好像簡單得可笑。「你認爲這個訊息是……變位字？」她瞪著他。「就像把報紙上的不同字母剪下來，拼湊成一個字彙？」

蘭登看得到蘇菲臉上的懷疑，也完全能理解。很少有人明白，變位字謎雖是現代社會一種老掉牙的娛樂，但在神聖符號學領域卻有豐富的歷史。

猶太卡巴拉教派傳統的神祕教義中，曾大量運用變位字——把希伯來文字中的字母重新安排，導出新的意義。整個文藝復興時期的法蘭西國王十分相信變位字有著魔法的力量，因而指定皇家的變位字謎師幫助他們分析重要文件中的字彙，以做成決策。古羅馬人還提到過變位字這門學問是ars magna，意思是「偉大的藝術」。

蘭登抬起頭看著蘇菲，目光定定地看著她。「你祖父的意思一直就攤在我們面前，他還留下了太多的線索讓我們足以解答。」

蘭登不再說話，從外套口袋抽出一枝筆，把每行的字母重新排列。

O, Draconian devil!（啊，嚴峻的魔鬼！）

Oh, lame saint!（啊，跛足的聖人！）

恰恰就是以下的變位字：

Leonardo da Vinci!（李奧納多·達文西！）

The Mona Lisa!（蒙娜麗莎！）

21

〈蒙娜麗莎〉。

一時間，蘇菲站在往出口的樓梯上，完全忘記了他們要逃出羅浮宮的事。

她對那個變位字謎的震驚之餘，更加上了自己沒能解出來的羞愧之感。蘇菲對複雜解碼方法的專業知識，使得她忽略了太單純的字謎，然而她知道她早該看出來的。畢竟，她對變位字一點也不陌生，尤其是英文的變位字。

她小時候，祖父就常用變位字謎訓練她的英文拼字。有回祖父寫了一個英文字「行星」（planets），告訴蘇菲用同樣的這些字母，可以拼出其他長度不等的字彙，足足有九十二個之多。蘇菲曾花了整整三天查英文字典，直到把所有字彙都找出來。

「我眞無法想像，」蘭登盯著那張印表機所印出來的紙說：「你祖父在死前那幾分鐘，怎麼能設計出這麼複雜的變位字謎。」

蘇菲知道爲什麼，而這令她更覺得難過。我早該看出來的！此刻她憶起她的祖父——既對字謎遊戲入迷，又愛好藝術——年輕時常用知名藝術作品來設計變位字謎，以此自娛。事實上，蘇菲還記得小時候，有回祖父的變位字謎還給他惹上麻煩。在接受一份美國藝術雜誌的訪問時，索尼耶赫爲了表達他對現代藝術家立體派運動的厭惡，還指出畢卡索的鉅作〈阿維農姑娘〉（Les Demoiselles d'Avignon）恰好是英文「不知所云的鬼畫符」（vile meaningless doodles）的變位字。畢卡索的崇拜者可一點也不覺得好笑。

「我祖父可能很久以前就設計出這個〈蒙娜麗莎〉的變位字謎了。」蘇菲說，抬頭看了蘭登一眼。而今夜他被迫湊合著用這個字謎來當密碼。她祖父從遠處向她大喊，聲音眞切得令人打寒顫。

李奧納多．達文西！

〈蒙娜麗莎〉！

蘇菲不明白，爲什麼祖父的遺言要提到這幅名畫，但她只想得到一個可能。而這個可能令人不安。

那些話不是他最後的遺言……

她應該回頭去看〈蒙娜麗莎〉嗎？她祖父在畫上給她留了話嗎？這個念頭似乎十分合理，畢竟，那幅著名的畫作就掛在國事廳——這個專屬觀賞室只能從「大陳列館」進入。事實上，現在蘇菲明白，通往觀賞室的那道雙扇門，就離她祖父陳屍的地方只有二十公尺。

他死前很可能去探訪過〈蒙娜麗莎〉。

她在緊急逃生的樓梯回頭往上看，覺得心煩意亂。她知道她該立刻帶著蘭登離開博物館，但直覺卻驅使她反其道而行。蘇菲想起她小時候第一次拜訪德農翼樓，明白到如果她祖父有祕密要告訴她，那麼世上少有地方會比達文西的〈蒙娜麗莎〉更適合作爲他們相會的地點。

「往前面再走一點點路就到了。」她祖父低語道，抓緊了蘇菲的小手，領著她穿過閉館後空蕩無人的博物館。

當時蘇菲六歲。當她往上望著巨大的天花板，往下看到令人目眩的地板時，覺得自己渺小又卑微。空空的博物館嚇壞她了，但她不想讓祖父發現。她堅定地咬緊牙關，放開祖父的手。

「前頭就是國事廳。」她祖父說，兩人一起走向羅浮宮最著名的那間展覽室。雖然祖父顯然很興奮，但蘇菲只想回家。她在很多書裡看過〈蒙娜麗莎〉的圖片，一點也不喜歡。她不明白爲什麼每個人都那麼大驚小怪。

「好無聊。」蘇菲用法文喃喃抱怨著。

「要說英文。」他糾正。「在學校講法文，在家裡就講英文。」

「這裡是羅浮宮，不是家裡！」她用法文反駁。

他給了她一個疲倦的笑容。「你說得沒錯，那我們為了好玩來講英文好了。」

蘇菲嘟起嘴巴繼續走。進入國事廳時，她掃視狹窄的房間，目光定在那個顯然最光榮的位置——右手邊牆壁的中央，有幅畫掛在一面防彈玻璃牆後面。她祖父在門口稍停片刻，然後朝那幅畫示意。

「去吧，蘇菲。不是很多人都有機會單獨見她的。」

蘇菲硬吞下心中的憂慮，緩緩走過房間。聽說了〈蒙娜麗莎〉的種種之後，她覺得自己好像要去覲見國王似的。來到防彈玻璃前，蘇菲屏住呼吸往上看，忽然間一抬頭將它盡收眼底。

蘇菲不確定自己曾期待會有什麼感覺，但很肯定不是眼前這個。沒有震撼或詫異，沒有瞬間的驚奇。那張著名的臉看起來就像書上印的一樣。她靜靜站在那裡，感覺上好像有一輩子似的，等著有什麼發生。

「所以你覺得呢？」她祖父低語著來到她身後。「好美，對不？」

「她太小了。」

索尼耶赫笑了。「你也很小，而且你也很美。」

我不美，她心想。蘇菲討厭自己的紅頭髮和雀斑，而且她比班上所有男生都要高大。她的目光又回到〈蒙娜麗莎〉身上，搖搖頭。「她比書上看起來還要糟糕。她的臉好……brumeux（法文，意為朦朧）。」

「foggy（朦朧）。」她祖父用英語教她。

「foggy。」蘇菲重複唸了一次這個英語字彙，心知除非她把這個英文生字跟著唸一遍，否則別想繼續和祖父談下去。

「這在繪畫中稱爲『暈塗法』，」他告訴她：「這種技巧很難。李奧納多‧達文西這方面的功力比任何人都好。」

蘇菲依然不喜歡這幅畫。「她看起來好像知道什麼事情……好像學校裡的小孩有祕密時的表情。」

她祖父笑了。「這是爲什麼她這麼有名的原因之一。人們喜歡猜她爲什麼微笑。」

「你知道她爲什麼微笑嗎？」

「或許吧，」祖父朝她擠了擠眼睛。「有天我會告訴你這一切。」

蘇菲跺腳。「我告訴過你，我不喜歡祕密！」

「公主，」他笑了：「人生充滿了祕密。你不可能一口氣全都弄明白的。」

「我要回去。」蘇菲宣佈，她的聲音在樓梯井中顯得空洞。

「去找〈蒙娜麗莎〉？」蘭登往後縮了一下。「現在嗎？」

蘇菲考慮其中的風險。「我不是謀殺嫌疑犯。我願意冒險一試。我得知道祖父想告訴我什麼。」

「那去大使館的事呢？」

蘇菲覺得罪惡，她讓蘭登變成了逃犯，卻又拋下他不管，但眼前卻沒有其他選擇。她指向樓梯下方一道金屬門。「從那個門出去，跟著出口指示燈。我祖父以前帶我走過這條路。指示燈會指引你到一個旋轉柵門。那是單向門，只能往外的。」她把一串鑰匙交給蘭登。「我的車是紅色的Smart，停在職員停車場。就在這道牆外。你知道去大使館怎麼走嗎？」

蘭登點點頭，看著手上的那串鑰匙。

「你聽我說，」蘇菲說，聲音軟了下來：「我想我祖父可能在〈蒙娜麗莎〉那邊留了訊息給我——有關誰殺了他，或者為什麼我有危險。」或者我的家人出了什麼事。「我得回去看才行。」

「但如果他想告訴你為什麼你有危險，幹嘛不寫在他臨死的地板上就好了呢？為什麼要玩這麼複雜的文字遊戲？」

「不管我祖父想告訴我什麼，我想他都不希望其他人看到。連警察都不行。」顯然，他祖父是想盡辦法，要直接傳送一個機密訊息給她。他將這個訊息寫成密碼，裡面有她的祕密小名縮寫，還叫她去找羅柏・蘭登——考慮到這個美國符號學家破解了他的密碼，這的確是個明智的建議。「聽起來可能很奇怪，」蘇菲說：「我想他是希望我搶在任何人之前去找〈蒙娜麗莎〉。」

「我去。」

「不！我們不知道那些人什麼時候會回到『大陳列館』。你必須離開。」

蘭登似乎猶豫了，他學術上的好奇心似乎正威脅著要凌駕他正常的判斷力，把他拖回法舍手中。

「走吧，快點。」蘇菲給了他一個感激的微笑。「我會去大使館跟你會合，蘭登先生。」

蘭登看起來不太高興。「要在那邊碰面，我有一個條件。」他回答，語氣嚴肅。

她愣了一下。「什麼條件？」

「你不准再那麼客套的叫我『蘭登先生』。」

蘇菲察覺到蘭登嘴邊一股隱隱的笑意，她也笑了。「祝你好運，羅柏。」

蘭登走完階梯，來到一樓，明顯的亞麻仁油氣味和石膏粉塵撲鼻而來。前方一個亮著出口的燈牌上有個箭頭，指向一條長長的走道。

蘭登步入那條長廊。

右邊是一間昏暗的文物修復工作室，隱約看得到裡面一個外表破損不堪、需要修復的士兵雕像。往左，蘭登看到一排工作室，類似哈佛大學的藝術教室——成排的畫架、畫作、調色盤、裱框工具，組成一條藝術裝配線。

走在那條長廊上，蘭登好奇著自己是否隨時會醒來，發現自己原來身在劍橋鎮的自家床上。整個夜晚就像個怪異的夢境。*我正要逃出羅浮宮……我是逃犯。*

索尼耶赫那個聰明的變位字謎仍盤繞在蘭登心中，他很好奇蘇菲在〈蒙娜麗莎〉上頭會發現什麼……搞不好什麼都沒有。她似乎很確定她祖父是要她再去拜訪那幅名畫一次。這個解釋似乎都很合理，但蘭登卻覺得有個令他困擾的矛盾之處，縈繞腦海不去。

P.S.去找羅柏·蘭登。

索尼耶赫在地板上寫了蘭登的名字，建議蘇菲去找他。但爲什麼？只是因爲蘭登可以協助她破解一個變位字謎嗎？

好像不太可能。

畢竟，索尼耶赫沒有理由認爲蘭登對變位字謎特別在行。*我們根本沒見過面。*更重要的是，蘇菲已經表明她自己早就該破解出那個字謎。看出斐波那契數列的就是蘇菲，而且毫無疑問，如果再多給蘇菲一點時間，她自己就能破解那個訊息，無須蘭登協助。

*蘇菲自己就該能破解那個變位字謎。*忽然間，蘭登覺得更確定這點了，然而導出的結論對照起索尼耶赫的行動，卻顯然有個邏輯上的大漏洞。

*為什麼是我？*蘭登走在那條長廊上，心中想不透。*為什麼索尼耶赫臨終的願望，是要他失和的孫女來找我呢？索尼耶赫認為我知道什麼事情？*

蘭登突然驚跳起來，停下腳步。他睜大眼睛，伸手從口袋掏出那張電腦列印稿。他瞪著索尼耶赫所寫訊息的最後一行。

P.S.去找羅柏・蘭登。

他眼光盯著那兩個字母。

P.S.

頃刻之間，蘭登覺得索尼耶赫那個混合了種種符號的謎團完全清晰了。就像一聲巨雷鳴響，他畢生研究的符號學和歷史融成一體。賈克・索尼耶赫今夜所做的一切，忽然都有了完全合理的解釋。

蘭登思緒奔騰，試著將這一切所牽涉的意義給收集起來。他邊急急想著，邊回頭朝來時的方向看去。

還有時間嗎？

他知道這不重要了。

毫無猶豫，蘭登拔起腿來，回頭往樓梯衝去。

22

西拉跪在教堂第一排靠背長椅下的跪台，假裝在祈禱，一面掃視著這個聖所的格局。就像大部分教堂一樣，聖許畢斯建成的形狀是一個巨大的羅馬十字架。長軸的中央區域——中殿——直接通往主祭壇，在此與一般稱之爲袖廊的短軸區域交叉。中殿與袖廊的交叉點就在主圓頂的正下方，被認爲是教堂的心臟……她最神聖也最具奧祕之處。

今夜除外，西拉心想。聖許畢斯的祕密藏在另一個地方。

他轉頭往右，望著南袖廊，朝長椅區外一片空空的地板，看向他的幾個被害人所描述過的那個目標。

就在那裡了。

灰色花崗岩地板裡嵌著一條細長光滑的銅線，在岩石裡閃耀……這條金色線斜斜穿越教堂地板。線上頭有刻度的記號，就像一把尺。曾有人告訴西拉，那是個日晷儀，是一種異教徒的天文學裝置，就像日規一樣。來自世界各地的觀光客、科學家、歷史學家，還有異教徒，都來到聖許畢斯教堂看這條著名的線。

玫瑰線。

西拉的目光緩緩地循著那條銅線的路徑，看著它由左至右畫過地板，在他面前彎出一個生硬的角度，完全不符合這個教堂的對稱性。穿過主祭壇的這條線，在西拉看來就像一條劃過美麗臉龐的橫切傷口。這道銅線將領聖餐處的聖體欄杆一分爲二，然後穿過整個教堂，最後直抵北袖廊的角落，來到了一個最出乎意料的結構體的基部。

一個巨大的埃及方尖碑。

在此，那道閃閃發光的玫瑰線垂直轉了九十度彎，繼續沿著方尖碑的表面上行，爬升三十三呎，直到方尖碑的最頂端，才終於停在這兒。

玫瑰線，西拉心想。那個兄弟會的人把拱心石藏在玫瑰線這兒。

今夜稍早，當西拉告訴「老師」，說那塊盟會的拱心石就藏在聖許畢斯教堂之時，「老師」的口吻似乎很懷疑。但西拉接著補充說，那些兄弟們全都給了他一個精確的地點，與一條穿過聖許畢斯教堂的銅線有關，「老師」會意過來，驚訝地猛吸了口氣。「你說的是玫瑰線！」

「老師」迅速地告訴西拉有關聖許畢斯教堂著名的建築奇觀——一條正南北軸向的銅線把這個聖殿劃開。那是個古代日規之類的裝置，正是過去曾矗立在這個地點的異教徒神廟遺跡。陽光透過南面牆上的小圓窗射入，把那條線每天都推得更遠，顯示了從夏至到冬至這類至日間的時光推移。

這條南北向的線被通稱爲玫瑰線。好幾個世紀以來，玫瑰的符號都與地圖和指引心靈的正確方向有關。幾乎每張地圖上都會有的「羅盤玫瑰」，指出了北、東、南、西。它最初被稱爲「風向玫瑰」，指出三十二種風向，包括八個主要方向、八個次要方向，還有十六個更次要方向所吹來的風。羅盤上的這三十二個方位點畫在一個圓圈裡，完全像是一朵傳統的三十二瓣盛開玫瑰。直至今日，這個基本的導航工具仍被稱爲「羅盤玫瑰」，其正北方仍標示著一個箭頭……或更常見的，是標示著一個白色鳶尾花的符號。

在地球儀上，玫瑰線——又稱爲子午線或經線——指的是任何一條從北極到南極的想像直線。當然，玫瑰線有無數條，因爲地球上的每個點都可以有一條串連南北極的經線通過。對於早期的導航者而言，問題在於哪一條線可以被稱之爲「眞正的玫瑰線」——也就是零度經線——由這條線可以衡量所有地球上的經線度。

今天，這條線位於英格蘭的格林威治。

早在格林威治成爲本初子午線之前，全世界的零度經線是直直穿過巴黎，而且是穿過聖許畢斯教堂。

聖許畢斯教堂的銅線是爲了紀念全世界第一條本初子午線的，而雖然格林威治在一八八八年把這份榮耀從巴黎手中搶走，但今天仍可以看到原始的玫瑰線。

「所以那個神話是眞的。」「老師」告訴西拉：「那個盟會的拱心石，聽來就位於『玫瑰的標誌之下』。」

此刻，還在長椅跪台上的西拉環視著整個教堂，仔細傾聽，好確定沒有其他人。有那麼一會兒，他以爲聽到了合唱團樓座上有窸窣聲。他轉身看了幾秒鐘。什麼都沒有。

只有我一個人。

他站起身面對著祭壇，跪拜三次。然後他往左轉，隨著那條往北的銅線走向方尖碑。

正當此時，在羅馬的李奧納多·達文西國際機場，噴射機輪子撞擊機場跑道的顚簸，把艾林葛若薩主教從睡夢中驚醒。

我睡著了，他心想，有點驚訝自己竟如此放鬆，還能睡得著。

艾林葛若薩坐直身子，把黑色教士袍拉直，露出難得的微笑。他很樂意進行這趟旅行。*我已經採取守勢太久了*。然而今夜，規則改變了。才不過五個月前，艾林葛若薩還擔心天主信仰的未來。如今，彷彿是遵照天主的意願般，答案已經自行揭曉。

這是神的介入。

如果今夜巴黎那邊一切按照計畫進行，艾林葛若薩很快就會取得某件物品，讓他成爲基督教世界最有權力的人。

23

蘇菲氣喘吁吁地來到陳列〈蒙娜麗莎〉的國事廳那扇巨大的木門外。進門前，她勉強往走道更前方望去，約二十碼之外，她祖父的屍體仍躺在聚光燈下。

一股強烈的悔恨突如其來地攫住了她，深切的哀傷中夾雜著罪惡感。過去十年，他曾經試圖連絡過她那麼多次，而蘇菲卻始終無動於衷——把他寄來的信和包裹原封不動塞進最底層抽屜，也不肯跟他見面。他對我說謊！瞞著那些駭人的祕密！我還能怎麼辦？於是她把他拒於門外，徹頭徹尾。

現在她祖父死了，從陰間向她說話。

〈蒙娜麗莎〉。

她朝那扇巨大的木門伸出手，往前推。門敞開之後，蘇菲站在門口一會兒，掃視著眼前那個大大的長方形房間。同樣沐浴在一片柔和紅色燈光中的國事廳展覽室，是羅浮宮博物館中少有的無出口展覽室之一，而且是「大陳列館」中段兩旁唯一的展覽室。這扇門是房間唯一的出入口，面對著遠處牆上一幅十五呎的波提且利大畫，下方鑲木地板的中央，是一張很大的八角形無靠背沙發椅，好讓成千上萬的遊客在欣賞羅浮宮最有價值的資產時，能暫時歇歇腿。

不過，蘇菲還沒進去，就曉得自己漏了什麼。夜光燈！她朝前頭走廊看著遠方燈光下的祖父，他周圍環繞著電子裝備。如果他在這房間裡寫下了什麼，幾乎可以肯定是用那枝夜光筆寫下的。

蘇菲深吸了口氣，匆匆走向那個燈光明亮的犯罪現場。她不敢看祖父，目光緊盯著那些科技偵查處的工具。她找到了一把小小的紫外線手電筒，放進毛衣口袋，又急忙朝走道前方國事廳展覽室那扇打開的門走去。

蘇菲轉彎步入門口。然而才進門，沒想到展覽室裡卻一陣模糊的腳步聲朝她迎面而來。裡面有人！一個鬼影忽然從紅色暗光中冒出來。蘇菲往後一跳。

「找到你了！」蘭登沙啞的耳語劃破空氣，他的身影溜過來擋在她面前。

她鬆了口氣，但只是暫時的。「羅柏，我叫你離開這兒的！如果法舍——」

「你剛剛去哪兒了？」

「我得去拿夜光燈。」她耳語道，把手電筒拿起來。「如果我祖父留下什麼訊息給我——」

「蘇菲，你聽我說。」蘭登喘著氣，藍色眼珠堅定地看著她。「P.S.這兩個字母……對你有任何別的意義嗎？任何其他的？」

蘇菲擔心他們的聲音會在走道上迴盪，於是拉著他進了國事廳，無聲闔上了那兩扇巨大的門，兩人關在裡面。「我告訴過你，那個縮寫表示『蘇菲公主』。」

「我知道，但你曾經在任何別的地方見過嗎？你祖父曾以別的方式使用P.S.嗎？當成字母圖樣，或者用在文具或任何個人用品上頭？」

這個問題嚇了她一跳。羅柏怎麼會知道的？蘇菲之前的確見過P.S.這個縮寫一次，是某種字母圖樣。那是她九歲生日的前一天。她正偷偷在房子裡仔細搜索，尋找被藏起來的生日禮物。即使在當時，她就無法忍受有人守著祕密不讓她知道。今年祖父會送我什麼？她翻遍了餐具櫃和抽屜。他會送我一個我想要的娃娃嗎？他會藏在哪裡？

整棟屋子都找不到，蘇菲鼓起勇氣偷偷溜進祖父的臥室。平常她是被禁止入內的，但當時祖父在樓下沙發上睡著了。

我只是進去偷看一下而已！

蘇菲躡手躡腳地走過吱嘎響的木頭地板，來到祖父的衣櫥前，她仔細看過他衣服後頭的隔架。沒有。接下來她看床下，也沒有。然後她移向祖父的衣櫃，拉開抽屜，逐一仔細翻找。裡頭一定有送我的東西！只剩最底層的抽屜時，她還沒看到娃娃的影子。她沮喪地拉開最後一個抽屜，拉出幾件從沒見祖父穿過的黑色衣服。正打算關上之際，卻看到抽屜後方有金色的閃光。看起來像個懷錶鍊，但她知道祖父沒有懷錶。她曉得那必定會是什麼，心跳加速。

項鍊！

蘇菲小心翼翼地從抽屜裡拉出那條鏈子。令她驚訝的是，鏈子的末端是一個燦爛的金鑰匙。沉重而晶亮。她被迷住了，把它舉高。她從沒看過這樣的鑰匙。大部分的鑰匙是扁平鋸齒狀，但這把卻是三角柱形，上頭佈滿了密密麻麻的小點。大大的金色鑰匙柄是十字形，但不是一般的十字架。這個是等臂十字架，像個加號。十字中間浮凸著一個奇怪的符號——兩個字母交纏成某種花的設計圖樣。

「P.S.，」她耳語道，蹙眉唸出了那兩個字母。這會是什麼呢？

「蘇菲？」祖父在門口叫她。

她吃驚地轉身，鑰匙掉在地板上，噹地好大一聲。她低頭瞪著那把鑰匙，不敢抬頭看祖父的臉。「我……在找我的生日禮物。」她說，垂著頭，知道自己辜負了祖父的信任。

她的祖父沉默地站在門口，她等了好像一輩子似的，他才終於苦惱地嘆了口氣。「蘇菲，把鑰匙撿起來。」

蘇菲拾起鑰匙。

她祖父走過來。「蘇菲，你必須尊重別人的隱私。」他緩緩蹲下身，拿走她手上的鑰匙。「這個鑰匙非常特別。如果你弄丟了……。」

祖父平靜的語氣只讓蘇菲覺得更難受。「對不起，祖父。眞的很對不起。」她頓了一下。「我還以爲這是要送給我當生日禮物的項鍊。」

祖父凝視著她幾秒鐘。「我要再說一次，蘇菲，因爲這很重要。你必須學會尊重別人的隱私。」

「是，祖父。」

「我們找時間再談這件事吧。現在，花園的雜草該拔了。」

蘇菲急忙出去做祖父派給她的雜務。

第二天早上，蘇菲沒收到祖父給的生日禮物。在她犯了那樣的錯之後，她也不敢指望了。但祖父一整天連祝她生日快樂的話都沒說。那天晚上，她拖著沉重的腳步去睡覺，然而，正要爬上床時，卻發現枕頭上有張卡片，上頭寫了一個簡單的謎題。她還沒解出那個謎題就笑了。*我知道這是什麼！*去年聖誕節早晨，祖父也跟她玩過這個遊戲。

尋寶遊戲！

她急切地研究那個謎題，直到解出來。解答指引她去屋裡的另一個地方，她在那兒找到了一張卡片，上頭有另一道謎題。她也解開了，奔跑著去找下一張卡片。她在屋子裡狂奔，跑前跑後，從這個線索跑到下一個線索，直到最後她發現一條線索指引她回到自己的臥室。蘇菲衝上樓梯，往自己的臥室跑，猛然一停。臥室中央放著一輛鮮紅色的腳踏車，手把上繫著一個紅絲帶。蘇菲高興地尖叫起來。

「我知道你想要一個娃娃，」她祖父站在角落微笑道：「但我想你可能會更喜歡這個。」

第二天，祖父教她騎腳踏車，沿著人行道陪在她身邊奔跑。當蘇菲騎歪了穿過厚厚的草皮而失去平衡時，他們兩人跌在草地上，翻滾著大笑。

「祖父，」蘇菲抱著他說：「那個鑰匙的事情，我眞的很抱歉。」

「我知道，甜心。我原諒你了。我不可能一直生你的氣。祖父和孫女一向會原諒彼此的。」

蘇菲知道自己不該問，卻忍不住。「那個鑰匙要用來開什麼的？我沒看過那樣的鑰匙，好漂亮。」

她祖父沉默良久，蘇菲看得出他不確定該如何回答。祖父從不說謊的。「用來開一個盒子。」他終於說。「我在盒子裡面裝了很多祕密。」

蘇菲噘起嘴。「我討厭祕密！」

「我知道，但這些是很重要的祕密。有一天，你會學會鑑賞這些祕密，就像我一樣。」

「我看到那個鑰匙上的字母，還有一朵花。」

「沒錯，那是我最喜歡的花。名叫白色鳶尾花（fleur-de-lis）。我們花園裡就有，是白色的。英文裡，這類花稱之爲"lily"。」

「我知道！那也是我最喜歡的花！」

「那我們來約定。」她祖父抬起眉毛，就像每次要給她一個挑戰那樣。「如果你可以守著我那把鑰匙的祕密，而且從此永遠不再提起，那麼有一天，我會把那把鑰匙給你。」

蘇菲不敢相信自己的耳朵。「真的？」

「我跟你保證。等時間到了，那把鑰匙就歸你。那上頭有你的名字。」

蘇菲皺起眉頭。「沒有。鑰匙上頭是P.S.，我的名字不是P.S.！」

她祖父看看四周，壓低聲音，好似要確定沒有人在偷聽。「好吧，蘇菲，如果你非知道不可，P.S.是一個密碼。那是你的祕密名字縮寫。」

她睜大眼睛。「我有個祕密名字縮寫？」

「當然。每個祖父都會給孫女取個祕密名字縮寫，只有彼此知道。」

「P.S.？」

他給她呵癢。「蘇菲公主（Princesse Sophie）。」

她咯咯笑著。「我不是公主！」

他朝她眨了下眼睛，「你是我的公主。」

從那天開始，他們再也沒提到那把鑰匙。她也從此成爲祖父的蘇菲公主。

在國事廳內，蘇菲沉默地站著，忍受著那種尖銳的失落之痛。

「那個縮寫，」蘭登低語，看著她的眼光很奇怪：「你見過嗎？」

蘇菲感覺到祖父的聲音在博物館的走道中低語。永遠不要談起那把鑰匙，蘇菲，不論對我或對任何人。她知道自己錯過了原諒祖父的機會，也不曉得自己是否又會再度辜負他的信任。P.S.去找羅柏・蘭登。她祖父希望蘭登幫忙。蘇菲點點頭。「是，我見過那個縮寫P.S.一次。是我很小的時候。」

「在哪裡？」

蘇菲猶豫了。「在一個對他很重要的東西上頭。」

蘭登定定地看著她。「蘇菲，這件事情很關鍵。你能不能告訴我，這個縮寫是不是跟一個符號一起出現？一朵白色鳶尾花？」

蘇菲驚訝地往後一退。「可是……你怎麼會知道！」

蘭登吐了口氣，壓低聲音。「我相當確定，你祖父是一個祕密社團的成員。一個非常古老而隱祕的兄弟會。」

蘇菲覺得好像胃裡打了個結。她也確定這點。十年來，她一直試圖忘掉那件意外，那件讓她證實猜疑的駭人事實。她目睹了一件想不到且不可原諒的事情。

「白色鳶尾花，」蘭登說：「結合了P.S.的縮寫，是那個兄弟會的正式圖樣。是他們的徽記，他們的標誌。」

「你怎麼知道的？」蘇菲祈禱著蘭登可別告訴她，連他自己也是其中一員。

「我寫過有關這個團體的事。」他說，聲音因爲激動而發抖。「研究祕密社團的符號是我的專長。他們自稱錫安會（Prieuré de Sion），英文是Priory of Sion。他們的基地在法國這裡，吸引了全歐洲各地的有力人士。事實上，他們是世上仍殘留的最古老祕密社團之一。」

蘇菲從沒聽過這個社團。

蘭登急匆匆地說下去：「這個盟會的會員包括了某些歷史上最有文化修養的人：比方波提且利、牛頓爵士、大文豪雨果。」他暫停了一下，聲音此刻充滿學術的熱忱。「以及，李奧納多・達文西。」

蘇菲瞪大眼睛。「達文西參加過祕密社團？」

「達文西在一五一〇到一五一九年間領導過這個社團，擔任這個兄弟會的盟主，這或許有助於解釋你祖父爲什麼這麼熱愛李奧納多的作品。他們兩個人同屬於一個歷史悠久的盟會。而這跟他們對女神聖像、異教徒偶像崇拜、女性神祇的著迷，以及他們對基督教會的藐視完全符合。有大量史料可以證明那個錫安會對神聖女性的崇敬。」

「你是說，這個團體是個崇拜女神的異教教派？」

「應該說是最崇拜女神的異教教派。但更重要的是，據一般了解，他們是某個古代祕密的守護者。這個祕密讓他們的權力巨大無比。」

儘管蘭登的眼神表示他完全確信，但蘇菲頭一個反應就是根本不相信。一個祕密異教徒教派？一度由李奧納多・達文西率領？這一切聽起來實在荒謬透頂。然而，即使她根本不考慮其中的可能性，她的思緒卻不自覺地轉回十年前——回到那個夜晚，她本想給祖父一個驚喜，卻目睹了她至今無法忍受的那個畫面。這能否解釋——？

「錫安會在世會員的身分極端保密，」蘭登說：「但你小時候所看到的P.S.縮寫和白色鳶尾花都是證據。唯一的可能，就是跟那個盟會有關。」

此時蘇菲明白，蘭登對她祖父的了解遠遠超過她之前所能想像。這個美國人顯然可以告訴她很多事情，但眼前的地點不對。「我不能冒險讓他們抓到你，羅柏。我們有很多事情得討論。你一定得走！」

蘭登只聽到她模糊的喃喃低語。他不打算去別的地方。此時他已經迷失在另一個地方了。古老的祕密浮升顯現。被遺忘的歷史從陰影中浮現。

蘭登緩緩轉頭，彷彿在水下移動似的，他透過那一片泛紅的霧影，望向〈蒙娜麗莎〉。

白色鳶尾花（the fleur-de-lis）……麗莎之花（the flower of Lisa）……蒙娜麗莎（the Mona Lisa）。

一切都糾纏在一起，一首無聲的交響曲迴響著錫安會和李奧納多・達文西最深的祕密。

幾哩之外，在瀕臨巴黎傷兵院區的河堤上，那個開著兩個拖車廂的卡車司機不知所措地在槍口下呆立著，看著刑事警察局的隊長憤怒地發出一聲怒吼，把一塊肥皂扔進河水高漲的塞納河。

24

西拉往上注視著聖許畢斯的方尖碑，將那個巨型大理石柱盡收眼底，覺得全身肌肉因爲興奮而繃緊。他再環視教堂一遍，確定沒有別人。然後他跪在方尖碑的底部，不是出於崇敬，而是出於必要。

那塊拱心石就藏在玫瑰線下面。

在聖許畢斯教堂方尖碑的地基。

那些弟兄的說法都一致。

西拉跪著，雙手撫過地板。他找不到任何瓷磚上顯示出可以移開的裂縫或標記，便開始用指節輕扣地板。隨著銅線愈來愈接近方尖碑，他敲擊著緊臨銅線的每一塊瓷磚。最後，其中一塊發出了奇異的回音。

地板下有個中空的區域！

西拉微笑。他的被害者們說的是實話。

他站起身，在聖所裡尋找著能用來打破地板的東西。

在西拉上方高處，唱詩班樓座裡，桑德琳修女憋住氣。她剛剛證實了自己最陰暗的恐懼。這個訪客不像外表那樣。這個神祕的主業會修士來拜訪聖許畢斯教堂是別有目的。

一個祕密的目的。

你不是唯一身懷祕密的人，她心想。

桑德琳・碧耶修女不光是這個教堂的庶務總管。她還是個守望的哨兵。而今夜，古老的輪子已經啓動。這個陌生人來到方尖碑的底部，就是來自盟會的一個訊號。

那是個無聲的求救訊號。

25

巴黎的美國大使館是一塊緊實的綜合建築區，位於加布里爾大道上，就在香榭麗舍大道北邊。這塊三畝大的圍地被視爲美國國土，這表示任何站在這塊土地上的人，都像站在美國領土上一樣，必須遵守同樣的法律，且受到同樣的保護。

大使館的夜間接線生正在閱讀《時代》週刊的國際版，卻被電話鈴響打斷了。

「美國大使館。」她接了電話。

「晚安。」對方的英語有法語腔。「我需要一點幫忙。」雖然這名男子用詞有禮，但口氣卻粗暴且官腔官調。「有人告訴我，你們自動化系統裡面有一通我的電話留言。名字是蘭登。不幸的是，我忘掉我的那三碼密碼了。如果你能幫忙，那就太感謝了。」

那個接線生困惑地停頓了一下。「抱歉，先生。你的留言一定很舊了。那套系統兩年前就因爲預防安全措施而移除了。而且，所有的密碼都是五碼。是誰告訴你說我們這裡有你的留言呢？」

「你們沒有自動電話留言系統？」

「沒有，先生。任何給你的留話都會用筆記下，留在我們的服務部。請再說一次您的大名好嗎？」

可是那個人掛斷了。

伯居・法舍震驚得說不出話來，在塞納河岸上踱步。他很確定曾看到蘭登撥了一個巴黎的號碼，輸入三碼的密碼，然後聽取錄音留言。但如果蘭登沒打電話給大使館，那見鬼他會打給誰？

就在此刻，法舍注視著自己的行動電話，明白過來，答案就在自己的手掌中。蘭登是用我的手機打那通電話的。

他按鍵進入手機的選單，把最近撥號的清單叫出來，找出了蘭登打的那通電話。

一個巴黎的市內電話，後面跟著的三碼是四五四。

法舍設定重撥那個電話號碼，等待著撥通的鈴聲響起。

終於有個女人的聲音接了電話。「日安，這是蘇菲・納佛的家，」電話錄音用法文宣佈：「我現在不在，但是……」

法舍怒火中燒，按下了號碼四……五……四。

26

儘管擁有不朽的聲譽，〈蒙娜麗莎〉卻只有三十一吋高、二十一吋寬——比羅浮宮禮品店裡所販售這幅畫的複製海報還要小。她掛在國事廳西北面的牆上，前頭罩著一面保護用的兩吋厚防彈玻璃。畫在白楊木板上的這幅畫，其空靈、縹緲的氣氛要歸功於達文西精湛的暈塗法，在這種技法中，物體的輪廓彼此交融消隱。

自從被羅浮宮收藏之後，〈蒙娜麗莎〉——或在法國稱之爲〈喬孔妲夫人〉——被偷過兩次，最近的一次是一九一一年，當時這幅畫從羅浮宮「難以穿透的房間」正方廳中消失。巴黎人民在街道上哭泣，報上的文章也乞求竊賊把這幅畫歸還。兩年後，〈蒙娜麗莎〉被發現藏在義大利佛羅倫斯一家飯店房間中旅行箱的祕密夾層裡。

此時，已經擺明不想離去的蘭登隨著蘇菲走進國事廳。離〈蒙娜麗莎〉還有二十碼之處，蘇菲打開了夜光燈，小手電筒泛藍的新月形光芒在他們眼前的地板上逐漸變大。她揮著那道光像掃雷器似地前後照著地板，尋找任何發光墨水的痕跡。

蘭登走在她身旁，想到要再次與偉大藝術作品面對面，已經感到一陣興奮。他瞪大眼睛，望向蘇菲手上那支夜光燈所發出的紫色光束之外。左邊浮現出房間裡那個八角形的觀賞凳，看起來像是個浮在空蕩鑲木地板海洋中的黑色小島。

蘭登現在開始可以看到牆上黑暗的玻璃板了。他知道，玻璃板之後，就是那幅畫的獨有空間，掛著那幅舉世最有名的畫作。

蘭登知道，〈蒙娜麗莎〉成為舉世最著名的藝術作品，跟她謎樣的笑容無關。也不能歸功於眾多藝術史學者及其同謀的狂熱愛好者所作的那些神祕的詮釋。〈蒙娜麗莎〉之所以有名，很簡單，因為李奧納多‧達文西宣稱這是他的最佳成就。他隨時旅行都帶著這幅畫，如果有人問他為什麼，他就回答說，他發現自己很難跟生平表達女性之美最傑出的作品分開。

即使如此，許多藝術史學者懷疑達文西對〈蒙娜麗莎〉的敬意和這幅作品藝術上的傑出成就無關。以現實面來看，這幅畫是出奇平凡的暈塗法畫像。許多人宣稱，達文西對這件作品的敬意，源自於某些更深層的東西：在層層顏料中所隱藏的一個訊息。事實上，〈蒙娜麗莎〉是舉世有最多文章討論的內行玩笑作品之一。有關這幅畫雙重涵義和玩笑暗示的大量文獻拼貼，都在大多數的藝術史書籍中出現過，然而，不可思議的是，世上大部分人仍認為她的微笑是一個天大的祕密。

一點也不神祕，蘭登想著，逐步走向前，看著那幅畫模糊的輪廓逐漸清晰。*一點也不神祕。*

不久之前，蘭登才跟一群很不搭軋的人分享過〈蒙娜麗莎〉的祕密——那是十二個麻州北部艾塞克斯郡感化院的囚犯。蘭登的監獄專題討論課是哈佛大學推廣計畫的一部分，企圖把教育帶入監獄系統——*給罪犯上文化課*，蘭登的同事們喜歡如此稱之。

站在黑暗的感化院圖書館中，放映著投影片，蘭登和那些來聽課的囚犯分享〈蒙娜麗莎〉的祕密，他發現那些人出奇地投入——粗野，但敏銳。「你們可能會注意到，」蘭登告訴他們，走近投影在圖書館牆上的〈蒙娜麗莎〉影像，「她臉部後頭的背景並沒有一樣高。」蘭登指著那個明顯的差異之處。「達文西所畫左邊的地平線明顯比右邊低很多。」

「他失手了嗎？」一名囚犯問。

蘭登低聲笑了。「不。達文西不常失手。事實上，這是達文西玩的小把戲。藉著降低左邊的鄉野景色，達文西讓蒙娜麗莎從左邊看起來比從右邊看起來大。這是達文西一個小小的圈內玩笑。歷史上，男性和女性的概念被分派給兩邊——左邊是女性，右邊是男性。因爲達文西很迷戀女性本質，於是就讓蒙娜麗莎從左邊看起來比右邊要威嚴。」

「我聽說他是個兔子。」一個留著山羊鬍的小個子說。

蘭登的臉抽搐了一下。「歷史學家通常不會這麼講，不過沒錯，達文西是同性戀者。」

「這就是爲什麼他這麼投入那些女性玩意兒嗎？」

「事實上，達文西是在男性與女性之間達成平衡。他相信除非男性和女性的元素兼具，否則無法啓迪人類的靈魂。」

「你是指妞兒身上長了那話兒？」有人問。

這個問題引起一陣哄堂大笑。蘭登考慮要提供一個語言學的附帶報導，有關雌雄同體（hermaphrodite）以及這個字彙和信使赫密士（Hermes）與愛神愛芙羅黛蒂（Aphrodite）的關聯，但直覺告訴他，眼前這群人根本不會有興趣的。

「嘿，藍佛先生，」一個渾身肌肉虯結的男子說：「〈蒙娜麗莎〉是達文西反串的圖像嗎？我聽過這個說法。」

「很有可能，」蘭登說：「達文西很愛惡作劇，而且〈蒙娜麗莎〉和達文西的自畫像經過電腦分析後，確認他們的臉部在某些方面有驚人的一致性。不論達文西的意思是什麼，」蘭登說：「他的蒙娜麗莎不是男性也不是女性。其中有一種很微妙的雌雄同體訊息。是兩者的融合。」

「你確定這不是用來形容蒙娜麗莎是個醜妞兒的什麼哈佛屁話？」

現在輪到蘭登笑了。「你有可能是對的。但事實上達文西留下了一個很大的線索，指出這幅畫應該是雌雄同體。你們有誰聽說過一個名叫阿蒙的埃及神嗎？」

「當然聽過！」那個大塊頭說。「男性生殖力之神！」

蘭登愣住了。

「每盒阿蒙牌保險套上頭都這麼說。」那個肌肉男笑開了臉。「正面印著一個有公羊頭的男子，說他是埃及的生殖力之神。」

蘭登對這個商標名稱不熟悉，但他很高興聽到保險套製造商沒搞錯古埃及文化。「很好，阿蒙的形象的確是一個有公羊頭的男子，而他的雜交傳說和彎曲的羊角（horns），跟我們現代的俚語『性興奮』（horny）有關。」

「眞的！」

「眞的。」蘭登說。「而你們知道跟阿蒙相對應的是誰嗎？也就是埃及的生殖力女神？」

這個問題引起幾秒鐘的靜默。

「是伊西絲。」蘭登告訴他們，抓了一枝紙捲蠟筆。「這麼一來，我們有了男神阿蒙（Amon）。」他寫下來。「還有女神伊西絲（Isis），而伊西絲在古代的埃及象形文字裡，一度稱之爲麗莎（L'ISA）。」

蘭登寫完，往後退離投影機幾步。

AMON L'ISA（阿蒙　麗莎）

「想起什麼了嗎？」

「Mona Lisa（蒙娜麗莎）……天老爺啊。」有個人喘著氣說。

蘭登點點頭。「各位，不但蒙娜麗莎的臉看起來是雌雄同體，她的名字也是男性與女性之神聖結合的變位字。而這個，我的朋友們，正是達文西的小祕密，也是蒙娜麗莎那種心照不宣的笑容的源由。」

「我祖父來過這裡。」蘇菲說，忽然跪下，距離〈蒙娜麗莎〉只有十呎。她摸索著把夜光燈手電筒指向鑲木地板上的一個點。

一開始蘭登什麼都沒看到。然後，他跪在她旁邊之後，看到了一小滴乾燥的液體發著冷光。墨水嗎？他忽然想起夜光燈眞正的作用。是血。他開始不安起來。蘇菲是對的。賈克．索尼耶赫死前的確曾來拜訪過〈蒙娜麗莎〉。

「沒有理由的話，他不會來這裡的。」蘇菲耳語道，站起身來。「我知道他在這裡留了個訊息給我。」她跨大步走到〈蒙娜麗莎〉前，手電筒照著那幅畫正前方的地板，揮動手電筒在鑲木地板上前後照著。

「這裡什麼都沒有！」

此時，蘭登看到〈蒙娜麗莎〉前頭罩著的保護玻璃上頭有微弱的紫光。他往下抓住蘇菲的手腕，緩緩將光源往上移，照著畫作本身。

兩人都愣住了。

那塊防彈玻璃上頭，有六個字發著紫光，草草橫過〈蒙娜麗莎〉的臉龐。

27

坐在索尼耶赫的書桌前，科列分隊長不敢置信地把話筒壓著自己的耳朵。*我沒聽錯法舍的話吧？*「一塊肥皂？可是蘭登怎麼會知道那個全球定位系統追蹤器呢？」

「蘇菲．納佛，」法舍回答：「她告訴他的。」

「什麼？爲什麼？」

「問得眞他媽的好，但我剛聽到一段錄音，確定了她給他通風報信。」

科列說不出話來。*納佛在想什麼？*法舍已經證明了蘇菲干擾刑事局爲逮捕罪犯的設圈套行動？蘇菲．納佛不單是會被開除，還會去坐牢。「可是，隊長……那蘭登*現在*人在哪裡？」

「你那邊有警鈴響過嗎？」

「沒有，長官。」

「也沒有人從『大陳列館』的柵門底下出來？」

「是的。我們已經遵照你的指示，派了一名羅浮宮的保全警官在那個柵門旁守著。」

「好，那蘭登一定還在『大陳列館』裡面。」

「裡面？可是他待在裡面幹嘛？」

「那個羅浮宮的警衛有帶槍嗎？」

「有的，長官。他是一名資深警衛。」

「叫他進去。」法舍下令。「我這邊派人過去還得花上幾分鐘，我不希望被蘭登給跑掉。」法舍頓了一下。「你最好告訴那個警衛，納佛探員或許也跟蘭登在一塊兒。」

「我還以爲納佛探員走了。」

「你實際看到她離開了嗎？」

「沒有，長官，但是——」

「是嘛，守在羅浮宮外頭的人也沒人看到她離開。他們只看到她進去。」

科列對蘇菲・納佛的膽大妄爲驚訝得啞口無言。*她還在羅浮宮裡？*

「你處理一下，」法舍命令：「等到我回去的時候，我希望蘭登和納佛都被槍指著。」

那輛拖車開走時，法舍隊長把手下集合起來。今晚羅柏・蘭登已經證明了他的難纏，而現在有了納佛探員幫忙，要逮到他很可能比想像中困難得多。

法舍決定不要冒任何險。

他兩邊都下注，先命令半數手下回到羅浮宮周圍，另一半則派去守著羅柏・蘭登在全巴黎唯一能找到庇護的地方。

28

在國事廳中，蘭登驚訝地盯著防彈玻璃上發著光的那六個字。那些字似乎盤旋在空中，在蒙娜麗莎謎樣的笑容上投下了一道彎彎曲曲的陰影。

「那個盟會。」蘭登耳語道。「這證明你祖父是會員！」

蘇菲困惑地看著他。「你看得懂？」

「完美無缺。」蘭登說，隨著思緒翻騰而點著頭。「這些話宣告了那個盟會最基本的哲學之一！」

蘇菲困惑的看著草草塗在〈蒙娜麗莎〉臉上的那些發著光的訊息。

男人騙局如此陰暗（SO DARK THE CON OF MAN）

「蘇菲，」蘭登說：「那個盟會流傳不朽的女神崇拜傳統，是基於他們相信在早期基督教會中，掌權的男人藉著宣揚謊言貶低女性，且建立了對男性有利的標準，而『欺騙』了全世界。」

蘇菲還是沒說話，瞪著那些字瞧。

「那個盟會相信，君士坦丁大帝和他的男性繼承人藉由進行一場把神聖女性給妖魔化的傳教活動，成功地將整個世界由女家長的偶像崇拜轉爲男家長的基督信仰，也把女神從現代宗教中永遠抹去。」

蘇菲還是一臉不確定的表情。「我祖父叫我來這裡找到這個訊息。他想要告訴我的一定不只是這個。」

蘭登明白她的意思。她認為這是另一份密碼。不論其中是否隱藏了別的意思，蘭登一時間也看不出來。他的心思已經被索尼耶赫那份訊息表面的明顯含義給佔滿了。

男人騙局如此陰暗，他心想。的確是好陰暗。

沒有人能否認現代教會對今日混亂的世界所帶來的巨大益處，然而基督教會卻有著欺瞞與暴力的歷史過往。爲時三個世紀，殘酷的十字軍運用了種種既有創意又極其可怕的手段，去「再教育」異教徒與女神崇拜的宗教。

天主教的宗教法庭曾出版一本書，大概可以說是人類史上最血跡斑斑的出版品。這本《女巫之鎚》向世人灌輸「自由思考的女人有種種危險」的觀念，且指示神職人員如何指認、折磨、並摧毀這類女人。那些被基督教會判定爲「女巫」的，包括所有的女學者、女祭司、吉普賽人、神祕主義者、愛好自然者、草藥採集者、以及所有「對自然界過於靈敏」的女人。接生婆也因利用醫學常識減輕分娩痛苦這種異端能力而遭殺害，因爲基督教會宣稱，分娩這種痛苦是上帝對夏娃吃掉知識之果的正當懲罰，因此產生了原罪的概念。長達三百年的獵女巫行動中，基督教會燒死了五百萬名女人，令人驚心。

傳教活動和流血手段奏效了。

今天的世界是個活生生的例證。

以往人盡皆知，女人乃精神啓蒙之必要一半，如今卻已被世間的神廟逐出。沒有女性的猶太正教拉比、天主教牧師，也沒有伊斯蘭教的女牧師。一度神聖的行爲「聖婚」——男人與女人間透過自然的性結合，達成雙方靈魂上的圓滿——成了一種可恥的行動。男聖者一度需要與女聖者進行性結合，藉此和神祇交流，但現在他們卻害怕自己的自然性衝動是魔鬼勾結了他最喜歡的共犯……女人所造成的。

甚至與女性相關聯的左邊，也不能逃過教會的中傷。在法國和義大利，用來講左邊的字——gauche和sinistra——變得有極深的負面寓意，然而對應的右邊卻有著正義、靈巧與正確的意味。時至今日，激進思想被視爲左翼，而任何邪惡的事情，則是sinister（不祥）。

女神的時代結束了。鐘擺盪到另一邊。「母親大地」（Mother Earth）成爲「男人的世界」（man's world），而掌管毀滅與戰爭的諸神則坐收漁利。男性自我已運行了兩千年，未經女性確認檢查。錫安會相信，正是因爲神聖女性在現代生活中早已被抹煞，才會引致如美國荷皮族原住民所稱的「生活失衡」，這種不穩定狀況最明顯的徵候，就是睪固酮引發的戰爭、眾多憎惡女性的團體存在，以及對大地之母愈來愈不敬。

「羅柏！」蘇菲說，她的耳語把他拉回現實。「有人來了！」

他聽到外頭走道上走近的腳步聲。

「快來這裡！」蘇菲關掉夜光燈，蘭登覺得她好像從眼前消失了。

一時之間，他覺得完全看不到。*快去哪裡！*等到看得見了，他發現蘇菲的影子衝向房間中央，鑽到八角形的觀賞凳後頭，消失不見。他正打算跟在她後頭衝過去，一個洪亮的聲音讓他立刻停止。

「不准動！」一名男子從門口命令道。

那名羅浮宮警衛探員穿過門口，進入國事廳，手槍伸出來，瞄準了蘭登的胸部。

蘭登的手臂本能地朝天花板高舉。

「躺下！」那名警衛先用法語、繼而用英語命令道。「躺下！」

蘭登臉朝下在地板上趴了幾秒鐘。那名警衛趕過來，把他兩條腿踢分開，讓他四肢大張趴著。

「你想錯了，蘭登先生。」他用法語說，手槍用力抵著蘭登的背。「你打的主意不妙喔。」

臉朝下趴在鑲木地板上，四肢伸展，蘭登發現自己諷刺的姿勢有點好笑。〈維特魯威人〉，他心想。臉朝下的版本。

29

在聖許畢斯教堂中，西拉從祭壇拿了一個沉重的奉獻蠟燭台，回頭朝方尖碑走過去。那個燭台正好可以當鎚子，用來敲破地板。看著地上那塊灰色大理石板，顯然底下是中空的，他想到要擊破石板，必然會製造出相當大的聲音。

鑄鐵敲在大理石上頭。聲音會傳遍整片圓拱形天花板。

那位修女會聽到嗎？她現在應該睡著了。即使如此，西拉還是寧可不要冒險。他四周看看，想找塊布來包住鑄鐵燭台的頂端，卻只看到祭壇的亞麻布罩，他拒絕玷污它。我的長斗篷，他想到。西拉知道這個大教堂裡只有自己一個人，便把長斗篷解開，脫下身。脫衣服時，羊毛纖維刮過背後的新傷，讓他感到一陣刺痛。

他現在全身赤裸，只剩裹腰布，西拉用長斗篷包住鑄鐵棒的頂端，然後瞄準那塊地板的中央，把燭台用力砸下去。一記悶悶的撞擊聲。石頭沒破。他又用鑄鐵棒砸了一次，又是一記悶響，但這回出現了裂縫。砸第三次時，那塊石板終於破了，石頭碎片掉進了地板底下的中空區域。

一個小密洞！

西拉趕緊把洞口殘餘的碎石片抽出來，看著那個洞。他在洞前跪下，全身血液沸騰起來。他舉起蒼白的手臂，伸了進去。

一開始他什麼都沒摸著。密洞的底部是光滑的石頭，空無一物。然後他的手探得更深，伸到玫瑰線的下方，摸到東西了！一塊厚厚的石板。他手指抓著石板邊緣，輕柔地提出來。他站起來檢查自己的發現物時，看清手上抓著的是一個粗劈而成的石板，上頭刻著東西。一時之間，他覺得自己好像現代的摩西。

西拉閱讀石板上的字，非常驚訝。他本來期待那塊拱心石上會有一張地圖，或是一連串複雜的指引，甚至會是密碼。然而，手上這塊拱心石上，卻只有簡單之極的銘文。

約伯記　三八：一一。

聖經裡的一節？西拉被這出奇簡單的訊息給愣住了。他們所尋找的祕密地點，就在聖經裡的某一節中？那個兄弟會爲了嘲弄正義，眞是什麼都做得出來！

〈約伯記〉三十八章，十一節。

雖然西拉一時記不得十一節的確切內容，但他知道約伯記敘述的故事，是一個人在屢經考驗後，仍保有對天主的信心。很恰當，他心想，簡直掩不住自己的興奮。

他回頭凝視著地上微光閃爍的玫瑰線，不禁微笑。主祭壇上貼著金箔的書架上頭，攤著一本巨大的皮面《聖經》。

樓上的唱詩班樓座裡，桑德琳修女正在發抖。幾分鐘以前，當下頭的那名男子忽然脫下長斗篷時，她差點要溜去執行她的命令。當她看到他有如雪花石膏的白皮膚，心中湧上一股恐懼的不安。他寬大蒼白的背部滿是血紅的鞭痕。即使離這麼遠，她也看得出那些傷口是新傷。

這個人被毫不留情地鞭打過！

她也看到他大腿上綁著的苦修帶，下頭的傷口正在流血。什麼樣的天主要這樣懲罰身體？桑德琳修女知道，主業會的儀式不是她能夠明白的。但那一刻她已經顧不了這些了。主業會正在尋找那塊拱心石。桑德琳修女無法想像他們怎麼會知道，但她心知自己已經沒有時間去想了。

那個流著血的隱修士現在又安靜地穿回長斗篷，抓著他的戰利品走向祭壇，走向那本《聖經》。

桑德琳大氣也不敢出地靜悄悄離開樓座，衝進廳堂到她角落的小房間去。她跪在地上，手伸到木板床架下頭，拿出一個彌封的信封，那是她多年前藏在那兒的。

她把信封拆開，發現上頭有四個巴黎的電話號碼。

她哆嗦著開始撥號。

樓下，西拉把石板放在祭壇上，雙手急切地伸向那本皮面《聖經》。此刻他翻著書頁，長長的白手指沁著汗。翻著《舊約》，找到〈約伯記〉。他找出三十八章，手指隨內文往下尋索，預期著就要看到那段話了。

那些話會指引出方向！

找到了第十一節，西拉閱讀著內文。只有幾個字。他困惑地又讀了一次，感覺到有什麼已然鑄成大錯。那一節很簡單：

你只可到這裡，不可越過。

30

安全警衛克勞德・古魯阿站在〈蒙娜麗莎〉前方那名平躺的俘虜前，一肚子火。這個王八蛋殺了賈克・索尼耶赫！對古魯阿和他的保全組員來說，索尼耶赫一直就像個備受敬愛的父親。

古魯阿眞恨不得扣下扳機，把子彈射進羅柏・蘭登的背裡去。古魯阿是資深保全人員，也是少數身上佩槍的警衛之一。他提醒自己，無論如何，就這麼殺了蘭登，是太便宜他了，比起來，更該讓他嚐嚐伯居・法舍和法國監獄系統的滋味。

古魯阿從皮帶上拔出對講機，想呼叫人手來支援。結果只聽到電波干擾的聲音。這個展覽廳加裝的電子保全裝置總是對警衛的通訊造成嚴重干擾。我得挪到門口去。古魯阿的槍仍指著蘭登，開始朝門邊緩慢移動。走到第三步，他看到什麼，因而暫時停下來。

見鬼那是什麼！

一個無法解釋的幻影在靠近房間中央逐漸現形。一個剪影。房間裡還有其他人嗎？一個女人在黑暗中移動，迅速地朝向遠處左邊的牆走過去。她前方一道泛紫的光線前前後後掃射過地板，好像是用一把有顏色的手電筒在搜索什麼。

「誰在那裡？」古魯阿用法語問，覺得自己的腎上腺素在這三十秒內大量分泌了兩回。他忽然不知道該把槍瞄準哪裡，或往哪個方向指。

「科技偵查處。」那女人冷靜地回答，仍然用她的手電筒掃射著地板。

科技偵查處。古魯阿開始流汗了。我還以為所有探員都離開了！他現在認出那道紫光是紫外線，的確是科技偵查處的工具，然而他還是不明白，爲什麼刑事局的人會來這裡找證據。

「你叫什麼名字？」古魯阿用法文吼著，直覺告訴他有什麼不對勁。「快回答！」

「是我，」那個聲音以冷靜的法文回應：「蘇菲．納佛。」

在古魯阿的內心深處，這個名字有印象。蘇菲．納佛？那是索尼耶赫的孫女，不是嗎？她小時候常常來這裡，可是那是好多年以前了。不可能是她！而即使眞是蘇菲．納佛，也沒有理由要信任她；古魯阿聽過傳言，說索尼耶赫和他孫女鬧翻了。

「你認識我，」那名女子喊道：「羅柏．蘭登沒有殺我祖父。相信我。」

古魯阿警衛不打算相信這番話。我需要支援！他又試了試對講機，還是只有電波干擾。門口距離他還有二十來呎，古魯阿開始慢慢往後退，選擇將槍口對準躺在地板上的男子。他一吋吋退後時，還看到房間那端的女子舉起紫外線手電筒，詳細檢查著國事廳遠端的一幅大畫，就在〈蒙娜麗莎〉的正對面。

古魯阿明白那是哪幅畫，喘不過氣來。

老天在上，她在幹嘛？

在房間那頭，蘇菲．納佛覺得額頭冒出冷汗。蘭登仍四肢大張趴在地上。撐著點，羅柏。我快弄完了。蘇菲知道那個警衛絕對不會眞對他們開槍，於是注意力回到眼前的事情，用手電筒詳細照射過另一幅達文西作品的上上下下。不過紫外線光卻沒有任何異常反應。地板上沒有，牆壁上沒有，甚至畫布本身也沒有。

這裡一定有什麼！

蘇菲完全確信，她已經正確解讀出祖父的意思。

不然他還會是什麼意思？

她檢查的那幅傑作是一幅五呎高的畫布。達文西所繪的怪異畫面中，有一個姿勢奇怪的聖母馬利亞和聖嬰坐在一起，還有施洗者約翰，以及大天使烏列，四人在一個危險的露頭岩脈間。蘇菲小時候每次去看〈蒙娜麗莎〉，都一定會被祖父拖著到房間那頭看第二幅畫。

祖父，我在這裡了！可是我看不到！

蘇菲可以聽到身後的警衛正試著再度呼叫支援人手。

快想！

她回想著〈蒙娜麗莎〉的防護玻璃上的潦草訊息。男人騙局如此陰暗。她眼前的這幅畫沒有防護玻璃可以寫字，而且蘇菲知道她祖父絕對不會在畫布上寫字去毀掉這幅傑作。她暫停下來。至少不是在正面。她的視線投向上方，循著從天花板垂下來懸吊著畫作的長長纜線，一路看上去。

有可能會是這樣嗎？她抓住畫框的左側，往自己身上拉。那幅畫很大，底板隨著她的拉扯而彎起。蘇菲探頭到畫作後頭，舉起那盞夜光燈手電筒檢視著畫的背面。

幾秒鐘後，她明白自己的直覺是錯的。那幅畫的背後一片空白。上頭沒有紫色的字，只有古老畫布背面的斑駁棕點，以及——

且慢。

蘇菲的眼睛盯著一個不協調的閃光，那個發出光澤的金屬物嵌在木頭畫框接近底部的角落。那東西小小的，一部分塞在畫布和畫框接合的縫隙間。一條閃閃發光的金鍊子垂下來。

蘇菲完全沒想到的是，那條鍊子連著一個熟悉的金鑰匙。大大的雕刻鑰匙頭是十字狀，上頭刻的標誌她九歲之後就再沒看過了。一朵白色鳶尾花和P.S.的縮寫字母。剎那間，蘇菲覺得她祖父的鬼魂正在她耳邊低語。等時間到了，那把鑰匙就歸你。她明白到祖父直到死前，都還信守著承諾，不禁喉頭一緊。這把鑰匙是用來開一個盒子，他說著，我在盒子裡面裝了很多祕密。

現在蘇菲明白了，整個晚上文字遊戲的一切目的，就是這把鑰匙。她祖父死前身上就帶著這把鑰匙，因爲不希望它落到警方手上，於是藏在這幅畫後面。然後他設計了一個精巧的尋寶遊戲，確保只有蘇菲才能找到。

「快來幫忙！」那個警衛喊著。

蘇菲從那幅畫後方抓起鑰匙，隨即將紫外線手電筒塞進口袋裡。她從那幅畫後頭往外瞧，看到警衛仍拼命用對講機想跟其他人聯繫。他正朝著門口後退，那把槍仍定定地指著蘭登。

「快來幫忙！」他繼續對著他的無線電對講機大喊。

只有電波干擾聲。

他的對講機不通，蘇菲明白了，到這個房間裡的遊客每每想試著打電話回家，好誇耀他們看到〈蒙娜麗莎〉，卻總是失望。牆上額外架設的監視線路，使得電話訊號幾乎不可能接通，除非走到外頭大廳才可能。這會兒那警衛迅速退向門口，蘇菲知道她必須立刻行動。

蘇菲半個身子掩在那幅巨大的油畫後方，往上凝視，知道今夜李奧納多．達文西即將第二度拯救他們。

只剩幾公尺了，古魯阿告訴自己，手槍仍保持平衡。

「不准動！不然我就把它毀了！」那名女子的聲音在展覽室裡迴盪。

古魯阿看過去，停下了腳步。「老天，不！」

在紅色的霧光中，他看得見那名女子把大畫從纜線上拿下來，撐在眼前的地板上。五呎高的畫布幾乎遮住了她整個人。古魯阿的第一個念頭是爲什麼那幅畫上的保全纜線沒有觸動警鈴，但當然藝術品的電線感應器今天晚上還沒重新啓動。*她在幹什麼！*

他看清後，全身發冷。

畫布的中央開始鼓起，聖母馬利亞、聖嬰、施洗者約翰的脆弱輪廓都開始扭曲。

「不！」古魯阿大喊，看到那幅無價的達文西作品被撐得畫布變形，他嚇得全身僵硬。那名女子正從後頭用膝蓋抵著畫布中央！**「不！」**

古魯阿轉而把槍指著她，但立刻明白這是個無效的威脅。那幅畫只是一張布，卻不能穿透——那是一件價值六百萬元的防彈衣。

我不能對著達文西作品開槍！

「放下你的槍和對講機，」那名女子冷靜地用法語說：「不然我的膝蓋就會把這幅畫頂破。我想你曉得我祖父若地下有知的話，將會作何感想。」

古魯阿覺得一陣暈眩。「拜託……不可以。那是〈岩窟中的聖母〉！」他把槍和對講機丟下，雙手高舉過頭。

「謝謝。」那名女子說。「現在一步步按照我的指示做，一切就沒問題了。」

過了幾分鐘，當蘭登跟著蘇菲奔下逃生梯往一樓跑，他的脈搏還是跳得好厲害。自從他們讓那個發抖的羅浮宮警衛躺在國事廳而離開之後，兩人就沒有交談過。那個警衛的槍現在緊緊抓在蘭登手裡，他簡直等不及想丟掉。那把武器給他一種陌生的沉重與危險之感。

蘭登一次跨兩級地衝下階梯，暗自納悶蘇菲可知道她差點毀掉的那幅畫價值多少。她對藝術品的選擇似乎奇異地符合今夜的冒險經歷。她剛剛抓著的那幅達文西作品跟〈蒙娜麗莎〉很像，在藝術史家們眼中，這幅畫隱藏的異教符號是出了名的多。

「你挑了一個很有價值的人質。」他邊跑邊說。

「〈岩窟中的聖母〉，」她回答：「但不是我挑的，而是我祖父挑的。他在那幅畫的背後留了一個小東西給我。」

蘭登嚇了一跳，瞪著她看。「什麼?!但你怎麼知道是哪幅畫？爲什麼是〈岩窟中的聖母〉？」

「男人騙局如此陰暗。」她亮出一個勝利的笑容。「羅柏，我漏掉了前兩個變位字謎，可不打算再漏掉第三個。」

31

「他們死了！」桑德琳修女在聖許畢斯教堂的住處裡，結結巴巴地朝著話筒說。她正在對方的答錄機裡留話。「拜託快接電話！他們都死了！」

名單上的前三個電話號碼都得到駭人的結果——一個歇斯底里的寡婦、一個在謀殺現場加班工作的警探，還有一個正在安慰喪親家庭的神父。三個連絡人都死了。現在，當她打給名單上第四個、也是最後一個成員——除非前面三個人都連絡不上，否則她不該打過去的——卻是電話答錄機。請她留話的訊息中沒講名字，只要求來電者留言。

「那塊地板被打破了！」她留言時懇求地說。「其他三個人死了！」

桑德琳修女不知道這四個人的身分，但這些藏在她床下的私人電話號碼，只有在一個情況下才能用上。

萬一那塊地板破了，那個不知名的使者曾告訴她，就表示上層組織已經被攻破了。我們其中一個人已遭受到生命的威脅，逼不得已說出了謊言。打這些電話。警告其他人。千萬要做到。

那是個無聲的警報。簡單得萬無一失。她初次聽到這個計畫時，非常驚訝。如果其中一個兄弟的身分暴露，他可以說出謊言，因而啓動一個機制，去警告其他人。而總之，今夜似乎不只一個人的身分暴露了。

「拜託接電話，」她擔心地低語：「你在哪裡？」

「掛掉電話。」門口傳來一個低沉的聲音。

她恐懼地轉身，看到了那個大塊頭隱修士。他手上抓著一個沉重的鑄鐵燭台。她顫抖著把話筒放回電話座上。

「他們死了。」那個隱修士說。「總共有四個人。他們把我當笨蛋耍。告訴我那塊拱心石在哪裡。」

「我不知道！」桑德琳修女誠實地說。「守護那個祕密的是其他人。」死掉的那些人！

那名男子走上前，他白色的拳頭抓著鑄鐵燭台。「你是教會的修女，而你卻服事他們？」

「耶穌只有一個訊息，」桑德琳修女反抗地說：「我在主業會裡看不到這個訊息。」

那名隱修士的眼中忽然迸發出一股憤怒。他跳上前，手上的燭台像棍子似的往前打。桑德琳修女倒下，她最後的感覺是一股排山倒海而來的不祥預感。

四個人都死了。

那個寶貴的真相永遠遺失了。

32

德農翼樓西端的警鈴把附近杜勒麗花園的鴿子嚇得四散亂飛，同時蘭登和蘇菲衝過了最後一段通道，進入巴黎的夜。他們通過廣場往蘇菲的車跑去時，蘭登聽得到警笛在遠方呼號。

「就在那裡。」蘇菲喊著，指向一輛停在廣場上的短車身、雙人座紅色小車。

她是開玩笑的吧？那輛車是蘭登這輩子見過最小的車子。

「Smart，」她說：「一公升汽油可以跑一百公里唷。」

蘭登才剛把自己塞進乘客座，蘇菲就開著她的Smart衝過邊欄，碾過碎石分隔區。他抓著前方的儀表板，看著車子衝上了人行道，又彈落到羅浮宮騎兵方庭的小圓環上。

一時之間，蘇菲似乎考慮要抄近路走直線穿過圓環：先衝過周圍的樹籬，然後對半切過中央那圈綠油油的大草坪。

「不！」蘭登大喊，他知道圍繞著羅浮宮騎兵方庭的樹籬是爲了要遮住中央危險的大坑——倒置金字塔——那個他稍早在羅浮宮內所看到上下顚倒的金字塔天窗。那個大坑足以呑沒他們的Smart。幸好，蘇菲決定採取比較正常的路線，她硬把方向盤往右扳，一路繞著圓環直到出口，左轉，然後轉入北上車道，朝希沃里街加速而去。

警笛在他們後方愈來愈大聲，蘭登從他那一側的後照鏡可以看到警車的燈光。蘇菲猛踩油門想加速遠離羅浮宮，Smart車的引擎反抗地吼著。前方五十碼處，希沃里街口轉爲紅燈。蘇菲低聲詛咒，繼續踩著油門。蘭登覺得自己渾身肌肉繃緊了。

「蘇菲？」

到了十字路口，車子只稍稍減速，蘇菲閃了車前燈，左右匆忙看了下，就又加速猛地左轉，穿過那個空蕩的路口，轉入希沃里街。往西一路加速行駛了四分之一哩後，蘇菲往右繞過一個大圓環。很快地，他們就從圓環另一端衝出去，來到寬闊的香榭麗舍大道。

他們往前直行，蘭登在座位上轉身，拉長脖子透過後車窗往羅浮宮看。警察好像沒在追他們，警車的藍色燈光都聚集在羅浮宮前。

蘭登的心跳總算慢了下來，他轉回身子。「眞是有趣。」

蘇菲好像沒聽到。她的眼睛定定地往前看著長長的香榭麗舍大道，這條大馬路上綿延著兩哩長的諸多豪華店面，常被稱爲「巴黎的第五大道」。美國大使館離這裡大概只有一哩，蘭登在座位坐定。

男人騙局如此陰暗（So dark the con of man）。

蘇菲的腦筋動得之快，令蘭登印象深刻。

〈岩窟中的聖母〉（Madonna of the Rocks）。

蘇菲剛剛說，她祖父在那幅畫後面留了東西給她。是臨終遺言嗎？蘭登不禁佩服起索尼耶赫所挑選的高明藏物處；而且〈岩窟中的聖母〉在這一整夜環環相扣的符號體系中，是另一個契合的環節。看起來，索尼耶赫的每一招，都越發強調了他對李奧納多・達文西的陰暗與惡作劇那一面的鍾愛。

達文西繪製〈岩窟中的聖母〉，原本是接受一個教會組織「純淨受孕協會」所委託，該協會位於米蘭的聖方濟會教堂中，需要一幅畫作爲祭壇三聯板中間的那一幅。那些修女給了李奧納多精確的尺寸，以及期望的主題——聖母馬利亞、施洗者聖約翰幼嬰、大天使烏列，以及聖嬰耶穌，一起躲在一個洞窟中。雖然達文西遵照他們的要求畫了，但作品交出後，該協會卻大感驚恐。他在作品中畫滿了引人爭議且不安的細節。

畫中是一個身穿藍袍坐著的聖母馬利亞，手臂攬著一名應該是耶穌的嬰孩。馬利亞的另一旁是大天使烏列，也帶著一名應該是施洗者聖約翰的嬰孩。不過奇怪的是，畫面中並非一般情節中耶穌爲聖約翰祝聖，而是聖約翰爲耶穌祝聖……而耶穌服從於聖約翰的權威！更令人不安的是，馬利亞一手舉在聖約翰的頭上，做出一個很明確的威脅手勢——她的手指看起來像鷹爪，正抓著一個看不見的頭。最後，最明顯也最駭人的畫面是：就在馬利亞扭曲的手指下方，烏列比畫出一個切割的手勢——好像從馬利亞鷹爪般手指所抓著那個無形人頭的頸部劃過。

達文西最後擺平那個協會的方式，就是畫了第二幅畫給他們，在這幅「摻水版」的〈岩窟中的聖母〉中，每個人物的安排都比較正統，蘭登的學生以前每次上課上到這裡，都覺得很好玩。第二個版本現在掛在倫敦國家畫廊，畫名是〈岩窟中的無玷聖母〉（Virgin of the Rocks），不過蘭登還是偏愛羅浮宮這幅比較有趣的原始版本。

蘇菲開著車在香榭麗舍大道上疾馳，蘭登說：「那幅畫。後頭是什麼？」

她眼睛仍看著路。「一等我們安全進入大使館，我就會給你看。」

「你會給我看？」蘭登很驚訝。「他留了一個實體的東西給你？」

蘇菲匆匆的點了頭。「上頭有白色鳶尾花和P.S.縮寫的凸飾。」

蘭登不敢相信自己的耳朵。

我們一定辦得到，蘇菲心想，把Smart的方向盤往右打，經過奢華的克希庸飯店，來到樹蔭夾道的巴黎使館區。現在離美國大使館不到一哩了。她覺得自己總算可以正常呼吸了。

即使在開車時，蘇菲的心思仍一直記掛口袋裡的那支鑰匙、多年前看過它的記憶、呈等臂十字形的金色鑰匙柄、三角稜柱形的鑰匙軸、上頭的凹洞、浮雕的花朵標誌，以及P.S.的字母縮寫。

雖然多年來蘇菲很少再想起這把鑰匙，但她在情報方面的工作讓她學會有關保全設備的知識，因此這把鑰匙特殊的加工形式，現在看起來已經不再那麼神祕。雷射切割的複雜紋路。不可能複製。一般鑰匙是以鋸齒撥動鎖栓，但這把鑰匙上頭則是以雷射光燒出複雜的串串小洞，以供電眼辨識。如果電眼判定那些六邊形的小洞的空間、排列、旋轉方式正確，鎖就會開啓。

蘇菲還沒空去想像這樣的一把鑰匙要拿來開什麼，但她覺得羅柏有辦法告訴她。畢竟，他根本沒看過鑰匙就能描述上面的浮雕標誌。十字形的鑰匙柄暗示這把鑰匙屬於某個基督教組織，但蘇菲知道沒有任何教堂會用雷射加工的方式鑄模鑰匙。

何況，我祖父也不是基督徒……。

十年前蘇菲曾親眼目睹證據。諷刺的是，那是另一把鑰匙——普通得多的——揭露了他的眞面目。那是個溫暖的晚上，她的班機在巴黎戴高樂機場降落，然後她招了輛計程車到家。祖父看到我一定很驚喜，她心想。蘇菲提早幾天從英國的研究所回來度春假，她等不及想看到祖父，把自己學到的那些編碼方法告訴他。

然而，等她到了他們位於巴黎的家，祖父卻不在。失望之餘，她明白祖父沒想到她會回家，或許正在羅浮宮工作。可是這是星期六晚上，她想到，祖父很少在週末工作。到了週末，他通常會——

蘇菲咧嘴笑了，跑到車庫去。夠確定了，祖父的車不在裡面。今天是週末，賈克・索尼耶赫討厭在市區開車，他買車只會開去一個地方——他位於巴黎北邊諾曼地的度假別墅。蘇菲在擁擠的倫敦待了好幾個月，正渴望著大自然的芳香，想立刻展開她的假期。夜晚才剛開始，她決定立刻出發，給祖父一個驚喜。蘇菲跟朋友借了一輛車，開往北邊，蜿蜒著來到克赫立鎮附近月光遍照的荒涼丘陵。剛過十點她就到了，她轉下了那條長長的私人車道，朝著祖父的隱居處而去。那條車道長達一哩有餘，開過了一半，就可以看到掩映在樹影間的房子——樹林間一棟龐然而古老的岩石別墅，建在丘陵坡地上。

蘇菲本以爲祖父這個時候可能已經睡了，卻看到屋內有燈光透出，又覺得很興奮。然而，她的興奮很快轉爲驚訝，因爲開到別墅前方，她看到車道上停滿了車子——賓士、BMW、奧迪、還有一輛勞斯萊斯。

蘇菲呆看了一下，然後爆出一陣笑。*我祖父，著名的隱士！*看來賈克・索尼耶赫遠遠不像表面裝的那麼偏好隱遁。顯然他趁蘇菲出國念書時，在家裡開派對，而從這些汽車看來，某些巴黎最有影響力的人都出席了。

蘇菲匆匆來到前門，急著想給祖父一個驚喜，卻發現門鎖住了。她敲門。沒有回應。她搞不懂，繞到後頭，試了後門。結果也鎖上了。沒人應門。

她困惑地站在那邊傾聽了一會兒。唯一聽到的，就是諾曼地的冷風在谷地間旋轉所發出的低嗚。

沒有音樂。

沒有聲音。

什麼都沒有。

在樹林間的一片寂靜中，蘇菲匆匆走向別墅一側，爬上一座柴堆，臉湊到客廳的窗戶上。裡面的情景一點道理也沒有。

「沒人在！」

整個一樓看起來都空無一人。

人都跑哪兒去了？

蘇菲心跳加速，跑到柴房，拿了她祖父向來收在引火細柴箱下頭的備用鑰匙。她跑到前頭開了門進去。踏入空蕩的門廳時，保全系統的控制面板上開始閃起紅燈——警告進入者有十秒鐘時間輸入正確的密碼，否則保全警鈴就會響起。

他開派對時還設定了警鈴？

蘇菲迅速輸入密碼，解除了保全系統。

進去之後，她發現整棟別墅裡都沒有人，樓上也一樣。她下樓再度進入空蕩的客廳，在一片靜默中站了一會兒，想不透這到底是怎麼回事。

此時蘇菲聽到了。

是一種悶悶的聲音，似乎來自她腳底。蘇菲想不出是什麼。她蹲下，把耳朵湊在地板上聽。沒錯，那個聲音肯定是來自下方，似乎是在唱歌，或是……吟誦？她嚇住了。而簡直比那個聲音還要怪異的是，她想到這個房子根本沒有地下室。

至少我沒看到過。

蘇菲轉身掃視著客廳，雙眼投向整棟屋子裡唯一移動過的東西——那是她祖父最喜歡的古董，一條很大的奧比雨松掛毯。平常是掛在東邊牆上的火爐旁，但今夜銅杆上的掛毯卻被拉到一邊，露出後頭的牆壁。

蘇菲走向那面空蕩蕩的牆壁，感覺到吟誦聲變大了。她猶豫著把耳朵靠在木牆上，聲音更清楚了。肯定是一群人在吟誦……蘇菲聽不出他們在吟誦些什麼。

這面牆後頭是空的！

她摸著牆板的邊緣，找到一個能容手指的凹處，製作得很精緻。一扇拉門。蘇菲心臟怦怦跳，手指伸進那道縫隙，把門拉開。那道沉重的門無聲地往旁邊滑開。裡頭一片黑暗，人聲傳了上來

蘇菲溜進那道門，找到了一條以粗劈石塊往下築成的螺旋梯。她從小就常來這棟房子，卻從不知道有這道樓梯的存在！

她往下走，空氣愈來愈涼，那個聲音愈來愈清晰，現在聽得見有男人和女人。她的視線被螺旋形的階梯擋住，但現在看得到最後一級階梯了。她可以看見階梯前一塊地下室的石頭地板，閃爍著橘色的火光。

蘇菲屏住呼吸，又慢慢下了幾層階梯，蹲下身往裡看。她花了好幾秒鐘才搞懂眼前的景象。

那是一個巖穴——看來是個從花崗岩山腰鑿出來的粗糙小房間。唯一的光源來自牆上的火炬。在火焰的光芒中，三十來個人站在房間中央，圍成圓圈。

我在作夢，蘇菲告訴自己。這是夢。不然還會是什麼？

房間裡的每個人都戴著面具。女人穿著白色薄紗長袍和金色鞋子。她們的面具是白的，手上拿著金球。男人穿著黑色的古典及膝束腰外衣，面具是黑色的。他們看起來就像巨大的棋子。圓圈中的每個人都前後搖擺，朝著前方地板上的一個什麼尊敬地吟誦……蘇菲看不到那是什麼。

吟誦聲再度規律起來，逐漸加速，現在變得很大聲，而且更快。所有人踏前一步跪下。那一刻，蘇菲終於看得見那些人之前看著的是什麼。甚至當她驚駭地踉蹌後退時，仍覺得那個影像永遠烙印在她記憶中。蘇菲一陣反胃，轉身扶著石牆爬上樓梯。把門拉上後，她衝出那個空蕩的房子，一路滿眼是淚地恍惚開車回巴黎。

那一夜，她的人生被幻滅和背叛攪得粉碎，她收拾了自己的東西離家。在餐室的桌上，她留下一張紙條。

我去過那裡了。別來找我。

紙條旁，她放著那把從別墅柴房取來的老舊備用鑰匙。

「蘇菲！」蘭登的聲音打斷她的思緒。「停！停！」

蘇菲從記憶裡回過神來，猛踩煞車，滑行著停下。「怎麼？發生了什麼事？」

蘭登指著他們眼前那條長長的街道。

蘇菲定睛一看，覺得全身一寒。前方一百碼處的十字路口，擋著兩輛刑事局的警車，停得歪歪的，意圖很明顯。他們封鎖了加布里爾大道！

蘭登陰沉地嘆了口氣。「我想大使館今天晚上是禁止入內了？」

街道上，兩名刑事局的警官站在車旁，正朝這個方向看過來，顯然很好奇他們的車子爲什麼突然停下。

好吧，蘇菲，慢慢地轉彎。

她倒車，鎮定地做了個三點掉頭，讓她的Smart車迴轉到反方向。開走時，她聽到了下方輪胎擦過地面的尖響。警笛聲響起。

蘇菲詛咒著，狠狠踩下油門。

33

蘇菲的Smart車穿過使館區，行經各國大使館與領事館，終於衝進一條小街，然後一個右轉，又回到了寬廣的香榭麗舍大道。

蘭登緊張地坐在乘客座，扭向後方，看後頭有沒有警車跟來。一時之間，他眞希望自己當初沒決定逃跑。你沒決定，他提醒自己。當蘇菲把那個全球定位系統的追蹤器丟出洗手間窗外時，也就替他下了決定。現在，他們加速遠離美國大使館，在香榭麗舍大道零星的車陣中蛇行，蘭登感覺到自己的選擇愈來愈少。雖然蘇菲似乎已經甩掉警方了，至少暫時如此，但蘭登很懷疑他們的幸運能持續多久。

方向盤後面的蘇菲伸手到毛衣口袋裡，取出一個小小的金屬物，遞給蘭登。「羅柏，你最好看看這個。這是我祖父在〈岩窟中的聖母〉後頭留給我的。」

蘭登因期盼而顫抖著，取過來審視。那個金屬物很沉重，呈十字形。他的第一個直覺是手上拿著一個墓架——用來插進墓地紀念的縮小版木樁。然後他注意到從十字架上凸出來的鑰匙軸是三角稜柱形狀，軸上還密密佈滿了數百個細小的六邊形小孔，顯然是精密加工過，而且是隨機分布的。

「那是雷射切割而成的鑰匙。」蘇菲告訴他。「那些六邊形小洞是供電眼判讀的。」

鑰匙？蘭登從沒看過這種鑰匙。

「看看另外一面。」她說，切換車道穿過另一個十字路口。

蘭登把那把鑰匙轉面，驚訝得張大嘴巴。鑰匙中央複雜的浮雕，正是白色鳶尾花和P.S.縮寫的花樣！「蘇菲，」他說：「這就是我跟你提過的那個標記！錫安會的正式標誌！」

她點點頭，「我跟你說過，我很久以前看過這把鑰匙。他叫我再也不要提起它。」

蘭登的眼睛依然盯牢那把有著浮雕的鑰匙。鑰匙的高科技加工和古老符號學，顯現出一種古代與現代世界的怪誕融合。

「他說過這把鑰匙是用來開一個盒子，他在裡面藏了很多祕密。」

蘭登想像著賈克・索尼耶赫這樣一個人會藏著什麼樣的祕密，不禁感覺到一股寒意。一個古老的兄弟會用這種未來派的鑰匙做什麼，蘭登想不透。那個盟會存在的唯一目的，就是要保護一個祕密。一個威力強大的祕密。這把鑰匙跟那個祕密有關嗎？這個想法盤據他心頭。「你知道它是用來開什麼的？」

蘇菲一臉失望。「我還指望你會知道。」

蘭登沉默著，把那個十字在手上翻來覆去檢查。

「看起來像基督教的東西。」蘇菲繼續進逼。

蘭登不太確定這點。這把鑰匙的頭部並不是傳統的長柄基督教十字，而是個正十字——四臂長度相等——它的歷史比基督教還早了一千五百年。這種正十字不像拉丁十字蘊含著釘刑的基督教意義，長柄的拉丁十字原是羅馬人設計的刑具。蘭登一直很驚訝，很少基督徒看著「十字架苦像」（the crucifix）而明白這個標誌的暴力歷史就反映在它的名字上：十字（cross）和十字架（crucifix）的字源都是來自拉丁文的動詞 cruciare——意指拷打。

「蘇菲，」他說：「我只能告訴你，像這樣的等臂十字被視為和平的十字。它們正方形的結構在釘刑上並不實用，同時它的垂直和水平元素平衡，傳達了男性與女性自然結合的意義，因而在符號象徵上，與錫安會的哲學一致。」

她疲倦地看了他一眼。「你完全搞不懂，對吧？」

蘭登皺著眉。「一點頭緒都沒有。」

「好吧，我們得把車停下來。」蘇菲檢視她那側的後照鏡。「我們得找個安全的地方，搞清楚這把鑰匙是用來打開什麼的。」

蘭登渴念地想著他在麗池飯店的舒適房間。很明顯，不能考慮回到那裡。「去找巴黎美國大學那些邀我來的主人怎麼樣？」

「太明顯了，法舍會去查他們的。」

「你一定有熟人，你住在這裡。」

「法舍會清查我的電話和電子郵件紀錄，去找我的同事問話，我的朋友都會被懷疑。去找旅館也不好，因爲需要身分證件。」

蘭登再度懷疑，當初他若冒險一試讓法舍在羅浮宮逮捕他，或許會比較好。「那我們打電話給大使館。我可以解釋整個情況，讓大使館派個人跟我們找個地方碰面。」

「跟我們碰面？」蘇菲轉頭瞪著他，好像覺得他瘋了。「羅柏，你是在作夢。貴國大使館只有在他們自己的產業上才有司法權。派一個人出來接我們，會被視爲幫助法國政府的逃犯。不可能的。如果你走進大使館，要求暫時庇護，那是一回事；但要求他們在大街上採取行動對抗法國執法單位？」她搖搖頭。「現在打電話給貴國大使館，他們會告訴你，爲了避免進一步損害，請你向法舍投案。然後他們會承諾透過外交管道讓你公平受審。」她凝視著香榭麗舍大道上那排精品店。「你身上有多少現金？」

蘭登檢查了皮夾。「一百元美金。還有一些歐元。怎麼？」

「有信用卡嗎？」

「當然。」

蘇菲加快車速，蘭登感覺得到她正在擬定計畫。這條路的盡頭，也就是香榭麗舍大道的尾端，矗立著凱旋門——高達一百六十四呎，是拿破崙爲了向自己軍事上的功績致敬而建的——外頭環繞著法國最大的圓環，足足有九條車道寬。

接近圓環時，蘇菲再度望向後照鏡。「我們暫時甩掉警方了，」她說：「可是如果繼續開著這輛車，恐怕再撐不過五分鐘了。」

那就再去偷另外一輛車，蘭登好笑地想著，反正現在我們是罪犯了。「你打算怎麼辦？」

蘇菲開著那輛Smart車衝向圓環。「相信我就是了。」

蘭登沒回答。今夜，信任並沒有給他帶來太多好處。他把外套的袖子往上拉，看著他的手錶——一個舊款紀念版的米老鼠腕錶，是父母親在他十歲生日時送的禮物。雖然那個兒童式的錶面常常引來奇異的目光，但蘭登從沒戴過別的錶；迪士尼卡通曾初度引領他領略形式和色彩的奇妙，而如今米老鼠天天提醒蘭登保持內心的年輕。此時，米老鼠的雙臂歪歪擺著一個尷尬的角度，指出的時間也同樣尷尬。

凌晨兩點五十一分。

「很有趣的手錶。」蘇菲說著看了他的手腕一眼，開著她的Smart車以逆時針方向繞著那個寬廣的圓環。

「說來話長。」他說，把袖子拉下來。

「我想也應該是。」她匆匆給了他一個微笑，繞出圓環，朝北離開了市中心。才經過兩個綠燈，她在第三個路口急速右轉，上了馬列柴爾伯大道。他們離開了華美而林蔭夾道的使館區，進入了一個比較陰暗的工業區。蘇菲又來個急速左轉，過了一會兒，蘭登才明白他們在哪裡。

聖拉札車站。

他們前方這棟玻璃屋頂的火車總站像是融合了飛機庫房和玻璃暖房的怪異產物。歐洲的火車站從不打烊。即使是這個時間，還是有五、六輛計程車停在主要入口旁邊。賣三明治和礦泉水的手推車小販穿梭著，背著旅行袋的髒兮兮年輕人揉著眼睛從車站裡湧出，四處打量，好似要努力搞清他們身在哪個城市。

就在這條街前面，兩個巴黎市警察站在人行道邊，正在替幾個困惑的遊客指路。

蘭登下了那輛Smart車，看到蘇菲遞給計程車司機一大把鈔票。那名司機點點頭，然後讓蘭登意外的是，計程車就逕自開走了。

「怎麼了？」蘭登問，他跟蘇菲在人行道邊會合，看著那輛計程車消失。

蘇菲已經朝向火車站入口走去。「來吧，我們要買兩張下一班離開巴黎的火車票。」

蘭登匆匆趕上她。原先他們打算衝過一哩路到美國大使館，現在變成完全撤出巴黎。蘭登愈來愈不喜歡這個主意了。

34

來達文西國際機場接艾林葛若薩主教的司機開著一輛不起眼的黑色飛雅特小轎車停下。艾林葛若薩想起以前所有梵蒂岡的車子都是豪華的大車，散熱氣格柵掛著教廷標誌的圓徽，車上也插著有紋章的旗幟。那些日子遠去了。現在梵蒂岡的車子不那麼招搖，而且幾乎都沒有教廷的標記。梵蒂岡宣稱這是爲了減少成本，才能爲教區做更好的服務，但艾林葛若薩懷疑其中安全考量的成份更大。這個世界瘋了，在歐洲的許多地方，宣揚你對耶穌基督的愛就好像是在車頂漆上一個靶心似的。

艾林葛若薩把黑色教士袍裹好，爬進後座，等著前往岡道夫堡的長途車程，跟他五個月前那趟一樣。

去年的羅馬之旅，他嘆道。是我畢生最長的一夜。

五個月前，梵蒂岡打電話要求艾林葛若薩立刻趕到羅馬，沒有解釋原因。你的機票在機場櫃台準備好了。教廷努力保留神祕的面紗，即使對最高階層的神職人員也不例外。

艾林葛若薩當時懷疑，那個神祕的召喚或許是教宗和其他教廷高層人員要搭主業會近日成就的便車，藉機在媒體上露臉——紐約市全國總部的落成。《建築文摘》把主業會這棟大廈稱爲「一座耀眼的天主教高樓完美地融入現代的都市景觀中」，而近來只要是沾上「現代」這個字眼的事物，對梵蒂岡似乎都格外有吸引力。

儘管艾林葛若薩不太情願，但他別無選擇，只能接受這份邀請。艾林葛若薩對當今教宗所主導的教廷不那麼熱情擁戴，他就跟其他最保守的神職人員一樣，正密切觀察新教宗上任後第一年的言行。這名空前自由派作風的新教宗，在取得職位時歷經了梵蒂岡史上最具爭議且最非比尋常的祕密選舉會議。但現在教宗面對意外獲得的權力，卻並沒有保持謙遜，反而是毫不浪費時間地與基督教世界的最高層人員聯繫，大展身手。利用樞機團內興起一股自由派浪潮之際，現在這名新教宗宣佈他的使命就是「更新梵蒂岡信條，讓天主教的教義趕上時代，邁入第三個千禧年。」

艾林葛若薩擔心，這表示新教宗果眞傲慢得自以爲可以改寫天主的律法，好讓那些認爲天主教眞正教義的規定在現代社會太過不便的人，能夠回心轉意。

艾林葛若薩曾運用他所有的政治影響力——大體上就是主業會信徒及其財源——想說服教宗和他的顧問們，使教會的律法軟化不單是信仰不堅與懦弱，更是政治自殺。他提醒他們，上一次教會律法的調整——第二屆梵蒂岡大公會議的慘敗——造成了悽慘的後果：教會出席率如今降至史上最低點，教友獻金枯竭，甚至沒有足夠的天主教神父來主持各地教堂。（譯註：第二屆梵蒂岡大公會議於一九六二至一九六五年舉行，由當時的教宗若望廿三世召開，主題是教會現代化的革新。）

人們需要教會的規範和指引，艾林葛若薩堅持，而非溺愛和縱容！

幾個月前的那個夜晚，當那輛飛雅特汽車離開機場時，艾林葛若薩很驚訝地發現，車子並未駛向梵蒂岡市，而是往東爬上一條迂迴的山路。「我們要去哪兒？」當時他問司機。

「阿爾班山。」司機回答。「會議是在岡道夫堡舉行。」

*教宗的夏宮？*艾林葛若薩沒去過，也從來不想去。岡道夫堡這座十六世紀的堡壘，除了是教宗的夏日避暑山莊外，也是梵蒂岡天文台的所在地，是歐洲最先進的天文台之一。艾林葛若薩對於梵蒂岡涉足科學的歷史傳統，始終覺得不舒服。把科學和信仰融爲一爐的基本理論是什麼？一個對天主懷有信仰的人，不可能執行精確無誤的科學。信仰本身的種種信念，也不需要實體的證明。

*儘管如此，但天文台就在那兒，*艾林葛若薩心想，岡道夫堡襯著十一月繁星密佈的天空，正映入眼簾。從路上看過去，岡道夫堡就像一隻巨大的石怪正要躍下絕命斷崖。城堡棲立於峭壁的最邊緣，俯瞰著

義大利文明的搖籃——羅馬城創建前，阿爾班的庫里阿奇氏和羅馬的歐拉奇氏便曾在這個谷地中決戰。

即使只看得見輪廓，岡道夫堡仍十分壯觀——這座多層防禦建築的典範，與戲劇化的絕崖位置氣勢顯得相得益彰。可悲的是，這會兒艾林葛若薩看到，梵蒂岡毀掉了這座建築，在城堡屋頂上蓋了兩座巨大的圓頂天文觀測台，讓這座一度高貴的建築物現在看起來像個光榮戰士戴上了兩頂派對帽。

艾林葛若薩下車後，一名年輕的耶穌會神父匆匆出來招呼他。「主教，歡迎。我是馬納諾神父，是這裡的天文學家。」

*好極了。*艾林葛若薩咕噥著道聲好，跟著神父走進城堡的門廳——一個寬敞的空間中，裝飾風格胡亂夾雜著文藝復興藝術和天文學形象。艾林葛若薩隨著神父爬上了一道寬闊的磨光石灰華石階梯，看到了往會議中心、科學演講廳、以及遊客資訊服務處的指標牌。他很驚訝，想想梵蒂岡教廷沒在每個轉折點提供連貫的、令人信服的指引，倒還有時間為遊客提供天體物理學演講。

「你說說看，」艾林葛若薩對那名年輕神父說：「打什麼時候開始，尾巴會搖狗了？」（譯註：英文俗語中「尾巴搖狗」，意指本末倒置。）

那個神父詫異地看了他一眼。「什麼？」

艾林葛若薩搖搖手表示算了，決定今晚不再發表這類攻擊性的言論。*梵蒂岡瘋了。*就像懶惰的父母發現，默許慣壞的孩子任性亂來，要比堅定立場並教導子女價值觀要來得容易，教會當局在每個轉折點都愈來愈趨軟化，試圖徹底改造教會本身，去適應一個已然墮落的文化。

頂樓的走廊很寬，裝飾繁多，只通往一個方向——一扇巨大的橡木門，上頭的銅牌寫著：

天文學圖書館

艾林葛若薩聽說過這個教廷的天文學圖書館中，謠傳其中藏書超過兩萬五千冊，包括哥白尼、伽利略、克卜勒、牛頓，和塞奇的罕見作品。據說這裡也是教宗的高層官員舉行祕密會議的地點……用於他們不想在梵蒂岡市裡召開的那類會議。

艾林葛若薩走向那扇門，絕對想不到他即將在裡面聽到的那個震撼性新聞，或是即將引發的一連串事件。直到一個小時後，他開完會腳步蹣跚地走出來，才得知整件事牽連的嚴重性。從現在起六個月！當時他心想。上帝幫幫我們吧！

此刻，艾林葛若薩坐在飛雅特車上，發現自己只要想到第一次會議，就握緊了拳頭。他鬆開手指，逼自己緩緩地吸了口氣，放鬆肌肉。

一切都會沒問題的，當那輛飛雅特車駛入山區時，他這麼告訴自己。然而，他還是希望自己的行動電話響起。為什麼「老師」沒打電話給我？西拉這會兒應該拿到那塊拱心石了。

主教試著放鬆神經，摩挲著戒指上的紫水晶。他感覺著主教權杖的質地和鑽石的刻面，提醒自己，這個戒指所象徵的權力，可遠遠不如他即將得到的新權力。

35

聖拉札車站內部看起來就像歐洲其他火車站一樣，一個入口大敞的洞穴，兼有室內與露天區域，四處散佈著尋常的可疑人物——拿著厚紙板標語牌的遊民，一堆堆睡眼惺忪的大學生兀自聽著MP3、倚著背包睡去，還有一群群藍衣腳伕湊在一起抽菸。

蘇菲抬頭看著頭頂上即將發車的時刻表。每次更新資訊時，黑白字板就往下急翻重新排列。更新完成後，蘭登看著結果。最上面的一行是：

里耳——快車——三：〇六

「眞希望能早點開車，」蘇菲說：「不過就是里耳了。」

早點？蘭登看看他的手錶，現在是凌晨兩點五十九分。火車再七分鐘就開了，而他們連票都還沒買。

蘇菲指示蘭登到買票窗口去，說，「用你的信用卡買兩張票。」

「我還以爲用信用卡會被追蹤——」

「沒錯。」

蘭登決定放棄，不再試圖跟蘇菲．納佛比聰明。他用自己的威士卡買了兩張到里耳客車廂的票，遞給蘇菲。

蘇菲示意他朝候車月台走去，廣播裡傳來熟悉的聲音，最後一次廣播提醒往里耳的乘客上車。他們眼前有十六條不同的軌道。右邊遠處的第三月台，往里耳的火車正又呼嗤呼嗤地噴著氣，準備要開車，但蘇菲早已勾住蘭登的手臂，帶著他往反方向走。他們匆匆穿過一個側廳，經過一家整夜開放的小餐館，最後出了一道側門，來到車站西側的一條安靜街道。

出口只有一輛計程車停在那裡。

司機看到蘇菲，閃了閃車燈。

蘇菲跳上後座，蘭登跟在後頭。

計程車駛離車站時，蘇菲掏出他們剛買的火車票，撕掉。

蘭登嘆了口氣。七十塊美金花得可真值得。

直到計程車來到克里希街上，在這條往北單行道的車陣中，蘭登才覺得他們眞的逃脫了。從他右方的車窗，可以看到蒙馬特丘和聖心堂美麗的圓頂。這個畫面卻被逆向行駛的警車所發出的閃爍警示燈所破壞了。

警笛呼嘯而過時，蘭登和蘇菲急忙低下頭。

剛剛蘇菲只告訴計程車司機駛離市中心，從她緊閉的雙唇，蘭登猜想她正在思索下一步。

蘭登又檢查起那把十字架鑰匙，舉起來對著車窗，湊近雙眼，想尋找上面可有任何記號顯示這把鑰匙的製造處。在掠過窗外的斷續路燈光芒中，除了那個盟會的標誌，他什麼也沒發現。

「這說不通啊。」最後他說。

「哪方面？」

「你祖父費了這麼大工夫給了你一把鑰匙，你卻不知道用來作什麼？」

「我同意。」

「你確定他沒在那幅畫的後頭寫什麼嗎？」

「我檢查過那整塊地方了。只有這個。這把鑰匙，嵌在畫的後頭。我看到上面的盟會標誌，就把鑰匙放到口袋，然後我們就離開了。」

蘭登皺起眉頭，凝視著三角稜柱鑰匙軸粗鈍的尾端。什麼都沒有。他拿得更近斜著眼看，檢查鑰匙柄的邊緣。一樣什麼都沒有。「我想這個鑰匙最近才清理過。」

「為什麼？」

「上頭有酒精摩擦過的味道。」

她轉過臉。「什麼？」

「聞起來好像有人用清潔劑擦過。」蘭登把鑰匙湊到鼻子底下嗅了嗅。「另一面味道更濃。」他把鑰匙翻面。「對，是酒精類的，就像用清潔劑或——」蘭登頓住了。

「什麼？」

他把鑰匙移向燈光，看著那道寬大十字臂上光滑的表面。上頭似乎閃爍著微光……就好像鑰匙沾濕了似的。「你把鑰匙放進口袋前，檢查得有多仔細？」

「什麼？沒多仔細。當時很匆忙。」

蘭登轉向她。「那把夜光燈你還帶在身上嗎？」

蘇菲伸手到口袋裡，拿出那把紫外線小手電筒。蘭登拿過來打開，把光線投向鑰匙的背面。鑰匙的背面立刻發出螢光。有人在上頭寫了字，匆忙寫成卻仍清晰可辨。

「是了，」蘭登微笑著說：「現在我們曉得那個酒精味兒是哪兒來的了。」

蘇菲驚訝地瞪著鑰匙背面的紫色手寫字。

阿克索街二十四號

一個地址！祖父寫下了一個地址！

「這在哪裡？」蘭登問。

蘇菲不知道。她轉向前方，身子往前湊，激動地用法語問司機：「你知道阿克索街嗎？」

司機想了一下，然後點點頭。他告訴蘇菲，那條街就在巴黎西郊靠近網球場那裡。她要司機馬上載他們到那兒去。

「最快的路是穿過布洛涅森林。」司機用法語告訴她。「這樣走可以嗎？」

蘇菲皺起眉頭。她可以想出體面得多的路線，但今夜她不打算太挑剔。「可以。」我們可以嚇嚇這個美國觀光客。

蘇菲回頭來看著那個鑰匙，很好奇他們在阿克索街二十四號會發現什麼。教堂？錫安會總部之類的？

她腦中再度充滿了十年前在那個地下洞窟中所目睹祕密儀式的種種畫面，她長歎一聲。「羅柏，我有好多事情要告訴你。」她頓了一下，眼光定定看著他，計程車正往西疾馳。「但首先，我要你告訴我有關錫安會的一切。」

36

在國事廳外頭，伯居．法舍正氣沖沖地聽著古魯阿警衛解釋蘇菲和蘭登如何拿走了他的手槍。為什麼你不乾脆朝那幅寶貝畫開槍算了！

「隊長？」科列分隊長從指揮部的方向朝他們大步跑來。「隊長，我才剛聽說。他們找到納佛探員的車了。」

「她跑到大使館了嗎？」

「不，去了火車站。買了兩張車票，火車剛開走。」

法舍揮手讓古魯阿警衛離開，帶著科列到旁邊的一角，低聲問。「開往哪裡？」

「里耳。」

「說不定是個幌子。」法舍吐了口氣，想了個計畫。「好吧，去通知下一站，火車一停就上去搜索，以防萬一。她的車留在原來的地方，派便衣警察監視著，以防他們萬一回去開車。派幾個人去搜索車站附近那一帶的街道，以防他們走路離開。有從那個火車站開出的公車嗎？」

「這個時間沒有，長官。只有排班的計程車。」

「很好。去問問那些司機。看他們有沒有看到什麼。然後連絡計程車公司的調度員，把兩個人的特徵告訴他們。我馬上打電話給國際刑警組織。」

科列一臉驚訝。「你要把這件事情通報出去嗎？」

法舍也很不希望此舉可能造成的尷尬，但眼前卻別無選擇。

趕快收網，而且要收緊。

第一個小時最關鍵。逃犯在脫逃後第一個小時的舉動是可以預測的。通常他們需要的東西都一樣。旅行，住宿，現金。三位一體。國際刑警組織有權力可以讓這三者在眨眼之間便現形。只要把蘭登和蘇菲的照片群組傳眞到巴黎的旅遊局、旅館、銀行，國際刑警組織就可以讓他們無路可逃——無法離開這個城市、無處藏身，也不可能不落痕跡地提領現金。通常，逃犯跑路時會心生恐慌而做一些蠢事。比方偷車、搶劫商店、不顧後果使用提款卡。不管他們犯哪個錯，很快就會把行蹤暴露給當地警方。

「只通緝蘭登，對吧？」科列問。「你不會也通緝蘇菲・納佛吧。她是我們的探員。」

「我當然要通緝她！」法舍厲聲道。「如果她可以幫忙幹所有骯髒活兒，那光通緝蘭登有什麼用？我打算去查納佛的雇用檔案——朋友、家人、私底下的熟人——任何她可能去求助的管道。我不曉得她攪和進來有什麼目的，但我要讓她付的代價，可遠遠不只是丟掉一份工作！」

「你要我留守接電話，還是去做外勤？」

「做外勤。到火車站去協調人馬。你有指揮權，但任何行動前一定要先跟我確認。」

「是，長官。」科列跑出去了。

法舍站在那個小房間，覺得全身僵硬。窗外的玻璃金字塔閃耀光明，倒映在池塘裡的影子被風吹起陣陣漣漪。他們從我指縫間溜走了。他告訴自己放輕鬆。

在國際刑警組織即將施加的壓力之下，即使是受過訓練的外勤探員也很難禁得起。

一名女解碼員和一個學校老師？

他們撐不到天亮的。

37

布洛涅森林這個濃蔭茂密的公園有許多別名，但巴黎的行家都知道它是「人間樂園」。雖然這個稱號聽起來像是奉承，但其實正好相反。任何人只要看過荷蘭畫家波希繪於十六世紀初那幅同名的驚世駭俗畫作，自能理解其中的譏刺之意；那幅畫就像這個森林一般，陰暗而扭曲，是個充滿怪胎和盲信者的煉獄。每逢夜晚，森林中曲折的道路上就排列著數百名晶亮的肉體，待價而沽，這些「人間歡樂」是爲滿足人類最深沉而無法說出口的慾望——男性，女性，以及介於兩者之間的種種人。

當蘭登整理思緒，告訴蘇菲有關錫安會的種種時，他們的計程車已通過樹木繁茂的入口，進入公園的卵石道十字口，往西行駛。四散在公園裡的夜行動物從陰影中浮現，在車頭燈的強光中招搖他們的本錢，搞得蘭登難以專心。前方有兩個十來歲的上空女郎對著計程車射出怨毒的目光。再往前，一個渾身塗得油亮的黑人男子穿著丁字褲，轉身翹起屁股。旁邊有個漂亮的金髮女人正掀起自己的迷你裙，展示她其實並不是女人。

老天救命！蘭登把目光轉回計程車內，深深吸了口氣。

「告訴我錫安會的事情。」蘇菲說。

蘭登點點頭，對於他將要述說的這段傳奇故事，他無法想像出更不搭調的背景了。他思忖著該從何說起。那個兄弟會的歷史綿延超過一千年……在那段驚人的歷史記載中，充滿了祕密、勒索、背叛，甚至有一位憤怒教宗所施加的酷刑。

「一〇九九年，一位法蘭克人的國王，」他說：「名叫布雍的戈德弗瓦，他攻下耶路撒冷之後，隨即在此城創建了錫安會。」

蘇菲點點頭，眼睛牢牢盯著蘭登。

「據說戈德弗瓦國王擁有一個威力十足的祕密——始自基督時代的祖傳祕密。他擔心自己死後，祕密將永遠遺失，於是創立了一個祕密兄弟會——錫安會——要他們負責保護這個祕密，繼續悄悄地一代代傳下去。錫安會在耶路撒冷那些年，得知了希律王聖殿的廢墟底下埋藏著一批文獻，而希律王聖殿是建在之前所羅門王聖殿的廢墟之上。錫安會相信，這些文獻證實了戈德弗瓦那個威力十足的祕密，由於性質太具爆炸性，因而基督教會將會不擇手段去取得。」

蘇菲一副半信半疑的表情。

「那個盟會發誓，不管花多久時間，都要從聖殿底下的瓦礫堆中找出那些文獻，並永遠保護，好讓眞理永遠不死。爲了從廢墟中取得那些文獻，錫安會建立了一支軍隊——由九名騎士所組成，稱爲『基督與所羅門聖殿之貧窮騎士團』，」蘭登頓了一下：「比較普遍的稱呼是『聖殿騎士團』。」

蘇菲眼中掠過一絲驚訝，一副聽過這名字的表情。

蘭登太常在學術演講中談到聖殿騎士團，所以他知道，幾乎全世界每個人都聽過他們，至少略有所聞。在學術上，聖殿騎士團的歷史是個充滿不確定的世界，其中事實、傳說、誤傳互相糾纏，要從中抽取一點點純淨無誤的事實，都幾乎是不可能。如今，蘭登甚至連在學術演講上提到聖殿騎士團都要猶豫，因爲勢必會引發各種扯上了陰謀論的怪問題。

蘇菲已經露出困惑的表情。「你是說，聖殿騎士團是由錫安會建立，爲了要取得一份祕密文獻？我還以爲聖殿騎士團建立的目的是要保護聖地。」

「這個誤會很常見。保護朝聖者的概念是個幌子，好讓騎士團私底下進行他們的任務。他們在聖地眞正的目標，就是要從聖殿廢墟底下挖出那份文獻。」

「結果他們找到了嗎？」

蘭登咧嘴笑了。「沒有人確知，但所有學者一致同意：騎士團在廢墟底下發現了什麼……因而使得他們變得財大勢大，程度遠超過任何人所能想像。」

蘭登迅速把一般公認聖殿騎士團之歷史的標準學術輪廓告訴蘇菲，解釋在聖地的騎士團如何於第二次十字軍東征期間告訴耶路撒冷國王鮑德溫二世，他們在那裡是要保護旅途中的朝聖者。騎士團告訴國王，雖然他們沒有酬勞且發誓清貧，但仍需要一個基本的住處，所以請求國王允許他們駐紮在聖殿廢墟下的馬廄。鮑德溫答應了這些軍人的請求，騎士團便駐紮在這個寒傖的廢棄神殿裡。

蘭登解釋，騎士團選擇這個奇怪的住處，絕非出於巧合。他們相信錫安會所尋找的文獻就深埋在廢墟之下——就在這個「至聖所」下方，信徒認爲天主就居於此聖所中，猶太人信仰的中心也正是此「至聖所」。那九名騎士住在廢墟近十年，完全保密地在堅硬的岩石間挖掘。

蘇菲認真看著蘭登。「你剛剛說過他們發現了什麼嗎？」

「肯定是。」蘭登說，解釋騎士團如何花了九年，但終於找到他們要找的東西。他們從神殿中取出那件寶物，帶到歐洲，在那裡，騎士團的影響力似乎一夜之間壯大起來。

沒有人能確定騎士團是否向梵蒂岡勒索，或基督教會只是想用錢堵住騎士團的嘴，但教宗諾森二世立刻發出一份史無前例的詔書，賜予聖殿騎士團無上的權力，並宣佈他們「自己就是自己的律法」——成爲一個有自治權的獨立軍隊，不受任何國王與教會高層領袖在宗教上或政治上的干涉。

有了梵蒂岡這份新的全權委任狀，聖殿騎士團的人數和政治力量以驚人的速度擴展，同時在超過十二個國家累積了大批產業。他們開始貸款給破產的貴族，收取利息，因而建立了現代銀行業，並進一步拓展他們的財富和影響力。

到了十四世紀，在梵蒂岡的支持之下，聖殿騎士團已累積了極其龐大的權勢，因而使得教宗克勉五世決定要有所行動。教宗與法蘭西國王腓力四世協議之下，設計了一個機巧而有計畫的圍捕圈套行動，以便廢除聖殿騎士團並奪取其財產，如此便能取得那些要脅梵蒂岡之祕密的控制權。在一次等同於中央情報局的軍事行動中，教宗克勉五世頒佈了一份祕密的彌封命令，給他旗下全歐洲的軍隊，預定在一三〇七年十月十三日的星期五同時開封。

十三日的破曉時分，那份彌封的命令打開，揭露了令人毛骨悚然的內容。克勉五世的信中宣稱天主向他顯現，警告他聖殿騎士團犯下了異端之罪，包括魔鬼崇拜、同性戀、玷污十字、雞姦，以及其他褻瀆神的行爲。天主要求教宗克勉五世滌清地上的罪惡，追捕所有騎士團成員，施以酷刑，直到他們承認其冒犯天主的罪行。克勉五世的權謀政治行動完全如期進行。那一天，無數的騎士團成員被捕，嚴刑拷打，最後被視爲異端份子燒死於火刑柱上。這齣悲劇的回音仍迴盪在現代文化中；直至今日，十三日星期五仍被視爲不祥。

蘇菲一臉困惑。「聖殿騎士團被廢除了？我還以爲這個傳教團體今天仍然存在，不是嗎？」

「的確，用了很多個不同的名字。儘管克勉五世羅織罪名、趕盡殺絕，但聖殿騎士團有一些頗具權勢的同盟，其中一些設法躲過了梵蒂岡的整肅。聖殿騎士團當初所發現的那份珍貴文獻，顯然是他們權勢的來源，也正是克勉五世眞正的目標，卻從教宗的指縫間溜走了。那份文獻長期以來都託付給聖殿騎士團背後的創建者錫安會，他們神祕的面紗讓自己得以安全逃過了梵蒂岡的突襲。當梵蒂岡進逼時，錫安會便趁著黑夜，將文獻從巴黎一個分團運到了拉侯謝勒港的騎士團船上。」

「那些文獻運到哪裡去？」

蘭登聳聳肩。「這個祕密的答案只有錫安會知道。因爲即使到了今天，仍有人持續調查並推測下落，一般相信，那些文獻幾度搬遷並重新隱藏。目前推測，那些文獻藏在英國的某個地方。」

蘇菲露出不安的表情。

「一千年來，」蘭登接著說：「這個祕密的種種傳說輾轉流傳。文獻的全貌、它的力量、以及它所揭露的祕密，都化成了人們熟知的一個名詞——Sangreal。有幾百本書寫過它，而且很少有其他祕密能引起歷史學家同樣的興趣。」

「Sangreal？這個字彙跟法文的sang或西班牙文的sangre——意思是『血』——有關嗎？」

蘭登點點頭。血是Sangreal的骨幹，但恐怕不是蘇菲所能想像的那種。「這個傳說很複雜，但我們要記住一件重要的事，就是錫安會守護著這個證據，有可能是要等待歷史上的適當時機，把眞相揭露。」

「什麼眞相？什麼祕密會這麼有威力？」

蘭登深深吸了口氣，望著窗外巴黎的黑暗面在陰影中頻送秋波。「蘇菲，Sangreal是個古老的字彙，多年來衍生爲另外一個字……比較現代化的名詞。」他停了一下。「我告訴你它的現代名稱時，你就會曉得你早已知道很多相關的事情。事實上，幾乎世上的每個人都聽過Sangreal的故事。」

蘇菲一臉狐疑。「我就從沒聽過。」

「你當然聽過。」蘭登微笑。「只是你以前所聽過的，都稱之爲『聖杯』（Holy Grail）。」

38

蘇菲在計程車後座審視著蘭登。*他在說笑*。「聖杯？」

蘭登點點頭，表情嚴肅。「聖杯（Holy Grail）就是Sangreal的字義，這個詞是源自法文的Sangraal，然後演變爲Sangreal，最後拆成兩個字彙，San Greal。」

聖杯。蘇菲很驚訝自己居然沒有立刻看出中間的語源。即使如此，她覺得蘭登的說法還是沒有道理。「我還以爲聖杯指的是個『杯子』。但你剛剛告訴我，Sangreal是一份揭露陰暗祕密的文獻。」

「沒錯，但Sangreal的文獻只是聖杯寶藏的*一半*而已，文獻跟杯子埋在一起……並揭露其眞正意義。這些文獻給了聖殿騎士團這麼大的權勢，是因爲其中揭露了聖杯的眞正本質。」

聖杯的真正本質？這會兒蘇菲更糊塗了。她本來以爲，聖杯就是基督在「最後的晚餐」用的杯子，後來亞利馬太人約瑟就用這個杯子去盛十字架上頭耶穌所流的血。「聖杯就是『基督之杯』，」她說：「還能更簡單嗎？」

「蘇菲，」蘭登湊近她低語道：「根據錫安會的說法，聖杯根本不是杯子。他們宣稱聖杯傳奇——關於『聖爵』的說法——其實是捏造的寓言。也就是說，聖杯的故事是以聖爵去隱喻另一件事物，一件遠遠更有威力的事物。」他頓了一下。「這個事物完全符合你祖父今夜試圖告訴你的一切，包括所有他留下涉及神聖女性的符號。」

蘇菲還是搞不清楚，從蘭登耐心的微笑中，她感覺到他對她的困惑很有同感，但他的眼神卻依然堅定。「但如果聖杯指的不是杯子，」她說：「那是什麼？」

蘭登早料到她會問這個問題，卻始終不確定該怎麼回答。如果沒有先適當交代歷史背景，就說出答案，會讓蘇菲一頭霧水——幾個月前蘭登曾在他的編輯臉上看到同樣的表情，那是他交出手上正在進行那本書的草稿之後。

「這份書稿裡宣稱什麼？」他的編輯噎住了，放下葡萄酒杯，隔著吃了一半的豐盛午餐瞪著對面的蘭登。「你不會是認眞的吧？」

「花了一年時間去研究，夠認眞了。」

知名的紐約編輯瓊納斯．佛克曼緊張地扯著自己的山羊鬍。在他顯赫的工作生涯中，無疑曾聽過一些千奇百怪的出書構想，但這一回似乎還是讓他大吃一驚。

「羅柏，」佛克曼終於開口：「別誤會，我喜歡你的作品，我們以前的合作經驗也很棒。但我如果同意出這樣的一本書，就得雇警衛在我辦公室門口站上好幾個月。何況，這會毀掉你的聲譽。老天在上，你是哈佛的歷史學家，不是什麼搶流行想撈筆快錢的蹩腳貨耶。你要去哪裡找夠多可信的證據，來支持這樣的理論呢？」

蘭登靜靜一笑，從粗呢布外套口袋裡掏出一張紙，遞給佛克曼。紙上列著一份超過五十本書的參考書目——作者都是知名的歷史學家，有些是當代的，有些是幾個世紀以前的——其中許多書都是學術暢銷著作。所有書所提出的假設，都跟蘭登剛剛所提出的一樣。佛克曼看著那份書目，表情就像剛剛才發現地球原來是平的。「我曉得其中一些作者。他們是……貨眞價實的歷史學家！」

蘭登咧嘴笑了。「瓊納斯，你也看得出來了，這不光是我一個人的理論，而是長期以來就存在的。我只是作進一步申論而已。還沒有一本書從符號學的角度去探索聖杯的傳說。我找到支持這個理論的聖像學證據，哎呀，太有說服力了。」

佛克曼依然瞪著那張書目。「老天，其中一本是李伊．提賓爵士寫的——那個英國王室歷史學家。」

「提賓這一生花了很多時間研究聖杯。我跟他見過面，其實我大半的啓發就是來自他。瓊納斯，他相信這個理論，這份書單上的其他人也一樣。」

「你是說，這些歷史學家眞的都相信……」佛克曼把話吞回去，顯然無法把剩下的話說出來。

蘭登又咧嘴笑了。「聖杯大概是人類史上最搶手的寶物。曾衍生出種種傳說、戰爭，以及耗盡一生的探索。它只是一個杯子，這樣合理嗎？若是如此，那麼其他遺物也應該能引起類似或更大的興趣──荊棘冠冕、耶穌受刑的十字架、釘在十字架上方的罪名板──可是並沒有。在整個歷史上，聖杯一直是最特別的。」蘭登笑了。「現在你明白爲什麼了。」

佛克曼還是搖頭。「可是既然有這麼多人書寫過，爲什麼這個理論沒有更廣泛爲人所知？」

「這些書不可能競爭得過數世紀以來既定的歷史，尤其這些歷史是由史上最暢銷的書所背書。」

佛克曼睜大眼睛。「可別告訴我《哈利波特》其實是在談聖杯。」

「我指的是《聖經》。」

佛克曼縮了一下身子說：「我就知道。」

「放下！」蘇菲在計程車上突然喊了起來。「放下！」

蘭登嚇了一跳，看著蘇菲身體往前靠在座位上，用法語朝計程車司機大喊。蘭登看到司機正抓著無線電話筒，朝裡面講話。

蘇菲轉身，手伸到蘭登的粗毛呢外套口袋裡。蘭登還沒搞清怎麼回事，蘇菲就已經抓出了那把手槍，轉過來，用槍抵著司機的後腦勺。司機立刻扔下他的無線電，空出的那隻手高舉過頭。

「蘇菲！」蘭登哽住了。「天殺的──」

「停車！」蘇菲命令司機。

司機發著抖照辦，在公園裡停下車來。

此時蘭登才聽到儀表板上傳來計程車公司調度員的刺耳聲音。「……她是蘇菲．納佛探員……」無線電發出爆裂聲響。「還有一個美國人羅柏．蘭登……」

蘭登全身肌肉繃緊了。他們已經發現我們了嗎？

「你下車。」蘇菲要求。

發著抖的司機手仍舉過頭，下了計程車，後退幾步。

蘇菲已經搖下她那邊的車窗，把槍朝外瞄準那個不知所措的司機。「羅柏，」她平靜地說：「你到前座去，由你開車。」

蘭登可不想跟一個手上正拿著槍的女人爭辯。他下了車，又跳上駕駛座。那司機正在大聲詛咒，手仍高舉過頭。

「羅柏，」蘇菲在後座說：「相信你已經看夠了我們的魔幻森林。」

他點點頭。太夠了。

「很好，我們離開這裡吧。」

蘭登往下看著車子的儀表板，猶豫著。狗屎。他摸索著手排檔和離合器。「蘇菲？或許你——」

「快點！」她吼著。

外頭有幾個妓女走過來看熱鬧。其中一個女人正在用她的手機撥號。蘭登踩下離合器，把手排檔推進他希望是一檔的地方。他碰碰油門，試著往前。

蘭登鬆開離合器。隨著輪胎發出一聲怒吼，計程車往前一跳，車尾搖搖擺擺，嚇得圍觀的人群四散躲避。拿著手機的那個女人跳進樹叢，差一點就被撞上。

「小心！」車子搖搖晃晃地開向前時，蘇菲用法文說：「你搞什麼鬼啊？」

「我試過要警告你的，」他在排檔的噪音中大喊：「我平常開的是自動排檔的車。」

39

雖然布魯葉街那棟褐石建築裡的簡樸房間曾見證過許多苦難，但西拉懷疑其中可有比得上他蒼白身體此刻所承受的痛苦。我被騙了。一切都完了。

西拉被耍了。那個兄弟會撒了謊，寧死也不肯透露眞正的祕密。西拉沒有勇氣打電話給「老師」。不單是因爲西拉殺了世上知道拱心石藏在哪裡的僅有四個人，而且也因爲他在聖許畢斯教堂裡殺了一名修女。她做了違抗天主的事！她鄙視主業會的工作！

那是衝動之下所犯的罪，那名修女的死讓事情變得複雜許多。艾林葛若薩主教曾打那通電話好讓西拉進入聖許畢斯教堂；等到修道院長發現修女死了，他會怎麼想？雖然西拉把她放回床上，但她頭上的傷口很明顯。西拉曾試著把打破的瓷磚放回去，但毀損的狀況也太明顯。他們會知道有人去過。

西拉曾計畫過，等他完成這裡的任務後，就要躲在主業會裡。艾林葛若薩會保護我。西拉再想像不出比躲在紐約市主業會總部裡頭沉思禱告更幸福的生活了。他將從此不再踏出那棟大樓一步，那個庇護所裡有他所需的一切。沒有人會想念我。不幸的是，西拉知道，一個像艾林葛若薩主教這麼有名的人，要消失卻沒有那麼容易。

我害慘了主教。西拉茫然瞪著地板，考慮要結束自己的生命。畢竟，一開始給了西拉生命的，就是艾林葛若薩主教……就在西班牙那棟小小的神父住所，艾林葛若薩教育他，給了他目標。

「朋友啊，」艾林葛若薩曾告訴他：「你生來就是白子。別讓他人因此羞辱你。你不明白這讓你有多麼特別嗎？難道你不知道挪亞本人也是白子嗎？」

「方舟的挪亞？」西拉從沒聽過這個說法。

艾林葛若薩笑了。「沒錯，就是方舟的挪亞。他是白子。就像你一樣，他的皮膚白得像天使。你想想，挪亞救了地球上所有的生命。你命中註定要做大事，西拉。天主讓你自由是有原因的。你被選召了。天主需要你協助，去從事他的工作。」

漸漸地，西拉學會了用新的角度看待自己。*我是純潔的。白色。完美。像天使。*

然而，此時此刻，在這棟宿舍的房間裡，卻是他父親失望的聲音，從遠方向他低語。

你是個禍害。你是鬼。

西拉跪在木頭地板上祈禱，請求寬恕。然後，他脫下長袍，再度伸手去拿苦鞭。

40

蘭登費盡心力地換檔，設法把那輛劫持而來的計程車開到布洛涅森林的遠端，中途只熄火兩次。不幸地，這種局面卻因爲計程車調度員正透過無線電急速呼叫他們這輛車，而把原該有的幽默意味給沖淡了。

蘭登開到公園的出口，嚥下他的男子漢氣魄，踩了煞車。「你來開車比較好吧。」

蘇菲坐上了駕駛座，一副鬆了口氣的表情。不出幾秒鐘，她就加快油門，沿著隆香道往西，把「人間樂園」遠遠拋在後頭。

「阿克索街該往哪裡走？」蘭登問，看著蘇菲把汽車的時速表一路逼向一百公里。

蘇菲雙眼仍盯著路。「那計程車司機剛剛說，就在侯隆嘉禾網球場附近。我知道那一帶。」

蘭登再度從口袋拿出那把沉重的鑰匙，在掌心感受它的重量。他覺得這把鑰匙的重要性非同小可。很可能就是他自己能否獲得自由的關鍵。

之前蘭登告訴蘇菲有關聖殿騎士團的歷史時，也已經明白這把鑰匙除了有錫安會的浮雕標誌外，跟該會還有更微妙的關聯。等臂十字形是均衡與和諧的象徵，但也同時代表著聖殿騎士團。人人都看過圖畫中的聖殿騎士團穿著白色及膝束腰外衣，上頭裝飾著紅色等臂十字形的紋章。雖然聖殿騎士團的十字臂尾端略往外張開，但仍是等臂的。

正十字形，就跟手上這把鑰匙上的一樣。

蘭登幻想著他們將會發現什麼，思緒開始狂肆奔馳。*所謂的聖杯。*他幾乎要大聲嘲笑其中的荒謬。一般相信，聖杯位於英格蘭的某處，埋在眾多聖殿騎士團教堂之一的隱祕地下室中，至少從西元一五〇〇年起，就藏在那裡了。

那是盟主達文西的年代。

早期的幾個世紀，為了要確保這份威力強大的文獻安然無恙，錫安會曾多次被迫將之搬遷。如今歷史學家懷疑，自從聖杯從耶路撒冷來到歐洲後，隱藏的所在地前後多達六個。聖杯最後一次被「目擊」是在一四四七年，許多目擊者描述突然發生一場大火，差點吞噬了這些文獻，還好文獻裝入了四個巨大櫃子，每個需要六個人才能抬起，然後搬到安全地點。此後，就再也沒有人宣稱看見過聖杯了。唯一剩下的，只是偶爾有人私下流傳，說聖杯藏在亞瑟王和圓桌武士的故鄉英國。

不管聖杯在哪裡，還是有兩個重要的事實：

李奧納多一生都知道聖杯在哪裡。

埋藏的地點或許到今天仍未改變。

正因如此，聖杯狂熱者仍然仔細研究達文西的藝術和日記，期望能從中找到聖杯現今所在地的線索。有些人宣稱，〈岩窟中的聖母〉裡山區的背景，與蘇格蘭一連串有著隱祕山丘的地形相符合。另有人則堅持，在達文西的濕壁畫〈最後的晚餐〉中，耶穌眾門徒可疑的位置安排，是某種密碼。但也有其他人認為〈蒙娜麗莎〉的X光掃描顯示，她原來戴著一個青金石的伊西絲墜子——後來可能是達文西決定用顏料蓋掉了。蘭登從沒看過任何那個墜子的證據，也無法想像這個墜子上頭怎麼可能顯現出聖杯，然而對聖杯入迷的人士，仍在電子布告欄和全球資訊網的聊天室裡討論到膩死人。

人人都愛陰謀論。

而陰謀也不斷地出現。最近的一次，當然就是那椿震撼全世界的大發現，即達文西的名作〈東方三賢士的朝拜〉的表層顏料底下，藏著一個陰暗的祕密。義大利的藝術診斷師茂里吉歐・賽拉奇尼揭露了這個令人不安的事實，被《紐約時報雜誌》大肆報導，標題是「李奧納多掩飾了祕密」。

賽拉奇尼揭露，雖然〈東方三賢士的朝拜〉灰綠色的底層草圖，無疑確實是達文西的作品，但油畫本身則否。事實上油畫是由某個不知名的畫家在達文西死後多年，像塗著色畫似的在達文西的草圖上塡滿顏料。然而更令人困惑的，是位於那幅僞作顏料層的下面。以紅外線和X光所拍攝的照片顯示，這位搗蛋的畫家雖然在達文西的草圖習作上塗滿顏料，卻疑似違背了原來的底圖……好像是要推翻達文西眞正的意思。不論底圖的眞正本質是什麼，都還未見諸於世。但雖然如此，佛羅倫斯烏菲茲美術館的館方卻大感尷尬，立刻將這幅畫撤下，送到對街的倉庫裡。如今來到烏菲茲美術館達文西廳的遊客，會在原來懸掛〈東方三賢士的朝拜〉的地方，發現一個誤導且毫無歉意的牌子。

此作品正在診斷測試中
以備日後修復

在現代的聖杯追尋者自成世界的怪異圈子裡，李奧納多．達文西始終是探求者最大的謎。他的藝術作品似乎急於吐露一個祕密，然而不管祕密是什麼，都始終不見蹤影。或許在一層顏料下頭，或許是藏在畫面中的密碼，也或許根本什麼都沒有。說不定達文西諸多撩得人心癢難熬的線索根本沒什麼，只是個空無的許諾，好讓日後的好奇者感到挫折，也爲他筆下知名的蒙娜麗莎臉龐帶來一抹冷笑。

「有沒有可能，」蘇菲問，把蘭登拉回現實，「你手上的那把鑰匙是用來開啓聖杯的隱藏處？」

蘭登的笑聲連自己聽起來都很勉強。「我眞的無法想像。何況，一般相信，聖杯是藏在英國的某個地方，而不是法國。」他把聖杯的歷史簡短地告訴她。

「但聖杯似乎是唯一合理的結論。」她堅持。「我們有一把非常精密的鑰匙，上面有錫安會的標記，而且是由一名錫安會成員交給我們的——而據你剛才所說，這個兄弟會是聖杯的守護者。」

蘭登知道她的想法很合邏輯，但他直覺上卻無法接受。謠傳錫安會曾發誓某一天要把聖杯帶回法國的最終安息地，但歷史上卻沒有證據能顯示這件事確實發生了。即使錫安會已設法把聖杯帶回法國，鄰近網球場的阿克索街二十四號這個地址，聽起來也很不像是一個高貴的最終安息地。「蘇菲，我真的看不出這把鑰匙怎麼可能跟聖杯有關係。」

「因爲聖杯應該是在英格蘭？」

「不光是這樣。聖杯的所在地點是史上最大祕密之一。錫安會的成員必須花幾十年證明他們值得託付，然後才能升到會裡的最高階層，得知聖杯藏在哪裡。那個祕密由一個錯綜複雜的知識劃分系統所保護，而即使錫安會再大，知道聖杯藏在哪裡的，也始終只有其中四個成員——盟主和他的三個大長老。你祖父是這四個最高層人物之一的或然率非常低。」

我祖父是其中之一，蘇菲想著，踩下了油門。她記憶中牢牢烙印的那個畫面，已證實了她祖父在那個兄弟會中的地位，毫無疑問。

「而即使你祖父在最高階層，他也不能向任何非會員透露任何消息。很難想像他會把你帶進錫安會的核心。」

我已經進去核心過了，蘇菲心想，腦中浮現出那個地下室中的儀式畫面。她不知道現在把她那個夜晚在諾曼地別墅所目睹的事情告訴蘭登，時機是否適當。十年後的現在，讓她難以啓齒說出口的原因，僅僅只是覺得可恥而已。光是想到那件事，她就不寒而慄。遠處傳來了警笛呼嘯聲，她覺得一股濃濃的疲乏之感當頭罩下。

「那裡！」蘭登說，看著廣大的侯隆嘉禾網球場隱約出現在前方，他興奮起來。

蘇菲朝網球場駛去。過了幾個路口之後，他們找到了阿克索街的交叉口，轉彎開進去，往門牌號碼遞減的方向行駛，路旁的工廠和公司愈來愈多。

我們要找二十四號，蘭登告訴自己，發現自己偷偷望向地平線，找尋教堂的尖塔。別傻了，這種地方會有一座被遺忘的聖殿騎士團教堂？

「到了。」蘇菲宣佈，手指著。

蘭登的眼睛隨之望向前方的建築。

到底是什麼？

那是座現代建築。一座矮闊的堡壘，正面裝飾著一枚巨大的霓虹燈等臂十字圖樣。十字下方有幾個字：

蘇黎世託存銀行

蘭登暗自慶幸沒把聖殿騎士團教堂的期待告訴蘇菲。身爲符號學家的職業風險之一，就是往往會在根本沒有意義的狀況下硬找出隱藏的意義。這回，蘭登完全忘記了和平的等臂十字形，早已成爲中立國瑞士國旗上的完美象徵。

至少這個謎解開了。

蘇菲和蘭登手上拿的是一把瑞士銀行保險箱的鑰匙。

41

岡道夫堡外頭，一股山間的上升氣流湧向絕壁頂端，掠過高高的懸崖，撲向剛跨出飛雅特車的艾林葛若薩主教，為他帶來一陣寒意。我該多穿件衣服的，他心想，忍著不讓自己發抖。他今天晚上最不需要表現出來的，就是軟弱或懼怕。

城堡一片黑暗，只有建築頂端的幾面窗不祥地透著光。是圖書館，艾林葛若薩主教心想。他們都沒睡，正在等著。他根本看都不看天文台圓頂一眼，就低頭頂著風繼續往前走。

門口迎接他的神父看起來很睏。是五個月前迎接艾林葛若薩的同一個神父，不過今晚他的熱忱卻少得多。「我們都在擔心你，主教。」那神父說著看看手錶，看起來比較像是心慌，而不是擔憂。

「很抱歉。這陣子飛機老是誤點。」

神父喃喃講了些什麼聽不見的話，然後說：「他們在樓上等著，我帶你上去。」

圖書室是個巨大的四方形房間，從牆面到天花板都是暗色木頭。四邊聳立著高高的書架，裡面放滿了書。地板是琥珀色大理石鑲著黑色玄武岩的邊，漂亮大方，讓人想起這幢建築曾經是一座宮殿。

「歡迎，主教。」一個男子的聲音從房間那頭傳來。

艾林葛若薩想看清是誰說話，但燈光暗得離譜——比他第一次來的時候要暗得多，那回整個房間都亮晃晃的。那個徹底覺醒之夜。今晚，這些人坐在陰影裡，好像他們不知怎地對即將發生的事情感到羞愧。

艾林葛若薩有如國王般慢慢走進房間。他看得見長桌那端有三個人的身形。中間那人肥胖的輪廓一望即知，是教廷國務卿，統理梵蒂岡市的一切法律事務。另外兩個是高階的義大利樞機主教。

艾林葛若薩走向他們。「很抱歉這個時間來。我們的時區不同，你們一定都累了。」

「一點也不累。」國務卿說，他的雙手交疊在腹部。「很感激你大老遠趕來，我們起碼也該醒著等你。要不要給你來點咖啡或什麼點心？」

「我想就不必假裝這是個社交拜訪了吧。我還要趕另一班飛機。可以開始辦正事了嗎？」

「當然。」國務卿說。「你的動作比我們想像的要快。」

「是嗎？」

「你還有一個月時間。」

「五個月前你就表達了你的關切，」艾林葛若薩說：「我又何必等下去呢？」

「說得是。我們很高興你提前完成。」

艾林葛若薩的雙眼越過那張長桌，投向一個黑色的大公事包。「那是我要求的東西嗎？」

「是的。」國務卿的口氣很憂慮。「不過，我必須承認，我們對這個要求很關心。好像太……」

「危險。」一位樞機主教接口道。「你確定不能讓我們匯去你指定的地方嗎？這個金額很龐大。」

自由是昂貴的。「我不擔心自己的安全。天主與我同在。」

那三個人一臉懷疑的表情。

「裡頭的款項就跟我要求的一模一樣嗎？」

國務卿點點頭。「梵蒂岡銀行所開出的大面額不記名債券。在全世界各地都可以轉讓爲現金。」

艾林葛若薩走到桌子那頭，打開公事包。裡面是厚厚兩疊債券，上頭浮凸著梵蒂岡的印記和「不記名」的義大利文標示，任何持票人均可將之兌換爲現金。

國務卿看來很緊張。「主教，我必須說，如果這些款項都是現金，我們都會比較放心。」

我提不動那麼多現金，艾林葛若薩主教想著，關上了箱子。「債券就跟現金一樣可以轉讓。你們自己也說過的。」

兩名樞機主教交換了一個憂慮的眼神，然後終於說：「是的，但這些債券可以直接追蹤到梵蒂岡銀行。」

艾林葛若薩暗自微笑。這正是「老師」建議艾林葛若薩把錢換成梵蒂岡債券的原因。這是一種保險。現在我們都在同一條船上了。「這個交易完全合法。」艾林葛若薩辯護道。「主業會是梵蒂岡市的一個自治社團，而教廷可以把錢花在任何適當的地方。這件事沒有任何違法之處。」

「話是沒錯，可是……」國務卿身體往前湊，壓得椅子吱嘎響。「我們不知道你打算拿這筆款項去做什麼，如果其中有任何不合法……」

「以你們對我的要求，」艾林葛若薩反駁：「我怎麼用這筆錢，與你們無關。」

一段漫長的沉默。

他們知道我說得沒錯，艾林葛若薩心想。「現在，我想你們有一些文件要給我簽名吧？」

他們都跳了起來，急急地把那張紙推給他，好像一心只巴望他趕緊離開。

艾林葛若薩看著眼前的表格。上頭有教宗的印記。「這跟你們之前寄給我的副本一樣嗎？」

「沒錯。」

艾林葛若薩簽署那份文件時，很驚訝自己竟然不怎麼激動。眼前的三個人都解脫似的舒了口氣。

「謝謝，主教。」國務卿說。「你對教會的貢獻永遠不會被遺忘的。」

艾林葛若薩拿起公事包，從其中的重量感覺到承諾和權威。四個人相視片刻，好像想再說點什麼，但顯然已經無話可說了。艾林葛若薩轉身，朝門走去。

「主教？」一名樞機主教喊著，艾林葛若薩剛走到門口。

艾林葛若薩停下來，回頭。「什麼事？」

「你接下來要往哪裡去？」

艾林葛若薩感覺到這個詢問比較關乎精神層面，而非地理方位，然而這個時候他不打算討論道德觀。

「巴黎。」他說，走出了那道門。

42

蘇黎世託存銀行是二十四小時服務的保險箱銀行，遵循瑞士不記名帳戶的傳統，提供全套現代化的匿名服務。該銀行在蘇黎世、吉隆坡、紐約、巴黎都有分行，近年來已將服務項目擴展到提供匿名電腦原始碼託管和匿名數字化備份。

該銀行主要的營收來源，顯然仍是其最古老也最單純的保密業務——匿名保管，即一般所說的匿名保險箱。顧客想寄放的財物從股票到昂貴的畫作，都可以匿名儲存，而且不論任何時間，只要透過一系列高科技保密設施，也同樣可以匿名提領。

蘇菲把計程車緩緩停在他們目的地的前方，蘭登看著那幢大廈死板的建築式樣，感覺到蘇黎世託存銀行是個沒什麼幽默感的企業。這個四方形的建築沒有窗戶，好像整個是用無光澤的鋼所鑄成。這座大廈像一塊巨大的金屬磚昂然聳立在路邊，建築正面掛了個十五呎高的等邊十字形霓虹燈，閃閃發亮。

瑞士銀行業在保密方面的信譽，已經成爲這個國家最具利益的外銷項目。這類銀行也已經引發藝術圈的爭議，因爲他們爲藝術品竊賊提供了一個收藏贓物的絕佳所在，需要的話可以隱藏多年，直到避過風頭。由於這些存放物受隱私法令保護，警方不能調查，且以數字帳戶而非人名開戶，因此竊賊可以高枕無憂，知道這些贓物很安全，絕對不會被查到。

蘇菲把計程車停在銀行車道上一扇堂皇的大門前，那條水泥鋪的斜坡車道一路下降到建築底下。門上方有一具攝影機正對著他們，蘭登感覺到這具攝影機是眞的，不像羅浮宮裡頭的只是擺擺樣子。

蘇菲搖下車窗，仔細檢查著駕駛座外頭的電子台座，上頭有一個液晶螢幕提供七種語言的指示，第一行用英文顯示著。

插入鑰匙

蘇菲從口袋掏出那把以雷射光製作的金色鑰匙，注意力轉回那座台座。螢幕下方有個三角形孔。

「直覺告訴我，這把鑰匙應該是對的。」蘭登說。

蘇菲把三角柱形的鑰匙軸循著那個孔插入，一路滑到底，直到鑰匙軸整個沒入。這把鑰匙顯然不需要轉，那道門立刻應聲而開。蘇菲的腳鬆開煞車，滑行到第二道門和第二道台座前。第一道門在他們後頭關上，像是把他們困在運河水閘裡似的。

蘭登不喜歡那種被限制行動的感覺。*只好期待第二扇門也能打開了。*

第二座台座上頭有類似的指示。

插入鑰匙

蘇菲把鑰匙插入後，第二道門也立刻打開了。沒多久，他們就繞著車道一路往下，深入這棟建築的下方。

裡頭的私人停車場又小又暗，大約可以停十二輛車。遠遠那頭，蘭登看到了這幢建築的主入口。一條紅毯鋪在水泥地上，迎接訪客來到一扇巨大的門前，那門顯然是由結實的金屬鑄成的。

*這真是矛盾的訊息，*蘭登心想。*歡迎光臨又不准進入。*

蘇菲將計程車駛入大門附近的一個停車位，熄了火。「你最好把槍留在車上。」

樂意之至，蘭登心想，把手槍輕放到座椅底下。

蘇菲和蘭登下了車，踏上紅地毯，往那道鋼板門走。門上沒有把手，但旁邊牆上有另一個三角形的鑰匙孔。這回沒有任何指示文字了。

「學得慢的人就進不去嘍。」蘭登說。

蘇菲笑了，看起來很緊張。「來吧。」她把鑰匙插進孔內，那門低低嗡了一聲往內開。蘇菲和蘭登彼此看了一眼，走進去。門在他們身後轟然關上。

蘇黎世託存銀行門廳的裝飾風格，是蘭登畢生僅見最冷峻的。一般銀行的門廳都是磨光的大理石和花崗岩，這家銀行則選擇了徹頭徹尾的金屬板和鉚釘。

他們的室內設計師是誰？蘭登好奇著。鋼鐵同業公會嗎？

蘇菲眼光掃視著廳裡，同樣一臉被鎮住的表情。

到處都是灰色的金屬——地板、牆面、櫃台、門，甚至廳裡的椅子顯然都是用鑄鐵塑成的。但雖然如此，整個效果卻令人印象深刻。傳達的意思很明顯：這裡是個金庫。

他們進門時，櫃台後面一個大塊頭抬頭看了一眼。他關掉正在看的小電視機，用愉快的笑容迎接他們。雖然他一身大塊肌肉，腰間的佩槍也明顯可見，但講起話來卻有著標準瑞士旅館侍者那種熟練的周到。

「晚安，」他用法語問好，然後用英語說：「我能效勞什麼嗎？」

這種雙語的問候法是歐洲服務業招呼客人的最新方式。沒有預設立場，敞開心胸，讓使用任何語言的顧客都能更自在地回答。

蘇菲沒有用法文或英文回答，只將那把金色鑰匙放在櫃台上那個男子面前。

那名男子往下看了一眼，立刻站直身子。「當然，電梯在門廳盡頭。我會通報說你們過去了。」

蘇菲點點頭，取回鑰匙。「哪一樓？」

那名男子詫異地看了她一眼。「你的鑰匙會指揮電梯到該去的樓層。」

蘇菲微笑。「啊，是啊。」

警衛目送那兩位客人走向電梯，插入鑰匙，進入電梯消失。一待電梯門關上，他就抓起電話。他不是要打電話通知說有客人要過去；沒有必要。顧客的鑰匙插入外頭大門的關卡時，自動系統就已經通知金庫的接待員了。

那名警衛是打給銀行的夜間經理。等對方接電話時，警衛又打開電視機，盯著螢幕。之前他正在看的新聞報導才剛要結束。他再看一次電視上的那兩張臉孔。

經理接了電話。「喂？」

「下頭有點狀況。」

「怎麼了？」經理問。

「法國警方今夜正在追蹤兩名逃犯。」

「那又怎樣？」

「兩位逃犯剛剛走進我們銀行。」

經理低聲詛咒著。「好吧。我立刻連絡維賀內先生。」

然後警衛掛上電話，又撥了第二通。這回是撥給國際刑警組織。

蘭登很驚訝地感覺到電梯是往下降，而非往上升。一直到電梯門終於打開前，他不知道他們在蘇黎世託存銀行往下降了幾層樓，也不在乎。他只是很高興出了電梯。

動作眞快，一名接待員已經等在那兒迎接他們。他有點上了年紀，神情愉悅，穿著一套熨燙齊整的法蘭絨西裝，讓他看起來怪怪的，與環境格格不入——一個舊世界的銀行員置身於一個高科技的世界。

「晚安，」那名男子先用法文打招呼，繼而用英語說：「麻煩請跟我來好嗎？」沒等回答，他就鞋跟一轉，精神奕奕地大步走下一條狹窄的金屬走道。

蘭登和蘇菲走過一連串走道，中間經過幾個大房間，裡面都塡滿了閃爍的電腦主機。

「到了。」接待員說，來到一扇鋼門前，替他們打開。「就是這裡。」

蘭登和蘇菲走進了另一個世界。他們眼前的這個小房間看起來像個精緻旅館中奢華的起居室。金屬和鉚釘不見蹤影，取而代之的是東方地毯、深色橡木家具，以及有靠墊的椅子。房間中央的大書桌上，放著兩個水晶玻璃杯和一瓶正在嘶嘶冒著泡的沛綠雅礦泉水。旁邊有一個白鑞咖啡壺，還冒著蒸汽。

所有的步驟都這麼精確，蘭登心想。不愧是瑞士銀行。

那人一臉善解人意的微笑。「我想，這是兩位第一次來？」

蘇菲猶豫著，點了點頭。

「我明白。鑰匙常常會成爲遺產，傳給下一代，第一次來使用的客人往往不知道該怎麼進行。」他指著桌上的飲料。「這個房間專供你們使用，沒有時間限制。」

「你說鑰匙有時候會由下一代繼承？」蘇菲問。

「沒錯。你的鑰匙就像瑞士的不記名帳戶一樣，往往傳承好幾代。要成爲我們的金鑰匙客戶，保險箱合約至少是五十年。費用要預付。所以我們見過許多家庭的世代交替。」

蘭登瞪著眼睛。「你剛剛說的是五十年嗎？」

「至少。」接待員回答。「當然，你可以買更長的合約，但除非有其他安排，否則如果帳戶五十年都沒有人來動過，保險箱裡的東西就會自動銷毀。需要我把取出保險箱的步驟告訴你們嗎？」

蘇菲點點頭。「麻煩你了。」

接待員的手朝著那個奢華的接待室掃一圈。「這是你們私人的檢閱室。我一離開這個房間，你們就可以在這裡檢查並增補保險箱裡面的東西，花多少時間都沒關係。保險箱會從……這裡送出來。」他領著他們走向遠端那面牆，牆上有一條輸送帶優雅地彎進房間，有點像機場裡取寄艙行李的旋轉輸送帶。「把鑰匙插進這個槽……」那人指著面對著輸送帶的電子台座，上面有個熟悉的三角形孔。「電腦確認了你們鑰匙上的標記後，你們就輸入帳號，然後保險箱就會自動從金庫取出送過來，供你們檢閱。你們看完之後，把箱子放回輸送帶，再插入鑰匙，把先前的步驟倒反過來操作。因爲一切都自動化，所以可以確保你們的隱私，即使是銀行職員也不能得知。如果你們需要什麼，只要按房間中央那張桌子上的叫人鈕就行了。」

蘇菲正打算要提問時，電話響起。那人一臉迷惑尷尬。「對不起，請稍等。」他走向書桌拿起電話。

「喂？」他說。

他聽著電話，眉頭皺了起來。「是……是……好的。」他掛上電話，心神不寧地朝他們微笑。「對不起，我得離開了。請自便。」他急步走向房門。

「請教一下。」蘇菲喊他。「你走前能不能解釋一下？剛剛你提到，我們要輸入帳戶號碼是吧？」

那人停在門前，一臉蒼白。「當然了，就跟大部分瑞士銀行一樣，我們銀行的保險箱都是用號碼開戶，不是用人名。你的鑰匙只是身分確認的一半，個人帳號則是另一半。否則，萬一你搞丟鑰匙，任何人都可以偷用了。」

蘇菲猶豫著。「如果給我鑰匙的人沒告訴我帳號呢？」

那名行員心跳得很厲害。那麼顯然這裡就沒有你們的東西！他冷靜地朝他們微笑。「我找個人來協助你們。馬上就過來。」

那名行員走出去，關上房門，轉動沉重的鎖，把他們關在裡面。

在巴黎的另一頭，科列站在巴黎北站火車總站裡，此時他的電話響了起來。是法舍打來的。「國際刑警組織接到線報。」他說。「別管火車了。蘭登和納佛才剛走進蘇黎世託存銀行的巴黎分行。你們那組人立刻過去。」

「關於索尼耶赫試圖告訴納佛探員和羅柏・蘭登什麼，有任何線索了嗎？」

法舍的聲調冷酷。「科列分隊長，只要你逮到他們，我就可以親自問他們了。」

科列明白了法舍的意思。「阿克索街二十四號。馬上去，隊長。」他掛了電話，用無線電呼叫隊員。

43

蘇黎世託存銀行巴黎分行的總裁安德烈・維賀內住在銀行樓上的一層高級公寓。儘管有這麼個豪華的住所，他卻一直夢想著在巴黎塞納河中的聖路易島上擁有一戶公寓，在那裡，他可以與眞正的鑑賞家摩肩接踵，不像在這裡，只能遇見一堆渾身銅臭味的富豪。

等我退休了，維賀內告訴自己，我要用波爾多珍釀填滿我的葡萄酒窖，用福拉哥納爾的畫作裝飾我的客廳，或許再加幅布雪的畫。我還要成天流連在塞納河左岸的拉丁區，蒐羅古董家具和珍本書。

今夜，維賀內被叫醒才六分半鐘，但當他匆匆走過銀行的地下通道時，整個人卻光鮮得像是剛被私人裁縫和髮型師打點過。他一身無懈可擊的絲質西裝，邊走邊朝嘴裡噴了點口香劑，又把領帶給束得緊些。由於必須隨時為來自全球各個時區的顧客服務，維賀內的睡眠習慣也調整得像個馬塞族戰士——這個非洲部落是出了名的能夠從熟睡中醒來、幾秒鐘之內就準備好進入戰鬥狀態。

備戰完成，維賀內心想，這個比喻用在今夜，怕是再恰當不過了。金鑰匙客戶來訪總是會引起額外的騷動，但一個被刑事局通緝的金鑰匙客戶上門，那就特別棘手了。這個銀行爲了保護客戶的隱私權，且其中某些客戶並無證據證明他們是罪犯，已經有過夠多和執法部門戰鬥的經驗了。

五分鐘之內，維賀內告訴自己。我要讓這兩位客戶在警方到達之前離開我的銀行。

只要他動作快，就能靈巧地躲過這個大災難。維賀內可以告訴警方，他們所尋找的那兩名逃犯的確來過銀行，但因爲他們不是客戶，也沒有帳號，於是就離開了。維賀內眞希望那個該死的警衛沒有打電話給國際刑警組織。對於一個時薪十五歐元的警衛來說，他的字典裡顯然沒有「謹愼」這個詞兒。

維賀內停在門口，深吸了口氣，放鬆肌肉。然後擠出一個微笑，打開門鎖進去，像一陣和風吹進了房裡。

「晚安，」他說，看著他的兩位客戶。「我是安德烈‧維賀內。我能替兩位效──」句子的後段卡在他的喉結下頭。維賀內怎麼也沒想到，來訪的會是眼前的這名女子。

「對不起，我們認識嗎？」蘇菲問。他不認識這位銀行家，但他看到她的那一刻，就好像見到鬼似的。

「不……，」那位銀行總裁結巴著：「我想……沒有吧。我們的服務都是匿名的。」他吐了口氣，又擠出一個冷靜的微笑。「我的助理告訴我，你們有一把金鑰匙，卻沒有帳號？可以請教一下你們是怎麼拿到這把鑰匙的嗎？」

「是我祖父給我的。」蘇菲回答，緊緊盯著眼前這人，這會兒他的不安似乎更明顯了。

「是嗎？你祖父給你這把鑰匙，卻沒有給你帳戶號碼？」

「我想他是來不及吧。」蘇菲說。「他今天晚上被謀殺了。」

這番話讓那名男子踉蹌後退。「賈克‧索尼耶赫死了？」他問，目光充滿駭然。「可是……怎麼會?!」

現在輪到蘇菲驚訝得站不穩腳、渾身發麻。「你認識我祖父？」

安德烈‧維賀內看起來同樣震驚，他靠著桌沿穩住身子。「賈克和我是很親近的朋友。這是什麼時候發生的事？」

「今天夜裡稍早的時候。就在羅浮宮裡面。」

維賀內走到裡頭一把厚厚軟軟的皮椅坐下，「我必須問兩位一個很重要的問題。他抬頭看看蘭登，又看看蘇菲。「你們任何一個跟他的死有關嗎？」

「沒有！」蘇菲斷然道。「絕對沒有。」

維賀內一臉嚴厲，沒答腔，思忖了一會兒。「國際刑警組織已經公佈你們的照片，所以我才會認出你來。你們已經因為謀殺案被通緝了。」

蘇菲整個人一垮。法舍已經透過國際刑警組織全面通報了？這位隊長似乎比蘇菲預期的要積極。她很快告訴維賀內有關蘭登的身分，以及今夜在羅浮宮所發生的事。

維賀內看起來很驚訝。「你祖父臨死時，留下了一個訊息，要你去找蘭登先生？」

「是的，他還留給我這把鑰匙。」蘇菲將那把鑰匙放在維賀內面前的咖啡桌上，有錫安會標誌的那一面朝下。

維賀內看了那把鑰匙一眼，卻沒去碰。「他只留了這把鑰匙給你？沒有其他的嗎？沒有紙條？」

蘇菲知道之前在羅浮宮裡很匆促，但她很確定〈岩窟中的聖母〉後頭沒有其他東西了。「沒有，只有這把鑰匙。」

維賀內無助地嘆息了一聲。「我恐怕每一把鑰匙都配上了一組十個數字的帳號作為密碼，才能通過電腦那關。沒有了帳號，你的鑰匙就沒用了。」

十個數字。蘇菲不情願地計算這個密碼的機率。有一百億個可能性。即使她能把刑事局功能最強的平行處理計算機搬來，也得耗上幾星期才能破解密碼。「當然，先生，在這個狀況下，你可以幫助我們。」

「很抱歉。我真的幫不上忙。客戶是透過一個有安全設計的終端機選擇他們的帳號，這表示只有客戶本人和電腦才會曉得號碼。這樣我們才能確保匿名的制度，同時也保障我們員工的安全。」

蘇菲明白了。便利商店也是如此，店門常貼著「本店職員沒有保險箱鑰匙」的標語。這家銀行顯然不希望冒同樣的險，免得有人偷了鑰匙，便可以脅持某個銀行員工作為人質，逼問出帳號。

蘇菲坐在蘭登旁邊，低眼看了鑰匙一眼，然後抬頭看維賀內。「你知道我祖父在你們銀行存了什麼東西嗎？」

「完全不知道。這就是『保險箱銀行』的定義。」

「維賀內先生，」她進逼道：「今晚我們的時間有限。我也就盡量有話直說了。」她伸手將那把鑰匙翻面，現出錫安會的標誌，觀察著對方的眼睛。「這個鑰匙上的符號，對你有任何意義嗎？」

維賀內低頭看了一眼那個白色鳶尾花標誌，沒有反應。「沒有，但我們很多客戶會在鑰匙上頭刻上團體的標誌或縮寫。」

蘇菲嘆了口氣，但仍仔細盯著他。「這個標誌是一個祕密會社的符號，一般稱之為『錫安會』。」

維賀內還是沒有反應。「我對這些一無所知。你祖父是我的朋友，但我們談的大半都是公事。」他扶扶領帶，看起來很緊張。

「維賀內先生，」蘇菲仍不放棄，語氣很堅定：「我祖父今天晚上曾打電話給我，告訴我說他和我都正面臨重大的危險。他說他必須給我一些東西，後來又給了我這把鑰匙來到你們銀行。現在他死了。如果你能告訴我們任何事情，都會很有幫助的。」

維賀內開始冒汗。「我們得離開這棟大樓。我擔心警察很快就要到了，因為之前行裡的警衛覺得他有義務打電話給國際刑警組織。」

蘇菲也同樣害怕，她試了最後一次。「我祖父說他必須告訴我有關我家人的真相。這對你有任何意義嗎？」

「小姐，你小的時候，家人因車禍身亡。很抱歉，我知道你祖父很愛你。他跟我提過很多次，說你們兩人後來斷絕來往，讓他有多麼傷心。」

蘇菲不知道該怎麼回答。

蘭登問，「這個帳戶所託存的東西，和Sangreal有任何關係嗎？」

維賀內奇怪地看了他一眼。「我不知道你說的是什麼。」正當此時，維賀內的行動電話響起，他從皮帶上抽出來。「喂？」他聽了一會兒，表情驚訝，且更擔憂了。「警察？這麼快？」他詛咒著，用法語給了幾個簡短的指示，然後說他立刻就上去大廳。

掛掉電話後，他轉向蘇菲。「這回警方的反應比平常快得多。趁我們講話時，他們已經快到了。」

蘇菲不打算空手離開。「告訴他們，說我們已經來過又走了。如果他們想搜索銀行，就要求他們拿出搜索票，這樣可以拖上一陣子。」

「兩位，」維賀內說：「賈克是我的朋友，而且我的銀行不需要承受這種壓力，基於這兩個原因，我不打算讓他們在我的產業上進行逮捕。給我幾分鐘，我看有什麼辦法能幫你們離開銀行而不被人發現。除此之外，別的事我都不想扯進去。」他站起來，匆匆走向房門。「你們待在這裡。我去安排一下，馬上回來。」

「可是那個保險箱，」蘇菲喊道：「我們不能就這樣走掉呀。」

「這我就幫不上忙了。」維賀內說，急步走出門。「抱歉了。」

蘇菲望著他走出去好一會兒，懷疑那個帳號會不會就埋在祖父這些年寄來的無數信件和禮物中，而她一件也沒拆。

蘭登忽然站起身，蘇菲意外發現他的雙眼閃爍著滿足的微光。

「羅柏？你幹嘛笑？」

「你祖父是個天才。」

「什麼？」

「十個數字？」

蘇菲搞不懂他在講什麼。

「那個帳號。」他說，唇角往旁一咧，牽出一抹熟悉的歪嘴笑容。「我很確定他其實留給我們了。」

「在哪裡？」

蘭登拿出那張犯罪現場照片的列印紙，在茶几上攤開。蘇菲只看了第一行字，就曉得蘭登沒說錯。

13-3-2-21-1-1-8-5

啊，嚴峻的魔鬼！

啊，跛足的聖人！

P.S. 去找羅柏．蘭登

44

「十個數字。」蘇菲說，她研究著那張列印稿，對密碼的敏感神經又活絡起來。

13-3-2-21-1-1-8-5

祖父把他的帳號寫在羅浮宮地板上！

蘇菲初次看到鑲木地板上手寫的斐波那契數列時，便假設其中唯一的目的就是讓刑事局召集所有解碼員來破解，好因此能讓蘇菲看到。稍後，她才明白那些數字同時也是如何破解其他行文字的線索——一個不照順序的數列……對應著一組變位字謎。而現在，眞是完全想不到，她才了解這些數字還有更重要的意義。幾乎可以確定，它們就是開啓她祖父這個神祕保險箱的最後關鍵。

「他是雙關語大師。」蘇菲說，轉向蘭登。「他喜歡具有多重意義的事物。密碼中還有密碼。」

蘭登已經走向輸送帶旁的電子台座。蘇菲抓著那張電腦列印稿跟上。

台座上有個類似銀行自動櫃員機的數字鍵盤，螢幕上秀出這家銀行的十字形標誌。數字鍵盤旁邊有個三角孔。蘇菲馬上將鑰匙軸插入洞內。

螢幕畫面立刻更新。

請輸入帳號：

游標閃爍著。等待輸入。

十個數字。蘇菲將列印稿上的數字逐一唸出，蘭登將之輸入。

請輸入帳號：

1332211185

他輸入最後一個數字後，螢幕再度更新，一份訊息以好幾種語文出現。最前面的是英文。

警告：

按「輸入」鍵之前，請確認您的帳號正確無誤。

如果電腦無法辨識您的帳號，

為了您的安全起見，本系統將自動關閉。

「自動關閉，」蘇菲說，皺著眉。「看來我們只有一次機會了。」一般的自動櫃員機會讓使用者輸入個人識別密碼三次，才會沒收金融卡。但這個顯然不是一般的提款機。

「數字看起來沒錯。」蘭登確認，仔細檢查剛剛輸入的號碼，逐一跟列印稿比對。他指指「輸入」鍵。「動手吧。」

蘇菲食指伸向鍵盤，卻猶豫著，一個奇怪的念頭此時忽然竄進腦海。

「快呀。」蘭登催促。「維賀內馬上就回來了。」

「不。」她的手抽回來。「這個帳號不對。」

「當然是這個號碼！十個數字啊，不然還會是什麼？」

「這些數字太沒有規則了。」

太隨意？蘭登再同意不過了。每個銀行都建議顧客以隨機方式選擇個人識別密碼，好讓別人猜不到。而這家銀行當然也會建議其顧客以隨機方式選擇自己的帳號。

蘇菲刪掉他們剛剛鍵入的號碼，抬頭看著蘭登，眼神充滿自信。「這個本來應該隨機排列的帳戶號碼，若是同樣可以重新排列成斐波那契數列，那就未免太巧合了。」

蘭登明白她說得沒錯。稍早，蘇菲曾把這個帳號重新排列爲斐波那契數列，要排出這個數列的機率有多麼低啊？

蘇菲重新鍵入了另外一組號碼，好像是憑記憶輸入似的。「再說，像我祖父那麼熱愛象徵符號和密碼的人，好像應該會選擇一個對他有意義的帳號，是他可以輕易記得的。」她輸入完畢，朝蘭登狡黠一笑。「是那種看似隨意、其實不然的號碼。」

蘭登看著螢幕。

請輸入帳號：

1123581321

他沒馬上看出來，但看清楚之後，蘭登知道她是對的。

就是斐波那契數列。

1-1-2-3-5-8-13-21

當斐波那契數列連起來成了一組十碼的數字，就很難認出來。很好記，但看似隨意。這個明智的十位數字密碼，索尼耶赫絕對不會忘記。此外，這也完全解釋了爲什麼寫在羅浮宮地板上的那些數字可以重新排列爲這個著名的數列。

蘇菲伸手按下了「輸入」鍵。

什麼動靜都沒有。

至少他們沒發現。

正當此時，位於他們下方的銀行地下金庫中，一隻機器爪子動了起來。滑行在天花板上的一套雙軸運輸系統上，那隻爪子正改變方向以尋找適當的座標。下頭的水泥地上，有成百上千個一模一樣的塑膠箱子排列在一個巨大的格架上……就像地下墓穴裡排列著一排排的小棺材。

一路嗡嗡低鳴移到了正確的位置上方，那隻爪子往下落，一個電眼確認箱子上的條碼。然後那隻爪子精確地抓起沉重的提把，將箱子垂直吊起。嶄新的齒輪轉動著，那隻爪子將箱子運到了金庫的另一頭，來到靜止的輸送帶上頭。

此時，取物臂輕柔地將箱子放下，然後移回原位。

那隻爪子移開後，輸送帶便嗡嗡響起，開始運轉……。

在樓上，蘇菲和蘭登看到輸送帶開始移動，都解脫地舒了口氣。他們站在輸送帶旁，覺得好像疲倦的旅人站在提領行李處，等待著一件內容不詳的神祕行李。

輸送帶從他們右手邊一個四方形小門下的窄溝通入房間。那道金屬門往上滑開，然後冒出一個巨大的塑膠箱子，從那條傾斜的輸送帶深處吐出來。箱子是黑色的，沉重的一體成型塑膠，而且遠比她想像的要大。看起來好像是空運寵物的箱子，但沒有任何氣孔。

那箱子滑行著，在他們面前停了下來。

蘭登和蘇菲站在那裡，沉默無語，瞪著那個神祕的小櫃子。

就像這個銀行的其他一切事物，這個箱子是工業產品——金屬搭扣、上方貼的條碼貼紙，還有堅固的鑄模提把。蘇菲覺得看起來好像個巨大的工具箱。

蘇菲毫不浪費時間，立刻解開眼前的兩個搭扣。然後她看了蘭登一眼，兩人一起把沉重的蓋子掀開，翻到後頭。

他們踏前往下看著箱子內部。

乍看之下，蘇菲還以為那個箱子是空的。然後她明白了，在箱子底只有一件東西。

那個磨光的木盒差不多跟鞋盒一般大小，上頭裝著鉸鏈。泛著光澤的木材是深紫色的，紋理清晰。是花梨木（rosewood），蘇菲明白過來。她祖父的最愛。盒蓋上有一朵鑲嵌設計的美麗玫瑰。她和蘭登交換了困惑的一眼。蘇菲彎身抓住那盒子，拿出來。

老天，真重！

她小心翼翼地把盒子捧到一張大桌子，放了下來。蘭登站在她旁邊，兩人瞪著她祖父派他們來取的那個小小的寶盒。

蘭登驚奇地看著盒蓋上的手工鑲嵌圖案——一朵五瓣玫瑰。他看過這種玫瑰很多次。「五瓣玫瑰，」他低語道：「是錫安會中象徵聖杯的符號。」

蘇菲轉身看著他。蘭登看得出她在想什麼，他也正想著同一件事。木盒的大小、裡面所裝物品的明顯重量、還有錫安會用來象徵聖杯的符號，一切似乎都暗示著一個超乎想像的結論。基督之杯就在這個木盒裡。蘭登再度告訴自己，這是不可能的。

「大小剛剛好，」蘇菲低語，「可以裝一個……聖餐杯。」

不可能是聖餐杯。

蘇菲把盒子拉向自己，準備打開。然而，當她拉動時，發生了一件想不到的事情。那個盒子發出了一個奇怪的咕嚕水聲。

蘭登也再拉了一下。裡面有液體嗎？

蘇菲的表情同樣困惑。「你剛剛是不是聽到……？」

蘭登點點頭，不明白。「液體。」

蘇菲伸出手，緩緩打開盒上扣環，把蓋子掀起。

蘭登從來沒見過像裡面這樣的東西。然而他們兩人都立刻明白，這絕對不是基督之杯。

45

「警方正在封鎖街道，」安德烈・維賀內說著走進房間：「要把你們弄出去就難了。」他在身後關上房門時，看到了那個堅固的塑膠箱子停在輸送帶上。*老天！他們拿到索尼耶赫帳戶裡的東西了嗎？*

蘇菲和蘭登站在桌旁，正湊在一起看著個像是大號珠寶木盒的東西。蘇菲趕緊闔上蓋子，抬起頭來。「我們總算想起那個帳號了。」她說。

維賀內說不出話來。這改變了一切，他謹慎地把目光從那個盒子上移開，想著下一步該怎麼辦。*我得把他們弄出銀行！*但警方已經設下路障，維賀內只想得出一個辦法離開。「納佛小姐，如果我能把你們安全弄出銀行，你們要把這盒子帶在身上，還是走前放回保險庫裡？」

蘇菲看了蘭登一眼，目光又回到維賀內身上。「我們得帶著。」

維賀內點點頭。「很好。那麼不管那是什麼東西，我建議你們先用外套包起來，我們好帶著穿過走廊。我想沒有人看見會比較好。」

蘭登脫下外套時，維賀內走到輸送帶那邊，關上空箱子，打了一連串指令。輸送帶又開始移動，把那個塑膠箱子送回庫房。他把金鑰匙從台座上抽出來，遞給蘇菲。

「請從這邊走，快。」

走到後方的貨車場時，維賀內看得到警車一閃一閃的燈從地下車庫裡透進來。他皺起眉頭。他們可能已經封住了通往外面的斜坡車道了。*我真打算要闖過去嗎？*他滿頭大汗。

維賀內指著銀行小型防彈卡車中的一輛。運輸保全是蘇黎世託存銀行的另一項業務。「進去貨車廂。」

他說，拉開那個沉重的後門，指著閃著金屬光芒的鋼製隔間。「我馬上回來。」

蘇菲和蘭登爬上車時，維賀內穿過貨車場，來到貨運管理員的辦公室，開了門進去，拿了那輛貨車的鑰匙，又找了一套司機的制服外套和帽子。他脫掉身上的絲質西裝和領帶，開始穿上司機的外套。又想了一下，在制服底下加了手槍肩套。出門前，他從架上抓了一把司機用的手槍，裝上彈夾，塞進槍套裡，把制服扣好遮住。回到卡車上，維賀內拉低了司機帽，盯著蘇菲和蘭登，他們站在那個空的鋼車廂裡面。

「你們會需要這個燈。」維賀內說，伸手到車廂裡，扳開牆上一個開關，車廂天花板上的照明燈亮了。「你們最好坐下。出大門前都不要出聲。」

蘇菲和蘭登坐在金屬地板上。蘭登把他蘇格蘭粗呢外套裹著的那個寶貝抱在懷裡。維賀內關上沉重的門，將他們鎖在裡頭。然後他爬上駕駛座，發動引擎。

防彈貨車隆隆駛向車道頂端，維賀內感覺司機帽下的汗水開始積聚。他看得到前頭的警車數量遠比他想像的要多。貨車發動駛上斜坡車道時，內側那道門往裡打開讓他過去。維賀內開過去，等著身後那道門關上，然後往前觸動下一個感應器。第二道門也開了，出口到了。

只不過那輛警車擋在斜坡車道的頂端。

維賀內按了按眉毛上的汗，往前開。

一個瘦高的警官站出來，在警車前幾公尺揮手要他停下。再前頭停著四輛巡邏車。

維賀內停下車，把司機帽壓得更低，在自己的教養所容許的範圍內盡可能扮出粗魯的樣子。他坐在車裡沒動，打開門瞪著下頭的警探，那警探灰白的臉非常堅定。

「出了什麼事呀？」維賀內問，口氣粗魯。

「我是傑侯姆．科列，」那名警探說：「刑事警察局的。」他指指貨車的後車廂。「車裡頭載了什麼？」

「我要知道才有鬼呢，」維賀內用粗魯的法文回答。「我只不過是個司機。」

科列一臉無動於衷。「我們在找兩個罪犯。」

維賀內笑了。「那你們來對地方了。有幾個我替他們開車的王八蛋太有錢了，肯定是罪犯。」

那名探員舉起一張羅柏·蘭登的大頭照。「這個人今天夜裡來過你們銀行嗎？」

維賀內聳聳肩。「不曉得。我是混貨運場的小人物。他們才不會讓我們去靠近客戶的地方。你得進去問門口櫃台的人。」

「你們銀行要求拿搜索票才能進去。」

維賀內露出一副反感的表情。「那些大官們，別提了，說起來我就有氣。」

「麻煩你打開後車廂。」科列指著貨車廂。

維賀內瞪著那個警探，擠出一個厭惡的笑容。「打開後車廂？你以為我有鑰匙？你以為他們會相信司機嗎？你該看看他們付我的那點薪水。」

那警探的頭歪向一邊，顯然很懷疑。「你的意思是，你沒有自己這輛貨車的鑰匙？」

維賀內搖搖頭。「沒有貨車廂的鑰匙。只有發動車子的鑰匙。後車廂是管理員在貨運場鎖上的，然後車子就停在貨車場裡面，同時派另外一個人開車帶著貨車廂鑰匙到卸貨地點，一等我們接到電話確認那邊收到了貨車廂鑰匙，我才能開車，一秒鐘都不能早。我從來不知道自己載的是什麼東西。」

「這部貨車是什麼時候鎖上的？」

「肯定好幾個小時前了。今兒個夜裡我得一路開車到不列塔尼的聖杜西亞勒鎮。貨車廂的鑰匙早送那兒了。」

那警探沒反應，眼睛仔細盯著維賀內，好似想看透他的心。

維賀內鼻子上一滴汗正要滑下來。「讓開一下吧？」他說，用袖子一擦鼻子，指著前方擋路的警車。

「我時間很趕。」

「你們司機都戴勞力士嗎？」警探問，指著維賀內的手腕。

維賀內往下看了一眼，那支超貴手錶的燦亮錶帶從他外套袖子底下探了出來。要命！「你說的是這塊廢鐵？在聖哲曼德培區的地攤上跟一個台灣人買的，二十歐元。你出四十塊我就賣。」

那名警探頓了一下，終於往旁邊讓開。「不，謝了。祝你行車平安。」

直到開上街五十公尺後，維賀內才喘了口氣。但現在新的問題又來了。他車廂裡載的貨。我該載去哪兒？

46

西拉俯臥在他房裡的帆布墊子上，好讓背上鞭打的傷口在空氣裡凝結。今夜第二度的苦鞭儀式後，令他暈眩而虛弱。他還沒取下苦修帶，可以感覺到血正沿著他的大腿內側緩緩流下。然而，他無法說服自己取下那條扣帶。

我讓教會失望了。

更糟的是，我讓主教失望了。

今夜原該是艾林葛若薩主教的得救之夜。五個月前，主教去梵蒂岡天文台開會，得知了一些事情，回來後整個人就變了。消沉了幾個星期後，艾林葛若薩終於把那個消息告訴西拉。

「但這不可能呀！」西拉叫著。「我不能接受！」

「是真的。」艾林葛若薩說。「難以相信，卻是事實。只有六個月的時間。」

主教的話嚇壞了西拉。他祈禱能獲得救助，而即使在那些黑暗的日子，他對天主和《道路》的信任也未曾動搖。才一個月後，烏雲奇蹟般地散開，照下了希望之光。

神的介入，艾林葛若薩曾如此稱之。

主教似乎第一次懷抱著希望。「西拉，」他低語道：「天主給了我們一個保護《道路》的希望。我們的戰爭，就像所有的戰爭一樣，都必須付出犧牲的代價。你願意成爲天主的戰士嗎？」

西拉跪在艾林葛若薩主教這位曾賜予他新生命的人面前，說道：「我是天主的羔羊。請依照你心中的意旨牧養我吧。」

當艾林葛若薩描述的那個機會自動找上門來，西拉明白那一定是天主的作爲。奇蹟的命運！艾林葛若薩讓西拉與那位提出計畫的男子——他自稱「老師」——聯繫。雖然「老師」和西拉從沒面對面見過，但每次他們講電話，都讓西拉很敬畏，既因爲「老師」信仰的深刻，也因爲他的權力範圍之廣。「老師」似乎是個無所不知的人，在各地都有耳目。西拉不知道「老師」如何收集情報，但艾林葛若薩對「老師」極其信任，也告訴西拉照辦。「遵照『老師』的命令去做，」主教曾告訴西拉：「我們就會贏得勝利。」

贏得勝利。現在西拉望著空蕩的地板，擔心勝利已經離他們而去了。「老師」被騙了。那塊拱心石是條迂迴的死巷。隨著這個騙人的詭計，所有的希望都破滅了。

西拉眞希望自己能打電話警告主教，但「老師」今夜已經除去他們直接連絡的所有管道。為了安全起見。

最後，西拉克服了極度的驚惶，爬著去拿他脫在地上的長袍，從口袋中掏出他的行動電話。他羞愧地垂著頭，開始撥號。

「老師，」他低語道：「一切都失去了。」西拉老實告訴對方他如何被耍了一場。

「你太快就失去信心了。」老師回答。「我才剛接到消息。太意想不到了，但是可喜可賀。有人知道那個祕密。賈克・索尼耶赫死前把訊息傳給了別人。我很快會再打給你。我們今夜的工作還沒結束。」

47

坐在那輛防彈卡車的貨車廂裡，燈光昏暗，感覺上好像被關在單獨監禁的牢房裡押運移監似的。蘭登抗拒著密閉空間裡糾纏他的那種熟悉的焦慮感。維賀內說他會把我們帶離市區，到安全的距離之外。會是哪裡？有多遠？

蘭登交叉盤坐在金屬地板上的大腿開始僵硬，他挪動位置，感覺到血液回流到下半身，縮了一下。他手裡還牢牢抓著從銀行拿來的那個怪異寶物。

「我覺得現在是在高速公路上了。」蘇菲低語道。

蘭登也覺得是這樣。之前在銀行斜坡車道頂端令人不安地暫停過一會兒之後，這輛貨車重新上路，先左右蛇行了一兩分鐘後，現在似乎已經加到了極速。他們下方的防彈輪胎低鳴著碾過平滑的柏油路。蘭登逼自己把注意力集中在懷裡的那個花梨木盒子，他把包裹放在地上，打開包著的外套，取出盒子，拉近自己。蘇菲也挪動位置跟他並肩而坐。蘭登忽然覺得他們很像兩個湊在一起看聖誕禮物的小孩。

盒子上頭鑲嵌的玫瑰是以白色木頭雕成，或許是光蠟樹材，在昏暗的光線下仍發出清光，和花梨木盒本身的溫暖色調成為對比。玫瑰。多少的軍隊、宗教，和祕密會社，都曾建立在這個符號上。例如玫瑰十字會，玫瑰十字騎士團。

「來吧，」蘇菲說：「打開。」

蘭登深吸一口氣。手伸向蓋子，對那個精巧的木工藝品又不捨地報以讚賞的一眼，然後解開扣環，打開蓋子，展現裡面的內容。

蘭登曾暗自奇想過他們在盒子裡面會發現什麼，但顯然每個都猜錯了。盒子內部厚厚的深紅色絲絨襯墊裡，安然放著一個物件，蘭登根本不曉得那是什麼。

那是一個以磨光的白色大理石製作的圓柱體，約略跟裝網球的球罐一樣大，但不單是一根石柱而已，整個圓柱體以許多零件組合而成。五個甜甜圈大小的大理石圓盤一個疊一個，固定在一個精緻的黃銅框架上。看起來就像某種管狀、裝上好幾個輪子的萬花筒。圓柱體的兩端塞著兩個套子，也是大理石材質，因而無法看見圓柱的內部。由於聽得到裡面有液體，蘭登假設這個圓柱體是中空的。

然而，與這個圓柱體的結構同樣神祕難解的，是環繞整個管狀物上的雕刻，吸引了蘭登主要的注意力。五個圓盤都仔細刻上了同樣的一串字母——英文的二十六個字母，令人難以置信。這個字母圓柱體讓蘭登想到他小時候的一個玩具——上有字母轉盤的棒子，可以旋轉拼出不同的字彙。

「眞了不起，不是嗎？」蘇菲低語道。

蘭登抬眼看她。「不曉得，這什麼玩意兒？」

現在輪到蘇菲的眼睛一閃。「我祖父的嗜好就是做這些工藝品。它們是李奧納多．達文西發明的。」

「達文西？」他喃喃道，再度看著那個圓筒。

「是的，它叫做『藏密筒』（cryptex），根據我祖父的說法，藍圖是出自達文西的一份祕密札記。」

「是用來做什麼的？」

鑑於今夜所發生的一切，蘇菲心知這個答案可能會有一些重要的關聯。「是個保險庫。」她說。「用來儲藏祕密資訊。」

蘭登的眼睛睜得更大。

蘇菲解釋，他祖父最大的嗜好之一，就是爲達文西的發明物製作模型。賈克．索尼耶赫是個有才華的手工藝匠，他會花上無數時間在他的木工兼金屬工坊，樂在其中地模仿多位工藝品大師——如俄國珠寶工藝大師法伯哲、幾位景泰藍工藝家，還有比較不那麼藝術性、但遠遠更具實用性的達文西。

只消對達文西的札記匆匆瞥上一眼就能明白，爲什麼這位奇才素以半途而廢而惡名昭彰，一如他的才智般著稱於世。達文西曾畫過數千張從未建造過的發明物草圖。賈克・索尼耶赫最喜歡的娛樂之一，就是實現達文西那些含糊難解的腦力激盪——計時器、抽水泵浦、藏密筒，甚至還有一具完全以關節相連的中世紀法蘭克人騎士模型，現在就得意地立在他辦公室的書桌上。這個達文西於一四九五年所設計的騎士機器人，是他最早期研究解剖學和肌動學的衍生物，其內部機械結構有精確的關節和肌腱，設計成可以坐直身子、揮動手臂、轉動頭部，還有個符合解剖學原理且可開闔的下巴。蘇菲本來一直相信，這個武裝騎士是他祖父所做過最美麗的物件……直到她看見這個花梨木盒中的藏密筒。

「我小時候，他做過一個這個給我，」蘇菲說：「可是我沒看過這麼精緻又這麼大的。」

蘭登的眼睛始終沒離開那個盒子。「我沒聽過藏密筒這種東西。」

蘇菲並不驚訝。大部分達文西沒有製成的發明物都從未被研究過，甚至沒有命名。藏密筒（cryptex）這個詞可能是她祖父自創的，很適合這個利用密碼術（cryptology）去保護裡面所藏紙卷或手抄本（codex）的裝置。

蘇菲知道，達文西曾是密碼術的先驅，但他的貢獻卻很少受到注意。蘇菲在大學裡的老師介紹一些保護資訊的電腦編碼法時，會讚美一些現代的密碼學家，如發明電子郵件加密軟體PGP的齊默曼和網路資訊安全專家施耐爾，卻不會提到達文西早在數個世紀前便發明了第一個公鑰加密術的基本形式。當然，這些都是蘇菲從祖父那裡得知的。

在這輛行駛於高速公路的防彈卡車上，蘇菲向蘭登解釋，達文西所設計的藏密筒，是要用來解決長途傳遞祕密訊息的兩難困境。在那個沒有電話或電子郵件的年代，任何人想將自己的私密訊息傳送給遠方的另一個人，都只能寫下來，然後把信託付給送信人。不幸地，如果送信人懷疑信中包含了有價值的資訊，那麼他可能會把資訊賣給敵人好賺更多錢，而不會交到收信人手中。

史上許多具有智慧的偉大人物都曾爲了資訊保護的難題而發明密碼術：古羅馬的凱撒設計了一個編碼表「凱撒盒」；十六世紀的蘇格蘭女王瑪麗曾發明一套代換式密碼，從獄中發出祕密公報；九世紀才氣縱橫的阿拉伯科學家金迪，則創意獨具地構思出一套多字母的代換式密碼。

然而，達文西避開了數學和密碼術，找出了一個以機械解決的方法。那就是藏密筒。這個手持的容器可以安全的保護信件、地圖、圖表，任何東西。一旦訊息封存在藏密筒中，只有知道正確密碼的人才能打開。

「我們需要一個通關密碼。」蘇菲指著那些字母轉盤說。「藏密筒的運作方式很像腳踏車的號碼鎖。只要把號碼排出正確的位置，鎖就能打開。這個藏密筒有五個字母轉盤。只要把它們轉到各自正確的順序，裡面的鎖扣就會連起來，整個圓柱體就會彈開。」

「裡面會有什麼？」

「圓柱體彈開後，裡面有個中空的小隔層，可以裝一張紙卷，上面就是要保密的資訊。」

蘭登一臉懷疑。「小時候你祖父曾做過這種玩意兒給你？」

「對，比較小的。有幾次我過生日，他交給我一個藏密筒，告訴我一個謎語。謎語的答案就是藏密筒的密碼，一旦我猜中了，就可以打開來，找到我的生日卡。」

「爲一張生日卡花這麼多工夫？」

「不，那張卡片通常還會有另外一個謎語或線索。我祖父喜歡精心設計一些遍佈全屋的尋寶遊戲，要解決一連串線索，最後才能找到我眞正的禮物。每次尋寶都是一次品格和能力的考驗，以確定我有資格得到獎品。而這些考驗從不會簡單。」

蘭登又看看那個裝置，還是一臉懷疑。「可是幹嘛不硬把它撬開，或摔破呢？上頭的金屬看起來很脆弱，而且大理石是一種比較軟的岩石。」

蘇菲微笑。「因爲達文西太聰明了，防到了這一點。他設計的這個藏密筒，如果硬要把它打開，裡面的資訊就會自動銷毀。你看。」蘇菲伸手從盒子裡拿起那個圓柱體。「裡面所裝的資訊，最早是寫在莎草紙卷上。」

「不是羊皮紙嗎？」

蘇菲搖搖頭。「莎草紙。我知道當時羊皮紙比較耐用也比較普遍，但一定要用莎草紙，愈薄愈好。」

「好。」

「莎草紙放進藏密筒的隔層之前，要先繞在一個小玻璃瓶上。」她輕敲著藏密筒，裡面的液體發出咕嚕的水聲。「瓶裡裝著液體。」

「什麼液體？」

蘇菲微笑。「醋。」

蘭登猶豫了一會兒，然後開始點頭。「聰明。」

醋和莎草紙，蘇菲心想。如果有人硬要打開這個藏密筒，玻璃瓶就會破掉，醋很快就會溶解莎草紙，而那張祕密訊息也就只剩下一團毫無意義的爛紙漿了。

「你可以看得出來，」蘇菲告訴他：「唯一能取得裡面資訊的方法，就是知道正確的五個字母密碼。裡面的五個轉盤，每個上面都有二十六個字母，因此是二十六的五次方。」她很迅速地估計了一下這個數學排列。「可能的密碼總共有將近一千兩百萬個。」

「你說了算。」蘭登說，表情好像是有將近一千兩百萬個問題在他腦中運轉似的。「你想裡面裝的資訊會是什麼？」

「不管是什麼，我祖父顯然非常非常希望能保密。」她頓了一下，蓋上盒蓋，看著上頭鑲嵌的五瓣玫瑰。覺得不太對勁。「你之前是不是說過，玫瑰是聖杯的象徵符號？」

「沒錯。在錫安會的符號體系中，玫瑰就等同於聖杯。」

蘇菲蹙著眉頭。「那就奇怪了，因爲我祖父總告訴我，玫瑰表示守密。每次他有機密的電話要打，不希望我去打擾時，就會在家裡的辦公室門上掛一朵玫瑰。還鼓勵我也照辦。」甜心，她祖父曾說，當我們需要隱私時，與其把對方鎖在外面，不如掛上一朵玫瑰——祕密之花——在我們的門上。這樣我們可以學習尊重並信任對方。掛上一朵玫瑰，是一種古羅馬習俗。

「保密，」蘭登說：「羅馬人在會議上方懸掛一朵玫瑰，表示這個會議具有機密性。出席者都了解，會議中所說的任何事都必須保密（sub rosa）——拉丁文字面的意思，就是玫瑰之下。」

蘭登很快地向蘇菲解釋，錫安會以玫瑰作爲聖杯的象徵符號，並不單是因爲玫瑰有著守密的寓意。玫瑰最古老的品種之一「家玫瑰」（Rosa rugosa）有五片花瓣，且呈正五邊形，就像導航的金星一樣，使得玫瑰在圖像上與女性的概念緊密相連。此外，玫瑰又密切聯繫著「眞正的方向」這個概念以及指引正途。「羅盤玫瑰」協助旅人航行，而地圖上的經線「玫瑰線」也是如此。因此，玫瑰在許多層次上都最能代表聖杯——保密、女性、以及指引方向——通向祕密眞相的女性聖爵和導航星。

蘭登解釋完了，表情卻好像忽然緊張起來。

「羅柏？你還好吧？」

他的眼睛死死盯著那個花梨木盒子。「玫瑰……之下。」他說不出話來，一臉恐懼迷惑。「不會吧。」

「什麼？」

蘭登緩緩抬起眼睛。「在玫瑰的標誌之下。」他低語。「這個藏密筒……我想我知道裡面是什麼了。」

48

蘭登簡直不敢相信自己的揣測，然而，想想把這個石柱給了他們的是誰，又是如何給他們的，加上現在木盒上嵌著一朵玫瑰，蘭登只能推出一個結論。

我拿到了錫安會的拱心石。

那個傳說確有其事。

拱心石是一塊有密碼的石頭，位於玫瑰的標記之下。

「羅柏？」蘇菲正看著他。「怎麼了？」

蘭登需要一點時間理清思緒。「你祖父有沒有跟你提過la clef de voûte這個東西？」

「保險庫的鑰匙（The key to the vault）？」蘇菲翻譯著。

「不，那只是字面上的翻譯。la clef de voûte是一個常見的建築辭彙。voûte指的不是保險庫，而是拱門上的那個拱。就像一般講拱頂（vaulted ceiling）的拱。」

「但是拱頂不會有鑰匙（key）啊。」

「其實有。每一個拱門或拱道的中心，都需要一塊楔形的石頭，好把其他石頭扣在一起，並承受所有的重量。以建築的概念來說，這塊石頭是拱的關鍵（key）。英語中便稱之爲『拱心石』（keystone）。」蘭登望著蘇菲，看她會不會因爲聽過這個英語名詞而眼睛一亮。

蘇菲聳聳肩，垂下眼睛看著那個藏密筒。「可是這顯然不是一塊拱心石嘛。」

蘭登不知道該從何說起。拱心石這種建造石拱門的石匠技法，曾是早期石匠組織「共濟會」的最高機密之一。造拱技術最高級、建築、拱心石，這三者彼此密切相關。如何使用楔形的拱心石去建造拱門或拱道，這項祕密知識是讓共濟會石匠們如此富有的專業學問之一，也是他們曾小心守護的祕密。不過，這個花梨木盒中的石頭圓柱體，顯然是完全不同的東西。錫安會的拱心石——如果的確是他們手上的這個——跟蘭登之前的想像完全不同。

「錫安會的拱心石不是我的研究專長。」蘭登承認。「我對聖杯的興趣主要是符號學方面，所以往往會忽略很多關於尋找聖杯的知識。」

蘇菲皺起眉頭。「尋找聖杯？」

蘭登不安地點點頭，接下來的話他字斟句酌。「蘇菲，根據有關錫安會的說法，拱心石是一張經過編碼的地圖……上面顯示了聖杯的隱藏地點。」

蘇菲一臉茫然。「你覺得這就是那張地圖？」

蘭登不知道該怎麼說。他自己聽起來都覺得難以相信，但拱心石是他唯一能得出的合理結論。一塊有密碼的石頭，位於玫瑰的標記之下。

藏密筒是由前任錫安會盟主達文西所設計，這想法成了另一個誘人的指標，讓人覺得這的確是那個盟會的拱心石。前任盟主的草圖……幾世紀後由另一位錫安會員實現。其中的連結明顯得讓人無法忽視。

過去十年，許多歷史學家曾在法國各地的教堂尋找這塊拱心石。聖杯尋找者由於熟悉錫安會神祕雙關語的歷史，便斷定la clef de voûte確實是一塊建築上的拱心石，上面刻著編過的密碼，嵌在某個教堂的拱門上頭。位於玫瑰的標記之下。而建築物上頭也絕對不缺玫瑰。玫瑰花窗、玫瑰花飾浮雕，當然，還有大量的五瓣花飾，常出現在拱門頂端，亦即拱心石正上方。拱心石的隱藏地點似乎簡單得離奇。原來聖杯的地圖就嵌在某個被遺忘的教堂的一道拱門上，嘲笑著底下常來做禮拜的信徒有多麼盲目。

「這個藏密筒不可能是那塊拱心石。」蘇菲反駁道。「它不夠老舊。我很確定這個藏密筒是我祖父做的。它不可能是任何古代聖杯傳說的一部分。」

「事實上，」蘭登回答，覺得有股激動逐漸傳遍全身，「一般相信，這塊拱心石是錫安會在過去二十年間製作的。」

蘇菲的眼睛閃現著疑惑。「但如果這個藏密筒裡有聖杯的隱藏地點，爲什麼我祖父要交給我？我根本不知道該怎麼打開它，也不知道要用來做什麼。我連聖杯是什麼都不曉得！」

蘭登驚異地明白到，她沒說錯。他還沒有機會跟蘇菲解釋聖杯的眞正本質，還不是時候。現在，他們的注意力集中在這個拱心石上。

如果這真是……

在下方傳來的防彈車輪嗡嗡聲中，蘭登向蘇菲簡短解釋他所曾聽說有關那塊拱心石的一切。據說，好幾個世紀以來，錫安會最大的祕密——聖杯的所在地——從未以文字記載。爲了安全起見，只會在一個祕密儀式上口頭傳給每個剛晉升的大長老。然而，在過去一個世紀，開始有耳語傳出，說錫安會的政策改變了。或許是因爲顧慮到新的電子竊聽技術，錫安會發誓，絕不再說出那個神聖藏寶地的所在位置。

「可是這麼一來，他們要怎麼把祕密傳下去？」蘇菲問。

「這就是那塊拱心石的由來。」蘭登解釋。「如果四個最高階的會員之一過世，其他三個人就會從較低階的會員中挑選一個人晉升爲大長老。他們不會告訴這位新任大長老聖杯藏在哪裡，而是給他一個測試，讓他證明自己值得託付。」

蘇菲聽了表情不安，蘭登忽然想起她提到過她祖父習慣爲她設計尋寶遊戲——那是一種能力的證明。無可否認，那塊拱心石有相同的概念。然而，這類的考驗在祕密會社中極爲普遍，最有名的就是共濟會其會員必須歷經多年，證明自己可以守密、執行儀式、且通過其他各式各樣的能力考驗，才能升上更高的等級。等級愈高，這些考驗便愈困難，直到他們晉升到最高層，參加一個成功候選人的儀式，成爲第三十二級石匠。（譯註：共濟會〔Freemasonry〕，字面意爲「自由石匠」，一般認爲最早乃源起於中世紀英格蘭和蘇格蘭的石匠公會，至今其種種儀式與象徵仍保有石匠傳統色彩。各地分會獨立運作，成員主要分爲學徒、師兄弟和師傅三大階級，階級中又以數字細分等級，等級的數目因分會而異。現會員據估計約有五百萬人，被認爲是全世界最大的祕密組織，台灣的共濟會組織稱爲「中國美生總會」。）

「所以那塊拱心石是一種能力的證明？」蘇菲說。「如果一個即將晉升的大長老可以打開它，就證明了自己有資格知道拱心石中的訊息。」

蘭登點點頭。「我忘了你有過這類的經驗了。」

「不單是從祖父那邊。在密碼學裡，這稱之爲『自我授權表意』，意思就是，如果你夠聰明能讀懂一份密碼，就表示你有資格知道裡面的內容。」

蘭登猶豫了一會兒。「蘇菲，你應該明白，如果這眞是那塊拱心石，那麼你祖父手上有這東西，就暗示他在錫安會裡面的權力很大，一定是四個最高階的會員之一。」

蘇菲嘆了口氣。「他在某個祕密會社中的權力很大，這點我是確定的。現在我只能假設，那個會社就是錫安會。」

蘭登恍然大悟。「原來你早就知道他參加了一個祕密會社？」

「十年前，我看到了一些我不該看到的事情。此後我們沒再說過話。」她頓了一下。「我祖父不單是那個團體的高階會員而已……我相信他是最高階的會員。」

蘭登簡直不敢相信這番話。「盟主？可是……你不可能知道這件事呀！」

「我寧可不談這件事。」蘇菲轉開眼光，她的表情痛苦而堅定。

蘭登沉默地愣坐著。賈克・索尼耶赫是錫安會盟主？儘管這個消息眞是驚人，但蘭登有種怪異的感覺，這麼一來，簡直再合理不過了。畢竟，很多前任的錫安會盟主也同樣是有藝術鑑賞力的知名公眾人物。二十幾年前，巴黎的國家圖書館發現了一批現稱為《祕密檔案》的文獻，證明了這個事實。

每個研究錫安會的歷史學家和聖杯迷都看過《祕密檔案》，其藏書目錄索引碼是四‧一‧二四九，這份檔案由許多專家鑑定過，證實了歷史學家長期以來的猜疑沒有錯：錫安會盟主包括了李奧納多‧達文西、波提且利、艾薩克‧牛頓爵士、維克多‧雨果，以及比較近代的知名巴黎藝術家尚‧考克多。

賈克‧索尼耶赫，有何不可？

但蘭登想到他今晚本來預定要跟索尼耶赫見面，更覺得難以相信了。錫安會的盟主要求跟我見面。為什麼？要跟我聊聊藝術？忽然間似乎很不可能。畢竟，如果蘭登的直覺是對的，那麼就表示，這位錫安會的盟主才剛把他們兄弟會的傳奇拱心石傳給了孫女，還命令她去找羅柏‧蘭登。

太沒道理了嘛！

蘭登想破頭也想不出該怎麼解釋索尼耶赫的行為。就算索尼耶赫擔心自己死掉，還有其他三位長老也同樣知道這個祕密，可以確保錫安會的安全措施無虞。索尼耶赫為什麼要冒那麼大的險，把拱心石交給他的孫女，尤其是他們兩個已經多年不來往了呢？另外，又為什麼要把蘭登這個完全陌生的人扯進來？

這個拼圖少了一片，蘭登心想。

這些問題的答案顯然得等一等了。引擎減速的聲音讓他們兩人抬起頭來。貨車輪胎正碾過碎石。他怎麼現在就要停車了呢？蘭登好奇著。維賀內告訴過他們，他會載他們遠離市區，到安全的地方。貨車的速度慢了下來，意外地開過一段崎嶇地帶。蘇菲不安地看了蘭登一眼，趕緊關上那個藏密筒的盒子鎖好。蘭登匆匆穿上他的外套。

貨車停了下來，引擎仍空轉著，後門的鎖被打開了。門開啓時，蘭登驚訝地看到他們停在一個樹林地帶，離馬路很遠。維賀內出現了，眼神很緊張。他的手上拿著一把手槍。

「很抱歉，」他說：「我實在沒有其他選擇了。」

49

安德烈・維賀內拿著手槍的樣子看起來很笨拙，但他堅定的眼神讓蘭登覺得最好不要輕舉妄動。

「恐怕我必須堅持。」維賀內說，把手中的武器瞄準了後車廂的兩個人。「放下那個盒子。」

蘇菲把胸前的盒子抱緊。「你說過你和我祖父是朋友。」

「我有責任保護你祖父的資產。」維賀內回答。「我現在就正在盡我的責任。把那個盒子放到地板上。」

「我祖父把這個東西託付給我了！」蘇菲喊道。

「快點。」維賀內命令道，舉起槍。

蘇菲把盒子放在腳邊。

蘭登看著槍管現在轉過來指向他。

「蘭登先生，」維賀內說：「你把盒子拿過來給我。請注意，我要你拿過來，是因爲我朝你開槍可不會猶豫。」

蘭登不敢置信地看著那位銀行家。「你爲什麼要這麼做？」

「還能有什麼原因？」維賀內斷然道，他用一口法國腔英語簡短地說：「爲了保護客戶的資產。」

「現在我們才是你的客戶呀。」蘇菲說。

維賀內臉上的表情忽然有了奇怪的轉變，變得冷酷無比。「納佛小姐，我不知道你今晚是怎麼拿到那把鑰匙和帳號的，但很明顯中間牽涉到不法行動。要是我早知道你們的其他罪行，就絕對不會幫你們離開銀行。」

「我告訴過你，」蘇菲說：「我祖父的死跟我們無關。」

維賀內盯著蘭登。「可是收音機裡面說，你們被通緝不光是因謀殺賈克・索尼耶赫，還有其他三個人？」

「什麼？」蘭登嚇呆了。還有三個人被謀殺？這個巧合的數字遠比身為主嫌犯的事實更令他震驚。似乎不太可能是巧合。是那三位長老嗎？蘭登往下看著那個花梨木盒。如果三名長老都被謀殺了，那麼索尼耶赫就別無選擇。必須把拱心石交給某個人。

「等我把你們交出去，警方自然會查清楚。」維賀內說。「我已經讓我們銀行介入太深了。」

蘇菲氣憤地瞪著維賀內。「你顯然不打算把我們交出去。不然你會把我們載回銀行，而不是把我們帶來這裡，用槍指著我們。」

「你祖父雇用我是爲了一個原因——要保障他所有物的安全和隱祕。不管這個盒子裡面裝的是什麼，我都不打算讓它在警方偵查時成爲一件列入檔案的證物。蘭登先生，把那個盒子拿過來。」

蘇菲搖搖頭。「別理他。」

一聲槍響，子彈射中他們上方的車廂板。彈殼掉在貨車廂地板上，整個車身也震動不止。

狗屎！蘭登全身僵住了。

現在維賀內講話更有信心了。「蘭登先生，拿起那個盒子。」

蘭登拿了起來。

「現在拿過來給我。」這會兒維賀內站在車子的後保險桿後頭，槍伸進了貨車廂裡，結實瞄準了蘭登。

蘭登手上拿著盒子，走向開著的後門。

我得做點什麼！蘭登心想。我就要交出錫安會的拱心石了！蘭登向車門走去，發現自己所處的位置顯然比較高，便開始想著有什麼辦法可以利用這個優勢。或許一腳踢中他的要害？不幸地，維賀內看著蘭登逐步靠近，似乎也發現了兩人相互位置的危險性，遂往後退了幾步，站在六呎之外。遠得讓蘭登踢不到。

維賀內命令：「把盒子放在門邊。」

蘭登別無選擇，只好跪下身子，把那個花梨木盒放在貨艙的角落，就在開著的門檻邊。

「現在站起來。」

蘭登開始直起身子，卻停了一下，看到那個小小的彈殼就掉在精密打造的貨車門檻旁邊。

「站起來，離那個盒子遠一點。」

蘭登又停了一下，看著那個金屬門框。然後他慢慢站起來，同時偷偷把那個彈殼掃出去，讓它掉到下門框一道突出去的狹窄架子上。然後他站直，開始往後退。

「回到車廂靠裡的牆邊，轉過去。」

蘭登照辦。

維賀內感覺得到自己的心臟怦怦跳。他右手拿著槍瞄準，然後伸出左手去拿那個木盒。他發現盒子實在太重了。我得用兩隻手。他眼光看著兩名俘虜，計算著其中風險。兩人都在貨車廂的最裡頭，離他至少有十五呎，而且都背朝著他。維賀內決定了。他迅速地把槍放在保險桿上，雙手拿起盒子放在地上，立刻又回頭抓起槍瞄準貨車廂內部。裡頭兩個人都沒動。

完美極了。接下來只要關上門鎖好就行了。他讓木盒留在地上，抓住金屬車門，開始往裡關。門甩過眼前之後，維賀內伸手打算去抓唯一的門閂，準備栓上。車門轟然關上，維賀內迅速抓住門栓往左拉。門栓往左滑了幾吋，忽然嘎吱著停了下來，沒法對準栓套。怎麼回事？維賀內再拉一次，門就是鎖不上，兩邊就是沒法對齊。門沒有完全關好！維賀內一陣慌張，用力往內猛推，但門就是一動也不動。有東西卡住了！維賀內轉身用肩膀頂著門，但這回門忽然往外轟開，打中維賀內的臉，他踉蹌往後跌在地上，被打斷的鼻子疼得要命。維賀內丟開槍，伸手摸臉，感覺到溫暖的血從他鼻子流出來。

羅柏・蘭登跳到附近的地上，維賀內掙扎著想站起來，卻看不見。他眼前一片模糊，再度往後倒。蘇菲・納佛正在大叫。過了一會兒，維賀內感覺到一陣沙塵和廢氣滾滾罩住他。他聽到輪胎碾著碎石地的聲音，坐起身子，剛好看到貨車因爲雙輪間的軸距太寬，轉彎轉不過去。砰地一聲，前保險桿擦到一棵樹。引擎怒吼著，樹被扯彎了。最後，保險桿支持不住，被扯了一半下來。那輛防彈車拖著前保險桿，搖搖晃晃地開走。當貨車來到馬路邊緣開上公路時，一陣火花照亮夜晚，飄散在疾馳而去的貨車後頭。

維賀內把眼光轉回剛剛貨車停過的地方。即使在昏暗的月光下，他也看得到地上什麼都沒有。那個木盒子不見了。

50

那輛沒有標誌的飛雅特汽車離開岡道夫堡，向下蜿蜒穿過阿爾班山區，來到下方的谷地。坐在後座的艾林葛若薩微笑了，他感覺著公事包裡不記名債券在他膝上的重量，很想知道要過多久才能和「老師」交易。

兩千萬歐元。

這個金額將爲艾林葛若薩買來遠遠物超所値的權勢。

車子往羅馬奔馳，艾林葛若薩再次納悶著「老師」爲什麼還沒跟他連絡。他從教士袍口袋掏出手機，檢查上面的載波訊號，結果非常微弱。

「手機在這裡常常收不到訊號。」司機說，看了後照鏡一眼。「再過五分鐘，我們出了山區，通訊狀況就會有改善了。」

「謝謝。」艾林葛若薩忽然一陣憂慮。山區沒辦法收訊？或許「老師」正試著連絡他。或許大事已經不妙了。

艾林葛若薩趕緊檢查了語音信箱。沒有留言。然後他想到，「老師」絕對不會留下錄音的留言；他是個在通訊上極度小心的人。沒有人比「老師」更明白在這個現代世界公開談話的危險。他之所以能收集到數量驚人的祕密訊息，電子竊聽就扮演了主要的角色。

基於這個原因，他特別小心。

不幸地，「老師」警戒的預定計畫中，也包括了拒絕給艾林葛若薩任何連絡的電話號碼。只能由我跟你聯繫，「老師」告訴他。所以你的電話線要保持暢通。現在艾林葛若薩知道他的電話可能並未正常運作，便擔心著「老師」若是一再打電話卻沒人接，不曉得會怎麼想。

他會以為出了什麼差錯了。

或以為我沒能拿到那些債券。

主教身上微微冒汗。

或更糟……他以為我拿了錢跑掉了！

51

儘管時速只有六十公里，但那輛防彈貨車前頭晃來晃去的保險桿，仍嘎嘎摩擦著空蕩的郊區道路，發出巨大的聲響，還往上朝車蓋噴著火花。

我們得停下來，蘭登心想。

他根本連前頭的方向都看不太清。貨車前方只剩一盞車頭燈還會亮，卻已經撞歪了，斜斜的燈光打橫地照向鄉間高速公路旁的樹林。顯然這輛「防彈貨車」的防彈只限於貨車廂，而非前車廂。

蘇菲坐在乘客座，茫然地看著膝上那個花梨木盒子。

「你還好吧？」蘭登問。

蘇菲看起來很震驚。「你相信他的話嗎？」

「你指的是其他三椿謀殺？當然相信。這解開了很多問題——包括你祖父為什麼拚命要把拱心石傳給你，還有法舍為什麼追我追得那麼緊。」

「不，我指的是維賀內說他想保護他的銀行。」

蘭登瞥了她一眼。「不然還會是怎樣？」

「他想自己拿走拱心石。」

蘭登根本不考慮這個可能性。「他怎麼會曉得這盒子裡面裝了什麼？」

「東西存在他的銀行。他又認識我祖父。或許他知道一些事。他可能自己想要拿到聖杯。」

蘭登搖搖頭。維賀內不太像那種人。「以我的經驗，尋找聖杯的人只有兩種。要嘛就是很天真，相信自己正在尋找失落已久的基督之杯……。」

「另一種呢？」

「要嘛就是知道眞相，因此受到威脅。歷史上有很多團體都曾想要設法摧毀聖杯。」

兩人之間的沉默使得保險桿的摩擦聲更形明顯。這會兒他們已經開了幾公里了，蘭登看著前頭像個小瀑布似落下的火花，很擔心會不會有危險。即使沒有危險，如果有別的車經過，也一定會引起注意。蘭登下定決心。

「我來看看能不能把保險桿給扳直。」

他把車開到路肩停下。

終於安靜了。

蘭登走向貨車前方，異常警戒。今晚兩度被槍指著，讓他精神爲之一振。他深深吸了口夜晚的空氣，想讓自己腦袋清醒些。除了被追捕的壓力，蘭登也開始感覺到另一種沉重的責任，因爲他和蘇菲手上所握著的這個編碼過的裝置，很可能就是解開史上最古老祕密之一的關鍵。

但就好像這個負擔還不夠沉重似的，蘭登現在明白到，任何想把拱心石歸還給錫安會的可能性也都在剛才消失了。另外三宗謀殺案的消息有著可怕的暗示。錫安會被滲透了。他們被出賣了。這個兄弟會顯然已經被監視了，或者裡面出了內奸。這似乎說明了索尼耶赫爲什麼要把拱心石交給蘇菲和蘭登——他們是外頭的人，而且他知道他們不會被收買。我們無法安心把拱心石還給錫安會。即使蘭登能設法找到一個會員，也很可能這個接手拱心石的人就是錫安會的敵人。眼前，至少拱心石是在蘇菲和蘭登手上，不管他們想不想要。

貨車前端看起來比蘭登之前想像的要糟。左邊車頭燈沒了，右邊的看起來像個從眼窩裡懸吊出來的眼球。蘭登把燈塞回去，它又彈了出來。唯一的好消息是前保險桿已經整個快被扯掉了。蘭登用力踢了一下，覺得應該可以整個給踢掉。

他重複踢著那條扭曲的金屬，回想起稍早和蘇菲的對話。我祖父在我的電話裡留言，蘇菲曾告訴他。他說他必須告訴我有關我家人的真相。當時聽起來似乎沒有什麼特別意義，但現在，蘭登知道事關錫安會之後，忽然覺得出現了一個驚人的新可能。

前保險桿忽然轟然落下。蘭登停了一下喘過氣來。至少這輛卡車看起來不會像是國慶日煙火了。他抓起那支保險桿，拖進路邊樹林裡，想著接下來該去哪兒。他們不知道該怎麼打開那個藏密筒，或索尼耶赫爲什麼給了他們。不幸的是，他們今晚能否安然度過，似乎得看他們能否找到這些問題的答案。

我們需要幫助，蘭登判定。專業的幫助。

在聖杯和錫安會的領域中，夠資格的只有一個人。當然，問題在於得說服蘇菲。

蘇菲坐在防彈貨車裡，等著蘭登回來，她可以感覺到那個花梨木盒在她膝上的重量，覺得好恨。祖父為什麼要把這個給我？她完全不曉得該拿這個盒子怎麼辦。

快想，蘇菲！用用你的腦袋。祖父正試著要告訴你什麼事情！

她打開盒子，看著藏密筒的轉盤。能力的證明。她可以感覺到祖父的手在工作。拱心石是一張地圖，有資格的人才看得到。這正是她祖父會說的話。

她把藏密筒從盒中取出，手指轉著那些轉盤。五個字母。她一個個旋轉著。那些機械裝置運行得很順暢。她轉著那些圓盤，好讓她選擇的字母在圓柱體兩端的黃銅箭頭記號間對齊。現在轉盤拼出的五個字母，蘇菲知道這個字彙太明顯了。

G－R－A－I－L。（聖杯）

她輕握住圓柱體的兩端開始拉，緩緩施加壓力。藏密筒完全沒動。她聽到裡面的醋發出咕嚕聲，停下手。然後再試另一次。

V－I－N－C－I。（文西）

再一次，還是沒動靜。

V－O－U－T－E。（拱）

沒用。藏密筒還是牢牢鎖著。

她蹙著眉頭，把它放回花梨木盒子中，闔上蓋子。往外看著蘭登，蘇菲很高興今夜有他陪伴。P.S.去找羅柏·蘭登。他祖父要她去找蘭登的本意現在很清楚了。她沒有相關知識去了解祖父的意圖，因此他派羅柏·蘭登當她的嚮導。一個監督她學習的私人教師。不幸的蘭登，結果他今夜遠遠不只是家教而已，還成了伯居·法舍和某些想奪取聖杯的隱形勢力的靶子。

不管聖杯到底會是什麼。

蘇菲不曉得，聖杯的眞相，是否值得自己拿性命當賭注。

防彈貨車重新上路，蘭登很高興開起來順暢多了。「你知道往凡爾賽宮該怎麼走嗎？」

蘇菲看著他。「要去觀光？」

「不，我有個計畫。我認識一個宗教歷史學家，就住在凡爾賽宮附近。我想不起確實的位置，不過我們可以找找。我去過他那裡幾次。他名叫李伊·提賓，曾是英國王室歷史學家。」

「他住在巴黎？」

「提賓這輩子最迷的就是聖杯。約十五年前，有關錫安會這塊拱心石的傳言出現時，他就搬到法國來，四處尋找教堂，希望能發現拱心石。他寫過幾本談拱心石和聖杯的書。他應該可以幫助我們想出如何打開它，又該拿它做什麼。」

蘇菲雙眼機警。「我們能相信他嗎？」

「相信他什麼？不會偷走這份訊息嗎？」

「而且不會把我們交給警方。」

「我不打算把警方通緝我們的事情告訴他。我希望他先接待我們一陣子，直到我們把事情理出頭緒再說。」

「羅柏，你有沒有想過，全法國所有的電視可能都正要播放我們的照片？伯居・法舍一向利用媒體作爲他的優勢。他會讓我們走到哪裡都不可能不被認出來。」

好極了，蘭登心想。*我在法國第一次上電視，頭銜就是「巴黎頭號通緝要犯」*。至少他的編輯瓊納斯・佛克曼會很高興；每回蘭登鬧新聞，他的書銷售量就會大增。

「你跟這個人熟到算朋友嗎？」蘇菲問。

蘭登不太相信提賓是那種會看電視的人，尤其是這個時間，不過蘇菲提出的問題值得好好思考。直覺告訴蘭登，提賓完全可以信賴，他家是個理想的避風港。鑑於眼前的情況，提賓很可能會在所不辭，設法幫他們。不單是因爲他欠蘭登一個人情，也因爲提賓是個聖杯研究者，何況蘇菲宣稱她祖父其實是錫安會的盟主。如果提賓聽到這個，一定求之不得，巴不得要幫他們解決問題。

「提賓會是個堅強的盟友，」蘭登說。*就看你願意告訴他多少。*

「法舍或許會提供懸賞。」

蘭登笑了。「相信我，這傢伙最不缺的就是錢。」李伊・提賓是有錢到可以買個小國家的。身爲不列顛的蘭開斯特第一公爵的後裔，提賓的錢是以最老式的方法得到的——繼承。他在巴黎近郊的產業是一座十七世紀的宮殿，裡頭還有兩個私人湖泊。

蘭登第一次見到提賓，是數年前透過英國廣播公司（ＢＢＣ）。提賓向ＢＢＣ提出一個歷史紀錄片的企畫案，片中將對主流電視觀眾揭露聖杯的探索史。ＢＢＣ的製作人很喜歡提賓有趣的提案、他的研究，還有他的成就，卻擔心這個觀點太驚人而難以被觀眾接受，以致損及該公司新聞品質的聲譽。為了排除對報導可信度的憂慮，ＢＢＣ在提賓的建議下，找了幾位國際上地位崇高的歷史學者訪問，剪成三段精采短片，結果每個學者都以各自的研究，證明了聖杯祕密的驚人本質。

蘭登就是被選中的學者之一。

ＢＢＣ請蘭登飛到提賓位於巴黎的宅邸拍攝短片。他坐在提賓豪華會客室的攝影機前，跟觀眾分享他的故事，承認初次聽到另一個聖杯故事的版本時也很懷疑，然後描述自己歷經多年的研究後，如何因此相信那個故事是眞的。最後，蘭登提供他自己的一些研究——一連串符號學上的關聯，強而有力地支持那個看似頗有爭議性的說法。

那個節目在英國播放時，且不管影片本身的總體成果和資料完備的證據，光是推論的前提就太過刺激一般基督徒大眾的想法，因而立刻面臨了猛烈的敵意。那個節目從沒在美國播出，但其迴響卻遠跨大西洋。過了沒多久，蘭登接到了一張明信片，寄自一名老友——費城天主教會主教。明信片上只簡單用法文寫著：你也跟那些人一夥嗎，羅柏？

「羅柏，」蘇菲問：「你確定我們可以信得過這個人嗎？」

「絕對沒問題。我們是同行，他不需要錢，而且我剛好知道他很鄙視法國當局。法國政府因為他買了一棟歷史地標而課了他一筆高得離譜的稅。他才不會急著跟法舍合作呢。」

蘇菲瞪著外頭黑暗的公路。「如果我們去找他，你打算告訴他多少？」

蘭登的表情並不擔心這點。「相信我，李伊・提賓比全世界任何人都了解錫安會和聖杯。」

蘇菲看著他。「比我祖父還了解嗎？」

「我是說比任何錫安會之外的人都要了解。」

「你怎麼知道提賓不是錫安會的會員呢？」

「提賓花了一輩子努力宣傳聖杯的眞相。但錫安會的誓詞就是要守著這個祕密。」

「聽起來好像跟我們有利益衝突。」

蘭登明白她的擔憂。索尼耶赫把藏密筒直接給了蘇菲，雖然她不明白裡面裝著什麼，或該用來作什麼，但她很猶豫要不要讓一個完全陌生的人介入。考慮到裡面可能會有的資訊，她的直覺可能沒錯。「我們不必馬上把有關拱心石的事情告訴提賓。或根本完全都不必提。他的房子可以讓我們暫時避一下好好思考，或許等我們跟他提起聖杯，你會慢慢開始明白爲什麼你祖父要把這個拱心石交給你。」

「是交給我們。」蘇菲提醒他。

蘭登覺得有點小小的虛榮，卻仍不解索尼耶赫爲什麼要他也參與其中。

「你知道提賓先生大概住在哪一帶嗎？」蘇菲問。

「他那塊產業叫做威雷特堡。」

蘇菲不敢置信地轉頭看他。「那個威雷特堡？」

「沒錯。」

「好闊的朋友。」

「你知道那個地方？」

「以前曾經路過。位於城堡區，離這裡二十分鐘。」

蘭登皺起眉頭。「那麼遠啊？」

「對，這樣就給你足夠的時間，好告訴我聖杯到底是什麼。」

蘭登頓了一下。「到提賓家再告訴你吧。我們專長的領域不一樣，所以從我們兩個人的說法間，你可以得到完整的故事。」蘭登微笑。「此外，聖杯就是提賓的命，聽李伊‧提賓講聖杯的故事，就好像是聽愛因斯坦本人講相對論。」

「那我們就祈禱李伊不介意半夜來訪的客人吧。」

「正確的稱呼應該是李伊爵士。」這個錯蘭登只犯過一次。「提賓很有個性，幾年前他完成了一份約克王朝的詳盡歷史整理後，被英國女王授予騎士爵位。」

蘇菲盯著他。「你是開玩笑的，對吧？我們要去拜訪一位騎士？」

蘭登尷尬地笑了。「蘇菲，我們正在尋找聖杯。誰能比一名騎士更適合幫助我們呢？」

52

佔地一百八十五英畝的威雷特堡，位於巴黎市區西北方二十五分鐘車程處，就在凡爾賽宮附近。由法國古典建築大師法杭斯瓦・芒薩特於一六六八年爲奧福雷伯爵所設計，乃巴黎最具有歷史性的別墅之一。別墅中有知名景觀設計師勒諾特所設計的兩個長方形湖泊和眾多花園，像個小型城堡，而不只是宅邸而已。由於深受人們喜愛，而有「小凡爾賽宮」的暱稱。

蘭登的防彈貨車抽搐著在一哩長的車道起點停了下來。隔著巨大的保全柵門，李伊・提賓爵士的住宅在遠處的草坪間昂然聳立。門口的牌子是英文的：私人產業，非請莫入。

就好像宣告他的家自身就是個不列顛島，提賓不但門口掛的牌子寫著英文，還把門口的對講機裝在右邊——這一邊在全歐洲都靠著乘客座，只有英國除外。

蘇菲奇怪地看了那個裝錯邊的對講機一眼。「如果有人沒有乘客呢？」

「別問了。」蘭登自己已經問過提賓這個問題。「他比較喜歡一切都照著家鄉的樣子。」

蘇菲搖下車窗。「羅柏，最好由你來講。」

蘭登挪了下位置，橫過蘇菲湊過去，按了對講機的鈕。此時蘇菲身上的香水味溢滿鼻腔，他才明白兩人靠得有多近。他等著，尷尬地俯靠在那裡，對講機裡開始傳來電話鈴聲。

終於，對講機發出爆擦的雜音，一個不悅的法國腔開始講話。「威雷特堡，請問是哪位？」

「我是羅柏・蘭登。」蘭登喊著，橫越在蘇菲的膝上。「我是李伊・提賓爵士的朋友。我要找他幫忙。」

「我的主人已經睡了。我也睡了。你找他有什麼貴事嗎？」

「是私事。他很有興趣的事情。」

「那麼我相信他很樂意明天早上接待你們。」

蘭登換另一隻腳支撐身體的重量。「這事情非常重要。」

「李伊爵士的睡眠也很重要。如果你是他的朋友，就一定曉得他的身體不好。」

李伊・提賓爵士從小就罹患小兒痲痺症，現在腳上裝著撐架，走路時得架著兩支T形拐杖，不過蘭登上回來拜訪時，發現他生氣勃勃，日子過得有聲有色，實在不太像個虛弱的病人。「拜託一下，請告訴他我發現了有關聖杯的新消息。不能等到明天早上。」

然後是一陣長長的停頓。

最後，有個人說：「我的好友，我敢說你還在過哈佛標準時間。」聲音爽朗而輕快。

蘭登咧嘴笑了，認出了那個濃厚的英國腔。「李伊，很抱歉在這個討人厭的時間吵醒你。」

「我的僕人說你不但在巴黎，而且還提到聖杯。」

「我想這應該能讓你下床才對。」

「果然如此。」

「你能為一位老友打開大門嗎？」

「尋求眞理的人不只是朋友，而是兄弟。」

蘭登朝蘇菲轉轉眼珠，很習慣提賓特別偏愛這類誇張的滑稽言行。

「當然我會打開大門，」提賓宣佈：「但首先我得確定你的心是否眞誠。給你一個考驗。你得回答三個問題。」

蘭登哀號起來，低聲跟蘇菲說。「耐心等一會兒吧。我剛剛說過，他很有個性的。」

「第一個問題。」提賓宣佈，聲調響亮。「我該給你咖啡，還是茶？」

蘭登知道提賓對美國人愛喝咖啡的觀感。「茶，」他回答：「伯爵茶。」

「好極了。你的第二個問題，要加糖或牛奶？」

蘭登猶豫著。

「牛奶。」蘇菲在他耳邊低語。「我想英國人會選牛奶。」

「牛奶。」蘭登說。

一片沉默。

「糖？」

提賓沒有回應。

慢著！蘭登現在想到了上回來訪時那個苦苦的飲料，明白了這個問題中有陷阱。「檸檬！」他宣佈。「伯爵茶加檸檬！」

「的確。」提賓的聲音現在聽起來很樂。「最後，我必須問一個最嚴肅的問題。」提賓頓了一下，然後以鄭重的口吻說：「上回哈佛划船隊在韓利划船賽中打敗牛津隊，是在哪一年？」

蘭登不知道，但他可以想像他會問這個問題只有一個原因。「這種可笑的事情當然從來沒有發生過。」

大門喀答一聲開啓。「你的心是眞誠的，我的朋友。你可以進來了。」

53

「維賀內先生！」蘇黎世託存銀行的夜間經理在電話裡聽到銀行總裁的聲音，不禁鬆了口氣。「長官，你去哪兒了？警察在這裡，每個人都在等你！」

「我有一點點小麻煩，」銀行總裁說，聽起來很煩惱。「我需要你立刻協助我。」

你的麻煩不只一點點，經理心想。警方已經全面包圍了銀行，還威脅說刑事局隊長將親自帶著銀行要求的搜索令前來。「我要怎麼協助你，長官？」

「防彈貨車三號，我得找到它。」

夜間經理困惑地檢查了他手上的發車排班表。「車子在銀行裡。停在樓下的貨車場。」

「事實上，沒有。那輛貨車被兩個警方正在追捕的人偷走了。」

「什麼？他們是怎麼把車子開走的？」

「我沒法在電話裡談細節，但現在的情況可能會對銀行造成很大的傷害。」

「長官，你要我怎麼做？」

「我要你把卡車上的緊急衛星收發器打開。」

夜間經理兩眼望向房間那頭的路捷牌汽車追蹤器控制盤。銀行裡面的貨車就像許多防彈車一樣，都裝有無線電的追蹤裝置，可以從銀行這邊遙控打開。這位經理只用過一次緊急系統，是碰到有人劫車，那回運作得毫無瑕疵——找到了卡車的位置，並自動將坐標傳送給警方。可是今夜，這位經理有個印象，總裁希望行事更謹慎一點。「長官，你知道如果我們啓動了路捷系統，衛星收發器就會把消息傳送給警方，我們就會惹上麻煩了。」

維賀內沉默了幾秒鐘。「是的，我知道。還是去做吧。第三號貨車。我在電話上等，等你一找到那輛貨車的確實地點，馬上告訴我。」

「我立刻去辦，長官。」

三十秒後，四十公里之外，那輛防彈貨車的汽車底盤下頭，一個小小的衛星收發器開始閃爍。

54

蘭登和蘇菲開著那輛防彈貨車，進入往宅邸的迂迴車道，兩旁楊樹夾道，蘇菲幾乎感覺得到自己的肌肉開始放鬆。能離開馬路眞是個解脫，而且她也想不出比這裡更適合他們藏身的地方，這個莊園隱祕、大門深鎖，且是由一名和善的外國人所擁有。

他們轉進了大圓弧形車道，右邊的威雷特堡映入眼簾。這幢建築物有三層樓高，且最少有六十公尺長，灰石牆面被聚光燈照得閃閃發光。粗糙的建築外觀，與如詩如畫的地景花園和平靜無波的池塘成了明顯的對比。

屋裡的燈才剛亮起來。

蘭登沒把車開到前門，而是開進了常綠樹間的停車區。「沒理由冒險讓人從公路上就能看見。」他說。「或者讓李伊納悶我們幹嘛開著一輛破破爛爛的防彈貨車跑來。」

蘇菲點點頭。「那藏密筒該怎麼處理？我們或許不該留在這裡，但如果帶進去被李伊看到，他一定會想知道這是什麼。」

「別擔心。」蘭登說，他下車時脫下了蘇格蘭粗呢外套，包住盒子，然後手臂環抱著那個包裹，像抱個嬰兒似的。

蘇菲看起來很懷疑。「還眞是巧妙呢。」

「提賓從不親自應門的；他喜歡等客人就座了才出現。我會趁他還沒來的時候，先在裡頭找個地方藏好。」蘭登頓了一下。「事實上，在你見到他之前，我或許該先警告你。李伊爵士有種幽默感，一般人可能會覺得有點……奇怪。」

蘇菲很懷疑今夜還能有什麼事情更讓她覺得奇怪了。

通往前門的是條人工鋪的弧形鵝卵石小徑，彎到一扇有橡木和櫻木材質的雕花木門，門上裝著葡萄柚大小的黃銅門環。蘇菲還沒碰到門環，門就從裡面打開了。

一名端莊優雅的管家站在面前，爲他顯然剛剛才穿戴好的小禮服和白領結做最後的調整。他看起來年約五十，高雅有禮，但嚴厲的表情顯然對他們的出現並不高興。

「李伊爵士馬上就下來。」他宣佈，法國腔很重。「他正在更衣。他不想穿著睡衣迎接客人。外套要交給我嗎？」他對著蘭登手臂裡裹成一團的粗呢外套皺眉。

「謝謝，我這樣就很好。」

「當然了。往這裡，請。」

管家領著他們穿過一個豪華的大理石門廳，來到一個裝飾精緻的會客室，垂著穗帶的維多利亞式燈罩裡發出柔和的光。裡面的空氣有種古老的味道，還帶點王室氣味，一縷混合著菸草、茶葉、烹飪用雪莉酒，以及岩石建築的泥土香。遠端的牆上，兩側各掛了一套閃閃發光的軟蝟甲戰服，中間是一個粗劈石築成的火爐，大得可以烤一頭牛。管家走向爐床，跪下來劃了根火柴，放在堆好的橡木材堆裡點燃。一堆火很快劈劈啪啪燒了起來

那人站起身，拉直了衣服。「主人請你們就像在自己家裡一樣。」然後他告退，留下蘭登和蘇菲。

蘇菲不知道該坐在火爐邊哪張古董椅子上——是那張文藝復興式的天鵝絨長沙發，或那張鄉村風格的鷹爪搖椅，還是那對活像剛從哪個拜占庭宮殿給拆來的教堂靠背長椅。

蘭登從外套裡掏出藏密筒，走到天鵝絨長沙發邊，把木盒子塞進去埋在底下，完全看不見。然後他抖抖外套，又穿上身，把翻領抹平，然後直接坐在那個藏好的寶物上頭，微笑看著蘇菲。

那我也坐長沙發了，蘇菲想，在蘭登旁邊坐下。

看著熊熊爐火，享受那股暖意，蘇菲有種感覺，她祖父應該會喜歡這個房間。暗色的木頭鑲板牆壁上點綴著古代大師的畫作，其中一張蘇菲認出是普桑，他祖父第二喜歡的畫家。火爐上方的壁爐架上，有一個雪花石膏的伊西絲胸像，俯瞰著整個房間。

在那尊埃及女神像下方，火爐裡面有兩個石頭的怪獸形排水口（gargoyles）形成了柴架，它們張大嘴巴，顯露出嚇人的可怕喉嚨。蘇菲小時候很怕怪獸形排水口；直到有天，她祖父在暴風雨中帶她到聖母院主教堂屋頂，治癒了她的恐懼。「公主，看看這些愚蠢的怪獸，」他抱著她，指著那些嘴裡正奔流著雨水的怪獸形排水口。「你聽到它們喉嚨裡發出的可笑聲音嗎？」蘇菲點點頭，笑著看水流咕嚕咕嚕流過它們的喉嚨，發出打嗝似的聲音。「它們正在漱喉嚨（gargle）呢，祖父告訴她。「法文就是gargariser！所以它們才會有那個愚蠢的名字"gargoyles"。」從此蘇菲再也不怕了。

這些充滿感情的回憶對照著祖父被謀殺的殘忍現實，勾起了蘇菲的哀痛。*祖父走了*。她想著沙發下的那個藏密筒，納悶著李伊‧提賓可會知道怎麼打開它。*或甚至我們該不該問他*。蘇菲祖父的最後遺言是要她去找羅柏‧蘭登，沒提到其他任何人。*我們需要找個地方躲*，蘇菲想著，決定相信蘭登的判斷。

「羅柏先生！」一個聲音從他們後頭某個地方吼過來。「你跟一位姑娘同行呢。」

蘭登站起來，蘇菲也趕緊起身。聲音來自一道迴旋樓梯，盤繞著進入二樓的陰影裡。在樓梯頂端，一個身影在陰影裡移動，只看得見輪廓。

「晚安。」蘭登喊道。「李伊爵士，請容我介紹蘇菲‧納佛。」

「我的榮幸。」提賓走到燈光下。

「謝謝你讓我們進來。」蘇菲說，現在她看到那名男子腿上套著金屬撐架，使用兩支T字形拐杖。他一次往下挪一格樓梯。「我知道現在很晚了。」

「是太晚了，親愛的，已經算是太早了。」他笑了起來，以法文說：「你不是美國人嗎？」

蘇菲搖搖頭，也以法文回答：「巴黎人。」

「你的英語講得很好。」

「謝謝。我曾在皇家哈洛威學院就讀。」

「原來如此，怪不得。」提賓一跛一跛穿過陰影而下。「或許羅柏告訴過你，我讀的是離皇家哈洛威學院不遠的牛津大學。」提賓給了蘭登一個惡意的笑容。「當然啦，當初我也申請了哈佛大學，當我的備胎。」

他們的主人下完樓梯，蘇菲覺得他跟流行歌手艾爾頓．強一樣，都沒個騎士的樣子。（譯註：艾爾頓．強於一九九八年受英國女王伊麗莎白二世授爵。）李伊．提賓爵士有張發福的粉紅臉和濃密的紅髮，講話時快活的淡褐色眼睛好像在閃閃發光。他穿了件打褶長褲和寬大的絲質襯衫，外面罩著漩渦狀花紋的呢布背心。儘管腿上有鋁製撐架，他走路時卻活力充沛，昂然的威嚴似乎是源於貴族世家血統，而非後天的刻意努力。

提賓走過來站定，朝蘭登伸出手。「羅柏，你瘦了。」

蘭登咧嘴笑了。「你倒是胖了點。」

提賓開懷大笑，拍拍他圓滾滾的肚子。「說得好。這些日子來，我唯一的世俗欲求，好像就是烹飪美食。」然後提賓轉向蘇菲，輕柔地執起她的手，微微低頭，在她手指上輕嗅一下，然後把視線移開。「好姑娘。」

蘇菲看了蘭登一眼，不曉得自己是時光倒轉回到舊時代，還是進了瘋人院。

剛剛應門的管家現在端著茶進來，放在火爐前的桌上。

「這位是黑密．勒加呂戴克，」提賓說：「我的僕人。」

那位身材瘦長的管家僵硬地朝他們點點頭，就又離開了。

「黑密是里昂人。」提賓低聲道，就好像那是一種不幸的疾病似的。「可是他醬汁做得非常好。」

蘭登一臉逗趣的表情。「我還以為你會進口一個英國僕人呢？」

「老天，才不要！除了法國收稅員之外，我最不想要的就是英國主廚了。」他看了蘇菲一眼。「抱歉，納佛小姐。我向您保證，我對法國的嫌惡只限於政治和足球隊。你們的政府偷了我的錢，而你們的足球隊最近羞辱了我們。」

蘇菲報以一個輕鬆的笑容。

提賓看了她一會兒，然後望向蘭登。「發生了什麼事，你們兩個看起來都很不安。」

蘭登點點頭。「我們這一夜過得很有趣，李伊。」

「那當然。你們三更半夜突然來到我門前，又談到聖杯。告訴我，事情真的是跟聖杯有關，還是只因為你們知道這是唯一能讓我半夜從床上爬起來的話題？」

應該兩者都有一點，蘇菲想著，腦中浮現了那個藏在沙發底下的藏密筒。

「李伊，」蘭登說：「我們想跟你談談錫安會。」

李伊濃密的眉毛好奇地彎成了拱形，「那些守護者。這麼說，事情的確跟聖杯有關了。你說你們帶來了一些情報？有新發展嗎，羅柏？」

「或許吧。我們還不太確定。如果能先從你那邊得知一些消息，我們或許會比較有概念。」

提賓一根手指搖了搖。「你們美國人就是這麼陰險，要玩交換情報的遊戲。很好。我就任憑差遣，你們想知道什麼？」

蘭登嘆了口氣。「我是希望你夠好心，願意向納佛小姐解釋聖杯的真正本質。」

提賓愣住了。「她不知道嗎？」

蘭登搖搖頭。

提賓臉上浮現的笑容近乎下流。「羅柏，你帶了個處女來給我？」

蘭登縮了一下，看了蘇菲一眼。「處女是聖杯迷的專用辭彙，用來形容那些從沒聽過眞正的聖杯故事的人。」

提賓熱切地轉向蘇菲。「親愛的，你知道多少？」

蘇菲很快地大略講一下蘭登稍早曾跟她解釋過的——錫安會、聖殿騎士、聖杯文獻，以及很多人宣稱聖杯其實並不是個杯子……而是遠遠更有威力的事物。

「就這樣？」提賓憤慨地看了蘭登一眼。「羅柏，我還以爲你是個紳士。你竟然沒給她高潮！」

「我知道，我以爲或許你和我可以……」蘭登顯然決定不要把這個不太恰當的隱喩扯得太遠。

提賓亮晶晶的雙眼已經鎖定蘇菲。「你是個聖杯處女，親愛的。相信我，你絕對不會忘了你的第一次。」

55

蘇菲和蘭登並肩坐在沙發上，喝著茶，又吃了個英式鬆餅，感覺到咖啡因和食物所帶來的舒適效果。李伊．提賓爵士一臉喜孜孜，在爐火前笨拙地踱著步子，兩腿的撐架在爐邊的石頭地板上敲得喀答喀答響。

「聖杯，」提賓說，一副講道的口吻：「大部分人都只問我它在哪裡。這恐怕是一個我永遠回答不了的問題。」他轉身直直盯著蘇菲。「總之……更關鍵得多的問題是：聖杯是什麼？」

蘇菲現在感覺到，在座兩位男性之間升起了一股學術的期待氣氛。

「要完全了解聖杯，」提賓繼續道：「我們首先就必須先了解《聖經》。你對《新約》有多熟？」

蘇菲聳聳肩。「其實一點也不熟。我是被一個崇拜李奧納多．達文西的人撫養長大的。」

提賓的表情在驚詫中還帶著愉悅。「一個受過啓蒙的靈魂。太好了！那麼你一定知道，李奧納多是聖杯祕密的守護者之一。他的作品中也留下了線索。」

「是的，羅柏也這麼告訴我。」

「那你知道達文西對《新約》的看法嗎？」

「不知道。」

提賓的眼神變得歡快起來，指著房間另一頭的書架。「羅柏，拜託一下好嗎？在最底下那層。幫我拿那本《達文西的故事》。」

蘭登走到房間那頭，找到一本很大的藝術書，拿過來，放在他們之間的桌子上。提賓把書轉個頭面向蘇菲，翻過沉重的封面，指著封底一連串的引文。「摘錄自達文西札記中關於論證和思索的討論。」提賓說，指著其中一則引文。「我想你會發現這段話跟我們的討論有關。」

蘇菲看著上面的文字。

許多人以製造假象和假神蹟為業，欺瞞愚昧的大眾。

——李奧納多・達文西

「這裡還有一個，」提賓說，指著另一段引文。

盲目的無知使我們遭受誤導。

啊！不幸的凡人，睜開你們的雙眼吧！

——李奧納多・達文西

蘇菲感覺到一股微微的寒意。「達文西這些話是在談《聖經》？」

提賓點點頭。「達文西對《聖經》的觀感，直接關係到聖杯。事實上，達文西畫過眞正的聖杯，等會兒我會拿給你看，但首先，我們必須談談《聖經》。」提賓笑了。「有關《聖經》裡你所需要知道的一切，可以用偉大的天主教法典學者馬丁・裴希博士的一句話來總結。」提賓清清嗓子唸道：「《聖經》不是從天堂傳眞過來的。」

「什麼？」

「親愛的，《聖經》是人類的產物，而不是神製造出來的。《聖經》並不是神奇地從雲端掉下來，而是人類爲了記錄那些紛亂擾攘的時代，所創造出來的一份歷史紀錄。還經過了無數次翻譯、增補，和修訂的推演。這本書從來沒個定本。」

「好吧。」

「耶穌基督是一位極有影響力的歷史人物，或許是有史以來最難解也最能鼓舞人心的領袖。如同神諭中的救世主，耶穌推翻了國王，鼓舞了數百萬人，並建造了一套新的哲學。身爲所羅門王和大衛王的後裔，耶穌是猶太人理所當然的王。因此可以理解，他的一生被那片土地成千上萬的追隨者所記載。」提賓停了一下，喝了口茶，把杯子放回壁爐架上。「曾有超過八十部的福音書被考慮收入《新約》中，但最後選上的卻只有少數幾部——〈馬太福音〉、〈馬可福音〉、〈路加福音〉，和〈約翰福音〉。」

「選擇這些福音書的是誰？」蘇菲問。

「啊哈！」提賓熱心地喊道。「這是基督信仰中最根本的諷刺！我們今日所知的《聖經》，是由一名異教的羅馬皇帝君士坦丁大帝所編纂的。」

「我還以爲君士坦丁大帝是基督徒。」蘇菲說。

「差得遠了。」提賓嘲弄道。「他一輩子都是異教徒，卻在臨終時因爲太虛弱了無法抵抗，才受洗的。在君士坦丁的時代，羅馬帝國的官方宗教是太陽崇拜——就是『無敵太陽』教派——而君士坦丁則是太陽神的大祭司。但對他來說，不幸的是，羅馬帝國的宗教紛爭愈來愈嚴重。耶穌基督被釘上十字架三個世紀之後，基督的追隨者成指數式的暴增。基督徒和異教徒開始互相敵對，衝突愈來愈嚴重，以至於羅馬帝國有分裂成兩半的危險。君士坦丁於是決定要有所作爲。在西元三二五年，他決定將羅馬帝國統合在單一宗教之下，就是基督教。」

蘇菲很驚訝。「一個異教皇帝爲什麼要選擇基督教作爲官方宗教呢？」

提賓低聲笑了。「君士坦丁是個很好的生意人。他看得出基督教正在興起，純粹只是壓注在贏家身上罷了。歷史學家至今仍驚嘆君士坦丁的聰明，能把太陽崇拜的異教轉爲基督教。藉著將異教的象徵符號、節日、和宗教儀式融入日漸壯大的基督教傳統中，他創造了一種混合式的宗教，讓兩方都能接受。」

「搞得四不像。」蘭登說。「基督教象徵符號中的異教遺跡是無可否認的。古埃及的日盤成了天主教聖人頭上的光環。古埃及時代以降的女神伊西絲哺育她奇蹟受孕的兒子何露斯的圖像，成了我們現代形象中童貞女馬利亞哺育聖嬰耶穌的藍圖。而且所有天主教儀式的元素——法冠、祭壇、讚美詩，還有聖餐這個『領聖體』的行動——實際上都是直接來自早期異教的神祕宗教信仰。」

提賓抱怨道：「千萬別讓符號學家開口談基督教的聖像，他們一講就會沒完沒了，因爲基督信仰中沒有任何原創的東西。基督教之前的古波斯太陽神密特拉——被稱爲『神之子』及『世界之光』——生於十二月二十五日，死後葬於一個岩石墓穴，然後三天後復活。順帶一提，十二月二十五日也是古埃及象徵豐饒的冥界之神俄賽里斯、希臘神話中美少年阿多尼斯和酒神迪奧尼索斯的生日。印度教中毗濕奴神新生的化身『黑天』，會被供奉黃金、乳香，和沒藥。甚至基督教每星期的聖日，也是從異教偷來的。」

「怎麼說？」

「一開始，」蘭登說：「基督信仰是尊崇猶太人的安息日星期六，但君士坦丁把這一天移到異教徒崇敬太陽的那一天。」他頓了一下，咧嘴笑了。「直到今天，大部分在星期天早上到教堂去做禮拜的人都不知道，他們會出現在那裡，是源於異教太陽神的每週崇敬日——星期日。」

蘇菲覺得頭都昏了。「而這一切都跟聖杯有關？」

「的確。」提賓說。「聽我道來。在這次的宗教融合中，君士坦丁必須加強新的基督信仰傳統，於是舉辦了一次著名的基督教界會議，就是一般所稱的尼西亞大公會議。」

蘇菲聽過這個會議，卻只知道那是「尼西亞信經」的誕生地。

「在這次會議中，」提賓說：「許多基督信仰的面向都被辯論和投票表決——包括復活節的日期、主教的角色、聖禮的內容，當然還有耶穌的神性。」

「我不懂，他的神性？什麼意思？」

「親愛的，」提賓說：「歷史上，直到那個時刻，耶穌仍被信徒視為終有一死的先知……他是個偉大而有影響力的人，但只要是人，便終有一死。」

「而不是神的兒子？」

「沒錯。」提賓說。「耶穌被確立為『神的兒子』是在尼西亞大公會議上被正式提出，並投票表決的。」

「慢著。你是說，耶穌的神性是一個投票的結果？」

「而且票數相當接近。」提賓補充。「但雖然如此，確立基督的神性，對於羅馬帝國的進一步統合以及確立梵蒂岡教廷的新權力基礎，卻有決定性的影響。藉著官方保證耶穌是『神的兒子』，君士坦丁把耶穌轉為一個超乎人類世界範圍的神，是一個無法挑戰其權力的存在。這不單是排除了異教對基督教的進一步挑戰，而且從此基督的信徒只要透過已確立的神聖管道——羅馬天主教會，便可以獲得救贖。」

蘇菲看了蘭登一眼，他贊同地對她輕輕點了個頭。

「一切都關乎權力。」提賓繼續道。「基督成為救世主，對於教會和國家的運作有決定性的影響。許多學者宣稱，早期教會實際上是將耶穌從他原來的信徒手中偷走，劫持了他以肉身所傳達的教誨，用一種不能穿透的神性斗篷將之掩蓋，而且利用這一點來擴展自己的勢力。我針對這個主題寫過幾本書。」

「想必每天都有虔誠的基督徒寫信罵你吧？」

「怎麼會？」提賓否認。「大部分受過教育的基督徒都知道他們宗教信仰的歷史。耶穌的確是個偉大又有權力的人，君士坦丁不光明的政治操作並不會減損基督一生的崇高偉大。沒有人說基督是騙子，或否認他確實存在過，啓發了數百萬人，改善他們的生活。我們只是說，君士坦丁利用了基督廣大的影響力和重要性，從中獲利。而藉著這些行爲，君士坦丁也塑造出我們今天的基督教面貌。」

蘇菲看了面前擺的藝術書一眼，急著想把進度往前推，看看達文西畫的聖杯。

「癥結在於，」提賓說，現在速度更快了：「由於君士坦丁是在耶穌死去之後將近四個世紀時，才把他的地位提升，因此成千上萬既有的文獻都記載他的一生是個終有一死的人。爲了改寫史書，君士坦丁知道他需要一個大膽的行動，因而產生了基督信仰史上最重要的時刻。」提賓停了一下，看著蘇菲。「君士坦丁出資委託編出一部新的《聖經》，刪去了那些記錄基督人性特徵的福音書，並將那些把基督捧爲神一般的福音書給美化修飾。更早的福音書就被禁絕，收集起來燒掉。」

「補充很有趣的一點。」蘭登補充：「任何人若選擇去尊崇被君士坦丁禁掉的福音書，就被視爲異端。異端（heretic）這個字彙就源自於史上的那一刻。拉丁文*haereticus*意指『選擇』。那些『選擇』基督原有歷史的人，就成了世界上的第一批異端。」

「對歷史學家來說，很幸運的是，」提賓說：「某些君士坦丁企圖滅絕的福音書卻設法留存了下來。《死海古卷》於一九五〇年代被發現藏在以色列沙漠昆蘭附近的一個洞穴裡。另外，當然還有一九四五年在埃及漢馬地所發現的《科普特古卷》。除了述說眞正的聖杯故事外，這些文獻也以非常人性的語彙談論基督的教誨。當然，梵蒂岡教廷爲了堅守那些錯誤資訊的傳統，很努力想壓制這些古卷的流傳。這個反應理所當然，因爲這些古卷強調了歷史上的矛盾和捏造之處，清楚顯現出現代《聖經》是由一群心懷政治野心的人所編纂刪修過的，他的算計就是要宣傳耶穌基督這個人的神性，並利用其影響力，來鞏固自己的權力基礎。」

「可是，」蘭登反駁道：「千萬不要忘了，現代教會想壓制這些文獻的慾望，是因爲他們誠摯相信教會中對基督的既有觀點。梵蒂岡教廷是由一群很虔誠的人所建立的，他們眞心相信那些說法相反的文獻都只可能是僞經。」

提賓低笑著，在蘇菲對面的一張椅子坐下。「你看得出來，我們的教授對羅馬教廷遠遠比我心軟。不過他說現代的神職人員相信這些說法相反的文獻都是偽經，倒是沒錯。這點也可以理解，君士坦丁的《聖經》多年來都是他們眼中的眞理，沒有人會比傳教者更相信自己所傳播的信仰了。」

「他的意思是，」蘭登說：「我們所崇拜的神，就是我們神父眼中的神。」

「我的意思是，」提賓反駁道：「神父所教導給我們有關基督的每件事情，幾乎都是假的。包括聖杯的故事，也是如此。」

蘇菲再度看著面前那些達文西的引文。盲目的無知使我們遭受誤導。啊！不幸的凡人，睜開你們的雙眼吧！

提賓伸手將那本書翻到中間。「最後，在我把達文西的聖杯畫作展示給你看之前，我要你先看一眼這個。」他翻到一張跨頁的滿版彩圖。「我想你認得這張濕壁畫吧？」

他是開玩笑的吧？蘇菲看著那張有史以來最著名的濕壁畫——〈最後的晚餐〉——達文西繪於米蘭的感恩聖母堂牆上那件傳奇的作品。這幅長年損壞中的濕壁畫，畫的是耶穌和他的門徒在耶穌宣佈其中一人將出賣他之前的那一刻。「認得，我知道這幅濕壁畫。」

「那麼或許你會容忍我玩這個小遊戲吧？如果願意的話，請閉上眼睛。」

蘇菲猶豫著閉上了眼睛。

「耶穌坐在哪裡？」提賓問。

「在中央。」

「很好。那麼他和門徒分食的食物是什麼？」

「麵包。」很明顯嘛。

「很好，那麼他們喝什麼？」

「葡萄酒。他們喝的是葡萄酒。」

「好極了。最後一個問題。桌上有幾個葡萄酒杯？」

蘇菲愕住，明白這個問題有陷阱。晚餐後，耶穌拿起那杯酒，與他的門徒們分享。「一個酒杯，」她說。「是聖爵。」那是基督之杯，是聖杯。「基督傳下一個裝著葡萄酒的聖爵，就像現代基督徒在領聖餐時一樣。」

提賓嘆息。「睜開眼睛吧。」

她照辦。提賓得意地咧嘴笑了。蘇菲往下看著那張圖，令她驚愕的是，每個人桌上都有一杯葡萄酒，包括基督都是。共有十三個杯子。更甚者，那些杯子都很小，沒有杯莖，而且是玻璃做的。畫中沒有聖爵。沒有聖杯。

提賓的眼睛閃爍著。「有點奇怪，你不覺得嗎？這個聖杯出現的決定性時刻，是《聖經》和我們標準的聖杯傳奇所頌揚的。怪的是，達文西卻顯然忘記要畫上基督之杯。」

「藝術學者一定注意到這點了。」

「你會很驚訝的發現，達文西在這幅畫中所表現的眾多異常之處，大部分學者不是看不到，就是根本選擇去忽略。這幅濕壁畫，事實上，就是聖杯之謎的整個關鍵。達文西在〈最後的晚餐〉中都已經畫得很清楚了。」

蘇菲急切地看著那張作品。「這張濕壁畫告訴我們聖杯其實是什麼嗎？」

「不是什麼，」提賓低語：「而是誰。聖杯不是一個東西。事實上，指的是……一個人。」

56

蘇菲凝視著提賓良久，然後轉向蘭登。「聖杯是一個人？」

蘭登點點頭。「事實上，是一個女人。」從蘇菲臉上茫然的表情，蘭登看得出她被他們搞迷糊了。他還記得自己頭一次聽到這個說法時，也有類似的反應。直到他了解聖杯背後的象徵符號，其中的女性關聯才變得很清楚。

提賓也這麼想。「羅柏，或許該換符號學家上場解釋了？」他去旁邊的茶几拿了張紙放在蘭登面前。

蘭登從口袋掏出筆。「你知道現代用來表示男性和女性的象徵圖形嗎？」他畫了一個常見的男性符號♂和女性符號♀。

「當然。」她說。

「這些，」他平靜地說：「並不是男性和女性原來的象徵符號。很多人誤以爲男性符號是源自於一個盾牌和一枝矛，而女性符號則代表了一面能照出美貌的鏡子。但其實，這兩個圖形是起源於古代的天文學符號，一個代表火星與戰神馬爾斯，另一個代表金星和女神維納斯。原始的符號要簡單得多。」蘭登在紙上又畫了個圖形。

「這個符號是象徵男性的原始圖形，」他告訴蘇菲：「代表陽物的粗略形狀。」

「果然又尖又有相關性。」蘇菲說。

「可不是嗎?」提賓也說。

蘭登繼續。「這個圖形的正式名稱是刀刃，代表侵略性和男性氣概。事實上，這個陽物的象徵符號，今天仍用在軍隊的制服上，以表示軍階。」

「的確。」提賓咧嘴笑了。「陰莖愈多，你的軍階就愈高。男人就是這麼幼稚。」

蘭登的臉抽搐了一下。「我們繼續來看，至於女性的象徵符號，你應該也想像得到，剛好是顛倒的。」他在紙上畫了另一個符號。「這個符號稱之爲聖爵。」

蘇菲抬頭，一臉驚訝。

蘭登看得出她已經聯想起來了。「聖爵這個符號，」她說：「形狀像杯子或容器，或更重要的，與女人子宮的形狀相似。這個符號傳達了女性氣質、女人身分，以及生育能力。」然後蘭登盯著她。「蘇菲，傳說中，聖杯是一個聖爵——是個杯子。但把聖杯描述爲一個聖爵，其實是爲了要保護聖杯眞正本質的一個譬喻。也就是說，在聖杯的傳說中，是將聖爵當成一個隱喻，來代表更重要的東西。」

「一個女人。」蘇菲說。

「正是。」蘭登微笑道。「聖杯其實是女性的古代象徵符號，而聖杯代表著神聖女性和女神，這個象徵意義現在當然已經失去了，其實是被基督教會所排除掉。女性的力量及其孕育生命的能力，一度是非常神聖的，卻可能威脅到正在壯大中的、男性獨霸的教會，所以神聖女性就被妖魔化，而且被視爲不潔。創造『原罪』這個概念的不是神，而是男人，他們說夏娃嚐了蘋果而造成了人類的墮落。女人，一度是神聖的生命孕育者，現在卻成了仇敵。」

「我應該補充一點，」提賓附和：「女性帶來生命的這個概念，是古代宗教的基礎。分娩是隱祕而充滿力量的。可悲的是，基督教的哲學決定侵佔女性的這種創造力量，無視於生物學上的事實，讓男人成了造物主。〈創世記〉裡面說，夏娃是用亞當的一根肋骨所造的。於是女人便成了男人的衍生物，而且有罪。〈創世記〉正是終結女神的起點。」

「聖杯，」蘭登說：「這個符號象徵著失去的女神。基督信仰出現後，昔日的異教信仰並沒有就此消失。種種探尋失落聖杯的騎士傳奇，其實是追尋失去的神聖女性的故事，但教會禁止這樣的追尋活動。那些宣稱要『尋找聖爵』的騎士，其實是藉此暗喻，以逃避教會的迫害——那個壓抑女人、去除女神、燒死非信徒、並禁止異教崇拜神聖女性的教會。」

蘇菲搖搖頭。「對不起，剛剛你說聖杯是一個人，我還以爲你指的是一個實際存在的人。」

「是沒錯呀。」

「而且不是隨便哪個人。」提賓突然開口，興奮地努力站起身。「是一個身懷重大祕密的女人，重大到若祕密曝光，就可能毀掉整個基督信仰的最根本基礎！」

蘇菲一臉不知所措。「這個女人是歷史上的知名人物嗎？」

「很有名。」提賓拿起拐杖，指著大廳。「朋友們，請移駕到我的書房，我會很榮幸向你們展示達文西描繪她的畫作。」

隔著兩個房間，在廚房裡，提賓的僕人黑密・勒加呂戴克靜靜站在電視機前面。電視上的新聞正在播放一男一女的照片……就是剛剛黑密端茶伺候的那兩個人。

57

科列分隊長站在蘇黎世託存銀行外頭的路障旁，納悶著法舍申請搜索票幹嘛要這麼久。這家銀行顯然是在隱瞞什麼。他們宣稱蘭登和納佛稍早來過，可是因為沒有正確的帳號，就又離開了。

那他們幹嘛不讓我們進去看看？

終於，科列的行動電話響了。是羅浮宮的指揮站打來的。「拿到搜索票了嗎？」科列問。

「別管那家銀行了，分隊長。」那名探員告訴他。「我們剛剛接獲線報，已經找到蘭登和納佛藏身的確切地點了。」

科列重重坐在他車子的引擎蓋上。「你在說笑吧。」

「我有個郊區的地址。就在凡爾賽宮附近。」

「法舍隊長知道這事情了嗎？」

「還不知道。他正忙著講一個很重要的電話。」

「我馬上就過去。請他一有空就打電話給我。」科列記下地址，跳上車。當他開著車子離銀行愈來愈遠，才想到剛剛忘了問是誰把蘭登的藏身地點通報刑事局的。不過也不重要。科列有幸得到一個機會，可以彌補他稍早出的紕漏，也證實自己的猜疑。他即將要進行自己專業生涯中最受矚目的一次逮捕行動。

科列通知同行的五輛車子。「各位，關掉警笛。別讓蘭登知道我們來了。」

四十公里外，一輛黑色的奧迪車在鄉間小路上靠邊，停在一片田野邊緣的陰影中。西拉下了車，隔著眼前圍起那片廣大莊園的一道鑄鐵籬笆，仔細往裡看。他望著遍灑月光的長坡，通向遠處的城堡。房子的一樓燈火通明。三更半夜的，很不尋常，西拉心想，微笑起來。「老師」給他的訊息顯然很準確。我一定要帶著拱心石離開這棟房子，他發誓。我絕對不讓主教和「老師」失望。

西拉檢查了他那把赫克勒科赫手槍裡十三發子彈的彈匣，然後把手槍穿過鐵欄杆，扔在圍牆內滿佈苔蘚的地上。接著他抓住欄杆頂端，攀上去越過，跳下另一邊。顧不了大腿上苦修帶所造成的刺痛，西拉拾起槍，走上那片長長的青草坡。

58

提賓的「書房」完全不像蘇菲看過的任何書房。這位爵士的工作室比最奢華的辦公空間還要大上六七倍，是個兼容了科學實驗室、檔案圖書室、室內跳蚤市場的亂糟糟混合物。天花板垂下的三盞樹枝形吊燈照亮了整個房間，寬闊的瓷磚地板上四散著一個個工作台，上頭堆著書籍、藝術品、工藝品，以及多得出奇的電子裝備——電腦、投影機、顯微鏡、影印機，還有個平台式掃描器。

「這裡原來是跳舞廳，」提賓走過房間，一臉靦腆地說：「反正我也沒什麼機會跳舞。」

蘇菲覺得這一整夜好像成了某種非現實的世界，沒有一件事情是她想得到的。「這些全都是你研究上要用的東西嗎？」

「學習眞理成了我一生的至愛，」提賓說：「而聖杯則是我最鍾愛的情婦。」

聖杯是一個女人，蘇菲心想，腦子裡亂塞著一堆彼此相關卻毫無頭緒的念頭。「你說過你有張這個女人的畫像，你宣稱她就是聖杯。」

「沒錯，但宣稱她是聖杯的並不是我，而是基督本人。」

「是哪張畫？」蘇菲問，搜尋著牆面。

「唔……」提賓扮出一副好像忘記的表情。「聖杯，是Sangreal，也是聖爵。」他突然轉身，指著遠端的牆。上頭掛著一張八呎寬的複製畫〈最後的晚餐〉，剛剛蘇菲才看過的同一幅畫。「她就在那裡！」

蘇菲覺得她一定漏掉了什麼。「你剛剛給我看的就是這幅啊。」

他擠了擠眼睛。「我知道，但是放大版要有趣得多。你不覺得嗎？」

蘇菲轉向蘭登求助。「我搞不懂。」

蘭登微笑著。「結論就是，聖杯的確就是出現在〈最後的晚餐〉裡。達文西把她畫得很明顯。」

「慢著，」蘇菲說：「你們剛剛告訴我，說聖杯是個女人。但〈最後的晚餐〉畫的是十三個男人。」

「是嗎？」提賓豎起眉毛。「你再看仔細一點。」

蘇菲不確定地仔細看著那幅畫，逐一檢查那十三個人——基督在中間，左邊六個門徒，右邊也有六個。「都是男人啊。」她確認。

「哦？」提賓說。「那麼坐在最上座位置，也就是天主右手邊的那位呢？」

蘇菲看著坐在緊臨耶穌右邊的那位，仔細檢查。她研究著那個人的臉和身體，心中湧起一股驚異之感。這個人垂著一頭柔順的紅髮，優雅的雙手交疊，加上看起來有點像女人的胸脯。毫無疑問，那是個……女人。

「是個女人！」蘇菲驚叫。

提賓笑了。「好個驚奇。相信我，你沒看錯。達文西很善於描繪男女性之間的不同差異處。」

蘇菲無法將視線從基督旁邊的那名女人身上移開。〈最後的晚餐〉應該有十三個男人。那這個女人是誰？雖然蘇菲曾看過這幅經典傑作很多次，卻從沒注意到這個明顯的不合理之處。

「大家都沒發現。」提賓說：「我們對這個畫面的既有觀念太強烈了，以至於心裡會自動去除不和諧的事物，而忽略雙眼所見。」

「這就是所謂的盲點。」蘭登補充。「非常普遍，強有力的象徵符號常會讓大腦看不清眞實的東西。」

「你會忽略那個女人的另一個原因，」提賓說：「是因爲許多藝術書上的照片都是在一九五四年之前拍攝的，當時畫中的許多細節，還埋在層層污垢和十八世紀爲了修復而重畫的笨拙筆觸之下。現在，終於，這幅濕壁畫總算清乾淨，還原爲達文西原始的那層顏料。」他指著那張圖片，「你瞧！」

蘇菲湊得更近看。耶穌右邊的那個女人看起來年輕而虔誠，有張嫻靜的臉和美麗的紅髮，雙手文靜地交疊。*這就是能隻手粉碎基督教會的那個女人？*

「她是誰？」蘇菲問。

「親愛的，那位，」提賓回答：「就是抹大拉的馬利亞。」

蘇菲轉過頭來。「那個妓女？」

提賓稍吸了口氣，好像這個字眼傷到他本人似的。「抹大拉不是那樣的。這個不幸的誤解是早期基督教會所發起的毀謗宣傳活動所造成的。教會必須詆毀抹大拉的馬利亞，好掩蓋她那個危險的祕密——她身爲聖杯的角色。」

「她的*角色*？」

「我剛剛說過，」提賓解釋：「早期基督教會必須說服全世界，終有一死的先知耶穌是個*神*。因此，任何以世俗角度描述耶穌一生的福音書，都從《聖經》裡刪除了。對早期的編輯來說，不幸的是，有個特別麻煩的世俗主題，在福音書中不斷出現。那就是抹大拉的馬利亞。」他頓了一下。「更精確地說，就是她和耶穌基督的婚姻。」

「你說什麼？」蘇菲的雙眼看看蘭登，又回頭看著提賓。

「歷史有記載，」提賓說：「而達文西一定知道這個事實。〈最後的晚餐〉尤其向觀者強烈表明，耶穌和抹大拉是一對。」

蘇菲的目光又轉回那張濕壁畫。

「你注意看耶穌和抹大拉穿的衣服，就如同彼此的鏡像。」提賓指著濕壁畫中央的兩個人。

蘇菲被迷住了。果然，他們的衣服顏色恰恰相反。耶穌穿著紅色長袍和藍色披肩；抹大拉的馬利亞則穿著藍色長袍和紅色披肩。*陰與陽。*

「接下來再看看更怪異的。」提賓說：「你注意，耶穌和他的新娘看起來在臀部接合，然後各自往兩旁傾斜，好像是要創造出兩人間顯然有如正負片相對應的形象。」

甚至在提賓還沒幫她指出之前，蘇菲就看出那個輪廓了——畫中焦點位置那個毋庸置疑的〈形，也就是蘭登稍早所畫的那個象徵聖杯、聖爵，和女性子宮的符號。

「最後，」提賓說：「如果你不要把耶穌和抹大拉看成兩個人，而是當作兩個構圖上的要素，那麼你就會看到另一個很明顯的形狀赫然出現。」他頓了一下。「是一個字母。」

蘇菲立刻就看出來了。說那個字母在她眼前赫然出現，是太輕描淡寫了。應該說，突然間蘇菲眼裡只看到那個字母。她凝視著畫面中央，確確實實，整個輪廓就是個龐大、無懈可擊的M。

「這也未免太完美了，不可能是巧合，你不覺得嗎？」提賓問。

蘇菲驚訝極了。「怎麼會有這個字母？」

提賓聳聳肩。「陰謀論的說法是，這代表了婚姻（Matrimonio）或抹大拉的馬利亞（Mary Magdalene）。但老實說，沒有人能確定。唯一只能確定那裡確實隱藏著一個M。無數與聖杯相關的作品都有隱藏的字母M——不論是浮水印、底層預先上色、或構圖上的暗示。而最露骨的M，當然，就是倫敦聖母院祭壇上的裝飾圖案，由錫安會前任盟主尚・考克多所設計。」

蘇菲斟酌著這番話。「我承認，那個隱藏的M很令人好奇，但我想沒有人會宣稱那是耶穌和抹大拉結婚的證據。」

「不，不。」提賓說著，走向附近一張放著書的桌子。「就像我剛剛說過的，耶穌和抹大拉的馬利亞的婚姻，是歷史紀錄的一部分。」他開始翻找著他的藏書。「再者，耶穌是個已婚男子，這要比標準聖經觀點說他是個單身漢來得合理太多。」

「為什麼？」蘇菲問。

「因爲耶穌是猶太人，」蘭登趁著提賓找書時接過話題，「而那個時代的社會規範，其實是不允許猶太男人不結婚的。根據猶太人的習俗，單身狀態會遭受譴責，身爲猶太父親的義務就是爲他的兒子尋找一個適合的母親。如果耶穌沒有結婚，那麼《聖經》裡應該至少會有一篇福音書提到，並爲他這種不自然的單身狀態提供某些解釋。」

提賓在那張桌上找出一本很大的書，拉了過來。那本皮面書的尺寸有海報那麼大，像個巨型的地圖集。封面上印著：《諾智教派福音書》。提賓掀開來，蘭登和蘇菲湊過去。蘇菲看到裡面是一些古代文獻章節的放大照片——破碎的莎草紙上頭是手寫的字。她不認得那些古代的語言，但隔壁頁都印著翻譯文字。

「這些是我稍早提過的〈漢馬地古卷〉與〈死海古卷〉的影印圖，」提賓說：「是基督信仰最早期的紀錄。讓人困擾的是，它們的內容跟《聖經》上的福音書並不符合。」提賓翻到整本書靠近中間的部分，指著其中一段。「我們最好從〈腓力福音〉開始看。」

蘇菲閱讀那一段：

> 救世主的同伴是抹大拉的馬利亞。基督愛她勝過所有門徒，習於不時親她的嘴。其他門徒被觸怒了，表示不同意。他們跟他說：「為什麼你愛她勝過我們所有人？」

這段話讓蘇菲感到意外，但似乎不能據以論斷。「這些話沒提到婚姻。」

「恰恰相反。」提賓微笑，指著第一行。「任何阿拉米語學者都會告訴你，在當時，同伴（companion）這個字彙的意思，其實是配偶。」

蘭登贊同地點著頭。

蘇菲又把第一段看了一遍。*救世主的配偶是抹大拉的馬利亞。*

提賓又翻著書，指出其他幾段，蘇菲很驚訝地發現，那些話都明顯指出抹大拉和耶穌有男女之情。蘇菲閱讀著那些片段，想到自己還是個女學童的時候，曾有一名憤怒的神父來敲門找她祖父。

「這裡是賈克・索尼耶赫的家嗎？」那名神父問道，往下瞪著來開門的小蘇菲。「我要跟他談談他寫的這篇社論。」那名神父手上拿著一份報紙。

蘇菲叫來祖父，然後那兩人進了祖父的書房，把門關起來。*我祖父在報上寫了文章？*蘇菲立刻跑進廚房翻那天早上的報紙。她在二版的一篇文章上發現了祖父的名字。看完文章，蘇菲無法完全了解裡面所講的內容，但好像是法國政府在教會的壓力下，同意禁演一部叫《基督的最後誘惑》的美國電影，劇情是關於耶穌和一個名叫抹大拉的馬利亞的女子有性關係。她祖父的文章表示，教會方面太過囂張，禁演是不對的。

*難怪那個神父要生氣，*蘇菲當時想著。

「這是色情電影！是褻瀆！」那名神父大喊，從書房裡出來，衝向前門。「你怎麼可以支持這種電影？這個美國導演馬丁・史柯西斯冒犯天主，基督的教會不會允許他在法國宣揚他那一套！」那神父走出去，用力把門摔上。

她祖父來到廚房，看到蘇菲拿著報紙，皺起眉頭。「你動作眞快。」

蘇菲說：「你認爲耶穌基督有個女朋友嗎？」

「不，親愛的，我說的是，不該讓教會控制我們的想法。」

「耶穌有女朋友嗎？」

她祖父沉默了一會兒。「如果有的話，有那麼糟嗎？」

蘇菲想了想，然後聳聳肩。「我不介意。」

李伊・提賓爵士繼續說：「有關耶穌和抹大拉結合的參考資料多得數不清，我不打算講那些害你無聊。現代歷史學家早已經反覆探索得令人厭煩了。不過，我想指出一點。」他指著另一段。「這是出自〈抹大拉的馬利亞福音書〉。」

蘇菲從沒聽過還有一篇抹大拉的福音書。她閱讀那些文字：

於是彼得說：「救世主真的背著我們去跟一個女人談？我們要倒過來都聽她的話嗎？他喜歡她勝過我們嗎？」

利未回答：「彼得，你脾氣老是這麼暴躁。現在我看得出你把這個女人當成競爭的敵手。如果救世主讓她聽了道，你憑什麼厭棄她？救世主當然很了解她。這就是為什麼他愛她勝過我們。」

「他們談論的這個女人，」提賓解釋：「就是抹大拉的馬利亞。彼得嫉妒她。」

「因爲耶穌比較偏愛馬利亞嗎？」

「不只是這樣。其中牽涉的不單是情感而已。在福音書裡的這個時間點，耶穌懷疑自己很快就會被抓、釘上十字架。於是他給了抹大拉的馬利亞一些指示，教她如何在他死後帶領他的教會。結果，彼得便表示他不滿於屈居一個女人之下。我敢說彼得有性別歧視。」

蘇菲設法想搞懂。「這是聖彼得，耶穌要把他的教會建造在彼得這磐石上耶。」

「一樣，只不過有個問題。根據這些未經改編過的福音書，基督並沒有給予彼得種種建立基督教會的指示，而是指示了抹大拉的馬利亞。」

蘇菲看著他。「你是說，基督的教會要由一個女人帶領？」

「當初的計畫是如此。耶穌是最早的女性主義者。他打算未來把他的教會交到抹大拉的馬利亞手上。」

「而彼得對這個決定有意見。」蘭登說，指著〈最後的晚餐〉。「彼得就在這裡，你可以看得出，達文西很清楚彼得對抹大拉的馬利亞有什麼看法。」

蘇菲又再度說不出話來。在那幅畫中，彼得威嚇地靠向抹大拉的馬利亞，用他刀刃般的手劃過她的脖子，就跟〈岩窟中的聖母〉裡那個威脅的手勢一樣！

「還有這裡也是。」蘭登說，這回他指著彼得附近擠在一起的那幾個門徒。「有點不祥，不是嗎？」

蘇菲斜瞥過去，看到一隻手從那群門徒中間冒出來。「那隻手揮著一把短劍嗎？」

「沒錯。不過更奇怪的是，如果你數一數手臂，就會發現這隻手……不屬於任何一個人。這隻手沒有主人，是匿名的。」

蘇菲開始覺得被完全搞糊塗了。「對不起，我還是不明白，爲什麼這一切會讓抹大拉的馬利亞成爲聖杯。」

「啊哈！」提賓又喊了起來。「難處就在這裡了！」他再度轉身去桌子那邊，拉出一張大表，在她面前攤開。那是一張複雜的宗譜圖。「很少人明白，抹大拉的馬利亞除了擔任基督的右手之外，她自己當時也已經是一個很有權勢的女人了。」

蘇菲現在看到了那張樹狀宗譜圖上的標題。

便雅憫支派

「抹大拉的馬利亞在這裡。」提賓說，指著宗譜圖靠近頂端處。

蘇菲大吃一驚。「她是便雅憫家的人？」

「沒錯。」提賓說。「抹大拉的馬利亞是王室後裔。」

「但我印象中，抹大拉是窮人。」

提賓搖搖頭。「抹大拉被改寫成了一個妓女，好抹除她系出權勢家族的證據。」

蘇菲又不自覺地去看蘭登，他再度點點頭。她回頭看著提賓。「但爲什麼早期教會要在乎抹大拉是否有王室血統呢？」

那個英國人微笑。「孩子，與其說教會擔心抹大拉的馬利亞的王室血統，倒不如說是擔心她與同樣也有王室血統的基督結合。如你所知，〈馬太福音〉裡告訴過我們，耶穌是大衛家的後代，也是猶太人之王所羅門王的後裔。藉著與有權勢的便雅憫家聯姻，耶穌便融合了兩支王室血統，創造出一個強勢的政治聯盟，可望成爲理所當然的王，重建所羅門王時代的王朝傳承。」

蘇菲感覺到他終於講到重點了。

此時提賓一臉興奮的表情。「聖杯的傳說是一個關於王室血統的傳奇。當聖杯傳說談到『裝著基督之血的聖爵』……事實上，指的就是抹大拉的馬利亞——懷著耶穌王室血脈的女性子宮。」

那些話的回音彷彿在跳舞廳中迴盪來去，而蘇菲還沒完全搞明白。抹大拉的馬利亞懷著耶穌基督的王室血脈？「但基督怎麼會有血脈，除非……？」她停下來看著蘭登。

蘭登輕柔地微笑。「除非他們有了個小孩。」

蘇菲站在那裡，呆掉了。

「你看吧，」提賓宣佈：「這就是人類歷史上最大的掩飾。不單是耶穌基督已婚，而且他還當了父親。親愛的，抹大拉的馬利亞就是那神聖的容器。她是懷著王室血統的那個子宮，結出神聖果實的那株葡萄樹！」

蘇菲覺得手臂上寒毛都豎了起來。「但這麼大的祕密，怎麼可能一路保持沉默這麼多年？」

「老天！」提賓說。「根本一點也沒有沉默！耶穌基督的王室血脈，就是史上最永恆的神話——聖杯——的來源。這麼多個世紀來，抹大拉的故事在各種隱喻和語言表現得如此明顯。只要你張開眼睛，就會看到她的故事無所不在。」

「還有聖杯文獻呢？」蘇菲說。「難道說其中有證據，能證明基督有一個王室血脈？」

「沒錯。」

「所以整個聖杯傳說，就是關於王室血統？」

「一點也沒錯，」提賓說：「Sangreal這個字源自於San Greal——意思是聖杯（Holy Grail）。但以最古老的形式，Sangreal這個字彙是從不同的點拆開來。」提賓寫在一張紙上，遞給蘇菲。

她看了他寫下的字。

Sang Real

蘇菲立刻認出這些字該怎麼翻譯。

Sang Real字面上的意思，就是王室之血（Royal Blood）。

59

位於紐約市萊辛頓大道的主業會全國總部大廳內，那名男接待員很驚訝在電話中聽到艾林葛若薩主教的聲音。「晚安，先生。」

「有人留話給我嗎？」主教問，聽起來異常焦慮。

「有的，先生。很高興你打來。我打電話去公寓都找不到你。大約半小時前，有一通緊急電話留言。」

「是嗎？」他聽了好像比較安心。「打電話來的人有留名字嗎？」

「沒有，只留了電話號碼。」那個接待員把電話轉告主教。

「前面要先撥三三？那是法國，對不對？」

「是的，先生，是巴黎。打電話來的人說有很重要的事，要你立刻跟他連絡。」

「謝謝。我正在等這通電話。」艾林葛若薩很快就掛斷了。

那名接待員也掛了電話，很納悶艾林葛若薩打來的電話怎麼雜音那麼多。他知道主教的每日行程表，這個週末他應該都在紐約，可是電話裡聽起來他好像在很遠的地方。那名接待員聳聳肩不去想了。反正艾林葛若薩主教過去幾個月的行爲都怪怪的。

我的手機一定是沒接到電話，艾林葛若薩想著，飛雅特車正載著他駛向羅馬的強皮諾包機機場。「老師」曾試著聯繫我。儘管艾林葛若薩對於沒接到電話很擔心，但對於「老師」如此有把握而肯直接打電話到主業會總部，他覺得很振奮。

今晚巴黎那邊一定進行得很順利。

艾林葛若薩開始撥電話，想到自己很快就會到達巴黎，覺得很興奮。天亮前我就會到那邊了。艾林葛若薩包租的短程渦輪螺旋槳飛機正在機場等著他，要飛往法國。這麼晚了沒有商業客機，尤其是考慮到他的公事包裡所裝的東西。

電話線路接通了。

一個女性的聲音接了電話。「刑事警察局總部。」

艾林葛若薩遲疑著。這不是他原來想像的。「啊，是的……好像有人要我打這個電話？」

「請問大名？」那個女人用法語和英語各說一遍。

艾林葛若薩不確定自己是否該講出名字。法國刑事警察局？

「先生，您的大名？」那女人催他。

「曼紐爾·艾林葛若薩主教。」

「請稍候。」線路上喀答響了一聲。

等了好久，另一名男子來接了電話，一副擔憂的粗魯口吻。「主教，很高興終於跟你連絡上了。我們有很多事情要談。」

60

Sangreal（聖杯）……Sang Real（王室之血）………San Greal（神聖之血）………Royal Blood（王室之血）……Holy Grail（聖杯）……

全都糾纏在一起。

聖杯就是抹大拉的馬利亞……耶穌基督之王室血脈的母親。蘇菲沉默地站在那個跳舞廳裡，凝視著羅柏・蘭登，又有了茫然迷失之感。今晚蘭登和提賓拿出愈多片拼圖放在桌上，整張圖就愈加不可預測。

「你可以看到，親愛的，」提賓跛著步伐走向一個書架，「達文西不是唯一試著要告訴世人有關聖杯眞相的人。耶穌基督的王室血脈曾被許多歷史學家鉅細靡遺地記錄下來。」他伸出手指，掠過一排書，有好幾十本。

蘇菲歪著頭，看著那排書名：

聖殿騎士團之祕大公開：基督真正身分的祕密守護者。

拿香膏玉瓶的女人：抹大拉的馬利亞與聖杯

福音書中的女神：還原神聖女性

「這本大概是最暢銷的。」提賓說著從架上抽出一本封面破爛的精裝書，遞給她。

聖血，聖杯：備受讚譽的全球暢銷書

蘇菲抬頭。「全球暢銷書？我從沒聽過。」

「當時你還年輕。這本書在一九八〇年代還引起過不小的騷動。就我個人的觀感，作者群在書中的分析有些立論著實缺乏事實根據，不過他們的基本理論相當合理，而且也多虧了他們，才讓一般人知道基督血脈的這個說法。」

「教會方面對這本書的反應如何？」

「當然很憤慨。不過這是預料中的事。畢竟，這是梵蒂岡在西元第四世紀曾企圖掩埋的祕密，十字軍東征的部分原因，也是爲了蒐集、銷毀這些資料。抹大拉的馬利亞對早期教會男性所帶來的威脅具有潛在的毀滅性。不單因爲基督把建立教會的工作指派給她這個女人，也因爲她有實質證據，能證明教會剛宣佈的那個神擁有一個凡人後代。教會爲了捍衛自身，對抗抹大拉的權力，就把她的形象徹底抹黑爲妓女，掩埋了基督和她結婚的證據，這麼一來，就除去了任何潛在的危險，不會有任何人宣稱基督是個終有一死的先知凡人，還有個後代。」

蘇菲看向蘭登，他點點頭。「蘇菲，有大量的史料支持這個說法。」

「我承認，」提賓說：「這個說法很可怕，但你必須了解，教會有強烈的動機去執行這樣一個掩飾行動。他們絕對不能允許人們知道耶穌有個後代。耶穌有孩子的事實，將會削弱基督是神這個重要的觀念，與教會存在的正當性——教會宣稱他們是人類親近神與進入天國的唯一管道。」

「五瓣玫瑰。」蘇菲說，忽然指著提賓某本書的書背。跟那個花梨木盒子上的圖案一樣。

提賓看了蘭登一眼，咧嘴笑了。「她眼力不錯。」他轉向蘇菲。「那是錫安會裡用來代表聖杯的符號，象徵抹大拉的馬利亞。因爲教會禁止提她的名字，因此私底下要稱呼抹大拉的馬利亞，就改用許多代號——聖爵、聖杯，還有玫瑰。」他頓了一下。「玫瑰聯繫著代表金星維納斯的五角星，以及指引方向的羅盤玫瑰。順帶一提，玫瑰這個字眼在英文、法文、德文，和其他很多語文裡面，都是拼作rose。」

「玫瑰，」蘭登補充道：「也是希臘神話中性愛之神愛樂斯（Eros）的變位字。」

蘇菲驚訝地看了他一眼，而提賓則繼續說下去。

「玫瑰向來就是女性性徵的首要象徵符號。在原始的女神教派中，五片花瓣代表了女性一生的五個階段——出生、月經、爲人母親、停經、以及死亡。而在現代，盛開的玫瑰與女性的視覺關聯就更明顯了。」他看著蘭登。「或許符號學家可以解釋一下？」

羅柏猶豫著，猶豫得有點太久了。

「唉，天哪！」提賓氣沖沖說：「你們美國人眞是假正經。」他回頭看著蘇菲。「羅柏不敢講的是，盛開的花朵代表女性的生殖器，所有人類都因爲花朵盛開而進入這個世界。如果你看過美國女畫家喬琪亞·歐姬芙的作品，就會完全明白我的意思。」

「不過重點是，」蘭登回頭指著那個書架說：「所有的這些書都證實了同一個歷史上的說法。」

「耶穌是一位父親。」蘇菲仍不敢確定。

「是的，」提賓說：「而抹大拉的馬利亞則是懷著他王室血脈的子宮。直到今天，錫安會仍然崇拜抹大拉的馬利亞，把她視爲女神、聖杯、玫瑰，以及神聖母親。」

蘇菲腦海中又閃現出那個地下室的儀式畫面。

「根據錫安會的說法，」提賓繼續說道：「耶穌被釘上十字架時，抹大拉的馬利亞已經懷了孕。爲了基督那個未出世孩子的安全，她別無選擇，只好逃離聖地。在基督信任的舅舅亞利馬太人約瑟的幫助下，抹大拉的馬利亞祕密來到法國，當時叫做高盧。她在當地的猶太人聚居地找到了安全的避難處，生下了一個女兒，名叫莎拉。」

蘇菲抬起眼睛。「他們還眞知道那個小孩的名字？」

「不只如此。抹大拉和莎拉的一生都被他們的猶太人保護者給仔細記載下來。別忘了，抹大拉的小孩身上流著猶太王室——大衛王和所羅門王——的血。因此，法國的猶太人認爲抹大拉是神聖的王族，尊她爲王室族系的始祖。當時有無數的學者記錄下抹大拉在法蘭西的生活，包括莎拉的誕生和隨後的宗譜圖。」

蘇菲嚇了一跳。「耶穌基督有個宗譜圖？」

「確實如此。而且據說這個宗譜圖就是聖杯文獻的根據之一。是一份基督早期後裔的完整系譜。」

「但一份記載耶穌血統系譜的文獻有什麼好稀奇的？」蘇菲問。「那又不是什麼證據。歷史學家也沒辦法證明那個文獻的眞實性。」

提賓低聲笑了起來。「不會比證明聖經的眞實性更難。」

「所以表示什麼呢？」

「表示歷史一向就是由贏家寫下的。當兩個文化發生衝突，輸家就被抹去，而贏家則寫下史書——美化他們自己的動機，醜化被征服的對手。就像拿破崙曾說過的：『所謂的歷史，不過就是意見一致的寓言嗎？』」他笑了。「追本溯源，歷史向來就只是一方的說法。」

蘇菲從沒這樣想過。

「聖杯文獻只不過是講出另一方的基督故事。而最終，你要相信哪一方的故事，就是信仰和個人探索的問題，但至少讓資訊能夠流傳下來。聖杯文獻包括了數萬頁的資訊。聖杯寶物的目擊者曾描述這些文獻被放在四個大箱子裡，裡面據說裝著《最純正的文獻》——數千頁沒被改過、君士坦丁大帝之前的文獻，由早年耶穌的追隨者所寫下，裡面尊他爲全然的人類導師和先知。也有謠傳說，這些寶物的一部分就是傳說中的《Q文獻》——連梵蒂岡都承認這份手稿確實存在。據說，那是一本記載耶穌講道的書，可能是耶穌親自寫的。」

「基督本人自己寫的？」

「當然。」提賓說。「爲什麼基督不能記載他的傳教內容呢？當時大部分人都會這樣的。那份寶物中另一個爆炸性的文獻，一般相信是一份叫做《抹大拉日記》——抹大拉的馬利亞對於她與基督的關係、基督被釘上十字架，還有她在法國的生活的種種個人紀錄。」

蘇菲沉默良久。「而這四箱文獻，就是聖殿騎士團在所羅門王聖殿底下所發現的寶藏嗎？」

「正是。這批文獻讓聖殿騎士團得到莫大的權勢，也成爲歷史上無數聖杯追索行動的目標。」

「可是你剛剛說，聖杯是抹大拉的馬利亞。如果人們尋找的是文獻，爲什麼你又說他們是在尋找聖杯？」

提賓看著她，表情變得溫柔。「因爲聖杯的隱藏地點有一具石棺。」

外頭，風呼嘯著吹過樹林。

這會兒提賓的語氣比較平靜了。「追尋聖杯，實際上就是要跪在抹大拉的馬利亞的屍骨前。期望能在被逐出故土、被漠視的神聖女性腳邊祈禱。」

蘇菲大感驚奇。「聖杯的隱藏地點其實是……一座墳墓？」

提賓淡褐色的眼珠迷濛了起來。「沒錯，一座埋著抹大拉的馬利亞屍體、以及敘述她一生眞實故事之文獻的墳墓。追尋聖杯的眞正精神，始終就是要追尋抹大拉——那個受了冤屈的皇后，連同她家族承繼正統王權的證據，一併被埋入墓中。」

蘇菲等了一會兒，讓提賓收拾自己的情緒。有關她祖父的事情還是有太多不合理之處。「錫安會的成員，」最後她終於說：「這麼多年來都負責保護聖杯文獻和抹大拉的馬利亞的墳墓嗎？」

「是的，但錫安會還有另一個更重要的責任——保護血統本身。基督的後裔始終處於危險中。早期教會擔心如果這些後代繁衍，耶穌和抹大拉的祕密最後會被揭穿，挑戰到天主教的基本教義——一個具神性的救世主不與女人往來，也沒有從事性結合。」他停了一下。「雖然如此，但基督的後代祕密在法國悄悄繁衍，直到第五世紀進行了一項大膽行動，他們和法國王室聯姻，開創了一支族系，就是一般所知的墨洛溫家族。」

蘇菲很吃驚。墨洛溫家族這個名詞是法國每個學童都知道的。「墨洛溫家族建立了巴黎。」

「是的。這也是聖杯傳說在法國那麼豐富的原因之一。許多梵蒂岡的聖杯追尋者來到這裡，其實是身懷祕密任務，想消滅王室血統的成員。你聽過達戈貝特國王嗎？」

蘇菲模糊記得這個名字曾出現在歷史課堂上一個可怕的故事中。「達戈貝特是墨洛溫王朝的一位國王，是不是？他在睡夢中被一刀刺進眼裡。」

「正是如此。梵蒂岡串通了貝班二世，派人行刺，事情發生在第七世紀晚期。隨著達戈貝特被謀殺，墨洛溫家族的人幾乎都被悉數消滅。幸運地，達戈貝特的兒子西吉斯貝特祕密地逃離攻擊，延續了這條血脈，其後代包括了布雍的戈德弗瓦——錫安會的創建人。」

「就是命令聖殿騎士團，」蘭登說：「從所羅門王的聖殿下挖出聖杯文獻的那個人，因此提供了墨洛溫家族證據，證明他們是耶穌基督的後代。」

提賓點點頭，沉重地嘆了口氣。「現代的錫安會身負重責大任，其中分爲三部分。他們必須保護聖杯文獻，必須保護抹大拉的馬利亞之墓。另外，當然，他們必須照料並保護基督的血脈——也就是少數存活至今的墨洛溫王室家族後裔。」

那些話在廣大的空間中迴盪，蘇菲感覺到一種奇怪的共鳴感，好像她的骨頭也隨著某種新的眞理而激盪著。*存活至今的耶穌後裔。*她祖父的聲音在她耳邊低語。*公主，我必須告訴你關於你家人的眞相。*

她冒出一身的雞皮疙瘩。

王室之血。

她無法想像。

蘇菲公主。

「李伊爵士？」那位僕人的聲音透過牆上的對講機冒出來，蘇菲嚇了一跳。「麻煩你到廚房來一下好嗎？」

提賓對這個不湊巧的打擾皺起眉頭。他走到對講機前壓下按鈕。「黑密，你應該知道，我正陪著客人走不開。如果今天晚上我們需要廚房供應什麼，我們會自己來。謝謝你，晚安。」

「老爺，麻煩一下，我去休息前跟你說一句話就好。」

提賓咕噥抱怨著，按了鈕。「要講就快點講，黑密。」

「是家務事，老爺，不方便當著客人的面講。」

提賓一臉不敢置信的表情。「不能等到明天早上再說嗎？」

「不，老爺。我的問題不能再耽擱了。」

提賓翻了翻眼睛，看著蘭登和蘇菲。「有時候我眞搞不懂，到底是誰在伺候誰？」他再度壓下按鈕。

「我馬上過來，黑密。要不要幫你帶什麼東西過去？」

「只要您抽身過來就行了，爵士。」

「黑密，你知道我沒把你開除的唯一原因，是因爲你的黑胡椒牛排。」

「我知道，老爺。我知道。」

61

蘇菲公主。

聽著提賓的拐杖聲在走廊裡漸去漸遠，蘇菲感到一陣無力。她站在寂然的跳舞廳裡，茫然地轉身面對蘭登。他搖著頭，好似早已看透她的心。

「不，蘇菲。」他低語，帶著安慰她的眼神。「當我知道你祖父是錫安會的會員，而且你說他想告訴你一個有關你家人的祕密時，我心裡也有過同樣的想法。但是你想的那件事不可能。」蘭登頓了一下。「索尼耶赫不是墨洛溫家族的姓氏。」

蘇菲不確定自己是鬆了口氣還是失望。稍早，蘭登曾不經意問了個奇怪的問題，是問蘇菲母親娘家的姓。修維勒。現在那個問題很合理了。「那修維勒呢？」她緊張地問。

他再度搖搖頭。「很抱歉，我知道這可以解釋你心中的一些疑惑。但墨洛溫家族至今只有兩支直系後代，姓氏分別是普朗塔和聖克萊赫。兩家人都躲了起來，可能是由錫安會保護。」

蘇菲在心中默唸那兩個姓氏，搖搖頭。她家族中沒有人姓普朗塔或聖克萊赫。一股倦意忽然攫住了她，她知道自己並不比之前在羅浮宮時更明白祖父究竟想告訴她什麼眞相。蘇菲眞希望祖父今天下午從沒提到過她的家人。他把舊傷口給撕開來，讓她覺得比以前更加痛苦。他們死了，蘇菲。他們不會回來了。她回憶起母親晚上唱歌哄她睡覺，回憶起父親讓她騎在肩膀上，還有她祖母和弟弟熱誠的綠眼珠朝她微笑。這一切都被偷走了。她只剩下祖父而已。

而現在他也走了。只剩我孑然一身。

蘇菲無語，轉身回去看〈最後的晚餐〉，凝視著抹大拉的馬利亞長長的紅髮和沉靜的眼睛。那女人的表情中有些什麼，映現著失去至愛之人的失落感。蘇菲也有同感。

「羅柏？」她輕聲說。

他走近蘇菲。

「我知道李伊說過，聖杯故事隨時在我們身邊圍繞，但我卻是今天晚上才第一次聽說。」

蘭登看起來好像想伸手搭在她肩膀上以示安慰，卻忍住了。「之前你就聽說過她的故事了，蘇菲。每個人都聽過。只不過聽到時，我們並不明白罷了。」

「我不懂你的意思。」

「聖杯故事到處都是，但都隱藏著。當教會方面禁止談論逃亡的抹大拉的馬利亞之時，她的故事和重要性便以更謹慎的管道流傳下去……以一些能運用隱喻和象徵符號的管道。」

「當然了，那就是藝術。」

蘭登指著〈最後的晚餐〉。「這是個完美的例子。某些到今天最永恆不朽的藝術、文學，以及音樂，都祕密訴說著抹大拉的馬利亞和耶穌的故事。」

蘭登簡短告訴她有關達文西、波提且利、普桑、貝尼尼，以及維克多·雨果的作品，都在低聲訴說，期待尋回那位被抹除的神聖女性。許多歷久不衰的傳說，比方加文爵士和綠騎士、亞瑟王，以及睡美人，都是聖杯的寓言。雨果的小說《鐘樓怪人》和莫札特的歌劇《魔笛》，都充滿了共濟會的象徵符號和聖杯的祕密。

「一旦你睜開眼睛尋找聖杯，」蘭登說：「就會發現她無所不在。繪畫、音樂，甚至卡通、主題樂園，還有賣座的電影。」

蘭登舉起他的米老鼠手錶告訴蘇菲，華特·迪士尼一生的祕密志業，就是將聖杯故事傳給下一代。終其一生，迪士尼都被推崇爲「現代達文西」。這兩個人都領先時代好幾步，都是才華獨具的藝術家、祕密會社的成員，而且最明顯的是，他們都熱中於惡作劇。華特・迪士尼就跟達文西一樣，喜歡在他的作品中放一些隱藏的訊息和象徵符號。對於訓練有素的符號學家來說，觀賞早期的迪士尼電影，就像是面對著一場連珠炮般蜂擁而至的暗示和隱喻。

隱藏在迪士尼電影裡的訊息，大部分都是關於宗教、異教神話、以及被壓抑的女神故事。毫無疑問，當迪士尼重新敘述像《仙履奇緣》、《睡美人》和《白雪公主》這類童話時，都是在處理被監禁的神聖女性。一個人不必懂符號學，也可以了解白雪公主——一名貴族公主吃了毒蘋果而遭到厄運——是明顯在暗示伊甸園中夏娃的墮落。或者像《睡美人》中的奧蘿拉公主——代號是「玫瑰」，躲在森林深處，免得被壞巫婆抓走——是給小孩看的聖杯故事。

且不管迪士尼公司的形象，他們公司裡一直有敏銳的、愛開玩笑的員工，該公司的藝術家們也不斷在迪士尼的產品中插入隱藏的符號，藉以自娛。蘭登永遠忘不了有個學生曾帶一部《獅子王》的DVD給他看，把電影暫停好，停格畫面裡，獅子王辛巴頭上的滾滾飛塵組成了一個明顯可見的"SEX"（性）。雖然蘭登懷疑這比較可能是卡通片製作人員幼稚胡搞的惡作劇，而不是什麼異教對性慾的啓蒙暗示，但他已經學會不要低估迪士尼公司對象徵符號的領悟力。《小美人魚》則是一塊引人入勝、充滿了精神象徵符號的織錦，跟女神的相關性太明確了，絕對不會是巧合。

蘭登第一次看《小美人魚》時，當他注意到女主角愛麗兒水中家裡掛的那幅畫，正是十七世紀畫家拉突爾的〈懺悔的抹大拉〉——那是一幅出了名向被漠視的抹大拉的馬利亞致敬之作——蘭登當場驚訝得大聲吸了口氣，在這樣顯然是一部九十分鐘的象徵符號大拼貼裡，其中盡是關於伊西絲、夏娃、象徵雙魚座的女神佩修絲，以及出現無數次的抹大拉的馬利亞，這眞是合宜的裝飾。而小美人魚的名字愛麗兒，也跟神聖女性有緊密的關聯，在《舊約聖經》的〈以賽亞書〉裡，「愛麗兒」（譯註：Ariel，《聖經》中文版和合本譯作「亞利伊勒」。）意思就是「被包圍的聖城」。當然，小美人魚一頭柔順的紅髮，也斷然不是巧合。

提賓拐杖的敲擊聲從走廊傳來，步伐異常急切。當他們的主人進入書房，表情很凝重。

「你最好解釋一下，羅柏。」他冷冷地說：「你沒有對我坦白。」

62

「我是被陷害的，李伊。」蘭登說，試圖保持冷靜。你了解我，我不會殺人的。

提賓的口氣沒有軟化。「羅柏，老天在上，你上了電視。你知道你被警方通緝了嗎？」

「知道。」

「那麼你就濫用了我對你的信任。我眞沒想到你會讓我冒這樣的險，跑來這裡要我跟你鬼扯一堆聖杯的事情，好讓你躲在我家。」

「我沒殺人。」

「賈克・索尼耶赫死了，警方說是你幹的。」提賓一臉悲傷的表情。「對藝術有這麼大貢獻的一個人……。」

「老爺？」那名僕人忽然出現，站在提賓身後的書房門口，叉著胳膊。「我該請他們出去嗎？」

「讓我來。」提賓一拐一拐的穿過書房，打開寬敞的落地玻璃門，朝著外頭的草坪推開。「麻煩去開你們的車，趕緊離開。」

蘇菲沒動。「我們有拱心石的消息，就是那塊錫安會的拱心石。」

提賓盯著她幾秒鐘，然後嘲弄地笑了。「你這是狗急跳牆。羅柏很清楚我怎麼樣仔細找過了。」

「她說的是實話，」蘭登說：「這是我們今晚來找你的原因。我們想跟你談有關拱心石的事情。」

那名僕人這會兒插嘴。「快走，不然我就打電話報警。」

「李伊，」蘭登輕輕說：「我們知道它在哪裡。」

提賓站穩的身體似乎搖晃了一下。

這會兒黑密挺著筆直的身子，大步穿過房間。「馬上離開！不然我就不得不——」

「黑密！」提賓轉身喝斥僕人。「麻煩你離開一下。」

那名僕人一愣，張口結舌。「老爺？我堅決反對。這兩個人是——」

「我會處理。」提賓指向走廊。

目瞪口呆了好一會兒，黑密像隻被趕出門的狗似的離開房間。

夜晚的微微涼風從開著的玻璃門吹入，提賓轉向蘇菲和蘭登，依然一臉提防。「這回最好是好消息。你們知道拱心石什麼事？」

提賓書房外茂密的灌木叢中，西拉手裡抓著手槍，凝視著玻璃門內。沒多久前，他才繞著房子轉了一圈，看到蘭登和那個女人在大書房裡講話。他還沒採取行動，就有個雙手架拐杖的人進來，朝著蘭登吼，把門打開，要求他的客人離開。然後那女人提到拱心石，一切就改變了。他們的吼叫聲轉爲低語，氣氛緩和下來。玻璃門也很快就關上了。

此刻，西拉彎身躲在陰影裡，透過玻璃看進去。那塊拱心石就在房子裡的某個地方。西拉感覺得到。

西拉在陰影處緩緩逐步逼近那道玻璃門，急著想聽他們在講什麼。他會給他們五分鐘，如果他們不說出拱心石藏在哪裡，西拉就要進去，跟他們來硬的了。

書房裡，蘭登可以感覺到他們的主人覺得一頭霧水。

「盟主？」提賓氣都喘不過來，看著蘇菲。「賈克．索尼耶赫？」

蘇菲點點頭，看著對方震驚的雙眼。

「但你不可能知道的！」

「賈克．索尼耶赫是我的祖父。」

提賓架著拐杖踉蹌後退，目光凌厲地看了蘭登一眼，蘭登點點頭。提賓又把目光轉回蘇菲身上。「納佛小姐，我無話可說了。如果這是眞的，那麼我很抱歉你失去了祖父。我要承認，根據我的研究，我曾列出了一份巴黎人的名單，裡頭是我認爲很可能跟錫安會有關的人。賈克．索尼耶赫和其他很多人都名列其中。但你說他是盟主？眞的很難想像。」提賓沉默了一會兒，然後搖搖頭。「可是還是沒道理呀。即使你祖父是錫安會的盟主，自己製造了那個拱心石，他也絕對不會告訴你該去哪裡找。拱心石上頭揭露了通往錫安會終極寶藏的途徑。即使你是他的孫女，也都沒資格得知這樣的祕密。」

「索尼耶赫先生是在臨終前留下拱心石的資訊。」蘭登說。「當時他的選擇不多。」

「他不需要選擇，」提賓反駁：「還有三個大長老也知道這個祕密。這就是他們系統的完美之處。盟主若死亡，就會有一個大長老升爲盟主，然後他們會找另一個新的大長老，跟他們分享拱心石的祕密。」

「我想你沒看到完整的新聞報導。」蘇菲說。「除了我祖父之外，還有三個很有名的巴黎人士今天也被謀殺了。遇害方式都類似，每個被害人看起來都好像被審問過。」

提賓下巴都快掉了下來。「你認爲他們是……」

「三位大長老。」蘭登說。

「可是怎麼可能？兇手不可能知道錫安會所有四位最高人物的身分！你看看我，我已經研究他們幾十年了，我甚至說不出任何一個錫安會員的名字。三位大長老和盟主都在同一天被發現身分而且遇害，簡直太難以置信了。」

「我不相信那些資訊是在一天之內收集到的。」蘇菲說。「這整件事感覺上應該是個計畫周密的『斬首行動』。這種方法我們通常用來對付組織犯罪集團。如果刑事局想對某個集團採取行動，他們會先暗中觀察幾個月，確認所有主要領袖的身分，然後動手在同一時間逮住他們。擒賊先擒王。一旦沒有了領導人，這個集團就會陷入混亂，洩漏其他資訊。很可能有人已經耐心觀察錫安會很久了，然後發動攻擊，希望最高層的會員能說出拱心石藏在哪裡。」

提賓的表情還是不太相信。「可是那些弟兄絕不會說出來的。他們曾發誓要保密，即使面對死亡威脅都不會洩漏。」

「確實如此。」蘭登說。「也就是說，如果他們絕對不會洩漏祕密，而且他們都被殺害了……」

提賓猛吸了口氣。「那拱心石的隱藏處就會永遠消失了！」

「連帶消失的，」蘭登說：「還有聖杯的隱藏處。」

蘭登這些話似乎讓提賓深受打擊，他身體搖晃著。然後，就好像累得再也站不住，提賓跌坐在椅子上，瞪著窗外。

蘇菲走過去，聲音輕柔。「鑑於我祖父當時的處境，似乎很可能在完全絕望之際，試圖要把這個祕密傳給某個錫安會之外的人。某個他認爲可以信賴的、自己家裡的人。」

提賓臉色發白。「但誰有能力發動這樣的攻擊……有能力查出這麼多有關錫安會的事情……」他停了下來，生出一股新的恐懼。「只有一個可能的勢力。這種滲透只可能是來自錫安會最古老的敵人。」

蘭登看著他。「是教會。」

「不然還能有誰？羅馬教廷已經尋找聖杯好幾個世紀了。」

蘇菲很懷疑。「你認爲是教會方面殺了我的祖父？」

提賓回答，「教會以殺人來自保，這不是史上頭一遭。跟聖杯放在一起的那些文獻太具爆炸性了，教會這麼多年來老早就想摧毀它們。」

蘭登不太能相信提賓的這個論點——教會為了取得那些文獻，會如此明目張膽的殺人？蘭登見過新教宗本人和許多樞機主教，知道他們的信仰很虔誠，絕對不會寬恕暗殺行為。不論有多麼重要的理由。

蘇菲好像也有類似的想法。「這些錫安會的成員有沒有可能是被教會以外的人謀殺呢？或許是某個根本不明白聖杯是什麼的人？畢竟，『基督之杯』是個誘人的寶物。尋寶者肯定會為這樣的寶物殺人。」

「以我的經驗，」提賓說：「人們為了要逃避心所恐懼的災禍，花上的工夫往往遠超過要去取得心中所想之物。這場對錫安會的突擊行動，我覺得有種拚死一搏的味道。」

「李伊，」蘭登說：「這個說法似是而非。天主教的神職人員認為那些根本是關於基督的不實文獻，他們又何必為了找出那些文獻並加以摧毀，而去謀殺錫安會的成員呢？」

提賓低聲笑了。「羅柏，哈佛大學的象牙塔讓你變得軟弱了。沒錯，羅馬教廷的神職人員有幸懷著堅定的信仰，而且因為如此，他們的信念禁得起任何暴風雨，即使是那份違背他們所珍視一切的文獻，也不能動搖他們。但其他人呢？那些並未懷有絕對堅定信仰的人呢？那些眼看著這個殘酷世界、說神在哪裡的人呢？還有那些看到教會醜聞而發出質疑的人呢？他們懷疑教會那些人算什麼，宣稱自己傳揚基督的眞理、卻撒謊掩飾自家教會裡神父對兒童性侵犯。」提賓頓了一下，「羅柏，對這些人來說，如果有力的科學證據出現，說教會版的基督故事不確實，那麼有史以來最偉大的故事，其實就成了有史以來最偉大的謊言。」

蘭登沒回答。

「我來告訴你，若那些文獻公開，會發生什麼事。」提賓說。「梵蒂岡教廷將會面對兩千年歷史上最大的一次信仰危機。」

沉默許久後，蘇菲說：「但如果這回的攻擊的確是教會發起的，那為什麼他們要現在行動？為什麼要等這麼多年才動手？錫安會一直隱藏著聖杯文獻，對教會並沒有立即的威脅啊。」

提賓不祥地長歎一聲，看著蘭登。「羅柏，我想你對錫安會的最終指示很熟悉吧？」

蘭登想著想著，不禁屛住氣。「沒錯。」

「納佛小姐，」提賓說：「多年來，教會方面和錫安會有個彼此心照不宣的默契。那就是，教會不攻擊錫安會，而錫安會則不會公開聖杯文獻。」他頓了一下。「雖然如此，錫安會歷史上向來就包括了一個公佈祕密的計畫。到了史上的某個明確日期，錫安會就計畫要打破沉默，向全世界公佈聖杯文獻，大肆宣揚耶穌基督的眞實故事，取得最終的勝利。」

蘇菲沉默地凝視提賓。終於，她也坐了下來。「而你認爲那個日期快到了？而且教會方面也知道這個日期？」

「那只是我的猜測。」提賓說。「不過這肯定給了教會動機，發起一個全面性的攻擊，好趕緊找到那些文獻，免得太遲就來不及了。」

蘭登有種不安的感覺，提賓講得很有道理。「你認爲教會方面眞的有能力取得確實的證據，得知錫安會的那個日期嗎？」

「有什麼辦不到的——如果我們假設教會方面有能力得知錫安會成員的身分，那麼他們當然有辦法得知錫安會的計畫。即使他們不曉得確切的日期，光憑一般的迷信看法，也能猜出最可能的時間。」

「迷信看法？」蘇菲問。

「根據一個預言，」提賓說：「我們現在處於一個重大變化的新紀元。前一個千禧年剛過，也因此結束了占星學上爲時兩千年的雙魚時代——魚也同時是基督的象徵。任何占星學的符號學家都會告訴你，雙魚時代的預設狀況，就是相信人們必須由更高的權力告訴他們該怎麼做，因爲人類自己沒有辦法爲自己設想。但現在，我們已經進入了寶瓶時代，設想人們將會得知真理，而且有能力爲自己設想。兩種時代的理念有了巨幅的轉變，而且就發生在現在。」

蘭登覺得一陣寒意。占星學的預言向來對他沒有吸引力或說服力，但他知道很多教會中人對此深信不疑。「教會方面把這個過渡期稱爲『末世』。」

蘇菲一臉狐疑。「就像世界末日？像《聖經》的〈啓示錄〉嗎？」

「不是的。」蘭登回答。「那是一種普遍的誤解。很多宗教都會談末世。指的不是世界末日，而是我們當前雙魚時代的終點，雙魚時代始於耶穌誕生之時，爲時兩千年，隨著千禧年的告終而結束。現在我們已經進入寶瓶時代，末世已經到來。」

「很多聖杯歷史學家相信，」提賓補充：「如果錫安會確實計畫要公開這個眞相，那麼歷史上的這個時間點會是個象徵符號上的適當時機。大部分研究錫安會的學者，包括我在內，都預期錫安會的公佈時間將與千禧年恰恰吻合。但很明顯，結果沒有。無可否認，羅馬教廷的曆法跟占星學的分段點並不完全切合，所以那個預言有灰色地帶。我不知道現在教會方面是否已經有了內部消息，得知某個確切日期快到了，也不曉得他們是否因爲那個占星學預言而窮緊張。但總之，那是無形的。上述任何一個說法，都可以解釋教會方面可能有動機，對錫安會採取先發制人的攻擊。」提賓皺眉。「而且相信我，如果教會方面找到聖杯，他們會摧毀它。不但是文獻，還有受恩寵的抹大拉的馬利亞的遺體也會連帶遭殃。」他的眼神越發凝重。「那麼，親愛的，隨著聖杯文獻的消失，所有的證據都會失去。教會方面會打贏他們的古老戰爭，改寫歷史。往事會被永遠抹滅。」

蘇菲緩緩將那把十字形鑰匙從毛衣口袋裡拿出來，遞給提賓。

提賓接過鑰匙研究。「好傢伙，這是錫安會的標誌。你從哪裡弄來的？」

「今天晚上我祖父死前給我的。」

提賓手指摩挲著那個十字。「這是進入教堂的鑰匙？」

她深深吸了口氣。「這是開啓拱心石的鑰匙。」

提賓猛抬起頭，一臉懷疑。「不可能！我漏掉了哪個教堂？法國的每個教堂我都找過！」

「這不是進教堂的鑰匙，」蘇菲說：「而是進入一家瑞士託存銀行的鑰匙。」

提賓臉上的激動消退了幾分。「那塊拱心石在銀行裡？」

「是個保險庫。」蘭登說。

「銀行的保險庫？」提賓猛搖著頭。「不可能。拱心石應該是藏在玫瑰的標記之下。」

「是這樣沒錯。」蘭登說。「它就放在一個花梨木盒子裡，盒蓋上鑲嵌著一朵五瓣玫瑰。」

提賓的表情驚愕不已。「你們見過那塊拱心石了？」

蘇菲點點頭。「我們去過那家銀行了。」

提賓湊到他們面前，眼神充滿恐懼。「我的朋友，我們一定得做點什麼事。那塊拱心石正面臨危險！我們有責任保護它。如果有另一把鑰匙怎麼辦？或許是從被謀殺的大長老身上偷來的？如果教會的人趁你們不在時進了銀行——」

「那他們就太晚了。」蘇菲說。「我們已經把那塊拱心石移走了。」

「什麼！你們把拱心石從藏匿處移走了？」

「別擔心，」蘭登說：「那塊拱心石現在藏得好好的。」

「希望藏得非常非常好！」

「事實上，」蘭登說著，再也忍不住咧開嘴笑了，「這要看你們多久打掃沙發底下一次。」

威雷特堡外面開始吹起風，西拉蹲在窗邊，長袍在微風中飛舞。雖然他沒法聽到多少對話，但「拱心石」這個字眼還是不時從玻璃內透了出來。

東西在裡面。

「老師」的話仍在他耳邊迴盪。進入威雷特堡。拿走拱心石。不要傷害任何人。

現在，蘭登和其他人忽然起身換到另一個房間去，出去時關掉了書房的燈。西拉覺得自己像一隻正在跟蹤獵物的黑豹，緩緩爬向玻璃門。他發現門沒鎖，就溜了進去，悄悄在身後關上門。他聽得到另一個房間傳來的低沉聲音。西拉掏出口袋裡的手槍，彈開保險栓，慢慢走下走廊。

63

科列分隊長獨自站在李伊・提賓家的車道盡頭，凝視上方那幢大宅。孤立，黑暗，有許多樹叢遮掩。科列看著他手下的六名探員在圍牆外靜靜散開。他們幾分鐘內就可以翻過圍牆，包圍大宅。蘭登挑的地點，眞是再理想不過了，很適合科列帶領人馬發動一個出其不意的攻擊。

科列正打算要自己打電話給法舍時，剛好他的電話終於響起。

法舍聽完科列報告最新發展，反應並不像科列原先想像的那麼高興。「蘭登有下落了，爲什麼沒人告訴我？」

「你剛剛在講電話，而且——」

「你到底在哪裡，科列分隊長？」

科列告訴他地址。「這個產業屬於一位姓提賓的英國公民。蘭登花了點時間開車到這裡，車子開進了保全大門裡停著，沒有強行闖入的跡象，所以蘭登很可能認識業主。」

「我馬上過去。」法舍說。「你們先按兵不動。我過去親自指揮。」

科列一愣，張大嘴巴。「可是隊長，你開車過來要二十分鐘！我們應該立刻行動。我們已經盯上他了。我這邊總共有八個人。其中四個帶了來福槍，另外四個有隨身手槍。」

「等我去。」

「隊長，如果蘭登在裡面挾持了人質呢？如果他看到我們，決定棄車逃跑呢？我們必須馬上行動！我的人已經各自就位，準備動手了。」

「科列分隊長，你等我過去再採取行動，這是命令。」法舍掛掉電話。

科列分隊長愣愣的關掉電話。法舍到底為什麼要我等？科列知道答案。法舍雖然以直覺準確聞名，但他的愛誇耀也是惡名昭彰的。法舍想搶這次逮捕的功勞。現在這個美國人的臉已經上遍電視，法舍想確保他自己的臉也得到同樣的曝光程度。科列的工作只是守住要塞，等著老闆現身來撿現成的一場勝仗。

科列站在那裡，想著這次的行動延遲，腦袋忽然閃過一個解釋的可能性。損害控制。在警方執法時，會猶豫著不逮捕逃犯只有一個原因，那就是出現了一些新狀況，使得逃犯的罪嫌變得不確定。難道法舍懷疑蘭登不是真兇？這個念頭很令人害怕。法舍隊長今晚爲了逮捕蘭登，已經使出一切法寶——暗中監視、國際刑警組織、現在又加上了電視。如果讓一個美國人的臉上遍全法國電視、宣稱他犯下謀殺罪乃錯誤之舉，那麼即使是偉大的伯居・法舍，也無法在政治大風暴後倖存。如果法舍現在明白他犯了錯，那麼他命令科列按兵不動，就完全合理了。這麼一來，法舍最不願意發生的事，就是讓科列衝進一個無辜英國人的私人產業裡，用槍指著蘭登。

況且，科列明白到，如果蘭登是無辜的，那就解釋了這個案子裡最奇怪的一個矛盾：爲什麼受害者的孫女蘇菲・納佛要幫助兇嫌逃走？除非蘇菲知道蘭登是被冤枉的。法舍今天晚上已經想過各種說法去解釋蘇菲怪異的行爲，包括猜測蘇菲身爲索尼耶赫唯一的繼承人，說服了她的祕密情人羅柏・蘭登殺掉索尼耶赫，好繼承財產。索尼耶赫可能事前懷疑到，所以留下P.S.去找羅柏・蘭登的訊息給警方。科列頗確定這其中必有蹊蹺。蘇菲・納佛的爲人似乎太正直了，不可能淌這種混水。

「分隊長？」有個外勤探員跑過來。「我們找到一輛車了。」

科列跟著那名探員沿著車道走了約五十碼。那名探員指著馬路對面一處寬闊的路肩。那裡停著一輛黑色的奧迪車，就在樹叢裡，幾乎看不到。上頭的車牌顯示是租來的車。科列摸了摸引擎蓋，還是溫的，甚至還有點燙。

「一定是蘭登開來的。」科列說。「打電話給租車公司。查查看是不是偷來的。」

「是，長官。」

另一個探員在籬笆那頭揮手叫科列回去。「分隊長，你來看一下。」他遞給科列一具雙筒的夜視望遠鏡。「靠近車道頂端的小樹林裡頭。」

科列把望遠鏡瞄準山坡上，調整著上頭的增強器轉盤。緩緩地，一片泛綠的陰影逐漸成形。他找到車道的彎曲處，慢慢沿著往上，找到了那叢小樹林。他只能設法努力看，樹蔭之下是一輛防彈貨車。跟今晚稍早科列在蘇黎世託存銀行門口放行的那輛貨車一模一樣。他祈禱這會是某種奇怪的巧合，但心裡明白不可能。

「好像很明顯了，」那個探員說：「蘭登和納佛就是搭這輛車離開銀行的。」

科列啞口無言。他想著之前在銀行門口路障前攔下的那個防彈貨車司機。他戴的勞力士手錶。他急著要離開的態度。*我當時沒檢查貨車廂。*

科列簡直不敢相信，這會兒他明白銀行裡有個人跟刑事局撒謊，沒老實說出蘭登和蘇菲的下落，然後又幫助他們逃走。*但會是誰？又為什麼？*科列納悶或許這個就是法舍要他按兵不動的原因。或許法舍曉得今晚牽涉其中的不只是蘭登和蘇菲而已，還有其他人。*如果蘭登和納佛是開這輛防彈貨車來的，那麼那輛奧迪是誰開來的？*

往南數百哩之外，一架Beechcraft Baron 58的私人包機飛越義大利西邊的第勒尼安海往北。儘管天空無風，艾林葛若薩主教仍抓著一個嘔吐袋，覺得自己隨時都要吐了。他和巴黎講的那通電話，完全跟他之前的想像不同。

獨自坐在小小的機艙裡，艾林葛若薩轉著手上的戒指，想緩解排山倒海而來的恐懼和絕望。巴黎的每件事都出了大錯了。艾林葛若薩閉上眼睛，祈禱伯居・法舍眞的能化險爲夷。

64

提賓坐在沙發上，膝上放著那個木盒，欣賞著蓋子上精緻的鑲嵌玫瑰。今夜成了我一生中最奇特也最神奇的一夜。

「打開蓋子。」蘇菲低語道，跟蘭登站在他旁邊。

提賓微笑了。別催我。他曾經花了十幾年尋找這塊拱心石，現在他要好好享受這個時刻的每個千分之一秒。他一隻手掌撫過盒蓋，感覺著那朵鑲嵌玫瑰的質地。

「玫瑰。」他低語著。玫瑰就是抹大拉，而抹大拉就是聖杯。玫瑰是指引方向的羅盤。提賓覺得好傻，多年來他曾遍訪法國的主教堂和教堂，為特殊管道而花錢，檢查過千百個位於玫瑰窗下的拱門或拱道，尋找一個上有密碼的拱心石。位於玫瑰標記之下的關鍵石頭。

提賓緩緩地打開搭扣，掀起蓋子。

當他的眼睛終於看見裡面裝的東西，出於直覺，他知道裡面的東西一定就是拱心石。他盯著那個石頭圓柱體，上頭裝著一圈圈字母轉盤。這個裝置對他來說，似乎熟悉得出奇。

「取材自達文西札記中的設計。」蘇菲說。「我祖父的嗜好就是製造這類東西。」

當然了，提賓明白了。他看過那些素描和藍圖。尋找聖杯的關鍵就在這塊石頭裡。提賓抓著盒中那個沉重的藏密筒，輕輕拿起來。雖然他不知道該怎麼打開那個藏密筒，但他覺得自己的命運也在裡面了。在失敗的時刻裡，提賓曾質疑自己一生的尋求可會獲得回報，現在那些懷疑都已消逝無蹤。他聽得到那些古老的言語……聖杯傳說的基礎。

不是你找到聖杯，而是聖杯找到你。

今夜，難以置信地，這塊可以找到聖杯的石頭就從他的大門走了進來。

趁著蘇菲和提賓坐在藏密筒前，談著裡面的醋、上頭的轉盤，以及密碼可能會是什麼，蘭登拿著那個花梨木盒蓋，到房間另一頭一個燈光明亮的桌子上，好好看一看。提賓剛剛說過的一些話，此時在蘭登的腦海裡奔騰。

聖杯的關鍵就藏在玫瑰的標記之下。

蘭登把木盒蓋舉向燈光，檢視著上頭鑲嵌的玫瑰符號。雖然他熟悉的藝術範圍不包括木工或鑲嵌家具，但他剛剛想起西班牙馬德里近郊那個修道院裡的瓷磚天花板，在建築了三個世紀之後，天花板的瓷磚開始掉落，露出下頭由隱修士手寫在灰泥上的神聖文字。

蘭登再度看看那朵玫瑰。

玫瑰之下。

意即保密。

祕密。

身後的走廊砰的一聲，蘭登回頭，卻只看到陰影，其他什麼都沒有。大概是提賓的僕人剛剛經過。蘭登轉回盒子上。手指撫摸著鑲嵌玫瑰光滑的邊緣，納悶著能不能把那朵玫瑰給撬出來，但手工太完美了。他甚至在想，可不可以用刮鬍刀片塞進那朵鑲嵌玫瑰和小心雕刻而成的嵌槽之間。

蘭登打開那個盒子，檢查著盒蓋內側。很光滑。不過當他轉著盒子，燈光照射下，顯示盒蓋底部有個小洞，正好位於中央。蘭登關上盒蓋，從上方檢查鑲嵌符號。沒有洞。

那個洞沒有穿過底。

他把盒子放在桌上，環視房間，看到一堆紙上夾著一枚迴紋針。他拿了那枚迴紋針回到桌邊，把盒子打開，再度研究那個洞。他小心翼翼地把迴紋針扳直，一頭插進那個洞裡，輕輕推一下。幾乎毫不費力，他聽到傳來某個小小的喀答聲。蘭登闔上盒蓋，看到那是一小片木頭，像一片拼圖。那片木頭玫瑰彈出盒蓋，躺在桌上。

蘭登盯著盒蓋上那個原來嵌著玫瑰的地方，目瞪口呆。那裡有一些雕刻在木頭上的文字，工整的寫著四行字，是他從沒見過的語文。

字體看起來有點像閃米語系，蘭登暗自心想，可是我不認得這一種！

他身後突如其來的動靜吸引了他的注意力。不曉得從哪裡來的，他頭上挨了一記打，使他跪了下去。

他倒下時，腦袋還掠過一個念頭，覺得看見了一個蒼白的鬼正在上方看著他，手上抓著一把槍。然後眼前一黑。

65

儘管在執法部門工作，但蘇菲・納佛直到今天晚上才第一次被人用槍指著。她簡直難以想像，現在她所盯著的那把槍竟是抓在一名長髮大塊頭白子的蒼白手上。那個白子看著她，紅眼睛看來令人恐懼，不像人似的。他穿著羊毛長袍，繫著袍帶，像一個中世紀的教士。蘇菲想像不出他是誰，但想到提賓之前對教會是主使者的猜測，心中陡然升起一股敬意。

「你們知道我來的目的。」那名隱修士說，他的聲音空洞。

蘇菲和提賓坐在沙發上，在攻擊者的命令下舉起雙手。蘭登呻吟著躺在地板上。那個隱修士的雙眼立刻落到提賓膝上的那塊拱心石。

提賓一副挑戰的口吻。「你打不開的。」

「我的老師非常聰明。」那隱修士回答，又逼近一點，手槍輪流對準提賓和蘇菲。

蘇菲想著提賓的僕人去了哪裡。他沒聽到羅柏倒下的聲音嗎？

「你的老師是誰？」提賓問。「也許我們可以做點財務上的安排。」

「聖杯是無價的。」他更逼近了。

「你流血了。」提賓冷靜地說，朝著那名隱修士的右腳踝點點頭，一道細細的血從大腿流下來。「而且你的腳跛了。」

「跟你一樣。」那隱修士回答，指著立在提賓旁邊的金屬拐杖架。「現在，把拱心石遞過來。」

「你知道拱心石的事情？」提賓說，口氣很驚訝。

「你別管我知道什麼了。慢慢站起來，把東西交給我。」

「站起來對我來說很困難。」

「很好。我希望不會有任何人動作太快。」

提賓右手滑過一把拐杖架，左手抓著拱心石。他搖搖晃晃地爬起身，站起來，左手抓著那個沉重的圓柱體，身體不穩地靠在右手的拐杖上。

那名隱修士走近，離他們只有幾呎，手槍始終瞄準提賓的頭。蘇菲只能眼睜睜看著那個隱修士伸手去取那個圓柱體。

「你們不會成功的，」提賓說：「只有夠資格的人才能打開這塊拱心石。」

只有天主才能判斷是否夠資格。西拉心想。

「很重。」提賓架著拐杖說，搖晃著手。「如果你不趕緊拿去，恐怕就要掉下去了。」他晃得好厲害。

西拉趕緊走向前去拿那塊石頭，正當此時，架著拐杖的提賓忽然失去平衡。拐杖架一滑，他開始倒向右邊。不！西拉衝上前搶救那塊石頭，手上的槍也放低了。但這會兒他那塊拱心石離他更遠了。提賓往右邊倒時，左手往後一甩，那個圓柱體跌出他的手掌，掉到沙發上。同時，提賓原來撐著的那個金屬拐杖架似乎滑出來得更快，在空中劃過一個大弧，朝西拉的腿揮過來。

那支拐杖架剛剛好打中西拉的苦修帶，把倒鉤往他已然刺痛的肉中打進去，他感到身體一陣撕裂的痛楚。西拉彎腰跪下，苦修帶因而刺得更深。西拉跪下時，手槍發出震耳欲聾的轟響，子彈沒傷到任何人，射進了地板裡。他還沒來得及舉起槍再度開火，那個女人的腳打橫踩在他下巴。

車道下方，科列聽到了那聲槍響。那個悶住的爆裂聲讓他全身緊張起來。法舍正在路上，科列今夜已經放棄任何可以把找到蘭登的功勞攬在身上的希望了。但如果因爲法舍的愛出風頭，而害科列得因疏忽警方辦案程序而被行政評議委員會調查，那他就慘了。

一把武器在民宅裡發射！結果你還等在車道底下？

科列知道採取祕密行動的時機已經過了。他也知道如果再呆呆站在這裡等下去，明天早上他的一生事業就會成爲歷史。看著城堡的鑄鐵柵門，他下了決定。

「綁好，把門拉開。」

羅柏一片昏茫意識的遙遠角落，曾聽到那個槍聲。他也聽到了一個痛苦的號叫。是他自己的嗎？他的後腦勺被手提電鑽給打了個洞。不遠之處，有人在講話。

「你到底是誰？」提賓吼道。

那名僕人匆匆進來。「怎麼了？喔我的老天！那是誰？我要報警！」

「要命！不要報警。去做點有用的事情，替我們找個什麼來把這個妖怪給捆起來。」

「還有冰塊！」蘇菲在他身後喊。

蘭登的意識又渙散了。更多聲音。動作。現在他坐在沙發上。蘇菲拿著一包冰塊放在他頭上。他的後腦好痛。蘭登的視線終於開始清晰，發現自己瞪著地板上的一個身軀。我產生幻覺了嗎？一個白子隱修士的龐大身軀被捆著躺在地上，嘴巴用防水膠帶封了起來。他的下巴有一道傷口，長袍的右邊大腿處有一片血跡。他似乎也剛恢復意識。

蘭登轉向蘇菲。「那是誰？發生了……什麼事？」

提賓一拐一拐地走過來。「一名騎士揮舞著艾肯整型公司所製造的石中劍，把你給救下來。」

什麼啊？蘭登想坐起身來

蘇菲替他冰敷的手顫抖著，但很溫柔。「羅柏，你慢慢來，別急。」

「恐怕我剛剛在你的淑女朋友前示範，」提賓說：「如何利用我不幸的身體狀況而得利。好像每個人都會低估你。」

蘭登從他坐著的沙發上，往下看著那個隱修士，試圖想像剛剛發生了什麼事。

「他戴著苦修帶。」提賓解釋。

「什麼？」

提賓指著地板上一條染著血跡、有倒扣的皮革帶子。「就是紀律帶。他剛剛戴在大腿上。我可是仔細瞄準過的。」

蘭登揉揉頭，他知道紀律帶是什麼。「可是你……你怎麼會知道？」

提賓咧嘴笑了。「羅柏，信仰基督的宗教可是我的研究領域，而有幾個教派的人是毫不掩飾地表明身分的。」他用拐杖架指著那個隱修士長袍上的血跡。「就像這樣。」

「主業會。」蘭登低語，想起最近媒體報導過幾個知名的波士頓商人是主業會的成員。他們有一些憂慮的同事搞錯了，公開指控那些主業會員在三件頭西裝下戴著苦修帶。事實上，那三個商人並未如此。就像主業會的許多信徒一般，那些商人是屬於「可結婚會員」，完全不執行肉體苦行的。他們是虔誠的天主教徒、關心兒女的好父親、而且熱心參與社區事務。毫無意外地，媒體三言兩語帶過這三個商人的信仰之後，就轉而大肆報導那個教派中更嚴苛的、通常居住在主業會中心內的「獨身會員」種種更駭人聽聞、更引人注目的宗教實踐……躺在蘭登面前地板上的那個隱修士，也是這類獨身會員。

提賓仔細看著那個染著血的皮帶。「但爲什麼主業會想找到聖杯？」

蘭登腦袋太昏了，無法思索這個問題。

「羅柏。」蘇菲說，走向那個木盒。「這是什麼？」她手裡拿著蘭登從蓋子上取下的那塊小小的玫瑰嵌片。

「那個嵌片蓋住了盒子上所刻的字。我想那些字應該可以告訴我們如何打開拱心石。」

蘇菲和提賓還來不及反應，一片藍色警車的車燈和警笛忽然從斜坡底下冒出來，開始迂迴著開上半哩長的車道。

提賓皺起眉頭。「朋友們，看起來我們好像得做個決定，而且愈快愈好。」

66

科列和他的探員們手裡拿著槍，衝進了李伊・提賓爵士的前門。他們成扇形散開，開始搜索一樓的所有房間。他們在會客室地板上找到了一個子彈孔、打鬥的痕跡、一點點血跡、一個有倒鉤的奇怪皮帶，還有一捲用了一些的防水膠帶。整個一樓好像都沒人。

正當科列打算分派手下去搜索地下室和房子後頭的院子時，他聽到上方傳來的聲音。

「他們在樓上！」

衝上寬闊的樓梯，科列和手下走過那棟大宅裡的一個個房間，搜遍了黑暗的房間和走道，朝著那個發出聲音的地方靠近。那個聲音似乎是來自那個超長走廊盡頭的房間。探員們在走道上一步步緩緩逼近，封住了其他的出口。

接近最後那個房間時，科列看得到房門大開。那個聲音忽然停止，代之以一種隆隆聲，好像是引擎。科列舉起手槍，打了個手勢。他無聲地掩到門框旁，找到了燈的開關，打開。然後帶著一群人衝進房間，大喊著把他的武器瞄準……一片空無。

結果那是個空蕩蕩的客房，沒有人動過的樣子。

那個汽車引擎的隆隆聲從床旁牆上一個黑色的開關控制板傳來。科列在房子別處看過同樣的控制板，是某種對講機系統。他衝過去，那個控制板上有大約十來個附標籤的按鈕。

書房……廚房……洗衣間……葡萄酒窖……

那我聽到的汽車聲到底是哪兒來的？

主臥室……陽光室……穀倉……圖書室……

穀倉！科列立刻下樓，朝後門跑，途中抓了一名警探。兩人穿過後院的草坪，無聲無息來到一棟飽經風霜的灰色穀倉門前。他們還沒進去，就聽到一輛汽車引擎的聲音透過無線電傳來，愈來愈弱。他拔出手槍，衝進去，把燈打開。

穀倉右半邊是個簡陋的工作室——堆放著割草機、修車工具、園藝工具。旁邊的牆上有個熟悉的對講機控制板。其中一個按鈕被按下了，正在通訊。

二號客房。

科列轉身，一肚子火。他們用對講機把我們引到二樓去！他搜索了穀倉的左半邊，發現了一長排的馬廄。沒有馬。顯然城堡的主人比較偏愛另一種形式的馬力；馬廄已經改裝成一個大車庫。裡頭的車子令人目瞪口呆——一輛法拉利、一輛嶄新的勞斯萊斯、一輛艾斯頓．馬丁的古董跑車，還有一輛古典的保時捷三五六。

最後一個停車位是空的。

科列跑過去，看到馬廄地板上的油漬。他們走不出這個城堡的圍牆。車道和大門口擋著兩輛警方的巡邏車，以防萬一發生這類狀況。

「長官？」那名探員指著馬廄尾端。

穀倉後方的拉門大開，外頭是一片黑暗、泥濘的崎嶇斜坡地，在穀倉後方展開，沒入一片黑夜。科列跑向那道門，試圖想看清黑暗中的一切。但卻只能看到遠方一片森林的模糊影子。沒有車前燈。這個遍佈樹林的谷地或許還有幾十條地圖上沒標示的防火道或打獵小徑縱橫交叉，但科列很有把握，他的獵物無法通過這些樹林。「再弄幾個人去下頭那裡搜。他們可能已經困在附近哪裡了。那些時髦漂亮的跑車沒法在這種地形上走太遠的。」

「唔，長官？」那個探員指著附近一個木栓板，一根根木栓上掛著好幾串鑰匙。鑰匙上方的標籤是常見的車名。

戴姆勒……勞斯萊斯……艾斯頓．馬丁……保時捷……

最後一根木栓是空的。

科列看了空木栓上方的標籤，知道自己麻煩大了。

67

那輛 Range Rover 越野休旅車的顏色是所謂的「爪哇珍珠黑」，標準四輪傳動裝置，配備有高強度耐撞的聚丙烯車燈、車尾燈組，外加方向盤在右邊。

蘭登很高興開車的不是自己。

提賓的僕人黑密在主人的命令下，正開著這輛車，穿過威雷特堡後方月光照耀下的田野，技術超水準。他沒開車前燈，已經穿過一個空曠的小丘，現在正緩慢開下一道長長的斜坡，離大宅愈來愈遠。他似乎正朝向遠方樹林間的一個缺口處開去。

蘭登懷裡抱著那塊拱心石，在乘客座上回頭，看著後座的提賓和蘇菲。

「你的頭怎麼樣，羅柏？」蘇菲問，聲音裡透著憂心。

蘭登擠出一個痛苦的微笑。「好多了，謝謝。」其實痛得要死。

坐在蘇菲旁邊的提賓回頭看看那個被五花大綁、封住嘴巴的隱修士躺在後座後頭的行李區。那個隱修士的槍現在放在提賓膝上，整個畫面看起來像是參加薩伐旅狩獵的英國顧客在獵殺的動物前拍的老照片。

「很高興你今天晚上突然闖來找我，羅柏。」提賓說著咧嘴笑了，好像多年來第一次這麼樂。

「很抱歉把你扯進來，李伊。」

「噢，拜託，我一輩子都在等著被扯進去。」提賓隔著蘭登望向前頭擋風玻璃外頭的灌木樹籬長影。他拍拍黑密的肩膀。「記住，不要讓煞車燈亮起。必要時就用手煞車。我希望開進樹林深一點的地方。沒必要冒險讓他們從房子那邊看到我們。」

黑密讓Range Rover越野車靠慣性滑行，然後穿過一道樹籬。當車子搖搖晃晃開到一條植物茂密的路上，上方的樹蔭幾乎立刻就遮蔽了月光。

我什麼都看不見，蘭登心想，竭力想辨認出前方的任何一點點形體。眼前一片漆黑。樹枝擦過車子的左邊，黑密就把車子往右開一點。現在車子幾乎是往前直行，黑密慢慢往前開了大約三十碼。

「你開得眞好，黑密。」提賓說。「這樣應該夠遠了。羅柏，麻煩你按一下那個藍色小按鈕好嗎？就在排氣孔下頭，看到沒？」

蘭登找到了按鈕按下。

一道微弱的黃色扇形燈光照在他們眼前的小路上，顯示出兩側都有濃密的林下灌木叢。原來是霧燈，蘭登明白了。他們開的燈只夠看清路，不過現在已經夠深入森林，這樣的燈光不至於洩漏他們的行蹤。

「好，黑密。」提賓開心地說。「燈打開了，我們的性命就交在你手上了。」

「我們要去哪裡？」蘇菲問。

「這條森林小徑大約有三公里長。」提賓說。「橫過宅院，然後彎向北邊。如果中間沒碰到任何積水或倒下的樹木，我們就可以毫髮無傷地到達五號高速公路。」

毫髮無傷。蘭登心裡可不這麼想。他眼光轉到膝上，那塊拱心石正安然放在原來的木盒子裡。蓋子上的鑲嵌玫瑰已回歸原位，而雖然蘭登的頭還是覺得昏昏沉沉的，卻急著想把那塊鑲嵌物拿開，好把下頭刻著的字研究得更仔細。他打開搭扣，掀起盒蓋，此時提賓伸出手放在他肩膀上。

「耐心點，羅柏，」提賓說：「路上又暗又顛簸，萬一打破什麼就不好了。要是你之前在燈光下認不出那種語言，黑暗裡看也不會改善。我們先設法安然脫身，好嗎？我們很快就會有時間去研究那些字的。」

蘭登知道提賓說得沒錯。他點點頭，把盒子重新扣好。

後頭的隱修士忽然呻吟起來，奮力想掙脫繩子。忽然間，他開始猛烈亂踢起來。

提賓轉身把槍指著座位後頭。「我不懂你想抱怨什麼，先生。你侵入我的住宅，又朝我的好友後腦勺狠狠敲了一記。我絕對有權立刻射殺你，把你丟在樹林裡爛掉。」

那名隱修士沉默下來。

「你確定我們該帶著他嗎？」蘭登問。

「廢話，我當然確定！」提賓嚷著。「羅柏，你正因為謀殺罪名被通緝。這個混蛋是你獲得自由的門票。警方顯然太想抓到你了，一路跟蹤到我家來。」

「是我的錯。」蘇菲說。「那輛防彈貨車可能裝了衛星收發器。」

「問題不在那裡。」提賓說。「警方找到你們我不驚訝，但我很驚訝這個主業會的人能找到你們。據你們所告訴我的資訊，我無法想像這個人怎麼有辦法一路跟蹤你們到我家來，除非他在刑事局或蘇黎世銀行裡頭有線人。」

蘭登思索著。伯居・法舍似乎是打算為今晚的幾樁謀殺案找個代罪羔羊。另外維賀內對他們的攻擊也太突然了，雖然基於蘭登被指控謀殺四條人命，似乎也能理解那位銀行家為何改變心意。

「這個隱修士絕對不是單槍匹馬工作，羅柏，」提賓說：「在找出幕後主使人之前，你們兩位都有性命危險。不過吾友們，好消息是，你們現在處於掌握權力的位置，躺在我後面的這個妖怪知道誰是主使者，而不管是誰在操縱這一切，那個人現在一定很緊張。」

黑密一路加快速度，在小徑上開得愈來愈順。他們經過一些水淺地帶，爬坡一小段路，然後又開始下坡。

「羅柏，麻煩把那個電話拿給我好嗎？」提賓指著儀表板上方的汽車電話。蘭登拿了電話往後遞，提賓撥了個號碼。他等了好久才有人接。「理查？我吵醒你了嗎？當然了，這問題好蠢。眞抱歉，我有點小麻煩。我覺得有點不舒服。黑密和我必須趕回英國治療。唔，其實是馬上就得走。抱歉這麼急。你能在二十分鐘內讓伊麗莎白準備好嗎？我知道，你盡量吧。待會兒見。」他掛上電話。

「伊麗莎白？」蘭登說。

「我的飛機。花了我一大筆錢，夠贖回一個女王了。」

蘭登整個人轉過身來看著他。

「怎麼？」提賓問。「整個刑事局都在搜捕你，你們兩個不能還想留在法國。倫敦會安全得多。」

蘇菲也轉向提賓。「你覺得我們應該離開這個國家？」

「吾友啊，我在一個文明世界會比在法國這裡更有影響力。何況，一般相信聖杯是在英國。如果我們解開了拱心石，我很確定我們會發現一張地圖，指出我們已經通往正確的方向。」

「你這樣幫我們，」蘇菲說：「冒了很大的風險。這樣可不會討好法國警方。」

提賓厭惡地揮揮手。「我受夠法國了。我搬來這裡是為了找拱心石。現在這個工作完成了。我才不在乎能不能再見到威雷特堡。」

蘇菲一副不確定的口吻。「你要怎麼通過機場安全檢查呢？」

提賓低聲笑了。「我會從布荷傑起飛，那是離這裡不遠的一個私人的小機場，法國的醫生老是搞得我很緊張，所以每隔兩個星期，我會往北飛到英格蘭，去接受治療。我在英國和法國兩邊都交了一筆特許費。等到我們起飛後，你們就可以決定要不要找美國大使館的人碰面。」

蘭登突然一點也不想找大使館了。他滿腦子唯一想的就是那塊拱心石、上頭刻的字，以及這一切是否能引導他們找到聖杯。他不知道提賓帶他們去英國是否正確。無可否認，大部分現代的傳說都認為聖杯在英國。甚至現在一般相信，亞瑟王神話中藏著聖杯的艾弗龍島非英格蘭的格蘭斯頓伯里莫屬。不論聖杯在哪裡，蘭登從不敢想像他真的會去尋找它。聖杯文獻。耶穌基督的真實故事。抹大拉的馬利亞之墓。他忽然覺得自己今夜好像置身於一個過渡世界……好像是一個碰觸不到眞實世界的大氣泡。

「老爺？」黑密說。「你眞覺得回英格蘭好嗎？」

「黑密，你不必擔心。」提賓向他保證。「我回到女王的領土，並不表示我從此每天都要吃香腸和馬鈴薯。我希望你能長期陪我住在那裡。我打算要在得文郡買一座大別墅，馬上把你的東西都運過去。那是個冒險之旅，黑密。我說啊，那是個冒險之旅！」

蘭登不禁笑了。當提賓細數他光榮返回英國的種種計畫時，蘭登覺得自己也被他的那種熱情所感染了。

蘭登心不在焉地凝視著窗外，看著路旁掠過的樹林在霧燈的黃橙光線中一片煞白。側視鏡被擠得往裡彎，灌木叢樹枝歪斜擦過，蘭登看到鏡中照出蘇菲正靜靜坐在後座。他看了她好久，不期然感覺到一陣滿足。儘管今夜有這麼多麻煩，但蘭登很慶幸有這麼好的同伴。

過了幾秒鐘，蘇菲好似突然感覺到他的目光，往前湊過來，雙手放在他肩上，輕輕捏了他一下。「你還好吧？」

「嗯，」蘭登說：「還可以吧。」

蘇菲又往後靠回座位上，蘭登看到她唇邊靜靜浮現出一朵笑容，然後發現自己也咧嘴笑了。

西拉被塞在Range Rover越野車的後座，幾乎無法呼吸了。他的雙臂被扭到後頭，用層層麻繩和防水膠帶緊緊捆在腳踝上。路上每一次顛簸，都從他貼著車身的扭曲的肩膀處傳來一陣疼痛。至少抓住他的人把苦修帶拿下來了。他嘴巴封著膠帶沒法吸氣，只能用鼻孔，但他被塞在灰塵遍佈的後行李廂，鼻子漸漸塞住了。他開始咳嗽。

「他好像快窒息了。」黑密說，一副擔心的口吻。

曾用拐杖架打西拉的提賓這會兒轉頭隔著座椅探看，冷酷地對著西拉皺眉。「你運氣好，我們英國人判斷一個人的教養，不是看他對朋友有多慈悲，而是看他對敵人有多慈悲。」這位英國人伸手抓住西拉嘴巴上的防水膠帶，一把撕下來。

西拉覺得他的嘴唇好像突然著了火，但灌進他肺裡的空氣是天主送來的。

「你是替誰工作的？」那個英國人問道。

「我從事天主的事業。」西拉咬牙說，剛剛被那女人踢過的下巴還在痛。

「你屬於主業會。」那個人說。不是個問句。

「你根本不曉得我是誰。」

「主業會爲什麼想要這塊拱心石？」

西拉不打算回答。拱心石聯繫著聖杯，而聖杯則是保護信仰的關鍵。

我從事天主的事業。這條道路正陷入險境。

此時被塞在Ranger Rover越野車中的西拉，奮力想掙脫繩子，很擔心自己已經永遠被「老師」和主教忘了。他根本沒辦法聯繫他們，告訴他們事情的可怕變化。抓住我的人拿到了拱心石！他們會搶在我前頭拿到聖杯！在一片黑暗中，西拉祈禱著。他把身體的痛苦化爲祈禱的熱忱。

主啊，給我奇蹟。我需要一個奇蹟。西拉不知道，幾個小時後，他將會得到奇蹟。

「羅柏？」蘇菲仍看著他。「你剛剛臉上表情怪怪的。」

蘭登回頭瞥了她一眼，發現自己緊閉嘴巴，心跳得好快。一個奇怪的念頭剛剛掠過他的腦海。原因有可能這麼簡單嗎？「我得借用一下你的手機，蘇菲。」

「現在嗎？」

「我覺得我剛剛搞清楚了一些事。」

「什麼事？」

「我馬上會告訴你，麻煩手機借一下。」

蘇菲一臉警戒的神色。「我想法舍不會追蹤這支手機，但不要講超過一分鐘，以防萬一。」她把手機遞給他。

「打到美國要怎麼撥號？」

「必須打對方付費電話。我的手機不能直撥美洲。」

蘭登先撥了零，知道接下來六十秒可能會解開一個他困惑了一整夜的謎團。

68

電話鈴響起時，紐約的編輯瓊納斯・佛克曼才剛爬上床要睡覺。這個時間打來有點太晚了吧，他咕噥著，拿起了電話。

一個接線生的聲音問他，「你願意接聽羅柏・蘭登打來的對方付費電話嗎？」

瓊納斯一頭霧水，扭開了燈。「唔……當然，沒問題。」

電話轉接了過來。「瓊納斯嗎？」

「羅柏？你把我吵醒了，還要我付這通電話的錢？」

「瓊納斯，原諒我。」蘭登說。「我講快一點，這件事我得搞清楚。我給你的那份原稿，你有沒有──」

「羅柏，對不起，我知道我說過這星期要把校稿送過去給你的，但我忙昏頭了。下星期一，我保證。」

「我不擔心校稿。我要知道你是不是私下把原稿送出去給什麼推薦人看了？」

佛克曼猶豫著。蘭登最新的書稿是探索女神崇拜的歷史，裡面有一些關於抹大拉的馬利亞的章節，將會引起一些側目。雖然書的內容考證詳盡，也有很多人寫過，但佛克曼想在印刷試閱本之前，至少先取得幾個認眞的歷史學家和藝術權威人士的背書。瓊納斯在藝術界找了十個名人，把書稿寄給他們，附上一封禮貌的信，要求他們能不能爲此書的封面寫幾句推薦的話。以佛克曼的經驗，大部分人都會欣然接受這個機會，看到自己的名字印出來。

「瓊納斯？」蘭登進逼。「你把我的原稿寄出去了，對不對？」

佛克曼皺皺眉，覺得蘭登好像對這件事不太高興。「你的原稿很完整，羅柏，而且我希望能得到一些推薦語，好給你一個驚喜。」

對方沉默了片刻。「你有寄給巴黎羅浮宮的館長嗎？」

「你覺得呢？你的原稿裡面好幾次提到他的羅浮宮館藏的藝術品，他的好幾本著作也列在你的參考書目裡，而且那傢伙對海外銷售很有點影響力。想都不用想，你的書第一個就該找索尼耶赫推薦。」

對方沉默了好一會兒。「你什麼時候寄的？」

「大約一個月前。我也提到你最近就要去巴黎，建議你們兩個可以聊聊。他有打電話約你見面嗎？」佛克曼頓了一下，揉揉眼睛。「慢著，你這星期不是應該在巴黎嗎？」

「我是在巴黎啊。」

佛克曼坐直身子。「你從巴黎打對方付費電話給我？」

「你從我版稅裡面扣錢好了，瓊納斯。你有接到索尼耶赫的回話嗎？他喜歡那份書稿嗎？」

「不知道，我還沒接到他的回音。」

「好吧，你不必等了。我得掛電話了，不過這解釋了很多事情，謝了。」

「羅柏——」

可是蘭登已經掛掉了。

佛克曼掛上電話，難以置信地搖著頭。作者，他心想。全都是瘋子，再理智的也不例外。

在Range Rover越野車裡，李伊．提賓爆出一陣大笑。「羅柏，你是說你寫了一份書稿探討一個祕密會社，而你的編輯把稿子寄給了那個祕密會社嗎？」

蘭登意氣消沉。「顯然是如此。」

「吾友啊，眞是個殘酷的巧合。」

這根本不是巧合，蘭登知道。要求賈克・索尼耶赫爲一本談女神崇拜的書稿做推薦，就好像要求老虎伍茲去推薦一本談高爾夫球的書一樣。況且，幾乎所有談女神崇拜的書都一定會提到錫安會。

「我有個很重要的問題。」提賓說，仍低聲笑著。「你書裡談論錫安會的立場，是對他們有利還是不利？」

蘭登完全明白提賓的眞正意思。許多歷史學家曾質疑，爲什麼錫安會還要隱瞞著聖杯文獻。有些人覺得那些資訊早該公諸於世。「我對錫安會的行動沒有意見。」

「你指的是他們按兵不動吧。」

蘭登聳聳肩，提賓顯然是贊成把那些文獻公開的。「我只是介紹錫安會的歷史，把他們描述爲一個現代的女神崇拜會社、聖杯的持有者、以及古代文獻的守護者。」

蘇菲看著她。「你書裡有提到拱心石嗎？」

蘭登抽搐了一下。的確有提到，而且很多次。「我拿拱心石當例子，好證明錫安會不惜一切要保護聖杯文獻。」

蘇菲一臉驚訝。「我想這解釋了我祖父爲什麼會留下P.S.去找羅柏・蘭登的遺言。」

蘭登覺得引起索尼耶赫興趣的，其實是那份原稿中的其他部分，但那個話題他想等到跟蘇菲獨處時再討論。

「所以，」蘇菲說：「你跟法舍隊長撒了謊。」

「什麼？」蘭登問。

「你告訴他說你從沒跟我祖父通信。」

「是沒有啊！那是我的編輯寄了原稿給他。」

「羅柏，你想想看。如果法舍隊長沒找到你的編輯用來裝原稿寄去的那個信封，他就會認爲稿子是你寄的。」她停了一下。「或更糟，他會以爲是你親手交給我祖父的，還撒了謊。」

那輛 Range Rover 來到布荷傑機場，黑密開進了跑道另一頭的一個小機棚。靠近時，一個穿著皺皺卡其衣、滿頭蓬亂的男子從機棚出來，揮著手，把那個巨大的波浪狀金屬門拉開，現出裡面一架光鮮的白色噴射機。

蘭登瞪著那架閃耀的機身。「那就是伊麗莎白嗎？」

提賓咧嘴笑了。「比那個該死的海底隧道快多了。」

穿著卡其衣服的男子匆匆走向他們，斜著頭朝車頭燈看。「差不多都準備好了，老爺。」他講話有英國腔。「很抱歉拖了一會兒，可是這回情況太突然，而且——」車上的人下來時，他停了一下。他看著蘇菲和蘭登，然後看看提賓。

提賓說：「我的夥伴們跟我有急事得趕到倫敦。沒有時間可以浪費了。請準備立刻起飛吧。」一邊說著話，提賓還一邊將那把手槍從車上拿下來，遞給蘭登。

飛行員朝著那把武器瞪大了眼睛。他走向提賓耳語道：「老爺，實在很抱歉，我的出境飛行文件只准載你和你的僕人。我不能載你的客人。」

「理查，」提賓說，親切地笑著，「兩千英鎊和這把裝滿子彈的槍告訴我，你能載我的客人。」他指著那輛 Range Rover。「外加車後頭那個不幸的傢伙。」

69

那架英國霍克公司製造的七三一型飛機，上頭蓋瑞特公司製造的TFE—七三一型雙渦輪噴射引擎正怒吼著，以震人心魄的力量帶動飛機升空。窗戶外面，布荷傑機場迅速被拋在後頭。

我正逃離這個國家，蘇菲想著，身體往後靠在皮椅上。在此之前，她還一直相信她和法舍間貓捉老鼠的遊戲是可以找出辦法跟國防部辯解的。我只是想保護一個無辜的人。我只是想實踐我祖父的臨終遺願。

而蘇菲知道，那扇機會之窗剛剛關上了。她離開這個國家，沒有出境證明，身邊有個被通緝的人作伴，而且還帶著一個被捆起來的人質。如果曾有那麼一道「理性的界線」存在過，她可說是剛剛跨越了這道線。幾乎是以音速跨越的。

蘇菲和蘭登、提賓坐在靠近前艙的位置——根據門上的金屬圓牌，是渦輪噴射機菁英設計。他們的絲絨旋轉椅用螺絲固定在地板的軌道上，可以移到一個四方形的硬木桌邊，就形成了一個迷你會議室。然而整個高貴的環境，卻難以掩飾飛機後方比較不那麼高貴的狀況，靠近洗手間一個獨立的座椅區，提賓的僕人黑密拿著手槍坐在那裡，不情不願地執行提賓的命令，看守那個該死的隱修士，他的手腳被捆在一起，像一件行李似的。

「把注意力轉到那個拱心石之前，」提賓說：「可否容許我說幾句話。」他的口氣顯然很擔心，像個要跟子女開講性教育的父親。「朋友們，我知道我只是這趟旅程的客人，我也感到非常榮幸。不過，身爲一個曾耗費一生尋找聖杯的人，我覺得有責任警告你們，你們即將踏上一條無法回頭的路，更別說其中會有多少危險。」他轉向蘇菲。「納佛小姐，你祖父給了你這個藏密筒，希望你能繼續保有這個聖杯的祕密，不致讓它永遠遺失。」

「是的。」

「所以我們可以了解，不管這條路會通向哪裡，你都覺得自己不得不走下去。」

蘇菲點點頭，儘管她感覺到第二個動機仍煎熬著她。有關我家人的真相。儘管蘭登保證過拱心石跟她的過往沒有關係，但蘇菲仍感覺這個祕密中有某種非常個人的東西纏繞其中，就好像這個由她祖父親手製作的藏密筒想跟她講話，爲糾纏她這麼多年來的空虛提供一個解答。

「你的祖父和其他三個人今天晚上死了，」提賓繼續說：「好讓這個拱心石不致落入教會手中。主業會今晚差點搶到手了。我希望你了解，你的責任因此變得非常重大。你接下了一把火炬，一把燃燒了兩千年的火不容熄滅。這把火炬不能落到錯誤的人手中。」他停了一下，看著那個花梨木盒。「我知道這件事情你沒有其他選擇，納佛小姐，但鑑於其中事關重大，你必須完全願意接下這份責任……或者把責任交給其他人。」

「我祖父把藏密筒給了我。我相信他認爲我可以負起這個責任。」

提賓看起來頗受鼓舞，但仍未完全放心。「很好。強烈的意願是不可或缺的。不過，我很好奇你是不是明白，成功解開拱心石之後，接下來的考驗要更重大得多。」

「怎麼會？」

「親愛的，想像一下你忽然拿著一張地圖，上頭展示著聖杯的位置。那一刻，你將握有一個足以永遠改變歷史的眞相。你將握有人們尋找數世紀的眞相。你將會面對將眞相公諸於世的責任。你會被很多人尊敬，也會被很多人唾棄。重要的是，你是否有足夠的意志力，去擔負起這項任務。」

蘇菲沉默了一下。「我不確定該由我下這個決定。」

提賓眉毛豎了起來。「是嗎？如果不是由拱心石的持有者下這個決定，那還會是誰？」

「應該是錫安會，多年來他們都成功地保護著這個祕密。」

「錫安會？」提賓一臉懷疑。「可是他們要怎麼決定呢？錫安會今晚已經粉碎，就像你剛剛曾描述過的，他們被斬首了。不管他們是被人竊聽了，還是裡面出了內奸，我們永遠不曉得，但都改變不了這個事實：有人滲透其中、發現了四位最高層會員的身分。此時此刻，我絕對不會信任任何錫安會的人。」

「那你的建議是什麼？」蘭登問。

「羅柏，你跟我同樣明白，這麼多年來，錫安會保護這個祕密，並不是打算讓它永遠埋在灰塵堆裡。他們是在等著某個歷史上的正確時刻，要把祕密公開。等著到了某個時間，全世界準備好能接受這個事實。」

「而你相信這個時間已經到了？」蘭登問。

「絕對是如此。事情再明顯不過了，所有歷史上的跡象都符合，而且若是錫安會不打算在近期內公佈這個祕密，那為什麼教會現在要發動攻擊？」

蘇菲辯駁道：「那個隱修士還沒把他的目的告訴我們。」

「那個隱修士的目的就是教會的目的，」提賓回答：「那就是把這份揭露教會大騙局的文獻給摧毀。今晚教會比以往更接近他們的目標，而錫安會把責任交給了你，納佛小姐。挽救聖杯的任務顯然包括要實現錫安會的最後願望，把眞相公諸於世。」

蘭登插嘴。「李伊，要求蘇菲做這個決定，對於在一個小時前才曉得有聖杯文獻這個東西存在的人來說，責任未免太沉重了。」

提賓嘆氣。「如果我太咄咄逼人，請原諒我，納佛小姐。顯然我一直相信，這些文獻應該公開，但最終還是應該由你做出決定。我只是覺得，你應該開始要想想，我們打開了拱心石之後，接下來該怎麼做，這個很重要。」

「兩位，」蘇菲語氣堅定地說：「引用你們剛剛說過的話。『不是你找到聖杯，而是聖杯找到你。』我相信聖杯找到我是有原因的，等時間到了，我自然曉得該怎麼做。」

提賓和蘭登一臉驚異。

「那麼，」蘇菲說，指著那個花梨木盒子，「我們繼續吧。」

70

站在威雷特堡的會客室裡，科列分隊長看著快燒盡的火，覺得很喪氣。法舍隊長剛剛到了，現在正在隔壁房間，朝著電話大吼，試圖要重新追查出那輛失蹤的Range Rover越野車的位置。

拖到現在，都不曉得跑到哪裡去了，科列心想。

之前違背法舍的直接命令，第二度追丟了蘭登，科列很慶幸科技偵查處發現了地板上的子彈孔，這至少可以證明科列聲稱有人開槍的說法。然而，法舍還是心情乖戾，而科列感覺到，等這件事了結之後，他可就要等著算帳了。

不幸的是，他們在這裡所找到的證據，好像完全看不出來發生過什麼事，或有誰在場。外頭那輛黑色奧迪車是用假名和假的信用卡號碼租來的，車上採來的指紋在國際刑警組織的資料庫也找不到符合的。

另一名警探衝進起居室，眼神迫切。「法舍隊長在哪裡？」

科列看著燃燒的餘火，眼睛都懶得抬。「他在講電話。」

「我講完了。」法舍突然出現，大步跨進房裡。「有什麼發現？」

第二位探員說：「長官，總部剛接到蘇黎世託存銀行總裁維賀內的消息。他想私下跟你談，他改變了原先的說詞。」

「哦？」法舍說。

這會兒科列抬起眼睛了。

「維賀內承認蘭登和納佛今天晚上去過他們銀行。」

「我們也猜到了。」法舍說。「爲什麼維賀內之前要撒謊？」

「他說他只願意跟你談，但他同意會完全合作。」

「交換條件是什麼？」

「我們發佈的消息不能提到他的銀行，而且要幫助他追回被竊的東西。聽起來好像蘭登和納佛從索尼耶赫的帳戶偷走了什麼。」

「什麼？」科列脫口說道。「怎麼會？」

法舍毫不畏縮，眼睛定定地看著第二位探員。「他們偷了什麼？」

「維賀內不肯詳細說明，但聽起來，他好像願意做任何事情，好把東西追回。」

科列試圖想像這一切怎麼可能發生。或許蘭登和納佛用槍脅持了一名銀行行員？也許他們強迫維賀內打開索尼耶赫的帳戶，爲他們安排輕易躲在防彈貨車裡逃走。即使聽來可行，但科列還是難以相信蘇菲・納佛幹得出這種事情。

廚房裡另一個探員喊著法舍。「隊長？我正在檢查提賓先生的速撥鍵，現在連絡上布荷傑機場了，我有壞消息。」

三十秒之後，法舍收拾東西準備離開威雷特堡。他剛剛才曉得提賓在附近的布荷傑機場有一架私人噴射機，半小時前才剛起飛。

電話裡那位機場的管理人宣稱不知道飛機上有誰，也不知道要飛到哪裡。他們起飛沒有事先預約，也沒有繳交飛航行程表。即使對一個小機場來說，這都是嚴重違法。法舍很確定只要用對了訊問方式，他就可以得到自己要的答案。

「科列分隊長，」法舍吼著，朝門走去，「我沒有別的選擇，只能讓你留在這裡負責科技偵查處的調查。這回別再把事情搞砸了。」

71

這架霍克機朝向英格蘭水平飛行，蘭登小心翼翼地將起飛時放在膝上的花梨木盒拿起。他把盒子放在桌上，可以感覺到蘇菲和提賓都滿懷期待地湊上前來。

拉開蓋子上的搭扣，掀開盒子，蘭登的注意力沒放在藏密筒上的字母轉盤，而是盒蓋底部的那個小洞。他用筆尖小心地戳開上頭的鑲嵌玫瑰，顯現出下面的字。玫瑰之下，意指保密，他沉思著，期盼隔了許久再看一眼那些文字，可以因此看得懂。他集中注意力，研究著那些奇怪的文字。

過了幾秒鐘，他開始感覺到自己原來的那份困惑又重新浮現。「李伊，我就是看不懂是什麼文字。」

蘇菲隔著桌子坐在對面，還沒看到那些文字，但她很驚訝蘭登無法立刻辨識出那是什麼語文。我祖父會說某種連一名符號學家都認不出來的冷門語言？她很快又想到，自己不該驚訝的。這不會是賈克・索尼耶赫第一個瞞著孫女的祕密。

坐在蘇菲對面的李伊・提賓已經按捺不住了。他急著要看看那些文字，因激動而顫抖著，他湊近過去，想在旁邊看一眼，蘭登仍低頭研究著那個盒子。

「不知道。」蘭登熱切低語著。「我一開始猜是閃米語系，但現在我沒那麼確定了。大部分主要的閃米語都會有元音標記，但這份卻沒有。」

「或許是古代的文字。」提賓提出。

「元音標記？」

提賓雙眼仍盯著那個盒子。「比較現代的閃米語字母沒有母音，而是採用元音標記——一些寫在輔音下方或中間的小點和橫線——用來標明這些文字的母音。從歷史來看，語言上的元音標記是很後來才加上的。」

蘭登仍然湊在盒子上看著那上頭的字。「說不定是西班牙系猶太人所使用語言的譯本……？」

提賓再也忍不下去了。「或許我只要……」他伸手從蘭登面前把盒子抓過來，拉到自己面前。蘭登無疑對一般古文很熟悉——希臘文、拉丁文、羅曼斯語系——但提賓乍看之下，覺得這種語言看起來更特別，也許是拉希手稿字體，或是STA”M希伯來文字體，字母上方多了小突冠。

提賓深深吸了口氣，雙眼投向盒蓋上頭刻的字。他久久不發一語。隨著時間分秒過去，提賓覺得他的信心也逐漸消蝕。「我很驚訝，」他說：「這完全不像我所看過的任何語文！」

蘭登洩了氣。

「我可以看一下嗎？」蘇菲問。

提賓假裝沒聽到。「羅柏，你稍早說過，你覺得你以前看過這樣的東西？」

蘭登一臉苦惱。「當時我這麼以爲。現在不確定了。不過這些字看起來很眼熟。」

「李伊？」蘇菲又說，顯然並不樂意被他們冷落。「能不能讓我看看我祖父做的盒子？」

「當然，親愛的。」提賓說，把盒子推向她。他沒有貶低的意思，但蘇菲・納佛的程度實在差他們太遠了。如果一個英國王室歷史學家和一名哈佛大學的符號學家都無法認出這個語言——

「啊哈，」蘇菲看了那個盒子幾秒後說：「我早該猜到了。」

提賓和蘭登一起轉過頭來瞪著她。

「猜到什麼？」提賓問。

蘇菲聳聳肩。「猜到這個應該是我祖父所使用的那種語文。」

「你的意思是，你看得懂這些文字？」提賓喊道。

「非常簡單。」蘇菲揚起聲調說，顯然正自得其樂。「我六歲的時候，祖父曾教導我這種語文。我熟得很。」她靠在桌子上，帶著訓誡的目光看定了提賓。「而且老實說，先生，鑑於你對女王的忠誠，我有點驚訝你居然認不出來。」

一刹那間，蘭登明白了。

難怪那些字跡看起來那麼熟悉！

幾年前，蘭登曾出席哈佛大學佛格博物館的一個場合。年輕時從哈佛輟學的「微軟」執行長比爾・蓋茲回到母校，把他以天價取得的寶物之一——不久前在拍賣場買下的十八頁筆記，出自阿曼德・漢默的遺產——借給該博物館展覽。

他的得標價格——整整三千零八十萬美元。

那份筆記的作者——李奧納多・達文西。

那十八頁手稿——現在被稱爲達文西的〈萊斯特手稿〉，以之前著名的擁有者萊斯特伯爵命名——是達文西傳世筆記中最令人感興趣的筆記之一：其中的筆記和圖畫，勾勒出達文西在天文學、地質學、考古學和水文學方面的進步理論。

蘭登永遠忘不了他排隊等候許久，終於看到那份天價羊皮紙手稿的反應。他大失所望。那些筆記根本看不懂。儘管保存良好，筆跡也整齊乾淨——深紅色墨水寫在乳白色的紙張上——那些手稿看起來好像順手的塗鴉。一開始蘭登以爲自己看不懂是因爲達文西寫在筆記本上的是某種古義大利文。但更仔細研究之後，他發現自己無法辨識任何一個義大利字彙，連一個字母都看不懂。

「先生，你試試用這個。」展覽櫃前的那位女性解說員低聲道。他指著一個用鏈子繫在展品旁的小手鏡。蘭登拿起鏡子，檢視著鏡面上的文字。

一切立刻清晰起來。

蘭登當時太急著想細讀這位偉大思想家的想法，以至於忘了這個人無數的藝術才華中，其中一項就是以鏡像文字書寫，這樣除了他自己之外，其他人就看不懂了。歷史學家一直在爭論，達文西這樣寫字只是用以自娛，還是避免人們偷看他寫而抄襲他的點子，但始終沒有結論。達文西就是高興這麼寫。

蘇菲見羅柏已經明白她的意思，暗自微笑。「我看得懂前幾個字，」她說：「是英文。」

提賓依然驚訝得口齒不清。「怎麼回事？」

「反轉文字。」蘭登說。「我們需要一面鏡子。」

「不用，」蘇菲說：「我敢說這片木板夠薄。」她把那個花梨木盒子舉起，對著牆上的一盞燈，檢視著蓋子的底部。她祖父其實無法反轉寫字，所以總是投機取巧，先把字正著寫，然後把紙翻面，描著上頭的反轉字形。蘇菲猜想他是先在一塊木頭烙印上正常的字，然後把木板底部磨薄了，直到可以看透背面的字跡。然後他只要把木片翻面，照著描上字就行了。

蘇菲把蓋子湊近燈光，看到自己沒猜錯。明亮的光透過薄薄的木板，在盒蓋底部顯現出反轉的字。一眼就可以辨認。

「英文，」提賓聲音嘶啞道，羞愧地垂著頭，「我的母語。」

飛機後方，黑密．勒加呂戴克在轟隆的引擎聲中尖著耳朵努力聽，卻聽不清機艙前方的談話聲。黑密不喜歡這一夜進行的方式。一點也不喜歡。他往下看著腳邊那個被五花大綁的隱修士。現在那人靜靜躺著，好像是乖乖認命而陷入恍惚狀態，又或者，是正暗自祈求救兵到來。

72

在一萬五千呎的高空中，羅柏・蘭登覺得實體世界逐步淡去，他全副心思都集中在索尼耶赫的鏡像詩中，那些字跡透過盒蓋發著微光。

蘇菲趕緊找來幾張紙，用普通寫法錄下。寫完之後，三個人輪流看著那些文字。那好像是某種考古學的縱橫字謎……一個暗示著該如何打開藏密筒的謎語。蘭登慢慢閱讀那些詩句。

古老智慧之語可解此卷（An ancient word of wisdom frees this scroll）
力助吾輩保伊全家團圓（and helps us keep her scatter'd family whole）
聖殿騎士之碑是為關鍵（a headstone praised by templars is the key）
阿特巴希為汝真相展現（and atbash will reveal the truth to thee.）

蘭登還沒開始推敲這首詩想展現的眞相是什麼，就覺得心中有種更基本的共鳴——這首詩的格律。抑揚五步格詩。

過去多年，在全歐洲各地研究祕密會社時，蘭登曾看過很多這種格律的詩，包括去年就在梵蒂岡檔案室見過。數世紀以來，抑揚五步格詩已成爲舉世坦率直言的文人最偏愛的詩歌格律，從古希臘詩人阿爾基洛科斯，到莎士比亞、米爾頓、喬叟，以及伏爾泰——這些無畏之士選擇以一種當時許多人認爲具有神祕性質的格律，來書寫他們的社會評論。抑揚五步格詩的根源，乃深植於異教信仰。

抑揚格，指的是一輕一重的兩個音節。一個重讀音節，一個輕讀音節。一陰一陽。平衡的一對。排成五組抑揚格。五步格。五象徵著維納斯和神聖女性的五芒星。

「是五步格詩！」提賓突然脫口，轉向蘭登。「而且這首詩是用英文寫的！純潔的語言！」

蘭登點點頭。錫安會就像其他不見容於教會的祕密會社，幾世紀以來都認爲英文是歐洲唯一純潔的語言。不像法文、西班牙文、義大利文是源於拉丁文——梵蒂岡的母語——在語言學上，英語乃處於羅馬的宣傳機器之外，因此對於那些受過教育而得以學會英語的兄弟會來說，英語便成爲一種神聖、神祕的語言。

「這首詩，」提賓滿腹感想的說：「不單談到了聖杯，也談到了聖殿騎士團和抹大拉的馬利亞的失散家人！夫復何求？」

「通關密語。」蘇菲說，再度看著那首詩。「看起來我們好像需要某種智慧的古老字彙？」

「咒語嗎？」提賓大膽猜測，雙眼閃爍著。

五個字母的字彙，蘭登心想，思索著可能會被認爲是智慧之語、由五個字母組成的古老字彙——可能出自神祕主義者的誦唱、占星學的預言、祕密會社的入會辭、巫術咒文、古埃及咒語、異教咒語——這個名單長得無止盡。

「這個通關密語，」蘇菲說：「顯然跟聖殿騎士團有關。」她大聲唸出那首詩。「聖殿騎士之碑是爲關鍵。」

「李伊，」蘭登說：「你是聖殿騎士團專家。有什麼想法嗎？」

提賓沉默了幾秒鐘，然後嘆了口氣。「墓碑顯然是某種墳墓的標記。這首詩可能是有關聖殿騎士團所崇拜的抹大拉的馬利亞之墓的墓碑，但這幫不了我們太多，因爲我們不知道她的墓在哪裡。」

「最後一行，」蘇菲說：「裡頭說阿特巴希將展現眞相。我聽過這個字彙，阿特巴希。」

「不意外，」蘭登回答：「你可能在密碼術入門課程裡學過。阿特巴希密碼是人類所知最古老的密碼術之一。」

當然了！蘇菲心想。著名的希伯來語密碼系統。

蘇菲早期所受的密碼術訓練中，阿特巴希密碼的確就是課程之一。這種密碼可以追溯到西元前五百年，現在被用來作爲基本的循環代換式架構的示範教材。阿特巴希是一種基本的猶太密碼形式，這種簡單的代換密碼以二十二個希伯來語字母爲基礎。在阿特巴希中，第一個字母代表最後一個字母，第二個字母則代表倒數第二個字母，依此類推。

「阿特巴希再適合不過了，」提賓說：「猶太卡巴拉教派的經書、〈死海古卷〉，甚至《舊約聖經》裡，都可以發現以阿特巴希編碼的文字。猶太學者和神祕主義者利用阿特巴希仍然不斷發現了隱藏的祕密。錫安會的教學課程中，一定也少不了阿特巴希密碼。」

「唯一的麻煩，」蘭登說：「出在我們手上沒有東西可以應用這種密碼。」

提賓嘆道：「一定有個關於墓碑的密碼。我們必須找到這個聖殿騎士團崇拜的墓碑。」

蘇菲從蘭登陰沉的臉上感覺到，要找出聖殿騎士團之碑不會是小事一樁。

阿特巴希是鑰匙，蘇菲心想。但我們卻沒有那扇門。

三分鐘之後，提賓喪氣地嘆了口氣，搖搖頭。「朋友們，我沒轍了。我再慢慢想一下，順便去弄點吃的來，也看看黑密和我們的客人怎麼樣了。」他站起身，往飛機後方走。

蘇菲看著他離開，覺得好疲倦。

窗外，仍是黎明前的一片黑暗。蘇菲覺得自己好像被丟入空中，不曉得將在何處著陸。從小就解開過祖父各式各樣的字謎，此刻她卻有種不安的感覺，眼前的這首詩中，還包含了一些他們尚未發現的資訊。

還有更多東西，她告訴自己，藏得很巧妙……但仍然是存在的。

同時糾纏她不去的，是一股恐懼，擔心他們最後在這個藏密筒裡發現的東西，不會是「一張通往聖杯的地圖」如此簡單而已。儘管提賓和蘭登很有把握，相信眞相就藏在這個大理石圓柱體裡面，但蘇菲曾解開過太多祖父的尋寶遊戲，她很清楚，賈克·索尼耶赫不會輕易讓人破解他的祕密。

73

布荷傑機場夜班的空中交通管制員正對著一片空白的雷達螢幕打瞌睡，此時刑事局的隊長幾乎是破門而入。

「提賓的飛機，」伯居·法舍大聲說著，走進了那個小小的塔台，「開往哪裡了？」

管制員第一個反應就是喃喃胡說八道一番，笨拙地試圖保護他那位英國客人的隱私——他是這個機場最受尊敬的顧客之一。可惜失敗了。

「好吧，」法舍說：「我要逮捕你，因爲你允許一架私人飛機沒有繳交飛航行程表就起飛。」法舍示意另一位警官，他拿著手銬上前，那名空中交通管制員突然一陣恐慌。他想起報上對這位警察隊長究竟是個英雄還是麻煩人物的爭論。這個問題剛剛有了答案。

「等一下！」管制員看到手銬，哀叫起來。「我只能告訴你，李伊·提賓爵士常常爲了看病飛到倫敦去。他在肯特郡的比金丘私人機場有個機棚。就在倫敦近郊。」

法舍擺手讓拿著手銬的警官退下。「比金丘是他今晚的目的地嗎？」

「我不知道。」管制員老實說。「那架飛機照平常的航向起飛，雷達上最後一次信號顯示他們正飛往英國。比金丘是最可能的目的地。」

「他還有帶其他人上飛機嗎？」

「我發誓，長官，我眞的不會曉得。我們的顧客可以直接開車到機棚，隨自己高興上飛機。飛機上有什麼人，是降落機場海關人員的責任。」

法舍看看錶，然後往外注視著航站前方四處散佈的噴射機。「如果他們要去比金丘，那飛機還要多久會降落？」

那名管制員手忙腳亂地翻著紀錄。「航程很短，他們的飛機將會在……大約六點半降落。還有十五分鐘。」

法舍皺起眉頭，轉向一名探員。「就在這裡找一架飛機。我要去倫敦。還有，替我連絡肯特郡當地的警察。不要找英國軍事情報局第五處。我希望這次行動保持低調，找肯特郡的地方警察就行。告訴他們我要讓提賓的飛機降落。然後我要在跑道上包圍那架飛機。我到之前，不准任何人下飛機。」

74

「你好安靜。」蘭登坐在霍克機的機艙裡，盯著對面的蘇菲說。

「只是累了，」她回答：「還有那首詩，我不懂。」

蘭登也有同樣的感覺。引擎的轟隆聲和飛機的輕微搖晃催人欲眠，他後腦被那個隱修士打過的地方仍隱隱作痛。提賓還在飛機後方，蘭登決定利用這個與蘇菲獨處的時間，告訴她一些心中的話。「我想我知道你祖父把我們湊到一起的部分原因了。我想他希望我跟你解釋一些事情。」

「聖杯的歷史和抹大拉的馬利亞還不夠嗎？」

蘭登不確定該如何啓齒。「你們的失和。你十年不肯跟他講話的原因。我想或許他希望我能找到辦法跟你澄清，解釋那個讓你們從此成爲陌路的原因。」

蘇菲在座位上侷促不安。「我還沒跟你提過是什麼讓我們從此成爲陌路。」

蘭登仔細看著她。「你目睹了一場性儀式，對不對？」

蘇菲瑟縮了一下。「你怎麼知道？」

「蘇菲，你告訴過我，你目睹了一些事情，因而使你相信你祖父是一個祕密會社的成員。而不管你看到的是什麼，都足以讓你從此不跟他講話。我對於祕密會社知道得相當多。不需要擁有達文西的腦袋，也可以猜得出你看到了什麼。」

蘇菲盯著他。

「那是在春天嗎？」蘭登問。「大約在春分？三月中嗎？」

蘇菲望向窗外。「我大學裡面正在放春假，我提早幾天回家。」

「你願意告訴我怎麼回事嗎？」

「我寧可不要。」蘇菲忽然轉過來面對蘭登，情緒激動，雙眼盈滿淚水。「我不知道自己看到的是什麼。」

「在場的男女都有嗎？」

她頓了一下，然後點點頭。

「穿著白色和黑色的衣服？」

她瞪大眼睛，點點頭，似乎稍微敞開心胸。「女人穿著白色的薄紗長袍……腳上是金色鞋子，手上拿著金球。男人穿著黑色的古典及膝束腰外衣和黑鞋子。」

蘭登竭力想隱藏他的情緒，然而他實在不敢相信剛剛所聽到的。蘇菲．納佛不經意地目睹了一樁有兩千年歷史的神聖儀式。「面具呢？」他問，讓聲音保持冷靜。「男女都戴著中性的面具嗎？」

「對，每個人都有。一模一樣的面具，女人戴白的，男人戴黑的。」

蘭登看過這種典禮的描述，知道其神祕的根源。「那個儀式被稱爲『聖婚』，」他輕聲說：「已經有超過兩千年的歷史了。古埃及的祭司和女祭司定期舉行這個儀式，以慶祝女性的生育力量。」他停下來，湊近蘇菲。「如果你目睹了聖婚，卻沒有事先明白其中的涵義，我可以想像你一定覺得非常震驚。」

蘇菲沒吭聲。

「『聖婚』（Hieros Gamos）是希臘文，」他繼續道：「意思是神聖的婚姻。」

「我看到的儀式不是結婚。」

「這個『婚姻』是結合為一的意思，蘇菲。」

「你指的是性的結合？」

「不是。」

「不是？」她的橄欖綠眼珠充滿疑問。

蘭登往後靠。「唔……以某種說法來說，也算是吧，但跟我們今天的了解不同。」他解釋，雖然她看到的場面看起來像是性儀式，但聖婚其實跟性慾無關。那是一種精神上的行爲。在歷史上，透過性交的行爲，男性和女性才能體驗到神。古人相信，男性在精神上是不完整的，除非他們擁有跟神聖女性結合的肉體經驗。與女性進行肉體結合，就意味著男人在精神上可以變得完整，最終達到靈知——神聖的知識。自從古埃及女神伊西絲的時代以來，性儀式就被認爲是男性在塵世間唯一通往天國的橋樑。「藉著與女性交流，」蘭登說：「男人可以達到高潮的那一瞬間，此時他的心靈完全空白，可以看見神。」

蘇菲的表情很懷疑。「高潮是一種祈禱？」

蘭登不置可否地聳聳肩，雖然基本上蘇菲沒說錯。以生理學來說，男性高潮時會有那麼一瞬間是腦袋空白的。短暫的心靈眞空。在那心思清澄的一刻，可以看見神。印度教中冥想的導師不用透過性，也能達到類似的無思想狀態，而且常描述涅槃就是一種無止盡的精神高潮。

「蘇菲，」蘭登輕聲說：「有一點很重要，你要記住，古人眼中的性完全跟我們今天的眼光相反。性會產生新生命——最大的奇蹟——而只有神才能施行奇蹟。女性的子宮能孕育生命，使她變得神聖。成爲神。性交是人類精神兩半——男性和女性——的神聖結合，透過這種結合，男性可以得到精神上的完整，與神合一。你所看到的與性無關，而是與靈性有關。聖婚儀式不是性變態。而是非常神聖不可侵犯的儀式。」

他的話似乎觸到了痛處。之前蘇菲似乎一整夜都很冷靜，但此刻，蘭登第一次看到那股沉著的氣息開始瓦解。她的淚水再度湧上來，她用袖子拭乾。

他讓她平靜一會兒。無可否認地，性是通往神的途徑，這個概念乍聽之下的確令人驚訝。蘭登的猶太人學生初次聽到早期猶太傳統中包含儀式性的性，總是大驚失色。而且舉行的地點就在神廟。早期的猶太人相信，所羅門王神殿這個至聖所不單供奉著神，也供奉著與他力量相等的女性示金拿（Shekinah）。男人來到神廟拜訪女祭司或神廟中的奴隸，以尋求精神上的完整，他們與女祭司或女奴做愛，透過肉體結合而體驗到神聖。猶太人的上帝之名YHWH——神之聖名——其實是源自耶和華（Jehovah），這個字結合了男性的Jah和古希伯來語的夏娃名字Havah，成了一個中性字。

「對於早期教會來說，」蘭登用一種柔和的聲調解釋：「人類利用性與神直接交融，嚴重威脅到教會的權力基礎。這麼一來，教會就被排除在這種溝通管道之外，削弱他們自我宣稱乃通往上帝唯一管道的重要地位。爲了一些顯而易見的原因，教會就努力把性妖魔化，並重新改造爲一種噁心且有罪的行爲。其他的主要宗教也是如此。」

蘇菲沉默著，但蘭登可以感覺到她更了解她祖父了。諷刺的是，蘭登這個學期稍早曾在課堂上談過同樣的觀點。「我們對性的矛盾心理不是很奇怪嗎？」他問學生。「我們的古老傳統和生理學都告訴我們性是自然的——一種精神實踐的珍貴途徑——但現代的宗教卻把性貶抑爲可恥的事情，教我們恐懼自己的性慾望，說那是惡魔的手。」

蘭登決定不要用全世界超過一打的祕密會社——其中許多都頗有影響力——仍在舉行性儀式、且保有古老傳統的事實來嚇壞學生。湯姆・克魯斯在電影《大開眼戒》中扮演的角色痛苦地學到了這一課，當時他溜進了一個紐約曼哈頓上流菁英的聚會中，卻發現自己目睹了聖婚。可悲的是，導演把大部分的細節都弄錯了，但仍然點出了其中的基本要旨——一個祕密會社相聚以慶祝性結合的神奇。

「蘭登教授？」一個坐在後頭的男學生舉手，語氣滿懷希望。「你是說我們不該進教堂，而是應該有更多的性行爲？」

蘭登低聲笑了，不打算吞下這個誘餌。以他所聽說的哈佛派對，這些小孩的性行爲已經太夠了。「各位男士，」他說，知道這個問題不能隨便回答：「讓我提供一個建議給你們所有人，我不是要鼓勵婚前性行爲，也不會天眞得以爲你們都是純潔的天使，我對你們的性生活只能給這麼一點忠告。」

所有男生都往前湊，專心聽著。

「下一回你遇上一個女人，應該探究自己的內心，看自己是否能把性行爲當成一種神祕的靈性行爲。要自己去找出那種男性只能透過與神聖女性結合，才能達到的神聖火花。」

那些女生會意地微笑著點頭。

男生則曖昧地咯咯直笑，互相交換著黃色笑話。

蘭登嘆氣了。大學男生還只是男孩。

蘇菲抵著飛機的窗戶，覺得額頭冰涼，她茫然瞪著那一片空無，試圖吸收蘭登剛剛告訴她的話。她覺得心中升起一股新的悔恨。十年。她想起祖父寄來那疊沒拆過的信。我要把一切告訴羅柏。蘇菲仍看著窗外，安靜而憂慮地開始說了。

當她開始講起那一夜發生了什麼事情，覺得自己陷入了回憶中……在她祖父諾曼地的別墅外看著樹林中的亮光……困惑地在空蕩的房子裡搜尋……聽到下方傳來的聲音……然後找到那扇隱藏的門。她慢慢走下石階，一次下一格，來到地下的洞穴。她還聞得到帶著泥土味的空氣。清涼又清爽。是三月，在階梯上她藏身處的陰影裡，她看著那些陌生人隨著搖曳的橘紅燭光搖擺吟誦。

我在作夢，蘇菲告訴自己。這是個夢，不然還會是什麼？

男男女女搖晃著，黑，白，黑，白。女人們美麗的薄紗長袍隨著她們舉起右手的金球而翻騰著，她們齊聲大喊，我一開始便與你同在，在萬物聖潔的黎明，我在一天開始之前從子宮孕育你。

女人們把金球放低，每個人前後搖晃彷彿進入恍惚狀態。他們正在朝圓圈中央的什麼致敬。

他們在盯著看什麼？

吟誦的聲音加速進行，愈來愈大，愈來愈急。

「你正瞧著的女人是愛！」女人們喊著，再度舉起金球。

男人們回應：「她擁有永恆的居所！」

吟誦聲的速度又變得和緩，接著又快了起來。現在有如雷鳴般震耳，而且更快。參與者往前走，跪了下來。

那一瞬間，蘇菲終於看得到他們盯著看的是什麼了。

在圓圈中央一個矮矮的、裝飾華麗的祭壇上，躺著一名男人。他全身赤裸，面朝上躺在那裡，戴著一個黑面具。蘇菲立刻認出他的身體和肩膀上的胎記。她差點尖叫起來。祖父！光是這個影像就讓蘇菲震撼得難以置信，然而後面還有。

跨坐在她祖父身上的，是個戴著白面具的赤裸女人，披散著一頭柔順而茂盛的銀髮。她的身體圓圓胖胖的，一點也不完美，此時她隨著吟誦的韻律而旋轉著，正在和蘇菲的祖父做愛。

蘇菲想轉身跑掉，卻做不到。地下室的石牆擋住了她，吟誦聲轉趨高昂。圍成一圈的參與者似乎唱起歌來了，吟誦聲漸強，到了狂熱的地步。隨著突來的一聲吼叫，整個房間好像突然達到高潮。蘇菲無法呼吸，忽然明白自己正無聲地啜泣著。她轉身腳步踉蹌地默默爬上樓，離開那棟房子，一路顫抖著開車回巴黎。

75

艾林葛若薩掛上今晚跟法舍的第二通電話時，那輛包租的渦輪推進式螺旋槳飛機剛飛越燈光閃爍的摩納哥。他再度拿起嘔吐袋，卻覺得全身氣力耗盡，連吐都吐不出來了。

趕緊結束吧！

法舍告訴他的最新消息好像很難理解，然而今夜的一切似乎都不再合理了。發生了什麼事？一切都失控地瘋狂旋轉著。我讓西拉捲入什麼事情了？我自己捲入什麼事情了！

他雙腿顫抖著走到駕駛艙。「我要改變目的地。」

駕駛員轉頭看了他一眼，笑了。「你在開玩笑，是吧？」

「不，我得立刻趕到倫敦。」

「神父，這是包機，不是計程車。」

「我願意付差額，那是當然。會有多少？倫敦只要往北再多飛一小時，幾乎不必改變方向，所以——」

「神父，這不是錢的問題，還有其他的問題。」

「一萬歐元，馬上就給。」

駕駛員轉過頭來，眼睛因震驚而睜大。「多少？你是什麼神父，身上怎麼會帶這麼多現金？」

艾林葛若薩走到後頭去找他的黑色公事包，打開來，拿出其中一疊不記名債券。他把債券遞給駕駛員。

「這是什麼？」那駕駛員問。

「從梵蒂岡銀行領出來的一萬歐元不記名債券。」

那駕駛員一臉懷疑。

「這跟現金是一樣的。」

「只有現金才是現金。」那駕駛員說，把債券還給他。

艾林葛若薩抵著駕駛艙的門穩住身子，覺得自己渾身虛弱。「這是生死攸關的大事。你一定要幫我。我得到倫敦去。」

那駕駛員看著主教的金戒指。「那是真的鑽石嗎？」

艾林葛若薩看著那枚戒指。「我不可能跟這枚戒指分開。」

駕駛員聳聳肩，回頭繼續專心看著擋風玻璃外。

艾林葛若薩感覺到一股深深的悲哀。他看著那枚戒指。反正它所代表著主教的一切，都要失去了。過了好一會兒，他從手指上拿下戒指，輕輕放在儀表板上。

艾林葛若薩悄悄離開駕駛艙，回到座位上。再過十五分鐘，他可以感覺到駕駛員往北稍微傾斜了幾度。

即使如此，艾林葛若薩的光榮時刻已經搖搖欲墜。

一開始的理由是完全神聖的。一個聰明精巧的計畫。但現在，就像紙牌搭的房子，它自己就垮掉了……而他還不知道結局將會是如何。

76

蘭登看得出蘇菲描述她目睹聖婚的經驗時仍然發著抖。而蘭登自己也很驚訝會聽到這件事。不單是因爲蘇菲目睹了儀式的高潮，也因爲她自己的祖父就是主祭者……錫安會的盟主。擔任過這個位置的都是非比尋常的大人物。達文西、波提且利、牛頓、雨果、尚・考克多……還有賈克・索尼耶赫。

「我不知道還能說些什麼。」蘭登輕聲道。

蘇菲的眼珠此時成了深綠色，盈滿淚水。「他從小把我當女兒似的養大。」

蘭登現在明白他們交談時溢滿她雙眼的情緒是什麼了。那是懊悔。遙遠而深切。蘇菲・納佛曾一度躲避她的祖父，現在卻以一種完全不同的眼光看待他。

窗外，黎明很快就到來了，深紅色的輝光在右舷窗外頭聚集。下方仍是一片黑暗。

「要不要吃點東西，親愛的？」提賓動作誇張地回來，拿出幾罐可樂和一盒擺了很久的脆餅乾。分發著點心時，他極力爲食物有限而道歉。「我們的隱修士朋友還不肯講話，」他輕聲說：「不過再給他一些時間吧。」他咬了一口餅乾，看著那首詩。「所以，親愛的，有任何進展嗎？」他看著蘇菲。「你祖父想在詩裡告訴我們什麼？那個墓碑到底在哪裡？那塊被聖殿騎士團崇拜的墓碑。」

蘇菲搖搖頭，仍保持沉默。

提賓繼續研究著那些詩，蘭登打開一罐可樂看著窗外，他的思緒塞滿了種種祕密儀式和未破解密碼的影像。聖殿騎士之碑是為關鍵。他喝了一大口。聖殿騎士之碑。可樂是溫的。

夜之面紗似乎蒸發得很快，蘭登觀察著窗外的種種變化，看到了下方一片閃爍著微光的海洋。英倫海峽。他們應該快到了。

蘭登原本期望白晝之光的出現能帶來某種啓發，但外頭愈亮，他就覺得離眞相愈遠。他聽到抑揚五步格詩和誦唱，聖婚和神聖儀式，伴隨著噴射機的轟隆響聲。

聖殿騎士之碑。

他腦中靈光乍現時，飛機又回到了陸地上空。蘭登重重放下他的空可樂瓶。「你們一定不相信，」他說，轉向兩個人，「聖殿騎士之碑——我想出來了。」

提賓瞪大眼睛。「你知道那塊墓碑在哪裡嗎？」

蘭登笑了。「不是在哪裡。而是它是什麼。」

蘇菲也湊上來聽。

「我想那塊墓碑（headstone）指的就是字面上的『岩石的頭』（stone head），」蘭登解釋，享受著學術上有所突破時那種熟悉的興奮感，「而不是指一般的墓碑。」

「岩石的頭？」提賓問。

蘇菲看起來同樣困惑。

「李伊，」蘭登轉向他，「在宗教法庭期間，教會方面曾以各種異端的罪名指控聖殿騎士團，對不對？」

「沒錯。他們捏造各種罪名。雞姦、在十字架上撒尿、魔鬼崇拜，各式各樣。」

「罪狀中也包括了他們崇拜假偶像，對不對？更精確地說，教會指控聖殿騎士團祕密執行宗教儀式，在一個雕刻的岩石頭像前祈禱……那是個異教的神——」

「巴弗米特！」提賓脫口道。「老天，羅柏，你說得沒錯！聖殿騎士團崇拜的岩石頭像！」

蘭登簡短跟蘇菲解釋，巴弗米特是一個異教的生育之神，與生殖的力量相關聯。巴弗米特神的頭是以公羊頭或山羊頭爲代表，乃多產和富饒的一般象徵。崇敬巴弗米特神的聖殿騎士團在聚會中會環繞著一個複製的岩石頭像，吟誦禱詞。

「巴弗米特，」提賓偷笑，「那個儀式是爲了向性結合的神奇創造力量致敬，但教宗克勉五世卻說服每個人，說巴弗米特的頭其實是撒旦的頭。教宗利用巴弗米特的頭當作對付聖殿騎士團的關鍵工具。」

蘭登意見相同。現代人相信長著角的魔鬼就是撒旦，其源流可以追溯到巴弗米特，以及教會試圖把這名長著角的生育之神改造爲邪惡的象徵符號。教會顯然成功了，雖然沒有完全成功。傳統的美國感恩節餐桌上仍有異教的豐饒象徵「豐饒角」。豐饒角原是向巴弗米特的豐饒致敬之物，原是天神宙斯曾爲一隻山羊授乳，這隻山羊的角折斷了，卻又神奇地裝滿了水果。巴弗米特也常出現在團體照中，有些人開玩笑在一個朋友頭上比個V字型的角，這些惡作劇的人當然大半都不知道，這些搞笑手勢其實是在宣傳他們的受害者生育能力超強。

「沒錯，沒錯。」提賓興奮地說。「那首詩裡談的一定就是巴弗米特。聖殿騎士之碑。」

「好吧，」蘇菲說：「但如果巴弗米特是聖殿騎士團頌揚的岩石頭像，那我們就有了一個新的難局。」她指著藏密筒上的字母轉盤。「巴弗米特（Baphomet）有八個字母。我們卻只能用五個字母。」

提賓的嘴咧得更開了。「親愛的，現在就輪到阿特巴希密碼上場了。」

77

蘭登很驚訝。提賓憑記憶就寫出了希伯來文的二十二個字母。當然，他使用的是相對應的羅馬字母，而不是希伯來文字母，但即使如此，他現在卻正以無懈可擊的發音，逐一唸出。

A B G D H V Z Ch T Y K L M N S O P Tz Q R Sh Th

「Alef, Beit, Gimel, Dalet, Hei, Vav, Zayin, Chet, Tet, Yud, Kaf, Lamed, Mem, Nun, Samech, Ayin, Pei, Tzadik, Kuf, Reish, Shin, 還有Tav。」提賓誇張地抹了抹眉毛，繼續說。「在正式的希伯來文拼音中，母音是不寫出來的。因此，如果我們用希伯來文寫巴弗米特（Baphomet），就會失去三個母音，成了——」

「五個字母。」蘇菲開口。

提賓點點頭，又開始寫。「好，這是以希伯來文所拼出的巴弗米特，爲了清楚起見，我還是寫出略去的母音。

B a P V o M e Th

「當然，我們要記得，」他補充，「希伯來文通常是從右寫到左，但我們可以用這個方法輕易地使用阿特巴希密碼。接下來，我們只要重新把所有字母以相反的順序寫一遍，就可以擬出我們的代換架構了。」

「還有更簡單的方法，」蘇菲說，從提賓手上接過筆，「這個方法可以用於所有的對應代換式密碼，也包括阿特巴希。這個小訣竅是我在皇家哈洛威學院學到的。」蘇菲先從左到右寫出字母的前半段，然後在下方從右到左寫出下半段。「密碼學家把這個方法稱爲摺頁法。複雜度減少一半，正確度增爲兩倍。」

A	B	G	D	H	V	Z	Ch	T	Y	K
Th	Sh	R	Q	Tz	P	O	S	N	M	L

提賓看著她抄下的表格，低聲笑了。「沒錯，很高興看到哈洛威那些小鬼教書的時候夠盡責。」

看著蘇菲那個代換表，蘭登感覺到一陣激動，他想早期的學者第一次採用阿特巴希密碼去解開那個如今已經很有名的「示沙克之謎」，所感受到的激動大概也不過如此。多年來，宗教學者曾困惑於《聖經》上所提到一個名叫「示沙克」（Sheshach）的城市，這個城市沒有出現在任何地圖或文獻上，但在〈耶利米書〉中卻反覆被提起——示沙克王、示沙克城、示沙克人。最後，有個學者用阿特巴希密碼來解「示沙克」這個字，得到驚人的結果。原來「示沙克」其實就是另一個非常知名城市的暗碼，整個解碼過程非常簡單。

示沙克（Sheshach）在希伯來文裡是拼爲 **Sh-Sh-K**。

Sh-Sh-K 在代換表裡面可以查到，變成了 **B-B-L**。

而希伯來文的 **B-B-L** 則是拼爲 Babel（巴別）。

這個神祕的城市示沙克被揭露原來就是巴別城，因而掀起一陣重新檢查《聖經》的狂熱。才幾個星期，就又以阿特巴希密碼解開了《舊約》中的幾個字，也揭露了各式各樣學者從來不知道的隱藏意義。

「我們接近了。」蘭登低語，無法抑制自己的興奮。

「非常靠近，羅柏。」提賓說。他看著蘇菲微笑道。「你準備好了嗎？」

蘇菲點點頭。

「好，巴弗米特在希伯來文裡面沒有母音，就成了B-P-V-M-Th。現在我們只要用這個阿特巴希代換表，就可以翻譯成我們所需要的那五個字母。」

蘭登心臟怦怦跳。B-P-V-M-Th。此時陽光從窗外透入。他看著蘇菲的代換表，慢慢地開始轉換。B是Sh……P是V……。

提賓咧嘴笑了，像個聖誕節的小男孩。「阿特巴希密碼法譯出來是……」他停了一下。「老天！」他臉色發白。

蘭登猛地抬頭。

「怎麼了？」蘇菲問。

「你們不會相信，」提賓看了蘇菲一眼：「尤其是你。」

「什麼意思？」她說。

「這眞是……太精巧了。」他喃喃低語。「實在太精巧了！」提賓又在紙上寫字。「請鼓掌歡迎，這就是你要的通關密語。」他把寫好的字拿給他們看。

Sh-V-P-Y-A

蘇菲皺眉。「這是什麼？」

蘭登也認不出來。

提賓的聲音似乎因敬畏而顫抖。「這個，朋友們，正是一個古老的智慧之語。」

蘭登又看了一遍。古老智慧之語可解此卷。過了一會兒，他明白了。眞想不到能解出來。「古老智慧之語！」

提賓笑了。「確實沒錯。」

蘇菲看著那個字彙，然後看看轉盤。她立刻發現蘭登和提賓都忽略了一個嚴重的不合之處。「慢著！這不可能是通關密語。」她辯道。「藏密筒的字母盤上沒有Sh。上頭用的是傳統的羅馬字母。」

「你唸唸看這個字，」蘭登催她：「記住兩件事。在希伯來文裡，發Sh音的符號也可以用來發S的音，要看重音在哪裡。就像字母P也可以發F的音。」

SVFYA？她心想，滿腹困惑。

「太天才了！」提賓補充道。「而字母Vav往往發成母音O。」

蘇菲再看看那些字母。試探著唸出來。

「S...o...f...y...a。」

她聽到自己的聲音唸出來，不敢相信自己剛剛說的。「蘇菲亞（Sophia）？拼出來結果是蘇菲亞？」

蘭登熱心地點點頭。「對！蘇菲亞在希臘文中，字面的意思就是智慧。你的名字蘇菲的根源，字面上的意思就是『智慧之語』。」

蘇菲突然好想念祖父。他用我的名字當錫安會拱心石的密碼。她喉頭哽咽。一切似乎如此完美。但當她看著藏密筒上的字母轉盤，發現仍有一個問題。「可是等一等……Sophia這個字彙有六個字母。」

提賓仍一臉是笑。「再看看這首詩。你祖父寫著，『古老智慧之語』。」

「所以呢？」

提賓一隻眼睛眨了眨。「在古希臘文裡，智慧這個字的拼法是S-O-F-I-A。」

78

蘇菲抱著那個藏密筒，開始撥著轉盤上的字母，滿懷激動。古老智慧之語可解此卷。蘭登和提賓盯著看，似乎都屏住了呼吸。

S……O……F……

「小心，」提賓勸道：「一定要非常小心。」

……I……A。

蘇菲撥好最後一個轉盤。「好了。」她低聲道，抬頭看著其他兩個人。「我要把它拉開了。」

「別忘了裡面的醋。」蘭登又興奮又害怕的低語。「要小心啊。」

蘇菲知道，如果這個藏密筒就跟她小時候開過的那些一樣，那麼她只需要抓住轉盤外側圓柱體的兩端，然後朝相反方向緩緩地、平穩地拉開。如果轉盤上所排列的字就是通關密碼，那麼其中一端就會滑開，很像相機的鏡頭蓋，然後她就可以伸手把裡面捲包著醋瓶的莎草紙取出。然而，如果輸入的密碼不正確，蘇菲在兩端所施加的外拉力量將轉移到內部一個鉸鏈上的槓桿，使之往下旋轉，壓著醋瓶，最後如果拉得太用力，就會把醋瓶壓碎。

輕輕拉，她告訴自己。

提賓和蘭登都靠過來，看著蘇菲雙手握住圓柱體的兩端。處於破解密碼的興奮中，蘇菲差點忘記他們原先期望會在裡面發現的東西。這是錫安會的拱心石。根據提賓的說法，裡面有一張通往聖杯的地圖，將會揭露抹大拉的馬利亞之墓以及聖杯寶物……祕密眞相的最終寶藏。

此刻，蘇菲抓著那根石管，再度確認所有的字母都對齊了指標。然後，她輕輕往外拉。沒有動靜。她又多用了點力。突然，那根石管像一根精緻的單筒望遠鏡般滑開。重的那端仍在她手上，蘭登和提賓都差點要跳起來。蘇菲心跳加速，把一端的蓋子放在桌上，然後把那根圓柱體放斜，瞇著眼睛往裡瞧。

一個紙卷！

蘇菲看得出那張捲起來的紙裡面包著一個圓筒狀的東西——她想就是醋瓶。不過很奇怪，包著醋瓶的紙並沒有照以前的慣例使用脆弱的莎草紙，而是用羊皮紙。這就怪了，她心想，醋不能溶解羊皮紙啊。她又看了那個紙卷一眼，明白了裡面包的不是一瓶醋，而是完全不一樣的東西。

「怎麼了？」提賓問。「把那個紙卷抽出來呀。」

蘇菲皺著眉頭，抓著那卷羊皮紙和裡面包著的東西，一起抽出圓筒。

「那不是莎草紙，」提賓說：「太重了。」

「我知道，那是用來當墊子的。」

「墊什麼？那一小瓶醋嗎？」

「不。」蘇菲打開那個紙卷，露出了包在裡面的東西。「用來墊這個。」

蘭登看到那張羊皮紙裡包的東西，心直往下沉。

「老天救命。」提賓說，整個人一垮。「你祖父是個冷酷無情的設計師。」

蘭登驚訝地瞪大眼睛。看得出來索尼耶赫無意讓人輕易過關。

桌上放著第二個藏密筒。比較小。是黑色的縞瑪瑙製成的。就放在第一個藏密筒裡。索尼耶赫對雙重性的熱情。兩個藏密筒。所有事物都兩兩成對。雙重意義。一男一女。黑色套在白色裡。蘭登覺得這個象徵符號體系擴張得愈來愈大。由白生黑。

每個男人都是女人生的。

白色——女性。

黑色——男性。

蘭登伸手拿起那個小藏密筒。看起來跟第一個一模一樣，不過只有一半大，而且是黑色的。他聽到了那熟悉的水流聲。很顯然，他們稍早聽到的醋是放在這個比較小的藏密筒裡。

「好吧，羅柏，」提賓說，把那張羊皮紙推給他，「你會很高興得知，至少我們飛往正確的方向了。」

蘭登看著那張厚厚的羊皮紙。華麗的字跡寫下另外四行詩。而且又是抑揚五步格。詩寫得很隱晦，但蘭登只消看完第一行，就曉得提賓打算去英國這步是走對了。

倫敦騎士身後為教宗所埋葬

其餘三行顯然是暗示著，要獲得開啓第二個藏密筒的通關密碼，可以去拜訪這名騎士的墓碑，就在這個城市的某處。

蘭登興奮地轉向提賓。「你知道這首詩裡指的騎士是誰嗎？」

提賓咧嘴笑了。「完全不曉得。不過我確實知道我們該去找哪個墓室。」

此時，在他們前方十五哩，六輛肯特郡的警車奔馳在雨濕的街道上，駛向比金丘私人機場。

79

科列分隊長自行去提賓的冰箱裡找了瓶沛綠雅礦泉水，大步走回會客室。他沒能跟法舍一起去倫敦進行逮捕行動，現在只能盯著散佈在威雷特堡各處的科技偵查處人員工作。

到目前為止，他們所找到的證據都一無幫助：一個嵌在地板裡的子彈；一張紙上頭畫了幾個怪符號，還寫著刀刃和聖爵；另外有個沾滿血跡的有刺皮帶，科技偵查處的人告訴科列，這皮帶跟那個保守的天主教社團「主業會」有關，該社團最近因為一個電視節目報導他們在巴黎吸收成員的激進手法，而引起了一些風波。

科列嘆了口氣。這個亂七八糟的大雜燴裡能湊出個什麼故事才有鬼呢。

穿過一道裝飾華麗的走廊，科列來到那個巨大的跳舞廳所改裝的書房，科技偵查處的主任偵查員正在裡頭忙著撒粉採指紋。他是個大塊頭，穿著吊帶褲。

「有什麼發現嗎？」科列走進來問道。

那個偵查員搖搖頭。「沒有新的。三組指紋都跟房子裡其他地方採到的一樣。」

「苦修帶上的指紋呢？」

「國際刑警組織正在查。我已經把我們發現的東西都用電腦網路上傳給他們了。」

科列指著書桌上兩個封起來的證物袋。「那這個呢？」

那人聳聳肩。「那是我的習慣，看到怪東西就會裝進證物袋。」

科列走過去。*怪東西？*

「這個英國人是個怪胎。」那位偵查員說。「你看一下這個。」他翻著證物袋，挑出一個，遞給科列。

那張照片顯示出一座哥德式主教堂的主入口，有傳統式的凹入形拱道，通過一道道愈來愈窄的肋拱後，來到一個小門口。

科列研究著那張照片，轉身問。「這算怪東西？」

「你把照片翻到背面看看。」

科列發現背面用英文註記著一些字，形容主教堂長而中空的中殿，是祕密異教向女性子宮致敬的證據。不過，那些註記描述這個主教堂令他驚異之處，*在於門口*。「慢著！他認爲一個主教堂的門口代表了女人的……」

那個偵查員點點頭。「配上門口上方層層內縮的陰唇與小巧的五瓣花形陰蒂，完整無缺。」他嘆了口氣。「會讓你想重遊舊地回教堂去看個究竟。」

科列拿起第二個證物袋。透過那層塑膠袋，科列可以看見一張很大的光面印刷照片，看起來很舊了。上方的標題是：

《祕密檔案》——索引碼四・一・二四九

「這是什麼？」科列問。

「不曉得。他到處都有這玩意兒的複印本，所以我就裝袋了。」

科列研究著那份文件。

錫安會—盟主

尚・德・季左赫	一一八八—一二二〇
瑪希・德・聖克萊赫	一二二〇—一二六六
居堯姆・德・季左赫	一二六六—一三〇七
艾杜阿・德・巴賀	一三〇七—一三三六
珍內・德・巴賀	一三三六—一三五一
尚・德・聖克萊赫	一三五一—一三六六
布朗詩・戴福賀	一三六六—一三九八
尼可拉・福拉梅勒	一三九八—一四一八
荷內・當如	一四一八—一四八〇
優朗德・德・巴賀	一四八〇—一四八三
桑德洛・波提且利	一四八三—一五一〇
李奧納多・達文西	一五一〇—一五一九
波旁王室總管	一五一九—一五二七
斐迪南・德・鞏薩克	一五二七—一五七五
路易・德・內維賀	一五七五—一五九五
羅柏・福拉德	一五九五—一六三七
J・瓦倫丁・安德利亞	一六三七—一六五四
羅柏・波以耳	一六五四—一六九一
艾薩克・牛頓	一六九一—一七二七

查爾斯・羅克里菲 一七二七—一七四六
沙賀勒・德・洛林 一七四六—一七八〇
馬西米連・德・洛林 一七八〇—一八〇一
沙賀勒・諾迪埃 一八〇一—一八四四
維克多・雨果 一八四四—一八八五
克勞德・德布西 一八八五—一九一八
尚・考克多 一九一八—一九六三

錫安會？科列一肚子納悶。

「分隊長？」一個探員探頭。「總機那邊接到一通找法舍隊長的緊急電話，但連絡不上他。你要不要接一下？」

科列回到廚房接那通電話。

是安德烈・維賀內打來的。

那位銀行家優雅的口音掩不住聲音中的焦慮。「我以爲法舍隊長說過會打給我，但我一直沒接到他的電話。」

「隊長正在忙，」科列回答：「我能效勞嗎？」

「之前他跟我保證過，會隨時告訴我今晚的狀況。」

有那麼一剎那，科列以爲他認得這個人的聲音，卻想不起來是誰。「維賀內先生，我現在負責巴黎的調查。我是科列分隊長。」

對方沉默許久。「分隊長，我有另外一通電話要接。失陪一下，我稍後再打給你。」他掛上電話。

科列握著聽筒愣了幾秒鐘。然後明白過來。*我就知道我認得這個聲音*！他驚訝得透不過氣來。

那個防彈貨車的司機。

戴著仿冒的勞力士錶。

科列現在明白爲什麼那個銀行家那麼快就掛掉電話。維賀內記得科列分隊長這個名字——今晚稍早他曾當面大膽撒謊的那個人。

科列思忖，這個怪異的發展意味著什麼？*維賀內也牽連在內*。本能上，他知道自己應該打電話給法舍。但情感上，他知道這個好運道將會讓他大出風頭。

他立刻打電話給國際刑警組織，要求他們提供一切有關蘇黎世託存銀行及其總裁安德烈．維賀內的資訊。

80

「請繫好安全帶。」提賓的飛機駕駛員宣佈，這架霍克七三一飛機緩緩下降，飛向一片陰鬱的清晨細雨中。「我們再五分鐘就要降落。」

提賓看著飛機下方肯特郡綿延廣闊的迷濛山丘，不禁生出一股歸鄉的欣然之感。英格蘭離巴黎還不到一個小時，卻是另外一個世界。這個早晨，家鄉潮濕的春綠看起來特別可喜。*我在巴黎的時光結束了。我快要凱旋回到英格蘭了。拱心石找到了。*當然，問題還在於拱心石最後會引導他們到哪裡。*就在英國的某處。*到底在哪裡，提賓還不知道，但他已經嚐到狂喜的滋味了。

當著蘭登和蘇菲的面，提賓起身走到客艙的另外一頭，推開一塊牆板，露出一個藏得很巧妙的嵌入式保險箱。他撥了組合密碼，打開保險箱，拿出兩本護照。「這是黑密和我的證件。」然後他又取出厚厚一疊五十鎊的鈔票。「這則是你們兩位的證件。」

蘇菲的表情頗有戒心。「是賄賂嗎？」

「這是有創意的外交手腕，私人機場都會有某些通融。待會兒會有個英國的海關官員在我們的機棚迎接，要求登機。我不會讓他進來，而是告訴他同行的有一位法國名人，她希望沒有人知道她在英格蘭——免得引來媒體打擾，你知道——然後為了感激那位官員的體貼，我會提供他這筆豐厚的小費。」

蘭登一臉驚奇。「那個官員會接受嗎？」

「也不是隨便什麼人的錢都收，可是他們認識我。老天在上，我又不是武器走私販子。我可是個爵士哪。」提賓微笑了。「這個身分還是有點特權的。」

此時黑密走過來，那把赫克勒科赫手槍在他手上。「老爺，接下來我該做什麼？」

提賓看了他的僕人一眼。「我要你和我們的客人待在飛機上，等我們回來。我們沒辦法拖著他在倫敦到處跑。」

蘇菲一臉擔心。「李伊，我眞的很擔心法國警方會在我們回來前發現你的飛機。」

提賓笑了。「是啊，想像一下他們上了飛機，結果發現了黑密，那會有多驚訝。」

蘇菲對提賓的態度似乎很驚訝。「李伊，你把一名人質五花大綁運出了國，這可不是鬧著玩的。」

「我的律師也不是鬧著玩的。」他朝著機艙後方的那名隱修士皺起眉頭。「那個禽獸闖進我家來，差點殺了我。這是事實，黑密也可以作證。」

「但你把他給捆起來，還把他載到倫敦！」蘭登說。

提賓舉起右手，扮出在法庭宣示的姿勢。「庭上，請原諒一個古怪的老騎士對英國司法系統的愚蠢偏見。我知道我應該打電話給法國警方，但我是個勢利眼，我不相信那些自由放任的法國人會好好起訴。這個人差點謀殺了我。是的，我做了個鹵莽的決定，強迫我的僕人幫我把這個人帶到英格蘭來，可是當時我很緊張。是我的過失，是我的過失。」

蘭登一臉無法置信。「李伊，出自你口中，或許行得通。」

「先生？」駕駛員回頭高喊。「剛剛塔台呼叫我。說你機棚附近出了些維修的問題，他們要求我改把飛機直接停在航站前面。」

提賓的私人飛機十幾年來都在比金丘起降，這種情況還是第一次碰到。「他們有沒有說是什麼樣的維修問題？」

「管制員講得很含糊。好像是什麼加油站漏油之類的？他們要我把飛機停在航站前面，所有人都留在飛機上，等候進一步指示，以免發生意外。我們得等到機場管制人員告訴我們一切都沒問題了，才能下飛機。」

提賓很懷疑。這油漏得可厲害了。加油站離他的機棚可整整有半哩呢。

黑密也一臉擔憂。「老爺，聽起來很不對勁。」

提賓轉向蘇菲和蘭登。「兩位，我有個不太愉快的猜想，可能會有個歡迎委員會來迎接我們。」

蘭登沮喪地嘆了口氣。「我猜法舍還是認為我是兇手。」

「沒錯，」蘇菲說：「否則就是他已經陷得太深，沒辦法承認自己做錯了。」

提賓沒聽他們講話。且不管法舍的想法如何，他們必須馬上採取行動。別忘了最終的目標。聖杯。我們已經這麼接近了。飛機下方的起落架已經鏗鏘一聲放了下來。

「李伊，」蘭登說，一副深感自責的口吻，「我應該去投案，用合法的方式釐清這一切。免得把你們給扯進來。」

「喔，老天，羅柏！」提賓手一揮。「你還眞以為他們會放過我們其他人嗎？我才剛非法把你載到這裡。納佛小姐幫你逃出羅浮宮，我們飛機後頭還有個人被五花大綁。我們現在已經全扯進去了。」

「也許我們改飛到別的機場？」蘇菲說。

提賓搖搖頭。「如果我們現在又飛上天，那等我們獲准降落在別的機場時，歡迎派對上就會出現陸軍坦克車了。」

蘇菲也垂頭喪氣了。

提賓覺得非得採取大膽的行動，才有機會拖延住英國警察，先去找聖杯。「給我兩分鐘。」他說，一拐一拐地走向駕駛艙。

「你要做什麼？」蘭登問。

「銷售會議。」提賓說，心底琢磨著要花多少錢才能說服駕駛員去執行一個高難度的非正規任務。

81

那輛霍克機要降落了。

比金丘機場的執行服務官員賽門・愛德華茲在塔台踱步，緊張地看了一眼雨水濡濕的跑道。他很不高興在星期六一大早被叫醒，但最討厭的是他被叫來看著警方逮捕他最慷慨的客戶之一。李伊・提賓爵士付給比金丘的費用不單包括一個私人機棚，而且在此起降頻繁的他，還會額外付「每次降落費用」。通常，機場會事先接獲他的飛航行程表，以便事先把提賓嚴格的要求給打理妥當。提賓喜歡一切都照他意思安排得好好的。那輛停在他機棚裡的特製積架加長型禮車加滿了油，擦得亮晶晶，當天的倫敦《泰晤士報》放在後座。一名海關官員會在他的機棚等著飛機到來，以方便進行必要的證件和行李檢查。偶爾，海關官員會收到提賓一筆豐厚的小費，讓他們對一些無傷大雅的有機物品睜一隻眼閉一隻眼——多半都是昂貴的食物——比方法國蝸牛、一整塊熟成後未切的侯克堡藍紋乳酪、某些水果。反正很多海關法令實在不合理，就算比金丘不肯給客戶方便，其他競爭的機場也一定會肯。比金丘提供提賓一切他想要的待遇，而職員們也從中獲得利益。

此時愛德華茲看著那架噴射機開來，覺得神經一陣緊張。他不知道提賓樂於四處散財花大錢的偏好是不是畢竟為他惹來禍端；法國警方似乎很想困住他。警方還沒告訴愛德華茲罪名是什麼，但顯然他們很當回事。在法國警方的要求下，肯特郡警察命令比金丘空中交通管制員呼叫那輛霍克機的駕駛員，命令他直接把飛機開到航站前頭，而不要飛到客戶的機棚裡。那個駕駛員同意了，顯然相信那個漏油的牽強說法。

雖然英國警方通常不習慣隨身帶著武器，但整個情勢的嚴重性，引來了一組荷槍實彈的警隊。現在，八個帶著手槍的警察就站在航站大廈門口內側，等著飛機引擎熄火的那一刻。到時候，一名跑道管理員會在飛機輪胎下方卡上安全楔子，讓飛機不再移動。然後警方會出去包圍，要求機上的人員不准下機，等法國警方抵達此地接手。

此時霍克機飛低了，掠過他們右方的樹頂。賽門・愛德華茲下樓去地面看飛機降落。肯特郡警方正躲著伺機而動，而保養人員已經拿著安全楔子等待著。跑道上，那架霍克機前方的尖端翹起，輪胎摩擦地面掀起一陣煙。飛機落到地面減速，從航站前頭由右往左奔馳而去，白色的機身在陰雨天裡閃耀。但飛機卻沒有煞車轉進航站，而是平靜地滑行著越過進場跑道，繼續往遠處提賓的私人機棚滑過去。

所有的警察都轉身瞪著愛德華茲。「剛剛你說他們的駕駛員同意到航站來！」

愛德華茲不知所措。「他是同意了啊！」

幾秒鐘之後，愛德華茲被硬塞進一輛警車，快速駛過柏油跑道往遠處的私人機棚駛去。當提賓的霍克機平靜滑入私人機棚、消失不見時，警方的車隊還在至少五百碼之外。警車終於到達，在打開的機棚的大門前緊急煞住，那群警察紛紛持槍跳下車。

愛德華茲也跳下了車。

一片震耳欲聾的聲音。

那架霍克機的引擎仍轟隆作響，在機棚內完成了例行的掉頭，好把飛機前端朝外以備稍晚離去。當飛機完成了一百八十度旋轉，轉向機棚前方時，愛德華茲看得到駕駛員的臉，可以想見，他看到一排警車擋在前頭，一臉驚訝和恐懼。

駕駛員終於讓飛機停下，關掉引擎。警方擁上去，圍著飛機站好位置。肯特郡探長正小心翼翼地朝艙口移動，愛德華茲陪著他。幾秒鐘之後，機門砰地一聲打開了。

飛機的電動梯順利往下落，李伊・提賓出現在門口。他看著一大片朝他瞄準的武器，身體撐在拐杖架上，搔搔頭。「賽門，我不在的時候中了警察樂透彩券了嗎？」他的口氣聽起來比較像是茫然，而非擔憂。

賽門・愛德華茲往前走了兩步，艱難地吞了口口水。「早安，先生。很抱歉場面這麼混亂。我們機場漏油了，你的駕駛員原來說他會飛到航站的。」

「是，沒錯，唔，我告訴他還是飛到這裡來。我看病要遲到了。我是付錢租了這個機棚的，而且說什麼避免漏油，也未免小心過頭了。」

「您這次來，恐怕是讓我們有點措手不及，先生。」

「我知道。這一趟是臨時決定的，沒錯。偷偷告訴你吧。醫生給我換的新藥害我老想小便。我想趕來請醫生調整一下。」

警察彼此面面相覷，愛德華茲皺了一下臉。「我聽到了，先生。」

「先生，」肯特郡的探長說著走上前，「我得要求你再留在飛機上半個小時左右。」

提賓一拐一拐地下樓，臉色很不高興。「恐怕辦不到。我已經預約了要去看病。」他來到地面。「不能耽誤的。」

那名探長挪動位置，擋住提賓的去路。「我來這裡是奉法國刑事警察局的要求。他們宣稱你飛機上非法搭載了逃犯。」

提賓瞪著那名探長好一會兒，然後爆笑起來。「這是那種偷拍秀嗎？太妙了！」

那名探長毫不退縮。「這是很嚴肅的事，先生。法國警察說你飛機上可能還有一名人質。」

提賓的僕人黑密出現在樓梯頂端的機艙口。「我替李伊爵士工作，的確覺得自己像個人質，但他跟我保證我可以自由離開。」黑密看看錶。「主人，我們真的要遲到了。」他朝機棚另一端角落的那輛積架加長型禮車點點頭。那龐大的轎車一身漆黑，裝著霧光玻璃窗，輪胎壁上有白圈。「我去開車過來。」黑密開始走下樓梯。

「恐怕我不能讓你們離開。」那位探長說。「請回到機上，兩個人都是。法國警方的代表很快就會降落。」

此時提賓看著賽門・愛德華茲。「賽門，看在老天分上，這太荒謬了！我們飛機上沒有別人，就跟平常一樣——只有黑密、我們的駕駛員，還有我本人。或許你可以當個中間人？你上飛機去看一看，好確定飛機上是空的。」

愛德華茲知道自己進退兩難。「是的，先生。我可以去看看。」

「可以才怪！」那名肯特郡探長喊道，顯然對私人機場夠了解，因此懷疑賽門・愛德華茲爲了要替比金丘保住提賓這個客人，很可能會撒謊。「我自己去看。」

提賓搖搖頭。「不行，探長。這是私人產業，除非你有搜索票，否則你不准上我的飛機。我提供一個合理的選擇給你，愛德華茲可以上飛機執行搜查。」

「免談。」

提賓的態度變得冷漠無情。「探長，恐怕我沒時間陪你玩遊戲了。我要遲到了，馬上就得走。如果你眞要阻止我，那就只能射殺我了。」說完之後，提賓和黑密繞過探長，走向機棚另一頭停著的禮車。

肯特郡的探長看著李伊・提賓無視於他的指令，一拐一拐繞過他身邊，覺得對這個人厭惡極了。特權人士老以爲他們是在法律之上的。

其實不是。探長轉身瞄準了提賓的背。「站住！我要開槍了！」

「請便。」提賓說，腳步沒停下來，也沒回頭看一眼。「我的律師會把你的丸子給切碎了燉來當早餐。然後如果你膽敢沒搜索票就上我的飛機，接下來遭殃的就是你的脾臟。」

探長對權力操弄並不陌生，聽了這番話並不驚訝。技術上，提賓說得沒錯，警方需要搜索票才能登上他的飛機，但因爲這架飛機是從法國開過來的，而且因爲有權的伯居·法舍已經授權給他，所以這位肯特郡探長覺得，只要找出飛機上提賓顯然極力想隱藏的事情，肯定能讓他的事業飛黃騰達。

「攔住他們。」探長下令。「我要上飛機搜。」

他的手下衝上前，舉起槍，擋住提賓和他的僕人，不讓他們走向那輛禮車。

這會兒提賓轉身過來。「探長，這是給你的最後警告。不准上我的飛機，連想都不要想。你會後悔的。」

探長無視於這個威脅，抓著手槍跨步走上通往飛機的樓梯，到了機艙口，他盯著裡面看。停了半晌，他踏進機艙。該死怎麼回事？

除了駕駛艙裡一臉驚恐的駕駛員之外，整架飛機都是空的。半個人都沒有。迅速檢查過洗手間、座椅、行李區之後，探長找不到半個人躲藏的痕跡……更別說三個人了。

媽的伯居·法舍在想什麼？看來李伊·提賓說的似乎是實話。

肯特探長獨自站在空蕩的機艙裡，頓時感到一陣壓力。狗屎。他紅著臉回到機艙口的樓梯上，看著機棚另一頭的李伊·提賓和他的僕人，他們現在站在靠近禮車那兒，被警察用槍指著。「讓他們走，」探長下令：「我們收到的情報有誤。」

即使在機棚另一頭，也看得出提賓目光中的恐嚇意味。「你等著接我律師的電話吧。還有，給你以後當參考，不要相信法國警察。」

提賓的僕人隨即打開加長型禮車後座的車門，協助他跛足的主人坐進去。然後那個僕人走到前頭，爬上駕駛座，發動引擎。警方散開，讓那輛積架車駛出機棚。

「演得太好了，我的好僕人。」提賓在後座開心地說道，此時禮車已經加速駛出了機場。他目光轉向車子寬敞內部裡，靠前方一個昏暗的凹入處。「一切都舒適吧？」

蘭登輕輕一點頭。他和蘇菲仍蹲在地板上，旁邊是那名五花大綁、封住嘴的白子。

幾分鐘前，霍克機滑進空無一人的機棚，仍顛簸著停下要掉頭時，黑密就已經打開艙口。由於警方正迅速趕過來，蘭登和蘇菲便拖著那名隱修士下了樓梯來到地面，躲在禮車裡頭。然後噴射機的引擎再度轟隆響起，開始旋轉機身，當警車抵達機棚時，機身已經完全掉頭了。

此時，當那輛禮車朝肯特郡奔馳，蘭登和蘇菲爬到禮車長車身的後方，那名綁著的隱修士則仍在原處。兩人坐在提賓對面的座位上，那位英國人給他們一個頑皮的微笑，然後打開禮車上放食物的小櫃子。「要不要喝一杯？吃點點心？洋芋片？堅果？氣泡礦泉水？」

蘇菲和蘭登都搖搖頭。

提賓咧嘴笑了，關上櫃子。「那麼接下來，關於這個騎士之墓……」

82

「艦隊街？」蘭登坐在禮車上，問對面的提賓。艦隊街上有墓室？到目前為止，李伊對於他認為該去哪裡尋找「騎士之墓」，始終都還頑皮地守口如瓶，根據那首詩中所述，這個墳墓將可以讓他們找出第二個藏密筒的通關密語。

提賓咧嘴笑著，轉向蘇菲。「納佛小姐，麻煩你讓哈佛小子再看一次那首詩，好嗎？」

蘇菲從口袋掏出那個包在羊皮紙裡的黑色藏密筒。之前他們三人決定把那個花梨木盒和比較大的藏密筒留在飛機上的保險櫃裡，隨身只帶著需要的東西，就是那個比較輕便也比較不起眼的黑色藏密筒。蘇菲打開那張羊皮紙，遞給蘭登。

雖然蘭登在飛機上已經看過那首詩好幾次了，但他還是無法從中看出任何確切地點。這會兒再看一遍，他慢慢逐字推敲著，希望五步格的韻律在地面上可以顯示出更清楚的意義。

倫敦騎士身後為教宗所埋葬（In London lies a knight a Pope interred.）
一生功績徒惹聖座憤怒難當（His labor's fruit a Holy wrath incurred.）
欲覓之球原應棲於英雄墓上（You seek the orb that ought be on his tomb.）
瑰紅肌膚與受孕子宮細思量（It speaks of Rosy flesh and seeded womb.）

詩中的語言似乎夠簡單了。有個騎士埋葬在倫敦。這名騎士所致力的事情觸怒了教會當局。他的墓上原來應該有一個圓球，卻不見了。詩中的最後一行——瑰紅肌膚與受孕子宮——顯然是暗指抹大拉的馬利亞，她是孕育著耶穌後代的玫瑰。

儘管詩句如此直率明白，蘭登卻依然不知道這名騎士是誰，又葬在哪裡。而且即使他們找到了那個墓，詩句裡的意思好像是要他們去尋找一個不見了的東西。欲覓之球原應棲於英雄墓上？

「想不出來嗎？」提賓失望地彈響舌頭，不過蘭登感覺這位王室歷史學家很得意自己佔了上風。「納佛小姐呢？」

她也搖搖頭。

「如果沒有我，你們兩個要怎麼辦哪？」提賓說。「很好，我會慢慢跟你們解釋。其實眞的很簡單。第一行是關鍵。麻煩你唸一下好嗎？」

蘭登大聲唸出來。「倫敦騎士身後爲教宗所埋葬。」

「確實。一名教宗（Pope）埋葬的騎士。」他看著蘭登。「你覺得這是什麼意思？」

蘭登聳聳肩。「一名由教宗埋葬的騎士？這名騎士的葬禮由一位教宗主持？」

提賓大聲笑了起來。「喔，眞有趣。羅柏，你一向是個樂觀主義者。你看看第二行。這位騎士顯然做了某些事情觸怒教會當局。你再想想，鑑於教會和聖殿騎士團之間的互動，教宗會去埋葬一名騎士嗎？」

「這是指一名被教宗殺掉的騎士嗎？」蘇菲問。

提賓微笑拍拍她的膝蓋。「很好，親愛的。這名騎士是被教宗埋葬，或殺掉的。」

蘭登想到一三〇七年惡名昭彰的圍捕聖殿騎士團行動——那個不祥的十三日星期五——當時教宗克勉五世殺害並埋葬了幾百名聖殿騎士。「但是『被教宗殺害的騎士』的墳墓一定多得數不完。」

「啊哈！並非如此！」提賓說。「其中很多人被燒死在火刑柱上，然後隨意扔進了台伯河。但這首詩提到了墳墓，一座在倫敦的墳墓。而葬在倫敦的騎士並不多。」他頓了一下，看著蘭登，好像要等他醒悟過來。最後他氣呼呼地說：「羅柏，看在老天分上！由錫安會的軍隊在倫敦所蓋的教堂——聖殿騎士團自己的教堂！」

「聖殿教堂？」蘭登驚訝地吸了口氣。「裡頭有墓室？」

「有十個你畢生僅見最可怕的墳墓。」

蘭登從沒去過聖殿教堂，雖然他研究錫安會時曾經看過無數相關資料。聖殿教堂一度是英國所有聖殿騎士團和錫安會活動的中心，教堂之名是爲了紀念所羅門王的聖殿，聖殿騎士團就是在那裡得到他們的名號，並取得聖杯文獻，因而獲得種種對羅馬教廷的影響力。有許多傳說指出，那些騎士在聖殿教堂與眾不同的祭台區舉行奇怪而隱晦的儀式。「聖殿教堂在艦隊街？」

「事實上，是在艦隊街旁邊的內聖殿巷。」提賓一臉頑皮的表情。「我想先看你們緊張一下，再說出答案。」

「多謝你喔。」

「你們兩個都沒去過那裡嗎？」

蘇菲和蘭登搖搖頭。

「也不意外啦。」提賓說。「那個教堂周圍現在蓋起了更大的建築物。甚至很多人都不曉得有這個教堂。很怪異的古老地方。整個建築是徹底的異教風格。」

蘇菲一臉驚訝。「異教？」

「帕德嫩神殿式的異教！」提賓大聲道。「那個教堂是圓的。聖殿騎士團無視於傳統基督教的十字形平面設計，蓋了一個正圓形的教堂，向太陽致敬。」他頑皮地掀了掀眉毛。「顯然是在對羅馬教廷那些人示威。這跟在倫敦市區重新建起史前巨杜群沒有兩樣。」

蘇菲看著提賓。「那其他幾句詩呢？」

這位歷史學家嘻笑的神情褪去。「我不確定。很難解答出來。我們得仔細一個個檢查那十個墳墓。幸運的話，其中一個會明顯少了個球。」

蘭登明白他們現在距離目標有多麼接近。如果那個失蹤的球顯現出通關密語，他們就可以打開第二個藏密筒。他很難想像將會在裡面發現什麼。

蘭登再度看著那首詩。它就像某種原始的縱橫字謎。五個字母組成的字彙將說出聖杯的祕密？在飛機上，他們已經試過所有最明顯的通關密語——各種「聖杯」的拼法（GRAIL, GRAAL, GREAL）、維納斯（VENUS）、馬利亞（MARIA）、耶穌（JESUS）、莎拉（SARAH）——但那個圓柱體卻毫無動靜。這些字彙都太明顯了。顯然還有別的由五個字母所組成的字彙，是有關玫瑰的受孕子宮。對蘭登來說，能令李伊．提賓這樣的專家都感到困惑的，一定不是尋常的聖杯相關字彙。

「李伊爵士？」黑密回頭喊，他正看著後照鏡裡映著隔板後方的他們。「你剛剛說艦隊街是在黑修士橋附近嗎？」

「對，走維多利亞堤道。」

「對不起，我不確定那是在哪裡。我們平常都只去醫院的。」

提賓朝蘭登和蘇菲翻了翻眼睛，咕噥道：「我發誓，有時候真像在給小孩當保姆。請稍等一下。你們自己弄杯飲料，吃點零食吧。」他笨拙地爬向前頭打開的隔板，去跟黑密講話。

此時蘇菲轉向蘭登，悄聲說：「羅柏，沒有人知道你和我在英格蘭。」

蘭登知道她說得沒錯。肯特郡警察會跟法舍說那架飛機是空的，而法舍會以爲他們還在法國。我們是隱形的。李伊的小伎倆才剛爲他們換來了許多時間。

「法舍不會這麼輕易就放棄的，」蘇菲說：「事到如今，他已經在這個逮捕行動中押上太多東西了。」

蘭登一直避免去想到法舍。蘇菲已經保證一旦這件事結束，她會竭盡所能爲他洗刷罪名，但蘭登開始擔心這些可能都沒用了。法舍自己很可能就參與了這個陰謀。雖然蘭登很難想像刑事警察會跟聖杯扯上關係，但他覺得今夜有太多的巧合，令他無法忽略法舍也是個可能的同謀者。法舍很虔誠，而且他想把這些謀殺案套在我頭上。然後，蘇菲又曾辯駁說法舍可能只是太想逮捕犯人而已。畢竟，證據對蘭登非常不利。除了蘭登的名字被寫在羅浮宮的地板和索尼耶赫的行事曆上，外加現在看來，蘭登是隱瞞了他給過索尼耶赫書稿，然後逃走。出於蘇菲的建議。

「羅柏，很抱歉你被捲入這麼深，」蘇菲說，手放在他膝上，「但是我很高興你在這裡。」

這個評語聽起來比較像是出於實際，而非浪漫，然而蘭登感覺到一種不期然的吸引力在他們之間滋生。他疲倦地向她一笑。「我睡飽了會有趣得多。」

蘇菲沉默了幾秒鐘。「我祖父要我信任你。我很高興這回總算聽了他的話。」

「你祖父根本不認得我。」

「即使如此，我還是不禁覺得，每一件他會期望你做的事情，你都做到了。你幫我找到了拱心石，解釋聖杯的故事，告訴我有關那個地下室的儀式。」她頓了一下。「不知怎地，我覺得這麼多年來，今晚頭一次跟祖父這麼接近。我相信他一定會很高興的。」

此時，遠方倫敦的天際線在黎明的細雨中逐漸清晰起來。以往地平線上最顯眼的大笨鐘和塔橋，現在都讓位給「千禧年之眼」——一座龐大的超現代摩天輪，高達五百呎，成為這個城市最令人屏息的景觀。蘭登一度想搭搭看，但那上頭的「觀景膠囊」座位設計，讓他想到封起的石棺，所以他寧可留在地面上，在通風的泰晤士河畔享受觀景之樂。

蘭登覺得膝蓋被捏了一下，把他從思緒裡拉了回來，蘇菲的綠色眼珠正盯著他。他才曉得蘇菲一直在跟他講話。「如果我們找到聖杯文獻的話，你覺得該怎麼處理？」她低語道。

「我怎麼想並不重要。」蘭登說。「你祖父把藏密筒給了你，你應該遵循直覺，看你覺得祖父會希望怎麼處置。」

「我是問你的意見。你顯然在那本書稿裡寫過些什麼，讓我祖父相信你的判斷。他跟你約了私下會面，這種情形很罕見。」

「也許他想告訴我，我寫的全都錯了。」

「如果他不喜歡你書裡的想法，又何必叫我去找你呢？在你的書稿裡，是贊成聖杯文獻應該公諸於世，或是繼續隱藏起來？」

「兩者皆非。我兩者都沒有意見。那本書稿討論的是神聖女性的象徵符號——探索整個歷史上的神聖女性聖像學。我絕對不會擅自揣測聖杯藏在哪裡，或是否應該公諸於世。」

「可是你寫了一本關於聖杯的書，所以你顯然覺得這些資料應該讓大家知道。」

「兩者有很大的不同，一個是假設性討論另一種基督的歷史，另一個是……」他頓住了。

「另一個是什麼？」

「把千萬份古老文獻當成科學證據公諸於世，以證明《新約聖經》是一部僞經。」

「但你告訴過我，《新約聖經》是建立在捏造的故事之上。」

蘭登微笑了。「蘇菲，世界上所有的宗教信仰都是建立在捏造出來的謊言上。這就是信仰的定義——接受那些我們想像中是眞實的、卻無法證明的事情。每種宗教都透過隱喻、寓言，還有誇張的故事描述神，從早期的埃及人到現代的主日學。隱喻能幫助我們的心靈去處理那些無法處理的事情。當我們開始完全相信我們自己的隱喻時，麻煩就出現了。」

「所以你比較希望聖杯文獻永遠埋藏？」

「我是個歷史學家。我反對毀掉文獻，我會樂見宗教學者有更多資料去思考耶穌基督的另一種生活。」

「針對我的問題，你怎麼兩邊的觀點都支持？」

「是嗎？《聖經》代表著這個星球上千百萬人的基本指標，大致上《可蘭經》、《摩西五書》、《巴利三藏》也同樣爲其他宗教的信徒提供指引。如果你我能發現否認伊斯蘭信仰、猶太教信仰、佛教信仰、異教信仰中那些神聖故事的文獻，我們應該這麼做嗎？我們應該昭告世人說我們有證據證明佛陀並不是由蓮花裡生出來的嗎？或耶穌並不是真正的處女所生的？那些眞正了解其信仰的人，都曉得這些故事只是隱喻。」

蘇菲的表情很懷疑。「我那些虔誠的基督教朋友都肯定相信基督真的能在水上行走，真的能把水變成葡萄酒，而且是真正的處女所生。」

「我的意思正是如此，」蘭登說：「宗教上的寓言已經成爲現實的一部分了。活在這種現實中，讓千百萬人得以應付生活，努力向善。」

「但其實他們的現實是假的。」

蘭登低聲笑了。「不會比一個數學解碼者只因爲有助於自己破解密碼，就相信虛數『i』的存在更假了。」

蘇菲皺起眉頭。「這麼說不公平。」

兩人沉默了一會兒。

「你剛剛的問題再說一次好嗎？」蘭登問。

「我不記得了。」

他微笑道：「這招每次都見效。」

83

蘭登跟蘇菲和提賓在內聖殿巷跨出那輛積架禮車時，手上的米老鼠手錶顯示快要七點半了。他們三個人迂迴穿過迷宮似的建築，來到聖殿教堂外頭一個小小的中庭。粗劈的石塊在雨中閃著微光，建築頂上的鴿子們咕咕叫著。

倫敦這座古老的聖殿教堂，全由法國卡昂城附近所產的乳白色石灰岩所築成。這棟引人注目的圓形建築有著威嚴的正面、中央塔樓，還有個突出於一端的中殿，整棟教堂看起來比較像個軍事堡壘，而不像是做禮拜的地方。由耶路撒冷宗主教希拉克略於一一八五年二月十日行過祝聖禮（譯註：教堂建好後，將教堂獻於天主的禮儀）的這座聖殿教堂，歷經了八個世紀的政治騷動、倫敦大火、以及第一次世界大戰後仍然倖存，只有在一九四〇年遭到德國空軍的燒夷彈重創。二次大戰後，又修復為原來莊嚴十足的舊貌。

單純的圓，蘭登心想，欣賞著這棟初次相見的建築。整個建築風格粗糙而單純，比較會令人聯想到粗獷的羅馬聖天使堡，而非優雅的帕德嫩神殿。長方形的附加建築往右邊突出去，不幸顯得格格不入，儘管它稍稍掩飾了原始建築結構的異教形狀。

「現在是星期六清早，」提賓說，一拐一拐走向入口，「所以我想我們不會碰到什麼宗教儀式。」

教堂的入口是石牆上一個凹入處，裡面有一道巨大的木門。門的左邊很不搭調地掛著一個佈告欄，上面貼著演唱會時間表和宗教儀式的啓事。

提賓看著那個佈告欄，皺起眉來。「還要過兩個小時才開放遊客參觀。」他移到門前敲了敲，毫無動靜。他把耳朵湊在門上，仔細聽著。過了一會兒，他抬起頭，臉上露出狡詐的表情，指指佈告欄。「羅柏，麻煩幫我查一下儀式時間表好嗎？看這星期由誰主持？」

教堂裡面，一個輔祭男童正在給領聖餐的跪墊吸塵，此時聽到教堂的門上響起敲門聲。他沒答理。哈維．諾耳斯神父自己有鑰匙，而且他應該是還要兩個小時後才會到。敲門的可能是個好奇的遊客或窮人。那個輔祭男童繼續吸塵，但外頭的人繼續敲門。你不認識字嗎？門上的牌子清楚寫著教堂星期六要到九點半才會開放。輔祭男童繼續忙著工作。

忽然間，敲門聲成了大力的擂門聲，好像有人用金屬杖打著門。輔祭男童關掉吸塵器，氣沖沖朝門走去。他拉開插栓，把門打開。三個人站在門口。觀光客，他咕噥著。「我們九點半才開放。」

那個顯然是領頭的魁梧男子撐著金屬拐杖架往前走。「我是李伊．提賓爵士。」他說，帶著高雅的薩克遜口音。「你一定知道，我是陪克里斯多福．瑞恩四世伉儷來的。」他讓到旁邊，朝身後那對迷人的夫婦手臂一揮。那女人五官柔和，一頭茂密的酒紅色頭髮。男人個子高高的，深色頭髮，看起來有點眼熟。

輔祭男童不知道該怎麼反應。克里斯多福．瑞恩爵士以前是聖殿教堂最有名的捐助人。倫敦大火後所造成的毀損，幾乎都是他出資修復的。他早在十八世紀初就過世了。「唔……很榮幸見到你們？」

架著拐杖的男子皺起眉頭。「小夥子，還好你沒去當推銷員，你實在沒什麼說服力。諾耳斯神父呢？」

「今天是星期六，他要晚一點才會到。」

架著拐杖的男子眉頭皺得更深了。「真懂得感恩啊。之前他跟我們保證過他會在的，但現在看起來，我們得自己進行了。花不了多少時間。」

那名輔祭男童仍擋著門口。「對不起。什麼事花不了多少時間？」

提賓的眼神轉爲銳利，他身子湊前低語，好像是爲了不造成大家尷尬。「小夥子，顯然你是新來的。每年克里斯多福・瑞恩爵士的後裔都會帶一小撮他的骨灰前來，撒在聖殿教堂裡。這是他的遺願。沒有人喜歡大老遠跑這麼一趟，可是我們又能怎麼辦？」

那個輔祭男童來了兩年了，但沒聽過這個慣例。「你們最好還是等到九點半。現在教堂還沒開放，我還在吸塵。」

架著拐杖的男子怒目而視。「小夥子，這棟建築能留下什麼讓你用吸塵器的唯一原因，都是因爲這位女士口袋裡的那位紳士。」

「對不起，你說什麼？」

「瑞恩太太，」架著拐杖的男子說：「麻煩你好心把骨灰盒給這位冒昧的小夥子看一下好嗎？」

那女人猶豫了一會兒，然後好像回過神來，伸手到毛衣口袋，拿出一個用紙包著的小圓筒。

「就在這裡，看到沒？」架著拐杖的男子厲聲道。「現在，你要嘛就讓我們實現他的遺願，進去聖所裡撒他的骨灰，不然我就告訴諾耳斯神父我們遭受到什麼樣的無禮對待。」

那名輔祭男童猶豫了，他很清楚諾耳斯神父向來嚴格奉行教堂的傳統……更重要的是，要是有什麼事讓這座聖堂的盛名受損，他鐵定會暴跳如雷。或許諾耳斯神父只是忘記這一家人要來訪而已。若是如此，讓他們進門所要冒的風險，比拒絕他們要小多了。畢竟，他們說只要花幾分鐘就夠了。能有什麼損失呢？

輔祭男童站開，讓那三個人進來，他敢發誓瑞恩先生和瑞恩太太看起來跟他一樣不知所措。那個男孩不安地轉身回去工作，從眼角觀察著他們的一舉一動。

三個人走進教堂深處，蘭登忍不住微笑起來。「李伊，」他低語道：「你吹牛技術太高明了。」

提賓的眼睛發亮。「牛津戲劇社。他們到現在還在傳誦我演過的凱撒大帝。我確定沒有人演第三幕第一場時，能比我更奮不顧身了。」

蘭登看了他一眼。「我以為凱撒在那場戲裡面死了。」

提賓一臉笑咪咪。「沒錯，可是我倒下去時，身上的古羅馬式寬鬆外袍扯裂了，我只好晾著那話兒，在舞台上躺了半個小時。即使如此，我還是一動也不動。告訴你，我演得好極了。」

蘭登瑟縮了一下。真可惜沒看到。

一行三人穿過了長方形的附屬建築物，來到通往主建築的拱道，眼前的樸素嚴峻讓蘭登很意外。雖然祭壇的平面設計類似長廊式的基督教禮拜堂，但整個陳設簡單而冰冷，完全沒有傳統的華麗裝飾。「好嚴肅。」他低語。

提賓低聲笑了。「英格蘭式的教堂。英國國教徒對於他們的宗教是偏好純粹原味。完全專注於他們自身的悲慘，不讓裝飾給分心。」

蘇菲朝著通往教堂圓形區域的一個巨大通道指去。「那裡看起來像個堡壘。」她低聲說。

蘭登也覺得。即使離得那麼遠，那些牆壁看起來依然堅不可摧。

「聖殿騎士團的成員都是戰士。」提賓提醒他們，他的鋁製拐杖架在一片空蕩中發出回音。「他們是一個宗教軍事社團。他們的教堂就是社團的根據地和銀行。」

「銀行？」蘇菲問，看了蘭登一眼。

「老天，沒錯。聖殿騎士團發明了現代銀行業的概念。對歐洲貴族來說，帶著黃金旅行很冒險，所以聖殿騎士團讓這些貴族把黃金存在他們附近的聖殿教堂，然後在全歐洲任何其他教堂都可以提領出來。唯一的條件就是要有適當的文件證明。」他擠擠眼睛。「還有一點小小的佣金。他們是最原始的自動提款機。」提賓指著一面彩繪玻璃窗，陽光透過玻璃上一名騎著粉紅馬的白衣騎士，折射進來。「艾拉納斯·

馬賽爾，」提賓說：「十三世紀初的騎士團團長。他和繼任者還成了英格蘭國會的『第一男爵』。」

蘭登很驚訝。「英國第一男爵？」

提賓點點頭。「某些人宣稱，當時聖殿騎士團團長的影響力，比英國國王還要大。」他們來到圓室的外頭，提賓目光凌厲地回頭看了一眼那個輔祭男童，他正在遠處用吸塵器。「你知道，」提賓跟蘇菲咬耳朵，「據說聖杯曾藏在這個教堂過了一夜，當時聖殿騎士團正要把它從藏匿的地方換到另一個。你能想像四大櫃的聖杯文獻跟抹大拉的馬利亞的石棺就放在這裡嗎？我一想就嚇得全身起雞皮疙瘩。」

蘭登一踏進圓室，就覺得渾身起雞皮疙瘩。他的眼睛沿著周圍蒼白的弧形牆壁，看著上頭雕刻的張嘴怪獸、惡魔、妖怪，還有痛苦的人臉，都朝室內瞪著。在那些雕刻圖形的下方，整個房間繞滿一圈石製的教堂長椅。

「圓形劇場。」蘭登低聲說。

提賓舉起一支拐杖架，指向房間左邊遠端，然後指向右端。蘭登已經看到了。

十座騎士石像。

左邊五座，右邊五座。

那些真人大小的雕像仰臥在地板上，姿態安詳地長眠於此。每個騎士都全副盔甲，帶著盾牌和劍，這些墳墓令蘭登很不安，總覺得是有人偷偷趁這些騎士睡覺時跑進來，在他們身上倒了石膏。所有的雕像都被嚴重侵蝕，但仍清楚看得出每一尊都是獨一無二的——武器裝備不同，手臂與腿的姿勢、臉部五官、還有盾牌上的標誌都各有差異。

倫敦騎士身後為教宗所埋葬。

蘭登逐步深入那個圓室，覺得一股震撼。

一定就是這裡了。

84

靠近聖殿教堂一條垃圾遍佈的巷子裡，黑密・勒加呂戴克把那輛積架禮車停在一個工業用的大型有蓋垃圾箱後頭。他熄掉引擎，四處看了一圈，沒人。他下了車，走向車後方，爬上禮車的主車廂，那個隱修士在裡頭。

感覺到黑密進來，那個隱修士似乎從祈禱的恍惚狀態中醒過來，他的紅色雙眼看起來好奇多過恐懼。一整夜，黑密始終暗自佩服這個人被五花大綁還能如此保持鎮靜。除了一開始在Range Rover越野車上有過些許掙扎外，這名隱修士似乎已經接受眼前的事實，把自己的命運交給上帝。

黑密鬆開領結，漿得筆挺的豎領襯衫上的鈕扣也解開，覺得自己好像多年來第一次可以暢快呼吸。他來到禮車的小吧台前，給自己倒了一杯思美洛牌伏特加，一口吞下，第二杯也是一樣。

我很快就可以過著逍遙的日子了。

黑密翻著小吧台，找到了一把侍者用的標準葡萄酒開瓶器，扳開上頭鋒利的小刀。這支小刀通常是用來割開葡萄酒瓶上封著軟木塞的鉛箔，不過今天早上，可以拿來作更戲劇化的用途。黑密轉身面對西拉，舉起那把發著閃光的刀子。

此時那對紅眼睛裡露出了恐懼。

黑密微笑著，在禮車的後車廂裡挪向前。那個隱修士畏縮著，想掙脫身上的繩子。

「不要動。」黑密低聲道，舉起刀子。

西拉不敢相信天主竟拋棄了他。即使西拉已把被縛的肉體之痛轉爲一種靈性的訓練，把因缺血而抽搐的肌肉當成是在提醒自己基督所承受過的痛苦。我一整夜都在祈求能被釋放。此時，當那把小刀朝他揮來，西拉緊緊閉上了眼睛。

他的肩胛骨感覺到一道被劃過的痛。他喊出聲，無法相信他就要死在這輛禮車的後車廂中，無法保護自己。我從事天主的工作，「老師」說他會保護我的。

西拉覺得一股刺痛的熱流透遍他的背和肩，想像得到那是自己的血流遍全身。此時一股尖銳的痛穿過他的大腿，他感覺到那種迷失方向的熟悉感又攫住了他——那是身體抵抗痛苦的防禦機能。

那種蝕人的熱辣感此時透遍全身每一寸肌肉，西拉的眼睛閉得更緊，決心不讓這個殺他的兇手成爲自己此生腦海中的最後一個影像。反之，他腦中浮現出年輕的艾林葛若薩主教，站在西班牙那座小教堂前——他和西拉兩人親手建立起來的那個教堂。那是我一生的起點。

西拉覺得他的身體好像著了火。

「喝口酒，」那個穿著小禮服的男子低語道，一口法國腔，「可以幫助血液循環。」

西拉猛地張開眼睛，驚訝極了。一個模糊的影子湊在他眼前，送過來一杯液體。地板上有一堆割開的防水膠帶，旁邊是那把毫無血漬的小刀。

「喝下去。」他重複道。「你感覺到的痛是因爲血湧進了你的肌肉。」

西拉感覺到那股猛烈的震顫現在轉爲一種尖銳的刺痛。那杯伏特加好難喝，但他喝掉了，滿懷感激。今夜西拉遭逢了不少厄運，但天主輕輕施展一個小奇蹟，就全盤扭轉了。

天主沒有拋棄我。

西拉知道艾林葛若薩會怎麼說。

這是神的介入。

「我本來想早點替你鬆綁的，」那名僕人道歉，「但實在沒辦法。警察來到了威雷特堡，然後又是比金丘機場，我等到現在才有機會。你明白的，對不對，西拉？」

西拉驚跳起來。「你知道我的名字？」

那名僕人一臉微笑。

這會兒西拉坐直了，揉著僵硬的肌肉，滿腦子交織著懷疑、感激，還有困惑。「你是……『老師』嗎？」

黑密搖搖頭，對他的猜測笑了起來。「但願我有那麼大的權力。不，我不是『老師』。跟你一樣，我是替他做事的。但『老師』很誇獎你。我名叫黑密。」

西拉大吃一驚。「我不明白。如果你是替『老師』工作，爲什麼蘭登會帶著拱心石去你家呢？」

「不是我家。那是李伊．提賓爵士的家，他是全世界最重要的聖杯歷史學者。」

「但是你住在那裡，這個機率……」

黑密笑了，好像對於蘭登選擇躲去那裡這個明顯的巧合完全不意外。「這完全可以預料得到。羅柏．蘭登拿到了拱心石，他需要幫助。選擇去李伊．提賓的家，是再合理不過了。我會碰巧住在那裡，也正是當初『老師』來找我的原因。」他停了一下。「不然你以爲『老師』怎麼會知道那麼多聖杯的事情？」

現在西拉醒悟過來，簡直目瞪口呆。「老師」找了李伊．提賓的僕人當幫手，他可以拿到主人所有的研究資料。這招太高明了。

「我還有很多事得告訴你。」黑密說，把那支裝滿子彈的赫克勒科赫手槍遞給西拉。然後他身子探過打開的隔板，從前座的置物匣中取出一把手掌大的小手槍。「不過首先，我們還有活兒要幹。」

法舍隊長在比金丘下了飛機，不敢置信地聽著那位肯特郡探長報告之前在提賓的機棚裡所發生的事。

「我親自搜過那架飛機，」那名探長堅持道：「裡面一個人都沒有。」他的口氣變得很傲慢。「我應該補充一點，如果李伊・提賓爵士堅持要告我，我會——」

「你問過飛機駕駛員了嗎？」

「當然沒有。他是法國人，我們的管轄權必須——」

「帶我去找那架飛機。」

到了機棚，法舍只花了六十秒，就在剛剛那輛禮車停過的附近地板上找到一塊不尋常的血污。法舍走到飛機旁，用力拍著機身。

「我是法國刑事局隊長。開門！」

那名嚇壞的駕駛員打開艙門，放下扶梯。

法舍爬上去。三分鐘之後，在他隨身手槍的幫助下，駕駛員跟他坦白招供，其中提到了一名被五花大綁的白子隱修士。此外，他也得知駕駛員看到蘭登和蘇菲留下一些東西藏在提賓的保險櫃裡，是個木盒子。雖然駕駛員不知道那個木盒裡面裝了什麼，但他承認飛到倫敦的一路上，蘭登的注意力全在那個盒子上。

「打開那個保險箱。」法舍要求。

那名駕駛員一臉驚恐。「我不知道密碼。」

「眞不幸。我本來想給你個機會，讓你保住你的飛行執照。」

那名飛行員絞著雙手。「我認識這裡幾個保養員，或許他們可以把保險箱鑽開？」

「我給你半小時。」

那個駕駛員跳起來去拿他的無線電呼叫器。

法舍大步走到飛機後頭，給自己倒了杯酒。現在時間還早，但他之前一整夜沒睡，所以喝這杯也不算是中午前喝酒。坐在客艙裡的絲絨圓背摺椅上，他閉上眼睛，想搞清眼前發生的一切。肯特郡警察的一時大意，可害我付出慘痛的代價。他們每個人現在都在查那輛積架禮車的下落。

法舍的電話響起，他眞希望能有片刻的清靜。「喂？」

「我正在往倫敦的路上。」是艾林葛若薩主教。「我一個小時內就會到。」

法舍坐直了身子。「我還以為你要去巴黎。」

「我實在很擔心，就改變了計畫。」

「你不該改的。」

「你找到西拉了嗎？」

「沒有。脅持他的人在我趕到之前，從英國當地警察手裡溜走了。」

艾林葛若薩的反應很激烈。「你跟我保證過你會攔下那架飛機的！」

法舍壓低聲音。「主教，鑑於你眼前的處境，我建議你今天不要考驗我的耐性。我會盡力找到西拉和其他人。你會在哪裡降落？」

「你等一下。」艾林葛若薩掩住話筒一會兒，然後告訴他。「駕駛員正在跟倫敦的希斯洛國際機場聯繫，希望獲得降落許可。機上只有我一個乘客，不過我們原先沒預約要飛到那裡。」

「你叫他改飛到肯特郡的比金丘私人機場。我會幫他弄妥降落許可。如果你降落時我不在，我會派一輛車在這邊等你。」

「謝謝。」

「就像我在第一通電話裡說過的，主教，你最好記住，你不是唯一瀕臨失去一切的人。」

85

欲覓之球原應棲於英雄墓上。

聖殿教堂中的每個騎士雕像都仰天躺著，頭枕在長方形石枕上。蘇菲一凜，那首詩提到有個「球」，喚起了那一夜在她祖父地下室的記憶影像。

聖婚，圓球。

蘇菲納悶著，那個儀式可曾在眼前這個聖所中舉行過。這個圓廳似乎是專爲異教祭典量身訂做的。一圈石製教堂長椅繞著中央一塊廣大空蕩的地板。圓形劇場，如同羅柏說的。蘇菲想像著夜晚的這個圓廳，裡頭滿是戴著面具的人，在火炬照耀下誦唱，見證著房間中央的「神聖結合」。

她努力驅走心中的那個影像，隨著蘭登和提賓往第一組騎士走去。儘管提賓堅持他們應該鉅細靡遺地仔細檢查那些雕像，但蘇菲急著搶在他們前頭，先匆忙看一眼左方的那五名騎士。

仔細看過那五座墳墓後，蘇菲注意到它們之間的相同和相異之處。每個騎士都仰天躺著，但其中三個人兩腿伸直，另外兩個則兩腿交叉。這個差異似乎和遺失的圓球無關。蘇菲又檢查他們的衣服，注意到其中兩名騎士的盔甲裡穿著及膝外袍，而其他三個則穿著長至踝部的長袍。但這也沒有幫助。蘇菲把注意力轉向此外唯一明顯的差異處——他們雙手的位置。兩名騎士緊握著劍，兩名在祈禱，另外一個則雙手垂在兩側。花了很多時間觀察那些手之後，蘇菲聳聳肩，沒看到任何明顯缺了圓球的痕跡。

蘇菲感覺到毛衣口袋中那個藏密筒的重量，回頭看看蘭登和提賓。他們兩個移動得很緩慢，才看到第三個騎士，顯然也沒交上好運。蘇菲實在不想等了，轉身撇下他們，朝第二組騎士走去。她穿過中央的空蕩區域，默唸著那首詩，她看過太多遍，現在已經會背了。

倫敦騎士身後為教宗所埋葬
一生功績徒惹聖座憤怒難當
欲覓之球原應棲於英雄墓上
瑰紅肌膚與受孕子宮細思量

蘇菲來到第二組騎士處，發現眼前跟第一組騎士的狀況類似。所有躺著的雕像都有不同的姿勢、穿戴不同的盔甲、拿著不同的劍。

但是，只有第十個、也就是最後一個墳墓例外。

她匆匆走到那個墓前，往下凝視。

沒有石枕。沒有盔甲。沒有及膝長袍。沒有劍。

「羅柏？李伊？」她喊道，聲音在圓廳裡迴盪。「這裡有東西不見了。」

兩位男士都抬起頭，立刻朝她這頭走過來。

「圓球嗎？」李伊興奮喊道。他匆匆往圓廳的這一頭走來，拐杖架敲出急速的間斷聲響。「不見的是圓球嗎？」

「不太算是。」蘇菲說，朝著第十個墳墓皺起眉頭。「好像整個騎士都不見了。」

兩位男士來到蘇菲身旁，困惑地凝視著地上的第十座墳墓，那裡沒有躺在空地上的騎士，而是放著一具封起的石棺。那個石棺是梯形的，足部窄細，愈接近頂部愈寬，還有個尖頂的蓋子。

「這名騎士爲什麼沒有展示出來？」蘭登問。

「怪哉。」提賓說，摩挲著下巴。「我都忘了這個奇怪的特色。幾年前我來這裡時就是這樣的。」

「這具棺材，」蘇菲說：「看起來好像是跟其他九座墳墓同時雕刻的，而且是出自同一個雕刻師。那爲什麼這個騎士放在棺材裡，不像其他騎士展示出來？」

提賓搖搖頭。「那是這個教堂的一個不解之謎。據我所知，沒有人能找出解釋。」

「各位？」那名輔祭男童說，他一臉不安地走過來。「我這樣好像太冒犯了，請原諒。不過你們剛剛跟我說，你們想要撒骨灰，可是現在你們好像是在參觀。」

提賓兇巴巴瞪著那個男孩，然後轉向蘭登。「瑞恩先生，顯然你們家族的慈善不像以前能買到那麼多時間了，所以或許我們應該把骨灰拿出來，趕緊辦事。」提賓轉向蘇菲。「瑞恩太太？」

蘇菲很配合地立刻從口袋掏出那個羊皮紙裹住的藏密筒。

「那麼，」提賓厲聲對那個男孩說：「麻煩給我們一點隱私好嗎？」

那名輔祭男童沒動。這會兒他仔細盯著蘭登。「你看起來好眼熟。」

提賓一臉氣沖沖。「或許這是因爲瑞恩先生每年都會來這兒！」

或者呢，蘇菲擔心著，因為他去年曾在電視上看到蘭登出現在梵蒂岡。

「我沒見過瑞恩先生。」那名輔祭男童說。

「你記錯了。」蘭登客氣地說。「我相信我們去年曾照面過。諾耳斯神父沒正式給我們介紹，但我剛剛一進來就認出你的臉了。現在，我知道這趟來這裡很打擾，但麻煩你再給我們幾分鐘，我大老遠跑來，就是爲了要把骨灰撒在這些墳墓之間。」

那名輔祭男童的表情更懷疑了。「這些不是墳墓。」

「你說什麼？」蘭登說。

「這些當然是墳墓，」提賓喊道：「你在瞎說什麼？」

那名輔祭男童搖搖頭。「墳墓裡頭應該有屍體才對。這些是雕像，爲了紀念眞人的石像。這些雕像下頭並沒有埋著屍體。」

「這裡是墓室！」提賓說。

「只有過時的舊歷史書才這麼說。以前一般相信這裡是個墓室，但一九五〇年教堂翻新時，才發現根本不是。」他轉向蘭登。「我想瑞恩先生應該知道這點。因爲發現這件事實的，就是他的家人。」

一時之間，一層不安的沉默當頭罩下。

這片沉默被附屬建築中的砰然敲門聲給打破了。

「想必是諾耳斯神父來了。」提賓說。「你該去看看吧？」

那名輔祭男童一臉懷疑，但還是悄悄轉身走回附屬建築，留下蘭登、蘇菲，和提賓三人沮喪地面面相覷。

「李伊，」蘭登低聲說：「沒有屍體？他在說什麼呀？」

提賓的表情很煩惱。「我不知道。我一直以爲……當然，一定就是這裡。我看他也不明白自己在講什麼。沒道理嘛。」

「我可以再看一下那首詩嗎？」

蘇菲把藏密筒從口袋掏出來，小心翼翼地遞給蘭登。

蘭登把裹著的羊皮紙拆開，一手拿著藏密筒，然後檢查那首詩。「沒錯，詩裡頭肯定提到了一座墳墓，而不是雕像。」

「那首詩會不會搞錯了呢？」提賓問道。「會不會賈克．索尼耶赫也犯了錯，就跟我剛才一樣呢？」

蘭登想了想，搖搖頭。「李伊，你自己想想。這個教堂是聖殿騎士團建立的，他們是錫安會的軍隊。我想如果有騎士埋葬在這裡，錫安會盟主應該會很清楚才對。」

提賓驚訝得目瞪口呆。「但這個地方完全符合呀。」他轉身面對著那些騎士。「我們一定漏掉了什麼！」

那名輔祭男童走進附屬建築，很驚訝裡面空無一人。「諾耳斯神父？」我剛剛明明聽到敲門的聲音啊，他心想，往前繼續走，直到他看到了門口。

一個穿著小禮服的瘦削男子站在門邊，搔著腦袋，一副茫然的表情。輔祭男童煩躁地吐了口氣，想起他剛剛讓那三個人進門後，忘了把門再栓上。現在有個要參加婚禮的可憐傻瓜在街上迷了路，看到教堂就想闖進來碰碰運氣。「對不起，」他喊道，走過一根大柱子，「我們還沒開放。」

輔祭男童感覺到背後有陣布料的窸窣聲掃過去，還沒來得及轉身，頭忽然往後一仰，一隻有力的手從後頭猛掩住他的嘴，不讓他叫出來。那隻蓋住他嘴巴的手是死白的，而且還有一股酒精味。

那名穿著小禮服的拘謹男子冷靜地拿出一把很小的左輪手槍，對準了男孩的前額。

祭壇男童忽然覺得鼠蹊一片熱，知道自己剛剛失禁了。

「你仔細聽好，」那名身穿小禮服的男子耳語道：「你安靜離開這個教堂，用跑的，不准停下來。聽清楚了沒？」

被掩住嘴巴的男孩使勁點頭。

「如果你去報警……」那名穿小禮服的男子用槍抵著他的頭。「我會找你算賬。」

接下來那個男孩只記得他拔腿衝過外頭的中庭，一路不停猛跑了不知多久，直到雙腿終於筋疲力竭。

86

西拉像個鬼似的，悄悄走到他下手對象的後方。蘇菲・納佛發現時已經太遲了。她還來不及轉身，西拉手上的槍管已經抵著她的脊椎，有力的手臂箍住她的胸膛往後拉，緊靠在自己壯碩的身上。她驚訝地大喊。提賓和蘭登都回過頭來，一臉震驚而恐懼。

「你……？」提賓說不出話來。「你把黑密怎麼了？」

「你只要明白一點，」西拉冷靜地說：「我要帶走拱心石。」這個黑密所稱的「復原任務」俐落而簡單：進入教堂，取得拱心石，然後走出來；不要殺人，不要打鬥。

西拉緊箍住蘇菲的那隻手從她的胸膛滑過腰部，探進她毛衣的長口袋裡尋找。他可以嗅到她頭髮散發出的淡淡香氣，從他自己的酒味中透過來。「東西在哪裡？」他低聲說。之前那個拱心石就在她的毛衣口袋裡。那現在去了哪裡呢？

「在這裡。」蘭登低沉的聲音從圓廳那頭傳來。

西拉轉過頭去，看到蘭登舉起那個黑色藏密筒前後搖晃，好像一名鬥牛士在引誘一隻愚蠢的動物。

「把東西放下。」西拉要求。

「讓蘇菲和提賓離開教堂。」蘭登回答。「我們兩個來解決這件事。」

西拉推開了蘇菲，手槍瞄準蘭登，朝他走過去。

「不准再往前。」蘭登說。「等他們離開教堂再說。」

「你現在沒有資格發號施令。」

「我可不這麼想。」蘭登把那個藏密筒高舉過頭。「我會毫不猶豫把這個砸在地上，摔破裡面的醋瓶。」

西拉對這個威脅雖然表面上嗤之以鼻，但心中卻掠過一絲恐懼。沒想到會有這招，他把手槍瞄準蘭登的頭，盡量讓自己的聲調像他的手一樣平穩。「你絕對不會打破拱心石的。你跟我一樣想找到聖杯。」

「你錯了。你比我想要得多。你已經證明過，你願意為它而殺人。」

四十呎之外，黑密・勒加呂戴克正躲在靠近拱道的一排教堂長椅後頭偷看，他覺得愈來愈不安。整個行動沒有按照計畫進行，即使在這裡，他也看得出西拉對於眼前的狀況不知所措。黑密遵照「老師」的命令，曾禁止西拉開槍。

「讓他們走。」蘭登再度要求，高舉著那個藏密筒，盯著西拉的槍。

隱修士的紅色雙眼充滿憤怒和困惑，黑密更加擔心西拉會朝拿著藏密筒的蘭登開槍。不能讓那個藏密筒摔下來！

那個藏密筒是黑密通往自由和財富的門票。一年多以前，他原只是個住在威雷特堡圍牆內的五十五歲僕人，服侍那位傲慢不已的跛腳爵士李伊・提賓，迎合他所有的需求。然後有人向他提出一個非比尋常的任務。黑密所服侍的提賓是全世界最傑出的聖杯歷史學家，這層關係將為黑密帶來他畢生所夢想的一切。從那時開始，他在威雷特堡中辛辛苦苦，都是為了眼前這個關鍵時刻。

我已經離得這麼近了，黑密告訴自己，凝視著聖殿教堂的祭台區，還有羅柏・蘭登手中的拱心石。如果蘭登讓它摔到地上，一切就完了。

我要主動露臉嗎？這是「老師」嚴格禁止的。黑密是唯一知道「老師」身分的人。

「你確定要讓西拉執行這個任務嗎？」不到半個小時前，「老師」命令黑密去拿回拱心石之時，黑密曾問過他。「我一個人可以做得來。」

「老師」很堅決。「那四個錫安會員的事情，西拉替我們辦得很好。他會拿回拱心石的。你絕對不能曝光。要是有人看到你，那就得把他們給除掉，已經有夠多人被殺了。不要讓人看到你的臉。」

我的臉會改變，黑密想著。等我拿到你答應過要給我的那些錢，我就會變成一個全新的人。動個手術就可以輕易改變你的指紋，「老師」曾這麼告訴他。他很快就可以自由──擁有一張別人認不出的美好臉孔，沐浴在海灘的豔陽下。「我明白了。」黑密說。「我會在暗處協助西拉。」

「你知道就好，黑密，」老師曾告訴他：「他們要找的墳墓不在聖殿教堂。所以不用怕。他們找錯地方了。」

黑密目瞪口呆。「你知道那個墳墓在哪裡？」

「當然。晚一點我會告訴你。現在我們得趕快行動。如果其他人猜到了那個墳墓的眞正地點，而且在你拿到藏密筒之前就離開聖殿教堂，我們可能就會永遠失去聖杯了。」

黑密才不鳥聖杯，只是「老師」堅持要找到聖杯後才肯付他錢。黑密每一想到即將到手的那筆錢，就覺得一陣飄飄然。兩千萬歐元的三分之一。這麼多錢可以讓人永遠消失。黑密曾想像過蔚藍海岸的海灘城鎮畫面，他計畫在那兒渡過餘生，成天晒太陽，而且反過來讓別人服侍他。

然而此時此刻，在聖殿教堂裡，由於蘭登威脅要摔破拱心石，黑密的未來正岌岌可危。黑密受不了夢想已經這麼近了，卻落得全盤皆輸，於是決定採取大膽的行動。他手上的槍是一把掌心雷式、有J形把手的小口徑梅杜莎手槍，不過近距離射擊仍足以致命。

黑密走出暗處，大步走進圓廳，他用槍瞄準提賓的頭部。「老頭，我等這一刻等好久了。」

看到黑密用槍指著他，李伊．提賓爵士心臟都快停了。他在搞什麼！提賓認出那把袖珍型的梅杜莎手槍是他的，他平常鎖在禮車的置物匣裡以防萬一的。

「黑密？」提賓震驚得張口結舌。「這怎麼回事？」

蘭登和蘇菲看起來也同樣嚇壞了。

黑密繞到提賓後頭，槍管頂著他背後左方偏高處，就在他心臟的正後方。

提賓覺得自己的肌肉因驚駭而繃緊了。「黑密，我不——」

「我把事情弄簡單一點。」黑密斷然道，在提賓肩後看著蘭登。「放下拱心石，不然我就扣扳機。」

一時之間蘭登似乎僵住了。「拱心石對你毫無價值。」他結結巴巴的說。「你不可能打得開。」

「你們這些自大的笨蛋。」黑密嗤鼻道。「你們難道沒注意，你們一整夜在討論那些詩的時候，我都豎著耳朵在聽？我聽到的每件事，都告訴了別人。他們比你們懂得更多。你們連地方都沒找對。你們在找的墳墓是在完全不同的地點。」

提賓一陣恐慌。他在說什麼！

「你為什麼想找聖杯？」蘭登問。「為了要毀掉它？在『末世』之前毀掉嗎？」

黑密對那名隱修士喊道：「西拉，去拿蘭登先生手上的拱心石。」

那名隱修士走上前，蘭登往後退，舉起拱心石，看起來正準備砸向地板。

「我寧可把它砸爛，」蘭登說：「也不願意看它落入惡人手中。」

一股恐懼攫住了提賓。他將看到自己一生的努力在眼前化為泡影。他所有的夢想即將粉碎。

「羅柏，不！」提賓喊道。「不要！你手上握的是聖杯！黑密絕對不會對我開槍的。我們相識已經超過十——」

黑密手上的梅杜莎朝天花板開火。這麼小的一把槍，火力卻大得驚人，槍聲有如雷鳴般迴盪在石廳裡。

每個人都愣住了。

「我可不是跟你鬧著玩兒的。」黑密說。「下一個目標就是他的背。把拱心石交給西拉。」

蘭登不情願地遞出那個藏密筒。西拉上前接過來，他的紅眼睛閃現著復仇的滿足。他把拱心石放進長袍的口袋中，往後退，手槍仍指著蘭登和蘇菲。

提賓感覺黑密的手臂用力勒住他的脖子，開始往後退著走出這棟建築，他拖著提賓一起走，手槍仍戳著他的背。

「放了他。」蘭登要求。

「我們要帶提賓先生開車去兜風。」黑密說，依然一步步往後退。「如果你們報警，我就殺了他。如果你們做任何事情妨礙我，我也會殺了他。明白了嗎？」

「你們抓我好了。」蘭登要求，聲音因激動而沙啞。「放了李伊吧。」

黑密笑了。「我可不贊成。我們之間有很多美好的回憶呢。何況，我可能還用得上他。」

西拉也倒著後退，手槍仍指著蘭登和蘇菲，黑密拖著李伊走向出口，拐杖在他們身後拖著。

蘇菲的聲音依然很穩。「你們是爲誰工作的？」

正在朝外走的黑密聽到這個問題，臉上浮出冷笑。「你知道了會嚇一大跳，納佛小姐。」

87

威雷特堡的會客室中，壁爐已冷，但科列仍在爐前踱步，閱讀著國際刑警組織傳眞來的資料。完全沒有他想要的東西。

根據官方的紀錄，安德烈．維賀內是個模範公民。沒有犯罪前科——連張違規停車的罰單都沒有。預備學校之後進入巴黎索邦大學取得國際金融學位，畢業時是成績優異的榮譽學生。國際刑警組織說維賀內的名字常在報端出現，但通常都是正面的報導。顯然他曾協助設計保全參數，讓蘇黎世託存銀行在電子保全的超現代世界中取得領先地位。維賀內的信用卡紀錄顯示他喜歡藝術書籍、昂貴的葡萄酒，還有古典音樂CD——大部分都是布拉姆斯——顯然都是以他數年前購買的那套極爲高檔的音響設備播放。

什麼都沒有，科列嘆息。

今夜從國際刑警組織那邊唯一查到的危險訊號，就是一套顯然屬於提賓僕人的指紋。科技偵查處的主任偵查員正在房間那頭一張舒適的椅子上閱讀那份報告。

科列朝那邊望。「有什麼特別的嗎？」

那名偵查員聳聳肩。「指紋是黑密．勒加呂戴克的。是一些小罪的通緝犯。都不嚴重。看起來好像他曾因爲偷換電話轉接器好打免費電話，被大學給踢了出來……後來有幾樁小竊案。闖空門之類的。有回住院接受緊急氣管切開術，後來溜掉沒付醫藥費。」他抬起頭，低聲笑了起來。「對花生過敏。」

科列點點頭，想起警方曾到一家餐廳調查過，他們菜單上沒標示辣醬裡有花生油。結果一名顧客沒留意，才吃了一口，就因爲過敏性休克死在餐桌上。

「勒加呂戴克可能是住在這裡，逃避警方的通緝。」那名偵查員一臉笑咪咪。「眞是他的幸運之夜。」

科列嘆了口氣。「好吧，你最好把這件事向法舍隊長報告。」

那名偵查員往外走，另一個科技偵查處的探員正好衝進來。「分隊長！我們在穀倉裡發現了東西。」

從那名探員緊張的表情看來，科列只猜到一個可能。「屍體嗎？」

「不，長官。是更……」他猶豫著。「更意想不到的。」

科列揉了揉眼睛，跟著那名探員去穀倉。他們走進那個有霉味、像個洞穴的空間，那名探員指著房間中央，一把木梯深入木樑，就靠在高處的乾草棚底架上。

「早先沒看到那把梯子。」科列說。

「沒錯，長官。是我架在上頭的。我們正在勞斯萊斯旁邊撒粉採指紋，看到那把梯子平放在地板上。要不是上頭梯級的橫槓磨得光亮又沾了泥巴，我根本不會多看一眼。顯然這把梯子常常在使用。乾草架的高度又跟梯子符合，所以我就把梯子架上去，爬到上頭看看。」

科列的目光順著陡直的梯子而上，望著上方的乾草架。常常有人上去那兒？從底下看，那個小閣樓顯然是個廢棄不用的棚架，不過必須承認，從下頭只能看到台架的一小部分。

一名科技偵查處的資深探員出現在樓梯頂，往下看。「你一定會想看看這個，分隊長。」他說，戴著樹脂手套的手朝科列揮了一下，示意他上去。

科列疲倦地點頭，走到那個舊梯子的底部，抓住下方的橫槓。這是個老式的梯子，科列愈往上爬，梯級橫槓就愈窄。快到頂時，科列差點一腳踩空，感覺穀倉在他下方旋轉。於是他警覺起來，繼續往上，終於爬到頂。上頭的那名探員朝他伸手，科列抓住他的手腕，笨拙地登上那個台架。

「就在那裡。」那名科技偵查處的探員說，往裡指著乾淨得一塵不染的閣樓。「這裡只有一組指紋。我們很快就可以查出身分。」

科列在昏暗的光線中瞇起眼睛，朝對面牆上看。搞什麼鬼呀？對面牆壁前放著一套複雜的電腦工作站——兩個直立式中央處理器，一個附喇叭的平面螢幕顯示器，一排外接式硬碟，還有個多聲道音控台，上頭顯然接了另一套濾波電源。

怎麼會有人在這裡搞這些玩意兒？科列走近那些裝備。「你檢查過這套系統了嗎？」

「這是個監聽站。」

科列轉身。「監聽？」

那名探員點點頭。「非常先進的監聽設備。」他指著一個長長的工作桌，上面放著一堆電子零件、操作手冊、工具、電線、電銲棒、還有其他電子組件。「這個人顯然很清楚自己在做什麼。有些裝備跟我們局裡的設備一樣複雜。袖珍麥克風、太陽能充電電池、高容量的隨機記憶體晶片。甚至還弄來了一些新的奈米硬碟。」

科列太驚訝了。

「這是個完整的系統。」那個探員說，遞給科列一個比口袋型計算機大不了多少的組合物。那個奇怪的機器裝置底下吊著一呎長的電線，尾端連著一片郵票大小、厚度像脆薄餅的金屬箔片。「它的底部是個高容量的硬碟錄音系統，有充電電池。電線尾端的那個箔片則是麥克風兼太陽能充電電池。」

科列太了解這些設備了。這些像箔片般的太陽能電池麥克風是近年來的一大突破。現在，一個硬碟錄音機可以貼在比方一盞燈後頭，上頭的麥克風能貼附在各種形狀的表面，也能漆成各種顏色。只要麥克風放置在每天可以吸收幾小時陽光的地方，太陽能電池就可以不斷提供整個系統的電力。這種竊聽器可以無時間限制，持續運作下去。

「那怎麼接收呢？」科列問。

那名探員指著一條位於電腦後方的絕緣電線，沿著牆壁往上，穿過穀倉屋頂的一個小洞。「無線電波。屋頂有個小天線。」

科列知道這類通常裝在辦公室的錄音系統，都是有聲音才會啓動的，好節省硬碟空間，而且是在白天時錄下片段的談話，到了夜裡再把錄音檔壓縮傳送，以避人耳目。傳送之後，硬碟會自動刪去檔案，準備次日從頭再來。

科列的目光轉向一個堆著幾百捲錄音帶的架子，上面都貼著日期和編號。*有人在這裡忙得很呢。*他回頭看著那名探員。「你知道他們竊聽的對象是誰嗎？」

「這個嘛，分隊長，」那名探員說著走向電腦，開始播放一個軟體，「最奇怪的就是這個了……」

88

蘭登和蘇菲聯袂穿過旋轉式柵門，衝進地鐵聖殿站裡那些髒兮兮、迷宮般的地下道和月台時，他覺得自己完全累垮了。罪惡感啃噬著他。

我連累了李伊，害他現在大禍臨頭了。

黑密扯進來就已經夠令人震驚了，但還算說得過去。任何追逐聖杯的人都會設法找內線接應。他們找上提賓的原因跟我一樣。縱觀整個歷史，握有聖杯知識的人向來就同時會吸引小偷和學者。提賓本來就是那些人的目標，這個事實應該可以讓蘭登不那麼內疚才對，但卻沒有。我們得立刻找到提賓，救他脫離險境。

蘭登隨著蘇菲來到往西行的特區線和環狀線月台，蘇菲匆匆去打公用電話報警，不管之前黑密的警告。蘭登坐在附近一張破爛的凳子上，懊悔不已。

「幫助李伊的最好方式，」蘇菲撥電話時又重複說：「就是立刻找倫敦警察。相信我。」

蘭登一開始不贊成，但是他們擬妥下一步計畫後，蘇菲的說法就變得很合理。提賓暫時還很安全。即使黑密和其他人知道那個騎士之墓在哪裡，他們仍可能需要提賓幫忙解讀有關圓球的部分。蘭登真正擔心的是找到聖杯地圖之後會發生的事。李伊會變得非常多餘。

如果蘭登希望有任何機會能幫助李伊，或能夠再看到那個拱心石，他首先就得先找到那個墳墓。不幸的，黑密已經遙遙領先了。

於是拖延黑密的速度成了蘇菲的任務。

而找到正確的墳墓則變成蘭登的任務。

蘇菲要讓黑密和西拉成爲倫敦警方追捕的對象，逼他們躲起來，或能逮到他們就更理想了。蘭登的計畫則比較不確定——要搭地鐵去附近的倫敦大學國王學院，那裡的神學電子資料庫聲譽卓著。最佳搜尋工具，蘭登曾聽說。立即回答您任何宗教歷史問題。他很好奇那個資料庫對於「一騎士乃爲教宗所埋葬」會如何回答。

他站起來踱步，期盼車趕緊來。

在公用電話前，蘇菲終於跟倫敦警方搭上線。

「雪丘分局，」那名調度員說：「要轉哪個單位？」

「我要報案，是綁架。」蘇菲知道該講得簡單扼要。

「請問大名？」

蘇菲猶豫了一下。「我是法國刑事警察局的蘇菲．納佛。」

這個頭銜的確達到了蘇菲期望的效果。「請稍候，我替您轉接一位警探。」

等待轉接之時，蘇菲開始懷疑，警方會不會連她對綁架提賓那兩個人的描述都不相信。一個穿著小禮服的男人。要指認這樣的嫌犯不是太容易了嗎？即使黑密換了衣服，他身邊還有那個白子隱修士。不可能忽略的。加上他們手上有一名人質，不能搭大眾交通工具。她在想，倫敦能有幾輛積架加長型禮車？

蘇菲等著電話轉接給警探，等了好久。拜託快點！她聽得到線路的喀答聲和嗡嗡聲，好像正在轉接中。

十五秒鐘過去了。

最後一個男人的聲音接上線。「納佛探員？」

蘇菲震驚得呆住了，立刻認出了那個粗啞的聲音。

「納佛探員，」伯居．法舍問：「你到底跑哪兒去了？」

蘇菲說不出話來。顯然法舍隊長要求倫敦警方的調度員若接到蘇菲打電話來，就馬上要轉接給他。

「你聽好，」法舍簡單扼要地用法文說：「我今天晚上犯了個可怕的大錯。羅柏．蘭登是無辜的。所有指控他的罪名都撤銷了。但即使如此，你們兩個還是處於極大的危險中。你們得趕緊過來。」

蘇菲驚訝得張口發呆。她不知該怎麼回答。法舍不是那種會輕易道歉的人。

「你之前沒告訴我，」法舍繼續：「賈克．索尼耶赫是你的祖父。我完全忽略了你昨天晚上的抗命行為是因為必然的情緒緊繃所造成的。不過眼前，你和蘭登得趕緊到離你們最近的警察分局去，以策安全。」

他知道我在倫敦？法舍還知道些什麼？蘇菲聽到電話中傳來鑽孔和機器運轉的聲音。她也聽到電話線路傳來一個奇怪的喀答聲。「隊長，你在追蹤這通電話的來源嗎？」

此時法舍的聲音變得堅定起來。「納佛探員，你和我必須合作。我們都面臨很大的麻煩，現在我在做損害控制。我昨天晚上犯了許多判斷上的錯誤，如果那些錯誤導致一名美國教授和一名法國刑事警察局的解碼員死亡，我的前途就完了。過去幾個小時，我都在試圖把你拉回來，好保障你的安全。」

此時一陣暖風吹過車站，一排列車隨著低沉的隆隆聲開進車站。蘇菲非搭上這班列車不可。蘭登顯然也有同樣的想法；這會兒他已經振作起精神，朝她走來。

「你要找的人是黑密．勒加呂戴克，」蘇菲說：「他是提賓的僕人。他剛剛在聖殿教堂裡綁架了提賓爵士，還有──」

「納佛探員！」列車轟然駛進站時，法舍對著她吼：「這種事情不要在公開線路上討論。你和蘭登馬上去警察局。爲了你們自己著想！這是命令！」

蘇菲掛掉電話，和蘭登衝上列車。

89

提賓那架霍克機上原本乾淨的客艙裡，現在到處都是刨下的鋼屑和壓縮空氣加丙烷的味道。伯居・法舍讓所有人都出去，獨自一人坐在那裡，眼前有一杯酒和他們剛在提賓的保險櫃裡發現的木盒。

他手指撫摸著那朵鑲嵌玫瑰，掀開裝飾華麗的盒蓋。裡頭有一個裝著字母轉盤的石頭圓柱體。五個轉盤排列出ＳＯＦＩＡ。法舍瞪著那個字彙良久，然後從襯墊裡拿起那個圓柱體，仔細檢查著。接著他緩緩往兩端拉，拉開了其中一端的蓋子。裡面是空的。

法舍把東西放回盒子裡，茫然望著噴射機窗外的機棚，思索著剛剛跟蘇菲的簡短談話，以及他從威雷特堡科技偵查處人員那邊收到的情報。電話鈴聲響起，打斷了他的白日夢。

打來的是刑事局的總機人員。對方先道歉，說蘇黎世託存銀行的總裁不斷打電話過去，而雖然總機告訴他好幾次，說法舍隊長正在倫敦洽公，但他還是不停地打來。法舍只好不情願地請總機把電話轉過來。

「維賀內先生，」法舍在對方開口前先搶在前頭說：「很抱歉稍早沒打電話給你。我正在忙。我已經遵守承諾，貴行的名字沒有出現在媒體上。所以你到底還在擔心什麼？」

維賀內的聲音很焦慮，他告訴法舍，蘭登和蘇菲如何從銀行拿走一個小木盒，然後又說服維賀內幫助他們逃走。「然後我在收音機聽到他們是逃犯，」維賀內說：「我就停了車，要求他們把盒子還給我，但他們攻擊我，還搶走那輛貨車。」

「你擔心的是一個木盒子。」法舍說，看著盒蓋上的那朵鑲嵌玫瑰，再度輕輕打開蓋子，露出那個白色圓柱體。「你能告訴我，盒子裡面裝的是什麼嗎？」

「裡面裝什麼不重要。」維賀內反擊。「我擔心的是敝行的聲譽。我們從沒被搶過，從來沒有。如果我不能代表顧客拿回這件財產，我們的名聲就毀了。」

「你剛剛提到納佛探員和羅柏・蘭登有密碼和一把鑰匙。那憑什麼說他們偷走了盒子？」

「他們今晚謀殺了好幾個人，包括蘇菲・納佛的祖父。那把鑰匙和密碼顯然是用不正當手段拿到的。」

「維賀內先生，我的手下已經查過你的背景和興趣。你顯然是個很有教養、很高尚的人。我可以想像你也是個很守信用的人，就跟我一樣。所以，我以刑事局指揮官的身分向你保證，你的盒子，以及你銀行的聲譽，現在都非常非常安全。」

90

在威雷特堡那個高高的乾草架上，科列驚異地瞪著電腦螢幕。「這個系統正在竊聽*所有*這些地點？」

「是的，」那名探員說：「看起來他們收集資料已經超過一年了。」

科列再看一次那個名單，說不出話來。

科爾貝・梭斯塔克——憲法委員會主席
尚・夏非——國立網球場美術館館長
艾杜阿・戴侯榭——密特朗國家圖書館館長
賈克・索尼耶赫——羅浮宮博物館館長
米榭・布賀東——法國情報局局長

那名探員指著螢幕。「被特別注意的顯然是第四個。」

科列茫然地點點頭。之前他立刻就注意到了。*賈克・索尼耶赫被竊聽了。*他又看看名單上其他人。*怎麼能有人想得出辦法竊聽這些知名人士？*「你聽過那些聲音檔嗎？」

「一點點。這個是最新錄下的。」那名探員點了幾個電腦按鍵。喇叭嘁喳著開始播放。「*隊長，有位解碼科的探員來了。*」

科列簡直不敢相信自己的耳朵。「那是我！那是我的聲音！」他還記得坐在索尼耶赫的書桌前，用無線電呼叫「大陳列館」裡的法舍，警告他蘇菲・納佛來了。

那名探員點點頭。「如果有人有興趣的話，我們今天晚上在羅浮宮進行的許多調查都聽得到。」

「你有沒有派人去找出竊聽器？」

「沒必要。我知道確切的位置。」那名探員走到工作桌前，上頭堆著一疊舊筆記和藍圖。他找出其中一頁，遞給科列。「看起來眼熟嗎？」

科列大吃一驚。他手上拿著的是一張古代的設計草圖影本，描繪出一個古老的機器。他看不懂上面手寫的義大利文標示，但他知道上面畫的是什麼。一具完全以關節相連的中世紀法蘭克人騎士。

就是索尼耶赫書桌上的那個騎士！

科列的目光轉移到那頁筆記的邊緣，有人在那張影本上用紅色氈毛尖麥克筆潦草寫著一些字。是法文寫的一些想法，簡述如何以最佳方式將竊聽器裝在那個騎士身上。

91

西拉坐在那輛停靠於聖殿教堂附近的積架車內的乘客座。他感覺自己拿著拱心石的雙手濡濕，正等待著黑密在後頭用行李廂找來的繩子把提賓給綁好、封住嘴巴。

終於，黑密爬出禮車的後座，繞到前頭，鑽進西拉旁邊的駕駛座。

「都沒問題了嗎？」西拉問。

黑密低聲笑了，抖掉身上的雨水，回頭望著打開的隔板那頭的李伊·提賓扭曲的形體，他在後座的陰影裡，幾乎看不見。「他哪裡都去不了。」

西拉聽得見李伊低沉的哀鳴，知道黑密拿了些剛剛用過的防水膠帶封住他的嘴。

「你給我閉嘴！」黑密往後用法文朝提賓咆哮。他伸手到儀表板上的控制盤，按了個鍵。一塊不透明隔板在他們身後升起，封住了後座。提賓消失了，他的聲音也聽不見了。黑密看了西拉一眼。「他那些可憐兮兮的哭腔，我老早都聽夠了。」

幾分鐘後，當這輛積架加長型禮車行駛在街道上，西拉的行動電話響起。是「老師」。他興奮地接了電話。「喂？」

「西拉，」老師熟悉的法國口音說：「聽到你的聲音真令我欣慰。這表示你安全了。」

西拉聽到「老師」的聲音也同樣感到撫慰。已經好幾個小時沒連絡了，而整個行動也曾大幅偏離原來的計畫。現在，終於，一切似乎又回到原來的軌道。「我拿到拱心石了。」

「這個消息眞是太好了。」「老師」告訴他。「黑密跟你在一起嗎？」

西拉很驚訝聽到「老師」喊黑密的名字。「是的，是黑密放了我的。」

「他果然遵照我的命令。我只是遺憾你必須忍受被綁住這麼久。」

「身體的痛苦不算什麼。重要的是，拱心石是我們的了。」

「是的。拱心石得立刻送來給我。時間很重要。」

西拉渴望著終於能跟老師面對面了。「是的，先生，我很榮幸。」

「西拉，我希望讓黑密把東西送過來。」

黑密？西拉喪氣了。在西拉爲「老師」做了那麼多事情之後，他相信他才是應該親手呈上戰利品的人。「老師」比較喜歡黑密嗎？

「我聽得出你很失望，」老師說：「這表示你不明白我的用意。」他壓低聲音轉爲耳語。「你一定要相信，我更希望從你——一個服事天主的人，而非一名罪犯——手上接過拱心石，可是我得處理黑密。他違抗我的命令，犯了一個大錯，讓我們整個任務都瀕臨危險。」

西拉覺得一陣寒意襲來，看了黑密一眼。綁架提賓原非計畫中事，要怎麼處置他，又成了新的問題。

「你和我都是天主的子民，」老師耳語道：「我們不能偏離原來的目標。」電話那頭有片刻不祥的寂靜。「就爲了這個原因，我會要求黑密把拱心石送來給我。你懂嗎？」

西拉感覺到「老師」聲音中的怒意，很驚訝他這麼不體貼。他露臉根本是無法避免的，西拉心想。黑密是做他必須做的事情。他救回了拱心石。「我懂。」西拉勉強接受了。

「很好。爲了你的安全，你必須立刻離開街上。警方很快就會開始找那輛禮車，我不希望你被逮捕。主業會在倫敦有宿舍，對不對？」

「當然。」

「你去拜訪會受到歡迎嗎?」

「如同兄弟一般。」

「那麼你就去那兒躲著,別讓人看見。等我拿到拱心石,解決了眼前的問題之後,我會馬上打電話給你。」

「你在倫敦?」

「照我的話去做,一切都不會有問題的。」

「是的,先生。」

「老師」嘆了口氣,好像為接下來非做不可的事情深深感到遺憾。「我該跟黑密談談了。」

西拉把電話遞給黑密,感覺到這可能是黑密·勒加呂戴克這輩子所講的最後一通電話了。

黑密接過電話,心知這名可憐又怪異的隱修士還不曉得他幫「老師」達成目的後,會遭到什麼樣的命運。

「老師」利用了你,西拉。

你的主教只是個工具。

黑密至今仍為「老師」的說服力之強感到驚訝。艾林葛若薩主教相信了一切。他絕望之餘已經變得盲目了。艾林葛若薩已經急得什麼都肯信了。雖然黑密並不特別喜歡「老師」,但他很得意能得到此人的信任,幫了他這麼多。我已經辛苦賺到我的酬勞了。

「仔細聽好,」老師說:「帶西拉去主業會的宿舍大樓,在離幾條街的地方放他下車。然後開到聖詹姆士公園。就在國會大廈和大笨鐘旁邊。你可以把禮車停在騎兵校閱場，我們就在那邊談。」

然後電話隨即掛斷。

92

國王學院由喬治四世國王於一八二九年創立，神學與宗教研究系的校舍位於國會大廈附近，是由國王所賜的產業。國王學院的宗教系所自豪的不僅是一百五十年的教學與研究經驗，還有一九八二年所建立的「宗教體系研究中心」，擁有舉世最完善且電子技術最先進的宗教研究圖書館。

和蘇菲從雨中走進這所圖書館時，蘭登依然渾身戰慄著。館內的主研究室就像提賓曾跟他描述過的一樣——一個巨大的八角形大廳，中間是個巨大的圓桌，如果不是桌上擺著十二個平板螢幕電腦工作站的話，可能會很適合亞瑟王和他的圓桌武士們。大廳另一頭，一名專供諮詢的圖書館員才剛倒了一壺茶，開始一天的工作。

「美好的早晨。」她說，一口愉悅的英國腔，放下茶壺走了過來。「我能替二位效勞嗎？」

「謝謝，沒錯。」蘭登回答。「我名叫——」

「羅柏・蘭登。」她露出愉快的笑容。「我知道你是誰。」

一時之間，他還眞擔心法舍也在英國電視上通緝他了，但那名圖書館員的微笑卻顯示並非如此。蘭登還沒習慣這種意外被當成名人認出的場面。然而話說回來，如果這世界上有人會認得他的臉孔，那就必然是一名宗教研究機構的圖書館員了。

「我是潘蜜拉・蓋騰。」那名圖書館員說，伸出手來。她一張帶著書卷氣的親切臉孔，聲音愉悅流暢。脖子上掛著一副厚厚的角框眼鏡。

「很榮幸跟你見面。」蘭登說。「這是我的朋友蘇菲・納佛。」

兩個女人彼此打了招呼後，蓋騰立刻轉向蘭登。「我事前不曉得你要來。」

「我們也是。如果不會太麻煩你的話，我們眞的需要你幫忙查一些資料。」

蓋騰的態度有所轉變，一臉不安。「通常我們的服務都必須事前申請或預約，當然，除非你是學院裡某個人的訪客？」

蘭登搖搖頭。「我們是臨時跑來的。我一個朋友對你們十分推崇。李伊・提賓爵士你認得嗎？」蘭登提到這個名字，心裡一痛。「他是英國王室歷史學家。」

蓋騰的臉霎時一亮，笑了。「老天，當然認得。他很有個性。很狂熱！每回他來，搜尋的都是相同的字串。聖杯，聖杯，聖杯。我發誓這個人到死才會放棄追查聖杯。」她眨眼使了個眼色。「要有錢有閒的人，才研究得起這個，你們說是不是？那個人是標準的唐吉軻德。」

「你能不能幫忙呢？」蘇菲問。「這件事很重要。」

蓋騰看了看空無一人的圖書館，然後跟他們兩人使了個眼色。「唔，我也不能跟你們說我現在很忙，不是嗎？只要你們在訪客簿上簽了名，我也想不出有誰會太生氣。你們想查什麼？」

「我們想找倫敦的一個墳墓。」

蓋騰一臉懷疑。「倫敦大概有兩萬個墳墓耶，能不能講得更精確一點？」

「是一名騎士的墳墓。我們沒有他的名字。」

「關於我們在尋找的這個騎士，我們沒有太多資料，」蘇菲說：「只知道這些。」她拿出一張紙條，上面寫著那首詩的前兩行。

之前蘭登和蘇菲很猶豫要不要把整首詩拿給一個局外人看，於是決定只寫下前兩行，只提到這名騎士的身分。蘇菲稱之爲「局部解碼」。如果一個情報單位截取到事關重大的資料時，就會讓解碼員各分配一小段密碼。這麼一來，破解密碼之後，任何一個解碼員都不會曉得全部的內容。

但眼前的狀況，用這個方法或許是過度小心了；即使這個圖書館員看到整首詩，查出是哪個騎士的墳墓，知道遺失了什麼球，但沒有那個藏密筒的話，所有的資料也都是白搭。

蓋騰從這位知名美國學者的眼中感覺到一種迫切感，好像趕緊發現這個墳墓是件性命交關的事情。他旁邊那名綠色眼珠的女子似乎也同樣焦慮。

蓋騰滿腹困惑，戴上眼鏡看著他們遞過來的那張紙條。

> 倫敦騎士身後為教宗所埋葬（In London lies a knight a Pope interred.）
> 一生功績徒惹聖座憤怒難當（His labor's fruit a Holy wrath incurred.）

她看了兩位訪客一眼。「這是什麼？哈佛大學的尋寶遊戲嗎？」

蘭登的笑聲聽起來很勉強。「是啊，就是這類的。」

蓋騰頓了一下，覺得對方並沒有把事情全告訴她。不過她不自覺地立刻被那兩句詩所吸引，仔細推敲著。「根據這兩句詩，一名騎士做了些什麼，激怒了神，但教宗還是很仁慈，把他埋葬在倫敦。」

蘭登點點頭。「你想起什麼了嗎？」

蓋騰走向一台工作站。「一時間沒辦法，不過我們先看看能從資料庫裡找到什麼。」

過去二十年來，國王學院的「宗教體系研究中心」使用視覺字元辨識軟體，加上語言翻譯的設計，將資料數位化並分類，集合成一個龐大的文本資料收藏——宗教百科全書、宗教傳記、十二種語文的各種宗教經典、歷史、梵蒂岡的書信、聖職人員的日記、任何有關人類信仰的書寫文字。由於這些龐大的收藏如今已化爲二進位的數字和位元，而非實體書頁，因此這些資料比以往容易取得無數倍。

坐在一台工作站前，蓋騰看著那張紙條，開始打字。「一開始，我們先用基本的布林函數（譯註：布林函數是數位系統常用的邏輯運算法，最基本的是用OR, AND, NOT加上關鍵字去查詢），以一些明顯的關鍵字，看能查出什麼來。」

「謝謝。」

蓋騰打了幾個字彙：

倫敦，騎士，教宗（LONDON, KNIGHT, POPE）

她點了「搜尋」鍵，感覺到樓下那個龐大的主機正在以每秒五百MB的速度掃描著資料。「我要求系統顯示出任何全文有包含這三個關鍵字彙的文獻。我們會找到很多筆不需要的資料，但這是個不錯的開始。」

現在螢幕已經顯示了第一筆。

描繪教宗。喬書亞・雷諾茲的肖像收藏。倫敦大學出版社。

蓋騰搖搖頭。「顯然不是你們要找的。」她捲動視窗看下一筆。

亞歷山大・波普倫敦文集（The London Writings of Alexander Pope）

G・威爾森・奈特著（by G. Wilson Knight）

她又搖搖頭。

系統繼續運作，符合的筆數出現速度愈來愈快。數十筆資料出現了，其中許多都是有關十八世紀的英國作家亞歷山大・波普，他反宗教、戲仿史詩的詩作顯然有許多與騎士和倫敦相關。

蓋騰瞄了一眼螢幕下方的數字區。這個電腦會以目前查到的筆數乘以資料庫尚未搜尋的百分比，提供可能搜尋到筆數的約略數字。而現在正在搜尋的結果，看起來的結果會是一個相當大的數字。

估計總筆數：二六九二。

「我們必須把搜尋字串設定得更精確。」蓋騰說著停止了搜尋。「你們要找的那個墳墓，就只有這些資料嗎？沒有別的了？」

蘭登眼神猶豫地看了蘇菲・納佛一眼。

這不是尋寶遊戲，蓋騰感覺。她曾聽說羅柏・蘭登去年在羅馬的經歷。這個美國人曾獲准進入全世界保全最嚴密的圖書館——梵蒂岡祕密檔案室。她很好奇蘭登在裡面獲知了什麼祕密，而他現在正在拼命尋找的這個倫敦神祕墳墓，是不是跟他在梵蒂岡得到的資料有關。蓋騰已經當了夠久的圖書館員，足以知道人們來到倫敦尋找騎士的最常見原因，就是聖杯。

蓋騰微笑著調整眼鏡。「你們是李伊・提賓的朋友，你們來到英格蘭，而且你們要尋找一名騎士。」她十指交叉握著。「我只能假設，你們在搜尋聖杯。」

蘭登和蘇菲吃驚地互看一眼。

蓋騰笑了。「朋友，這個圖書館是聖杯尋求者的大本營。李伊・提賓也是其中之一。眞希望每次我搜尋玫瑰、抹大拉的馬利亞、聖杯、墨洛溫家族、錫安會等等、等等，就能收一先令。人人都愛陰謀論。」

她摘下眼鏡，看著他們。「我需要更多資訊。」

沉默中，蓋騰感覺到她的訪客對於謹慎的顧慮很快就被他們對最後結果的渴望給壓過了。

「來吧，」蘇菲・納佛突然說：「這是我們所知道的全部了。」她向蘭登借了筆，在那張紙條寫下後兩行詩，遞給蓋騰。

欲覓之球原應棲於英雄墓上（You seek the orb that ought be on his tomb.）
瑰紅肌膚與受孕子宮細思量（It speaks of Rosy flesh and seeded womb.）

蓋騰會心一笑。*果然是聖杯，她心想*，注意到詩中提到了玫瑰和她受孕的子宮。「我可以幫你們，」她說，抬頭看著他們，「不過可以問這首詩是出自哪裡、你們又爲什麼要尋找圓球嗎？」

「你可以問，」蘭登說，帶著友善的笑容，「但這個故事很長，而我們的時間卻很少。」

「聽起來好像是『不關你的事』的禮貌說法。」

「潘蜜拉，如果你能查出這個騎士是誰，而且埋葬在哪裡，」蘭登說：「我們會永遠感激你的。」

「很好，」蓋騰說，又回去打字，「我就配合一下吧。如果要找的跟聖杯有關，我們就該把聖杯相關字彙列入相互參照。我會加入一個「鄰近查詢」當條件，不涵蓋文章標題。這樣我們查到的資料，就一定會包括聖杯相關字彙。

搜尋字串：

騎士，倫敦，教宗，墳墓（KNIGHT, LONDON, POPE, TOMB）

鄰近一百字中包括：

聖杯，玫瑰，聖杯，聖爵（GRAIL, ROSE, SANGREAL, CHALICE）

「要花多久時間？」蘇菲問。

「幾百兆位元組的資料庫，用多項交互參照搜尋？」蓋騰點下「搜尋」鍵時，眼睛微微一亮。「只要十五分鐘。」

蘭登和蘇菲什麼都沒說，但蓋騰感覺這十五分鐘在他們聽來就好像是永遠。

「要茶嗎？」蓋騰問，站起來走向她稍早泡好的那個茶壺。「李伊一向愛喝我泡的茶。」

93

倫敦的主業會中心是一棟簡樸的磚造建築，位於奧姆巷五號，俯瞰著肯辛頓花園的北道。西拉從沒來過，但當他走向那棟建築時，心中油然升起一股避難和庇護的感覺。儘管下著雨，黑密還是在附近一小段距離外讓他下車，以避免禮車開到大馬路去。西拉不在乎走路。雨水可以淨化他。

在黑密的建議下，西拉把他的槍擦過，扔進路邊下水道柵蓋。他很高興終於擺脫它了，覺得整個人輕盈起來。他的腿因爲長期被綁著，到現在還在痛，但他承受過遠遠更大的痛。不過他想著被黑密綁起來丟在禮車後座的提賓不知道怎麼樣。那個英國人現在一定感覺到那種痛苦了。

「你會怎麼處理他？」開車到這裡的路上，西拉問過黑密。

黑密聳聳肩。「這要讓『老師』決定。」他聲音裡有種異樣的果斷。

此時，當西拉走向主業會大樓之際，雨開始變大，濕透了他的長袍，讓前一天的舊傷刺痛起來。他已經準備好把過去二十四小時的罪拋在後頭，滌淨自己的靈魂。他的工作已經完成了。

西拉走過一個小庭院，來到前門，毫不意外地發現門沒鎖。他開門，走入那個裝潢陳設極爲簡單的大廳。一踏上地毯，樓上一個遙控的電子鐘鈴便響了起來。這種電鈴是主業會大廳的特色，因爲住宿的會員白天大部分都待在自己的房間內祈禱。西拉聽到了上方的木頭地板發出了有人走動的吱嘎聲。

一名穿著長袍的男子下樓來。「需要我幫忙嗎？」他有著和善的雙眼，似乎根本沒注意到西拉嚇人的外貌。

「謝謝你。我名叫西拉。我是主業會的獨身會員。」

「美國人嗎？」

西拉點點頭。「我今天剛到倫敦。可以在這裡休息嗎？」

「你根本不必問的。三樓有兩個空房間。要我給你拿一些茶和麵包嗎？」

「謝謝。」西拉餓極了。

西拉上樓來到一個簡樸的房間，裡頭有一扇窗子，他脫下濕漉漉的長袍，穿著內衣跪下來祈禱。他聽到他的主人走來，在門外放了一個托盤。西拉祈禱完畢，吃了東西，倒下來睡覺。

三層樓之下，電話響起。那名剛剛招呼西拉的主業會獨身會員接了電話。

「這裡是倫敦警察局。」來電者說。「我們在找一名白子隱修士。我們接到線報，說他可能會在這裡。你有看到他嗎？」

那名獨身會員很驚訝。「是的，他在這裡。出了什麼事嗎？」

「他現在在你那裡？」

「是的，在樓上祈禱。發生了什麼事？」

「把他留在那裡不要動。」那名警察命令道。「不要跟任何人說。我會馬上派警察過去。」

94

聖詹姆士公園是倫敦市中的一塊綠海，四周圍繞著西敏宮、白金漢宮，以及聖詹姆士宮。這個公園一度被國王亨利八世圍起來養了鹿以供打獵，現在則對大眾開放。有陽光的午後，倫敦人會在柳樹下野餐，餵池塘裡面的鵜鶘——那是以前俄羅斯大使送給查理二世的禮物所繁衍的後代。

「老師」今天沒看到鵜鶘，反倒看到一大堆從海上飛來躲避暴風雨的海鷗，牠們佈滿草坪——成百上千的白色身軀都面向同一個方向，任憑潮濕的風吹拂。儘管有晨霧，但從公園仍能清楚看到國會大廈和大笨鐘。老師的目光穿過斜坡草坪，掠過鴨塘和垂柳優雅的剪影，可以看到後方那個騎士之墓所在處的建築尖頂——這就是他叫黑密來這裡的眞正原因。

「老師」走向停妥的禮車，來到前方乘客座的門邊，黑密的身子探過來替他開了門。「老師」停在門外，從他帶來的小酒瓶裡喝了一口甘邑白蘭地。然後擦擦嘴上車，關上車門。

黑密舉著那個拱心石，像個戰利品。「差點失去了。」

「你做得很好。」「老師」說。

「是我們做得很好。」黑密回答，把拱心石放在「老師」渴望的手中。

「老師」微笑著看了它好久。「還有槍呢？你擦過了嗎？」

「已經放回原來的置物匣裡了。」

「好極了。」「老師」又喝了口甘邑白蘭地，把瓶子遞給黑密。「爲我們的成功乾杯吧。已經接近終點了。」

黑密感激地接過那個瓶子。那瓶甘邑白蘭地嚐起來鹹鹹的，但黑密不在乎。他和「老師」現在是眞正的夥伴了。他可以感覺到自己晉升到人生的更高階段。*我再也不是僕人了。*當黑密的目光掠過堤道，望向下方的鴨塘，威雷特堡似已遙不可及。

黑密又喝了一大口，感覺到甘邑白蘭地溫暖了他的血液。然而，那股暖意在黑密的喉頭突然迅速變成一種不舒服的熱流。黑密鬆開領結，嚐到了一種不舒服的砂礫感，於是把瓶子還給了「老師」。「我應該喝夠了。」他虛弱地勉強說道。

接過了那個瓶子，「老師」說：「黑密，你也知道，你是唯一知道我的臉的人。我非常信任你。」

「是的，」他說，覺得全身發熱，把領結扯得更鬆，「你的身分會跟著我進墳墓。」

「老師」沉默許久。「我相信你。」把小酒瓶和拱心石放進口袋裡後，「老師」伸手到置物匣拿出那把小小的梅杜莎左輪手槍。一時之間，黑密覺得一股恐懼襲來，但「老師」只是把手槍放進長褲口袋裡。

*他在幹嘛？*黑密感覺到自己突然全身冒汗。

「我知道我答應過要放你自由，」老師說，他的聲音現在聽起來充滿惋惜，「但考慮到你的狀況，這是最好的辦法。」

黑密喉嚨裡的腫脹有如地震來襲，他突然倒向方向盤轉向柱，抓著喉嚨，愈來愈緊的氣管讓他很想吐。他發出微弱的嘶喊，小聲得連車外都聽不到。他現在明白那瓶甘邑白蘭地裡的鹹味是什麼了。

我被謀殺了！

黑密難以置信地轉頭，看著「老師」冷靜地坐在他旁邊，雙眼往前看著擋風玻璃外頭。黑密的視線模糊了，喘著想呼吸。我替他實現了一切！他怎麼能這麼做！不管「老師」是否一直就想殺掉黑密，抑或是黑密在聖殿教堂的行動令「老師」失去了信心，反正黑密永遠不會知道了。黑密此刻滿懷著驚駭與憤怒，試著想衝向「老師」，但他僵硬的身體根本動不了。我全心全意相信你！

黑密試圖舉起緊握的拳頭敲擊喇叭，卻反而往旁一溜，在座位上翻倒過去，側躺在「老師」旁邊，一手還抓著喉嚨。現在雨下得更大了，黑密再也看不見了，可是他可以感覺得到他缺氧的大腦拚命想抓住最後一絲依稀光明。當他的世界逐漸轉爲黑暗，黑密·勒加呂戴克可以發誓他聽到了蔚藍海岸的溫柔濤聲。

「老師」踏出禮車，很高興看到沒人朝這裡看。我別無選擇，他告訴自己，對於自己剛剛所做的事情竟然不太覺得良心不安。黑密決定了自己的命運。「老師」一直擔心任務完成後，可能必須除掉黑密，但他膽子竟然大到敢在聖殿教堂露臉，使得除掉他之舉成了勢在必行。羅柏·蘭登意外拜訪威雷特堡，對「老師」來說既是意外收穫，也同時是個微妙的窘境。蘭登把拱心石直接送到了行動中心，這是個愉快的驚喜，然而也把警察給引來了。黑密的指紋印在整個威雷特堡到處都是，包括他執行竊聽任務的穀倉監聽站。「老師」慶幸自己一直很小心預防，不讓黑密的行動和自己的行動間有任何關聯。沒有人能把「老師」給牽扯在內，除非黑密說出去，而這點再也不必擔心了。

現在還剩下一點小事要解決，「老師」心想，朝著禮車的後方移動。警方不會曉得發生了什麼事……也沒有活口能告訴他們了。他四周看看，好確定沒有人在觀察，然後他拉開門，爬進寬敞的後座區。

幾分鐘之後，「老師」穿越聖詹姆士公園。現在只剩兩個人了。蘭登和納佛。他們兩個比較棘手，不過還是對付得了。畢竟，現在拱心石在「老師」手上。

他的目光志得意滿地越過公園，目標在望。倫敦騎士身後為教宗所埋葬。「老師」一聽到這首詩，就立刻知道答案了。即使如此，其他人想不出解答，他並不意外。我佔了個便宜。竊聽索尼耶赫至今好幾個月了，「老師」曾偶爾聽到盟主提及這名騎士，表達的尊重之意幾乎不遜於對達文西。一旦明白了答案，整首詩跟那名騎士的關聯就再清楚不過了——這要歸功於索尼耶赫的機智——但這個墳墓如何能顯示最後的通關密語，則仍是一個謎。

欲覓之球原應棲於英雄墓上。

「老師」腦海中模糊記得那個著名的墳墓的照片，尤其記得它最與眾不同的特色。一個壯觀的圓球。那個巨大的地球儀就在墳墓之上，幾乎就跟墳墓本身一樣大。那個球的出現似乎讓「老師」既鼓舞又困擾。一方面，那好像是個指示物；但另一方面，根據那首詩所述，整個拼圖裡缺少的一塊是個原本應該在他墓上的球……而不是已經在那裡的。他寄望再去仔細看看那個墓，能夠讓答案揭曉。

現在雨愈來愈大了，他把藏密筒放在右邊口袋以免淋濕。他左手拿著那個迷你型的梅杜莎手槍，藏在手心裡。幾分鐘之後，他走進了那個安靜的聖所——倫敦最壯觀的、有九百年歷史的建築。

「老師」從雨中走出之時，艾林葛若薩主教正走進雨裡。在比金丘私人機場的潮濕柏油路上，艾林葛若薩走出那架小飛機，裹緊教士袍以抵擋那股濕冷。他本來期望來迎接他的是法舍隊長。但結果是一名年輕的英國警察拿著雨傘走向他。

「是艾林葛若薩主教嗎？法舍隊長有事得離開，他要我招呼你。他建議我帶你去蘇格蘭警場（譯註：倫敦警察局總部所在）。他認爲這樣最安全。」

最安全?艾林葛若薩低頭看看手上那個裝滿了梵蒂岡債券的沉重公事包。他差點忘了。「是的，謝謝你。」

艾林葛若薩爬上警車，納悶著西拉會去了哪裡。幾分鐘後，警方的對講機裡傳出了回答。

奧姆巷五號。

艾林葛若薩立刻曉得那個地址是哪裡。

倫敦的主業會中心。

他轉向開車的那位警察。「馬上帶我去那裡!」

95

電腦開始搜尋後，蘭登的眼睛就沒離開過螢幕。

五分鐘，只出現了兩筆，兩者都是不相關的。

他開始緊張起來。

潘蜜拉．蓋騰在隔壁房間準備熱飲料。剛剛蓋騰問他們要不要喝茶時，他們很不明智的問起有沒有煮咖啡，這會兒從隔壁房傳來微波爐嗶嗶聲，蘭登疑心他們所要求的下場，將會是雀巢即溶咖啡。

終於，電腦歡快地叮了一聲。

「聽起來好像又找到另一筆資料了。」蓋騰從隔壁房間喊過來。「標題是什麼?」

蘭登看著螢幕。

中世紀文學中的聖杯預言：論加文爵士及綠騎士

「綠騎士的寓言。」他喊回去。

「不妙。」蓋騰說。「埋葬在倫敦的神話綠巨人可不多。」

蘭登和蘇菲耐心地坐在螢幕前面，又看過了另外兩筆更離譜的搜尋結果。然而，當電腦又發出叮的一聲，顯示的結果卻在他們的意料之外。

理查・華格納的歌劇

「華格納的歌劇？」蘇菲問。

蓋騰在門口斜瞥了他們一眼。手上拿著一包即溶咖啡。「這筆搜尋結果好像很奇怪，華格納是騎士嗎？」

「不是，」蘭登說，忽然一陣好奇，「不過他是知名的共濟會員。」還有莫札特、貝多芬、莎士比亞、作曲家蓋希文、魔術大師胡迪尼，以及迪士尼都是。有很多文字作品討論共濟會與聖殿騎士團、錫安會，以及聖杯之間的關連。「我想看看這一筆，要怎麼才能看到全文？」

「你不會想看全文的。」葛騰喊道。「點一下超文字標題。電腦就會顯示出前一節和後三節的內容。」

蘭登不懂她剛剛說的是什麼，但總之他點了那個標題。跳出了一個新的視窗。

……名叫帕西法爾的神話**騎士**……

……隱喻性的尋求**聖杯**可以說是探討……

……**倫敦**愛樂樂團於一八五五年……

……麗貝卡・**波普**（Rebecca Pope）的歌劇選集「首席女伶……

……華格納的**墳墓**位於德國的拜魯特……

「不是教宗（Pope）。」蘭登失望地說。但他很驚訝這個系統的使用簡便。那些關鍵字和上下文足以讓他想起，華格納的歌劇《帕西法爾》是藉著敘述一個年輕騎士尋求真相的故事，向抹大拉的馬利亞以及耶穌基督的後裔致敬。

「耐心一點。」蓋騰勸他們。「這是個數字遊戲，讓機器跑就是了。」

接下來幾分鐘，電腦又找到了幾筆聖杯相關資料，包括一篇談行吟詩人（troubadour）——法國著名的流浪表演詩人——的文章。蘭登知道吟遊詩人（minstrels）和聖職人員（minister）在語源上有相同的字根並非出於巧合。吟遊詩人是抹大拉的馬利亞教會的旅遊僕人或聖職人員，利用音樂把神聖女性的故事傳播到民間。直至今日，行吟詩人仍唱誦著讚揚「聖母」美德的歌，誓言永遠效忠這位神祕又美麗的女人。

他急切地檢查了超文字，但一無所獲。

電腦又叮的一聲。

騎士、流氓、教宗，和五芒星：

從塔羅牌看聖杯歷史

「不意外，」蘭登跟蘇菲說：「我們的幾個關鍵字彙跟某些塔羅牌的牌名一樣。」他用滑鼠點了超文字。「蘇菲，不曉得你跟祖父玩塔羅牌的時候，他有沒有跟你提過，但這個遊戲是一種『閃示牌教義問答』，抽到某張牌，就要說出相關的故事——那個遺失的新娘以及她被邪惡教會所壓抑的故事。」

蘇菲看著他，表情看來不太相信。「我都不知道。」

「重點就在這裡。透過這種隱喻遊戲的教導，聖杯追隨者可以隱藏他們的訊息，躲過教會嚴密的監視。」蘭登常常納悶，現在有多少玩牌的人曉得他們手中的四組牌——黑桃、紅心、梅花、方塊——是與聖杯有關的象徵符號，直接源自於塔羅牌的四個牌組：寶劍、聖杯、權杖，以及五芒星。

黑桃源自於寶劍——刀刃。男性。

紅心源自於聖杯——聖爵。女性。

梅花源自於權杖——王室血統。開花木杖。

方塊源自於五芒星——女神。神聖女性。

四分鐘後，蘭登正開始害怕他們找不到了，電腦又顯示出另一筆資料。

天才的萬有引力：

一名現代騎士的傳記

「天才的萬有引力？」蘭登朝蓋騰喊。「一名現代騎士的傳記？」

蓋騰從角落探出頭來。「有多現代？拜託不要告訴我那是貴國的魯迪・朱利安尼（譯註：Rudy Giuliani，前任紐約市長，九一一事件時危機處理廣獲認同，成爲救難英雄代表，聲望達到頂點。二〇〇一年卸任，次年獲英國女王授予爵位）。以我個人來看，那位先生好像有點不配。」

蘭登則對近年獲得爵位的滾石合唱團主唱米克・傑格有意見，但眼前似乎不是辯論現代英國授予騎士爵位資格之政治手腕的好時機。「看一下吧。」蘭登點了一下超連結關鍵字串。

……可敬的**騎士**，艾薩克・牛頓爵士……

……一七二七年歿於**倫敦**……

……他的**墳墓**位於西敏寺……

……他的朋友與同事亞歷山大・**波普**……

「我想『現代』是一個相對性的字眼。」蘇菲朝蓋騰喊。「這是一本舊書。有關艾薩克・牛頓爵士的。」

門口的蓋騰搖搖頭。「不對。牛頓葬在西敏寺，是英國新教徒的大本營。天主教的教宗不可能出現的。要奶精和糖嗎？」

蘇菲點點頭。

蓋騰等著。「羅柏呢？」

蘭登的心怦怦跳。他眼睛離開螢幕，站起身。「艾薩克・牛頓爵士就是我們要找的騎士。」

蘇菲還坐著。「你在說什麼呀？」

「牛頓埋葬在倫敦。」蘭登說。「他的功績創造出新科學，激怒了天主教會。而且他曾是錫安會的盟主。我們要找的還能有哪些？」

「還能有哪些？」蘇菲指著那首詩。「騎士身後爲教宗所葬呢？你剛剛也聽蓋騰女士說了，牛頓不是天主教教宗所埋葬的。」

蘭登伸手去拿滑鼠。「誰說是天主教的教宗（Pope）來著？」他點了“Pope”的超文字，整段文字出現。

艾薩克・牛頓爵士的葬禮，有衆多王公貴族出席，由牛頓的朋友兼同事亞歷山大・波普（Alexander Pope）主持，他發表了一段感人的頌讚詞之後，朝墳墓撒下泥土。

蘭登看著蘇菲。「我們找到的第二筆搜尋結果，就已經是正確的Pope了。亞歷山大・波普。他頓了一下。「即A・波普。」（譯註：A. Pope，字面亦有「一名教宗」之意。）
倫敦騎士身後為A・波普所葬。
蘇菲站起來，一臉驚愕。
賈克・索尼耶赫這位雙關語的大師，再次證明了他的絕頂聰明。

96

西拉突然驚醒。

他不知道是什麼吵醒了他，也不曉得自己睡了多久。我是在作夢嗎？他在草墊上坐起身，傾聽著主業會宿舍大樓中的安靜氣息，一片靜寂中，只有樓下房間有人高聲祈禱所傳來的喃喃聲。這類聲音很熟悉，應該能令他感到撫慰。

然後他感到一陣突如其來意外的警戒。

西拉站起來，身上只穿著內衣，走到窗邊。我被跟蹤了嗎？下頭的庭院一片空蕩，就跟他進來時一模一樣。他傾聽著，一片寂靜。那為什麼我會感到不安？很久以前，西拉就懂得要相信自己的直覺。早在入獄之前，直覺就讓他一個小孩能在馬賽的大街上生存……早在他被艾林葛若薩主教救活而重生之前。他凝視著窗外，現在看到圍牆外隱約有一輛車的影子。車頂上有個警笛。外頭走廊上響起地板的吱嘎聲，然後是門鎖彈開的聲音。

西拉憑直覺而反應，門被衝開時，他剛衝到房間那頭，猛地在門旁煞住。第一個警察衝進來，手上的槍往左再往右揮，看著那個似乎是空的房間，還沒搞清西拉在哪裡，西拉的肩膀就使勁朝門撞過去，撞倒了第二個正要進門的警察。第一個警察轉身要開槍時，西拉往他的腿撲過去。就在西拉由腿部正面撲倒那個警察時，槍開火了，子彈往上飛過西拉頭頂，那個警察的頭撞到地板。第二個警察在門口正掙扎著要站起來，西拉膝蓋頂向他的鼠蹊，然後跨過那個痛苦扭曲的身體，進入走廊。

西拉幾乎全身赤裸，蒼白的身軀匆忙衝下樓梯。他知道他被出賣了，但是誰出賣他？他來到門廳時，更多警察從前門湧入。西拉轉向往宿舍大樓裡面衝。那是女性入口，每棟主業會建築裡都有的。繞過迂迴的走廊，西拉拐來拐去經過了廚房，撞翻了碗盤和銀器，裡面一群工人爲了躲這個赤裸的白子而嚇跑了，然後西拉衝進了一道靠近鍋爐室的走廊。現在他看到他要找的門了，盡頭有一盞燈發出微光。

西拉全速穿過那道門，衝進雨中。他跳下門檻時，沒看見朝他跑過來的那個警察，發現時已經太遲了。兩個人撞在一起，西拉寬闊的赤裸肩膀狠狠撞上那名警察的胸骨，把那名警察撞得往後倒在馬路上，他自己也重重摔在他身上。那名警察的槍被撞掉了。西拉聽到很多人在走廊上朝這裡大叫著奔來，他翻身抓住那把撞掉的槍，此時那些警察跑出來了。階梯上突然響起槍聲，他覺得肋骨下方一陣灼痛。他滿腹怒火朝那三個跑過來的警察開槍，他們的血噴濺出來。

一個暗影在他身後朦朧出現，不曉得打哪兒來的。一雙憤怒的手抓住他赤裸的肩膀，好像具有魔鬼的力量。那人在他耳邊大吼。**西拉，不要！**

西拉轉身開槍。兩人的眼神相遇，西拉驚駭大叫，看著艾林葛若薩主教倒下去。

97

西敏寺所埋葬或入祀的人超過三千。無數君王、政治家、科學家、詩人、音樂家的遺骸就長眠於這個龐大的石砌建築裡。他們的墳墓安置在一個個小壁龕和凹室中，從最華麗堂皇的大陵墓——如伊麗莎白一世女王有著華蓋的石棺，棲息在專用的半圓形拱頂祭室中——到最簡樸的銘刻地磚，上頭的碑文已被幾世紀來眾多走過的足跡磨蝕掉，後人只能憑空想像地磚之下的墓室中，葬的是什麼人的遺骸。

雖然設計風格與亞眠、夏特爾、坎特伯里等大型主教堂相同，但西敏寺並非大教區的主教堂，亦非分支堂區的小教堂。它屬於王室專屬的教堂，隸屬於君王。自從一〇六六年聖誕節在此舉辦過「征服者」威廉一世的加冕禮後，這個燦爛耀眼的聖堂就見證過無數皇家儀式與國家大典——從「懺悔者」愛德華死後的封聖禮，到安德魯王子與莎拉・佛姬的婚禮，以及亨利五世、伊麗莎白一世、黛安娜王妃的葬禮。

儘管如此，此刻的羅柏・蘭登卻對西敏寺的種種古老歷史毫無興趣，他滿腦子只有一件事——英國騎士艾薩克・牛頓爵士的葬禮。

倫敦騎士身後為A・波普所葬。

蘭登和蘇菲匆匆走過北袖廊外的雄偉柱廊，迎面一群警衛客氣地引導他們通過西敏寺的最新設備——一個大型的金屬探測器通道——現在倫敦大部分的歷史性建築都出現了這種裝置。他們兩人都安然通過，沒有引發警鈴，然後繼續走向西敏寺入口。

踏入西敏寺，蘭登覺得外頭的世界霎時化為一片沉寂。沒有嘈雜車聲。沒有雨聲淅瀝。只有一片隔絕的靜默迴盪著，有如這棟建築自身所發出的喃喃低語。

就像絕大部分的遊客一般，蘭登和蘇菲的眼睛立刻看往上方，上方廣大的空間彷彿瞬間延展開來。一根根灰色石柱有如紅木杉聳然直衝那片陰影，線條優美地彎過上方那片令人目眩的廣大空間，然後又直落回石頭地板上。石柱前方，廣大的北袖廊展開，有如幽深的峽谷，一側是由彩繪玻璃構成的陡直峭壁。有陽光的晴天，這片地板是一片由各色光線組合而成的拼綴布。但今天，下著雨的天氣和陰暗的光線讓這片廣大的空間充滿幽魂的氣氛……更符合其原來的墓室本質。

「今天人特別少。」蘇菲低聲道。

蘭登很失望。他原本期望會有很多人的。*一個比較公開的地方。*蘭登不希望之前在空蕩的聖殿教堂中的經歷再一次重現。他原本預期在一個受歡迎的旅遊勝地感覺上會比較安全，但他記憶中那個人潮擁擠在明亮空間中的西敏寺，其實是夏天的旅遊旺季期間。今天卻是個下著雨的四月早晨。沒有擁擠的人潮和閃亮的彩繪玻璃，只見一大片空曠的地板和陰暗空蕩的凹室。

「我們剛剛有經過金屬探測器。」蘇菲提醒他，顯然看穿了蘭登的憂慮。「如果有人在這裡，也不可能帶槍進來。」

蘭登點點頭，卻仍覺得小心點的好。他曾想過要找倫敦的警察來，但蘇菲對警方的戒心使他們打消了讓警方介入的念頭。*我們必須拿回藏密筒，*蘇菲堅持。*那是一切的關鍵。*

當然，她說得沒錯。

把李伊平安救出的關鍵。

找到聖杯的關鍵。

查明背後主使者的關鍵。

不幸地，他們拿回拱心石的唯一機會，似乎就在此時此地……就在牛頓的墳墓。不管拿到藏密筒的是誰，都必須去拜訪牛頓之墓，好解出最後的線索，而如果拿到藏密筒的人還沒來過，蘇菲和蘭登就打算中途攔截。

他們大步往左邊的牆走去，離開袖廊中央的空曠地帶，進入兩旁一排柱子後頭昏暗的側廊。蘭登一直甩不掉李伊．提賓被挾持的影像，或許他被綁了起來，丟在他自己那輛禮車的後座。曾下令殺掉錫安會四名最高層會員的人，也不會猶豫除掉其他擋路的人。這對提賓來說，似乎是個殘酷的諷刺——一個現代的英國騎士——竟在尋找他自己的同胞牛頓爵士之時，成了別人手中的人質。

「該往哪裡走？」蘇菲一邊問，一邊四周張望。

蘭登也不曉得牛頓之墓在哪裡。「我們該找個導覽員問問。」

蘭登知道他們不能毫無目標地在裡面亂逛。西敏寺是一棟複雜擁擠的大建築，裡頭擠滿了大陵墓、邊室，以及可供人走入的凹入小墓室。就跟羅浮宮的大陳列館一樣，西敏寺只有一個入口——他們剛剛進來的地方——要進來很容易，但要找到路出去就很困難了。真是個遊客陷阱。蘭登有個曾在裡頭迷路的同事如此稱之。西敏寺的平面設計遵循建築傳統，是一個巨大的長十字形。但不同於大部分的教堂，西敏寺的入口是開在側邊，而按照一般標準的教堂平面設計，入口應該是在教堂後方，隔著前廳，位於中殿的底部。此外，西敏寺中殿外頭還有一圈往外延伸的「四迴廊」，環繞著建築外的一個方場。只要不小心誤入一道拱門，遊客就會迷失在一個高牆圍繞的戶外走廊迷宮中。

「導覽員是穿深紅色的長袍。」蘭登說，走向教堂中央。蘭登的眼光掠過貼著金箔的高聳祭壇，斜斜望向南袖廊的盡頭，看到了幾個人或跪或趴。「詩人角」常見到這類拜倒朝聖的舉措，但其實遠非表面上看來那麼神聖。那是遊客在拓印墓碑。

「沒看到導覽員，」蘇菲說：「也許我們可以自己找到那個墳墓？」

蘭登不發一語，領著蘇菲往西敏寺中央多走幾步，指向右方。

蘇菲看到中殿的長度，驚訝得倒抽了一口冷氣，現在看得出整棟建築佔地有多廣了。「啊，」她說：

「我們找個導覽員吧。」

此時，中殿往裡一百碼之處，就在唱詩班席屏風的後頭，莊嚴的牛頓爵士之墓只有一名訪客。「老師」已經細看這座紀念碑有十分鐘了。

牛頓的墳墓是由一個巨大的黑色大理石棺及其上斜倚的艾薩克．牛頓爵士雕像所組成，穿著古代服裝的牛頓自豪地斜靠在一疊自己的著作上頭——《神學》、《年代紀》、《光學》，以及《自然哲學的數學原理》。牛頓的腳邊站著兩名有翼童子，正展開一本書。牛頓斜躺的身體後方有一個樣式簡單的金字塔。雖然這個金字塔放在這裡似乎有點奇怪，但最吸引「老師」之處，是金字塔上端嵌著的物體。

一個球。

「老師」思索著索尼耶赫那個令人迷惑的謎語。欲覓之球原應棲於英雄墓上。這個巨大的球從金字塔表面突出來，上面有淺浮雕，描繪著各種天體——星座、黃道十二宮的各星座、彗星、恆星，以及行星。圓球上頭，有一個位於群星之下的天文學女神雕像。

數不清的球。

「老師」本來以爲，只要他找到了這個墓，認出那個失蹤的球就很容易了。現在他卻不那麼有把握了。他正面對著一個複雜的天體圖。上頭是否缺了一顆行星？某個星座是否缺了一顆星球？他不知道。雖然如此，「老師」仍忍不住懷疑，解答應該是出奇的簡單而明瞭——就像那句「騎士身後爲A．波普所葬」一般。我要找的是什麼球？當然，高深的天文學知識不會是尋找聖杯的先決條件，不是嗎？

瑰紅肌膚與受孕子宮細思量。

幾個往這裡走的遊客打斷了「老師」的思緒。他把藏密筒放回口袋裡，警覺地看著那些遊客走到附近一張桌子上，在杯子裡放了些捐款，然後取用教堂擺放在桌上供人拓印墓碑的免費用具。他們帶著削好的炭筆和大張的厚紙，走向教堂後方，或許是去受歡迎的「詩人角」，使勁摩擦喬叟、丁尼生、狄更斯的墓碑，以表致敬之意。

四周再度恢復沉寂，他往前朝墳墓走得更近，仔細從底部往上慢慢檢查。先從石棺底下的四隻腳爪開始，一路往上經過了牛頓，經過他的科學書籍，經過那兩個拿著數學書卷的童子，來到金字塔表面、遍佈星座的巨球，最後是上頭充滿群星的拱頂。

什麼球原本應該在這裡……卻不見了？他觸摸著口袋裡的那個藏密筒，好似從那個索尼耶赫親手做的大理石上頭，可以獲得天賜的答案。我跟聖杯之間，就只隔著這五個字母了。

此時他踱到靠近唱詩班席屏風處，深吸一口氣，朝遠方貼金箔的主祭壇方向，望著長長的中殿。他的目光從祭壇轉向一名穿著亮深紅色長袍的導覽員，正走向兩個朝他招手的熟悉身影。

蘭登和納佛。

「老師」冷靜地後移兩步，退回屏風後面。真快。他早已料到蘭登和蘇菲最後會解開那首詩的意義，來到牛頓的墳墓，但沒想到這麼快。「老師」深吸了口氣，考慮著下一步的幾個選擇。他已經愈來愈習慣處理種種意外狀況了。

現在拱心石在我手上。

他把手伸進口袋，摸著第二個令他覺得信心十足的東西：那把梅杜莎手槍。一如預期，當「老師」帶著那把槍經過教堂門口時，金屬探測器響了起來。而同樣一如預期的是，當「老師」憤慨地瞪著他們，並掏出自己的身分證件時，警衛立刻後退。他的官銜一向能得到適當的尊敬。

雖然「老師」原希望能夠獨自解開藏密筒，避免事情更加複雜，但現在他感覺到，蘭登和納佛的來到其實正中下懷。考慮到他一直解不開有關「球」的線索，那麼或許可以利用他們的專業知識。畢竟，如果蘭登能從那首詩中找到這個墳墓來，那麼就頗有機會也能解開這個球的謎底。而如果蘭登知道通關密碼，那麼只要施加適當的壓力，就能取得。

當然，不能在這裡。

要找個更隱祕的地方。

「老師」想起他剛剛進教堂時看到的一張小布告。立刻知道引誘他們上鉤的絕佳地點。

現在唯一的問題是……要用什麼當誘餌。

98

蘭登和蘇菲緩緩走下北側廊，盡量躲在側廊和中殿之間那排大柱子後頭的陰影裡。儘管都過了中殿的一半了，卻還是無法清楚看見牛頓的墳墓。石棺隱藏在凹室裡面，從這個斜角看過去太暗了。

「至少沒有人在那裡。」蘇菲輕聲道。

蘭登點點頭，覺得鬆了口氣。牛頓之墓附近的中殿空無一人。「我先過去。」他低聲說。「你就待在這兒躲著，免得萬一有人——」

蘇菲已經步出陰影，走向開放的中殿。

「在監視。」蘭登嘆了口氣，追上前去。

蘭登和蘇菲從對角線穿越廣大的中殿，依然保持沉默，兩人迫不及待地眼看著那個精緻的墳墓慢慢現出全貌……黑色的石棺……傾斜的牛頓雕像……兩個有翼童子……一個巨大的金字塔……以及……一個巨大的球。

「你知道會有這個球嗎？」蘇菲說，一副驚愕的口吻。

蘭登搖搖頭，跟她一樣很驚訝。

「上頭刻的那些，看起來像是星座。」蘇菲說。

他們逐步走近那個凹室，蘭登覺得心緩緩往下沉。牛頓的墳墓上滿佈圓球——恆星、彗星、行星。欲覓之球原應棲於英雄墓上？沒想到結果就像是要在高爾夫球場上尋找一片掉落的草葉似的。

「是天體，」蘇菲說，一臉憂慮，「而且有好多。」

蘭登皺起眉頭。蘭登唯一想得出和聖杯有關的行星，就是金星，但他去聖殿教堂的路上已經試過「金星」（Venus）這個通關密語了。

蘇菲直直走向石棺，但蘭登還留在幾呎後頭，留意周圍的動靜。

「《神學》，」蘇菲說，她正歪著頭看牛頓倚在上頭那些書的書名，「《年代紀》、《光學》、《自然哲學的數學原理》？」她轉向蘭登。「想起什麼了嗎？」

蘭登走得更近，想著。「數學原理，我記得是有關衛星的引力……衛星是圓球沒錯，不過這好像有點太牽強了。」

「那黃道十二宮的代表星座呢？」蘇菲問，指著那個大球上的星座，「你之前提到過雙魚座和寶瓶座，對不對？」

末世，蘭登心想。「據說雙魚宮的結束和水瓶宮的起始，是一個歷史上的里程碑，此時錫安會計畫要把聖杯文獻公諸於世。」但千禧年來了又過去，結果什麼事情也沒發生，使得歷史學家不確定真相何時會出現。

「錫安會計畫要公佈眞相這件事，」蘇菲說：「好像有可能跟最後一行詩有關。」

瑰紅肌膚與受孕子宮細思量。蘭登覺得有一線希望。之前他沒用這個角度思索這句詩。

「你稍早告訴過我，」她說：「錫安會計畫要公佈有關『玫瑰』和她後代的眞相，公佈時間直接與這些星座位置相關，而這些星座就是球。」

蘭登點點頭，開始覺得有一絲微弱的可能。然而直覺告訴他，占星學不是解謎的關鍵。盟主之前的謎底都富有意味深長的象徵意義──〈蒙娜麗莎〉、〈岩窟中的聖母〉，蘇菲亞（SOFIA）。而占星學的星座和黃道十二宮的概念卻完全缺乏這種說服力。至少，賈克．索尼耶赫已經證明自己編寫密碼的一絲不茍，讓蘭登不得不相信最後這個通關密語──解開錫安會最後一個祕密的五個字母──將會證明它不但在象徵意義上符合，而且也清晰明白。如果這個解答就像其他的答案一樣，那麼一旦解開，就會發現其實明顯得不得了。

「瞧！」蘇菲猛吸口氣抓住了他的手臂，打斷他的思緒。從她手中所傳來的恐懼，蘭登以爲一定是有人來了，但他轉頭望過去，卻只見她訝然瞪著黑色大理石棺上方。「有人來過。」她低語，指著石棺上靠近牛頓伸展的右腳附近的一個點。

蘭登不明白她指的是什麼。有遊客不小心把一枝拓印墓碑的炭筆掉在牛頓腳邊的石棺蓋上。*沒什麼嘛*。蘭登伸手去拿炭筆，但他湊近石棺時，磨光的黑色大理石板上光影移轉，蘭登僵住了。忽然間，他看到令蘇菲害怕的東西。

石棺蓋上，牛頓腳邊，幾行炭筆的字跡若隱若現：

提賓在我手上。
穿過會議廳，
從南口出去，到公共花園。

蘭登看了兩遍，心臟狂跳著。

蘇菲轉身掃視中殿。

儘管那些字讓他渾身戰慄，蘭登卻告訴自己，這是好消息。*李伊還活著*。這些話還有其他的涵義。

「他們也解不出通關密語。」他輕聲道。

蘇菲點點頭。否則何必讓人知道他們來過？

「他們可能想拿李伊跟我們交換通關密語。」

「或者也可能是個陷阱。」

蘭登搖搖頭。「我想不是。花園在西敏寺的牆外，那裡人來人往的。」蘭登去過西敏寺這個著名的「大學園」——一個種植著果樹和藥草的小小庭園——古時是隱修士研究自然藥理療法的地方。大學園號稱擁有全英國最古老的果樹，是西敏寺外很受遊客歡迎的所在。「我想，叫我們去教堂外碰面，是一種誠意的表示，好讓我們覺得安全。」

蘇菲很懷疑。「可是外頭沒有金屬探測器啊。」

蘭登皺起眉頭。她說得有道理。

回頭看著那個滿是圓球的墳墓，蘭登眞希望自己對藏密筒的通關密語能想出點苗頭……好讓他可以用來談判。我連累了李伊，只要有機會救他，我會不惜任何代價。

「那段留言說，穿過會議廳到南口，」蘇菲說：「或許我們從出口處就可以看到花園？這樣的話，我們就可以先評估形勢，免得貿然去了，白白讓自己暴露在危險中。」

這個主意不錯。蘭登隱約記得會議廳是個巨大的八角廳，現在的國會大廈蓋好之前，原來的國會就在這裡。他上次去已經是好多年前了，但他記得去那裡得先經過四迴廊。蘭登往外走幾步，眼光掠過右邊的唱詩班席屛風，望向中殿靠南袖廊之處。

那附近有一條有拱頂的走道，上頭一個大標示牌。

通往：
四迴廊
總鐸區
學院廳
博物館
聖體盒室
聖信祭室
會議廳

蘭登和蘇菲奔跑著穿過牌子下方，跑太快而沒注意到上頭還有小小一排字，聲明某些區域因爲整修而關閉。

他們立刻進入一個高牆四面環繞、沒有屋頂的方庭，早晨的雨仍在下著。風掃過庭院上方，發出低沉的呼嘯，好像有人湊在瓶口吹出的聲音。他們走進環繞著方庭一條狹窄、低頂的走道，蘭登心中湧起一股在密閉空間中慣有的不安。這些走道被稱爲四迴廊（cloisters），蘭登不安地注意到，這些四迴廊果眞展現了這個字彙在拉丁文上和幽閉恐懼症（claustrophobic）的同源意味。

蘭登排除雜慮，專心一意地走向前方的隧道盡頭，循標示牌前往會議廳。右側那道獨立的柱牆是四迴廊中唯一的光源，天空現在飄著小雨，狂風掃過柱牆，把雨水吹了進來，濺得走道又冷又濕。另外兩個人迎面走來，匆匆掠過他們身邊，急著要躲避愈來愈大的風雨。現在迴廊一片空蕩了，在疾風驟雨中，這裡無疑是西敏寺最沒有吸引力的角落。

他們在東側的迴廊往前走了四十碼，左邊出現了一道拱門，通往另一條走廊。這就是他們要找的入口，卻被一道有垂鍊的欄杆和一個官方標示牌擋住了。

整修中關閉
聖體盒室
聖信祭室
會議廳

欄杆後方空無一人的長廊堆滿了鷹架和罩布。就在欄杆後頭，蘭登看到一個入口，通往右邊的聖體盒室和左邊的聖信祭室。而會議廳的入口在比較遠的地方，就在長廊遠處盡頭。即使從這裡，蘭登也看得到會議廳沉重的木門大開，由廳內開向大學園的巨大窗子，讓寬敞的八角廳內部籠罩在一片灰色的自然光線中。穿過會議廳，從南口出去，到公共花園。

「我們才剛走過東側的迴廊，」蘭登說：「所以通往花園的南口一定是穿過這裡，往右邊走。」

蘇菲已經走過那道欄杆，繼續往前。

他們匆匆走下那片走廊時，四迴廊傳來的風雨聲在他們後頭漸漸消隱。會議廳是一棟附屬建築物——位於長廊盡頭的獨立式建築，以確保國會在會議進行時能保有隱密性。

「看起來好大。」蘇菲往前走近時低聲說。

蘭登都忘了這個會議廳有多大了。這棟八角形建築樓高五層，上覆圓頂。即使從入口外頭看過去，隔著一大片地板，仍可望見八角室遠端那頭令人屏息的大窗子。站在窗邊，花園必然一覽無遺。

一踏進門，蘭登和蘇菲都不禁瞇起眼睛。剛從昏暗的四迴廊過來，會議廳感覺上就像個日光浴室。他們朝廳裡走了足足十呎，搜尋著南邊的牆，然後才明白那裡根本沒有門通到外頭的大學園。

這個龐大的會議廳裡沒有出口。

沉重木門的吱呀聲令他們轉身，門轟然關上，門栓落下。之前獨自站在門後的那名男子冷靜地舉起一把小口徑手槍瞄準他們。他身材魁梧，撐在一對鋁製拐杖架上。

一時之間，蘭登覺得自己一定是在作夢。

那是李伊・提賓。

99

李伊‧提賓爵士從他的梅杜莎左輪手槍望過去，凝視著羅柏‧蘭登和蘇菲‧納佛，心裡感到悲傷。

「朋友們，」他說：「自從昨夜你們踏入我家，我就盡一切力量不讓你們受傷害。可是現在，因爲你們堅持不鬆手，把我逼到一個很爲難的處境。」

他可以看到蘇菲和蘭登一臉震驚和被背叛的表情，但他相信他們很快就會了解，一連串的事件導致他們三個人在這個意外的交叉口相逢。

我有好多事情要告訴你們……好多你們還不明白的事情。

「請相信，」提賓說：「我從來沒打算要把你們扯進來。你們來我家。是你們找上我的。」

「李伊？」蘭登終於勉強開了口。「你到底在幹嘛？我們還以爲你有危險了，我們是來這裡救你的。」

「我也相信你會的。」他說。「我們有好多事情要談。」

蘭登和蘇菲似乎無法把震驚的目光從那把瞄準他們的手槍上移開。

「這只是爲了要讓你們專心而已。」提賓說。「如果我想傷害你們，你們早就沒命了。從你們昨晚踏進我家開始，我就冒一切的危險想保住你們的命。我是個重視榮譽的人，我曾憑著良心發誓，只會犧牲那些背叛聖杯的人。」

「你指的是誰？」蘭登說。「什麼背叛聖杯？」

「我發現一個驚人的事實。」提賓說，嘆了口氣。「我明白為什麼聖杯文獻從未公諸於世。也明白錫安會最後決定不要公佈眞相。這就是爲什麼千禧年過去了，世人卻仍不知眞相，我們已經進入『末世』，卻什麼事都沒發生。」

蘭登吸了口氣，打算要反駁。

「錫安會，」提賓繼續道：「被賦予一個神聖的任務，要把眞相告知世人，要在『末世』來臨時公佈聖杯文獻。數世紀以來，許多像達文西、波提且利、牛頓這樣的人甘冒一切風險，只爲了要保護這份文獻，傳承這個任務。而現在，到了眞理的最終時刻，賈克・索尼耶赫卻改變心意。這個肩負著基督信仰史上最大重擔的人逃避他的責任，他判定這個時機不對。」提賓轉向蘇菲。「他辜負了聖杯，他辜負了錫安會。而且他還辜負了以往無數代的成員爲促成此刻成眞所付出的努力。」

「是你？」蘇菲抬頭問道，盯著他的綠色眼珠交織著憤怒和覺醒。「你就是謀殺我祖父的背後主使者？」

提賓嘲弄道。「你祖父和他的大長老們都是聖杯的叛徒。」

蘇菲覺得心底冒起一股狂怒。他胡說！

提賓的聲音冷漠無情。「你祖父變節屈服了，顯然教會施壓不准他說出眞相。」

蘇菲搖頭。「教會不能影響我祖父。」

提賓冷酷地笑了。「親愛的，對於那些有可能拆穿教會謊言的人，教會已經有兩千年的迫害經驗了。從君士坦丁大帝的時代起，教會就成功地隱藏了抹大拉的馬利亞和耶穌的眞相。現在我們也不該驚訝，教會又一次成功地不讓世人得知實情。教會也許無法再號召十字軍去屠殺不信神的人，但他們的影響力卻並不曾減弱，也不曾手軟。」他停了一下，彷彿是爲了要強調下一個觀點。「納佛小姐，你祖父已有好一段時間想告訴你有關你家人的眞相。」

蘇菲驚愕不已。「你怎麼會知道？」

「我怎麼知道的不重要。對你來說，現在重要的是這個。」他深深吸了口氣。「你母親、父親、祖母，還有弟弟的死亡，並不是意外。」

蘇菲聽了一時情緒翻騰。她張開嘴巴，卻說不出話來。

蘭登搖搖頭。「你這些話是什麼意思？」

「羅柏，這解釋了一切。所有的拼圖都找到位置了。歷史一再重複。教會以謀殺為手段來封鎖聖杯祕密，這不是頭一回了。隨著『末世』的逼近，殺掉盟主所愛的人是一個很清楚的警訊：保持安靜，否則下一個就輪到你和蘇菲。」

「那是車禍。」蘇菲結巴地說，感覺到童年的痛苦再次湧上來。「是意外！」

「那是編出來騙小孩的，免得你知情而有危險。」提賓說。「由於剩下的兩個家人又不相往來——錫安會盟主和他唯一的孫女——讓教會可以完全控制錫安會。我只能想像這些年來教會是如何以恐怖手段控制你祖父，威脅他如果膽敢公佈聖杯祕密，就要殺掉你，索尼耶赫若不能讓錫安會修正其古老的誓約，就要除掉他全家人。」

「李伊，」蘭登反駁，看得出已經被激怒了，「你根本沒有證據說她家人的死是教會幹的，或這些人的死影響到錫安會，讓他們決定保持沉默。」

「證據？」提賓反擊。「你想要錫安會受到影響的證據嗎？新的千禧年已經來臨，世人卻還懵然無知！這樣還不能證明嗎？」

在提賓那些話的回音中，蘇菲聽到另一個聲音在說話。蘇菲，我必須告訴你有關你家人的真相。她發現自己在顫抖。這有可能就是祖父想告訴她的眞相嗎？原來她的家人是被謀殺的？對於那場奪走她家人性命的車禍，她到底知道些什麼？只有一些概略的細節。甚至報上的報導都很模糊。是意外嗎？是編出來騙小孩的嗎？蘇菲忽然恍然大悟祖父對她的過度保護，她小時候祖父老是不放心讓她獨處。甚至蘇菲長大出外讀大學，也一直感覺到祖父在監視她。她懷疑自己是不是一輩子始終有錫安會會員在暗處默默照料她。

「你懷疑他是受到了控制，」蘭登說，不相信地看著提賓，「所以就謀殺了他嗎？」

「扣扳機的人不是我。」提賓說。「索尼耶赫很多年前就死了，就在教會奪走他的家人那時。他妥協了。現在他不用再受苦了，從他沒能實踐神聖任務的羞愧中解脫了。想想另一個可能的下場。我們必須做點事。我們要讓世人繼續無知下去嗎？要讓教會那些謊言永遠佔據我們的歷史書嗎？要任憑教會繼續以謀殺和勒索去影響他人嗎？不，我們必須做點事！現在我們已經準備好要實踐索尼耶赫的遺願，修正那個可怕的錯誤。」他停了一下。「就我們三個，一起去做。」

蘇菲只覺得難以置信。「你怎麼可能認定我們會幫你？」

「因爲呢，親愛的，錫安會沒有公佈文獻的原因就是你。你的祖父因爲害怕他僅存的家人遭到報復，而受到了牽絆。他從沒有機會跟你解釋眞相，因爲你始終拒絕他，綁住他的手，讓他空等。現在你該把眞相告訴世人。好紀念你的祖父。」

羅柏・蘭登已經放棄去搞清自己所處的形勢了。儘管腦裡奔騰著一連串問題，但他知道現在重要的只有一件事——讓蘇菲活著離開這裡。之前蘭登誤以爲連累提賓所感到的罪惡感，現在全都轉移到蘇菲身上。

是我帶她去威雷特堡的。我要負責。

蘭登無法想像李伊・提賓怎麼可能冷血地在會議廳這裡殺了他們，然而提賓追尋聖杯誤入歧途，的確也涉入了其他人的命案。蘭登有種不安的感覺，在這個孤絕、厚牆的會議廳裡，不會有其他人聽到槍聲，尤其外頭還下著大雨。而且李伊才剛跟我們承認他做的事。

蘭登看了蘇菲一眼，她似乎在發抖。*教會謀殺了蘇菲的家人，好讓錫安會沉默？*蘭登很肯定現代的教會是不會謀殺人的。一定有別的解釋。

「讓蘇菲離開。」蘭登說，盯著李伊。「我們應該單獨討論這件事。」

提賓硬擠出一個不自然的笑。「恐怕我沒法相信你。不過，我可以提供這個。」他整個人撐在拐杖架上，粗暴地用槍指著蘇菲，然後把口袋裡的拱心石掏出來。遞給蘭登時，他的身體微微晃了一下。「羅柏，這是信任的象徵。」

羅柏滿懷戒心，一動也不動。*李伊要把拱心石還給我們？*

「拿去。」提賓說，不甚靈活地朝蘭登推過去。

蘭登只想得出一個原因，讓提賓把拱心石還給他們。「你已經打開過，把地圖拿走了。」

提賓搖搖頭。「羅柏，如果我已經解開了拱心石，我早就離開，自己去找聖杯，不會把你們扯進來了。不，我不知道解答。而且我可以爽快地承認這一點。一個真正的騎士在聖杯面前會學得謙遜。他會學會遵循擺在眼前的種種跡象。我一看到你們走進西敏寺，就明白了。你們來這裡是有原因的。是來幫忙的。我現在尋求的不是個人的榮耀，而是服事一個比個人更偉大的主人。聖杯找到了我們三個人，現在她正在請求我們釋放。我們必須一起合作。」

雖然提賓懇求要合作、彼此信任，但當蘭登走上前接下那個冰冷的大理石圓柱體時，他的槍還是對準了蘇菲。蘭登抓住拱心石往後退時，聽到裡面的醋咕嚕響著。上頭的轉盤還是隨意排著，藏密筒仍然沒解開。

蘭登看著提賓。「你怎麼知道我不會把它給砸爛？」

提賓陰森地縱聲大笑。「我早該明白，你在聖殿教堂威脅要摔破就是個空話。羅柏·蘭登絕對不會打破拱心石。你是個歷史學者，羅柏。你正拿著兩千年歷史的關鍵——失去的聖杯鑰匙。你可以感覺到所有爲了保護她而燒死在火刑柱上那些騎士的靈魂。你會讓他們白白送命嗎？不，你會還他們一個公道。你會加入你所讚嘆的那些偉人的行列——達文西、波提且利、牛頓——要是能置身於你現在的處境，他們每個人都會覺得很榮幸。拱心石裡的東西正在向我們呼喊。渴望獲得釋放。時間到了。命運已經帶領我們來到這個時刻。」

「我幫不了你，李伊。我不知道該怎麼打開。我只看了牛頓的墳墓一下。而即使我知道通關密語……」蘭登煞住，知道自己說太多了。

「你也不會告訴我？」提賓嘆道。「羅柏，我很失望，也很意外，你竟然對我爲你所做的一切不知感激。如果你們兩個踏入威雷特堡時，我和黑密就把你們給除掉，那我的任務會簡單得多。反之，我冒著一切危險，採取了更高尚的方法。」

「這算高尚？」蘭登問，眼睛盯著槍。

「都是索尼耶赫的錯。」提賓說。「他和他的大長老們跟西拉撒謊。否則，我早就拿到拱心石，也不必費這麼多事了。我怎麼能想像盟主竟會如此欺騙我，把拱心石留給一個疏遠的孫女？」提賓輕蔑地看著蘇菲。「一個這麼沒有資格握有這項知識的人，還需要一個符號學家去給她當保姆。」提賓又轉過來看了蘭登一眼。「幸好，羅柏，你的介入後來成了我的救命仙丹。本來拱心石會永遠鎖在那個託存銀行裡的，但你把它取了出來，而且來到了我家。」

不然我還能去哪裡？蘭登心想。聖杯歷史學家的圈子就這麼小，何況提賓跟我又曾合作過。

此時提賓一臉洋洋自得。「我一知道索尼耶赫留給你一份臨終遺言，就料到你掌握了錫安會無價的資訊。但我並不確定那個遺言是拱心石本身，抑或是有關如何找到它的資訊。但隨後警方追捕你，我就懷疑你可能會來到我的門前。」

蘭登狠狠瞪著他。「那如果我們沒去呢？」

「我已經計畫好，要對你伸出援手。不論如何，拱心石都會來到威雷特堡。而你自動送上門來，更證明我的目標是正當的。」

「什麼！」蘭登大驚失色。

「在威雷特堡，西拉應該闖進來從你手中搶走拱心石的——這樣就可以讓你退出這個遊戲，毫髮無傷，而且我也因此絕對不會被懷疑是共犯。然而，當我看到索尼耶赫錯綜複雜的密碼，就決定繼續把你們留在身邊久一點。等稍後我知道得夠多，可以獨自完成任務時，再讓西拉取走拱心石。」

「就是在聖殿教堂。」蘇菲說，她的聲調中充滿了被出賣的激動。

真相就要大白了。聖殿教堂是從羅柏和蘇菲手中奪走拱心石的絕佳地點，而且和那首詩的明顯相關性，也使得聖殿教堂成為一個頗合理的陷阱。他給黑密的命令很明確——讓西拉出面去拿回拱心石，黑密不要出現。不幸的是，蘭登威脅要把拱心石摔在教堂地板上，引起黑密的恐慌。要是黑密沒出現就好了，提賓惋惜地想到自己假裝被綁架。黑密是跟我唯一的聯繫，而他竟露面了！

幸運的是，西拉始終不知道提賓的眞正身分，於是傻傻的幫著把提賓帶離教堂，然後又毫不知情看著黑密在後座假裝把他們的人質綁起來。隨著前後座之間的隔音板關上，提賓就在後座打電話給西拉，裝出「老師」的法國腔，指揮西拉直接到主業會去。然後只要匿名給警方一個線報，就可以輕鬆把西拉給除掉了。

一個小問題解決了。

另一個就比較難了，是黑密。

這個問題讓提賓掙扎得很厲害，但最後黑密證明自己是個包袱。搜尋聖杯的行動難免要有所犧牲。最簡單的解答就在禮車的小吧台——一個小酒瓶，一些甘邑白蘭地，還有一罐花生。罐底的細粉已經足以讓黑密的致命過敏症發作。當黑密把禮車停在騎兵校閱場時，提賓爬出後座，走到乘客座旁邊的門，上了車坐在黑密旁邊。幾分鐘之後，提賓下了車，再度爬進後座，清除痕跡，然後下車去實行任務的最後階段。

到西敏寺要走一小段路，而雖然提賓雙腿的撐架、拐杖架、還有手槍都觸動了金屬探測器，但那些保全人員根本不曉得該怎麼辦。我們該要求他拆掉撐架爬過去嗎？我們要給這位殘障人士搜身嗎？提賓給那些狼狽的警衛一個簡單得多的解決方式——一個有著浮凸標記的卡片，確認他是女王所封的爵士。那些可憐的傢伙還一個個都結巴起來，爭相護送他進門。

此刻，看著不知所措的蘭登和納佛，提賓克制住自己，他多麼想炫耀自己有多聰明，把主業會納入計畫中，進而很快就會把整個天主教教會都一起拖下水。不過現在得等一等，眼前還有工作要完成。

「朋友們，」提賓以完美無暇的法文宣佈：「不是你找到聖杯，而是聖杯找到你。」他微笑。「我們共同的道路已經再清楚不過。聖杯找到我們了。」

一片沉默。

他朝他們低語。「聽啊，你們聽得見嗎？聖杯隔著幾世紀在跟我們說話。她在求我們把她從錫安會的愚行中解救出來。我懇求兩位認清這個機會。再也不可能找到更有資格的三個人能在此時相聚，以破解最後的密碼，打開藏密筒。」提賓停了下來，眼睛朝下。「我們必須共同立誓。發誓要彼此信任。像騎士一樣宣誓，要揭開眞相，昭告世人。」

蘇菲死盯著提賓的眼睛，堅決地開了口。「我絕不會跟謀殺我祖父的兇手一起發誓。除非發誓要看著你進監牢。」

提賓的心變得沉重，然後毅然說：「很遺憾你這麼想，小姐。」他轉而將手槍瞄準蘭登。「你呢，羅柏？你要跟我合作，還是要與我爲敵？」

100

曼紐爾・艾林葛若薩主教的身體曾承受過許多種痛苦，然而這回胸口子彈傷口的灼熱，感覺上卻是全然陌生的。又深又重。不是皮肉之傷……而是更接近靈魂的痛。

他睜開眼睛想看，但臉上的雨水模糊了他的視線。這是哪裡？他可以感覺到一雙有力的臂膀抱著他，他鬆垮垮的身體像個破娃娃似的被抱著，黑色的教士袍在風中翻飛。

他舉起無力的臂膀，抹抹眼睛，看見了抱著他的人是西拉。那個高大的白子正在一條迷濛的人行道上掙扎往前走，喊叫著要找醫院，發出一聲聲令人心碎的痛苦長號。他紅色的眼睛死死盯著前方，淚水正順著他蒼白、濺了血跡的臉滑下。

「孩子，」艾林葛若薩低語道：「你受傷了。」

西拉往下看了一眼，痛苦至極的臉扭曲著。「我很抱歉，神父。」他似乎已經痛苦得說不出話來了。

「不，西拉，」艾林葛若薩回答：「抱歉的人是我。這是我的錯。」老師答應過我不會殺人的，而且我交代過你要完全服從他。「我太急，太害怕了。你和我都受騙了。」老師根本不打算把聖杯交給我們。

被抱在他多年前所收留的這個人懷裡，艾林葛若薩主教覺得自己彷彿時光倒流。回到西班牙，回到他最卑微的起點，和西拉在奧維耶多蓋起一棟小小的天主教教堂。後來，到了紐約市，他以萊辛頓大道上高聳入雲的主業會中心，頌讚天主的榮耀。

五個月前，艾林葛若薩接到了一個毀滅性的消息。他一生的努力都陷入險境。一切細節都歷歷在目，他還記得岡道夫堡裡面的那個會議，改變了他的一生……記得那個引發這一切災難的消息。

艾林葛若薩踏入岡道夫堡的天文學圖書館時，頭昂得高高的，滿心期待會被握手迎接的人群歡迎，人人都會拍著他的背，讚美他在美國宣揚天主教的卓越成就。

但圖書館裡只有三個人。

梵蒂岡教廷的國務卿。肥胖。陰鬱。

兩位高階的義大利樞機主教。故作道貌岸然。得意洋洋。

「國務卿？」艾林葛若薩疑惑地說。

那名胖胖圓圓的教廷法務總管跟艾林葛若薩握了手，示意他坐在對面的椅子上。「請，不要拘束。」

艾林葛若薩坐下了，覺得事情不太對勁。

「主教，我不擅長跟人閒聊，」國務卿說：「所以我們就直接談談你來這裡的原因吧。」

「有話就請直說。」艾林葛若薩主教瞥了那兩位樞機主教一眼，他們一副似乎早就料到的神情在打量著他。

「想必你也很清楚，」國務卿說：「教宗和羅馬的其他人，最近對主業會具爭議性的宗教實踐所造成的政治餘波非常擔心。」

艾林葛若薩立刻火冒三丈。他已經在無數場合跟新教宗談過這個問題，而讓艾林葛若薩最失望的是，新教宗顯然力主教會朝自由派方向發展，讓艾林葛若薩大失所望。

「我想跟你保證，」國務卿很快補充：「教宗並不打算逼你在治理內部的方式上做任何改變。」

我想也不應該！「那爲什麼又要找我來這裡？」

大塊頭的國務卿嘆了口氣。「主教，我不知道該怎麼講才會比較婉轉，所以我就直說了。兩天前，國務院全體一致投票通過，要取消梵蒂岡教廷對主業會的認可。」

艾林葛若薩很確定自己聽錯了。「你說什麼?」

「直截了當的說,六個月後,主業會就不再是梵蒂岡的自治社團了。你們將成爲一個獨立的宗教團體。教廷將會跟你們斷絕關係。教宗同意了,我們也在擬定法律文件。」

「可是……這不可能!」

「正好相反,非常可能,而且有必要。教宗對於你們積極的招募政策和肉體苦行的實踐已經有所憂慮。」他停了一下。「還有你們對待女人的政策。老實說,主業會已經成了一種包袱和難堪。」

艾林葛若薩主教驚愕極了。「難堪?」

「想必你對事情發展到這個地步,不會感到意外。」

「主業會是會員唯一在成長的天主教團體!我們現在有一千一百多名神父了!」

「的確。對我們彼此都是個棘手的問題。」

艾林葛若薩主教猛地站起身。「問問教宗,一九八二年我們幫助梵蒂岡銀行時,主業會是個難堪嗎!」

「教廷始終感激這件事,」國務卿說,一副安撫的口吻,「不過還是有很多人相信,正因爲你們一九八二年慷慨的財務支援,才能夠成爲教廷認可的自治團體。」

「那是胡說!」那種暗中嘲諷的話,嚴重冒犯了艾林葛若薩。

「不管實情如何,我們都打算表現出誠意。我們正在草擬解除關係的條文,其中會包括償還那筆錢的條款。我們會分爲五期償還。」

「你們要收買我?」艾林葛若薩問。「付錢讓我閉嘴?現在主業會是唯一還有理性的聲音了!」

一名樞機主教抬頭看了他一眼。「對不起,你剛剛說的是理性嗎?」

艾林葛若薩傾身橫過桌面,厲聲強調:「你們眞的想知道爲什麼天主教徒會離開教會嗎?樞機主教,請看看你的周圍。人們已經失去敬意了。刻苦的信仰實踐已經消失了。教會的訓示已經成了自助餐的取菜行列。齋戒、告解、領聖餐、洗禮、彌撒——任君選用——隨意選擇你喜歡的菜色組合，其他不愛吃的就不要拿。教會所提供的，是什麼樣的精神指引？」

「第三世紀的律法，」另一個樞機主教說：「不能應用在現代基督信徒身上。那些規則在今日社會是行不通的。」

「但看來在主業會卻行得通！」

「艾林葛若薩主教，」國務卿說，一副決定性的口吻，「出於對貴組織，以及對你們與前任教宗之關係的尊敬，教宗會給主業會六個月的時間主動脫離梵蒂岡。我建議你以貴組織與教廷的種種意見分歧為由，宣佈成為獨立的基督信仰組織。」

「我拒絕！」艾林葛若薩宣佈。「而且我會親自告訴他。」

「恐怕教宗不想再見你了。」

艾林葛若薩站起來。「他不會敢廢除前教宗所設立的自治社團！」

「抱歉，」國務卿的眼神並不畏縮，「賞賜的是耶和華，收取的也是耶和華。」

開完會，艾林葛若薩步履蹣跚的走出來，滿心不知所措和驚惶。回到紐約之後有好幾天，他幻滅地瞪著遠方的天際線，為基督信仰的未來深感悲傷。

幾個星期後，他接到了那通改變一切的電話。打電話來的人一口法國腔，自稱是「老師」——這個稱呼在自治社團中很常見。他說他已經曉得梵蒂岡打算與主業會脫離關係了。

他怎麼可能知道？艾林葛若薩很驚訝。他原本期望只有少數教廷的掌權者知道主業會即將被取消資格。顯然消息外洩了。要論起閒話八卦，全世界傳得最厲害的就是梵蒂岡。

「我到處都有耳目，主教，」老師低聲道：「而這些耳目會提供我一些消息。有你的幫助，我可以揭發一個神聖遺骸的隱藏處，帶給你巨大的權力……大到足以讓梵蒂岡向你低頭。這些權力足以拯救我們的信仰。」他停了一下。「不單是為了主業會，而是為我們所有人。」

「收取的是耶和華，賞賜的也是耶和華。」艾林葛若薩感覺到一道希望之光。「把你的計畫告訴我。」

聖母醫院的門嘶的一聲打開時，艾林葛若薩主教已經失去知覺。西拉搖搖晃晃走進大門，已經筋疲力盡而陷入半昏迷狀態。他雙膝往地磚上一跪，大聲呼喊求助。接待區人人都目瞪口呆，驚訝的看著這個半裸的白子抱著一個流著血的聖職人員。

過來幫助西拉的那個醫生把昏迷的主教擡上推床，替艾林葛若薩量脈搏時一臉陰沉的表情。「他失血過多。我不樂觀。」

艾林葛若薩的眼睛顫動，醒來了一下，定定看著西拉。「孩子……」

西拉滿心的自責與憤怒。「神父，就算花上一輩子，我也要找到那個騙我們的人，我要殺了他。」

即將被醫護人員推走的艾林葛若薩搖搖頭，一臉憂愁。「西拉……如果你沒從我身上學到什麼，請你……至少學習這一點。」他抓住西拉的手，緊緊握了一下。「寬恕是天主最偉大的恩賜。」

「可是神父……」

艾林葛若薩閉上雙眼。「西拉，你一定要祈禱。」

101

羅柏·蘭登站在空蕩的會議廳裡高聳的小圓頂下頭，望著李伊·提賓手中的槍口。

*羅柏？你要跟我合作，還是要與我為敵？*那位王室歷史學家的話，靜靜迴盪在蘭登心底。

蘭登知道，這個問題沒有行得通的答案。答是，他就是出賣了蘇菲。答不，提賓就別無選擇，只好把他們兩個都殺了。

蘭登長年教書的經驗，沒能讓他學得任何面對槍口的相關技巧，但課堂卻教會他如何回答兩難困境的問題。*如果一個問題沒有正確的答案，那就只有一個誠實的回應。*

在是與否之間的灰色地帶。

那就是*沉默*。

看著手上的藏密筒，蘭登選擇了走開。

他連眼睛都沒抬，往後退了幾步，退到廳裡空蕩的廣大空間裡。*中立地帶。*他希望自己專注於藏密筒，對提賓傳達的訊息是他可能考慮合作；而他的沉默，對蘇菲來說則是沒有背棄她的訊號。

同時爭取思考的時間。

蘭登疑心，這個思考的動作對提賓來說是正中下懷。*這就是他把藏密筒遞給我的原因。好讓我可以感覺到自己這個決定的份量。*那個英國歷史學者希望蘭登碰觸到盟主的藏密筒，好讓他完全體會裡面的東西有多麼重要，喚起他的學術好奇心，壓倒其他一切；而且也逼他明白，若不能打開拱心石，就意味著歷史本身的損失。

房間那頭的蘇菲被槍指著，蘭登很擔心，找出藏密筒的通關密語之謎會是換取她被釋放的僅存希望。

如果我能拿出地圖，提賓就會願意跟我談判。蘭登逼自己專注於這個生死攸關的任務，緩緩走向廳內另一頭的窗子……讓自己滿腦子充斥著牛頓之墓上頭的無數天文學形象。

欲覓之球原應棲於英雄墓上。
瑰紅肌膚與受孕子宮細思量。

他轉身背對另外兩個人，走向高聳的窗子，在窗子的彩繪玻璃鑲嵌畫面上尋找靈感。可是什麼都找不到。

想像你自己是索尼耶赫，他催促自己，然後望著窗外的大學園。他相信原應在牛頓之墓上頭的球是什麼？恆星、彗星，和行星的影像在雨中閃爍著，但蘭登卻沒理會。索尼耶赫不是熟悉科學的人。他是熟悉人文、藝術、歷史那種類型的。神聖女性……聖爵……玫瑰……流放異鄉的抹大拉的馬利亞……女神崇拜的衰落……聖杯。

蘭登一向把聖杯想像成一個殘酷無情的女子，在陰影裡跳著舞，近在咫尺卻不可見，她在你耳邊低語，引誘你再往前踏了一步，然後就消失在迷霧中。

望著大學園裡沙沙作響的果樹，蘭登感覺到她又頑皮地現身。跡象處處可見。全英國最老的蘋果樹上，彷彿從霧中浮現出嘲弄的身影般，一朵朵五瓣花正在枝頭綻放，閃爍晶瑩，像金星。維納斯女神現在就在花園裡。她在雨中舞蹈，唱著古老的歌，躲在滿是蓓蕾的樹枝後頭偷看，好像在提醒蘭登，知識之果正在他無法企及之處生長。

房間那頭，李伊・提賓爵士信心滿滿地看著蘭登凝視著窗外，彷彿靈魂出竅似的。

正如我所期望，提賓心想，他會回心轉意的。

好一陣子以來，提賓都疑心蘭登可能握有聖杯的鑰匙。提賓在蘭登預定要跟賈克・索尼耶赫見面的同一夜展開他的計畫行動，並不是巧合。長期竊聽那位館長的一舉一動，使得提賓很確定他之所以急著要跟蘭登私下碰面，只可能意味著一件事。蘭登那份神祕的書稿觸到了錫安會的要害。蘭登不小心矇到了一個真相，而索尼耶赫擔心消息會公開。提賓很確定那位盟主找蘭登來，是要他封口。

真相已經沉默夠久了！

提賓知道他得趕緊行動。西拉的攻擊可以達成兩個目標。一來阻止索尼耶赫說服蘭登保持沉默，二來也確保拱心石一旦落到提賓手裡之時，蘭登剛好人在巴黎，提賓會需要找他幫忙。

安排索尼耶赫與西拉的致命會面簡直是太簡單了。有關索尼耶赫最深的恐懼，我有內部消息。昨天下午，西拉打電話給那位館長，假裝自己是個苦惱的神父。「索尼耶赫先生，原諒我，我一定要立刻跟你談。我實在不該違反必須替信徒的告解保密的神聖義務，但這件事情，我卻覺得非打破規定不可。我剛剛聽一個人告解，他宣稱謀殺了你的家人。」

索尼耶赫的反應很震驚，但仍懷著戒心。「我的家人死於一場意外。警方的報告已經確定了。」

「是，是一場車禍。」西拉說，拋出誘餌。「告訴我的那個人說，他迫使他們的車衝出路面，掉進河裡。」

索尼耶赫沉默了。

「索尼耶赫先生，要不是這個人說了些話，讓我擔心你的安危，我是絕不會打電話給你的。」他停了一下。「那個人提到你的孫女，蘇菲。」

提起蘇菲的名字是一種催化劑。館長立刻做出了反應。他要求西拉立刻去見他，就在他所知最安全的地點——他的羅浮宮辦公室。然後館長打電話給蘇菲，警告她可能身處危險。與羅柏・蘭登碰面的計畫立刻就被拋在腦後。

此刻，蘭登和蘇菲各在廳裡的兩端，提賓覺得他已經成功地離間了這兩個人，把他們拆開來。蘇菲・納佛依然在反抗，但蘭登顯然眼光看得比較遠。他正在試圖琢磨出通關密語。他了解找出聖杯並將她從禁錮中釋放出來的重要性。

「他不會幫你解開藏密筒的，」蘇菲冷冷地說：「就算他有辦法。」

提賓的手槍仍指著蘇菲，朝蘭登看了一眼。他現在相當確定，他將會使用這把武器了。雖然這個念頭困擾他，但他知道，該動手的時候，他是不會猶豫的。我給過她所有可能的機會去做該做的事。聖杯比我們任何人都重要。

此時，蘭登轉過身來。「那個墳墓……」他忽然說，眼睛泛出隱約微光看著他們。「我知道該找牛頓墓上的哪裡了。沒錯，我想我找到通關密語了！」

提賓的心提到胸口。「哪裡，羅柏？告訴我！」

蘇菲的聲音充滿驚駭。「羅柏，不！你不會要幫助他吧？」

蘭登步伐堅定地往前走，藏密筒握在胸前。「不會。」他說，轉向提賓時眼神變得冷酷。「除非他放你走。」

提賓滿懷的希望霎時黯淡下來。「我們這麼接近了，羅柏。你別想跟我玩遊戲！」

「不是遊戲。」蘭登說。「讓她走。然後我會帶你去牛頓的墳墓。我們會一起打開藏密筒。」

「我哪裡都不去。」蘇菲說，她憤怒地瞇緊眼睛。「那個藏密筒是我祖父給我的。你們不能打開！」

蘭登轉身一臉擔憂。「蘇菲，求求你！你現在很危險。我是想救你！」

「怎麼救？把我祖父拚死要保護的祕密揭開嗎？他信任你，羅柏。我也信任你！」

蘭登的藍色眼珠露出了驚惶，提賓看著他們兩個彼此爭執，忍不住微笑了。蘭登這種逞英雄之舉眞是太可悲了。史上最大祕密就要揭開之際，他竟然還在為一個女人傷腦筋，而這個女人已經證明自己根本沒資格求得這個祕密。

「蘇菲，」蘭登懇求：「求求你……你一定得走。」

她搖搖頭。「除非你把藏密筒給我，或把它摔破。」

「什麼？」蘭登倒抽了口氣。

「羅柏，我祖父會寧可他的祕密永遠遺失，也不願看它落入謀殺他的人手裡。」蘇菲的眼睛看起來好像就要湧出淚來，但沒有。她又回過去凝視著提賓。「如果你非殺我不可，就開槍吧。我不會讓我祖父的遺物落到你手裡的。」

好極了。提賓的手槍瞄準目標。

「不！」蘭登大喊，舉起手臂，把藏密筒吊在堅硬的地板上方。「李伊，如果你敢的話，我就放手讓它摔破。」

提賓笑了。「你這招虛張聲勢，唬唬黑密還可以。對我是沒用的。我太了解你了。」

「是嗎，李伊？」

當然是。朋友，你還得多練習一下撲克臉。我花了好幾秒鐘，但現在我看得出你是在撒謊。你根本不曉得牛頓墳墓上哪裡有答案。「老實告訴我，羅柏，你知道該去找墳墓上的哪裡嗎？」

「知道。」

蘭登眼裡的遲疑一閃即逝，但李伊看到了。他在撒謊。一個絕望、淒慘的招數，想救蘇菲的命。提賓覺得對羅柏・蘭登失望極了。

我是個孤單的騎士，身邊盡是些不夠格的人。我必須自己破解那個拱心石了。

現在，對提賓來說，蘭登和納佛只是個威脅，其他一無是處了……對聖杯來說亦然。當他痛苦地決定了之後，他知道自己可以貫徹執行，不會有絲毫良心不安。唯一棘手的是要說服蘭登放下拱心石，好讓他平安結束這場戲。

「這是信任的象徵。」提賓說，把指著蘇菲的手槍放低。「你也放下拱心石，我們來談談。」

蘭登知道自己的謊言被看穿了。

他從提賓臉上看得出那個邪惡的決心，也知道動手時機取決於他們自己。*我一把拱心石放下，他就會殺了我們兩個。*他根本不必看蘇菲，也聽得到她的心在一片沉默的絕望中向她懇求。*羅柏，這個人不配得到聖杯。求求你別讓東西落到他手裡，不論要付出什麼代價。*

幾分鐘前，蘭登還獨自站在窗邊望著大學園時，就已經下定決心了。

保護蘇菲。

保護聖杯。

蘭登絕望得幾乎要大喊起來。*可是我找不出辦法！*

眼前這個幻滅的殘酷時刻與隨之而來的心思澄明，是他從來沒有過的經驗。*真相就在你眼前，羅柏。*他不知怎地就忽然頓悟了。*聖杯沒有嘲弄你，她是在召喚一個夠資格的人。*

此時，蘭登在提賓面前幾碼處，像臣子拜見君王似的一鞠躬，把藏密筒放低到離地板幾吋處。

「沒錯，羅柏。」提賓低語，用槍指著他。「把它放下。」

蘭登的眼睛朝上望，看著會議廳向上開展的小圓頂。他蹲低身子，眼睛下移，盯著提賓瞄準他的那把槍。

「對不起了，李伊。」

蘭登動作流暢地躍起，手臂往上甩，把藏密筒朝上方的圓拱直直丟上去。

李伊．提賓沒感覺到自己的手指扣了扳機，但那把梅杜莎隨著一聲轟然巨響射出了子彈。蘭登原來蹲著的身子現在拉直了，彷彿是從天而降，而那發子彈就射中了蘭登腳邊的地板。提賓半個腦子憤怒地想重新瞄準再開火，但更有力量的另一半腦子卻拽著他的眼睛往上頭的小圓頂看。

拱心石！

提賓的整個世界變成了那個從天而降的拱心石，時間彷彿凍結了，一切都變形爲慢動作的夢境。他看著拱心石往上升到最高點……在空中停留了一下……然後往下翻滾，一圈接一圈翻轉著，朝地板掉下。

提賓的一切希望和夢想就要筆直墜落了。不能讓它摔到地板上！提賓的身體出自本能地反應。他鬆開槍整個人往前撲，伸出柔軟、修剪過指甲的雙手時，兩支拐杖架隨之倒下。他伸長了手臂和手指，在空中接住了拱心石。

提賓勝利地抓住拱心石往前倒下，心知自己出手太早了。他倒下時沒有東西擋著，結果伸出的手臂先撞到地，藏密筒重重地撞在地板上。

裡頭發出一個令人難受的玻璃碎裂聲。

整整一秒鐘，提賓都無法呼吸。他四肢大張躺在冰冷的地板上，沿著自己伸直的手臂望向手掌中的大理石圓柱體，哀求裡面的玻璃瓶能安然無恙。然後那股刺鼻的酸味劃破空氣，提賓感覺到冷冷的液體從轉盤流到他手掌上。

一股強烈的恐慌攫住了他。不！醋流出來了，而提賓想像著莎草紙在裡面溶解的畫面。羅柏，你這個傻瓜！祕密消失了！

提賓忍不住啜泣起來。聖杯完了，一切都毀了。提賓顫抖著不敢相信蘭登的舉動，仍試圖想把那個圓柱體扳開，渴望能在歷史永遠消失之前設法搶著看最後一眼。但令他震驚的是，當他拉開拱心石的兩端，圓柱體打開了。

他憋住氣往裡凝視。裡面是空的，只有濕濕的玻璃碎片。沒有溶解的莎草紙。提賓翻過身子，抬頭望著蘭登。蘇菲站在他旁邊，手槍朝下指著提賓。

困惑的提賓又回去看拱心石，然後看出來了。上頭的轉盤不再是隨意亂排的了。它們拼出一個五個字母的字彙：ＡＰＰＬＥ（蘋果）。

「球指的是夏娃吃掉的那個，」蘭登鎮靜地說：「引起上帝的憤怒。原罪。象徵著神聖女性的墮落。」

提賓感覺到這個簡單無比的眞相在他面前轟然落下。原應在牛頓墓上的球，除了從天而降、敲中牛頓的頭、啓發他一生成就的瑰紅蘋果，再不會有別的了。他一生功績的果實！有著瑰紅的果肉和結著種子的果核！

「羅柏，」提賓結巴著，不能自已，「你打開了。那……地圖呢？」

蘭登眼睛眨也不眨的伸手到他蘇格蘭毛料外套的胸部口袋，小心翼翼地拿出一張脆弱的莎草紙卷。離提賓躺著的地方只有幾碼，蘭登打開那個紙卷看著。好一會兒之後，一個會意的笑容掠過蘭登臉上。

他知道了！提賓的心渴望著也想知道。他畢生的夢想就在眼前。「告訴我！」提賓要求。「求求你！

喔老天，求求你！現在還不會太晚！」

沉重的腳步聲衝進外頭的走廊，朝會議廳而來，此時蘭登靜靜捲起那張莎草紙，放回口袋。

「不！」提賓喊著，徒勞地想站起來。

門被撞開，伯居・法舍像頭公牛衝進鬥牛場似的，兇猛的眼睛掃視一圈，發現他的目標——李伊・提賓——無助地躺在地板上。法舍解脫地舒了口氣，把他的馬紐因手槍放回皮套裡，轉向蘇菲。「納佛探員，看到你和蘭登先生都安然無恙，我就安心了。我當初要求你時，你就該過來的。」

跟著法舍後頭進來的那些英國警察抓住那名苦惱不堪的囚犯，給他上了手銬。

蘇菲看到法舍似乎很驚訝。「你怎麼找到我們的？」

法舍指指提賓。「他犯了個錯，進西敏寺時亮出了他的身分證件。警衛聽到了警方的廣播通報，知道我們在找他。」

「東西在蘭登的口袋裡！」提賓像個瘋子似的尖叫著。「聖杯的地圖！」

警察們拉著提賓出去時，他仰頭狂吼。「羅柏！告訴我藏在哪裡！」

提賓經過時，蘭登看著他的眼睛。「只有夠資格的人才能找到聖杯，李伊。這是你教我的。」

102

西拉拖著腳步走進肯辛頓花園一個隱祕的安靜之處，此時綿綿細雨已經變小了。他跪在濕草地上，感覺到一股溫暖的血從肋骨下方子彈射入的傷口流下。然而，他還是直直瞪著前方。

雨霧讓這裡看起來像天堂。

他舉起沾滿血的雙手祈禱，看著雨滴撫過他的手指，把它們又洗成白色。當滴落在他背上和肩膀上的雨滴變大，他感覺得到自己的身體一點點消融在細雨中。

我是鬼。

一陣窸窣微風吹拂過來，帶著新生的潮濕泥土芬芳。西拉一身破碎，卻仍全心全意地祈禱。祈求寬恕。祈求慈悲。而最重要的，他祈求他的人生導師……艾林葛若薩主教……懇求天主不要提前奪走他。他還有那麼多工作要完成。

此時雨霧環繞著他旋轉，西拉覺得自己變得好輕好輕，他相信那團旋轉的霧將會帶走他。他閉上眼睛，唸出最終的禱詞。

在雨霧中，曼紐爾·艾林葛若薩的聲音在向他低語。

天主是善良而慈悲的神。

西拉的痛終於漸漸褪去，他知道主教說得沒錯。

103

當倫敦的太陽破雲而出、整個城市開始慢慢乾燥之時，下午已經過了一半了。伯居・法舍疲倦的走出訊問室，招了輛計程車。李伊・提賓爵士高聲宣稱自己是無辜的，但從他顛顛倒倒直嚷著聖杯、祕密文獻，還有神祕兄弟會的行徑看來，法舍懷疑這名狡猾的歷史學家是預先爲他的律師佈置舞台，打算以心神喪失作抗辯依據。

鬼才信，法舍心想。心神喪失。提賓擬定的計畫，在每個環節都能讓自己安全脫身，足以證明他的思慮是過人一等的嚴謹。他利用了梵蒂岡教廷，也利用了主業會，這兩個團體結果都是完全無辜的。他的骯髒活兒都神不知鬼不覺地由一個狂熱的隱修士和一個絕望而不顧一切的主教所執行。更聰明的是，提賓把他的電子監聽站設在小兒痲痹症患者不可能到得了的地方。眞正的監聽執行者都是他的僕人黑密——唯一知道提賓眞正身分的人——現在剛巧就死於過敏症發作。

這些絕對不是一個心神喪失的人辦得到的事，法舍想。

由科列來自威雷特堡那邊的情報顯示，提賓的狡猾手法高深得連法舍自己可能都有得學。爲了成功地把竊聽器藏在某些巴黎最有權勢人士的辦公室裡，這位英國歷史學家向古希臘人借鏡。特洛伊木馬。某些提賓鎖定的目標收到了大方的藝術品禮物，有的則是在不知情之下，於拍賣場標得提賓所提供的特定拍品。而索尼耶赫則是收到一張由威雷特堡寄來的晚餐請柬，邀他去商討由提賓出資替羅浮宮建一棟新的達文西翼樓的可能性。索尼耶赫的請柬上還有個不會讓人起疑的附筆，表示久聞索尼耶赫所製作的一個機器人騎士，渴望能夠一見。請帶他同附赴晚餐之約。提賓如此建議。索尼耶赫顯然照辦了，而且讓那個騎士落單的時間夠久，足以讓黑密．勒加呂戴克在上頭裝一個不顯眼的附加物。

現在，坐在計程車後座，法舍閉上眼睛。再解決一件事，我就可以回巴黎了。

聖母醫院的恢復室裡充滿了陽光。

「你可讓我們全都開了眼界。」護士低頭朝他微笑。「這眞是個奇蹟。」

艾林葛若薩擠出一個虛弱的微笑。「天主一向保佑我。」

護士閒聊完離開，只剩主教一個人。陽光照在他臉上，舒服又溫暖。昨夜是他一生中最黑暗的一夜。

他想到西拉，覺得意志消沉，他被發現陳屍在公園裡。

請原諒我，孩子。

艾林葛若薩曾渴望西拉成爲他光榮計畫的一部分。然而昨夜，艾林葛若薩接到伯居．法舍的電話，詢問主教有關一名修女在聖許畢斯教堂被謀殺之事，這個案子顯然跟他有關。艾林葛若薩於是明白這一夜有了令人驚駭的轉折。另外四宗謀殺案把他的驚駭轉爲苦惱。西拉，你做了什麼！主教連絡不到「老師」，心知對方已經拋棄他。他沒有利用價值了。要停止這一連串他曾協助發動的可怕事件，唯一的辦法就是向法舍坦白一切，從那時起，艾林葛若薩和法舍就搶著要趕緊追上西拉，免得「老師」說服他再開殺戒。

艾林葛若薩覺得疲倦極了，便閉上眼睛，聽著電視新聞報導一位著名的英國爵士李伊．提賓被逮捕了。「老師」這下原形畢露了。提賓利用了梵蒂岡教廷預定要和主業會脫離關係的機會。他選中艾林葛若薩當作他計畫中絕佳的工具。畢竟，還有誰會像我這樣，面對著失去一切的危機，而盲目地去追逐聖杯？任何人只要拿到聖杯，就能大權在握，呼風喚雨。

李伊・提賓狡猾地對自己的身分保密——裝出法國口音，假扮有一顆虔誠的心，要求一件他不需要的東西作爲報酬——錢。艾林葛若薩太急切而沒有生疑。比起得到聖杯的獎賞，兩千萬歐元實在微不足道，何況還有梵蒂岡教廷給主業會的分期付款，財務調度沒有問題。盲目的人只看到自己想看的。當然，提賓羞辱性的最後一招，就是要求以梵蒂岡債券付款，這樣要是出了什麼差錯，警方調查一路就會追到羅馬。

「眞高興看到你好起來了，主教。」

艾林葛若薩認出門口那個粗啞的嗓音，但那張臉卻完全跟他的想像不同——嚴肅而輪廓鮮明的五官，後梳的油亮頭髮，粗厚的脖子緊緊箍在一套深色西裝裡。「法舍隊長嗎？」艾林葛若薩問。昨夜這位隊長在電話中對艾林葛若薩的困境所表現的同情和關心，在主教心目中塑造出一個遠遠溫和得多的男性形象。

隊長走近病床，把一個熟悉的沉重黑色公事包放在椅子上。「我相信這是你的。」

艾林葛若薩看著那個裝滿債券的公事包，目光立刻掉轉到別處，只覺得滿懷羞愧。「是的……謝謝。」他手指撫摸著床單的縫線，停了一下，然後繼續道：「隊長，這件事我已經好好想過了，我得拜託你幫個忙。」

「沒問題。」

「在巴黎的那幾家人，就是被西拉……」他停了下來，按捺住激動的情緒。「我知道再多錢也補償不了他們，但是，如果你能好心幫忙，把這個公事包裡面的錢分給他們……那些死者的家屬。」

法舍的深色眼睛審視了他好一會兒。「主教，這眞是高尙的舉動。我會幫你實現願望的。」

兩人沉默了下來，氣氛凝重。

電視上，一個瘦瘦的法國警官正在一座佔地廣闊的大宅邸前召開記者會。法舍看出了那人是誰，把注意力轉到螢光幕上。

「科列分隊長，」一個ＢＢＣ的記者以充滿責難的語氣問道：「昨天晚上，你的隊長公開指控兩位無辜的人是謀殺兇手。羅柏・蘭登和蘇菲・納佛會向貴局追究責任嗎？這會讓法舍隊長丟官嗎？」

科列分隊長疲倦但冷靜地微笑。「以我的經驗，伯居・法舍隊長很少犯錯。我還沒跟他討論過這件事，但我知道他的行事風格，我懷疑他公開通緝納佛探員和蘭登先生之舉，只是一個誘出眞兇的謀略而已。」

記者們驚訝地面面相覷。

科列繼續說道：「蘭登先生和納佛探員是否自願參與這項誘敵行動，我不知道。法舍隊長習慣上不會把他的創意手法告訴別人。我只能確定一點，那就是隊長已經成功的逮捕到眞正的主使者，而且蘭登先生和納佛小姐兩人都是無辜的，現在也都很安全。」

法舍唇邊帶著笑意，轉身向艾林葛若薩說：「那個科列，是個好人。」

幾分鐘過去了，終於，法舍伸手順了順前額的頭髮，看著艾林葛若薩。「主教，我回巴黎前，還有最後一件事要跟你商量——你臨時改飛到倫敦的飛機。你賄賂了一名駕駛員改變航向，因此違反了好幾條國際法規。」

艾林葛若薩像洩了氣的皮球，身子一垮。「我當時是急了。」

「是，我的人訊問過那個駕駛員，他也這麼說。」法舍伸手到口袋裡，取出一枚紫水晶戒指，上頭鑲嵌著熟悉的主教禮冠與權杖紋樣。

艾林葛若薩接過戒指，戴回手指上，覺得熱淚盈眶。「你眞是太好心了。」他伸出手緊握著法舍。「謝謝你。」

法舍擺擺手要他別客氣，走到窗邊，往外凝視著這個城市，他的思緒顯然飄得老遠。轉身時，他似乎心有疑問。「主教，你接下來要往哪裡去？」

艾林葛若薩離開岡道夫堡時，曾被問過一模一樣的問題。「我猜想，我的路跟你一樣不確定。」

「是，」法舍頓了一下，「我猜我會提早退休吧。」

艾林葛若薩露出微笑。「一點點信仰就可以製造奇蹟，隊長。只要一點點信仰。」

104

羅絲林禮拜堂——常被稱爲「密碼主教堂」——位於蘇格蘭首府愛丁堡南方七哩，建在一個密特拉神廟的遺址上。由聖殿騎士團於一四四六年所建的這個禮拜堂，雕滿了猶太教、基督教、古埃及、共濟會等各種異教傳統的象徵符號，種類之多，令人咋舌。

這個禮拜堂的地理坐標剛好跟格蘭斯頓伯里的經度一模一樣。這條縱貫的玫瑰線是亞瑟王所葬之艾弗龍島的傳統標記，也被認爲是不列顛神聖幾何學上的中央支柱。羅絲林（Rosslyn）——原來是拼作Roslin——之名，便是源自於這條神聖的玫瑰線（Rose Line）。

羅絲林位於一處陡崖上，羅柏・蘭登和蘇菲・納佛把租來的車子停在崖下那塊長滿青草的停車場時，羅絲林那排起伏的尖頂在停車場上投下了長長的黃昏暗影。他們從倫敦飛愛丁堡的短程飛機一路平穩，不過因爲對眼前目標的期待，兩人一路都沒睡。抬頭凝視著那棟輪廓分明的宏偉建築，襯著背後無雲的天空，蘭登覺得自己好像《愛麗思夢遊仙境裡》裡的愛麗思倒栽進兔子洞裡似的。*這一定是個夢。*可是他知道，索尼耶赫最後的訊息再具體不過了。

古老羅絲林下聖杯靜待

蘭登曾幻想索尼耶赫的「聖杯地圖」會是一張圖——上頭某點有著X標記的圖畫——然而錫安會最終

的祕密，跟索尼耶赫從一開始就顯示的謎題是同樣的形式。簡單的詩。四行明確的詩句，毫無疑問地指明了這個地點。除了點出了羅絲林之名，這首詩還提到了這個禮拜堂幾個著名的建築特色。

儘管索尼耶赫最後這份訊息如此清楚，蘭登的感覺卻是意外大過醒悟。對他來說，羅絲林禮拜堂似乎是個太明顯的地點了。幾世紀以來，這棟石造教堂不斷傳出聖杯在此的傳言。近幾十年，透地雷達檢測技術顯示出禮拜堂下方有個驚人的結構——一個巨大的地下石室——之後，傳言進而演變成爲繪聲繪影的公然敘述。這個地下室不但使得其上的禮拜堂顯得狹小，而且它顯然沒有入口也沒有出口。考古學家曾請願，希望能炸開岩床，挖開那個神祕的石室，但「羅絲林保存委員會」堅持禁止在這個聖址進行任何考古挖掘。當然，此舉只是爲各種猜測火上加油。「羅絲林保存委員會」想隱瞞什麼？

羅絲林如今已成爲那些探密者的朝聖站。某些人宣稱他們是被此地坐標所散發出一種不可思議的磁性所吸來的，還有些人宣稱他們是要來山坡上尋找通往地下室的祕密入口，但大部分人都承認，他們只是來玩玩，順便了解些聖杯的相關傳說。

雖然之前蘭登從沒來過羅絲林，但以前他每次聽人說起這個禮拜堂是目前聖杯的所在地，總是要偷笑。無可否認地，羅絲林可能曾是聖杯的家，那是很久很久以前……但現在肯定不是了。過去幾十年來，羅絲林吸引了太多的注意，早晚會有人想辦法闖進那個地下室。

眞正的聖杯學者都同意，羅絲林只是個幌子——是錫安會精心設計出來誤導人們的死胡同。然而今晚，錫安會的拱心石卻提供了一首詩，直接指明這個地點，蘭登再也不能沾沾自喜了。有個令他心煩意亂的問題一整天都在他腦子裡打轉：

為什麼索尼耶赫要花那麼大力氣，指引我們到一個這麼明顯的地點？

合理的答案似乎只有一個。

羅絲林裡還有一些我們尚未了解的事。

「羅柏？」蘇菲站在車外，往後看著他。「你要一起來嗎？」她抱著法舍隊長還給他們的那個花梨木盒。裡頭的兩個藏密筒都安然放回原處，就跟當初一樣。那張寫著詩的莎草紙安全鎖在藏密筒的核心——只是沒有那個破掉的醋瓶了。

沿著漫長鵝卵石坡道朝崖上走，蘭登和蘇菲經過了禮拜堂著名的西牆。不經心的遊客會以爲這道怪異地突出來的牆是教堂尚未完工的一部分。但其實，蘭登記得，這道牆的眞正典故其實更有趣。

所羅門王聖殿的西牆。

聖殿騎士團完全按照耶路撒冷的所羅門王聖殿的建築藍圖，來設計羅絲林禮拜堂——具備有一道西牆、長方形的主殿，還有個跟所羅門王聖殿這個「至聖所」一式的地下室，也就是最早那九名騎士第一次挖出他們的無價寶藏之處。蘭登必須承認，若說聖殿騎士團按照聖杯原始埋藏地而建造了一個現代的聖杯貯藏室，這是很有意思的安排。

羅絲林禮拜堂的入口比蘭登預料的要簡樸。鑲著兩道鑄鐵鉸鏈的小小木門上有個橡木牌子。

ROSLIN

蘭登跟蘇菲解釋，這個舊的拼字乃源自於通過此禮拜堂的玫瑰線；或如聖杯學者更願意相信的，源自於「玫瑰之脈」（Line of Rose）——抹大拉的馬利亞的祖先血統。

禮拜堂快關門了，蘭登打開那扇木門時，透出一股溫暖的風，好像是這棟古老的建築在歷經漫長的一天後，舒出一口疲倦的嘆息。禮拜堂的門拱上方雕著五瓣花飾。

玫瑰。女神的子宮。

蘭登和蘇菲走進去，眼睛望遍這個著名的聖所，盡收眼底。儘管他看過很多有關資料提到羅絲林精細的石雕工藝頗爲可觀，但親眼看到卻是個驚心動魄的體驗。

符號學的天堂，蘭登一位同事曾如此稱之。

禮拜堂裡每個物件的表面都雕滿了符號——基督教的十字架、猶太教的星星、共濟會的標誌、聖殿騎士團的正十字、豐饒角、金字塔、占星學符號、行星、蔬菜、五芒星，還有玫瑰。聖殿騎士們曾是石雕工藝的大師，他們所建造的聖殿教堂遍佈全歐洲，但羅絲林被視爲他們表示愛與崇敬的極致表現。教堂中沒有一塊石頭沒被石匠大師們刻過。羅絲林禮拜堂是個聖堂，獻給所有信仰……所有教派……以及最重要的，獻給自然與女神。

整個主殿幾乎是空的，只有幾名遊客正在聽一個年輕人爲今天最後一梯的參觀團做導覽。他引領遊客沿著地板上一條著名的路線排成一列縱隊——那是一條看不見的路線，連接著主殿內六個關鍵的建築景點。一代代的遊客都走過這些直線，往下到各個景點，他們無數的足跡在地板上刻劃出一個巨大的象徵符號。

✡

大衛之星，蘭登心想。*出現在這裡不是巧合*。這個六角星也被稱爲「所羅門王的封印」，一度是觀星神父的祕密符號，後來成爲以色列人的國王——大衛王和所羅門王——的象徵。

那個導覽員看到蘭登和蘇菲進來，儘管已經快到關門時間，他還是露出愉悅的笑容示意他們四處參觀沒關係。

蘭登點點頭表示謝意，往禮拜堂裡面走了進去。然而蘇菲卻站定在門口，一臉迷惑。

「怎麼回事？」蘭登問。

蘇菲瞪著這個禮拜堂。「我想……我來過這裡。」

蘭登很意外。「可是你說過，你連羅絲林禮拜堂都沒聽過。」

「是沒有……」她掃視著正殿，一臉不確定的表情。「小時候我祖父一定帶我來過這兒。不曉得，感覺上好熟悉。」她的眼睛掃過整片空間，一邊更確定的點著頭。「沒錯。」她指著正殿前方。「這兩根柱子……我見過。」

蘭登望向正殿另一頭那對精雕細琢的柱子。落日餘暉從西邊的窗子透進來，讓柱子上白色的鏤空雕刻像是悶燒而透著紅光。那對柱子——位於一般教堂的祭壇位置——彼此頗不相配。左邊的柱子刻著簡單的垂直線條，而右邊的柱子上則盤繞著一道刻著花朵的繁複螺旋。

蘇菲已經走向那對柱子。蘭登匆匆趕上去，到了那對柱子前，蘇菲不敢置信地點著頭。「沒錯，我很確定我見過！」

「我相信你見過，」蘭登說：「但未必是在這裡。」

她轉過來。「什麼意思？」

「這兩根柱子是歷史上最常被複製的建築構造。全世界各地都有複製品。」

「羅絲林的複製品？」她一臉狐疑。

「不。我指的當然是這對柱子的複製品。你還記得剛剛我提到過羅絲林本身就是所羅門王聖殿的翻版嗎？那兩根柱子就是完全複製自所羅門王聖殿門口的兩根柱子。」蘭登指著左邊的那根柱子。「這根叫波阿斯——又稱『石匠之柱』。另一根叫雅斤——又叫『學徒之柱。』」他停了一下。「事實上，幾乎全世界每個共濟會神殿都會有兩根這樣的柱子。」

蘭登已經跟她解釋過聖殿騎士團和現代共濟會祕密會社兩者間深厚的歷史淵源，共濟會祕密會社的主要等級——學徒自由石匠、師兄弟自由石匠、以及師傅石匠——可追溯到早期的聖殿騎士團時代。蘇菲的祖父最後那首詩裡，就直接提到師傅石匠（Master Masons）獻上雕刻藝術作品裝飾羅絲林。詩裡也點出羅絲林中央的天花板，上頭滿佈著雕刻的恆星和行星。

「我從沒去過共濟會的神殿。」蘇菲說，仍然看著那兩根柱子。「我幾乎可以確定，我是在這裡看過它們的。」她轉身看著禮拜堂內部，好像在找尋其他東西，好喚起記憶。

其他訪客都正要離開，那個年輕導覽員穿過禮拜堂朝他們走來，臉上帶著愉悅的笑容。他是個英俊的年輕男子，看起來年近三十，一口蘇格蘭腔，一頭帶紅色的金髮。「我差不多要關門了，需要我幫你們找什麼嗎？」

幫忙找找聖杯如何？蘭登想這麼說。

「密碼，」蘇菲脫口說，好像突然福至心靈，「這裡有個密碼！」

那名導覽員看來很高興她這麼熱心。「是的，這裡的確是有密碼。」

「在天花板上，」她說，轉向右邊的牆，「就在……那裡。」

他笑了。「看得出來，這不是你第一次來羅絲林。」

密碼，蘭登心想。他都忘了這個小小故事了。羅絲林的謎多得數不清，其中之一就是有個拱道，上頭有幾百塊往下突出的石塊，形成了一個奇怪的凹凸表面。每塊石塊上都刻著一個符號，看似隨意亂排的石塊構成了一套非常難解的密碼。有些人相信，這個密碼顯示了禮拜堂之下那個墓室的入口。還有人相信這些密碼訴說著真正的聖杯傳奇。不過都無所謂——幾世紀以來的眾多密碼專家都想解開其意義。直到今天，「羅絲林保存委員會」仍提供一筆大方的懸賞給任何能破解這個祕密的人，但那個密碼至今仍是一個謎。

「我很高興向你們介紹……」

那個導覽員的聲音漸漸遠去。

我的第一個密碼，蘇菲心想，她恍惚間獨自走向那個有密碼的拱道。之前她已經把那個花梨木盒遞給蘭登了，她可以感覺到自己暫時忘記有關聖杯和錫安會的一切，還有過去這一天的種種謎團。她來到那個有密碼的天花板下方，看著上頭的符號，記憶如潮水般湧來。她還記得她第一次拜訪這裡的情景，而奇異地，那些記憶喚起了一種不期然的哀傷。

當時她還小……家人過世後一年左右。她祖父帶她到蘇格蘭度一個短暫的假期。他們回巴黎前，來到羅絲林禮拜堂。那時是傍晚，教堂已經關了。不過他們還在裡面。

「祖父，我們回家好不好？」蘇菲懇求著，覺得好累。

「快了，親愛的，馬上就好。」他的聲音很憂傷。「我還有最後一件事得在這裡完成。你要不要上車去等？」

「你又要做一件大人的事情嗎？」

他點點頭。「我很快，保證馬上就好。」

「我能不能再去看看拱道上的密碼？那個好好玩。」

「不曉得。我得走到外頭去。你自己在這裡不怕嗎？」

「當然不怕！」

他微笑道：「那很好。」他帶著蘇菲回到稍早來過的那條精緻的拱道下。

蘇菲立刻咚地一聲倒在地板上，仰天看著上方那個謎樣石塊所組成的拼貼。「你回來之前，我要破解這個密碼。」

「那我們來比賽。」他彎腰吻了她的前額，然後走到附近的側門。「我就在外頭。我會把門開著。如果你要找我，大聲喊就可以了。」然後他離開，走進夜晚柔和的光線中。

蘇菲躺在地板上，往上看著那個密碼陣。她覺得眼睛好睏。幾分鐘之後，那些符號模糊起來，然後消失了。

蘇菲醒來時，覺得地板好冷。

「祖父？」

沒有回答。她站起來，揉揉眼睛。側門仍開著。夜愈來愈深了。她走到外頭，看見祖父站在教堂正後方一棟石屋的門廊。祖父正在和一個人低聲講著話，對方在紗門後頭，幾乎看不見。

「祖父？」她喊著。

祖父轉身向她揮揮手，比劃著示意她再等一下。然後，他又跟屋裡的人說了最後幾句話，朝紗門送了個飛吻。然後祖父過來找她，眼睛濕濕的。

「祖父，你怎麼哭了？」

他抱起她，緊緊擁在懷裡。「噢，蘇菲，你和我今年跟很多人說再見。真的很難受。」

蘇菲想到那個車禍，想到向爸爸媽媽、祖母和弟弟說再見。「你又跟另一個人說再見了嗎？」

「跟一個我深愛的親密朋友。」他回答，聲音充滿情感。「我擔心會有很久看不到她了。」

蘭登站在那名導覽員旁邊，掃視著禮拜堂的牆壁，愈來愈覺得他們找錯地方了。蘇菲已經走開去看那個密碼，讓蘭登拿著那個花梨木盒，裡面的聖杯地圖現在看起來是一點忙也幫不上。雖然索尼耶赫的詩清楚指出羅絲林，但蘭登現在不確定他們來到這裡之後該怎麼辦。那首詩提到了「刀刃與聖爵」，但蘭登卻看不出在哪裡。

古老羅絲林下聖杯靜待
刀刃與聖爵守護伊門宅

蘭登再度覺得這個謎題中還有許多面尚未顯現。

「我實在不該亂問的，」那名導覽員說，看著蘭登手上的那個花梨木盒，「可是這個盒子……我可以問一下是從哪裡拿到的嗎？」

蘭登疲倦地笑了。「那是個超長的故事。」

那個年輕男子猶豫著，眼睛再度望向那個木盒。「說來眞奇怪——我祖母也有個一樣的盒子——是個珠寶盒。一樣是磨光的花梨木，同樣鑲嵌著玫瑰，甚至上頭的搭扣看起來都一樣。」

蘭登知道這個年輕人一定是搞錯了。這個盒子是專爲錫安會的拱心石製作的，獨一無二。「兩個盒子也許看起來很像，可是——」

側門大聲關上，吸引了他們兩人的目光。蘇菲一聲不吭就出去了，現在正在陡崖上往下坡方向，朝附近一個石屋走去。蘭登在後頭瞪著她。她要去哪裡？自從他們進了教堂，她就表現得很怪異。他轉向那個導覽員。「你知道那棟房子是幹什麼的嗎？」

他點點頭，看著蘇菲往那邊走也一臉疑惑。「那是禮拜堂執事的住所。負責人就住在裡面，她也同時是『羅絲林保存委員會』的會長。」他頓了一下。「也是我的祖母。」

「你祖母是『羅絲林保存委員會』的會長？」

那個年輕人點點頭。「我跟她住在執事住宅裡，幫忙她照顧禮拜堂，安排導覽。」他聳聳肩。「我一輩子都住在這裡。我祖母就在那棟房子裡把我撫養長大。」

蘭登掛記著蘇菲，便走向教堂另一頭的那扇門去叫她。才走到一半，他就停住了。想通了剛剛那個年輕人說的話。

我祖母撫養我長大。

蘭登看著外頭的蘇菲，然後低頭看看手上的花梨木盒子。不可能。蘭登緩緩轉身看著那個年輕人。

「你說你祖母有一個像這樣的盒子嗎？」

「幾乎一模一樣。」

「她那個盒子是哪裡來的？」

「是我祖父做給她的。我還很小的時候他就過世了，可是我祖母還是常提到他。她說他的手很巧，會做各式各樣的東西。」

蘭登隱約感覺到一個無法想像的連結之網慢慢浮現。「你剛剛說，你祖母撫養你長大。可否容我問一聲，你的父母怎麼了？」

那個年輕人一臉驚愕。「我小時候他們就過世了。」他頓了一下。「跟我祖父一起。」

蘭登的心怦怦跳。「是車禍嗎？」

那個導覽員瑟縮了一下，橄欖綠的眼中掠過一抹困惑的神情。「是，是車禍沒錯。我們全家人都在那天過世了。我失去了祖父、父母親，還有……」他猶豫著，低頭看著地板。

「還有你姊姊。」蘭登說。

在陡崖上，那棟粗石屋就跟蘇菲記憶中一模一樣。夜晚已逐漸降臨大地，那棟屋子散發出溫暖而誘人的氣氛。麵包的香氣從開著的紗門飄出來，窗戶透出金光。蘇菲走近時，聽得到裡面傳出低低的啜泣聲。

透過紗門，蘇菲看到玄關裡有個老女人。她背著門，但蘇菲看得出她正在哭。那女人有一頭濃密的銀色長髮，不期然勾起了她的記憶。她不自覺地慢慢走近，踏上門前的台階。那個女人抓著一個相框，裡面是一張男人的照片，她的指尖愛憐地撫過那男子的臉。

那張臉，蘇菲再熟悉不過了。

是祖父。

那個女人顯然聽到了他昨夜過世的噩耗。

蘇菲腳下發出木板的吱嘎聲，那女人緩緩轉過身來，哀傷的眼睛看到了蘇菲。蘇菲想跑，卻呆呆站著。那個女人放下照片，走向紗門，眼神依然熱切。兩人透過薄薄的紗門四目交投，那一剎那，時間彷彿靜止了。然後，就像緩緩積聚的上湧海潮，那個女人的表情慢慢從不確定……轉爲期望……最後，轉爲狂喜。

她衝開紗門跑出來，伸出柔軟的雙手，抱住蘇菲目瞪口呆的臉。「喔，親愛的孩子……看看你！」雖然蘇菲認不出這個女人，卻知道她是誰。她開口想說話，卻發現自己透不過氣來。

「蘇菲。」那女人嗚咽著，吻著她的前額。

蘇菲哽咽著低語。「可是……祖父說你已經……」

「我知道。」那女人溫柔的雙手放在蘇菲肩上，熟悉的目光看著她。「你祖父和我不得不說這些謊。我們做了些我們覺得該做的事情。我好抱歉，這是爲了你的安全，公主。」

蘇菲聽到最後一個稱呼，立刻聯想到祖父，多年來他都喊她公主。他的聲音此刻似乎迴盪在羅絲林的古老石頭間，繼而穿過地面，在一個未知的地下空間裡迴響著。

那女人伸手抱住蘇菲，哭得更兇了。「你祖父好想告訴你一切。可是你們兩個之間的關係那麼糟。他努力得好辛苦。有那麼多事情要解釋，太多太多了。」她再度吻蘇菲的前額，然後在她耳邊低語：「再也沒有祕密了，公主。現在是你得知我們家族眞相的時候了。」

蘇菲和祖母坐在門前的台階上流淚擁抱時，那個年輕人衝過草坪，雙眼閃著希望和不敢置信。

「蘇菲？」

蘇菲淚眼朦朧地點點頭，站了起來。她不認識這個年輕人的臉，但當他們擁抱時，她可以感覺到他血管中的血液奔馳……現在她明白，兩人流著相同的血。

蘭登走過草坪加入他們時，蘇菲無法想像，才是昨天，她還覺得自己孑然一身。而現在，無論如何，在這片國外的土地上，在她幾乎不認得的三個人面前，她覺得自己終於回到家了。

105

黑夜籠罩著羅絲林。

羅柏・蘭登獨自站在那棟粗石屋的門廊，享受著背後紗門裡傳來的團圓歡笑聲。他手上馬克杯裡濃烈的巴西咖啡讓愈來愈深的倦意稍有紓解，不過他覺得這種舒緩只是暫時的。他已經累到骨髓裡了。

「你偷偷溜出來了。」他身後傳來一個聲音。

他轉身。是蘇菲的祖母，她的銀髮在夜裡閃著微光。她的名字，至少在過去二十八年裡用的，是瑪麗・修維勒。

蘭登露出疲倦的笑容。「我想該讓你們一家人獨處一下。」透過窗子，他可以看見蘇菲正在和弟弟說話。

瑪麗走過來站在他旁邊。「蘭登先生，我剛聽到賈克被謀殺時，就很擔心蘇菲的安危。今天晚上看到她站在我門前，是我今生最大的安慰。我眞不知道該怎麼謝你。」

蘭登不知該如何回答。稍早他曾建議讓蘇菲和她祖母有機會私下談話，但瑪麗卻要他留下一起聽。我先生顯然信任你，蘭登先生，所以我也一樣。

於是蘭登留下了，站在蘇菲旁邊，驚訝不已地靜聽瑪麗談起蘇菲父母的故事。難以置信的是，他們兩人都是墨洛溫家族的人——抹大拉的馬利亞與耶穌基督的直系後裔。蘇菲的父母及其祖先爲了安全起見，把姓改爲普朗塔和聖克萊赫。他們的子女是現存最直系的王室後裔，因此被錫安會小心保護著。蘇菲的父母死於車禍時，雖然死因無法確定，但錫安會擔心他們王室後裔的身分已經被發現了。

「你祖父和我，」瑪麗痛苦地哽咽著解釋，「接到那通電話時，就做了一個重大的決定。當時你父母的車子剛在河裡被發現。」她按按眼睛裡的淚水。「我們六個人——包括你們兩個小孩——那天晚上本來是計畫要一起出門旅行的。還好我們在最後一刻改變計畫，你父母就單獨出門了。聽到那個意外之後，賈克和我無從知道到底是怎麼回事……或那到底是不是意外。」瑪麗看著蘇菲。「我們只知道，必須保護我們的孫子和孫女，於是就做了我們認爲最好的安排。賈克跟警方說你弟弟和我都在車上……我們兩個人的屍體顯然被急流沖走了。然後你弟弟和我就在錫安會安排下躲起來。賈克是個名人，沒有辦法就這麼消失。於是比較年長的蘇菲就留在巴黎由賈克撫養，讓錫安會就近保護。」她的聲音轉爲低語。「拆散家庭是我們一生中最艱難的決定。之後賈克和我極少見面，而且都要經過最嚴密的安排……在錫安會的保護之下。有某些儀式，是錫安會成員一向信守的。」

蘭登覺得這個故事還有更深入的情節，但他也覺得自己不該聽，於是就走到外頭來。此刻，他抬頭望著羅絲林禮拜堂那排尖頂，羅絲林未解之謎仍在他腦子裡千迴百轉。聖杯眞的在羅絲林這裡嗎？如果是眞的，那索尼耶赫在詩中提到的刀刃和聖爵在哪裡呢？

「那個給我吧。」瑪麗說，朝蘭登的手示意。

「喔，謝謝。」蘭登把空的咖啡杯遞過去。

她盯著他。「我指的是你另外一隻手，蘭登先生。」

蘭登低頭，才發現自己正握著索尼耶赫的莎草紙。他又從藏密筒裡拿出來了，期望能看出什麼他稍早遺漏的東西。「當然，眞對不起。」

瑪麗一臉好笑的表情接了過來。「我認識一個在巴黎某家銀行工作的人，他可能很急著要看到這個花梨木盒歸還。安德烈・維賀內是賈克很親密的朋友，賈克完全信任他。賈克曾要求他照管這個盒子，安德烈爲了信守承諾，會不惜一切代價。」

包括對我開槍，蘭登想著，決定不要提起那個可憐傢伙的鼻樑可能被他給打斷了。提到巴黎，蘭登忽然想起前一夜遭到殺害的那三位大長老。「那錫安會呢？現在怎麼辦？」

「車輪已經轉動了，蘭登先生。那個盟會已經撐過了好幾個世紀，也撐得過這一次的。等著領導並重建的大有人在。」

蘭登一整晚都在懷疑蘇菲的祖母與錫安會的行動緊密相關。畢竟，錫安會向來有女性會員。曾有四個盟主是女人。傳統上都是由男人擔任大長老這個保護者的職務，但女人在錫安會中向來更受禮遇得多，可以從任何位階直接晉升到最高職務。

蘭登想到李伊．提賓和西敏寺。那好像是上輩子的事情了。「教會真的壓迫你先生不要在末世公佈聖杯文獻嗎？」

「老天，沒有。末世是一些偏執狂想出來的傳說。錫安會的教義中，根本沒有規定某個日子要公佈聖杯。事實上，錫安會一向主張永遠不要公佈聖杯之謎。」

「永遠不公佈？」蘭登愣住了。

「滿足我們心靈的，是神祕感和好奇心，而非聖杯本身。聖杯之美，在於那種非世俗的本質。」此時瑪麗．修維勒抬頭看著羅絲林教堂。「對某些人來說，聖杯是一個可以帶給他們永生的聖爵。對另一些人來說，那是在追求失去的文獻和隱藏的歷史。但對大部分人而言，我懷疑聖杯只不過是個崇高的概念……一個難以企及的稀世之寶，即使在今日如此混亂的世界中，仍能啓迪我們的心靈。」

「但如果聖杯文獻始終隱藏，那抹大拉的馬利亞的故事就會被永遠遺忘了。」蘭登說。

「會嗎？你看看四周，藝術、音樂和書籍裡都在訴說她的故事，與日俱增。世局動盪，我們開始察覺到人類歷史的危機……以及自我毀滅的危機。我們開始感覺到有恢復神聖女性崇拜的必要。」她頓了一下。「你提到過你正在寫一本書，是有關神聖女性的符號，對不對？」

「沒錯。」

她笑了。「好好完成吧，蘭登先生。唱出她的歌。這個世界需要現代的行吟詩人。」

蘭登無語，感覺到她那些話的份量。放眼望去，一輪滿月已經升到樹頂上。蘭登的目光回到羅絲林，起了幼稚的好奇心，想知道她的祕密。別問，他告訴自己。現在時機不對。他看了一眼瑪麗．修維勒手上的莎草紙，然後又回去看羅絲林。

「你問吧，蘭登先生。」瑪麗說，顯然被逗樂了。「你掙得了這個權利。」

蘭登覺得自己臉紅了。

「你想知道聖杯是不是就在羅絲林這裡。」

「你能告訴我嗎？」

她佯裝惱怒地嘆了口氣。「大家爲什麼就是不肯讓聖杯安息呢？」她笑了，顯然很自得其樂。「你爲什麼覺得聖杯會在這裡？」

蘭登指著她手上的那張莎草紙。「你先生的詩裡指明是羅絲林，只不過詩中也提到了刀刃和聖爵在守護著聖杯。可是我在禮拜堂裡沒看到刀刃和聖爵的符號。」

「刀刃和聖爵？」瑪麗問。「它們看起來到底應該是什麼樣子呢？」

蘭登感覺到她在逗他，不過他也配合，迅速描述了那兩個符號的形狀。

一抹依稀記憶的表情掠過她的臉。「啊，是的，當然了。刀刃一向就是代表男性。我相信是像這樣畫的，對不？」她用食指在蘭登的手掌上描了個圖形。

△

「對。」蘭登說。瑪麗畫的是一個比較少見的「封閉」刀刃圖形，不過蘭登也見過。

「而倒轉過來的，」她說，又在她的手掌上畫，「就是聖爵，代表女性。」

▽

「沒錯。」蘭登說。

「而你說羅絲林禮拜堂裡面的千百個符號中，這兩種圖形沒有出現嗎？」

「我沒看到。」

「如果我帶你去看了，你願意去睡覺嗎？」

蘭登還沒回答，瑪麗．修維勒已經步出門廊，走向禮拜堂。蘭登快步跟著。走入那棟古老的建築，瑪麗打開燈，指著主殿地板中央。「就是這裡了，蘭登先生。刀刃與聖爵。」

蘭登瞪著被刮損的地板，上頭一片空蕩。「這裡什麼都沒有呀……」

瑪麗嘆了口氣，開始沿著教堂地板上被磨損的著名路線走著，就是今天傍晚蘭登看著遊客走的那條路線。他終於看見了那個巨大的符號，仍覺得茫然。「可是那是大衛之——」

蘭登說到一半停住了，眼前的圖像讓他震驚得啞口無言。

✡

刀刃與聖爵。

合而為一。

大衛之星……男性與女性的完美結合……標示於一般認為男神與女神——耶和華和示金拿——所居住的「至聖所」。

蘭登好一會兒才說得出話來。「那首詩的確是指羅絲林這裡，完全沒錯，完全吻合。」

瑪麗微笑了。「顯然如此。」

其中的聯想令他不寒而慄。「所以聖杯就在下頭的地下室了？」

她笑了。「只有在精神上。錫安會最古老的責任之一，就是有一天要把聖杯送回她的法蘭西故鄉，永遠安息。幾個世紀來，爲了安全起見，她被帶著奔波於各個偏遠地區，對她眞是不尊重。賈克成爲盟主之後，他的責任就是把她帶回法國，替她建一個符合皇后身分的安息之處，讓她享受應有的尊嚴。」

「他成功了嗎？」

現在她的表情轉爲鄭重。「蘭登先生，鑑於今晚你爲我所做的一切，我以羅絲林保存委員會會長的身分，可以肯定告訴你，聖杯已經不在這裡了。」

蘭登決定施加壓力。「可是拱心石應該要指出聖杯現在藏在哪裡。爲什麼那首詩卻指向羅絲林？」

「或許你誤解了其中的含意。記住，聖杯可能會誤導你。我過世的先生也會。」

「可是他還能說得更明白了嗎？」他問。「我們站在一個地下室上方，有刀刃與聖爵的記號，上頭有滿佈星星的天花板，周圍環繞著師傅石匠的作品。每個細節都指向羅絲林。」

「很好，我來看看這首神祕的詩吧。」她打開那個莎草紙卷，用愼重的口吻大聲唸出那首詩。

古老羅絲林下聖杯靜待（The Holy Grail 'neath ancient Roslin waits.）

刀刃與聖爵守護伊門宅（The blade and chalice guarding o'er Her gates.）
獻大師傑作，相伴入夢（Adorned in masters' loving art, She lies.）
她終可安息，仰對星空（She rests at last beneath the starry skies.）

她唸完之後，安靜了幾秒鐘，一抹知情的笑容掠過她的嘴角。「啊，賈克。」

蘭登期待地望著她。「你明白詩的意思了？」

「就像你看著禮拜堂的地板一樣，蘭登先生，面對簡單的事物，有很多種觀看的方式。」

蘭登急著想了解。賈克・索尼耶赫所講的每件事似乎都有雙重意義，可是蘭登卻看不出來。

瑪麗疲倦地打了個哈欠。「蘭登先生，我要跟你坦白。我沒有正式參與把聖杯移到現藏地點的行動。不過，當然，我嫁給了一個非常有影響力的人……而且我的女性直覺很強。」蘭登想插嘴，但瑪麗接著講了下去。「很抱歉你費了這麼多工夫，離開羅絲林時卻沒有真正的答案。有一天你會明白的。」她微笑了。「當那一天到來之時，我相信你會守住這個祕密的。」

門口響起腳步聲。「你們兩個都不見了。」蘇菲說著走了進來。

「我正要走。」她祖母回答，迎向門口的蘇菲。「晚安，公主。」她吻了蘇菲的前額。「別讓蘭登先生太晚睡。」

蘭登和蘇菲看著她祖母走回那棟粗石屋。蘇菲轉過頭來望著蘭登，眼裡充滿深情。「這不是我預料的結果。」

我也一樣，蘭登心想。他看得出她百感交集。她今天晚上得知的消息改變了她生命中的一切。「你還好吧？一下子知道這麼多事。」

她靜靜一笑。「我有個家。我打算從這個開始。得花一些時間才能知道我們是誰，又是從哪裡來的。」

蘭登仍沉默著。

「今晚過後，你會留下來嗎？」蘇菲問。「至少多住幾天？」

蘭登嘆了口氣，這是他最渴望的。「你需要一些時間跟你家人相處，蘇菲。我明天一早就回巴黎。」

她一臉失望，但似乎知道這麼做才是對的。兩人都沉默了好一陣子。最後蘇菲伸手握住他的手，拉著他走出禮拜堂。他們走到陡崖上一個小小的隆起處。站在這裡，蘇格蘭的鄉間景致在他們眼前展開，剛剛破雲而出的月亮爲這片景色鬆上一層白色的月光。他們手牽手靜靜站著，兩人都努力抵抗著愈來愈深的倦意。

星星才剛出現，但在西邊，有一顆紅點比其他星星都亮。蘭登看了微笑起來。那是金星維納斯。那個古老女神以堅定而恆常的光芒照耀人間。

夜變得更冷了，一縷微風從低地吹上來。過了一會兒，蘭登看著蘇菲。她的眼睛已經閉上，嘴邊掛著滿足的微笑。蘭登也覺得自己的眼皮愈來愈重。他不情願地捏捏她的手。「蘇菲？」

她緩緩睜開眼睛，轉向他，月光下的臉好美。她睏兮兮的朝他微笑。「嗨。」

蘭登想到要自己一個人回巴黎，沒有她相伴，忽然感到一股哀愁。「我明天走的時候，你可能還沒起床。」他頓了一下，喉嚨哽著。「很抱歉，我不太擅長——」

蘇菲伸手捧著他的臉。然後湊過去，溫柔地吻了他的臉頰。「我們什麼時候能再見？」

蘭登晃了一下，迷失在她的目光中。「什麼時候？」他頓了一下，很好奇她是否知道他也有同樣的疑問。「嗯，事實上，下個月我要去佛羅倫斯的一個學術會議發表演講。我會在那邊待一星期，沒什麼事可做。」

「這是個邀請嗎？」

「我們會住得很豪華，他們幫我在布魯內列斯基飯店訂了房間。」

蘇菲頑皮地笑了。「你想得美喔，蘭登先生。」

他想到話中的含意，身子縮了一下。「我的意思是——」

「我很樂意跟你在佛羅倫斯碰面，羅柏。不過有一個條件。」她的口氣忽然變得鄭重。「不准去看博物館、教堂、墳墓、藝術，或聖人遺物。」

「在佛羅倫斯？待一個星期？那不然要做什麼？」

蘇菲靠過去又吻他，這回是吻在他唇上。他們的身體相擁，一開始輕柔，繼而緊緊交纏。她往後抽離身子時，眼裡滿是希望。

「對，」蘭登勉強說出：「這是個約會。」

終曲

羅柏．蘭登忽然從夢中醒來。床邊的緹花浴袍上織著文字圖案：巴黎麗池飯店。他看到一絲朦朧的光透進窗簾。是黃昏還是黎明？他納悶著。

蘭登覺得一身溫暖，深感滿足。兩天來他幾乎都在睡覺。他緩緩在床上坐起，這會兒明白驚醒他的是什麼了……那個奇怪的想法。幾天來他都在設法理清一連串的資訊，但現在蘭登專注於一件他之前沒想通的事情。

有可能嗎？

他久久都沒動。

下了床，他走到大理石淋浴間，進去讓強力噴射水柱按摩他的肩膀。那個想法仍縈繞不去。

不可能。

二十分鐘後，蘭登走出麗池飯店，來到凡登廣場。夜色逐漸降臨，睡了兩天讓他有點迷糊了……然而他的思緒卻出奇地清澄。他本來打算在飯店大廳稍歇，喝杯咖啡牛奶醒醒腦的，然而雙腿卻不自覺地走出飯店大門，來到熱鬧的巴黎夜晚街頭。

蘭登走小香榭街往東行，覺得愈來愈興奮。他往南轉上黎希留街，王室宮殿壯觀的花園裡茉莉盛開，讓街道瀰漫著一股甜香。

他繼續往南，直到看見自己的目標——那道著名的皇室連拱廊——一大片閃閃發光的磨光黑色大理石。他往前走，看著腳下的地面。沒幾秒鐘，他就發現了自己早知道在那裡的東西——幾塊黃銅大圓牌嵌在地裡，上面有直線。每塊圓牌直徑五吋，上面浮雕著N和S的字樣。

N代表北。S代表南。

他轉向南，眼睛循著圓牌上的方位往前看。他又開始走，沿著往南的路，邊走邊看著人行道。他穿過法蘭西喜劇院的角落，腳下經過了另一面銅牌。沒錯！

多年前蘭登得知，巴黎的街道上有一百三十五面這種黃銅標示牌，嵌在人行道、庭園和車道上，呈南北交叉軸線穿越全市。他曾循線北起聖心堂，穿越塞納河，最後來到古老的巴黎天文台。在那裡，他發現了這條神聖路線的重要性。

地球原來的本初子午線。

全世界第一條零度經線。

巴黎的古老玫瑰線。

這會兒，蘭登匆匆穿越希沃里街，可以感覺到目的地近在咫尺了，不到一個街口就到了。

古老玫瑰線下聖杯靜待

詩裡的字句像浪般一波波湧來。索尼耶赫用了羅絲林古老的拼字，意指玫瑰線……刀刃與聖爵……墓邊有大師的傑作。

這就是為什麼索尼耶赫要約他碰面嗎？我不小心猜中真相了嗎？

他奔跑起來，感覺到腳下的玫瑰線引導著他，拉著他朝目的地而去。他來到黎希留通道那條長隧道時，滿懷期待使得他脖子上寒毛豎立。他知道隧道盡頭就是最神祕的巴黎紀念碑——於一九八○年代由「獅身人面像」法杭索瓦・密特朗本人所構思並執行的，謠傳他曾加入祕密團體，而他留給巴黎的最後傳奇，就是蘭登幾天前才去過的地方。

彷彿是上輩子的事情了。

蘭登一鼓作氣衝出通道，來到那個熟悉的庭園，停了下來。他喘著氣緩緩抬起眼睛，不敢置信地看著面前那個閃亮的結構物。

羅浮宮金字塔。

在黑暗中發出微光。

他只看了一會兒，因爲更感興趣的東西位於他的右方。他轉身，再度覺得自己的腳步循著古老玫瑰線的路徑，帶著他穿過庭院，來到羅浮宮騎兵方庭——一大片圓形草地環繞著一圈整齊修剪的樹籬——這裡一度是巴黎早年自然崇拜節慶的舉行地點……慶祝生育力和女神的歡愉儀式。

蘭登越過樹籬進入青草地，覺得自己彷彿踏入了另一個世界。這片中空的土地現在建了一個全市最特別的紀念碑。就在中央，深入地面下，有如一個水晶裂洞，倒掛著一個巨大的反轉玻璃金字塔，就是他幾夜前進入羅浮宮那個地下夾層入口時所看到的。

倒置金字塔。

蘭登渾身戰慄地走到邊緣，往下看著這個深入羅浮宮地下的建築物，發著琥珀色的光。他的眼睛不只看著這個巨大的倒置金字塔，也看著其正下方。那兒，就在那個地下室的地板上，立著一個小小的結構物……蘭登曾在他的書稿裡提到過。

這個超乎想像的可能性所帶來的興奮，讓蘭登覺得自己完全清醒了。他再度抬眼看向羅浮宮，感覺到博物館的巨大翼樓包圍著他……還有展示著全世界最佳藝術作品的眾多走廊。

達文西……波提且利……

獻大師傑作，相伴入夢，

他感到萬分驚奇，再度朝下望，看著玻璃下方那個小小的結構物。

我一定要下去那裡！

他走出圓環中央的草地，匆匆穿過方庭，回到聳立著金字塔的羅浮宮入口。當天最後的一批遊客正零零落落地走出博物館。

蘭登衝向旋轉門，下了旋轉階梯，進入金字塔，感覺得到空氣變涼了。來到底層後，他進入那個在羅浮宮庭院下伸展的長隧道，往回走向「倒置金字塔」。

來到隧道盡頭，他進入一個大房間。就在他正前方，從上倒懸下來，倒置金字塔閃閃發亮——一個令人屏息的V字形玻璃曲線。

這就是聖爵。

蘭登循著它愈來愈窄的輪廓往下到尖端，就懸在地板上六呎之處。而在尖端正下方，立著一個小小的結構物。

一個袖珍金字塔。只有三呎高。是這個龐大建築裡唯一的小尺寸結構物。

蘭登的書稿曾談到羅浮宮精緻的女神藝術收藏，也略微提到了這個小小的金字塔。「這個袖珍結構突出於地板之上，有如冰山一角——一個龐大的金字塔型地下室的尖端，彷彿有個地下室隱藏在下頭。」

在空蕩地下樓層的柔和光線中，兩個金字塔彼此相對，兩個塔身完全對齊，尖端幾乎相觸。

上方是聖爵，下方是刀刃。

刀刃與聖爵守護伊門宅，

蘭登耳邊響起瑪麗・修維勒的話。有一天你會明白的。

他站在那條古老的玫瑰線下方，周圍環繞著大師傑作。還有更適合索尼耶赫守望的地方嗎？現在，他感覺自己終於明白盟主詩句中的眞正意義了。他抬眼望向天空，透過玻璃望向滿佈星星的壯麗夜空。

她終可安息，仰對星空。

黑暗中，彷彿有鬼魂在喃喃低語，被遺忘的話語迴盪著。「追尋聖杯，實際上就是要跪在抹大拉的馬利亞的屍骨前。期望能在被遺棄的神聖女性腳邊祈禱。」

羅柏・蘭登心中湧起一股敬意，雙膝跪下。

一剎那間，他覺得聽到了一個女人的聲音……古老的智慧之語……從大地的裂口朝上方悄然低語。

藍小說 84

達文西密碼

作　者—丹．布朗
譯　者—尤傳莉
主　編—葉美瑤
編　輯—邱淑鈴
企　畫—陳靜宜
校　對—余淑宜、邱淑鈴
董事長—趙政岷
出版者—時報文化出版企業股份有限公司
108019 台北市和平西路三段二四〇號一至七樓
發行專線—（〇二）二三〇六—六八四二
讀者服務專線—〇八〇〇—二三一—七〇五・（〇二）二三〇四—七一〇三
讀者服務傳眞—（〇二）二三〇四—六八五八
郵撥—一九三四四七二四時報文化出版公司
信箱—10899 台北華江橋郵局第九十九信箱
時報悅讀網—http://www.readingtimes.com.tw
電子郵件信箱—liter@readingtimes.com.tw
法律顧問—理律法律事務所　陳長文律師、李念祖律師
印　刷—勁達印刷有限公司
初版一刷—二〇〇四年八月十二日
初版一〇七刷—二〇二三年十一月三十日
定　價—新台幣三五〇元

時報文化出版公司成立於一九七五年，
並於一九九九年股票上櫃公開發行，於二〇〇八年脫離中時集團非屬旺中，
以「尊重智慧與創意的文化事業」爲信念。

ISBN 978-957-13-4164-4
Printed in Taiwan
作者照片攝影—Philip Scalia

達文西密碼／丹・布朗著；尤傳莉譯. 一初版
.一臺北市：時報文化，2004〔民93〕
面；　公分. 一（藍小說；84）
譯自：The Da Vince code

ISBN 978-957-13-4164-4（平裝）

874.57　　　　93012553